EVIE DUNMORE

Die Rebellinnen von Oxford

Furchtlos

Die Romane von Evie Dunmore bei LYX:

Die Rebellinnen von Oxford:

1. Die Rebellinnen von Oxford – Verwegen
2. Die Rebellinnen von Oxford – Unerschrocken
3. Die Rebellinnen von Oxford – Furchtlos
4. Die Rebellinnen von Oxford – Unbeugsam *(erscheint 30.09.2022)*

Weitere Romane der Autorin sind bei LYX in Vorbereitung.

Evie Dunmore

Die Rebellinnen von Oxford

Furchtlos

Roman

Ins Deutsche übertragen von Corinna Wieja

LYX

LYX in der Bastei Lübbe AG
Dieser Titel ist auch als E-Book und als Hörbuch erschienen.

Die Bastei Lübbe AG verfolgt eine nachhaltige Buchproduktion.
Wir verwenden Papiere aus nachhaltiger Forstwirtschaft und verzichten darauf,
Bücher einzeln in Folie zu verpacken. Wir stellen unsere Bücher in Deutschland
und Europa (EU) her und arbeiten mit den Druckereien kontinuierlich
an einer positiven Ökobilanz.

FSC www.fsc.org
MIX
Papier aus verantwortungsvollen Quellen
FSC® C014496

Die Originalausgabe erschien 2021 unter dem Titel
»Portrait of a Scotsman«
bei Berkley, an imprint of Penguin Random House LLC, New York.

Textredaktion: Susanne Kregeloh

Umschlaggestaltung: © BüroSüd, München,
unter Verwendung eines Motivs von
© Elisabeth Ansley/Trevillion Images
Satz: Greiner & Reichel, Köln
Gesetzt aus der Adobe Caslon
Druck und Verarbeitung: GGP Media GmbH, Pößneck
Printed in Germany
ISBN 978-3-7363-1650-8

1 3 5 7 6 4 2

Sie finden uns im Internet unter lyx-verlag.de
Bitte beachten Sie auch: luebbe.de und lesejury.de

Für Mama und Oma

1. KAPITEL

London, August 1880

Hattie Greenfield stand unschlüssig auf dem regennassen Bürgersteig vor dem Stadthaus in Chelsea, das sie zu infiltrieren plante, und musste unwillkürlich an den Tag denken, an dem sie ihrem Leibwächter zum letzten Mal ausgebüxt war. Damals hatte dies zu einer Auseinandersetzung mit einer Kröte von einem Polizisten geführt, und eine liebe Freundin war im Millbank-Gefängnis gelandet. Vermutlich begannen all ihre gefährlichsten Abenteuer damit, dem sauertöpfischen Mr Graves zu entwischen. Allerdings auch die besten.

Sie beäugte die Haustür, die über der Eingangstreppe thronte. Der schmiedeeiserne Löwenkopf, der den Türklopfer hielt, hatte absurd lange, spitze Zähne. Eine fast schon überdeutliche Warnung, dass sie gleich die Höhle des Löwen betreten würde, die ein selektiv abergläubischer Mensch wie sie kaum ignorieren konnte. Dieses Mal wollte sie jedoch nicht an einer grundsätzlich riskanten Demonstration für Frauenrechte auf dem Parliament Square in London teilnehmen; ihr Abenteuer bestand vielmehr aus dem Besuch einer privaten Kunstgalerie. Es war also völlig harmlos.

Mit einer Hand raffte sie ihre Röcke und stieg die Treppe hinauf.

Ihre Freundinnen hatten sie allerdings darauf hingewiesen, dass die Kunstausstellung im Haus von Mr Blackstone stattfand, einem Mann, dem die feine Gesellschaft den Spitznamen Beelzebub gegeben hatte und der zufällig ein geschäftlicher Rivale ihres Vaters war. Und nein, man sollte sie besser nicht dabei ertappen, wie sie ohne Anstandsdame seine präraffaelitischen Kunstwerke bewunderte. Sie konnte jedoch erstens fast sicher davon ausgehen, dass Mr Beelzebub nicht anwesend sein würde. Tatsächlich hatten ihn bisher nur wenige persönlich gesehen. Zweitens hatte sie sich für die Führung unter dem Namen »Miss Jones« eintragen lassen, eine Studentin der Klassiker in Cambridge, und nicht als Harriet Greenfield, Bankenerbin und Kunststudentin in Oxford. Und drittens nahmen an der Führung durch die Gemälde- und Antiquitäten-Ausstellung weitere junge Kunstliebhaberinnen und vermutlich auch deren Anstandsdamen teil, und die Einladung in ihrem Retikül besagte, dass sie diese warten ließ. Die Führung hatte um Punkt zwei Uhr begonnen, und ihre kleine Taschenuhr brannte ihr bereits fast schon ein Loch ins Kleid.

Da die dumpfen Schläge mit dem Türklopfer ungehört in der Eingangshalle zu verhallen schienen, betätigte sie die Klingel.

Stille.

Ungeduldig tippte sie mit einer regenfeuchten Schuhspitze auf den Boden. Offenbar hatte die Führung ohne sie begonnen. Da war sie nun extra aus der Kutsche gestiegen, die schon kurz nach Verlassen des Bahnhofs Victoria Station wegen des Regens stecken geblieben war, und die restliche Viertelmeile zu Fuß gelaufen – und das alles vergeblich? Beharrlich schlug sie den Klopfer gegen die Eichentür.

Oder hatte sie sich vielleicht wieder einmal vertan? Sie holte die Einladung aus ihrem Retikül und verglich konzentriert die Adresse mit der Hausnummer. Ja, sie befand sich vor Nummer zwölf im Carlyle Square. Der Platz war nur klein, sie bezweifelte, dass es hier eine Nummer 21 gab. Sie klopfte erneut und gleich noch mal.

Unvermittelt schwang die massive Tür auf.

Der Mann, der vor ihr stand, war gewiss kein Butler. Sein schütteres graues Haar war zerzaust, und er trug eine mit Farbflecken übersäte Schürze. Ein stechender Geruch stieg ihr in die Nase. Wachspolitur für Antiquitäten? Verstohlen versuchte sie herauszufinden, ob ihr sein langes, faltiges Gesicht aus Kunstkreisen vertraut war. Seine Musterung fiel keineswegs so unauffällig aus: Zuerst schwenkte sein Blick zur Seite, wo ihre Anstandsdame hätte stehen sollen, dann glitt er vom durchnässten Saum ihres Umhangs nach oben zu ihren inzwischen wohl zweifellos zerzausten roten Locken.

»Und Sie sind?«, fragte er gedehnt.

Sie räusperte sich. »Ich bin wegen der Führung hier.«

»Der Führung?« Erkenntnis blitzte in den Augen des Mannes auf. »Ah, die *Führung*.«

»Ja.«

Abfällig verzog er den Mund. »Verstehe.«

Sie wippte von einem Fuß auf den anderen. »Es tut mir leid, dass ich mich verspätet habe, aber ich wurde aufgehalten. Ich komme von außerhalb Londons, wissen Sie, und meine Begleiterin … fühlte sich unwohl, und dann war der Verkehr auf der Lyall Street wegen des heftigen Regens wirklich fürchterlich, die Straßen sind …«

»Nun kommen Sie schon herein.« Er machte einen Schritt zur Seite und winkte sie näher.

Er war verärgert, männliche Künstler hatten dieses Vorrecht, ihren Unmut kundzutun, wenn man sie bei ihrer Arbeit störte.

Kein Dienstmädchen war in Sicht, um ihr den Mantel abzunehmen. Die Eingangshalle war gähnend leer. Ein mulmiges

Gefühl machte sich in Hattie breit. Der Wachspoliturmann war ihr jedoch schon ein ganzes Stück voraus, seine eiligen Schritte hallten auf dem schwarz-weiß gefliesten Boden wider.

»Sir.« Sie eilte ihm auf nassen, quietschenden Schuhen hinterher.

In dem dunklen Flur, den sie betraten, befand sich eine Reihe faszinierend schöner Statuen und Vasen, aber Hattie musste sich leider darauf konzentrieren, nicht auf feuchten Absätzen auszurutschen. Der Mann war inzwischen stehen geblieben und öffnete eine Tür. Er bedeutete ihr einzutreten, aber sie verharrte auf der Schwelle. Das Zimmer war zwar hell erleuchtet, aber es gab keine Spur von den anderen Teilnehmern der Tour. In dem Raum befand sich keine Menschenseele.

Ungeduldig machte der Maler eine scheuchende Bewegung zu einem Sofa. »Nur zu, setzen Sie sich.«

Selbst von der Türschwelle aus war es offensichtlich, dass das Sofa aus der Zeit von Louis XIV stammte; wenn sie sich mit ihrem nassen Umhang auf die buttergelbe Seide setzte, würde sie es beschädigen.

»Würden Sie bitte jemanden schicken, der mir meinen Mantel abnimmt, Mr …?«

Der Mann neigte den Kopf in einer spöttischen Verbeugung. »Man wird sich gleich um Sie kümmern.«

»Sir, könnten Sie wohl …«

Er schlug ihr die Tür vor der Nase zu.

Verwirrt starrte Hattie auf das weiße Holz.

»Na gut.« Sie atmete tief aus.

In der Stille schien ihr Herz unnatürlich laut zu schlagen. Schweißperlen liefen ihr warm über den Rücken. Gefahr, warnte ihre innere Stimme. *Lord der Unterwelt.* So hatte ihre Freundin Lucie den Herrn des Hauses hier bezeichnet.

Und Lucie wusste, wovon sie sprach, denn ihr Verlobter, Lord Ballentine, hatte sich kürzlich Geld von Mr Blackstone geliehen, um ein Verlagshaus zu kaufen.

Sie setzte ein Lächeln auf. »Das ist ein Abenteuer«, redete sie sich gut zu. »Ein fabelhaftes, spannendes Abenteuer.«

Das Zimmer, in dem sie stand, erinnerte tatsächlich an eine Piratenhöhle, in der sich die Schätze stapelten. Auf jedem Regal, jedem Tisch drängten sich Kunstwerke aneinander: glänzende Porzellanfiguren – Meißen, nach einem zweiten Blick zu urteilen. Filigrane, mit Gold verzierte Elfenbein-Statuetten; reich geschnitzte Kästchen in allen Schattierungen von Jadegrün. Einige ausgewählte Kostbarkeiten wurden von kleinen Tischlampen beleuchtet, deren hauchdünne Keramikschirme das Gaslicht hindurchschimmern ließen wie Seide. Die gegenüberliegende Wand zierte eine Tapete mit floralen Motiven – eigentlich eine Verschwendung, da die Wand vom Boden bis zur Decke mit Gemälden behängt war, deren vergoldete Rahmen sich fast berührten.

»Oh du liebe Güte.« Sie lachte leise. Ein Gemälde von Cranach dem Älteren hing direkt neben einer Picknickszene, die von Monet stammen könnte. Diese Sammlung war, objektiv betrachtet, noch weitaus faszinierender als die Präraffaeliten.

Schockierenderweise übte das knisternde Feuer im Kamin jedoch gerade einen viel größeren Reiz auf Hattie aus. Vorsichtig schlängelte sie sich an den vollgestellten Konsoltischen vorbei. Dennoch verfing sich ihr Umhang an einem davon, worauf eine Porzellanballerina in Spitzenschuhen gefährlich ins Schwanken geriet. *Lieber Himmel.* Was hatte sich Mr Blackstone oder sein Kurator bloß dabei gedacht, solche kostbaren Antiquitäten wie Gäste auf einer zwanglosen Dinnerparty zu versammeln, noch dazu in einem Raum, der für die Öffentlichkeit zugänglich war?

Das Feuer im Kamin strahlte nur eine schwache Wärme aus. Ihr Bild in dem breiten Spiegel über dem Kamin war gleichermaßen enttäuschend: Die bauschige Feder an ihrem Hut war durch den Regen inzwischen so dünn wie ein Rattenschwanz, ihre gewöhnlich seidigen Locken waren struppig, und ihre Himmelfahrtsnase glänzte rosa. Wenn schon ihr Gesicht so aussah, wie mitgenommen waren nach dem kurzen Spaziergang wohl erst ihre Schuhe? Sie streckte einen Fuß unter dem Saum hervor. Zierliche Absätze, weiße Seide, mit winzigen Perlen bestickt. Eine völlig ungeeignete Wahl für einen solchen Ausflug, aber es war eins ihrer liebsten Paar Schuhe. Das nun leider völlig ruiniert war. Ihr Magen zog sich zusammen.

An allem war allein Professor Ruskin schuld. Hätte er ihre Interpretation von der *Entführung der Persephone* in der vergangenen Woche nicht als »entzückend« betitelt, wäre sie an diesem Morgen nicht in den Zug gestiegen. Es war ein »entzückend« zu viel gewesen, seit sie sich im vergangenen Jahr in Oxford für ein Kunststudium eingeschrieben hatte. Ruskin hatte es im Vorübergehen gesagt, mit freundlichem Nicken, und war dann neben ihr vor Lord Skeffingtons Leinwand stehen geblieben, um sein Werk in aller Ausführlichkeit zu beurteilen. Sie hatte die Ohren gespitzt, um jeden Ratschlag aufzuschnappen, als der Professor erklärte, wie man einem Gemälde mehr gotische Tiefe verlieh. Irgendwie hatte sich dann im Laufe der Unterrichtsstunde der Gedanke in ihren Kopf geschlichen, dass sie sich die *Ophelia* von Millais anschauen musste. Der Haken: Das Gemälde befand sich in Mr Blackstones privater Sammlung. Aber vielleicht war die Versuchung, einen Fuß in Mr Blackstones Haus zu setzen, dem einzigen Mann in Großbritannien, der es wagte, die Lunch-Einladungen ihres Vaters zu ignorieren, ebenso verlockend gewesen wie die *Ophelia* …

Ihre Aufmerksamkeit wurde unwillkürlich von den beiden bauchigen grün lackierten Vasen angezogen, die die Uhr auf dem Kaminsims flankierten. In ihrer tönernen Schlichtheit schienen die Vasen wenig bemerkenswert, weshalb man sie so leicht übersah wie arme Verwandte in einem luxuriösen Ballsaal. Und dennoch ... Sie betrachtete das Relief der Vasen, und ein Schauer überlief sie. Tatsächlich bestaunte sie gerade ein außergewöhnliches Kunstwerk.

Nein, sie sollte es nicht berühren. Besser nicht.

Sie zog den Handschuh von ihrer linken Hand und stopfte ihn in die Manteltasche, dann strich sie sacht mit dem Zeigefinger über das Muster am Vasenrand. Mit ein bisschen Glück fand sie eine Marke, die ihren Verdacht bestätigte, wenn sie es wagte, danach zu suchen.

Die Entscheidung war schnell gefällt.

Mit beiden Händen umfasste sie die Vase, so behutsam, als hielte sie ein rohes Ei, und drehte sie um. Es gab eine Marke. Die feinen Härchen auf ihren Armen stellten sich auf. Diese unscheinbare Vase stammte mit fast absoluter Sicherheit aus der Han-Dynastie und war beinahe zweitausend Jahre alt – falls sie echt war. Ihre Hände wurden feucht.

»Mir wäre es lieber, wenn Sie das nicht anfassen würden«, vernahm sie eine schroffe Stimme hinter sich.

Sie schrie auf und presste die Vase an die Brust.

Das Bild im Spiegel ließ sie erstarren.

Der Pirat war in seine Höhle zurückgekehrt.

Sie war so vertieft gewesen, dass sie ihn weder gehört noch gesehen hatte. Wahrscheinlich beobachtete er sie schon eine Weile, denn er stand mit einer Schulter an den Türrahmen des Nebenraums gelehnt, die Arme über der breiten Brust verschränkt. Mit einem hohlen Gefühl im Magen drehte sie sich zu ihm um.

Natürlich war er kein Pirat, aber ein anständiger Mann war er auch nicht. Er trug kein Jackett, keine Krawatte, und seine hochgerollten Hemdsärmel gaben den Blick auf muskulöse Unterarme frei. Seine wilden kohlschwarzen Haare waren zu lang, über das markante Kinn und die Wangen zog sich ein Bartschatten. Das Flegelhafteste an ihm waren jedoch seine Augen – darin lag ein solch intensiver Blick, dass ihr trotz ihrer nassen Strümpfe warm wurde.

»Ich wollte nur …« Ihre Stimme brach.

Er schloss die Tür, und sie umfasste die Vase ein wenig fester. Offensichtlich hatte man ihn geschickt, um sie für die Führung abzuholen, aber ihre innere Stimme drängte sie zur Flucht. Geschmeidig näherte er sich ihr, zu geschmeidig; jedenfalls stieß er gegen keines der erlesenen Artefakte, als er auf sie zukam. Sie verharrte reglos wie ein verschrecktes Kaninchen, bis er direkt vor ihr stand.

Sein Anblick zog einen tatsächlich in den Bann. In seinem bleichen Gesicht lenkten die tintenschwarzen Brauen den Blick sofort auf seine Augen, die hart und grau wie Schiefer unter den dunklen Fächern seiner Wimpern wirkten. Seine Züge waren rau und maskulin, aber wohlgeformt, ihre Symmetrie nur vage von seiner wohl einmal gebrochenen Nase beeinträchtigt. Er besaß die alterslose Ausstrahlung eines Mannes, der sich bereits zu viel und zu früh mit dem Leben herumgeschlagen hatte.

Ihren Blick festhaltend legte er zwei Finger seiner rechten Hand um den Hals der Vase. Die sie immer noch umklammerte wie eine auf frischer Tat ertappte Diebin.

»Die geben Sie besser mir«, sagte er.

Ihre Wangen röteten sich vor Scham, und Hitze stieg in ihr auf, als sie die kostbare Keramik losließ. Sie hatte Brüder und studierte gemeinsam mit Männern, und in deren Gegenwart verschlug es ihr nie die Sprache. Eigentlich war sie auch sonst selten um Worte verlegen. Aber als der Mann die Vase auf das Kaminsims zurückstellte und sie seinen Duft einatmete, eine angenehm frische Mischung aus Kiefernseife und Wäschestärke, die im Widerspruch zu seinem Piraten-Aussehen stand, wusste sie nicht, wohin sie schauen sollte. Sie war sich viel zu bewusst, dass dieser Mann ein *Mann* war.

Er war nur durchschnittlich groß, aber sein feines Baumwollhemd schmiegte sich eng um seine breiten Schultern und deutete Muskeln und Wölbungen an, die Gentlemen gewöhnlich nicht besaßen.

Sie ließ den Blick zu seinem Gesicht wandern; im selben Moment senkte er den Kopf, und ihre Blicke trafen sich erneut in einhelliger Musterung. Eine kleine Narbe spaltete links seine Oberlippe.

Ihr Mund wurde trocken. Es lag sicher nur am Licht, aber es kam ihr so vor, als hätten sich seine Augen verdunkelt.

»Ich wollte sie gar nicht anfassen«, sagte sie steif.

Ein leicht ironischer Ausdruck spiegelte sich kurz in seiner Miene, doch selbst dies milderte die harten Züge um seinen Mund nicht. »Und mit wem habe ich das Vergnügen, Mrs …?«

»Miss. Mein Name ist Miss Jones.« Ihre Stimme klang unnatürlich schrill.

Seine Augen leuchteten auf, als hätte er die Lüge erkannt. »Und was führt Sie hierher, Miss Jones?«

Er war Schotte. Er rollte das R, das dadurch fast wie ein leises Knurren klang. Das erklärte auch seinen keltisch hellen Teint und die schwarzen Haare. Interessanterweise strahlte sein Körper mehr Wärme aus als das Feuer im Kamin. Das wusste sie, weil er viel zu nah vor ihr stand. Seine rechte Hand lag immer noch auf dem Kaminsims nahe ihrer Schulter, sein Arm schnitt ihr den Fluchtweg nach links ab.

Nervös leckte sie sich über die Lippen. Was sie hierher führte? »Die … Führung?«

Er spannte die Schultern unmerklich an. »Sind Sie sich dessen auch sicher?«

»Natürlich. Und ich wäre Ihnen dankbar, wenn Sie sofort …«

Er hob eine Hand an ihr Gesicht und strich leicht mit dem Daumen über ihre Wange.

Der Mann hatte sie berührt. *Ein Mann* hatte sie berührt.

Plötzlich schien die Welt still zu stehen. Sie sollte schreien. Ihm eine Ohrfeige geben. Aber ihr Körper wollte nicht gehorchen und verharrte reglos. Die Luft zwischen ihnen schien förmlich zu knistern, und eine dunkle Vorahnung überflog sie, dass sie am Rande der Klippe zu etwas Bedeutsamen stand.

Das Grau seiner Augen schimmerte so weich und gefährlich wie Rauch. »*Aye*«, murmelte er. »Dann sollen Sie die Führung bekommen, Miss Jones.«

Er legte die Finger um ihren Nacken und küsste sie.

2. KAPITEL

Seine Lippen sind weich. Der unbekannte Druck eines weichen, warmen Mundes auf dem ihren war alles, was Hattie wahrnahm. Die Reibung rauer Stoppeln an ihrem Kinn. Die seidig-feuchte Berührung einer … Zunge an ihren Lippen, die Einlass begehrte …

Ruckartig zuckte sie zurück, und ihre Hand schnellte empor. Das Klatschen ihrer bloßen Handfläche, als sie die Wange des Manns traf, hallte laut wie ein Schuss wider. Sie schrie auf – wenn auch verspätet –, weil sie gerade einen Mann so kräftig geohrfeigt hatte, dass sein Kopf sich zur Seite gedreht hatte.

Er schüttelte sich leicht, ein fassungsloser Ausdruck stand in seiner Miene, dann durchbohrte er sie mit seinem Blick. »Madam ist offensichtlich nicht für diese Art von Führung hier«, stellte er fest.

Mit hämmerndem Herzen stolperte sie ein paar Schritte rückwärts, um aus seiner Reichweite zu gelangen. »Fassen Sie mich nicht an.«

Ihr Rock traf auf ein Hindernis, irgendetwas schabte über Holz, dann war ein Klirren zu hören, als etwas zerbarst. Sie rutschte mit dem linken Schuh aus, verdrehte sich dabei den Fuß, und ein heftiger Schmerz schoss durch ihr Bein. Wieder schrie sie auf.

Der Mann fluchte und setzte ihr nach.

»Halten Sie sich bloß von mir fern!«

Ungerührt kam er weiter auf sie zu, breitschultrig und zielstrebig. Ein hastiger Blick über ihre Schulter verriet ihr, dass sie sich auf halbem Weg zur Tür befand.

Hilfe! Gab es irgendjemanden in diesem riesigen Haus, der ihr zu Hilfe kommen konnte?

Noch ein krachendes Geräusch.

»Miss …«

Blind griff sie nach einem Gegenstand auf einem Tisch und hielt ihn wie einen Degen von sich gestreckt.

»Bleiben Sie, wo Sie sind, sonst verpasse ich Ihnen eine.«

Das schien zu ihm durchzudringen. Er blieb stehen. Den Blick auf ihre improvisierte Waffe gerichtet, hob er langsam die Hände, beschwichtigend, als wolle er ein scheuendes Pferd beruhigen – als ob sie diejenige im Zimmer wäre, die nicht mehr alle Tassen im Schrank hatte!

»Schon gut«, sagte er. »Aber stellen Sie das ab.«

Sie stellte fest, dass sie die Ballerina in der Hand hielt, die sie vorhin beinahe vom Tisch geschubst hatte.

»Das Stück ist einzigartig«, fügte der Mann hinzu.

»Das weiß ich«, erwiderte sie schroff. »Meißen, die limitierte Edition von 1714.«

Überraschung blitzte in seinen Augen auf und war gleich wieder verschwunden.

»Dann stimmen Sie wohl zu, dass die Figur nicht infolge einer unnötig theatralischen Szene zerstört werden sollte.«

»Unnötig theatralisch?« Ihre Stimme kippte vor Empörung. »Sie, Sir, haben sich mir aufgezwungen!«

»Ein bedauernswertes Missverständnis«, erklärte er, doch er klang nicht besonders reuig.

Sie drohte ihm mit der Tänzerin. »Mr Blackstone wird von Ihrem verruchten Benehmen erfahren.«

Er verzog den Mund. »Zweifellos. Nehmen Sie doch bitte Platz, Miss Jones.« Er deutete auf ihren Rocksaum. »Wie es scheint, haben Sie sich verletzt.«

Er hatte kein Recht, an irgendeinen Teil ihres Körpers zu denken oder darauf zu deuten, aber natürlich musste er seinem unverschämten Verhalten noch die Krone aufsetzen, indem er ihren verstauchten Fuß erwähnte. Er betrachtete sie zudem mit sichtlich wachsendem Unmut, wie ein Raubtier, das sich fragt, warum es sich von seiner Beute herumkommandieren ließ.

Der Schmerz in ihrem linken Fuß pochte wild, als sie sich auf die Tür zubewegte, seitwärts wie eine Krabbe, weil sie den Wüstling nicht aus den Augen lassen wollte. Sie barst buchstäblich in den Flur hinaus. Dem Himmel sei Dank, der mürrische Maler, der sie hereingelassen hatte, und ein schlanker junger Gentleman mit blonden Schnurrbart standen mit wachsamen Mienen ein paar Schritte entfernt von der Tür.

»Gentlemen, ich benötige Ihre Hilfe.« Sie hinkte auf die beiden zu. »In dem Raum befindet sich ein Mann …« Sie deutete mit einem Daumen über ihre Schulter. »Und leider benimmt er sich nicht gerade wie ein Gentleman.«

Die Männer tauschten einen alarmierten Blick. Erst da ging ihr auf, dass die beiden sie vermutlich schreien gehört hatten. Warum sonst sollten sie in der Nähe der Tür herumlungern? Dennoch war keiner von beiden ins Zimmer gekommen, um nachzusehen, ob sie Hilfe benötigte.

Übelkeit stieg in ihr auf, und ihr wurde schwindelig.

Natürlich. Sie sah fürchterlich aus. Sie hatte keine Anstandsdame. Und ihr wallender alter Umhang stammte aus der Truhe in ihrem früheren Kinderzimmer, in der die Kostüme aufbewahrt wurden. Ihre Tarnung funktionierte gerade zu gut.

Im Moment war sie nicht Hattie Greenfield, sie war noch nicht einmal eine respektable junge Dame in Begleitung. Dass sie den Namen ihres Vaters nicht erwähnen konnte, machte sich nun mit aller Wucht bemerkbar, als hätte man ihr einen unsichtbaren Schutzschild genommen, als würde sie nackt vor einer Menschenmenge stehen.

Im Augenblick war sie … ein Niemand.

Sie wandte sich an den blonden Mann, der zwar eingeschüchtert wirkte, aber wohl eher einer Jungfrau in Nöten zur Seite stehen würde als der Maler. »Bitte, Sir, ich brauche wohl einen stützenden Arm …«

Die Aufmerksamkeit der beiden Männer wandte sich von ihr ab und richtete sich zur Tür, was ihr verriet, dass der Barbar im Flur stand. Sie konnte seine dunkle Aura buchstäblich in ihrem Nacken spüren.

»Und wenn Sie mir wohl freundlicherweise eine Droschke besorgen würden«, fuhr sie fort.

»Nicht so hastig«, tönte die finstere Stimme.

»Sie sollten Mr Blackstone außerdem darüber in Kenntnis setzen, dass er einen Grobian beschäftigt, der weibliche Gäste unter seinem Dach belästigt.«

Der blonde Mann riss erschrocken die Augen auf. »Äh.« Er räusperte sich. »Miss …«

Oh. Als ihr die Erkenntnis dämmerte, schloss sie die Augen. »Er steht direkt hinter mir, nicht wahr?«, sagte sie. »Mr Blackstone.«

»In der Tat«, antwortete der junge Mann in entschuldigendem Ton.

Manchmal war sie tatsächlich eine dumme Gans. Schon als der Schotte durch das Empfangszimmer stolziert war, als würde es ihm gehören, hätte ihr seine Identität klar werden müssen. Spätestens jedoch, als er sich ganz selbstverständlich unverschämte Freiheiten herausgenommen hatte. All die üblen Gerüchte, die ihr über ihn zu Ohren gekommen waren, entsprachen offenbar der Wahrheit.

Ein Ruck an der Ballerina erinnerte sie daran, dass sie die Figur immer noch festhielt.

Sie nutzte ihr ohnehin nichts mehr.

Mr Blackstone stand nun in all seiner Rüpelhaftigkeit vor ihr und musterte sie aufmerksam. In der rechten Hand hielt er die Tänzerin; die zierliche Figur verschwand fast ganz in seiner großen Faust.

Beelzebub.

Sein schlechter Ruf als einer der reichsten, skrupellosesten und zwielichtigsten Geschäftsmänner in England eilte ihm voraus. Falls man den Gerüchten glauben konnte, hatte er mehrere Lords des Königreichs in den finanziellen Ruin getrieben. Er sah auch so aus, als sei ihm das zuzutrauen; von den finster blickenden Augen, die scheinbar keine Freude kannten, über seine gebrochene Nase bis zu seiner bulligen, muskulösen Statur, die auf sie so wirkte, als ob er in seiner Freizeit gern dem Amboss-Weitwurf frönte. Nur wenige waren ihm bisher persönlich begegnet, denn er war so flüchtig wie ein Phantom. Und sie hatte ihn geküsst.

Hitze kroch ihr den Nacken hinauf. Wenn ihr Vater davon erfuhr, würde er sie schnurstracks ins Kloster stecken.

Mr Blackstones Augen leuchteten wissend auf, und seine gerunzelte Stirn glättete sich. Er machte einen Schritt zurück und neigte den Kopf. »Blackstone, zu Ihren Diensten. Mein Sekretär Mr Richard Matthews.« Ohne den Blick von ihr zu nehmen, deutete er mit der Ballerina auf den blonden Mann. Den mürrischen Maler stellte er nicht vor.

»Miss Jones«, erwiderte sie hölzern.

»Das sagten Sie bereits.«

Sein schottischer Akzent war verschwunden, aber der Sarkasmus in seiner Stimme war dafür umso deutlicher hörbar. Sie kannte ihn erst seit wenigen Minuten, und doch wusste sie bereits, dass er einer der unkultiviertesten Menschen war, die je ihren Weg gekreuzt hatten. Und er wusste, dass sie log. Sie musste schleunigst dieses Haus verlassen, bevor er ihre wahre Identität enthüllte, denn dann würde dieser unglückselige Ausflug ganz gewiss ihrem Vater zu Ohren kommen.

»Nun«, sagte er. »Welche Führung wollten Sie hier in meinem Haus besuchen, Miss Jones?«

Sie schüttelte den Kopf. »Ich möchte mich jetzt verabschieden.«

Seine Augen verengten sich.

»Ich möchte Ihnen nicht länger zur Last fallen«, sagte sie. Hätte sie sich nicht den Knöchel verstaucht und wären ihre Röcke nicht so eng und die Schuhe nicht durchgeweicht, würde sie einfach die Flucht ergreifen.

Mr Matthews gab einen bedauernden Laut von sich. »Ich fürchte, die Führung, die Sie meinen, wurde abgesagt.«

Blackstone drehte den Kopf zu seinem Sekretär, als erstaune ihn diese Bemerkung. Mr Matthews wand sich sichtlich, aber Hattie wurde leichter ums Herz. »Es war also tatsächlich eine Führung geplant?«, fragte sie. »Allmählich hab ich schon geglaubt, ich hätte mir das alles nur eingebildet.«

Mr Matthews wich dem Blick seines Arbeitgebers aus. »Ja. Ich habe die Absagen gestern verschickt. Der ständige Regen hat ein Leck im Dach der Galerie verursacht, und einige dort ausgestellte Kunstwerke wurden dadurch beschädigt.«

»Hoffentlich nicht die *Ophelia?*«

Alle drei Männer sahen sie verständnislos an.

»Ich bin hierhergekommen, um mir die Präraffaeliten anzusehen«, erklärte sie Mr Matthews. »Vor allem die *Ophelia.*«

»Nein, die *Ophelia* ist unversehrt«, versicherte er.

Beschädigte Kunstwerke erklärten die Anwesenheit des Malers, der mit gelangweilter Miene hinter Mr Blackstone stand. Vermutlich war er der Restaurator. Einen Grund für Mr Blackstones Belästigung lieferte das alles aber nicht. Die ließ sich nur damit erklären, dass alle sie wohl für ein bestelltes Freudenmädchen hielten … Sie erbleichte.

Mr Matthews zupfte am Knoten seiner Krawatte. »Meine aufrichtige Entschuldigung, Miss Jones. Womöglich gab es eine Verzögerung bei der Post.«

»Bitte machen Sie sich keine Gedanken.« Sie zwang sich zu einem Lächeln, um ihn zu beschwichtigen. Die königliche Post arbeitete tadellos, soweit sie wusste. Allerdings wäre der Brief auch an ihre Vertraute in Cambridge geschickt worden, und offenbar hatte Miss Jones sie nicht mehr rechtzeitig über die Änderung informieren können. Allerdings war Hattie an diesem Morgen auch nicht mehr zu ihrem Postfach gegangen, weil sie viel zu beschäftigt damit gewesen war, im Geiste die Schritte durchzugehen, um Mr Graves zu entwischen.

»Matthews«, sagte Mr Blackstone unvermittelt. »Geben Sie Nicolas Bescheid. Er soll Miss Jones nach Hause fahren.«

Sie machte einen Schritt zurück. »Danke, aber das ist nicht nötig.«

Er blickte sie finster an. »Doch, das ist es.«

Mr Matthews eilte bereits auf seinen schlaksigen Beinen den Flur hinunter.

»Wie freundlich, dass Sie darauf bestehen«, sagte Hattie zu Mr Blackstone. »Aber es reicht, wenn Sie mir helfen, eine Droschke zu finden.«

»Meine Kutsche ist schneller, bequemer und steht bereit.«

Sie schüttelte den Kopf, wieder schlug ihr Herz unangenehm schnell. »Ich möchte Ihnen keine Umstände bereiten, Sir.«

»Gut, dann werde ich offen sein, Miss Jones«, sagte er gedehnt. »Womöglich ist es Ihren empfindlichen Ohren entgangen, aber ich habe einen gewissen Ruf.« Er deutete mit dem Kopf auf ihr derangiertes Aussehen. »Und wenn Sie Ihren guten Ruf behalten wollen, dann sollte besser niemand sehen, wie Sie unbegleitet aus meiner Haustür hinken.«

Sie hätte nicht gedacht, dass ihre Wangen noch heißer brennen konnten, aber sie glühten förmlich. Eine Lektion in Anstand und Sitte von einem Mann mit solch schlechten Manieren war, obwohl verdient, der Gipfel der Demütigung im Leben einer jungen Frau. Sie reckte die Nase. »Also gut.«

Mr Blackstone entblößte in einem Lächeln erstaunlich weiße Zähne. Sein linker Eckzahn war angestoßen, als setze sich darin die Narbe in seiner Oberlippe fort. Er hielt ihren Blick fest und rollte in einem verspäteten Anfall von Schicklichkeit die Ärmel runter. Die zerknitterte Baumwolle und die knopflosen Manschetten, die offen um seine Handgelenke fielen, erweckten jedoch den gegenteiligen Eindruck, da ein Mann vermutlich genau so aussehen würde, wenn er sich nach einem heimlichen Techtelmechtel in aller Eile anzog.

Hattie wandte den Blick ab, ihre Kehle war wie zugeschnürt. Ihre Lippen prickelten noch von seinem Kuss, und ihre linke Hand brannte von der Ohrfeige, die sie ihm gegeben hatte. Ihr Knöchel schmerzte teuflisch. Wäre es das schnellste verfügbare Transportmittel gewesen, hätte sie auch auf einem Esel das Haus verlassen.

3. KAPITEL

Eine Vorahnung kroch Lucian Blackstone den Rücken hinunter, als er beobachtete, wie die Kutsche mit dem rothaarigen Wirbelwind sich in den Londoner Verkehr einfädelte. Seltsam, denn er glaubte schon lange nicht mehr ans Schicksal und zog es vor, sein Glück mit eigenen strategischen Mitteln zu schmieden.

»Das war eine von Greenfields Töchtern, richtig?«, fragte er.

Die Erkenntnis war ihm gekommen, als er ihr Gesicht im Flur betrachtet hatte, nachdem sie endlich aufgehört hatte, wild kreischend herumzufuchteln und Antiquitäten zu zerdeppern. Das würde auch das Ziehen in seinem Bauch erklären, das er bei ihrem Anblick sofort verspürt hatte – der sechste Sinn, der sich bei jedem erfahrenen Dieb regte, wenn er etwas Wertvolles erblickte.

»Ich glaube schon, Sir.« Matthews klang nervöser als sonst. »Die roten Haare, die kleine, mollige Gestalt …«

»Ich habe Augen im Kopf, Matthews. Sie …« Er wandte sich an Renwick, der immer noch mit ihm und Matthews an der Hintertür herumlungerte, statt sich seiner Arbeit zu widmen. »Warum in drei Teufels Namen haben Sie mir gesagt, sie sei zum Vögeln hier?«

Renwick kratzte sich am Hinterkopf. »Weil sie ohne Anstandsdame herkam?«

»Eine notwendige Maßnahme, aber keine ausreichende Begründung, Sie Trottel.«

»Soweit ich weiß, erhalten Sie durchaus gelegentlich Besuch von Damen, die ein amouröses Stelldichein mit Ihnen beabsichtigen.«

»Hören Sie gut zu, Renwick«, blaffte Lucian. »Selbst wenn die Hure von Babylon höchstpersönlich hier auftauchen sollte, Sie lassen sie nicht in mein Haus. Haben wir uns verstanden?«

Er rutschte nur selten in den schottischen Dialekt seiner Jugend. An diesem Tag passierte ihm das jedoch immer wieder. Matthews neben ihm zappelte ungeduldig.

»Sie hat einen Höllenlärm veranstaltet«, erwiderte Renwick stur. »Hat wie wild an die Vordertür gehämmert, als sei der Teufel höchstpersönlich hinter ihr her.« Er schüttelte sich leicht – er verabscheute Lärm.

Lucian verengte die Augen.

Das fing Renwicks Aufmerksamkeit ein. »In Ordnung«, murmelte er. »Keine Besucher.«

»Gut«, sagte Lucian und ließ die Sache damit auf sich beruhen. Renwick würde zwar unabsichtlich Spione in Lucians Haus lassen, sein Talent als Maler machte ihn jedoch immer noch zum besten Mann in London, wenn es darum ging, ein fünfhundert Jahre altes Gemälde diskret zu restaurieren.

Nachdem die Tür hinter dem schmollenden Künstler zugefallen war, wandte er sich wieder an Matthews. »Nun zu Ihnen. Wann genau habe ich Galerieführungen für die Öffentlichkeit erlaubt?«

Sein Sekretär wirkte, als wolle er am liebsten die Flucht ergreifen. »Vor ungefähr zwei Monaten, Sir«, erklärte er. »Als eine der Methoden, die Sie gebilligt haben, um … äh … Ihren Ruf aufzupolieren.«

»Vor zwei Monaten?« Eine Erinnerung blitzte in Lucians Gedächtnis auf, und ja, er erinnerte sich an eine Liste, die Matthews ihm vorgelegt hatte. Vage. Weil er gerade erst aus seiner jährlichen Woche des Vollrausches wieder zu sich gekommen war, seiner Woche der Schande, in der er seine düstere Stimmung pflegte und sich die Lichter ausblies.

»Matthews.«

Die Augen des Mannes weiteten sich beunruhigt. »Ja?«

»Mir fällt es schwer zu verstehen, inwiefern es mir hilft, mich im House of Commons beliebt zu machen, wenn feine Schnösel in meinem Haus herumwandern und meine Sammlung betrachten.«

Matthews strich mit den Fingern über seinen Schnurrbart. »Sich durch Philanthropie beliebt zu machen ist ein langwieriger Weg«, sagte er zwischen zwei Strichen über den Bart. »Diese Strategie ist langfristig angelegt und beinhaltet eine Fülle von Maßnahmen, wie zum Beispiel der Öffentlichkeit Ihre Sammlung zugänglich zu machen, ein Mentor der Schönen Künste zu sein …«

»Ich weiß, was Philanthropie bedeutet. Nehmen Sie alles von Ihrer Liste, was Menschen Zugang zu meinen Anwesen erlaubt. Und jetzt besorgen Sie uns eine Droschke, die uns nach Belgravia bringt. Und strengen Sie Ihr Hirn an. Ich will alles wissen, was über das Greenfield-Mädchen bekannt ist.«

Lucians Stadthaus lag lediglich zwei Meilen entfernt, allerdings kamen sie nur langsam voran. Die Straßen waren nass und übersät mit Abfall, den verstopfte Regenrinnen und übergelaufene Kanäle hervorgebracht hatten. Karren und Kutschen stauten sich gefährlich in Trauben, statt sich in ordentlichen Schlangen vorwärts zu bewegen. Die Droschkenfenster waren beschlagen, und der Geruch nach feuchtem Stoff hing in der Luft.

Leider war sein sauberer, von geschickter Hand geführter Zweispänner derzeit unterwegs, um verirrte Erbinnen zu Hause abzuliefern.

Matthews saß ihm gegenüber, die Brauen konzentriert zusammengezogen. »Wenn sie die mittlere Tochter ist, ist sie ungefähr zwanzig Jahre alt, auf jeden Fall noch nicht volljährig.«

»Ist sie verlobt? Die Älteste ist verheiratet, soweit ich weiß.«

Matthews schüttelte den Kopf. »Meines Wissens nach ist sie niemandem offiziell versprochen. Vermutlich ist sie die Tochter, der Greenfield erlaubt hat, in Oxford bei Professor Ruskin zu studieren.«

Eine moderne Frau also. Eine Frau mit einer Meinung, ein Blaustrumpf. Ihr unbegleiteter Ausflug und die verrückte Erklärung, dass sie gekommen war, um an einer Kunstführung teilzunehmen – nicht, um ihn auszuspionieren –, entsprachen demnach wohl der Wahrheit. Warum sie jedoch diesen merkwürdigen alten Umhang getragen hatte, blieb ihm ein Rätsel.

Er stellte fest, dass er sich mit dem Zeigefinger über die Unterlippe fuhr, vor und zurück, als wollte er Spuren ertasten, die ihr weicher Mund womöglich hinterlassen hatte. Ein sehr weicher Mund. Sie hatte süß geschmeckt, nach Regen und gezuckertem Tee. Ihr Duft haftete immer noch an ihm; bei jeder Bewegung glaubte er, den Geruch von Rosen wahrzunehmen. Er hätte sogleich ahnen müssen, dass Renwick sich in ihren Absichten getäuscht hatte – in ihren großen braunen Augen hatte er keinerlei Erfahrung erkennen können. Vielleicht hatte er es auch geahnt und sie sich trotzdem gegriffen – nach all den Jahren übten Kostbarkeiten noch immer eine magnetische Anziehungskraft auf ihn aus.

»Greenfield ist ein Narr, dass er ihr eine so lange Leine

lässt«, sagte er mehr zu sich als zu Matthews, aber sein Sekretär nickte wie immer pflichtschuldigst.

Lucian vermutete, dass Julien Greenfield, den Patriarchen von Großbritanniens größter Bank in Familienbesitz, momentan andere Sorgen plagten, als seine Brut im Auge zu behalten. Der Mann hatte Probleme mit seinem privaten Investmentportfolio, insbesondere in Spanien, wo der wieder ermächtigte spanische Monarch in Madrid eine Bankenreformpolitik eingeleitet hatte. Vor ein paar Jahren war er zudem von der Bank der Gebrüder Pereire stark unter Druck gesetzt und fast aus der spanischen Eisenbahnbranche herausgedrängt worden. Deshalb hatte ihm der Finanzier auch in den vergangenen zwei Monaten zwei Einladungen zu einem privaten Lunch geschickt, vermutete Lucian, obwohl sie sich bisher noch nie begegnet waren. Lucian hatte seine Geschäfte in Spanien, bis auf einige wenige Investitionen in Eisenbahnunternehmen, schon längst reduziert. Er besaß jedoch immer noch einen Anteil von dreißig Prozent an dem Eisenbahnkonglomerat Plasencia-Astorga. Das musste Greenfield wohl herausgefunden haben.

Nun, das könnte eine geeignete Maßnahme sein, um seine Mission voranzubringen: sein letztes größeres Aktienportfolio in Spanien zu verkaufen.

»Sagen Sie, Matthews, diese Gutmensch-Liste, die Sie aufgestellt haben«, sagte er. »Was stand da sonst noch drauf?«

Sein Sekretär versteifte sich unwillkürlich, wie ein Schüler, der unerwartet zur Tafel gerufen wurde. Manchmal vergaß Lucian, dass Matthews mit seinen dreißig Jahren sogar ein Jahr älter war als er. Selbst an einem guten Tag fühlte sich Lucian Jahrzehnte älter als sein Sekretär.

»Ich habe Ihnen empfohlen, dass Sie sich öffentlich mit Ihrem Namen zu Ihren wohltätigen Aktivitäten bekennen«, antwortete Matthews. »Das Krankenhaus in York zum Beispiel würde es ohne Ihre finanzielle Unterstützung längst nicht mehr geben. Wir sollten noch in dieser Saison bekannt machen, dass Sie der Spender sind.«

Lucian brummte. »Dem wohltätigen Zweck ist mehr gedient, wenn er nicht durch meinen Namen geschwärzt wird.«

»Aus ebenjenem Grund habe ich mit äußerster Sorgfalt geeignete Projekte ausgewählt. Das Krankenhaus wird nur von den Armen aufgesucht, wieso sollte also jemand von Einfluss Kritik äußern?«

Niemand würde sich darüber mokieren, weil niemand von Einfluss sich für die Armen der Gesellschaft interessierte.

»In Ordnung«, sagte er. »Geben Sie meinen Namen bekannt.«

Matthews wirkte erfreut; offenbar war seine Liste ziemlich geschrumpft, nachdem er Galeriebesuche und dergleichen streichen musste. Vermutlich würde er sich, sobald sie Lucians Haus in Belgravia erreicht hatten, gleich auf sein Zimmer zurückziehen und wie gewöhnlich immer wieder dasselbe Lied auf seiner Querflöte spielen, um seine Nerven zu beruhigen.

Dabei war Matthews' Ansatz keineswegs dumm – zumindest war er nicht völlig lächerlich –, allerdings hielt Lucian ihn für wenig Erfolg versprechend, weshalb es die Mühe nicht wert war. Er hatte seine Gewohnheiten in den vergangenen Monaten bereits geändert: Er hatte einige Schuldscheine in weniger verruchte Hände als seine verkauft und einen Kredit sogar ganz erlassen, was er zuvor noch nie getan hatte. Bisher hatte dies jedoch keine sichtbaren Ergebnisse gezeigt, wie beispielsweise eine Einladung ins Büro des Schatzkanzlers.

»Eine Sache, Sir, könnten Sie tun, die eine sofortige und vorteilhafte Wirkung für Ihren Ruf hätte«, sagte Matthews.

»Ich bin ganz Ohr.«

Sein Sekretär mied seinen Blick und fixierte eine Stelle hinter seiner Schulter. »Sie könnten damit aufhören, Lord Rutland zu schikanieren.«

Eine eiserne Fessel umschlang Lucians Brust, als er den verhassten Namen hörte. »Niemals«, sagte er leise.

Matthews erbleichte, und Lucian wandte den Blick wieder zu dem schmutzigen Fenster. Waschlappen wie Matthews und ihr nervöses Gehabe strapazierten seine Geduld. Er vermutete jedoch, dass Matthews ihn ebenfalls nicht ausstehen konnte. Der Mann war der vierte Sohn eines Barons; er stand auf der Hierarchieleiter der Aristokratie ziemlich weit unten, und die Schatzkammer seiner Familie war leer, dennoch hielt er sich für etwas Besseres. Hartnäckig klammerte er sich an die Gewohnheiten eines feinen Pinkels und trug Weste, Anzug und Hose in unterschiedlichen Farben. Sein Familienwappen prangte gut sichtbar eingestickt auf seinen Krawatten. Er machte leise Bemerkungen in Latein, und seine bleichen, schmalen Hände hatten nie härtere Arbeit leisten müssen, als diese verdammte Querflöte zu halten oder die Karten bei einem Spiel, das er meist verlor. Ja, es war Matthews gewiss verhasst, Anordnungen von einem Mann wie Lucian entgegennehmen zu müssen. Obwohl dieser Mann ihn aus einer stinkenden Zelle im Schuldner-Gefängnis befreit hatte.

Es dauerte eine halbe Ewigkeit, bis sie vor Lucians Haus in Belgravia ankamen. Sein Arbeitszimmer empfing ihn dank der zugemauerten Fenster mit einer kühlen Ruhe. Die Gaslampen an den Wänden erwachten nur langsam zum Leben und tauchten den höhlenartigen Raum in ein stumpfes gelbes Licht, das die Farben aus den Perserteppichen auf dem Boden und den emporwachsenden Stapeln von Wissenschafts- und Handelsmagazinen saugte. Gaslicht war kein gutes Licht, es war schummrig und rußig. Lucian musste sich nah vor die große

Karte an der östlichen Wand des Büros stellen, um die unterschiedlichen Farben der Fäden zu erkennen, mit welchen er die Geldströme innerhalb Europas und zur amerikanischen Ostküste visualisiert hatte. Außerdem ruinierte er sich die Augen beim Entziffern seiner Notizen zur britischen Finanzpolitik, die er an der Wand hinter seinem Schreibtisch befestigt hatte. Sobald Edisons neuartige Glühbirnen und elektrischen Leitungen sich als sicher für den Gebrauch in Innenräumen erwiesen, würde er die Gasleitungen in seinen Häusern abschaffen.

Im Moment beschäftigte ihn jedoch Greenfields Tochter.

Er lehnte sich an die Kante des Schreibtischs. Auf der Geschäftskarte vor ihm zeigten Dutzende von Fäden Kredite, Aktienkapital und Einkommensströme an, die von einer Stecknadel mit dem Namen Greenfield darauf zu verschiedenen Ländern, Institutionen und Industrien wiesen. Das Bild bestätigte, dass Greenfields Unternehmungen in Spanien auf tönernen Füßen standen. Ohne eine Mehrheitsbeteiligung an einer der Eisenbahngesellschaften würde er in diesem Markt wohl auf die Hinterbank verwiesen werden. Männer wie Greenfield spielten jedoch nicht gern die zweite Geige.

Abgesehen von dem leisen Rauschen der Luft, die durch den Lüftungsschacht wehte, herrschte im Raum eine tiefe Stille, während Lucian nachdachte. Natürlich könnte er Greenfield seine Eisenbahnanteile verkaufen. Aber sobald das Geschäft abgeschlossen war, würde der Finanzier das Interesse an ihm verlieren. Geschäftsbeziehungen waren nur so lange verlässlich, wie man voneinander gute Deals erwarten konnte. Aus diesem Grund hatte Lucian auch Greenfields Lunch-Einladungen bisher ignoriert, denn sie boten ihm potenziell die Chance auf einen Platz am Tisch, und solange er nicht sicher war, wie er diese Chance am effektivsten nutzte, tat er vorerst nichts. Er wollte diesen Platz am Tisch. Unbedingt. Es hatte lange genug gedauert, bis er begriffen hatte, dass er sich mit seinem Reichtum allein nicht die Veränderungen erkaufen konnte, die er bewirken wollte. Geld, so hatte er gelernt, war eine völlig andere Bestie als Macht. Die *Macht* hielt die feine Gesellschaft innerhalb der hermetisch verriegelten Festung gemeinsamer Erfahrungen in Eton, Oxford und Cambridge, strategischen Eheschließungen und der Erbschaftsgesetze fest in ihren Händen. Politik wurde in privaten Hinterzimmern gemacht, bei exklusiven Dinnergesellschaften oder auf Reisen und Ausflügen. Trotz ihrer baufälligen Schlösser und ertraglosen Anwesen nahm für diese inzestuösen Kreise Vermögen immer noch einen geringeren Stellenwert ein als ein guter Name und Beziehungen. Julien Greenfield hatte jedoch inzwischen einen Fuß in der Tür. Ein Jahrhundert nachdem sich seine Familie in Großbritannien niedergelassen hatte, übersah man seine Zugehörigkeit zur Handelsklasse, und er rieb Schultern mit allen einflussreichsten Männern der Gesellschaft.

Lucian setzte sich an seinen Schreibtisch und griff zu seinem Füllfederhalter. Es gab noch einen anderen Weg in diese heiligen Kreise der feinen Gesellschaft. Die einzelnen Schritte seines Plans waren noch nicht gänzlich klar, aber seine Muskeln vibrierten bereits mit der zielstrebigen Anspannung, die er immer verspürte, wenn er eine lohnende Investition witterte.

Er würde sein Geld auf *Miss Jones* setzen.

4. KAPITEL

Ruskin hatte recht: Die Persephone sah entzückend aus.

Die Erkenntnis traf Hattie kaum zwei Minuten, nachdem die Unterrichtsstunde begonnen hatte.

Sie wich einen Schritt zurück; ihr Blick flog hastig über ihr Gemälde. Das leise Kratzen von Kreide und Pinseln auf Leinwand und die Schritte Ruskins, der im Saal umherwanderte, verblassten im Hintergrund.

Warum war ihr das zuvor nicht aufgefallen?

Da war sie nun, Persephone, und wurde von einem muskulösen Arm um ihre Taille aus ihrem Blumenfeld in die Unterwelt verschleppt, und obwohl ihr das Entsetzen ins Gesicht geschrieben stand, sah sie … sozusagen *höflich* entsetzt aus. Die Dynamik der Bewegung ihres Körpers, als sie sich von Hades, dem Gott der Unterwelt, wegdrehte, wirkte auf den zweiten Blick merkwürdig gezügelt. So würde man sich wohl kaum bei einer Entführung zur Wehr setzen.

Hattie wischte sich die schwitzigen Hände an der Schürze ab. Was für ein Desaster. Sie hatte sich wohl unbewusst darauf konzentriert, dass Persephone während ihrer Tortur ihre Eleganz bewahrte. Dadurch erweckte ihre Heldin nun den Eindruck, als mache sie sich Sorgen um ihre Frisur, während sie gegen ihren Entführer kämpfte. Wo war die Leidenschaft, die Wut, die Wahrheit? Nein, sie war keine Artemisia

Gentileschi. Vermutlich war ihr Gemälde die langweiligste Interpretation der Entführung seit Walter Crane.

Sie stieß einen Klagelaut aus, und die Aufmerksamkeit aller männlichen Studenten im Raum wandte sich mit einem hörbaren *Swusch* ihr zu. Rasch versteckte sie sich hinter ihrer Leinwand.

Rechts von ihr hielt Lord Skeffington im Skizzieren inne und betrachtete sie neugierig. »Gibt es ein Problem, Miss Greenfield?«, fragte er leise.

Womit sollte sie bloß anfangen? Ihre Wangen glühten, wahrscheinlich sah sie aus wie Rote Bete. Sie setzte ein Lächeln auf. »Nein. Ganz und gar nicht.«

Ziellos tupfte sie mit dem trockenen Pinsel über den gemalten Himmel und tat so, als sei sie in ihre Arbeit vertieft.

Bald schon schwenkte die Aufmerksamkeit wieder von ihr weg. Ihre Bestürzung aber blieb. Ihr Werk war trotz fünf Wochen intensiver Arbeit seelenlos. Leblos.

Der Kuss war schuld. *Dieser Kuss.*

Drei Tage danach war die Erinnerung an Mr Blackstones Lippen auf ihrem Mund immer noch nicht verblasst. Im Gegenteil: In ihren Tagträumen und nachts im Bett hatte sie die flüchtige Berührung schamlos immer wieder durchlebt, und inzwischen war der Kuss so angereichert von ihrer Fantasie, dass das Erlebnis nicht mehr schockierend war, sondern sich zu einer leidenschaftlichen, lebhaften und sinnlichen Affäre gewandelt hatte, die sie eigentlich auch gar nicht mehr vergessen wollte. Einige weiße Flecken auf der Landkarte ihres Alltags hatten nun Farbe bekommen. Beim Verschlingen ihrer zahllosen Liebesromane hatte sie nun den warmen Druck von Blackstones Mund im Sinn, wo zuvor ihre Erfahrung, wie sich ein Kuss anfühlte, darauf beschränkt gewesen war, die eigenen Lippen auf ihrem Handrücken zu spüren. Sie konnte nun auch endlich nachvollziehen, was ihre Freundinnen Annabelle und Lucie seit ihrer Verlobung mit ihren Männern hinter verschlossenen Türen genossen. Sie wusste allerdings auch, dass es Entsetzen, Fassungslosigkeit, Hitze und Verwirrung auslöste, wenn man von einem Lord der Unterwelt gepackt wurde. Sie hatte Blackstone geohrfeigt, ohne darüber nachzudenken. Keine dieser instinktiven Emotionen waren in ihrem Gemälde der Persephone erkennbar. Ihr Bild war naiv, unkundig. Nun wusste sie Bescheid. Blackstones Kuss hatte ihr die Erkenntnis gebracht.

Sie wandte sich an Lord Skeffington. »Mylord?« Ihre Stimme klang heiser.

»Miss Greenfield.« Er senkte den Pinsel und schaute sie fragend an.

»Glauben Sie, dass man ohne einschlägige Erfahrungen gute Kunstwerke erschaffen kann?«

Überrascht runzelte er die Stirn. »Hm. Haben Sie Schwierigkeiten mit Ihrem Gemälde?«

»Nein, ich denke nur generell über diese Frage nach.«

»Ah, eine philosophische Überlegung also.«

»Gewissermaßen. Ich frage mich: Müssen Künstlerinnen … oder Künstler persönliche Kenntnisse über das Thema ihrer Kunstwerke haben, damit es … Kunst ist?«

Lord Skeffington gluckste amüsiert. »Solch große Gedanken noch vor dem Mittagessen – oh je.«

Sein Lächeln verdrängte kurz ihre Sorge. Er war so charmant. Seine seidig glänzenden blonden Haare umrahmten sein Gesicht und wirkten in dem hell erleuchteten Saal wie ein Heiligenschein. Sein Mund war rosig und zart geschwungen – wäre er eine Frau, würde man einen solchen Mund als Rosenknospe beschreiben. Er entsprach fast genau dem Bild, das sie sich von Mr Bingley, ihrem Lieblingscharakter aus Jane

Austens Werken, gemacht hatte, und sie hatte den Platz neben ihm nicht ganz zufällig gewählt.

»Lassen Sie mich überlegen.« Er tippte mit dem Zeigefinger ans Kinn und gab vor nachzudenken. »Nun, ich weiß, dass kein einziger Maler klassischer Kunst jemals leibhaftig einen griechischen Gott gesehen hat. Daher denke ich, nein, persönliche Erfahrung ist nicht unbedingt notwendig, um ein hübsches Kunstwerk zu erschaffen.«

Sie zögerte. Glaubte er wirklich, dass der Zweck von Kunst darin bestand, *hübsch* zu sein? Er wirkte jedoch so zufrieden mit seiner Antwort …

Sie spürte schon wieder, wie die Aufmerksamkeit der anderen Studenten sich auf sie richtete, wie Ameisen, die auf eine frische Beute zueilten. Ein Ärgernis. Es hatte Monate gedauert, bis die jungen Männer damit aufgehört hatten, sie während des Unterrichts anzustarren und über sie zu tuscheln. Ruskins normaler Zeichenkurs war für die Öffentlichkeit zugänglich, und sowohl Männer wie Frauen waren dort willkommen. Aber eine Frau, die an der Universität eingeschrieben war? Unerhört. Und wenn sie dann noch in seinen Vorlesungen über Kunstgeschichte auftauchte? Skandalös. Demnächst wollte sie womöglich noch das Wahlrecht. Was tatsächlich stimmte. Sie war ein bunter Hund, trotz der Anstandsdame, die ihr nicht von der Seite wich. Im Moment machte Tantchen allerdings ein Nickerchen in dem speziell für sie bereitgestellten Korbstuhl vor dem Fenster, weshalb sie keine vernichtenden Blicke in die Runde verteilen konnte.

Hattie lenkte ihren Blick zurück auf ihre Persephone, die so langweilig und gelangweilt aussah, und ihr Magen wurde schwer wie ein Stein.

»Die Sache ist die«, flüsterte sie Lord Skeffington zu, wobei sie die sich spitzenden Ohren der anderen ignorierte. »Vor einer Weile habe ich einen Essay von John Dewey gelesen. Er behauptet, dass Kunst nur dann Kunst sein kann, wenn es gelingt, eine gemeinsame Erfahrung zu teilen. Wenn sozusagen eine Kommunikation stattfindet zwischen dem Kunstgegenstand und dem Publikum. Gelingt das nicht, ist es nur ein Gegenstand.«

Seine Lordschaft blinzelte verwirrt. Vermutlich hatte sie zu schnell gesprochen.

»Es findet quasi eine Art Wiedererkennen statt«, versuchte sie es erneut, »zwischen dem Künstler, dessen Werk eine universelle Erfahrung verkörpert, und den persönlichen Erfahrungen der Betrachter. Ein Moment des Gedankenaustauschs fremder Seelen.«

»Dewey, Dewey«, murmelte Lord Skeffington mit höflicher Miene. »Der Name kommt mir bekannt vor. Ist er Amerikaner?«

»Ja.«

»Ah.« Seine Mundwinkel hoben sich. »Die haben oft seltsame Ideen.«

Seltsam? Für sie hatte sich diese These sehr logisch angehört. Mit ihrer beschränkten Erfahrung konnte sie vielleicht etwas *Hübsches* erschaffen, aber wie konnte sie etwas kreieren, das bewegend und authentisch zugleich war?

Wenn die Seele in den Körper einer Frau der Oberschicht geboren wurde, war die Leine recht kurz. Die neugierigen Männer in diesem Saal konnten, wenn sie wollten, aus den Erfahrungen einer rauen, ungeschliffenen Welt schöpfen, gewonnen an verruchten oder weit entfernten Orten, die sie nie würde besuchen können. Gefeierte Malerinnen der Gegenwart gab es wohl – Evelyn de Morgan und Marie Stillman kamen ihr in den Sinn, aber sie stammten aus Künstlerfamilien oder man hatte ihnen erlaubt, in Paris zu studieren. Außerdem wurde von Frauen erwartet, dass sie idyllische Motive auf Leinwand bannten. Und obwohl Hattie ihre Kleider hübsch und rüschig mochte und ihre Romane gefühlvoll romantisch, hatte sie für ihre Kunst anderes im Sinn. Sie wollte … Ja nun, hauptsächlich wusste sie eigentlich nur, dass sie etwas anderes wollte.

Lord Skeffington trat vor ihr Gemälde. »Nun, das ist doch eine ausgezeichnete Arbeit. Eine schöne Lasurtechnik. Wollten Sie das Bild nicht auf einem familiären Anlass ausstellen?«

Sie stöhnte innerlich auf. »Ja. Nächste Woche. Bei einer Matinee.«

Ein Dutzend einflussreiche Männer würden zu diesem Anlass mitsamt ihren Ehefrauen im Haus ihrer Eltern in der St. James's Street zu Gast sein. Lieber würde sie gar nichts ausstellen als dieses Gemälde. So viel war sicher.

»Das eignet sich doch hervorragend für eine Matinee«, sagte Lord Skeffington. »Aber wieder einmal haben Sie ein ziemlich düsteres Thema gewählt.«

Sie lächelte verunsichert. »Düster?« *Wieder einmal?*

»Sie scheinen eine Vorliebe für … wie soll ich das ausdrücken … brachiale Szenarien zu haben, Miss Greenfield.«

»Ich … würde das nicht unbedingt behaupten?«

»Ich erinnere mich an Ihren Apoll, der einer unwilligen Kallisto nachjagte.«

»Oh. Das.«

»Und zu Beginn des letzten Trimesters haben Sie die Schändung der Kassandra als Thema gewählt.«

»Weil es eine der beliebtesten Darstellungen in der griechischen Kunst ist.«

»Ich habe lediglich ein vorherrschendes Thema in Ihren Werken bemerkt«, sagte Lord Skeffington sanft.

Vermutlich hatte er recht damit. Im letzten Trimester hatte sie Helena von Troja gemalt, ihr bestes Werk bisher. Aber in ihrer Interpretation stand Helena allein vor den rauchenden Ruinen einer geplünderten Stadt, mit Paris und Menelaus gebrochen zu ihren Füßen.

»Nun«, sagte sie. »Gibt es denn überhaupt ein Thema in den Klassikern, das nicht in irgendeiner Weise … brutal ist?«

»Die tanzenden Nymphen«, schlug Lord Skeffington vor. »Demeter und ihr Füllhorn, das sie über den Feldern ausschüttet? Penelope beim Weben? Alles sehr harmonische, geeignete Themen.«

Geeignet für eine Frau hing unausgesprochen in der Luft. Unmut stieg in ihr auf.

»Ich glaube, Hades war verzweifelt, als er Persephone entführte«, sagte sie bemüht freundlich, weil sie das reale Ebenbild von Mr Bingley nicht durch einen Temperamentsausbruch verschrecken wollte. »Immer von Dunkelheit und Tod umgeben zu sein hat ihn in eine morbide Stimmung versetzt. Er brauchte Gesellschaft, jemanden, der … lebendig war.«

»Ts«, machte Lord Skeffington. »Sie suchen Entschuldigungen für den Schurken, Miss Greenfield? Wie schockierend. Aber ich vermute, das zarte weibliche Herz kann gar nicht anders, als selbst beim gemeinsten Mann das Gute zu sehen, und das schließt wohl auch …« Er hob theatralisch die Hände, »… den König des Totenreichs mit ein.« Er gluckste wieder, und daher lächelte sie auch, obwohl ihre Wangen von der Anstrengung schon ein wenig schmerzten.

Tantchen war hellwach und zeigte sich auf dem kurzen Weg von der Kunstakademie zum Seiteneingang des Randolph Hotels, wo sie während des Trimesters logierten, in rechthaberischer Stimmung.

»Der junge Lord Skeffington ist außerordentlich aufdringlich«, sagte sie so laut, dass Hattie unwillkürlich zusammenzuckte. »Ich habe beobachtet, wie er dich mit seinem Geschwätz von deiner Arbeit abgelenkt hat.«

Tantchen verlangsamte auch Hatties Schritte, indem sie ihren dünnen Arm bei ihr einhakte und ihr mit ihrem schweren, französischen Parfüm ihre Sinne vernebelte. So bildeten sie auf dem schmalen Bürgersteig auch ein eindrucksvolles Hindernis für andere Passanten.

»Er wollte nur Konversation über die Malerei machen, Tantchen.«

Tantchen legte sich eine Hand an ihr rechtes Ohr. »Wie bitte?«

»Er wollte nur Konversation machen«, sagte Hattie laut. Mr Graves, ihr unliebsamer Leibwächter, der mit ausdrucksloser Miene und grauem Mantel hinter ihnen herschlich, hörte jedes Wort, ob er es nun wollte oder nicht.

»Ah«, sagte Tantchen und zwang einen Gentleman, der sich an ihr vorbeidrängen wollte, mit einem Wink ihres Spazierstocks auf die Straße. »Anfangs wollen sie immer bloß Konversation machen. Jedenfalls zu meiner Zeit. Als Nächstes wirst du dann zu einem Spaziergang eingeladen.«

»Mama wäre sicher erfreut, wenn Lord Skeffington dergleichen tun würde.«

»Was?«

»Ich sagte, Mama wäre darüber sicher erfreut!«

»Ah. Wäre sie das? Er ist ein wenig schmächtig, nicht wahr?«

Schmächtig? Lord Skeffington verfügte über die angenehme, gefahrlose Statur eines jungen Gentlemans, der die Schönen Künste mochte. Außerdem spielte sein Aussehen wohl kaum eine Rolle. Seit ihr Vater Flossie mit einem tollpatschigen holländischen Textilmagnaten verheiratet hatte, hielt ihre

Mutter für ihre beiden anderen Töchter Ausschau nach einem adeligen Verehrer. Und da Mina Augen auf einen niederen Ritter geworfen hatte, von dem sie hoffte, dass er ihr bis zum Ende des Sommers einen Antrag machen würde, blieb die Aufgabe, sich eine hochadelige Partie zu angeln, an Hattie hängen. An einem normalen Tag hätte sie sich eine Ehe mit einem Mann des Hochadels gern vorgestellt. Und Lord Skeffington gefiel ihr äußerlich: goldblond, vornehm und nicht viel älter als sie selbst. Ihnen würden viele Jahre bleiben, in denen er ihr für ihre Gemälde als Ritter in schimmernder Rüstung Modell sitzen konnte.

»Vorsicht!« Tantchen zog so stark an ihrem Arm, dass sie stehen blieb.

Sie waren an der Kreuzung zum Randolph angekommen, aber die nächste sich nähernde Kutsche war noch weit entfernt. Tantchens Augen waren genauso schlecht wie ihr Gehör. Eigentlich war sie für die Aufgabe der Anstandsdame denkbar schlecht geeignet.

»Du steckst immer mit dem Kopf in den Wolken«, murmelte ihre Tante. »Eines Tages wird dich das noch in Schwierigkeiten bringen.«

Hattie tätschelte die zerbrechliche Hand auf ihrem Arm. »Du passt doch auf mich auf, da wird mir schon nichts zustoßen.«

»Hmpf. Und warum humpelst du dann?«

Weil ihr verknackster Knöchel immer noch schmerzte, eine anhaltende Mahnung an ihren törichten Ausflug nach London.

»Ich bin zu schnell die Treppe hinuntergerannt.« Dass sie die Lüge förmlich brüllen musste, machte sie nur noch schlimmer.

»Das sollte dir eine Lehre sein, nicht zu rennen«, stellte Tantchen fest. »Ich nehme an, wir sollten Seine Lordschaft zum Dinner einladen. Morgen!«

»Eine Einladung für morgen wäre recht kurzfristig, Tante. Außerdem werden wir zum Familiendinner erwartet.«

»Nun gut. Dann werden wir deine Mutter morgen Abend bitten, dass sie Lord Skeffington möglichst bald zu einem formelleren Anlass einlädt.«

Tantchen wartete, bis sie die Straße überquert und die kühle Lobby des Randolph betreten hatten, bevor sie fragte: »Du weißt, dass sein Vorname Clotworthy lautet?«

Das war Hattie bekannt. Und nun wusste es auch das Hotelpersonal am Empfang, Mr Graves und vermutlich auch ein paar Gäste, die auf den Sofas vor dem Kamin saßen und verdutzt zu ihnen blickten.

»Ja«, sagte Tantchen eifrig, während sie auf den Fahrstuhl zusteuerte. »Clotworthy. Wie sein verstorbener Vater. Wenn ich mich richtig erinnere, hieß auch sein Großvater Clotworthy.«

»Ist das so …«, sagte Hattie, sich innerlich die Haare raufend.

»Ich dachte, das solltest du wissen, bevor wir ihm eine Einladung schicken. Eine Frau sollte gründlich darüber nachdenken, ob sie in den Annalen einer langen Reihe von Clotworthy Skeffingtons verewigt werden will. Die Familie würde gewiss darauf bestehen, dass du deinen Sohn ebenfalls Clotworthy nennst, und das ist für ein kleines Kind ein ziemlich wuchtiger Name. Ich schlage vor, dass du ihn Clotty nennst.«

Hatties Wangen brannten. Verstohlen sah sie sich um. Auf solche Weise wurden Gerüchte in die Welt gesetzt. Solche Gerüchte konnten eine junge Frau in schreckliche Schwierigkeiten bringen, und entgegen aller Eindrücke war sie tatsächlich nicht auf Schwierigkeiten aus. Im Gegenteil: Da ihr letzter Ausflug damit geendet hatte, dass ihr Mund mit dem eines Schufts verschmolzen war, hatte sie beschlossen, sich zukünftig tadellos zu benehmen.

Mr Graves wird das sicher auch zu schätzen wissen, dachte sie, als ihr Leibwächter sich an ihr vorbei in die Suite drängte, um seine übliche Runde zu drehen und zu überprüfen, ob sich Entführer während ihrer Abwesenheit hineingeschlichen hatten. Im Moment zog es Graves vor, seine Anstellung nicht zu gefährden, indem er ihrem Vater berichtete, dass sie ihm vor drei Tagen entwischt war, aber er würde wohl nicht ewig schweigen.

Sie stellte ihre schwere Tasche auf eins der Sofas im Salon vor dem Kamin und streckte sich seufzend. Tantchen verschwand im angrenzenden Zimmer, daher zog sie sich für eine Ruhepause ans Fenster zurück. Unter ihr lag die geschäftige Magdalen Street, und aus der luftigen Höhe des zweiten Stocks konnte sie sich ganz dem Vergnügen hingeben, das Leben völlig Fremder zu beobachten, ohne beim Starren erwischt zu werden.

Diesmal flog ihr Blick jedoch ziellos über den Bürgersteig. Sie fühlte sich wegen des Persephone-Fiaskos immer noch niedergeschlagen. Beim Malen hatte sie sich ihr Ziel auf »bemerkenswert« statt »ganz passabel« gesetzt. Ein Traum, der ebenso sehr aus Ehrgeiz wie auch aus Notwendigkeit geboren war. Die Malerei erforderte keine der Fähigkeiten, die man sonst für bemerkenswerte Leistungen benötigte, wie Schreiben oder Rechnen. Sie konnte nicht eine Zeile fehlerfrei schreiben, und selbst beim Abschreiben einer Zahlenreihe vertauschte sie einzelne Ziffern. Dieser Tag hatte sie unangenehm stark an ihre Einschränkungen erinnert. *Es liegt nicht an den Augen. Man könnte es eher als eine Wortblindheit beschreiben*, hatte vor Jahren der letzte einer langen Reihe konsultierter Ärzte gesagt, zu denen sie geschleift worden war, weil ihre Leistungen trotz rigorosen Übens sich nicht besserten. Es hatte ihren Vater tief getroffen. *Wenn es nicht die Augen sind, dann liegt es an … ihrem*

Gehirn? Stimmt etwas mit ihrem Gehirn nicht? Eine dumme Greenfield, hoffnungslos überfordert mit Rechnen und Bankgeschäften, und das, obwohl sie sein Fleisch und Blut war – welche Schande! Seine Enttäuschung hatte sie schmerzlicher getroffen als das Lineal ihres Lehrers, mit dem er ihr immer wieder auf die Hand schlug, um sie zu strafen, dass sie mit der linken Hand schrieb und weil sie immer wieder Fehler machte, gleich, welche Hand sie benutzte. Ihr Leben hatte aus wunden Fingern und seelischen Verletzungen bestanden, bis sie ihr Talent in einer bunten Farbpalette gefunden hatte. Dennoch hatte sie die Worte ihres Vaters vorhin in der Akademie laut und deutlich in ihrem Gedächtnis gehört.

»Harriet«, rief ihre Tante aus dem Nebenzimmer. »Ich möchte Bridge spielen.«

Bridge. Oh nein! Nicht schon wieder. »Gleich, Tante«, sagte sie, ohne sich zu rühren.

Auf der gegenüberliegenden Straßenseite strahlte das von der Sonne geküsste Sandsteingebäude des Balliol Colleges eine stoische goldene Ruhe aus. Wenn Mauern weise wirken konnten, dann waren die Gemäuer von Oxford wohl preiswürdig.

Hattie atmete tief durch. Sie war so weit gekommen. Ihr Studium in Oxford war die Krönung jahrelanger harter Arbeit, und das hatte für jemanden wie sie, die gewöhnlich alles bekam, noch bevor sie wusste, dass sie es überhaupt brauchte, besonderes Gewicht. Ihr Pinselstrich war unbeholfen und unstet gewesen, von einer angstvollen rechten Hand geführt. Tausende Stunden hatte sie mit zusammengebissenen Zähnen geübt, bis sie den Pinsel mit der rechten Hand ebenso sicher führen konnte wie mit der linken. Sie hatte sich durch all die umfangreichen Bücher gekämpft, die Ruskin geschrieben hatte, einschließlich *The Laws of Fésole*. Wortblindheit oder nicht, momentan lernte sie vom Besten. Gut, Oxford war nicht Paris, dort hätte sie wie jede modebewusste junge Frau mit Kunstsinn lieber studiert, aber ihr Vater hatte sie nicht weiter fortziehen lassen, und sie würde das alles jetzt nicht aufgeben, weil ein Kuss sie aus der Bahn geworfen hatte.

»Harriet!«

Sie seufzte. Vielleicht war es auch an der Zeit, sich von der Leine ihrer Familie zu lösen. Einen möglichen Ehemann zum Dinner einzuladen war dazu der erste Schritt.

Die Erinnerung an einen kühlen grauen Blick schoss ihr in den Sinn, und ein rätselhafter Schauer lief ihr über den Rücken.

Das wöchentliche Familiendinner am Freitag in St. James's lief ziemlich schnell aus dem Ruder. Flossie war mit ihrem kleinen Sohn aus Amsterdam zu Besuch, weil sie sich mit ihrem Ehemann gestritten hatte, und Zachary war aus Frankfurt zurück. Noch bevor der Hauptgang serviert wurde, gab es hitzige Debatten.

Flossie saß Hattie gegenüber, zwischen Benjamin und Tantchen, ihre rundlichen Wangen waren vor Ärger gerötet. »Ich hätte eine solch gleichgültige Haltung bei einer Hungersnot nicht erwartet, jedenfalls nicht von dir, Mama.« Flossie spießte schwungvoll mit der Gabel einen dampfenden Pilz auf ihrem Teller auf.

Die Missbilligung ihrer Mutter Adele wehte wie ein eiskalter Sturmwind über den Tisch. »Dich so heftig mit deinem Gatten zu streiten, ist übertrieben und geschmacklos.«

Flossie schüttelte unwillig die roten Locken. »Nicht, wenn er die Getreidepreisspekulationen auch noch verteidigt.«

»Du hast einen recht belehrenden Tonfall, und das finde ich ziemlich ermüdend.«

»Wohl kaum so ermüdend wie hungrige Kinder! Haben wir denn aus der letzten indischen Hungersnot nichts gelernt?«

»Oder der irischen«, murmelte Hattie.

»Lord Lytton hat jedenfalls nichts daraus gelernt«, bemerkte Zachary zwischen zwei Bissen. »Wie ich höre, hegt er immer noch Einwände gegen die für Indien festgelegten Klassifizierungen einer Hungersnot. Dieser Taugenichts.«

Flossie hob die Brauen und schaute ihre Mutter an, als wollte sie sagen: Siehst du?

»Hungersnöte sind schreckliche, aber auch ganz natürliche Ereignisse«, meinte Adele. »So unausweichlich, wie im Winter Schnee fällt.«

»Die britische Infanterie in Afghanistan mit Geldern aus der Hungerhilfe zu finanzieren ist allerdings kein natürliches Ereignis«, beharrte Flossie. »Und genau das hat Lytton im vergangenen Jahr getan. Diese Hungersnot wurde von der britischen Regierung noch verschärft, wenn nicht gar hervorgerufen, weil sie sämtlichen bengalischen Weizen direkt nach London transportieren ließ. Und dann haben *gewisse Männer* die Sache noch mal verschlimmert, weil sie absichtlich die Verteilung hinauszögerten und auf die Getreidepreise spekulierten.«

»Wer sagt das?«, verlangte Adele zu wissen.

»Florence Nightingale«, antwortete Mina ruhig. »Ich habe ihre Berichte gelesen.«

»Ach was!«

»Sie kam zu dem Schluss, dass die Hungersnöte durch grobes Versagen der britischen Regierung hervorgerufen wurden«, ergänzte Mina. »Dies beinhaltet auch die Umverteilung von Geldern aus der Hungerhilfe, um die Infanterie in Afghanistan zu finanzieren.«

Adele presste die Lippen zusammen. Alle am Tisch wussten, wie sehr sie Florence Nightingale für ihre Arbeit als Krankenschwester bewunderte. Gelegentlich wandte sie sich auch an sie, um sich Rat für ihre eigenen wohltätigen Projekte einzuholen. Von politischen Angelegenheiten hielt sie sich jedoch fern, so, wie es sich geziemte.

»Meine Liebe, diese Pilze sind ausgezeichnet«, sagte Julien Greenfield. »Ist das ein neues Rezept?«

Hattie musterte ihn misstrauisch. Ihr Vater mischte sich nur selten in die Tischdebatten ein, aber er strahlte schon den ganzen Abend über eine stille Zufriedenheit aus, und durch den weißen Bart, der seinen Mund bis zum Kinn umrahmte, wirkte er wie ein fröhliches Walross. Vermutlich, weil Flossie zu Besuch da war. Flossie genoss seine Anerkennung. Sie wusste über Leerverkäufe Bescheid oder wie man eine Hausse-Position absicherte und welche Aktien in welcher Branche demnächst steigen würden. Vermutlich würde sie mit Zachary spätestens beim Hauptgang die beste Strategie für dies und das in Onkel Jakobs deutschem Portfolio aushecken. Mina würde sich an dem Gespräch beteiligen; sie hing bereits jetzt an den Lippen der beiden und pickte gelegentlich blindlings im Essen auf ihrem Teller. Benjamin, der mit seinen vierzehn Jahren in der seltsamen Phase zwischen Junge und Mann steckte, würde allem, was Zach zu sagen hatte, euphorisch beipflichten. Mina würde sich deswegen über ihn lustig machen. Sie hatte bereits darüber gescherzt, dass er sein kastanienbraunes Haar in derselben Weise trug wie Zach; kurz an den Seiten, wellig am Oberkopf. Wurde die Diskussion schließlich zu hitzig, würde sich jemand, vermutlich Zachary, unausweichlich an sie wenden und fragen: *Wie geht es mit deiner Kunst voran, Pom Pom?* Ihre Kunst war neutrales Terrain, da sie bei keinem Mitglied ihrer Familie starke Gefühle auslöste. Sie war quasi der Gaumenreiniger zwischen den Gängen.

Sie nippte an ihrem Wein und war sich ihrer Position in der Hierarchie am Dinnertisch an diesem Abend übermäßig bewusst. Man hatte sie in die Kategorie *Entzückend* gesteckt, nachdem klar wurde, dass ihr Gehirn seltsam war und ihr Interesse an Finanzen beschränkt. Jedes Mal, wenn sie ihre Eltern im Haus in St. James's besuchte, ließ sie die moderne Frau mit dem eigenen Atelier in Oxford, die sich den Suffragistinnen angeschlossen hatte, auf der Türschwelle zurück. In der Eingangshalle wartete schon die Hülle ihres jüngeren Selbst auf sie, die sie sich überstreifte wie ein schlecht sitzendes Kleid. An diesem Abend engte sie die alte Haut besonders stark ein; sie hatte das Gefühl, als jucke es sie am ganzen Körper. Aber so kannte ihre Familie sie nun mal, und sie wollte sie auch nicht anders sehen.

»... Ich würde sogar so weit gehen, jedwede Spekulation als unmoralisch zu bezeichnen«, sagte Flossie. »Damit wurden in den vergangenen Jahrzehnten die meisten Banken- und Wirtschaftskrisen ausgelöst ...«

Ihr Vater stellte sein Weinglas ab. »Nun, Florence, sei ein Schatz, atme tief durch, und hör auf, deine Mutter zu provozieren. Glaubst du etwa, deine Mitgift bestand aus wohltätigen Spenden?«

Flossie schnappte empört nach Luft. Das war das Zeichen für Zach, sich mit einem Zwinkern in den braunen Augen an Hattie zu wenden. Nein, sie hatte an diesem Abend keine Lust, das Intermezzo zu sein. Sie schaute an ihrem Bruder vorbei zu ihrem Vater. »Papa, ich habe mich über einige Gerüchte gewundert.«

Ihr Vater zog die buschigen Brauen zusammen. »Gerüchte? So so. Was hat das mit mir zu tun? Sehe ich etwa für dich aus wie eine Ausgabe von *The Tatler?*«

»Es geht um Gerüchte über Mr Blackstone.«

Es war unausweichlich gewesen, dass sein Name zur Sprache kam. Schon die ganze Woche lag er ihr auf der Zunge.

Eine unheilvolle Stille breitete sich schlagartig im Speisezimmer aus, und ihr Herz schlug schneller. Ein argwöhnisches Funkeln war in die Augen ihres Vaters getreten, und einen schrecklichen Moment lang dachte sie, dass er über ihren Ausrutscher Bescheid wusste.

»Blackstone, sagst du«, murmelte er. »Der Geschäftsmann?«

Sie nickte. »Es heißt, er ruiniert Adelige. Ich habe mich gefragt, was genau er getan hat.«

»Warum interessierst du dich für ihn?«

Warum – in der Tat. Sie hätte einfach still ihr Brötchen essen sollen. Nun waren alle Augen auf sie gerichtet.

»Nun, Julien, du verbirgst deinen Ärger kaum, wenn Blackstone mal wieder eine deiner Einladungen abgelehnt hat«, sprang ihre Mutter ihr zur Seite.

»Das ist genau zwei Mal geschehen«, erwiderte ihr Vater milde.

»Du hast ihn eingeladen?«, fragte Flossie. »Wegen Spanien?«

Er blinzelte. »Ich kann mich nicht erinnern, die Spanien-Geschäfte mit dir besprochen zu haben.«

»Du hast Zachary wegen dieser Sache zu Onkel Jakob geschickt«, erklärte Flossie. »Und da ist die Bankenreform, die Eisenbahnenspekulationsblase, die Gebrüder Pereire …«

»Ja, ja, wegen Spanien«, gab ihr Vater zu und griff wieder nach seinem Glas.

»Falls ich etwas dazu sagen darf, Vater …« Zach wandte sich an Hattie. »Um deine Frage zu beantworten: Blackstone hat Adelige insofern ruiniert, indem er die Bezahlung ihrer überfälligen Kredite präzise zu dem Zeitpunkt einforderte, als diese nicht genügend Mittel besaßen, um sie zu decken. Man kann darüber spekulieren, wie er den richtigen Zeitpunkt herausfand, um zuzuschlagen. Jedenfalls haben diese Herrschaften ausnahmslos das Familiensilber oder ein Anwesen verkaufen müssen, um ihre Schulden zu begleichen.«

Flossie wirkte entsetzt. »Welcher Gentleman bei klarem Verstand tut denn so etwas Schreckliches?«

»Blackstone ist kein Gentleman«, erwiderte Zachary trocken.

»Ist er ein Kunde von uns?«, wollte Hattie wissen.

»Himmel, nein. Vermutlich führt er sein Konto bei einer oder zwei kleineren Privatbanken wie *Hoare & Co.* Und die bewahren Stillschweigen, denn wenn er sein Geld zurückziehen würde, könnten sie ihr Haus wohl schließen.«

»Ist er so reich, wie man behauptet?«

»Unanständig reich, soweit wir das beurteilen können.«

Die Anspannung ließ nach, und ihre Schultern lockerten sich. Niemand schien eine Ahnung von ihrem Ausflug zu haben. »Warum tut er so was?«, murmelte sie. »Diese Lords zu demütigen, das ist schrecklich gehässig.«

Flossie zog eine Grimasse. »Viel interessanter ist doch die Frage, warum Gentlemen bei klarem Verstand sich weiter von ihm Geld leihen.«

Hattie dachte an Lucies Verlobten, Lord Ballentine, der sich von Blackstone Geld geliehen hatte, um die Hälfte der Anteile des Verlagshauses *London Print* zu erwerben. Zugegebenermaßen gehörte Ballentine zur moralisch ambivalenten Sorte.

»Männer benehmen sich gelegentlich dumm«, erklärte Mina. »Sie spielen gern auf dem Aktienmarkt oder am Roulettetisch, aber sie überschätzen oft sowohl ihr Glück als auch ihre Fähigkeiten.«

»Mina«, sagte Adele mit scharfem Ton. »Du sollst nicht so reden.«

»Entschuldige, Mama.«

»Zynismus ist bei einer jungen Frau nie liebenswert. Ebenso wenig wie politischer Eifer.«

»Ich sag so etwas nicht noch mal, Mama.«

»Das wäre zu begrüßen. Deine Verlobung ist noch nicht offiziell verkündet, und Sir Bradleigh kann immer noch einen Rückzieher machen.« Während sie Mina tadelte, durchbohrte ihre Mutter Hattie mit einem gezielt vernichtenden Blick, als sie sich ein weiteres Brötchen nehmen wollte. Über zwanzig Jahre später war Adele Greenfield immer noch über die Tatsache verärgert, dass sie ihren drei Töchtern zwar ihr rotes Haar vererbt hatte, aber nicht ihre zierliche Gestalt, die sie für sehr elegant hielt, und das ließ sie keine von ihnen je vergessen. Seufzend legte Hattie die Brotzange zurück.

»Die Gentlemen haben selten direkt mit Blackstone zu tun«, meinte Zach zu Flossie und nahm sich das Brötchen. »Er ist berüchtigt dafür, dass er sich nur selten in der Öffentlichkeit zeigt und sehr niederträchtig sein kann. Wie ich höre, hat er mehrere verfallene Schuldscheine von anderen Gentlemen aufgekauft, mit saftigem Aufschlag.«

Flossie machte große Augen. »Wie berechnend. Man könnte meinen, er hätte ein Hühnchen mit der feinen Gesellschaft zu rupfen.«

Mina nickte. »Er klingt wie das Inbild eines Schurken – Entschuldige, Mama.«

»Ich frage mich, wie ein solch unangenehmer Mann aus dem Nichts zu Vermögen kommen konnte«, überlegte Flossie widerwillig beeindruckt.

»Er hat sein Geschäft vor zehn Jahren mit dem Handel von Wechselbriefen begonnen«, erklärte Papa. »Und zwar sehr geschickt.«

»Er investiert offenbar auch gern in Branchen, die mehr Profit machen, sobald sie neue Technologien einsetzen, in die er bereits investiert hat«, ergänzte Zach. »Wie es scheint, sind die einzigen Blindgänger in seinen Geschäften Bergwerke. Aus denen, die er hier in Großbritannien gekauft hat, hat er zumindest bisher keine großen Profite schlagen können.«

Ihr Vater zerteilte eine Bratkartoffel. »Schwächelnde Minen scheinen sein Steckenpferd zu sein, obwohl der Wahnsinn vielleicht Methode hat.«

»Darauf wette ich«, sagte Zachary mit widerstrebendem Respekt in der Stimme. Das mochte Hattie so an ihm. Zach war mit seinen vierundzwanzig Jahren ein geschickter Finanzier, aber sie liebte ihn für seinen Gerechtigkeitssinn.

»Handel erfordert zunächst mal Kapital«, beharrte Flossie. »Woher hat er das?«

Unter dem Tisch spürte Hattie einen Stoß von einem Fuß. Einen Moment später legte Zach ihr etwas in den Schoß. Verstohlen senkte sie den Blick. Dort lag das Brötchen, das ihre Mutter ihr verweigert hatte. Oh, sie liebte ihren Bruder vor allem für seinen Beschützerinstinkt. Sie stopfte das Brötchen unauffällig in ihre Rocktasche, während ihre Mutter die zahlreichen Missetaten von Mr Blackstone aufzählte, die hauptsächlich aus seiner zwielichtigen Herkunft und seiner grässlichen Behandlung eines Lord Rutland zu bestehen schienen.

»Kürzlich hat er seine Taktik geändert«, sagte ihr Vater. »Er hat ein paar Schuldscheine verkauft und Kredite erlassen. Die Herren im Klub nehmen dies zur Kenntnis.«

Benjamin neigte den Kopf. »Hast du ihn deshalb angeschrieben?«

»Sehr gut erkannt.« Papa klang erfreut, als ob Benny etwas sehr Schlaues gesagt hätte.

»Warum ist das ein Grund?«, wollte Hattie wissen, etwas verstimmt, weil ihr der Zusammenhang offenbar entgangen war.

»Der Grund«, erklärte ihr Vater, »ist der, dass Blackstone womöglich nicht länger mit seiner Rolle im Schatten zufrieden ist. Er glaubt vielleicht, dass er dieses Potenzial ausgeschöpft hat, und an diesem Punkt hungern Männer meist nach mehr.«

»Vater glaubt, dass er geneigt sein könnte, uns einige Aktien zu verkaufen, die für uns von großem Interesse sind«, ergänzte Zach. »Und wir sind geneigt, den potenziellen Wunsch des Mannes nach gesellschaftlicher Anerkennung auszunutzen.«

»Manchmal schaufelt sich ein Mann durch seine Worte auch sein eigenes Grab«, meinte Adele.

»Das werden wir bald genug herausfinden«, sagte Papa, und sein selbstgefälliger Ton verursachte Hattie eine Gänsehaut. »Blackstone hat mir geschrieben«, fuhr er fort. »Und ich habe ihn zu der Matinee nächste Woche eingeladen. Er hat die Einladung angenommen.«

Hattie entwich ein Keuchen. Es fiel jedoch niemandem auf, da alle anderen ebenso überrascht waren.

»Du hast ihn also eingeladen«, bemerkte ihre Mutter kühl. »Zu der Matinee.«

Er kommt wegen mir. Ein heiß-kalter Schauer überlief Hattie. Wollte er sie anschwärzen?

»Ja, zur Matinee«, bestätigte ihr Vater. »Und ich erwarte, dass ihr alle euch in seiner Gegenwart völlig normal verhaltet. Der Fisch ist vielleicht am Haken, aber er ist längst noch nicht eingeholt.«

Blackstone. Er würde in ihrem Zuhause herumschleichen, in ihren eigenen vier Wänden …

»Mr Greenfield, das ist lächerlich«, sagte ihre Mutter. »Ganz egal, ob er sein Verhalten geändert hat oder nicht, er gehört nicht zu den feinen Kreisen und ist kein guter Umgang. Wenn er zur Matinee kommt, muss ich ihn respektablen Gästen vorstellen. Wie soll ich das tun, wenn wir so gut wie nichts über ihn wissen?«

»Meine Liebe, wo ist deine Nächstenliebe geblieben?«

»Nun, sie endet dort, wo unser guter Ruf in Gefahr gerät!«

»Die Matinee!« Tantchen hob abrupt den Kopf, als ob sie bis jetzt mit weit geöffneten Augen geschlafen hätte. Sie hob ihr Hörrohr, das auf ihrem Schoß lag, ans rechte Ohr und wandte sich dem Fußende des Tisches zu. »Adele, wir müssen noch eine weitere Einladung verschicken. An den jungen Viscount Skeffington.«

»Nein!« Das Wort schoss aus Hatties Mund, bevor sie es verhindern konnte.

»Nein?« Tantchen wendete das runzelige Gesicht verwirrt ihr zu. »Warum denn nicht? Du hast doch darauf gedrängt, dass er eingeladen wird.«

Mina, Benny und Flossie grinsten.

»Gedrängt, aha. Hat sie das?«, bemerkte ihr Vater. »Kennen wir den jungen Mann? Skeffington … Lord Clotworthy Skeffington?«

Der ganze Raum begann, sich um Hattie zu drehen. »Wir sollten Lord Skeffington ein anderes Mal einladen, Mama«, sagte sie. Ihre Stimme klang blechern wie billiges Messing. »Ich kann an der Matinee nicht teilnehmen.«

Ihre Mutter blickte sie besorgt an. »Warum denn nicht?«

»Weil ich … indisponiert sein werde.«

»Woher willst du das wissen? Fühlst du dich nicht wohl?«

Nein, ihr ging es ganz und gar nicht gut. Und ihr Zustand würde sich mit aller Wahrscheinlichkeit noch verschlimmern.

5. KAPITEL

Am Sonntag kehrte Hattie nach Oxford zurück, doch eine passende Gelegenheit, um mit ihren Freundinnen über das Blackstone-Desaster zu reden, wollte sich nicht ergeben. Am Montag kamen sie zum wöchentlichen Treffen der Frauenbewegung in Lucies Salon in Norham Gardens zusammen. Lucie begrüßte sie an der Tür; ihre blonden Haare umrahmten unordentlich ihr herzförmiges Gesicht, und ihre Augen blitzten vor Wut – oh-oh, offenbar hatte der *Manchester Guardian* Ärger wegen der Veröffentlichung ihres Berichts über leidtragende Ehefrauen. Das war zu erwarten gewesen, denn nur Weniges war empörender als Frauen, die lautstark einforderten, vor dem Gesetz wie Menschen behandelt zu werden. Deswegen drehte sich das ganze Treffen natürlich um die Frage, wie die Suffragistinnengruppen in Großbritannien mit dem öffentlichen Aufschrei umgehen sollten. Da erschien es Hattie unpassend, die Hand zu heben und zu sagen: »Ach übrigens, ich bin meinem Leibwächter wieder mal entwischt und habe Mr Blackstone geküsst, und nun wird er als Gast im Haus meiner Eltern erwartet.«

Am Dienstag verfiel sie in stetig wachsende Panik, weil sie sich nicht entscheiden konnte, welches Gemälde sie anstelle der langweiligen Persephone für die Matinee auswählen sollte, denn natürlich hatte ihre Mutter auf ihrer Anwesenheit am kommenden Samstag bestanden, weil sie bereits »all ihren

Freundinnen« erzählt hätte, dass Hattie ein Gemälde ausstellen würde. Schließlich entschied sie sich für ein Aquarell-Stillleben mit Obst und Gemüse in einer Holzschale, eine sichere, aber auch äußerst fade Wahl.

Am Mittwoch bekam sie Migräne und blieb zu Hause.

Am Donnerstag verkündete Lucie, dass Lord Ballentine mit ihr nach Italien reisen wollte, weil es amüsanter sei, den Sturm um den Bericht im *Guardian* an einem sonnigen Strand auszusitzen, und ganz untypisch hatte Lucie zugestimmt. Während Hattie sie beriet, welche Hüte und Kleider sie mitnehmen sollte und wo sie die schönsten Stoffe in Neapel bekam, brannte ihr Geständnis in ihrer Kehle, aber sie brachte es nicht über sich, es auszusprechen.

Am Freitag beschloss sie zu handeln. Sie überredete Tantchen, eine hübsche Einladung zu schreiben, und begab sich zum Wohnhaus des St. John's College, um Catriona zu besuchen.

Ihre Freundin saß in der Stube am Schreibtisch ihres Vaters, wie gewöhnlich in ihren alten Schal mit den Clan-Farben ihrer Familie gehüllt, die glänzenden schwarzen Haare zu einem achtlosen Knoten geschlungen. Sie las mit einer Lupe in einem riesigen alten Wälzer.

Ein wahrer Felsbrocken fiel Hattie von der Brust. »Dem Himmel sei Dank, du bist da.«

Catriona drehte sich zu ihr um und blinzelte orientierungslos wie eine Eule, die man rüde aus einem Nickerchen geweckt hatte. »Hattie.« Ihre Stimme klang kratzig, als hätte sie den ganzen Tag noch nichts gesagt. »Entschuldige. Ich habe vergessen, dass du kommen wolltest.« Sie erhob sich und setzte ihre Brille auf. »Hat man sich schon um deinen Leibwächter gekümmert?«

»Deine Haushälterin hat ihn in die Küche mitgenommen, daher nehme ich an, er trinkt gerade Tee. Und du hast meinen Besuch nicht vergessen, ich komme unangemeldet.« Sie öffnete ihr Retikül und fischte einen kleinen Umschlag heraus, als Catriona zu ihr herüberkam. »Ich wollte dir eine Einladung zu einer Matinee morgen bringen. In unserem Stadthaus in St. James's. Es ist ziemlich kurzfristig, aber man wird Chopin spielen, und du magst Chopin doch so sehr, nicht wahr?«

Catriona hielt die Lupe immer noch in der Hand, was sie erst jetzt zu bemerken schien. Verwirrt betrachtete sie das Glas kurz, dann wandte sie ihre Aufmerksamkeit dem Umschlag zu, den Hattie ihr unter die Nase hielt. »Danke. Aber ich fürchte, morgen …«

»Und du musst mir alles über deine Forschung über Tunis erzählen«, fuhr Hattie rasch fort. »Ich bin so neugierig.«

Catriona senkte den Kopf und schaute sie über den Rand ihrer Brille hinweg an. »Ich habe über Tyros geforscht. Eine phönizische Stadt am östlichen Mittelmeer.« Ihr schottischer Akzent klang ein wenig streng.

»Das ist ja noch faszinierender«, erwiderte Hattie rasch.

Immer noch durchbohrte Catriona sie mit ihrem Blick. »Was ist los, Hattie?«

Hattie zog einen Schmollmund. »Warum klingst du nur so misstrauisch?«

Catrionas Augen waren von einem atemberaubend leuchtenden Himmelblau, ein beeindruckender Kontrast zu ihren schwarzen Wimpern. Gewöhnlich verbarg sie diesen bezaubernden Anblick hinter ihrer Brille oder einem verträumten Blick, der besagte, dass ihre Gedanken um ein altes Pergament über Tunis oder Tyros kreisten, statt sich auf die Person vor ihr zu konzentrieren. Jetzt jedoch war ihr Blick aufmerksam, und eine einschüchternde Scharfsichtigkeit lag darin. »Du hast Schwierigkeiten und glaubst, ich kann dir helfen«, stellte sie fest. Sie deutete auf die Chesterfield-Sessel vor dem Kamin. »Setz dich. Ich hole uns eine Tasse Tee.«

Sie ging selbst in die Küche, statt zu klingeln. Hattie machte es sich in dem quietschenden Ledersessel bequem und ordnete ihre Röcke. Ihr Herzschlag verlangsamte sich allmählich zu normaler Geschwindigkeit, zum ersten Mal seit einer Woche. Die Ruhe in Professor Campbells Studierzimmer war allumfassend und wurde nicht einmal durch das Ticken einer Uhr gestört. Die niedrige Decke und die dicken alten Mauern schirmten den Lärm von der Straße ab. Nur der Geruch von altem Papier und Catrionas Lavendelseife hing in der Luft. Die Buntglasfenster eröffneten den Blick auf einen ummauerten Garten, und das hereinströmende Sonnenlicht malte rote und blaue Tupfer auf den abgenutzten Dielenboden. Dieses Zimmer strahlte eine zeitlose Ruhe aus und versprach, dass man hier jeden Sturm geschützt überstehen konnte. Es war keine angemessene Unterkunft für einen schottischen Graf und seine Tochter, aber sie passte zu ihrem gelehrten Verstand. Man konnte sich gut vorstellen, wie die beiden, vertieft in ihre Lektüre, in diesen Sesseln vor dem prasselnden Feuer saßen und sich gelegentlich die Brille zurechtrückten oder aufschauten, um etwas Schlaues zu sagen.

Catriona war für Professor Campbell wohl das, was Flossie für Julien Greenfield war, vermutete Hattie. Sie teilte die Interessen ihres Vaters von der Wiege an. Vermutlich würde sie Hatties momentane Sorgen im besten Falle frivol finden.

Als Catriona schließlich zurückkehrte, ein kleines Tablett in den Händen, hatte Hattie sich gewappnet.

»Du hast recht«, sagte sie, nachdem ihre Freundin den Tee eingeschenkt und sich gesetzt hatte. »Ich bin in Schwierigkeiten, und ich brauche deine Hilfe. Ich möchte dich um Unterstützung bei der Matinee bitten, weil Mr Blackstone dort sein wird, und ich kann ihm nicht gegenübertreten, aber Mutter verbietet mir, mich mit Unwohlsein zu entschuldigen.«

»Blackstone?« Catriona senkte ihre Tasse. »Der Unternehmer, der Lord Ballentine den Kredit für die *London Print* gegeben hat?«

»Ebenjener.«

»Warum möchtest du ihm nicht begegnen?«

Sie betrachtete ihre verschränkten Finger im Schoß. »Wir haben uns geküsst«, gestand sie. »Also einander.«

Catriona schnappte in ihrem Sessel nach Luft. »Möchtest du mir das vielleicht erklären?«, fragte sie.

Und das tat sie. Sie erzählte, wie sie Mr Graves abgeschüttelt hatte, weil sie unbedingt die *Ophelia* sehen wollte, und dann von dem Kuss. Und von dem Schock, als sie erfuhr, dass er Gast bei der Matinee sein würde.

Catriona schwieg danach eine endlos erscheinende Minute. *»Och aye«*, sagte sie schließlich. »Das ist wirklich ein Problem.«

Zum Glück besaß Catriona die seltene Angewohnheit, ein Problem, gleich, worin es bestand, frei von Vorurteilen, Empfindsamkeiten und Schuldzuweisungen zu betrachten, ganz so, als begutachte sie ein archäologisches Fundstück. Ich hätte viel eher ihren Rat suchen sollen, dachte Hattie.

»Wo war deine Tante während dieses Ausflugs?«, fragte Catriona.

Hmm. Hattie wandte den Blick ab. »Ich habe ihr den Eindruck vermittelt, dass ich in meinem Atelier malen wollte, mit Mr Graves vor der Tür, damit sie zu einer Tee-und-Bridge-Gesellschaft gehen konnte. Danach macht sie gewöhnlich ein Nickerchen. Ich hatte geplant, wieder zurück zu sein, bevor sie aufwacht.«

In Catrionas Miene spiegelten sich gleichermaßen Missbilligung und Enttäuschung. »Eines Tages bringst du dich noch in einen schrecklichen Schlamassel.«

»Ja, und dieser Tag ist morgen.« Sie setzte ihren flehendsten Blick auf. »Bitte sag, dass du kommen wirst. Ich wäre sicher weniger nervös mit einer lieben Freundin an meiner Seite.«

»Mr Blackstone wird wohl kaum versuchen, dich im Salon deiner Eltern zu bedrängen«, erwiderte Catriona. »Vor allem, da es sich bei diesem ersten Mal anscheinend um ein Missverständnis gehandelt hat.«

Der Gedanke, von Mr Blackstone »bedrängt« zu werden, gleich wo, ließ Hitze in ihr aufsteigen. Sie dachte viel zu oft an seinen Kuss.

»Ich kann es nicht wirklich erklären«, meinte sie. »Ich weiß, dass ich mich albern aufführe, aber allein der Gedanke, ihn wiederzusehen, löst ein Flattern in meinem Bauch aus und macht meine Hände zittrig, und ich weiß, dass ich viel gelassener wäre, wenn du bei mir wärst.«

Catriona schenkte ihr einen langen, undurchdringlichen Blick. »Ich nehme an, es wäre besser, wenn eine von uns bei dir wäre«, gab sie schließlich zu. »Aber, wie ich vorhin schon erklären wollte, habe ich morgen einen Termin mit meinem Vater bei der Royal Society. Hast du überlegt, Annabelle zu fragen?«

»Sie trifft Vorbereitungen, den Sommer in Frankreich zu verbringen. Außerdem würde Mama mir niemals erlauben, eine Herzogin einzuladen, da es nur ein informeller Lunch ist.«

»Hmm.« Catriona knabberte an ihrem rechten Daumennagel, bevor sie verschämt die Hand wieder senkte. »Burlington House ist nur ungefähr eine halbe Meile vom Stadthaus deiner Eltern entfernt …«

»Stimmt«, bestätigte Hattie rasch.

»Daher könnte ich wohl rechtzeitig zu meiner Verabredung dort sein, wenn ich mich gleich nach dem Konzert verabschiede.«

»Ja.«

»Aber beim Lunch bist du auf dich allein gestellt, fürchte ich.«

Vor und während des Konzerts hatte sich Mr Blackstone nicht blicken lassen. Angespannt und schwitzend hatte Hattie die vierzig dramatischen Minuten mit Chopin und Brahms verbracht, doch von Mr Blackstone keine Spur.

»Ich verstehe das nicht«, sagte sie anschließend zu Catriona, während sie den anderen Gästen den Flur hinunter zum Speisezimmer folgten. »Warum brüskiert er meine Mutter am Tag der Veranstaltung, obwohl er die Einladung angenommen hat?«

»Vielleicht ist er krank geworden«, murmelte Catriona.

»Meinem Eindruck nach schien er über eine robuste Gesundheit zu verfügen.«

»Warum fragst du deine Mutter nicht einfach? Sie könnte dir sicher sagen, womit er sich entschuldigen ließ, falls er dies getan hat.«

»Und damit Nachfragen riskieren, warum mich das interessiert?«

Sie war natürlich froh, dass er nicht gekommen war. Ihre Mutter hatte ihr ein lindgrünes Kleid ausgewählt, das sie tragen sollte, und obwohl ihr die Farbe ausnahmsweise einmal gut zu Gesicht stand, war der Stil grauenhaft: Die Ärmel waren oben zu weit, der Rock am Saum schwer mit gleich zwei Reihen von Plisseefalten, und am Oberteil bauschte sich eine erschreckende Menge Spitzenrüschen. Jedes einzelne Designelement war gut und schön, zusammengenommen boten sie jedoch eine Scheußlichkeit sondergleichen. Abgesehen davon war das Kleid natürlich zu eng. Manchmal fragte sie sich, ob ihre Mutter lediglich keinen Blick dafür hatte oder ob sie absichtlich alles daransetzte, dass Hattie wie eine Vogelscheuche aussah. Selbst Catriona war in ihrem schlichten marineblauen Samtkleid eleganter gekleidet, und Catriona besaß überhaupt keinen Sinn für Mode.

Aus dem Nebenzimmer des Speiseraums drang die leise Musik eines Streichquartetts zu ihnen herüber. Die Gäste standen in kleinen Gruppen zusammen und wählten sich Getränke von Tabletts, die Kellner lautlos durch den Raum trugen. Da der Lunch informell war, durften die Damen auch ohne Begleitung daran teilnehmen. Ihre Mutter wurde von Tantchen flankiert und machte Konversation mit der jungen Mrs Astorp und Mrs Hewitt-Cook, einer Amerikanerin. Sie standen direkt neben der Staffelei, auf der Hatties sehr großes und sehr unbeeindruckendes Stillleben stand, das Obst und Gemüse in einer Schale zeigte.

Nervös ergriff sie Catrionas Hand. »Hast du noch Zeit für eine Erfrischung? Ein Glas Cider oder Champagner? Und lass uns die Speisen anschauen.«

Catrionas Blick schweifte zu der Standuhr zwischen den Anrichten, die als Tische für das Büfett dienten. »Also gut, ein Glas Cider«, sagte sie.

Hatties glühende Wangen kühlten ab, als das kalte, herbe Getränk aus dem langstieligen Glas durch ihre Kehle rann. Der verführerische Duft von der Anrichte hätte gewöhnlich ihren Magen zum Knurren gebracht, und die Speisen sahen auch sehr verlockend aus. Dampfende Silberschüsseln und Platten mit goldbraunen Pasteten und kaltem Braten waren dekorativ zwischen Blumenarrangements aus dem Gewächshaus angerichtet. Mina hatte da wohl ihr Händchen im Spiel gehabt. Noch ansprechender waren jedoch die Schalen auf dem anderen Tisch, die mit kandierten Früchten, Buttergebäck und Pralinen gefüllt waren …

Sie erstarrte. Eine dunkle Gestalt war am Rand ihres Sichtfeldes aufgetaucht.

Ein Schauer rieselte ihr über den Rücken. Er war es, er stand im Rahmen der Flügeltür. Ein Prickeln überlief sie vom Kopf bis zu den Zehen, seine finstere Energie durchdrang den Raum wie eine lautlose Schallwelle.

»Ich glaube, er ist da«, flüsterte sie Catriona zu. »Schau nicht hin.«

Catrionas Blick schweifte zur Seite, als sie das Glas hob, um vorzutäuschen, dass sie trank. »Oha.«

Sie drehten beide den Rücken zur Tür und drängten sich aneinander, um vorzugeben, dass sie das Büfett betrachteten.

Hattie nahm jedoch nichts wahr. »Verstehst du nun, warum ich zuerst dachte, er sei ein Pirat?«

»Ehrlich gesagt, nein«, murmelte Catriona nach einer kleinen Pause.

»Wirklich nicht?«

»Er ist keineswegs unansehnlich, Hattie.«

»Nein«, gab sie zu. »Aber er ist auch kein Gentleman.«

»Du hast erwähnt, dass er Schotte ist. Vielleicht stammt er aus den Highlands? In einem Kilt wäre er bestimmt schön anzusehen.«

Hattie blinzelte. *Ach ja?* Und warum malte Catriona sich Männer in Kilts aus?

»Wie kommst du darauf, dass er aus den Highlands kommt?«

Catriona schenkte ihr ein vages Lächeln. »Die Highlander haben eine gewisse Ausstrahlung, wenn sie einen Raum voller Engländer betreten. Der Blick schneidend wie eine Klinge, die darauf wartet, gezogen zu werden. *Ihr habt uns zwar bei Culloden geschlagen,* sagt dieser Blick, *aber unser Geist ist ungebrochen.*«

Hattie klappte der Mund auf. »Denkst du das auch, wenn du einen Raum voller Engländer betrittst?«

»Oh, keine Sorge«, erwiderte Catriona. »Meine Mutter stammte aus Sussex, und ich habe mehr Zeit in Oxford verbracht als in Applecross.« Sie schaute verstohlen über ihre Schulter. »Du kannst jetzt hinsehen, er unterhält sich mit deiner Mutter.«

Sie umfasste den Stiel ihres Glases unwillkürlich fester. »Oh, du liebe Güte.«

»Das bedeutet rein gar nichts. Er muss doch die Gastgeberin begrüßen.«

Hattie bemerkte den verstohlenen Blick, den Catriona der Uhr zuwarf. »Nein, bitte bleib noch.«

»Es tut mir sehr leid«, sagte Catriona widerstrebend. »Das würde ich gern, aber ich muss jetzt gehen.« Sie stellte das leere Glas auf das Tablett eines vorbeilaufenden Kellners. »Könntest du mich nicht zur Tür begleiten und dich dann in deinem Zimmer verstecken?«

»Ja«, murmelte Hattie. Unwillkürlich fühlte sie sich tatsächlich ein wenig krank. »Ein ausgezeichneter Plan.«

Sie vermied es, Mr Blackstone anzusehen, als sie sich der Tür näherten, und sie wich seinem Blick aus, als Catriona sich von ihrer Mutter verabschiedete. Wie im Nebel nahm sie wahr, wie ihre Mutter einen Dienstboten anwies, Catriona zur Tür zu begleiten. Sie tauschte einen letzten hilflosen Blick mit ihrer Freundin und musste sich dem Unausweichlichen stellen.

»Harriet, ich möchte dir Mr Blackstone vorstellen«, sagte ihre Mutter. »Mr Blackstone ist ein Geschäftsmann hier aus London. Mr Blackstone, das ist Miss Harriet Greenfield, unsere zweitälteste Tochter.«

Der Blick seiner kühlen grauen Augen verfing sich mit ihrem, und ihr Herz schlug schneller. Er war so einschüchternd wie in ihrer Erinnerung: bleicher Teint, schwarze Brauen, markante Gesichtszüge. Sein Mund war durchaus schön geschwungen, obwohl er keine vollen Lippen hatte. Warum hatten sie sich bloß so weich angefühlt? Es war ein Fehler, überhaupt daran zu denken. Ein wissendes Funkeln tauchte in Blackstones Augen auf, und die Erinnerung an den Kuss loderte zwischen ihnen auf wie angefachte Glut. Die Hitze war so deutlich spürbar, dass sie sicher jeder in der Gruppe wahrnehmen würde.

Sie neigte ihren glühenden Kopf. »Sir.«

»Miss Greenfield.« Seine Stimme klang tiefer als in ihrer Erinnerung. Nervös musterte sie ihn unter gesenkten Lidern. An diesem Tag war er angemessen gekleidet und trug ein marineblaues Jackett, eine rote Krawatte, eine graue Weste und eine rehbraune Hose. Außerdem hatte er sein Haar rigoros pomadiert und zurückgekämmt. Dennoch wirkte er nicht kultiviert. Er hatte etwas Wildes an sich, eine raue Ausstrahlung, die aus seinem Innersten zu kommen schien und die von Kleidung nicht verborgen werden konnte. Catriona hatte recht, ein Kilt und ein Schwert würden ihm weitaus besser zu Gesicht stehen, sie würden sein Wesen betonen, statt es nur halbherzig zu verbergen.

»Miss Greenfield«, sagte Mrs Astorp, und Hattie richtete ihre Aufmerksamkeit auf sie. »Mrs Greenfield hat erwähnt, dass Sie immer noch in Oxford studieren?« Aufrichtige Neugier schimmerte in ihren haselnussbraunen Augen. Seit einigen Jahren war die junge Frau, die kaum älter war als Hattie, mit einem Industriellen verheiratet, der doppelt so alt war wie sie. Ein Studium an einer Universität musste ihr wie eine höchst seltsame Lebensform erscheinen.

»Ja, das stimmt«, bestätigte Hattie. »In der Lady Margaret Hall. Das letzte Trimester im Studienjahr hat letzte Woche geendet.«

»Wie schön«, mischte sich Mrs Hewitt-Cook ins Gespräch ein. »Wie viele Studentinnen gibt es derzeit?« Mrs Hewitt-

Cook war eine gut aussehende ältere Brünette, ungefähr im selben Alter wie Hatties Mutter. Ihr burgunderrotes Kleid war sehr modisch, und wenn es ein wenig zu eng saß, dann war das absichtlich so. Hattie lenkte den Blick auf die ovale Brosche am Kragen der Frau, um Mr Blackstone auszublenden. »Momentan studieren fünfundzwanzig Frauen in Somerville Hall und Lady Margaret Hall«, antwortete sie.

»Was für eine heitere Gruppe«, meinte Mrs Hewitt-Cook fröhlich. »Sicher haben Sie als moderne Frau eine famose Zeit. Erzählen Sie, wie fühlt sich das an?«

Zu viele Antworten schossen ihr gleichzeitig durch den Kopf, keine war für diesen Anlass angemessen. Die Hausratte, die sie anschaffen wollte, um in ihrer neuen Studentinnenrolle angemessen exzentrisch zu wirken, kam ihr in den Sinn. Und wie sie kurz vor Trimesterbeginn erfahren hatte, dass bereits eine andere Studentin eine Ratte hielt, eine weiße, die auf ihrer Schulter saß.

Sie spürte Mr Blackstones Blick auf sich, und ihre Antwort geriet zum Gestammel. »Es ist sehr abwechslungsreich.« Unwillkürlich fuhr sie sich mit einer Hand an die Haare. »Eine moderne Frau zu sein ist sehr unterhaltsam.«

»Oh, das denke ich mir«, sagte Mrs Hewitt-Cook. »Es gibt bestimmt sehr bunt schillernde Charaktere unter den Blaustrümpfen.«

Hattie bemerkte, wie sich ihre Mutter bei der versteckten Stichelei versteifte. »Vielleicht eine oder zwei«, sagte sie. »Die meisten von uns sind allerdings immer noch durch und durch einfarbig.«

Mrs Hewitt-Cook lachte leise. »Ihre Tochter ist ganz reizend, Mrs Greenfield.«

»Um die Frauen, die eine höhere Bildung genießen dürfen, wird viel Wirbel gemacht«, meinte Adele kühl. »In Wahrheit werden die jungen Frauen jedoch in der Universität strikter überwacht als irgendwo sonst. Harriet beispielsweise wird stets von Mrs Greenfield-Carruther begleitet.« Sie nickte zu Tantchen. »Und natürlich hat auch ihr Leibwächter stets ein wachsames Auge auf sie.«

Bei der Bemerkung hob Mr Blackstone leicht die linke Braue.

Hilfe.

»Es ist schön, dass weibliches Talent gefördert wird«, sagte die junge Mrs Astorp. »Wir haben vorhin schon Ihr Gemälde bewundert.«

Es wurde immer schlimmer. Alle wandten sich nun dem Bild zu, das sie so willkürlich wegen ihrer Persephone-Krise ausgewählt hatte. Die Holzstruktur der Schale war schlecht wiedergegeben, die Zusammenstellung der Früchte und Gemüse einfallslos.

Mr Blackstone suchte ihren Blick. »Das haben Sie gemalt?«

Sie dachte daran, dass allein sein Salon vor künstlerischen Meisterwerken aus allen Nähten platzte.

»Ja, das ist richtig.« *Und ich kann es so viel besser.*

»Beachtlich«, sagte Mrs Hewitt-Cook höflich.

Es war nicht beachtlich, und das war Hattie auch bewusst, aber das konnte sie natürlich nicht sagen. Daher lächelte sie gezwungen. »Danke, Madam.«

»Welche Symbolik soll es ausdrücken?«, fragte Mrs Hewitt-Cook. »Das frage ich mich.«

Sie schaute die Frau verblüfft an. »Ich hatte keine besondere Symbolik beim Malen im Kopf.«

»Aber der Flaschenkürbis.« Mrs Hewitt-Cook deutete mit einem dünnen Finger darauf. »Er reift in einer völlig anderen Jahreszeit als die anderen abgebildeten Gemüse und Früchte. Warum haben Sie ihn damit kombiniert?«

Nun betrachteten alle den Flaschenkürbis, der mit jedem Moment obszöner und fleischfarbener zu werden schien.

»Er hat die Komposition einfach am besten ergänzt, würde ich meinen.« Hatties Stimme klang ein wenig schrill.

»Ah«, machte Mrs Hewitt-Cook. »Welch kreativer Ansatz.«

»Unsere Harriet ist sehr talentiert«, sagte Tantchen laut. »Ich habe Mr Greenfield gesagt, dass nicht jeder ein Talent für Zahlen und Investitionen haben muss. Ich hatte in Harriets Alter auch keinerlei Geschick in dieser Richtung, und dennoch geht es mir hervorragend. Manche von uns sind eben dazu bestimmt, die Welt mit einem Pinsel oder einer Nadel zu verschönern und sie nicht durch einen schnellen Verstand noch profitabler zu machen.«

Hattie stand stumm da; sie hatte das Gefühl, dass ihr Gesicht so rot leuchtete wie eine Kirsche. Auch ihrer Mutter hatte es die Sprache verschlagen.

Mrs Hewitt-Cook erbarmte sich schließlich. »Mr Blackstone, Sie aber haben, wie ich höre, einen schnellen Verstand in Sachen profitabler Investitionen.«

Mr Blackstone begegnete Mrs Hewitt-Cooks gewinnendem Lächeln mit einer kühlen Miene. »Oft genug, ja.«

»Dann müssen Sie uns unbedingt ein paar Ratschläge geben«, sagte Mrs Hewitt-Cook. »Ich würde Mr Hewitt-Cook liebend gern mit einer zutreffenden Marktprognose überraschen.«

Er verzog den Mund. »Ich möchte Sie nicht mit Finanzgerede langweilen, Ma'am.«

»Wie steht es mit einer Erfindung, die demnächst eine industrielle Revolution auslösen wird?« Mrs Hewitt-Cook bewies die berüchtigte amerikanische Hartnäckigkeit und ließ sich von seinem unhöflichen Gebaren nicht abschrecken. »Geben Sie uns wissbegierigen Frauen doch wenigstens einen Hinweis zu aufregenden neuen Technologien. Wäre das nicht amüsant?« Sie warf einen Blick in die Runde, der Zustimmung verlangte.

»Sehr amüsant«, murmelte Mrs Astorp.

»Gewiss«, meinte Adele widerwillig.

Mr Blackstones Miene wurde ein wenig weicher, als Hattie leicht nickte.

»Elektrizität«, sagte er.

Alle Augen richteten sich auf ihn und Schweigen trat ein. Mr Blackstones Blick huschte verstohlen durch den Raum, vielleicht auf der Suche nach einem Kellner, der ihm einen starken Drink servierte, oder auf der Suche nach dem schnellsten Fluchtweg.

»Elektrizität.« Mrs Hewitt-Cook winkte einen Kellner herbei und nahm sich ein Glas mit rosa Champagner vom Tablett. »Sie meinen also, wir sollten in elektrische Glühbirnen investieren?«

Mr Blackstone wählte sich einen Tumbler mit einer bernsteinfarbenen Flüssigkeit. Wenn man ihn von der Seite betrachtete, konnte man sehen, dass sich sein zurückgekämmtes Haar im Nacken lockte; es gewann allmählich die Rebellion gegen die Pomade.

»Investieren Sie in Aktien«, sagte er. »Und investieren Sie in ein Unternehmen, das sich die Herstellung für die Serienproduktion von Hochtemperatur-Kesselspeisepumpen hat patentieren lassen.«

Mrs Astorp blinzelte verwirrt. Hattie nahm an, dass ihr Gesicht einen ebenso verblüfften Ausdruck zeigte.

»Kesselspeisepumpen.« Mrs Hewitt-Cook dehnte das Wort übertrieben in die Länge. »Ich bin fasziniert, denn ich habe keine Ahnung, wovon Sie reden.«

Jeder normale Mann hätte gelächelt und eine geistreiche, schmeichelnde Bemerkung gemacht, aber Mr Blackstone war entweder zu unwissend, um das Protokoll zu befolgen, oder schlicht nicht dazu gewillt. »Kesselspeisepumpen sind ein wesentlicher Teil von Generatoren«, sagte er. »Man braucht sie, um Dampf in Elektrizität umzuwandeln. In zehn Jahren werden wir Hunderte von Elektrizitätswerken in ganz Großbritannien und auf dem Kontinent haben. Sobald wir Elektrizität sicher für die Innenbeleuchtung eines Hauses nutzen können, wird man sie auch für andere Dinge gebrauchen.« Offenbar hatte er Mrs Hewitt-Cooks eifrigen Blick bemerkt, denn er fuhr freiwillig fort. »Ein Nebenprodukt von Elektrizität ist Wärme. Daher könnte die Elektrizität auch die Anwendung verschiedener Wärme produzierender Haushaltsgeräte verändern, wie Herde, Öfen und derlei Dinge.«

Seine Nüchternheit war bei einem Geschäftsmann selten. Hattie kannte viele, und sie nutzten unweigerlich jede Gelegenheit, um im Gespräch eher irgendwelche Botschaften über ihre eigene Schlauheit zu äußern, statt konkret auf das jeweilige Thema einzugehen. Und sie teilten mehr oder weniger unverblümt mit, dass sie von ihren weiblichen Zuhörern gebannte, gebührend beeindruckte Mienen und Beifall erwarteten. Mr Blackstone hingegen schien nichts zu erwarten. Er sprach mit gesenkter Stimme und schien nicht im Geringsten darauf aus, von ihnen bewundert zu werden. Alarmierend. Ein Mann, der weiblichem Charme gegenüber immun war, war gefährlich, da einer Frau kaum eine andere Waffe zur Verteidigung ihrer Interessen blieb als ihr Charme.

Mrs Hewitt-Cook war von seiner Art eindeutig fasziniert, sie betrachtete Mr Blackstone, als sei er ein exotisches Tier, das dringend eine Klassifizierung benötigte. »Wie fesselnd«, sagte sie. »Die Speisepumpen habe ich mir gemerkt. Aber ich fürchte, mein Appetit wurde geweckt. Haben Sie noch andere Ratschläge?«

Wieder hatte Hattie das aufreibende Gefühl, dass Mr Blackstone auf ihre Zustimmung wartete. Als sie nickte, leerte er sein Glas und sagte: »Zwei-Wege-Spiegel.«

»Was ist das?«, fragte Tantchen. »Zwei Wege?«

»Das ist ein Spiegel, durch den man von einer Seite durchsehen kann, als sei er ein Fenster.«

»Welchen Sinn hat ein Spiegel, durch den man durchsehen kann?«

»Der Zweck liegt genau darin, dass er durchsichtig ist, aber nur von einer Seite, in hellem Licht«, erklärte Mr Blackstone. »Auf der anderen Seite sieht man eine Spiegelreflexion.«

Mrs Hewitt-Cook schnappte nach Luft. »Grandios. Wo kann ich einen solchen Spiegel kaufen?«

»Das ist schwierig. Die Herstellung steht noch ganz am Anfang.«

»Aber wozu um Himmels willen soll das gut sein?«, wunderte sich Tantchen.

Mr Blackstone lehnte sich leicht zu ihrem Hörrohr. »Ich nehme an, man wird solche Spiegel in Polizeirevieren und Kaufhäusern zur Beobachtung einsetzen, Ma'am.«

»Kaufhäuser«, sagte ihre Mutter schroff. »Soll das heißen, sie werden benutzt, um unschuldige, nichts ahnende Kundinnen auszuspionieren?«

»Das nennt man Kundenstudien«, sagte Mr Blackstone. »Das Angebot an Kaufhäusern nimmt zu, die Konkurrenz wächst. Das Einkaufsverhalten der Kunden, wenn sie sich unbeobachtet fühlen, zu studieren, kann einem Kaufhaus dabei helfen, Angebot und Umsatz zu optimieren.«

Mrs Hewitt-Cook schüttelte den Kopf. »Ziemlich schlau«, sagte sie. »Wie kommt man auf solche Ideen?«

Mr Blackstone schenkte ihr ein dünnes Lächeln. »Ganz einfach. Man muss nur annehmen, dass die Menschen hauptsächlich von drei Dingen getrieben sind: ihrer Bequemlichkeit, ihrer Eitelkeit und ihrer Gier. Jedes Produkt, das eines oder mehrere dieser Bedürfnisse befriedigt, wird ein kommerzieller Erfolg.«

Ein unangenehmes Schweigen folgte.

»Ich möchte behaupten, das ist eine ziemlich gottlose Weltanschauung«, meinte Adele schließlich mit frostiger Miene.

Mr Blackstone nickte. »Ja, es heißt, dass Kapitalismus nur sich selbst huldigt.«

Tantchen senkte ihr Hörrohr. »Mr Blackstone sollte unsere Florence kennenlernen«, sagte sie zu Adele. »Die beiden hätten sicher viel zu diskutieren.«

»Zuerst werde ich Mr Blackstone jedoch Mr Greenfield vorstellen«, sagte Adele streng. Ihr Blick schweifte zur Tür des Nebenzimmers, wo ihr Ehemann aufgetaucht war. »Entschuldigen Sie uns bitte.«

Hattie fühlte sich, als hätte sie einen Bienenschwarm verschluckt, als Mr Blackstone sich ihrem Vater näherte.

Mrs Hewitt-Cook schnippte ihren in Elfenbein gefassten Fächer auf. »Liebe Güte, er ist wirklich animalisch«, raunte sie mit Blick auf Mr Blackstones breitschultrige Gestalt. »Er ist durch und durch so schurkenhaft, wie man behauptet.« Das unverhohlene Vergnügen in ihrer Stimme nagte an Hatties ohnehin schon zum Zerreißen gespanntem Geduldsfaden.

»Der arme Lord und die arme Lady Rutland«, sagte Mrs Astorp. »Ich bezweifle, dass sie auch nur eine ruhige Minute haben.«

Rutland. Das Gesicht des Mannes erschien vor Hatties innerem Auge, vage nur, von einer Erinnerung an einen Ball. Das gewöhnliche, gleichgültige, lange Gesicht eines älteren englischen Aristokraten mit kalten Augen und eisengrauem Haar. »Was tut er Rutland denn an?«, fragte sie.

»Er bringt ihn langsam um«, antwortete Mrs Hewitt-Cook, den Blick immer noch auf Mr Blackstone auf der anderen Seite des Zimmers gerichtet. »Rutland befindet sich in einer finanziellen Klemme. Die Gerüchteküche behauptet, dass Mr Blackstone im Laufe der Jahre die meisten seiner Schulden aufgekauft hat und Rutland nun finanziell auf wackligen Beinen steht. Mr Blackstone hält seine Schuldscheine wie ein Damoklesschwert über seinem Kopf.«

Mrs Astorp erschauerte. »Schrecklich. Wie ich höre, geht es Lady Rutland gesundheitlich gar nicht gut.«

Hattie wünschte, sie hätte nicht gefragt. Ein solches Verhalten war wirklich schurkisch, und wenn ihr Vater trotzdem bereit war, Geschäfte mit Mr Blackstone zu machen, musste sie unweigerlich auch seine Moral infrage stellen. Schlimmer noch, sie war rätselhafterweise enttäuscht, ganz so, als hätte sie insgeheim gehofft, dass Mr Blackstones Charakter doch nicht so übel war, wie man behauptete.

»Männer können so blutrünstig sein«, gurrte Mrs Hewitt-Cook. »Was glauben Sie, wie hat er sich seine Nase gebrochen?« Da alle schockiert schwiegen, hob sie ihren Fächer höher, als ob sie seinen Schutz teilen wollte. »Mrs Astorp, ich bin sicher, Sie haben eine Meinung dazu.«

Mrs Astorp kicherte nervös. »Also gut.« Sie beugte sich näher. »Er hat seine Nase gebrochen, als … er sich wegen einer Dame geprügelt hat.«

»Hm, faszinierend. Zweifellos hat er gewonnen und seinen Lohn nachdrücklich eingefordert. Ich stelle mir lieber vor, dass er sich den Bruch in einem Faustkampf zugezogen hat, im *Elephant and Castle* oder einem anderen Pub. Oh, Miss Greenfield, schockieren wir Sie etwa?« Ihr Blick glitt mit vorgetäuschter Sorge über Hattie.

Einige verheiratete Frauen erinnerten die ledigen gern an

ihren unerwünschten Status, indem sie vorgaben, sich zu sorgen, dass sie ihre unschuldigen Gefühle verletzten. Damit zogen sie eine Grenze, die die Wissenden von den Unwissenden trennte, eine subtile Machtdemonstration, die Hattie stets verblüffte, da sie sich für völlig unbedrohlich hielt.

Als sie nun in Mrs Hewitt-Cooks belustigtes Gesicht schaute, war sie einen Moment versucht zu sagen, dass sie Dinge über Mr Blackstone wusste, die Mrs Hewitt-Cook nicht einmal erahnte. Zum Beispiel, dass sie seinen frischen, sauberen Duft kannte und den Geschmack seiner Lippen. Dass sein Kuss fordernd war und dass sich seine Brust hart wie eine Mauer anfühlte. Ein verruchter Winkel ihres Verstands war erfüllt von Triumph, weil sie all das über ihn wusste. Eine Kenntnis, die weder die Männer hatten, die hinter seinem Geld her waren, noch eine Frau von Welt wie Mrs Hewitt-Cook. Das bedeutete natürlich, dass Mr Blackstone all diese Dinge auch über sie wusste. Sie spürte, wie sie rot wurde. Mrs Hewitt-Cook würde zweifellos annehmen, dass dies ihrer mädchenhaften Verlegenheit zuzuschreiben war.

»Nein«, sagte sie lahm. »Ich habe keine Ahnung, wie er sich die Nase gebrochen haben könnte.«

Mrs Astorp lächelte freundlich. »Mr Astorp interessiert sich ohnehin mehr dafür, wie der Mann zu seinem Vermögen kam. Das wäre wirklich interessant zu erfahren.«

»Geld, wie öde«, spottete Mrs Hewitt-Cook. »Ich nehme an, dass er sich seinen Reichtum durch kriminelle Machenschaften angeeignet hat. Durch Schmuggel vielleicht? Er hat eindeutig die Ausstrahlung eines Piraten …«

Hattie beschloss, dass sie lieber die zornige Tirade ihrer Mutter ertragen würde als dieses Geschwätz. Ja, sie würde sich ein Glas des rosa Champagners holen und ein paar Pralinen vom Dessert-Tisch stibitzen und sich dann auf ihr Zimmer zurückziehen. Sie würde Mr Blackstone keinen weiteren Blick gönnen. Oder verstohlen bewundern, wie sich der Stoff seines Jacketts ein wenig über seinen breiten Schultern spannte, wann immer er einen Schluck aus seinem Glas nahm, oder wie sich sein Haar rebellisch im Nacken lockte.

6. KAPITEL

Greenfields Tochter war nicht bei der erstbesten Gelegenheit aus dem Raum geflüchtet. Sie hatte sich irgendwann aus Lucians Blickfeld bewegt, aber während seiner ersten persönlichen Begegnung mit Julien Greenfield spürte er die ganze Zeit ihre Nähe.

»Wie ich höre, haben Sie sich kürzlich ein Kohlebergwerk oben in Fife gesichert«, sagte der Finanzier, während er Lucians Hand mit festem Griff schüttelte.

»Ja. Drummuir.«

»Vermutlich wissen Sie Dinge darüber, die uns nicht bekannt sind«, erwiderte Greenfield. »Denn für mich sieht das nach einer lausigen Investition aus.«

»Wir alle haben wohl unsere kleinen Herzensprojekte«, entgegnete Lucian. »Manche im Norden, andere im Süden.«

Greenfield lachte, wobei sich seine Augen zu Schlitzen verengten. Er gehörte ganz eindeutig in die Kategorie täuschend fröhliche Männer. Steckte man ihn in einen derben braunen Anzug, ohne die goldene Taschenuhr und den Siegelring am dicken kleinen Finger, würde nichts darauf hindeuten, dass Greenfield sowohl Einfluss wie auch altes Geld besaß. Er stand leicht gebückt, war klein, rundlich und rotgesichtig, als ob er dem Wein zu gerne und zu oft zusprach. Sein Blick war diffus, was sich aber vermutlich im Bruchteil einer Sekunde ändern konnte. Er beherrschte die subtile Kunst, den tödlichen Schlag längst verabreicht zu haben, bevor der Gegner überhaupt merkte, dass er getroffen war.

Sie hielten das Gespräch kurz – Lucian erwähnte an strategisch günstiger Stelle, dass er Künstler unterstützen wolle, und lud zu einer Galerieführung am nächsten Samstag ein, was ihm ein Stirnrunzeln von Greenfields Frau einbrachte. Der Finanzier wiederum lud ihn im Gegenzug in sein Rauchzimmer ein. Gewöhnlich vermied es Lucian, verqualmte Zimmer zu betreten, aber an diesem Tag nahm er die Einladung an. Sobald sich Greenfields Aufmerksamkeit dem nächsten Gast zuwandte, wandte er sich wieder dem Raum zu.

Die Tochter stand allein am Büfett und begutachtete die Süßspeisen.

Er näherte sich ihr unbemerkt. Sie hielt ein Champagnerglas in der linken Hand, das sich gefährlich neigte, als sie sich über die Gebäck-Etagere beugte, um an die dahinter arrangierten Schokoladenpralinen zu gelangen. Ihr Kleid schmiegte sich dadurch eng an ihre üppig geschwungenen Hüften; Hüften, die nur ein toter Mann nicht bemerken würde.

Hitze stieg in Lucian auf. Er hatte erwartet, dass sie anders aussehen würde als der zerzauste Wildfang in seinem Haus, aber dennoch hatte ihr Anblick ihn beim Betreten des Speisezimmers überrascht.

Harriet Greenfield war ein wenig kürzer geraten als die durchschnittliche Engländerin. Mit ihren hoch frisierten, glänzenden roten Locken und dem berüschten grünen Kleid, das sich eng an ihre Rundungen schmiegte, erinnerte sie ihn an ein *Bonbon*, eine französische Confiserie. Würde er an sie herantreten und mit den Zähnen über ihren entblößten Hals streifen, würde er vermutlich feststellen, dass sie wie eine Sahnepraline schmeckte.

Er blieb neben ihr stehen, nahe genug, um ihren Rosenduft wahrzunehmen, und griff nach einem Teller. »Warum die *Ophelia?*«, fragte er leise.

Rosa Champagner platschte auf das Tischtuch. Sie erschrak heftig, einer Katze gleich, die mit allen vier Pfoten in die Luft sprang.

»Wie bitte?« Sie lehnte sich weg von ihm.

»Als Sie in …«

»Pst«, zischte sie und zuckte gleich wieder zusammen, vermutlich war es ihr peinlich, dass sie ihn zurechtgewiesen hatte. Wahllos griff er nach einem Gebäckstück, während sie sich wieder sammelte.

»Warum die *Ophelia?*«, flüsterte sie. »Nun, weil sie ein Juwel ist.«

»Sie haben sie schon mal gesehen?«

Ihr Blick huschte durchs Zimmer, stellte er aus dem Augenwinkel fest. Sie unterhielt sich nur mit ihm, damit er keine Aufmerksamkeit auf sie zog. Vermutlich galt diese ihnen aber ohnehin schon. Es stimmte, dass gelegentlich Damen an seiner Türschwelle auftauchten, und obwohl sie gerne nahmen, was er im Schlafzimmer zu bieten hatte, scheuchten dieselben Frauen bei einem gesellschaftlichen Anlass ihre kostbaren Töchter und Nichten im Nullkommanichts aus seiner Reichweite. Bei seiner kleinen Plauderei mit Miss Greenfield rann ihm die Zeit durch die Finger.

Er drehte sich im selben Moment zu ihr um, als sie sich widerstrebend ihm zuwandte. Ihr Gesicht erschien ihm bereits seltsam vertraut. Er kannte das Netz feiner Sommersprossen auf ihrer Nase und wusste, dass ihre volle Unterlippe wie Zucker schmeckte. Ihre Augen waren dunkelbraun und glänzten wie die Schokoladenpralinen auf ihrem Teller. Er wusste, dass dieser harmlos-hübsche Eindruck trügerisch war – die beeindruckende Ohrfeige, die sie ihm verpasst hatte, würde er so schnell nicht vergessen. Sie war Linkshänderin, was auch der einzige Grund gewesen war, warum sie ihn überhaupt damit hatte überraschen können, hatte er später überlegt, da er einen Schlag von links nicht erwartet hatte. Er hatte überhaupt nicht mit einem Schlag gerechnet; niemand wagte es, außerhalb des Faustkampfrings gegen ihn die Hand zu erheben. Aoife Byrne würde Miss Greenfield wegen der Ohrfeige sicher sympathisch finden …

»Ich habe Drucke des Gemäldes gesehen«, sagte Miss Greenfield. »In den Originalfarben und der Originalgröße muss es absolut bezaubernd sein.«

»Bezaubernd«, wiederholte er.

Sie reckte das Kinn. »Traumhaft, Sehnsucht erweckend, bezaubernd … Präraffaelitisch eben. Soweit ich weiß, verkörpert die *Ophelia* all deren Prinzipien. Ich dachte, wenn ich sie mir lange genug ansehe, könnte ich vielleicht das Geheimnis der Bruderschaft entschlüsseln.«

»Haben sie denn ein Geheimnis?«

Sie nickte. »Sie nutzen eine Maltechnik, die einer Szene eine reiche, romantische Ausstrahlung verleiht, ohne dabei kitschig zu wirken. Launenhaft und voller Wehmut, aber nicht zuckersüß rührselig.«

Sie redete schnell, und ihre Art, sich auszudrücken, war ihm fremd. Figuren in Romanen sprachen wohl so wie sie, vermutete er.

»Und es macht Ihnen nichts aus, dass Ophelia sich umbringen will?«, fragte er, viel zu sarkastisch. Er wollte das Mädchen für sich einnehmen, nicht schockieren. Ihre kleine Himmelfahrtsnase und ihre naive Faszination für den Tod durch Ertrinken nagten allerdings an seinem Nervenkostüm.

Unerwartet schien sie sich zu entspannen, als führten sie ein ganz normales Gespräch. »Ich ziehe es vor anzunehmen, dass sie wegen einer unerwiderten Liebe stirbt«, sagte sie. »Das ist meiner Meinung nach tragisch, nicht verurteilenswert.«

Er sah ihr direkt in die Augen. »Demnach finden Sie eine Tragödie bezaubernd?«

Sie erwiderte seinen Blick mit leicht zusammengezogenen Brauen. »Ich bin der Ansicht, dass es im Leben eines jeden Menschen zumindest eine Person geben sollte, die man so sehr liebt, dass man für sie sterben würde.«

Er gab ein überraschtes Grunzen von sich. »Ophelia ist nicht für Hamlet gestorben«, erwiderte er. »Sondern wegen ihm.« Das wusste er, weil der alte Graham, der sich gelegentlich bemüßigt gefühlt hatte, dem heranwachsenden Lucian ein wenig Bildung mitzugeben, ihn zu Shakespeare-Aufführungen mitgeschleift hatte.

Die Falte auf Miss Greenfields Stirn vertiefte sich. »Ich nehme an, für Sie ist dieser Unterschied von großer Bedeutung.«

»Nein, so oder so ist mir das gleich. Kein Mensch ist es wert, dass man für ihn stirbt.«

Ernst schaute sie ihn an. »Es tut mir wirklich sehr leid für Sie, dass dies bei Ihnen der Fall ist.«

Alle Luft wich aus seiner Lunge, als wäre er in eine ausgestreckte Faust gerannt. Er senkte den Blick auf seinen Teller, der inzwischen mit teuren Delikatessen gefüllt war, die er nicht zu essen plante.

»Warum haben Sie das Gemälde gekauft?«, fragte sie leise.

Er schaute auf. »Weil es mir eines Tages viel Geld einbringen wird.«

Verstört blickte sie ihn an. Allein die Vorstellung, aus Kunst Profit zu schlagen, schien ihr zu missfallen. Natürlich. Sie hatte ja nie auch nur einen Tag ohne den Komfort leben müssen, den Geld praktischerweise ermöglichte. Ihre Haut bewies es: Sie war glatt und hatte den sanften Schimmer von Milchglas. Ein solcher Teint hatte niemals auch nur einen Strahl Sonne zu viel abbekommen.

»Wenn Geld Ihre einzige Motivation ist«, meinte sie nun, »bin ich überrascht, dass Sie die Han-Vasen auf Ihrem Kaminsims nicht besser schützen.«

Er verharrte einen Moment überrascht. »Was lässt Sie annehmen, dass die Vasen aus der Han-Dynastie stammen?«

»Ich weiß es, weil ich Bücher über Kunstgeschichte gelesen habe, schon lange bevor ich zum Studium nach Oxford ging.« Sie zuckte leicht mit den Schultern. »Man könnte behaupten, die Vasen gehören ins Britische Museum. Oder dass die chinesische Legation in Portland Place sich freuen würde, sie zu bekommen.« Sie nippte an ihrem Champagner und leckte sich gedankenverloren über die Lippen.

Er zwang seinen Blick von ihrem feuchten Mund weg. »Es ist nicht ungewöhnlich, dass man seine Han-Vasen lieber bei sich ausstellt anstatt als Staubfänger in einem Museum.«

»Selbst wenn sie Teil der verschollenen Sammlung von Kaiserin Lingsi sind?«, zwitscherte sie.

Wieder fühlte er sich herausgefordert; er konnte sich nicht erinnern, wann jemand zuletzt eine solche Wirkung auf ihn ausgeübt hatte, was die Sache nur beunruhigender machte. Vermutlich war sie im Vorteil, weil man sie in ihrer weichen, zwitschernden, glanzvollen Verkleidung leicht unterschätzte.

»Ich hatte das Gefühl, dass ich das Muster des Reliefs im Zusammenhang mit den Han-Vasen schon mal gesehen hatte«, fuhr sie fort. »Ich bin meinem Verdacht in der Bodleian-Bibliothek nachgegangen, indem ich in einem Fachbuch nachgesehen habe, einem Werk aus dem fünfzehnten Jahrhundert über Keramiken, in dem Relief-Muster enthalten sind. Natürlich könnte ich mich trotzdem täuschen.«

»Sie wissen, dass dem nicht so ist«, bemerkte er leise. Er hatte vor ein paar Jahren in demselben Buch nachgeschlagen, und sie hatte in allen Punkten recht. »Sie sind bemerkenswert aufmerksam. Ganz im Gegensatz zu der Meinung, die Ihre Tante von Ihnen hat, sind Sie womöglich eine der klügsten Personen in diesem Zimmer. Auf jeden Fall diejenige mit dem besten bildlichen Gedächtnis.« Er beugte sich etwas näher zu ihr. »Was Ihnen aber womöglich schwer vorstellbar erscheint, ist, dass ein Mann manchmal gern kostbare Gegenstände sammelt und sie dann nicht besser behandelt als wertlose Kinkerlitzchen, ganz einfach, weil es ihm Vergnügen bereitet, dass er es kann.«

Er wusste, dass seine Worte schockierten; noch schockierender war nur, dass sie ihn dazu gebracht hatte, sie auszusprechen.

Ihre Augen waren riesig und plötzlich sehr nah. »Also das«, sagte sie atemlos, »wäre schrecklich dekadent.«

»Ich kann sehr dekadent sein, Miss Greenfield.«

Ihr warmer Atem streifte seine Wange, denn der Abstand zwischen ihnen war während ihrer Konversation dahingeschmolzen. Wenn er sich nun vorbeugen würde, wäre er nahe genug, um ihren Mundwinkel zu kosten. Er wollte es gerne. Der Raum verschwamm, und die Stimmen verhallten, als der Drang ihn packte. Nur ihr Gesicht nahm er noch gestochen scharf wahr, bis zur kleinsten goldenen Sommersprosse.

»Harriet.«

Er richtete sich auf und trat einen Schritt zurück.

Greenfields Sohn war neben ihm aufgetaucht; Lucian hatte ihn nicht kommen hören. Der junge Mann schob sich zwischen ihn und das Mädchen, Misstrauen blitzte in seinen Augen. Hier war er nun, der Aufpasser, den Lucian erwartet hatte, seit er sich dem Desserttisch genähert hatte. Fast hätte er gefragt: Wo warst du so lange, du Narr?

»Mr Blackstone hat mir einige Dinge über Kunst erklärt«, sagte Harriet zu ihrem Bruder. Ihre Stimme zitterte leicht.

»Eher war es umgekehrt«, meinte Lucian.

Die Feindseligkeit in Zachary Greenfields Miene verstärkte sich.

Lucian sah an ihm vorbei zu Miss Greenfield. »Ich habe seit Kurzem meine Galerie in Chelsea für Besucher geöffnet«, sagte er. Prompt wurde sie kreideweiß.

»Wie interessant«, sagte der junge Zachary kühl.

»Sie sind mir herzlich bei der nächsten Führung am Samstag willkommen«, fuhr Lucian fort. »Wenn Ihnen gefällt, was Sie sehen, Miss Greenfield, würde es mich freuen, wenn ich Sie dafür gewinnen könnte, mein neues Wohltätigkeitsprojekt für aufstrebende Künstler zu unterstützen.«

»Charmant, aber ob sie an Ihrer Führung teilnimmt oder nicht, ist nicht Harriets Entscheidung«, verkündete Zachary Greenfield schroff und legte besitzergreifend eine Hand um den Ellbogen seiner Schwester. »Harriet, Mutter möchte mit dir sprechen, bevor sie das Büfett eröffnet.«

»Zachary«, murmelte Harriet. Ihr Gesicht hatte sich tiefer gerötet als vorhin, als ihre Tante ihren Verstand in Zweifel gezogen hatte. Wie es schien, war sie es nicht gewohnt, vor Fremden wie Vieh herumkommandiert zu werden, und sie gab ihren Ärger darüber kund. Ihre Wangen waren immer noch erhitzt, als sie ihrem Bruder erlaubte, sie wegzuführen.

Lucian aß seinen Lunch und überlegte, dass seine einzige Aufgabe an diesem Tag darin bestand, Harriet Greenfields Vater davon zu überzeugen, sie zu seinem Haus in Chelsea zu schicken.

Eine Stunde später war diese Aufgabe erfolgreich im Rauchzimmer erledigt worden, und Lucian saß wieder in einer feuchtwarmen Kutsche auf dem Weg nach Belgravia. Er hörte sich den Tratsch an, den Matthews ihm aus dem Dienstbotentrakt im Greenfield-Haushalt berichtete, und stellte fest, dass nichts von Interesse darunter war, mit Ausnahme des Gerüchts, dass die jüngste Greenfield-Tochter demnächst mit einem Ritter des Königreichs verlobt werden sollte.

»Was die öffentlichen Besuche meiner Galerie anbelangt«, sagte Lucian.

»Ja?« Matthews griff nach dem kleinen Notizbuch und dem Stift; beides trug er immer in seiner Brusttasche bei sich.

»Setzen Sie diese wieder auf die Liste.«

Matthews' Gesicht leuchtete auf. »Sehr gern.«

»Am nächsten Samstag soll die erste Führung stattfinden. Bis dahin organisieren Sie auch ein Wohltätigkeitsprojekt für aufstrebende Künstler.«

Sein Sekretär schaute auf. »Eine Führung ist möglich, aber ein Wohltätigkeitsprojekt … Ich fürchte … äh … es wird nicht so leicht sein, in so kurzer Zeit Unterstützerinnen von Rang und Namen dafür zu finden.«

»Machen Sie diskret bekannt, dass Greenfields Tochter sich für das Projekt engagieren wird, und sie werden in Scharen angelaufen kommen.«

Matthews verharrte reglos, den Blick auf den Boden gerichtet.

»Sir«, sagte er schließlich. »Greenfields Tochter …«

»Ja?«

»Wird sie … Sie wird doch keinen Schaden nehmen?«

Lucian betrachtete ihn aufmerksam. »Wenn die Antwort ja lautete, was würden Sie tun?«

Die Schultern des Mannes sackten nach unten. »Ich bin

Ihnen zu Dank verpflichtet, Sir«, murmelte er. »Es würde jedoch an meinem Gewissen nagen, den Niedergang eines unschuldigen Mädchens zu unterstützen.«

»Den Niedergang«, wiederholte Lucian. Verachtung färbte seine Stimme. Er fragte sich, was es wohl brauchte, damit Matthews die Flucht ergriff. Einen Mord vermutlich. Matthews konnte es sich nicht leisten, in die Hand zu beißen, die ihn fütterte.

Lucian zog den Vorhang vor dem Kutschfenster zurück und blinzelte gegen das helle Sonnenlicht an, das von draußen hereinströmte. Eine Reihe identischer weißer, prächtiger Stadthäuser in Belgravia reflektierte die Sonne wie frisch gefallener Schnee, und die Konturen der Straße zeichneten sich schimmernd hinter seinen Lidern ab. Belgravia. Eines von Londons vornehmsten und reichsten Vierteln, nun sein Zuhause. Selbst die Mittelklassehäuser hier am Rand hatten auf ihn damals, als er den Bezirk vor Jahren zum ersten Mal erkundet hatte, prunkvoll gewirkt. In der Luft hatte der Duft von Flieder gehangen, und in der ungewohnten Ruhe und Sauberkeit des Ortes hatte sein Körper sich unwillkürlich vor Argwohn angespannt. Er hatte in seiner besten Kleidung und mit Zylinder auf dem Bürgersteig gestanden und sich seltsam fehl am Platz gefühlt. Fast hatte er erwartet, dass einer der Gentlemen, die an ihm vorbeiliefen, in ihm das erkannte, was er war, und ihn fortjagen würde. Sein Reichtum, sein neues Leben, hatte sich zerbrechlich angefühlt, wie eine Seifenblase, die sich bei der leisesten Berührung in ölige Schaumtropfen auflöste. Umgeben von sauberer weißer Pracht stieg die Erinnerung an Hunger und Kälte auf, die ihn bis ins Mark durchdrang. Immer wenn er durch diese Straße fuhr, fragte er sich, was seine Großmutter wohl gesagt hätte, wenn er ihr eines dieser makellos weißen Häuser mit zwei Säulen und einem Portikus zur

Verfügung gestellt hätte. Er hätte ihr auch ein Herrenhaus geschenkt, aber so eine vornehme Residenz hätte sie wohl abgelehnt. Nanny MacKenzie war stolz darauf gewesen, dass sie mit wenig auskam.

Ich bin der Ansicht, dass es im Leben eines jeden Menschen zumindest eine Person geben sollte, die man so sehr liebt, dass man für sie sterben würde. Unwillkürlich verzog er seinen vernarbten Mund. Was, wenn diese Menschen längst tot und zu Staub zerfallen waren, Miss Piekfein?

Er ließ den Vorhang los und lehnte sich ins Samtpolster zurück. Er würde nie erfahren, was seine Großmutter zu einem neuen Heim gesagt hätte. Er war zu spät gekommen, um sie zu sich zu holen. Es war jedoch noch nicht zu spät, um seine anderen Versprechen einzuhalten: Gerechtigkeit für seine Mutter. Gerechtigkeit für Sorcha. Eine Zukunft für die Menge gesichtsloser Männer und Frauen, deren Leben Zahnrädern in Maschinen glichen und die so abschätzig behandelt wurden, als seien sie nicht mehr wert als eine von Greenfields stinkenden Zigarren. Welch eine Ironie, dass er, um diese Versprechen einzuhalten, einer weiteren Frau ein Versprechen geben musste.

Er musterte seinen Sekretär. »Machen Sie sich keine Sorgen um das Greenfield-Mädchen, Matthews. Meine Absichten sind völlig ehrenhafter Natur.«

Matthews Augen weiteten sich, als ihm die Bedeutung der Worte klar wurde. »Oh je«, stammelte er schließlich und wirkte noch bedrückter als zuvor.

7. KAPITEL

»Ich bin so versucht, meinem Vater zu gehorchen und an der Galerieführung teilzunehmen«, sagte Hattie ein paar Tage später in ihrem Salon im *Randolph* zu Catriona.

Das brachte ihr einen sarkastischen Blick über einen vergoldeten Teetassenrand ein. »Bringt dich die Führung in Versuchung oder eher eine weitere skandalöse Begegnung?«

»Haha«, murmelte Hattie. »Wärst du schockiert, wenn ich dir sage, dass ich seine wohltätigen Zwecke für die Kunst gerne unterstützen würde?«

»Wessen wohltätige Zwecke?«

»Mr Blackstones.«

Catriona stellte Tasse und Unterteller auf den niedrigen Tisch zwischen ihnen. »Wäre das denn klug?«

Hattie, die es sich in theatralischer halb liegender Pose auf der Chaiselongue bequem gemacht hatte, richtete sich seufzend auf und nahm sich ein Eclair von der Etagere.

»Vermutlich nicht«, gab sie zu. »Tatsache ist jedoch, wenn ich sonst gebeten werde, meine Bilder auszustellen oder Mentorin für einen wohltätigen Zweck zu werden, kann ich nie ganz den Verdacht abschütteln, dass ich nur wegen meines Vaters gefragt werde.«

»Warum?« Catriona wirkte verwirrt. »Deine Bilder sind doch gut.«

»Erinnerst du dich an die große Vogel-und-Blumen-Ausstellung, die von der *Royal Horticulture Society* ausgerichtet worden ist?«

»Nein, tut mir leid.«

»Nun, mein Gemälde war das einzige ohne Vogel.«

»Oh.«

»Mr Blackstones Einladung hingegen ist gewiss kein Versuch, meiner Familie Honig um den Bart zu schmieren, da mein Vater ihn zuerst angeschrieben hat und mehrfach ignoriert wurde.«

»Dann stellt sich allerdings die Frage, welche Absichten verfolgt er nun mit seiner Bitte?«, murmelte Catriona.

Die Frage war berechtigt. Hattie bezweifelte, dass Mr Blackstone ihr Talent bewunderte, da er bisher nur ein einziges Gemälde von ihr gesehen hatte – den *Flaschenkürbis*. Ihr gefiel jedoch der Gedanke, dass er sie um ihretwillen gebeten hatte. Sie wünschte, dass ihr Freundinnen-Quartett komplett wäre, um auch andere Meinungen außer Catrionas gnadenlos auf Logik basierender Ansicht zu erhalten. Annabelle und ihr Herzog waren jedoch in der vergangenen Woche zu ihrem Schloss in der Bretagne gereist, und auch Lucies üblicher Platz auf dem gelben Sofa blieb leer, da sie sich auf dem Weg nach Italien befand. Hattie selbst wurde am Abend in London erwartet, denn das Trimester war beendet, und die zusätzliche Woche, die ihre Eltern ihr in Oxford gewährt hatten, neigte sich ebenfalls dem Ende zu.

Wenig begeistert knabberte sie an dem Eclair. »Ich würde gern an der Führung teilnehmen und auch Mr Blackstones Wohltätigkeitsprojekt unterstützen, weil ich in spätestens vierzehn Tagen sonst vor Langeweile sterbe. Der Sommer in London wird schrecklich öde, und ich vermisse dich schon jetzt.«

Catriona zog überrascht die Brauen hoch. »Du bleibst den Sommer über in London?« Sie selbst würde bald auf dem Weg zu einem windigen Tal auf der schottischen Halbinsel Applecross sein, um wie jeder normale Mensch Londons rußiger Sommerhitze zu entfliehen.

»Wegen der Spanienkrise benötigt mein Vater schnelle Kontaktmöglichkeiten nach Frankfurt und Paris«, erklärte Hattie. »Und Mama will in der Stadt bleiben, damit Sir Bradleigh mehr Zeit bekommt, Mina in aller Öffentlichkeit den Hof zu machen.«

Mehrere Wochen mit immer gleich verlaufenden Tagen erstreckten sich vor ihr, die so schwül und tückisch wie ein schmaler Pfad durch einen Sumpf sein würden, da sie diese unter dem strengen Adlerblick ihrer Mutter verbringen musste. Mina hingegen würde Ausflüge mit ihrem Ritter genießen können. Nicht einmal bei Lucies Arbeit in der Frauenbewegung konnte Hattie sich nützlich machen, da ihre Eltern nichts von ihren politischen Aktivitäten wussten und auch nicht erfahren durften. Sie würde sich also auf andere Weise beschäftigen müssen. Skizzen von Händen und Füßen anfertigen. Sich aufreizende Ballroben vorstellen, die sie niemals würde tragen dürfen. Ihre Mutter zu angesehenen Wohltätigkeitsveranstaltungen begleiten, die meist nur daraus bestanden, Tee zu trinken.

»Wollen wir hoffen, dass Sir Bradleigh bald um Minas Hand anhält«, sagte sie. »Dann würde sich die Aufmerksamkeit meiner Mutter wenigstens voll und ganz auf die Planung einer Hochzeit konzentrieren.«

Ein Schauer schüttelte Catriona. »Bist du nicht beunruhigt, dass sie anschließend alles daransetzen wird, um dich unter die Haube zu bringen? Du bist immerhin älter als Mina.«

»Das macht mir keine Sorge«, erwiderte Hattie. »Tatsächlich wird es höchste Zeit, dass mich jemand umwirbt, denn sonst wird Mina mir ihre bessere Stellung bei jeder sich bietenden Gelegenheit schamlos unter die Nase reiben.« Das machte ihr mehr Sorgen, als sie zugeben wollte.

»Bist du sicher, dass du eine Ehe willst?« Catriona wirkte skeptisch.

»Es ist wohl kaum ein Geheimnis, dass ich mich danach sehne, meinen Ritter in schimmernder Rüstung zu finden.«

»Nein, aber bisher sah es nicht so aus, als ob du es damit eilig hättest«, sagte Catriona. »Und du hast kürzlich erst zwei riskante Abenteuer erlebt, die, wenn sie bekannt geworden wären, dafür gesorgt hätten, dass deine Heiratsaussichten wohl ziemlich trübe aussehen würden.«

So gesehen war ihr Verhalten tatsächlich widersprüchlich. Peinlich berührt lehnte Hattie sich zurück. »Ich wollte mir nicht schaden, jedenfalls nicht bewusst«, sagte sie. »Ich habe mich in der vergangenen Woche sogar für einen passenden Ehekandidaten entschieden.«

»Das sind … spannende Neuigkeiten?«

»Ja, Lord Skeffington.«

»Lord Clotworthy Skeffington?«

»Ja. Er hat einen Titel, ist jung, hat ein sanftes Wesen, sieht gut aus, und er ist Künstler«, zählte sie auf. »Er würde mein Bedürfnis zu malen sicher verstehen.«

Catriona schüttelte langsam, fast wie in Trance, den Kopf. »In einer Ehe hätte er die Rechte an deinen Werken. Er könnte dir das Malen auch verbieten. Und sein Name ist Clotworthy.«

»Annabelle ist verheiratet«, hob Hattie hervor. »Und sie studiert immer noch in Oxford.«

»Annabelle hat sich erst mit der Ehe einverstanden erklärt, als der Herzog öffentlich seine Unterstützung für die Frauenbewegung verkündet hat«, stellte Catriona klar. »Kennst du Skeffingtons politische Meinung dazu?«

»Er ist ein Lord.« Hattie mied ihren Blick. »Deshalb ist er Tory.«

Catriona schwieg. Dieses unangenehme Schweigen, bei dem ihr ganzer Körper starr und reglos wurde, verriet ihre Meinung deutlicher als tausend Worte und gab ihr mehr Gewicht, als hätte sie ihre Missbilligung laut ausgesprochen. Es bedurfte sowieso keiner Worte. Hattie konnte die Litanei ihrer Suffragistinnengruppe zum Thema Ehe auswendig im Schlaf aufsagen. Kurz gefasst: Eine Ehe war riskant. Die Gesetze des Königreiches regelten, dass eine Frau in der Ehe ihrem Mann untergeordnet war. Auf dem Papier hörte sie auf, als eigenständige Person zu existieren. Bis auf ein paar strikt gefasste Ausnahmen verlor sie auch das Recht auf eigenen Besitz. Und da das Wahlrecht an den Besitz von Eigentum gekoppelt war oder zumindest die Verantwortung für einen Miete zahlenden Haushalt erforderte, hatte eine verheiratete Frau keine Stimme, bis das zahnlose *Married Women's Property Act*, das die Eigentumsrechte von Frauen regelte, reformiert wurde. *Reform der Eigentumsrechte für Ehefrauen* war schon lange ihr Kampfschrei, und Hattie dachte im Moment darüber nach, Verrat an ihrer Mission zu begehen.

Sie steckte das letzte Stück ihres Eclairs in den Mund und spülte es mit lauwarmem Tee hinunter. Manchmal war es eindeutig ein Nachteil, nur Suffragistinnen und einsiedlerische Gelehrte zu ihren engsten Freunden zu zählen. Manchmal fehlte ihr eine Vertraute, die ihre Begeisterung für Stoffe, Mode und Kunst uneingeschränkt teilte und die gerne mit ihr über attraktive, standesgemäße Junggesellen plauderte. Früher hatte sie solche Freundinnen gehabt, aber die waren inzwischen verheiratet, lebten in London und Europa und fanden sie ein wenig seltsam.

Sie betrachtete ihre grübelnde Freundin, die sich trotz der

sommerlichen Temperaturen in ihren karierten Schal hüllte. »Habe ich dir eigentlich je erzählt, dass eine meiner frühesten Erinnerungen jene an die Hochzeit einer meiner Cousinen ist, als sie in St. Paul's Cathedral vor den Altar trat?«

Catriona schüttelte den Kopf. »Nein, hast du nicht.«

»Ich weiß nicht mehr, welche Cousine es war, aber ich erinnere mich immer noch an ihr Kleid.« Sie schloss die Augen. »Es war mit Diamanten besetzt, eine glitzernde Wolke aus Spitze und weißer Taftseide«, sagte sie. »Es erschien mir alles wie aus einer anderen Welt: das Kleid, der Chorgesang, die himmelhohe, gewölbte Decke der Kathedrale. Meine Mutter und meine Tanten strahlten eine triumphierende Euphorie aus, weil die Braut ›eine gute Partie‹ gemacht hatte. Ich war ungefähr sechs Jahre alt, aber ich weiß noch, dass mich die Unbeschwertheit der Frauen fasziniert hat. Es kam mir so vor, als wären ihre Muskeln jahrelang verkrampft gewesen, und nun konnten sie endlich locker lassen. An diesem Tag begann das wahre Leben meiner Cousine. Die Zeit davor war lediglich eine eifrige und hoffnungsvolle Vorbereitung darauf gewesen. Oh, schau nicht so entsetzt. Ich war ein junges Mädchen, ein Kind. Inzwischen weiß ich es besser. Ich gehe immerhin zu denselben Suffragistinnentreffen wie du, nicht wahr? Ich lese auch die Briefe der misshandelten, unglücklichen Frauen. Ich weiß, dass das Ehestandsgesetz ein Fluch ist.«

Catriona hob beschwichtigend die Hand. »Ist ja gut.«

»Es ist mir nur gerade aufgefallen, dass meine Vorstellungen über die Ehe über ein Dutzend Jahre geprägt worden sind und dass es beeindruckend schwierig ist, solche fest verankerten Glaubenssätze wieder aufzugeben, selbst wenn man Fakten kennt, die das Gegenteil bezeugen.« Schlimmer noch, was man so früh gelernt hatte, fühlte sich oft wie ein Instinkt an, so selbstverständlich wie das Atmen, und man verließ sich lieber auf Vertrautes, egal, ob es nun gut oder schlecht war.

»Viele der führenden Frauen in der Bewegung sind verheiratet«, sagte Hattie. »Und mir gefällt die Vorstellung, Ehefrau zu sein und ehelichen Haushaltspflichten nachzugehen, wie seine Socken und Hosenträger zu besticken. Ich möchte mein Leben mit einem besten Freund verbringen. Ich kann meine Gefühle nicht recht in Worte fassen, ich kann dich nur bitten, mich nicht für verrückt und dumm zu halten.«

Catriona wirkte erschrocken. »Das würde ich niemals tun. Ein Ehemann könnte mir jedoch meine Forschungen verbieten. Es wird erwartet, dass ich ihm zu Diensten bin, wie es ihm gefällt.«

»Es wird auch erwartet, dass er dich mit seinem Leben beschützt«, sagte Hattie mit neckischem Winken. »Zumindest wird nicht erwartet, dass du für ihn stirbst, falls nötig.«

»Der Tod ist nur ein Augenblick«, erwiderte Catriona sanft. »Von uns hingegen wird gefordert, dass wir ihm unser ganzes Leben opfern.«

»Ach, verflixt«, sagte Hattie. »Und dabei dachte ich, ein kleiner Scherz könnte die Stimmung vielleicht aufheitern.«

»Oh. Natürlich.« Catriona errötete. Manchmal entging ihr Sarkasmus. Was vermutlich daran lag, dass ihre eigenen Bemerkungen höchst selten doppeldeutig gemeint waren. Und genau das ist der große Unterschied zwischen uns, dachte Hattie. *Aus mir sprudeln die Worte einfach heraus, und die Hälfte der Zeit meine ich sie nicht einmal ernst.* Ihr Medium der Wahrheit war das Malen ... sollte es zumindest sein. Ihre Worte entstammten dem Wunsch zu gefallen, zu beschwichtigen. Oder normal oder einfältig zu erscheinen; beiden Eigenschaften maß man bei einer jungen Frau ohnehin die gleiche Bedeutung zu. An dieser Krankheit litten die meisten Frauen in Großbritannien, diesem Zwang, etwas anderes zu sagen, als man dachte, Dingen zuzustimmen, die man eigentlich verabscheute, und über langweilige Witze zu lachen. Ja, die meisten Frauen beugten sich diesem Zwang, Catriona jedoch nicht. Wenn sie ihre Gedanken verbergen wollte, schwieg sie. Was eigentlich vernünftig war, aber wenn alle unter derselben Krankheit litten, erschienen die Gesunden nicht ganz normal.

Hattie lehnte sich seufzend ins Polster zurück. »Keine Sorge, meine Liebe. Ich verstehe deine Argumente ja durchaus. Aber welches Leben führe ich jetzt? Schau mich nur an! Solange ich unter dem Dach meiner Eltern lebe, darf ich mir nicht mal meine Kleidung selbst aussuchen oder die Art, wie ich mir die Haare frisiere. Ganz zu schweigen davon, wie viel ich zum Dinner esse oder mit wem ich befreundet bin oder in wessen Gesellschaft ich mich aufhalten möchte. Warum, glaubst du wohl, versuche ich so oft, meine Modevorlieben durch euch auszuleben, indem ich euch Ratschläge gebe? Als Ehefrau hätte ich wenigstens in meinem eigenen Haushalt das Sagen.«

Catriona nickte. »Aber wünschst du dir Unabhängigkeit von deinen Eltern oder eine Ehe?«

»Gibt es denn da einen Unterschied für eine Frau in meiner Position?«, erwiderte sie schroff. »Ich verfüge nicht über einen Treuhandfonds wie Lucie. Und mein Vater ist nicht so wie deiner, der zufrieden mit seinem Dasein als Witwer ist und dich als Assistentin beschäftigt. Ich weiß aber, dass ich für ein Leben als alte Jungfer nicht geeignet bin.«

»Ich hätte meine Sorgen nicht in dieses Gespräch mitbringen dürfen.« Catriona zog das Tuch enger um sich, als wäre ihr erst jetzt aufgefallen, wie weit sie sich aus dem schützenden Panzer herausgewagt hatte.

Ein Anflug von Reue durchzuckte Hattie. »Ich liebe unsere Gespräche«, sagte sie rasch. »Und ich werde sie sehr vermissen.

Deshalb bin ich auch so gereizt heute. Was bedrückt dich, willst du es mir anvertrauen?«

Catriona glättete ihr Tuch mit tintenbefleckten Fingern. »Es ist nichts.«

»Ich bin zwar eine Plaudertasche«, sagte Hattie, »aber ich kann ein Geheimnis bewahren.«

»Ich weiß«, antwortete Catriona und lächelte. »Erzähl mir doch lieber, was du zuerst machen würdest, wenn du deinen eigenen Haushalt hättest.«

Eindeutig wollte Catriona nicht mit der Sprache herausrücken, daher hakte Hattie nicht weiter nach. »Zuerst würde ich meine sämtlichen Kleider der Wohlfahrt geben. Danach lebe ich meinen Traum: Ich reise durch Frankreich mit meinen Aquarellfarben und meinen liebsten Freundinnen. Du musst mich begleiten. In Paris gibt es die besten Bars und die skandalösesten Literatursalons, und im Süden kann man den Blick über ein saphirblaues Meer genießen.«

»Warst du schon einmal in einer Bar?«, fragte Catriona neugierig.

»Nein. Aber ich habe gehört, dass es die besten in Paris geben soll, und alle werden von berühmten Künstlern besucht.«

»Ich würde dich gern begleiten«, stimmte Catriona zu. »Würdest du aber nicht lieber allein reisen?«

»Allein?« Hattie zog eine Grimasse. »Was soll ich denn allein am Montmartre oder in Marseille? Ich würde mich nur einsam fühlen, und dann würde ich mich selbst in Schwierigkeiten bringen, weil ich in schlechte Gesellschaft gerate. Außerdem grusele ich mich davor, selbst die Logistik einer Reise zu organisieren. Ich hasse den Gedanken daran förmlich.«

»Wir sollten Lucie mitnehmen«, überlegte Catriona. »Sie ist hervorragend im Organisieren.«

Ihr schwesterliches Gespräch endete, als Tantchen aus ihrem Zimmer kam, gut ausgeruht nach einem Nickerchen und darauf beharrend, dass es Zeit wurde, für London zu packen.

Zum Abschied drückte Hattie die Wange an Catrionas Gesicht. »Glaubst du, es könnte schaden, an der Galerieführung teilzunehmen?«, flüsterte sie.

»Nicht, wenn du an der Seite deiner Mutter bleibst«, erwiderte Catriona leise.

»Warum überrascht mich das nicht«, murmelte Hatties Mutter, als sie Mrs Hewitt-Cook inmitten der kleinen Gruppe entdeckte, die sich in Mr Blackstones Eingangshalle versammelt hatte. »Allerdings hatte ich nicht erwartet, Oaksey hier zu sehen.«

Lord Oaksey war der einzige anwesende Aristokrat, sonst bestand die Gruppe aus Mitgliedern der unteren Oberschicht: Ehefrauen und Söhnen von reichen Industriellen. Andere junge Frauen aus Hatties Kreisen glänzten allerdings durch Abwesenheit.

»Oaksey gehört eine der größten Privatsammlungen von Renaissance-Gemälden in England«, erklärte Hattie leise. »Er muss ziemlich neugierig gewesen sein.« Jedenfalls neugierig genug, um einen möglichen Bruch der Etikette zu riskieren, indem er Mr Blackstone besuchte. Ihre Nerven waren zum Zerreißen gespannt, und ihr Mund war staubtrocken, weil sie an den Ort ihrer letzten Verfehlung zurückgekehrt war.

»Mr Greenfield und seine Geschäftsstrategien«, meinte ihre Mutter in missbilligendem Ton. »Manchmal frage ich mich, ob das Alter sich bereits auf sein Gehirn auswirkt.«

Hattie stimmte ihr im Stillen zu. Wie es schien, war auch Julien Greenfield seine momentane Position leid und hungerte nach mehr. Wenn ein Mann allerdings so ziemlich alles erreicht hatte und auf dem Höhepunkt seines Lebens stand, dann tendierte seine Vorstellung von »mehr« zum Exzentrischen, wie zum Beispiel einen verrufenen Investor aus Prinzip für sich einzunehmen.

Während sie die anderen Teilnehmer der Führung begrüßten, eilte Mr Matthews auf sie zu. In Hatties Bauch breitete sich ein mulmiges Gefühl aus. Zum Glück gab Mr Blackstones Sekretär, der ein hochmodisches burgunderrotes Jackett trug, kein Anzeichen des Wiedererkennens von sich, als er sich vorstellte. Sein Blick glitt gleichgültig über sie, ehe er verkündete, dass die Gruppe ihm bitte zu den bereitgestellten Erfrischungen im Empfangszimmer folgen solle.

Hatties Schritte verlangsamten sich, als die Erleichterung einer verräterischen Enttäuschung wich. Es bestand durchaus die Möglichkeit, dass Mr Blackstone sich nicht zeigen würde. Sie hatte sich darauf vorbereitet, ihn wiederzusehen, und ihr lila Lieblingskleid angezogen, dessen Rock mit drei Reihen weißer Rüschen verziert war.

Bringt dich die Ausstellung in Versuchung oder eine weitere skandalöse Begegnung?

Wie es schien, war es Letzteres. Wenn sie ehrlich war, musste sie sich eingestehen, dass sie beim Gespräch mit Mr Blackstone am Büfett in der vergangenen Woche zwar vor Verlegenheit fast verglüht wäre, es aber insgeheim auch genossen hatte. Unter seinem eindringlichen Blick waren die Worte wie ein Wasserfall aus ihr herausgestürzt; sie hatte gesprochen, ohne darüber nachzudenken, wie immer, wenn sie nervös war, aber die Farben im Raum waren ihr strahlender erschienen und die Aromen der dampfenden Speisen pikanter. Sie hatte sich kühn und geistreich gefühlt. Lebendig. Ungefähr zehnmal so euphorisch, wie sie sich fühlte, wenn sie Mr Graves mal wieder erfolgreich ausgebüxt war. Dieses Gefühl wollte sie erneut spüren.

Vor ihr im Flur verlangsamte die Gruppe ihre Schritte, als sie an einer offenen Tür vorbeigingen. Ihre Mutter war ganz vorne; sie hatte Hattie unklugerweise sich selbst überlassen, um sich mit Lord Oaksey zu unterhalten.

»Oh, sehen Sie, ein Degas«, rief Lord Oaksey. »Vermutlich direkt aus dem Montmartre in Paris importiert.«

Spontan drückte Hattie sich hinter einer Statue an die Wand. Als die Gruppe um die nächste Ecke bog und die Stimmen leiser wurden, huschte sie zu der offenen Tür. Wie vermutet, war es ein Seiteneingang zu der Galerie. Der Raum erstreckte sich unter einem gewölbten Glasdach, so lang und breit wie ein Innenhof. Es war Mittag, die Sonne stand hoch am Himmel und erfüllte den riesigen Raum mit gleißendem Licht. Der Geruch von Bienenwachspolitur hing in der Luft.

Leise schlich sie in die Galerie. Der Haupteingang befand sich mittig auf der rechten Seite. An der linken Wand und vor ihr hingen in gleichmäßigen Abständen Gemälde. Lord Oaksey hatte recht: Dort hing ein Degas, das Motiv der Ballerinas in weißen Tutus war unverkennbar. Auf den quadratischen Spiegeln, die sich über die rechte Wand erstreckten, pirschte ihr Spiegelbild mit ihr durch den Raum. Vermutlich sollten die Spiegel dazu beitragen, den Raum an bewölkten Tagen zu erhellen, indem sie das natürliche Licht reflektierten. Mr Blackstone sollte das Glasdach besser abdecken. Gaslampen waren zwar nicht ideal, aber die Sonne würde den Gemälden im Lauf der Zeit schaden. Andererseits war es das perfekte Licht, um die weißen Ölfarben vor zu schnellem Vergilben zu bewahren …

Sie fand die *Ophelia* in der Mitte der linken Gemäldewand und verharrte reglos davor. Die junge Frau trieb unter den schützenden Ästen einer Trauerweide im Wasser, gehüllt in ein sich bauschendes Gewand, das mit Sternen bestickt war.

Einen Atemzug lang hatte Hattie das Gefühl, am Flussufer zu stehen, die kühle, feuchte Luft einzuatmen und den erdigen Geruch des Verfalls. Ophelia war von verschiedenen Grüntönen umgeben, die sich mit dem tiefen Blau und Rot von Wildblumen mischten. Ihr Gesicht badete in einem träumerischen Glanz, auf der Schwelle zwischen den Lebenden und den Toten.

Hattie wusste, dass Millais die Landschaft am Hogsmill-Fluss in der Grafschaft Surrey gemalt hatte, statt eine Skizze anzufertigen und das Gemälde in seinem Atelier fertigzustellen. Sein Modell für die Ophelia, Miss Sidall, die selbst Malerin war, hatte sich eine schwere Erkältung zugezogen, weil sie in einer unbeheizten Badewanne gelegen hatte. Das Wissen um diese Fakten schmälerte jedoch nicht die Magie, die von der Szene ausging. Hattie kannte andere Interpretationen, von Alexandre Cabanel beispielsweise, die irritierend theatralisch waren und die gewöhnliche moralisierende Lektion kaum verbargen, dass schöne Frauen unweigerlich verrückt wurden und einem tragischen Tod geweiht waren. Millais hingegen hatte Ophelia eine einzigartige Gelassenheit gegeben. Ihre bleichen Hände lagen ruhig auf der Oberfläche des Flusses, die Handflächen zu einem Himmel außerhalb des Rahmens gerichtet. Ihr Blick unter halb geschlossenen Lidern war ruhig, ihr Mund leicht geöffnet. In ihrer Kapitulation lag eine gewisse Glückseligkeit.

Mr Blackstone hatte ihr vorgeworfen, dass sie eine Tragödie bezaubernd fand. Vielleicht aber kannte jede Frau in ihrem Leben so einen Moment, in dem sie das Gefühl hatte zu ertrinken und der einzige Trost darin bestand, dass selbst in einem solchen Moment Schönheit und Würde liegen konnten.

Wie hatte Millais solche Gefühle einfangen können? Und das, obwohl er ein Mann war und inzwischen auch älter, aber sein Pinselstrich überwand ganz eindeutig solche Grenzen und schien direkt aus den wesentlichen Erfahrungen zu schöpfen, die von der gesamten Menschheit geteilt wurden. Oh, wenn sie nur auch diesen unsichtbaren Abgrund überbrücken könnte, der die Vorstellung eines Künstlers von einer solchen makellosen Ausführung trennte … Unvermittelt verspürte sie ein Kribbeln, das sie aus ihrer Trance holte.

Mr Blackstone. Er stand reglos auf der Schwelle des Seiteneingangs.

Sie war nicht halb so schockiert darüber, wie sie es hätte sein sollen. Trotzdem hämmerte ihr Herz heftig gegen ihre Brust. Sein Gesicht spiegelte keine Regung, als sich ihre Blicke trafen. Er hatte sie wohl erwartet.

Sie wandte ihre Aufmerksamkeit wieder der *Ophelia* zu. Blackstones sich nähernde Schritte hallten im leeren Saal wider, und ihr Mund war plötzlich staubtrocken. Als er sich neben sie stellte, war ihr Kopf wie leer gefegt.

»Entspricht es Ihren Erwartungen?«, fragte er.

Sie schüttelte den Kopf. »Es hat meine Erwartungen übertroffen.«

Seine Stimme klang immer so rau, als ob er sie nur selten benutzte. Sie passte gut zu schwieligen Händen, die manche sicher reizvoll fanden. Die Stimme der Vernunft schrie laut in ihr, dass sie sich nicht mit ihm unterhalten sollte, noch dazu allein in einem Saal, in dem ihre Stimmen widerhallten.

»Das muss interessant sein«, meinte Mr Blackstone, »etwas anderes darin zu sehen als nur bunte Farbflecke.«

Verwundert schaute sie ihn an. »Sehen Sie wirklich nicht mehr?«

»Das, und was das Gemälde in zwanzig Jahren wert sein könnte.«

Er war ganz in Schwarz gekleidet, bis auf das gedämpfte Grau seiner Weste. Er trug das Haar wieder glatt zurückgekämmt, vermutlich in Erwartung seiner vornehmen Gäste, und wieder kräuselten sich seine schwarzen Haare im Nacken. Wie eine Erpellocke, die aufgebogenen Federn am Bürzel einer Ente. Der Anflug von Verletzlichkeit, den dies ausstrahlte, machte Hattie kühn, ebenso wie die Möglichkeit, dass er sie offenbar wichtig genug nahm, um zu versuchen, sie zu provozieren.

»Ich glaube, dass diese Farbflecke, wenn sie von einem Künstler wie Millais arrangiert werden, Ihre These widerlegen«, sagte sie.

Er drehte sich ihr zu und schaute ihr in die Augen, und ihr stockte der Atem. »Meine These?«

»Ja«, stieß sie hervor. »Dass die Menschen hauptsächlich von Bequemlichkeit, Eitelkeit oder Gier getrieben sind.«

Er neigte den Kopf. »Sie erinnern sich daran.«

Sie entsann sich auch an den Kuss, diese Erinnerung hatte sich in ihr Gedächtnis und ihren Körper eingebrannt und durchströmte heiß ihre Adern und andere namenlose Stellen, als sie nun in seine Augen blickte. Das durfte keine Anziehung sein. Das härteste Urteil wurde über Frauen der Gesellschaft gefällt, die für Männer niederen Ranges schwärmten. Man betrachtete sie als nicht ganz bei Verstand, und wenn man sie dabei erwischte, wurden sie gelegentlich in spezielle Krankenhäuser geschickt.

Sie räusperte sich. »Manche Menschen reisen viele Meilen, um sich die Präraffaeliten anzusehen, und das nur aus einem einzigen Grund: weil die Gemälde wunderschön sind«, sagte sie. »Wo ist die Eitelkeit und Gier, wenn man sich am Anblick eines Gemäldes erfreut?«

»Touché, Miss Greenfield.«

Eine Folge kleiner seitlicher Schritte hatte den Abstand zwischen ihnen schmelzen lassen. Sie hatte eindeutig den Verstand verloren, denn sie versuchte diskret, seinen Duft einzuatmen, anstatt zu flüchten.

»Damit wird es ohnehin bald vorbei sein, also mit der realistischen Malerei«, sagte er. »Selbst wenn der Stil Unschärfen aufweist wie hier. Der Impressionismus war der Anfang vom Ende.«

Sie runzelte die Stirn. »Wieso das?«

»Weil man realistische Bilder dieser Tage sehr viel effektiver einfangen kann. Es interessiert nur wenige Künstler, das zu kopieren, was eine Maschine sehr viel genauer und schneller erzeugen kann.«

»Wovon reden Sie?«

Er schaute sie an, als ob sie das wissen müsste. »Von der Fotografie.«

Sie schüttelte den Kopf. »Da bin ich anderer Ansicht.«

»Wieso?«

»Keine Kamera kann Gefühle in derselben Weise einfangen wie ein Pinsel.«

Er zuckte mit den Schultern. »Wenn man es richtig macht, wer weiß, hm?«

Die immer gleichen stoischen, leblosen Gesichter von Porträtfotografien zogen an ihrem inneren Auge vorbei. Natürlich war er der Ansicht, dass Derartiges genügte. Er war ein Mann, der sich aus eigener Kraft nach oben gekämpft hatte, und das nicht etwa durch Mut auf dem Schlachtfeld oder durch die Erträge eines Landguts, sondern durch lärmende Maschinen, durch Eisenbahnschienen und Fabrikrauch.

»Eine Kamera hat keine Seele«, sagte sie ein wenig zu laut. »Sie ist lediglich ein technisches Werkzeug.«

»Ein Pinsel auch«, erwiderte er. »Nur sehr viel primitiver.« Der provozierende Blick in seinen grauen Augen besagte: *Widerlegen Sie das!* Er hatte sich ihr zugewandt und stand viel zu nah, und ihr Atem ging schneller. Nichts davon fand sie amüsant.

»Sie legen Ihr Vertrauen wohl in Maschinen«, sagte sie. »Ich vertraue lieber auf Menschen.«

Sein Mund wurde weicher. »Ich vertraue nichts und niemandem, Miss Greenfield«, sagte er leise. »Aber falls ich es tun würde, dann würde ich mein Vertrauen in die Zukunft setzen, nicht in die Vergangenheit.«

Tat sie das etwa? In der Vergangenheit verharren? Längst vergangene Pracht kopieren? Tief in ihrem Inneren hatte sie es längst vermutet. Sie gehörte nicht zur Avantgarde. Unter seinem Blick wurde ihr schwindelig. Die Sonne malte rötliche Tupfer in sein schwarzes Haar.

»Rossetti und Millais beweisen, dass romantische Schönheit und grundlegende Wahrheiten sich nicht gleichzeitig ausschließen«, sagte sie heiser. »Warum besteht alle Welt nur immer darauf, dass eine wesentliche Sache nur dann Anerkennung und Bewunderung verdient, wenn sie in Gestalt einer Maschine oder eines alten Mannes daherkommt?«

»In anderen Worten«, raunte Blackstone, »warum nimmt Sie niemand ernst?«

Seine Worte schnitten ihr in die Brust wie ein heißes Messer durch einen Block Butter. Er hatte entweder einen sehr viel schärferen Blick als gedacht oder sie war unglaublich leicht zu durchschauen. Sie fühlte sich unbeholfen und verletzlich, weil ein Mann wie er ihr Dinge über sie selbst verriet. Sie verabscheute ihn dafür, ihn und dieses Knistern, das zwischen ihnen sprühte, seinen eindringlichen Blick und seine Wärme, die den Stoff ihres lila Kleides durchdrang und ihre Haut erhitzte wie ein Feuer im Kamin. Sie bemerkte, dass sie mit der Brust beinahe an seine Weste stieß. Sie bemerkte auch, wie sein Blick sich auf ihren Mund senkte.

Es würde wieder passieren.

Der Kuss lag bereits in der Luft. Ihr Herz pochte einen atemlosen Rhythmus. Blackstone rührte sich jedoch nicht, dunkel und starr stand er da wie ein Fels in der Brandung inmitten des weißen Nebels, der die restliche Welt einhüllte.

Sie lehnte sich vor, neigte sich ihm entgegen.

Sein Gesicht war ihrem so nah, dann fand ihr Mund den seinen, verschmolz mit seinen Lippen, hauchzart wie ein Atemzug. Sie hatte das Gefühl zu schweben, und die sanfte Berührung brachte sie ins Wanken. Er schlang einen Arm um ihre Hüfte und gab ihr Halt. Als sie die Lider hob, lag ihre linke Hand flach auf seinem Jackett. Verwirrt richtete sie den Blick darauf, erstaunt, wie klein sie wirkte und dass sie ihn berührte.

So standen sie da, als die Haupttür zur Galerie aufflog und ihre Mutter darin erschien, zur Salzsäule erstarrt. Und Lord Oaksey. Und Mrs Hewitt-Cook. Die ganze Gruppe bildete eine Mauer aus verblüfftem Erstaunen, die Augen weit aufgerissen, die Hände über die offenen Münder geschlagen.

Wie in Trance nahm sie wahr, dass Mr Blackstone sie losließ und sich den anderen stellte, mit langsamen, kontrollierten Bewegungen.

Ein fantasievoller Geist verfügte über die Fähigkeit, sich an dunkle Orte zu begeben, und manchmal hatte Hattie sich den Moment ausgemalt, in dem ein Fiasko sie ereilte und zu Fall brachte. Wie es sein würde, wenn ihre Welt plötzlich aus den Fugen geriet. Sie hatte sich dabei jedoch nie eine tödliche Stille ausgemalt, die so stark war, dass sie einer ganzen Galerie die Luft zum Atmen nahm.

Zwei Stunden nach dem Vorfall in seinem Haus in Chelsea suchte Lucian Julien Greenfield auf, um mit ihm über seine Tochter zu feilschen. Der Butler begrüßte ihn mit kalter Feindseligkeit und führte ihn direkt ins Arbeitszimmer des Patriarchen. Greenfield saß an seinem Schreibtisch, und er war nicht allein. Sein Erbe stand neben ihm und betrachtete Lucian mit mordlüsternem Blick.

»Ich sollte Sie in den Hof schleifen und erschießen lassen«, begrüßte ihn der Bankier. »Nennen Sie mir einen Grund, der dagegen spricht.«

»Wie wäre es mit dreißig?«, erwiderte Lucian. »Meinem Aktienanteil an Plasencia-Astorga. Soweit ich weiß, benötigen Sie diesen, um Ihr Eisenbahnportfolio in Spanien zu konsolidieren.«

Greenfield stutzte. Dann lehnte er sich in seinem Stuhl zurück, und ein Blick verriet, dass er rasch seine Optionen abwägte. Ein Handel, um den Skandal abzumildern. Ein umfangreiches Friedensangebot, nachdem man ihm keine Wahl gelassen hatte. Gute Gründe, um eine von mehreren Töchtern dagegen einzutauschen. »Wenn Sie glauben, dass ich auch nur einen Penny dafür zahle, liegen Sie falsch«, meinte er schließlich.

»Ich dachte an den halben Preis«, erwiderte Lucian.

Eine angespannte Stille breitete sich aus, dann knirschte Greenfield mit den Zähnen. »Setzen Sie sich!« Er deutete zu dem Stuhl vor seinem Schreibtisch.

Zachary Greenfield stieß einen wütenden Laut der Überraschung aus. Sein Vater wandte sich ihm zu. »Lass uns allein, Zachary.«

Vater und Sohn starrten sich einen Moment an und fochten einen stummen Kampf aus. Lucian verspürte größere Achtung für den gerechten, wenn auch sinnlosen Zorn des Sohns als für das berechnende Wesen des Vaters. Als sein eigener Stiefvater ihn vor Jahren für einen Apfel und ein Ei verkauft hatte, hätte er sich eine solche Unterstützung in seiner Ecke gewünscht.

Der junge Greenfield verließ schließlich das Zimmer, die Schultern steif vor unterdrückten Emotionen. Lucian setzte sich und wischte sich eine unsichtbare Fluse von seinem Ärmel, als Julien Greenfield ihn ins Visier nahm.

»Keinen einzigen Penny«, wiederholte er.

Seltsam, wie dieser rotgesichtige, zähe Mann mit fragwürdigem Geschmack für Gesichtsbehaarung ein so hübsches Mädchen wie Harriet hatte zeugen können. Während er mit Greenfield verhandelte, schweiften Lucians Gedanken immer wieder zu der jungen Frau. Sie hatte ihm eine der größten Überraschungen seines Lebens bereitet, als sie sich in der Galerie zu ihm gelehnt hatte. Ein, zwei Zentimeter nur, mit gesenkten Lidern, den Mund leicht geöffnet. Aber in diesem Moment hatte er nur ihr Gesicht gesehen, nichts anderes wahrgenommen als den federleichten Hauch ihres Kusses. Es gab andere höhere Töchter, die seinem Plan genauso gut gedient hätten, aber er wollte genau diese. Das war kein bewusster Gedanke, sondern eher das vage, irritierende Gefühl, dass er, wenn es darauf ankäme, Greenfield alles geben würde, was er verlangte, damit er der Heirat zustimmte. Harriet wäre jedoch sicherlich ganz und gar nicht erfreut, sollte sie jemals von diesem Verhandlungsgespräch, das ihrer Verlobung vorausgegangen war, erfahren. Dessen war sich Lucian sicher.

8. KAPITEL

»Harriet! Sag deinem Vater, dass du gezwungen wurdest.«

Stunden nach Sonnenuntergang hatten ihre Eltern Hattie in die Bibliothek gerufen. Ihr war übel und schwindelig. Ihr Vater stand neben dem Kamin und blickte in die Flammen, die Hände in die Hosentaschen gesteckt. Ihre Mutter stand neben einem Stuhl an der Wand; ihr Gesicht war so bleich und glänzend, dass sie einbalsamiert wirkte. Dennoch nagelte sie Hattie mit einem gebieterischen Blick fest.

Hattie verharrte wie angewurzelt in der kühlen Zugluft. Ihre Mutter war dort gewesen, sie hatte es doch genau gesehen. Die Spiegel an der rechten Galeriewand hatten sich als Zwei-Wege-Spiegel herausgestellt. Im hellen Nachmittagslicht war der Raum so durchsichtig wie ein Aquarium. Jeder, der in dem dämmrigen Flur hinter dieser trügerischen Spiegelwand stand, hatte sehen können, wie sie ihn küsste – ganz freiwillig. Konnte es wahr sein, dass sie diesem Albtraum ein Ende setzte, wenn sie nun eine ungeheuerliche Lüge erzählte?

Ein verstohlener Blick zu ihrem Vater verriet ihr, dass er sie ignorierte.

Ja.

Das Wort lag nur einen Atemzug entfernt. Ihre Mutter wollte ganz eindeutig, dass sie die Frage mit Ja beantwortete. Aber welchen Unterschied würde das schon machen? Ob sie gezwungen worden war oder nicht, ihre Eltern würden sie trotzdem wegschicken. Außerdem war eine Lüge in einer solchen Angelegenheit ziemlich niederträchtig. Sie senkte den Kopf. »Nein.« Ihr Leben, so wie sie es kannte, war vorüber.

»Wie bitte?«

Sie schaffte es nicht, ihre Mutter anzusehen. »Er hat mich zu nichts gezwungen.«

»Wie war es denn dann? Wie konnte das passieren?«

Wenn sie das bloß wüsste. Eben noch hatten Mr Blackstone und sie eine leidenschaftliche Diskussion über Kunst geführt, und im nächsten Moment hatte sie sich ihm an den Hals geworfen. Es war ihr so unmöglich erschienen, ihn nicht zu küssen, wie mitten in einem Sturz von der Klippe mit dem Fallen aufzuhören.

Sie hatte sich zu ihm gelehnt.

Und dann, das Entsetzen. Die erstarrten Mienen, die Blicke. Ein Schauer rieselte ihr über den Rücken. Am liebsten wäre sie ihrer Haut entflohen, um der Scham zu entkommen, die wie heiße Kohlen in ihrem Magen glühte.

Sie schloss die Augen. »Es tut mir so furchtbar leid«, flüsterte sie.

»Das alles ist ohnehin gleichgültig, wie du sehr wohl weißt«, entgegnete ihr Vater.

Ihr Studium in Oxford war beendet, diese Befürchtung fand sie nun bestätigt. Niemals wieder würde sie auch nur einen einzigen Schritt ohne Begleitung machen können. Die Leute würden bei jedem Dinner, jedem Ball hinter ihrem Rücken tuscheln und über ihre lose Moral lästern. Keine anständige junge Frau begab sich freiwillig in eine Situation, in der ein unpassender Mann sie küssen konnte. Vermutlich würde sie gar keine Einladungen mehr erhalten. Ihre Freundinnen würden sich womöglich von ihr abwenden …

Sie drückte die Hände auf den Bauch, weil die Übelkeit ihr die Kehle hinaufstieg.

Ihre Mutter ergriff Partei für sie. »Meine Tochter ist unschuldig«, erklärte sie schroff ihrem Vater. »Sie wurde von diesem Mann belästigt. Das war eindeutig für jeden klar zu sehen.«

»Oh ja, es gab eindeutig etwas zu sehen«, stimmte ihr Vater zu, den Blick immer noch auf das prasselnde Feuer gerichtet. »Allerdings habe ich gehört, dass es nicht so eindeutig ist, wer wen belästigt hat. Angeblich hat sie sich zu ihm hingelehnt.«

»Mr Greenfield, wir wissen doch gar nichts über diesen Mann …«

Nun schaute er sie an. »Ich habe dir bereits gesagt, dass ich einiges über ihn weiß«, erklärte er. »Er ist mindestens ebenso vermögend wie die Astorp-Venables, und das ist nur das, was er zugibt. Er ist neunundzwanzig Jahre alt und ein unehelicher Sohn …« Er verstummte.

Unehelich.

Das Wort erschütterte den Raum, als ob etwas Kostbares auf dem Boden zerbrach.

»Der uneheliche Sohn eines verstorbenen Sir Murray«, fuhr ihr Vater fort, »der ein Anwesen in Argyll besaß. Allerdings gab sein Stiefvater ihm bei der Hochzeit mit seiner Mutter seinen Namen. Ich weiß also nicht genau, warum er mir von diesem Makel erzählt hat, aber ich vermute, dass es ihm Freude bereitet hat, dem Ganzen noch die Krone des Spotts aufzusetzen. Seine Mutter ist ebenfalls verstorben, sie war bei Sir Murray in Diensten, als Küchenmädchen.«

»Unehelich.« Ihre Mutter war auf den Stuhl gesunken. »Mr Greenfield, wie kannst du die Absurdität einer Ehe mit ihm auch nur in Erwägung ziehen.«

»Nun, du hast doch jedem verkündet, dass sie bereits verlobt sind.«

Verlobt.

Hattie sah, dass sich die Lippen und Hände ihrer Eltern bewegten, aber kein Ton drang in ihre Ohren. Sie hatte diese Verkündung danach verpasst, aber nun war es ganz klar: Ihre Eltern würden sie nicht wegschicken. Sie würden sie mit Blackstone verheiraten.

Ihre Mutter sprang auf. »Ich musste doch etwas tun. Alle hatten es gesehen! Diese Spiegel – sie waren wie Fenster.«

»Und du hast richtig gehandelt, Adele.«

»Ich kann das nicht ertragen«, stieß ihre Mutter hervor. »Harriet sollte einen Adeligen heiraten …«

Ihr Vater hob die Hände. »Dann hätte sie mit einem Lord anbandeln sollen – vorzugsweise vor den Augen der größten Klatschmäuler der Gesellschaft.«

»Er wirkt wie ein grober Klotz und hat eine unleidliche Wesensart«, rief Adele. Ihr Gesicht hatte sich gerötet. »Er wird ihr grobschlächtige, unleidliche Kinder schenken!«

»Er ist auch nicht meine Idealvorstellung von einem Schwiegersohn! Wenn dir attraktive Enkel so wichtig sind, dann solltest du diese Ehe mit Blackstone unterstützen. Denn nur dadurch hat Wilhelmina noch eine Chance, dass ihr hübscher Sir Bradleigh um ihre Hand anhalten wird.«

»Mr Greenfield …«

»Wir können Harriet verstoßen und damit den Skandal noch vergrößern«, schnitt er ihr das Wort ab. »Oder wir können sie wegschicken, und sie wird trotzdem jahrzehntelang das Gespött der Gesellschaft bleiben. Oder aber wir tun verdammt noch mal unser Bestes, um Blackstones Position in der Gesellschaft zu verbessern, verschaffen ihm einen respektablen Familienstammbaum und stehen zu dieser Ehe.« Er schaute Hattie mit blutunterlaufenen Augen an, während er mit seiner Frau sprach. »Und sei dir versichert, ich habe durchaus den Drang verspürt, sie fallen zu lassen. Denn jemand, der sich so dumm verhält, verdient es nicht, sich meine Tochter zu nennen. Aber die Greenfields lassen ihre Familie nicht im Stich, ganz egal, welche Fehler ein Mitglied auch begeht, und wenn du auch nur eine Sekunde lang glaubst, dass ich mit dieser Tradition breche, dann irrst du dich gewaltig. Wir halten zueinander, und ich werde die Tradition meines Vaters gewiss nicht mit Füßen treten, nur weil Harriet sich wie ein leichtes Mädchen aufgeführt hat.«

Der Boden schien unter Hatties Füßen weggezogen zu werden. »Nein!« Sie hatte das Wort gerufen oder vielleicht auch nur geflüstert. »Das kann nicht dein Ernst sein.«

Ihr Vater betrachtete sie aus verengten Augen. »Nicht mein Ernst?«, wiederholte er. »Was hast du denn geglaubt, wie wir dieses Fiasko lösen sollen, hm?«

»Papa, du kannst mich doch nicht ernsthaft mit ihm verheiraten wollen.«

»Doch, das tue ich. Er hat mich heute aufgesucht und um deine Hand angehalten, und in meiner Eigenschaft als Herr dieses Hauses und Familienoberhaupt habe ich dem Antrag zugestimmt.«

»Julien.« Ihre Mutter hob die Hände. »Schau sie dir doch an. Sie verfügt gar nicht über die Konstitution, die Frau eines solchen Mannes zu sein. Sie ist zwar stur, aber ein liebes Mädchen …«

»Ah, aber nicht ganz so lieb, wie du denkst«, erwiderte er. »Die da …« Er deutete mit dem Zeigefinger auf Hattie. »… ist ihrem Leibwächter ausgerissen – und das wenigstens zweimal in diesem Jahr –, um unbeaufsichtigt durch London zu streifen, weshalb Blackstone überhaupt erst auf sie aufmerksam geworden ist. Diese lüsterne Vorstellung in der Galerie war nicht ihre erste privates Begegnung mit ihm. Graves habe ich übrigens auf die Straße gesetzt.«

Hatties Magen hob sich, als würde sie in einen Abgrund fallen. Der arme Mr Graves. Welche Katastrophe hatte sie nur angerichtet?!

Im Gesicht ihrer Mutter stand das blanke Entsetzen. »Du bist weggelaufen?«, sagte sie. »Du warst allein unterwegs? Ohne Schutz?«

»Bitte, Papa«, flehte Hattie. »Du bist einer der mächtigsten und einflussreichsten Männer in England …«

»Mächtig?« Plötzlich wirkte er doppelt so groß. »Einer der einflussreichsten, sagst du?« Sie zuckte zusammen, als er sich mit einer Faust auf die Brust schlug. »Wie mächtig und einflussreich wirke ich wohl für die Öffentlichkeit«, brüllte er, »wenn mir nicht mal die Weiber in meinem eigenen Haushalt gehorchen?«

Der heftige Ausbruch schien alle Luft aus dem Raum zu saugen. Eine Sache konnte Julien Greenfield auf den Tod nicht ausstehen: Schwäche zu zeigen. Der zähe Nebel eines Albtraums hüllte Hattie ein, aber dieses Mal gab es nicht die Gewissheit im Hinterkopf, dass sie daraus erwachen würde. Das hier war real. Und sie würde jede einzelne schreckliche Folge davon ertragen müssen.

Womöglich war Hatties Leben, so wie sie es kannte, vorbei, dennoch kam unerbittlich ein neuer Morgen. Sie lag flach auf dem Rücken und starrte den Betthimmel an. Ihre Augen schmerzten vor Müdigkeit nach der schlaflosen Nacht. Vor dem Fenster erwachte London im rosigen Licht. Die ersten Kutschen ratterten am Haus vorbei, und die unverständlichen Rufe eines Zeitungsjungen schallten über die Straße. Vermutlich war ihre Eskapade mit Mr Blackstone eine der Schlagzeilen.

Mr Blackstone, ihr zukünftiger Ehemann.

Mrs Wie-auch-immer Blackstone. Sie kannte seinen Vornamen nicht. Ihre Augen blieben trocken. Sie hatte sämtliche Tränen noch vor Mitternacht geweint. Sie war auch alle Optionen durchgegangen, es gab ohnehin nur wenige.

Erstens: weglaufen. Aber eine vom Skandal befleckte junge Frau konnte nirgendwohin, und ihr Gesicht rötete sich allein beim Gedanken daran vor Scham, ihre Freundinnen um Hilfe zu bitten. Außerdem wurde sie erst in drei Monaten volljährig. Sie war das Eigentum von Julien Greenfield, und niemand wagte es, einem Mann wie ihm seinen Besitz streitig zu machen.

Zweitens: mit einem anderen Liebhaber durchbrennen. Leider waren so kurzfristig keine anderen aufzutreiben.

Vielleicht war das die Strafe, nicht nur für ihr dummes Benehmen, sondern auch dafür, dass sie das Schicksal herausgefordert hatte, indem sie einst Listen mit zu genauen Anforderungen an ihren Ehemann erstellt hatte. Sie hatte sich in ihrer Fantasie vielleicht maskierten Räubern und wagemutigen Freibeutern hingegeben, seit sie sich den ersten romantischen Heftroman aus Tantchens Handarbeitskorb geborgt hatte. Sie hatte die verwegenen Männer, die keine Furcht kannten und sich nahmen, was ihnen gefiel, heimlich bewundert. Von ihrem Ehemann hatte sie jedoch eine ganz andere Vorstellung gehabt. Er sollte eher wie Skeffington sein, ein Bingley. Freundlich, mit Titel, jung und – ja, liebenswert. Muskulöse Männer mit einem gefährlichen Funkeln in den Augen, die geschickt ein Schwert führen konnten, blieben besser zwischen den Buchdeckeln. Nun war ihre Bestellung glatt getauscht worden.

Die Tür öffnete sich ohne Klopfen, und Mina kam mit einem Tablett in den Händen hereinmarschiert. Ihre geschwollenen

Augen und die gerötete Nase waren auch vom Bett aus nicht zu übersehen. Erneut wurde Hattie übel, und sie wendete den Kopf ab.

Mina stellte das Tablett so heftig auf dem Nachttisch ab, dass das Geschirr klirrte, dann warf sie etwas aufs Bett.

Eine Zeitung.

Hattie spähte zaghaft aus dem Augenwinkel darauf.

Blackstones Kunstgalerie hat mehr zu bieten, als Miss G. erwartet hätte!

Die Schlagzeile schrie sie mit ihren fetten schwarzen Buchstaben, die fast die halbe Seite einnahmen, förmlich an. Weiße Punkte tanzten vor ihren Augen. »Das ist erst gestern Abend passiert«, krächzte sie. »Wie kann es heute schon in der Zeitung sein?«

Mina würdigte sie keines Blickes. Sie war bereits auf dem Weg zur Tür, ihr Rücken war steif wie ein Brett.

»Mina.«

Ihre Schwester wirbelte herum wie eine Katze, die man am Schwanz gepackt hatte. »Überrascht dich das wirklich?«, zischte sie. »Blackstone, in einer kompromittierenden Situation mit einer Greenfield? Es ist bemerkenswert, dass gestern Abend keine Sonderausgabe gedruckt wurde!«

Sie schloss die Augen. »Ja. Du hast recht. Natürlich.«

Mina atmete schwer. »Wie konntest du nur?«, sagte sie mit leiser, zittriger Stimme.

»Ich wollte das alles nicht.«

»Mama und Papa haben die halbe Nacht gestritten und sich gegenseitig die Schuld für deine Launen gegeben. Tantchen hat auch kein Auge zugemacht. Sie sieht krank aus.«

Hattie schluckte schwer. »Hasst Tantchen mich auch?«

»Nein, nicht völlig«, gab Mina zu. »Sie gibt unseren Vorfahren die Schuld an allem, weil sie damals nach London gezogen und der Anglikanischen Kirche beigetreten sind.«

»Liebe Güte.« Und Zachary … Der Gedanke, dass ihr Lieblingsbruder wusste, dass sie sich vergessen hatte, ließ sie erschauern.

»Wenn Sir Bradleigh nun nicht mehr um meine Hand anhält, werde ich dich bis in alle Ewigkeit hassen«, sagte Mina. Ihre Augen glänzten von Tränen.

Sie richtete sich auf. »Mina, das wird er. Er vergöttert dich …«

Mina hob abwehrend die Hände. »Natürlich tut er das. Und wäre es meine Entscheidung allein, würde ich einfach mit ihm durchbrennen. Aber er ist ein ehrenwerter Mann und muss auf seinen Ruf achten, daher können wir das nicht tun. Und im Moment stehe ich um Haaresbreite davor, dass die Gesellschaft meinen Ruf für befleckt hält, weil ich mit dir verwandt bin. Grundgütiger, was hat dich nur geritten, diesen Mann zu küssen, noch dazu in aller Öffentlichkeit?«

»Ich …«

»Warum hast du dir nicht Lord Skeffington dafür ausgesucht. Ich dachte, du magst ihn!«

Hattie schaute auf ihre Hände. »Das stimmt auch«, sagte sie kläglich.

Mina musterte sie mit vernichtendem Blick. »Ich wusste ja, dass du exzentrisch bist, aber nicht, dass dein Geschmack so … primitiv ist.«

»Das ist er nicht«, erwiderte Hattie, aber sie klang kleinlaut. *Leichtes Mädchen.* Sie schüttelte den Kopf.

Mina verschränkte die Arme vor der Brust. Ihr rotes Haar umzüngelte ihr wütendes Gesicht wie Flammen. »Du hast dir die Chance auf eine gute Partie verdorben«, stellte sie fest.

»Aber noch kannst du verhindern, dass es mir ähnlich ergeht. Ich bitte dich, tu das Richtige.« Sie stolzierte aus dem Zimmer, ihre Stupsnase hocherhoben. Zweifellos gab sie für einen Ritter eine wunderbare Ehefrau ab.

Aber Mr Blackstone heiraten? Hattie plumpste in die Kissen zurück. Wenn sie ihn nicht heiratete, waren diese Schlagzeilen erst der Anfang. Sie würde einen Tod durch tausend Stiche der Nichtachtung erleiden, wenn sie seinen Antrag ablehnte.

Seht nur, da ist Harriet Greenfield, die schamlos in aller Öffentlichkeit herumpoussiert hat. Oh, in einer Galerie sagen Sie, du liebe Güte.

Sie konnte es den Klatschmäulern nicht einmal übel nehmen. Manche empfanden durchaus eine boshafte Schadenfreude dabei, eine skandalöse Frau auseinanderzunehmen. Die meisten wussten jedoch einfach nicht, wie sich einer solchen Frau gegenüber benehmen sollten. Nur wenige würden es sich leisten können, mit ihr gesehen zu werden, denn sobald die gute, rechtschaffene Gesellschaft sich erst einmal zusammengerottet hatte, um die Sitte und Moral aufrechtzuerhalten, bestand der einzig sichere Weg darin, die Gefallenen mit Nichtachtung zu strafen, wenn man verhindern wollte, dass der eigene moralische Charakter angezweifelt wurde.

Sie zog die Decke über den Kopf. Ihre Gedanken kreisten träge um die immer gleichen Argumente und kamen immer wieder zum selben Schluss. Wenn sie Blackstone heiratete, würde der Skandal klein ausfallen. Ehen über Standesgrenzen hinweg waren üblicher geworden, seit Jennie Jerome sich vor ein paar Jahren kühn Lord Churchill geangelt hatte. Damit hatte sie die Schleusen für andere amerikanische Dollarprinzessinnen geöffnet, die eifrig ihre Mitgift gegen einen aristokratischen Titel eintauschen wollten. Ihre Familie würde jedoch keinen Vorteil daraus ziehen, wenn sie Blackstone heiratete, bis auf den, dass ein Skandal vermieden werden würde, denn sie brauchten kein Geld, und Blackstone stand dank seiner mit Makeln behafteten Herkunft gesellschaftlich unter ihnen. All das verblasste gegenüber dem Preis, den sie zahlen musste: Wenn sie ihn heiratete, würde jegliche Hoffnung auf eine zukünftige Liebesheirat erloschen sein. In ihren schlimmsten Träumen war sie an einen Gatten gebunden, nur um unerwartet auf ihren Seelenverwandten zu treffen und zu wissen, was sie verloren hatte, weil sie den Falschen geheiratet hatte. Welche Tragödie! Aber diese Möglichkeit war ohnehin vertan. Kein Gentleman machte einer von Skandal befleckten Frau den Hof, wenn er andere Optionen hatte.

Ein Klopfen riss sie aus ihren Gedanken. Sie blieb unter der Decke und antwortete nicht. Jemand stand in ihrem Zimmer und räusperte sich leicht. Das konnte nicht ihre wütende Schwester sein. Sie schaute unter der Decke hervor und sah Bailey, ihre Zofe, am Fußende des Bettes stehen. Sie nestelte nervös an ihrer Schürze.

»Ich wurde geschickt, um Sie in Kenntnis zu setzen, dass Mr Blackstone Ihnen in einer Stunde seine Aufwartung machen wird«, sagte Bailey mit ihrer sanften Stimme. »Sie sollen ihn mit Mrs Greenfield im Blauen Salon empfangen.«

Sie war noch nicht bereit dafür. Nicht jetzt, nicht in einer Stunde, nicht in einem Jahr.

»Bailey«, sagte sie. »Bringen Sie mir bitte einen Sherry. Nein, besser gleich zwei.«

Die beiden Sherrys waren eine dumme Idee gewesen. Der Alkohol brannte wie Feuer in Hatties leerem Magen, als sie zum Blauen Salon hinunterging. Er stieg ihr in der Kehle hoch, als sie Mr Blackstones abweisende Gestalt am Kamin entdeckte.

Ihre Mutter wirkte bleich und verkniffen und hatte sich Flossie als Unterstützung geholt.

So ging das nicht.

Sie straffte die Schultern. »Mama, ich möchte gern allein mit Mr Blackstone sprechen.«

Ihre Mutter legte schockiert eine Hand an die Brust. »Also, Harriet …«

»Allein, Mama.«

Der entschlossene Ton in ihrer Stimme brachte ihre Mutter zum Schweigen. Sie wusste zwar nicht, was genau sie tun würde, wenn sie ihr ein ungestörtes Gespräch verweigerte, aber es würde ohnehin vom Sherry befeuert und äußerst peinlich sein, und ihre Mutter schien das zu begreifen.

»Nun gut«, sagte sie. »Florence.« Sie nickte im Vorübergehen Mr Blackstone knapp zu. »Sie haben fünfzehn Minuten. Wir warten direkt vor der Tür.«

Hattie setzte sich steif auf einen Sessel. Der Geruch nach kalter Asche drang vom Kamin in ihre Nase, und sie legte die Hand auf ihren rumorenden Magen. Mr Blackstone blieb stehen, da sie ihm keinen Stuhl angeboten hatte. Er sah unverschämt ausgeruht aus und war erneut in Schwarz und Grau gekleidet. Sein Jackett war jedoch aus Samt, eine seltsam weiche Kleiderwahl für so einen harten Mann.

»Mr Blackstone.«

Er neigte den Kopf. »Miss Greenfield.«

»Möchten Sie mich heiraten?«

»Ja.« Er sprach es ruhig und ohne Zögern aus.

Ihr Herz rutschte ihr in die Knie. »Sie sind nicht gerade dafür bekannt, dass Sie sich an Konventionen halten«, erwiderte sie. »Sie könnten Ihre Verantwortung leugnen und mich den sprichwörtlichen Wölfen zum Fraß vorwerfen, ohne dass sich dies groß auf Ihr Leben auswirken würde.«

Er überlegte, ehe er antwortete. »Ist es das, was Sie wünschen?«

»Nun, mir wäre es lieber, wenn wir nicht beide unnötig leiden müssten, wenn ich das Leid auch allein tragen könnte.«

»Sie scheinen den Einfluss Ihres Vaters stark zu unterschätzen«, erwiderte er sarkastisch. »Wie dem auch sei, ich brauche eine Ehefrau. Und ich würde Sie lieber nicht den Wölfen zum Fraß vorwerfen.«

Nein, er würde sie lieber selbst verschlingen. Ihre Finger glitten nervös über ihren hellgrünen Rock. Er stand völlig entspannt vor ihr, aber seinem Blick entging nichts. Sie spürte, wie er sie forschend musterte und jedes beschämende Detail bemerkte: die Schatten unter ihren Augen, ihre gerötete Nase, die schlaflose Nacht. Sie wäre weiß Gott lieber woanders als hier, wo sie sich seiner Musterung stellen musste, aber sie hatte Fragen. Sich bei ihm zu erkundigen, ob er des Öfteren Spielhöllen besuchte oder sich Mätressen hielt – die üblichen Laster eines Ehemannes, die gewöhnlich das Leben einer Ehefrau erschwerten –, erschien ihr jedoch lächerlich.

Sind Sie grausam?

Haben Sie jemanden ermordet?

Erzählen Sie mir, auf welche unredliche Weise Sie an Ihr Vermögen gelangt sind.

»Erinnern Sie sich, dass meine Tante gesagt hat, ich verschönere die Welt mit einem Pinsel statt mit meinem Verstand?«

Er nickte.

»Sie hat das gesagt, weil in meinem Kopf etwas nicht stimmt.«

»Ach ja?«

»Ja«, antwortete sie rasch. »Ich kann nicht richtig buchstabieren. Ich habe Schwierigkeiten, eine Zahlenreihe richtig abzuschreiben.« Er antwortete nicht, sondern betrachtete sie nur gelassen, daher fügte sie hinzu: »Mein Vater hat weder Kosten noch Mühen gescheut: Lehrer, Ärzte, Übungen – ich bin ein hoffnungsloser Fall. Sie können sich bei Ihrer gesellschaftlichen Korrespondenz nicht auf mich verlassen, und auch die Haushaltsbücher kann ich nicht prüfen.«

Er dachte genau zwei Sekunden darüber nach. »Das ist nicht wichtig, jedenfalls nicht für mich.«

Sie blinzelte verwirrt. »Es macht Ihnen nichts aus, dass Ihre Frau einen langsamen Verstand hat?«

»Mir erscheinen Sie klug genug.«

»Manchmal gehe ich zur falschen Adresse, weil ich die Zahlen der Hausnummer verdrehe.«

Er hob eine Braue und schwieg. Er durchschaute genau, was sie versuchte.

»Und dann ist da noch die Sache mit meiner Aufmerksamkeit«, fuhr sie fort. »Ich bin entweder ziemlich zerstreut oder unnatürlich vertieft in eine Sache. Beim Malen vergesse ich oft völlig die Zeit.«

»Und dennoch studieren Sie in Oxford«, sagte er. »Sie haben eine seltene Han-Vase auf den ersten Blick erkannt. Das können nur wenige Menschen in Großbritannien. Ich mache mir keine Sorgen um Ihren Verstand. Außerdem möchte ich Sie zur Frau, nicht zur Buchhalterin.«

Es wurde immer schlimmer. Offenbar gehörte er zu den Männern, die zufrieden waren, wenn ihre Frauen sich mit Handarbeiten und der Erziehung der Kinder beschäftigten, statt durch kluge Konversation zu glänzen.

»Was ist mit Kindern?« Sie konnte die Aufregung in ihrer Stimme nicht verbergen. »Was, wenn mein Makel sich vererbt? Stellen Sie sich nur vor, Ihr Erbe ist unfähig zu schreiben.«

Er zuckte mit den Schultern. »Mein Erbe wird reich sein.«

Das besiegelte die Sache offenbar zu seiner Zufriedenheit. Enttäuschung durchzuckte sie, und sie sprang auf. »Wir haben kaum eine Stunde zusammen verbracht«, sagte sie. »Und keinen einzigen Brief ausgetauscht. Wir wissen nichts übereinander.«

Er verschränkte die Hände hinter dem Rücken. »Was wollen Sie wissen?«

»Ich weiß nicht, wie wir überhaupt zueinander passen könnten.«

Ein teuflisches Funkeln blitzte in seinen Augen auf. »Ich hege keine falschen Eitelkeiten, Miss Greenfield. Ich weiß, dass Sie mich freiwillig niemals als Verehrer ausgewählt hätten. Aber Sie können sich gewiss sein, dass ich Ihnen, wie jeder andere Mann aus Ihren Kreisen, den Komfort bieten kann, den Sie gewohnt sind.«

Sie rieb sich mit den Fingerspitzen über die Schläfen. »Ich weiß, dass Sie vermögend sind«, sagte sie. »Ich hatte jedoch gehofft, einen Freund zu heiraten.«

»Einen Freund«, sagte er bedächtig, als sei das ein fremdes Wort, das ihm nur schwer über die Lippen kam. Sein schottischer Akzent zeigte sich nun deutlich.

Sie wandte sich ab und blickte aus dem Fenster über die Dächer von London. »Ja, einen Freund«, sagte sie mit belegter Stimme. »Ich wünsche mir einen Mann, der Zeit mit mir verbringt. Der es genießt, mit mir unsere kleine Welt zu teilen, die wir uns erschaffen haben. Und er soll liebenswürdig und gütig sein.«

Kannte ein Mann wie Blackstone überhaupt Güte und Liebenswürdigkeit? Diese Fragen konnte sie ihm aber nicht stellen, und sie konnte auch auf derlei Eigenschaften nicht hoffen. Seit ihrer Kindheit hatte man ihr eingetrichtert, was eine gute Ehe und eine brave Ehefrau ausmachte, und sie wusste sehr genau, dass eine Frau die Ehe lediglich anstreben sollte, weil sie ihr erlaubte, ihren höchsten Lebenszweck zu erfüllen: eine Mutter zu werden. Nur ein selbstsüchtiges Mädchen träumte von Romantik und Freundschaft mit einem Mann, ehe sie an all die liebreizenden Kinder dachte, die sie gebären konnte. Gut, dann war sie eben selbstsüchtig. Sie hatte auch gelernt, dass eine Ehe dann am besten funktionierte, wenn die Eheleute nicht viel Zeit miteinander verbrachten und der Mann seiner Frau freie Hand über den Haushalt gab. Im Gegenzug sollte die Frau nie von ihrem viel beschäftigten Mann Aufmerksamkeit einfordern. Leider hatte Hattie das Gefühl, dass sie sich von ihrem Mann viel Aufmerksamkeit wünschen würde. In ihren wildesten Träumen liebte sie voller Leidenschaft, und ihre Liebe wurde genauso feurig und zügellos erwidert, allumfassend und jenseits jeglicher Vernunft. Die hitzigen Emotionen in ihrer Brust schwappten höher.

»Ich wünsche mir einen Mann mit schönen Händen«, hörte sie sich selbst sagen. »Jemanden, der gern den Sonntagnachmittag mit mir verbringt und mir vorliest. Jemanden, der mit mir nach Italien reist, wenn das Wetter in London trist wird, damit wir die Werke der alten Meister betrachten und darüber diskutieren können, während wir heiße Schokolade im Schatten des *Duomo* trinken.« Sie schaute ihn an. »Waren Sie schon mal in Florenz, Mr Blackstone?«

»Ja«, antwortete er kühl. »Ich war schon mal in Florenz.«

»Und lesen Sie?«

»*Aye*, ich kann lesen«, sagte er. Seine Stimme klang noch frostiger.

»Ich meine Romane. Haben Sie ein Lieblingsbuch?«

Er zog die dunklen Brauen zusammen. »Nein«, sagte er. »Ich habe von Trollope *The Way We Live Now* gelesen, falls das zählt. Sonst aber keine Romane, nein.«

Er hatte also nur einen Roman in seinem ganzen Leben gelesen, und der handelte von einem zwielichtigen Finanzier und Bankenskandalen. Sie schwankte leicht auf der Stelle. »Ich fürchte, wir werden niemals zusammenpassen.«

Mr Blackstone entblößte seinen abgebrochenen Zahn in einem Lächeln. »Nur Mut«, sagte er. »Wir haben noch zehn Minuten. Vielleicht finden Sie doch noch etwas an mir, das Ihnen gefallen könnte.«

Das war höchst unwahrscheinlich. Und sie wussten beide, dass sie seinen Antrag ohnehin annehmen musste, es sei denn, er beichtete ihr etwas wirklich Unakzeptables, etwas vom Ausmaß eines Königsmordes. Natürlich würde er kein solches Geständnis machen, und der Sinn dieses Gesprächs bestand ja auch darin, irgendetwas zu finden, egal was, das die Tage vor der Hochzeit angenehmer machen könnte. Diese seltsame Wendung ihres Lebens musste doch etwas Gutes haben. Seine Antworten erfüllten sie jedoch bisher mit nur noch mehr Sorge.

Sie sah ihn an und dachte daran, dass sie ihn geküsst hatte. Sie hatte diesen vernarbten, wortkargen Mund zweimal geküsst. Das war aufregend gewesen. Was war nur in sie gefahren?

Sie setzte sich wieder auf den Sessel und deutete zum Sofa ihr gegenüber. »Nehmen Sie doch bitte Platz.«

Er setzte sich, und seine aufreibend große Gestalt ließ das zierliche Möbelstück klein erscheinen.

Sie beschloss, mit einer einfachen Frage fortzufahren. »Wie lautet Ihr Vorname?«

Offenbar war die Frage doch nicht so einfach. Er hatte sich leicht angespannt, und einen Augenblick ging sein Blick geradewegs durch sie hindurch, als nehme er sie gar nicht wahr. »Ich heiße Lucian«, sagte er schließlich.

Lucian. Das bedeutete Licht. Seine Mutter hatte offenbar eine Vorliebe für Ironie. Oder eine bemerkenswerte Weitsicht … Lucian – Luzifer – Beelzebub. Sie erschauerte.

»Und wieso ist Ihr Zahn abgebrochen, Lucian?«

Gedankenverloren fuhr er mit der Zunge darüber. »Das lässt sich nicht geschönt ausdrücken.«

»Im Moment kann mich wohl nichts mehr erschüttern.«

»Ich habe einen Faustschlag ins Gesicht bekommen«, sagte er. »An einem der Finger war ein Ring. Ein ziemlich schwerer Ring.«

Sie wand sich. Die Narbe auf seiner Lippe war damals wohl eine klaffende Wunde gewesen. »Sind Sie ein brutaler Mensch?«

Er dachte einen Moment darüber nach. »Nein«, erwiderte er schließlich. »Manchmal findet einen jedoch die Gewalt.«

»Viele Gentlemen geraten niemals in eine Lage, in der sie sich mit einer Faust im Gesicht konfrontiert sehen.«

Seine Züge verhärteten sich. »Ich habe noch nie eine Frau verletzt und auch kein *bairn*, kein Kind«, sagte er. »Und ich würde niemals die Hand gegen Sie erheben. Das ist doch Ihre eigentliche Frage, nicht wahr?«

In der Tat. »Mir wäre es lieber, wenn mein Ehemann überhaupt niemanden verletzen würde«, sagte sie. »Es heißt, Sie haben absichtlich ehrbare Gentlemen ruiniert.«

»Ach, wirklich?«, sagte er ausdruckslos.

»Nun, wie würden Sie es denn nennen?«

»Womöglich haben diese Gentlemen über ihre finanziellen Verhältnisse gelebt«, schlug er vor.

»Das tun die meisten«, sagte sie. »Es gilt jedoch als ungeschriebenes Gesetz, dass man ihnen dennoch Kredit gewährt.«

Er strahlte Widerwillen aus, und für einen Herzschlag lang schien diese Spannung in der Stille zwischen ihnen zu knistern. »Ich habe meine Gewohnheiten dahingehend bereits geändert«, sagte er dann.

Das hatte auch ihr Vater bei dem Dinner vor vierzehn Tagen erwähnt. »Verspüren Sie Reue über Ihre Taten?«

Eiskalte Verachtung blitzte in seinen Augen auf. »Nein.«

Am besten, sie verfolgte dieses Thema im Moment nicht weiter. Vermutlich hatte er sowieso vor Betreten des Salons entschieden, wie viel er von sich preisgeben wollte. Sie war nicht gut genug gewappnet, um mit einem Mann wie ihm zu diskutieren. Sie war in jeglicher Hinsicht überhaupt nicht gut gewappnet für einen Mann wie ihn.

»Man behauptet, Sie haben Ihr Vermögen quasi aus dem Nichts erschaffen«, sagte sie. »Stimmt das?«

»Aus dem Nichts«, spottete er. »Das wäre nett gewesen. Aber nein. Ich bin durch den Handel mit Wechseln zu Geld gekommen und wurde seitdem exponentiell reicher. Das Kapital für den Wechselhandel habe ich durch den Verkauf von Unternehmensaktien erworben, die im Wert gestiegen waren«, erklärte er. »Das Geld, um diese Aktien zu kaufen, habe ich mir mit Mieteinnahmen und dem Verkauf von Eigentum zusammengespart.«

»Und wer hat Ihnen das Startkapital gegeben?« Ihre Kraft ließ allmählich nach. Ihre Hände fühlten sich schwitzig an. Der Sherry verursachte ihr Übelkeit. Sie hielt sich nur dank des Halts, den ihr Korsett ihr gab, noch aufrecht, und das schien auch Blackstone nicht zu entgehen. Vielleicht tat er ihr deshalb den Gefallen und erzählte mehr.

»Mit dreizehn hat mich ein Antiquitätenhändler am Leicester Square in die Lehre genommen«, sagte er. »Mehrere Jahre später ist er gestorben und hat mir sein Geschäft hinterlassen. Ich hab den Laden verkauft und das Geld in Häuser mit dem Potenzial auf Wertsteigerung gesteckt.«

Sie hatte eine grobe Vorstellung, welche Summen für Investitionen benötigt wurden, die ihr Vater als gewinnversprechend ansah, und ein Laden, selbst am Leicester Square, verfügte wohl kaum über das Potenzial, einem Mann den Aufstieg in die Finanzelite zu ermöglichen.

»Meine Arbeit mit Antiquitäten hat mir einen Blick darauf ermöglicht, wie die Reichen so leben«, sagte Blackstone mit einem ironischen Unterton. »Hat wohl schon früh meinen Ehrgeiz geweckt, etwas Besseres aus mir zu machen.«

Sein Ehrgeiz hatte ihn weit gebracht, das musste sie ihm zugestehen. War sie das Juwel in seiner hart erworbenen Krone?

Sie mied seinen Blick, als sie ihre letzte Frage stellte: »Wie stehen Sie zu Ihrem Ehegelübde?«

Er verengte die Augen zu Schlitzen. »Wie soll ich dazu stehen?«

»Haben Sie vor, es zu halten?« *Oder haben Sie vor, sich eine Mätresse oder mehrere zu nehmen und das Risiko einzugehen, mich dem Gerede und Krankheiten auszusetzen?*

Er schwieg so lange, bis sie widerwillig seinen Blick suchte. Seine Miene wirkte überraschend ernst. »Ich halte immer mein Wort, Miss Greenfield«, sagte er. »Und ich werde auch mein Gelübde Ihnen gegenüber nicht brechen.«

Wie bedauerlich. Nun blieb ihr kein akzeptabler Grund mehr, ihn abzuweisen. Sie knetete nervös ihre Hände. Ihre Bewegungen waren langsam und zittrig.

»Ich stelle Bedingungen«, murmelte sie.

Er neigte den Kopf. »Lassen Sie sie hören.«

»Ich möchte mein Studium in Oxford beenden.«

»Das wäre ziemlich ungewöhnlich.«

»So wie die Umstände unserer Eheschließung.«

Er dachte eine gefühlte Ewigkeit darüber nach. »In Ordnung«, sagte er schließlich. »Aber nicht fünf Tage in der Woche.«

Damit hatte sie gerechnet. Er wirkte nicht wie ein Mann, der sich mit weniger als der Hälfte zufriedengab. »Vier Tage, dann. Das Trimester dauert ohnehin nur acht Wochen.« Sie war bereit, auf drei Tage runterzugehen. Drei Tage hatte Annabelle mit Montgomery ausgehandelt, und Blackstone konnte ja wohl kaum mehr fordern als ein Herzog.

»Vier Tage«, stimmte er unerwartet zu. »Was noch?«

»Ich möchte mein eigenes Atelier in Ihrem Haus und Ihr Wort, dass ich auch zukünftig malen darf.«

»Einverstanden.«

»Und ich werde meinen Vater bitten, mir einen Treuhandfonds auf meinen Namen einzurichten.«

Er wirkte eher nachdenklich als beleidigt von dem Vorschlag. »Ich wäre Ihnen gegenüber nicht geizig, falls Sie sich deswegen sorgen«, meinte er. »Ihr Vater und ich haben uns übrigens auf zweitausend Pfund pro Jahr als Nadelgeld geeinigt.«

Zweitausend Pfund! Das war eine hohe Summe für ihre nicht essenziellen Anschaffungen.

»Ich werde ihn dennoch darum bitten«, beschloss sie, als sie ihre Stimme wiedergefunden hatte.

Blackstone schenkte ihr ein schiefes Lächeln. »Wie Sie wünschen.«

Natürlich könnte er ihr den Zugriff auf diesen Treuhandfonds verweigern, aber sie hatte hauptsächlich seine Reaktion sehen wollen. Sie war befriedigend genug ausgefallen. Sie stand auf, worauf er sich ebenfalls erhob.

»Ich würde diese Bedingungen gern mit Handschlag besiegeln.« Sie rechnete damit, dass er doch noch die Geduld mit ihr verlieren würde, doch er streckte wortlos den rechten Arm aus. Eine Falle – seine Hand umschloss ihre ganz, und das

Selbstbewusstsein, das in seinem warmen Griff mitschwang, machte ihre Knie weich. Verlegen sah sie zu ihm auf. »Möchten Sie nichts über mich wissen?«

Der geschäftsmäßige Ausdruck kehrte in sein Gesicht zurück. »Ich weiß bereits alles, was ich wissen muss.«

Er wollte sie also gar nicht besser kennenlernen. Sie hatte ihre Fragen gestellt, doch das Gefühl, dass sie immer noch nichts über ihn wusste, hielt sich hartnäckig.

Aus einem Impuls heraus beugte sie sich vor. »Erzählen Sie mir etwas, das sonst niemand über sie weiß.«

Der Blick seiner kalten grauen Augen wurde plötzlich ganz still. »Das habe ich bereits«, sagte er schließlich.

»Ach ja?«

Er nickte. »Meinen Vornamen.«

»Lucian?«

»Ja.«

Verstörend. Sie senkte den Kopf und gab sich geschlagen.

Blackstone schockierte sie erneut, indem er die Hand an ihr Gesicht legte und ihr Kinn mit einem Daumen anhob. Ein Flattern breitete sich in ihrem Bauch aus, als sich ihre Blicke verfingen. Es schien, als wolle er etwas sagen, aber dann schaute er sie nur forschend an, während er mit den Fingerknöcheln langsam über ihr Kinn und hinunter über die weiche Haut ihrer Kehle strich. Eine Freiheit, die sich ein Liebhaber oder ein Ehemann herausnehmen würde, die Art von Liebkosung, die eine verwirrende Hitze hinterließ. Ihr Atem beschleunigte sich. Sicher spürte er ihren verräterisch pochenden Puls unter seinen Fingern.

Er ließ die Hand sinken. »Ich glaube, Harriet«, raunte er, »wir werden sehr gut zusammenpassen.«

Sie teilte seinen Optimismus nicht, und als die Tür sich öffnete und ihre Mutter und Flossie ins Zimmer stolzierten, stieg unwillkürlich der Gedanke in ihr auf, dass Persephone in den 1880er-Jahren in London wohl genau auf dieselbe Weise in die Unterwelt verschleppt worden wäre: ohne zu schreien, ohne sich wild zu wehren, sondern erstarrt und gefasst – und Hades trug ein Samtjackett.

9. KAPITEL

Eine Zeile von Trollope kreiste Lucian im Kopf, als er das elegante Stadthaus der Greenfields verließ.

Es besteht Anlass zu der Befürchtung, dass Männer und Frauen annehmen werden, Unredlichkeit verlöre ihr hässliches Gesicht, wenn man ihr eine gewisse glanzvolle Pracht verleiht.

Seit den frühen siebziger Jahren häufte eine wachsende Anzahl bürgerlicher Männer Vermögen durch wohlüberlegte Investitionen und ein glückliches Händchen am Aktienmarkt an. Das provozierte Neid und Misstrauen beim Adel und der Arbeiterklasse gleichermaßen, da die schlimme Finanzkrise von 1857 noch nicht vergessen war und es noch immer genügend Gauner gab, die mit riskanten Investmentstrategien spekulierten und dadurch reich wurden oder, was wahrscheinlicher war, ebenso ruiniert endeten wie die zahllosen armen Schlucker, deren Ersparnisse sie verspielt hatten. Die Wenigen, die erfolgreich ihr Vermögen sicherten, setzten ihre Flagge im Herzen der Hochburgen, in denen das alte Geld herrschte: Belgravia, St. James's, die Cotswolds. Solche Verstöße gegen die strikte britische Gesellschaftshierarchie inspirierte Schriftsteller dazu, Romane zu schreiben, in denen die neureichen Männer die Bösewichte waren. Vermögen, so schien es, war nur dann moralisch über jeden Vorwurf erhaben, wenn es auf dem Rücken anderer Menschen erworben worden war, die für ihre Herren auf Äckern und Anwesen schufteten, die von Generation zu Generation weitervererbt wurden. Da er selbst als verwerflicher Neureicher galt, wusste Lucian, dass in all der Moralapostelei auch ein Körnchen Wahrheit steckte. Wenn er durch eins seiner *glanzvollen* Häuser schritt, in dem böhmisches Kristall neben vergoldeten Beschlägen und poliertem Ebenholz funkelte, verspürte er keine Scham. Wann immer er sich auf einer sauberen, weichen Matratze nach einer guten Mahlzeit ausstreckte, bereute er nichts von den Dingen, die er getan hatte, um so obszön reich zu werden. Im Gegensatz zu Trollopes Befürchtungen hatte Lucian seine Missetaten jedoch nie schöngefärbt. Er erinnerte sich an all die Diebstähle, die Erpressungen und Betrügereien, die er in seinen frühen Jahren begangen hatte, und nannte die Dinge auch beim Namen. Er konnte sich jedoch einfach nicht dazu überwinden, diese Taten zu bereuen, wenn so viele faule Schweine sich an den Trögen sattfraßen, nur weil ihnen durch den puren Zufall ihrer Geburt Zugang zum Büfett gewährt wurde.

Niemals zuvor hatte er jedoch eine Frau gestohlen. Das war so ganz und gar aus der alten Welt. In der Zeit, als die Clans noch fröhlich gegenseitig ihre Viehherden plünderten, hätten seine Vorfahren sich auch durch eine Entführung die ein oder andere Braut gesichert, aber aus dem eigenen Volk. Er jedoch hatte sich eine *Sassenach*-Prinzessin genommen. Er sollte deswegen in kalter Genugtuung schwelgen, überlegte er, als er an der verwitterten roten Backsteinfassade des alten St. James's Palastes vorüberlief, doch das tat er nicht. In seinem Kopf kreiste der Gedanke, dass er bald ein verheirateter Mann sein würde. Er würde für eine Frau sorgen müssen. Nach ihrem bleichen Gesicht und ihrer Liste an Bedingungen zu urteilen – schöne Hände! Heiße Schokolade! –, fühlte sich seine

Zukünftige ziemlich elend bei der Aussicht, dass sie diese Frau werden sollte.

Wer sich nicht verbrennen will, sollte nicht mit Feuer spielen.

In seinem Stadthaus rief er nach Matthews, informierte ihn, dass er Greenfields Tochter heiraten würde, und wies seinen Sekretär an, die Zimmer neben seinen für sie vorbereiten zu lassen. Seine gewohnte Scharfsichtigkeit war jedoch getrübt, da er immer noch in Gedanken war, deshalb entging ihm der Ausdruck von tiefer Missbilligung, der über Matthews' Gesicht huschte.

Sie kennt nun den Namen, den deine Mutter dir gegeben hat, dachte er auf dem Weg zum Arbeitszimmer. Selbst Aoife kannte ihn nur als Luke. Offenbar wollte der schmutzige, unwissende Junge, der er vor mehreren Leben gewesen war, Teil ihres Bundes sein.

Am Mittwoch holte Lucian die Sondererlaubnis zur Eheschließung ab. Am Freitag verkündete die *Times* Datum und Ort der Hochzeit: am Samstag in einer Woche in einer Kapelle in St. James's. Es war zwar nicht St. George's am Hanover Square, aber sie erfüllte den Zweck, und da die Hochzeit am Samstag stattfand, blieben ihm vier Tage mit Harriet, damit sie sich in seinem Stadthaus in Belgravia eingewöhnen konnte, bevor er nach Drummuir reiste.

Er saß am Schreibtisch und analysierte die Kurse der New Yorker Börse, als Matthews die Post brachte. Ein Brief mit schottischen Briefmarken von Mr Stewart, dem Mann, der sein neuer Bergwerksverwalter in Drummuir werden sollte.

»Was ist das?« Mit einem Kopfnicken wies er zu dem Papier, das auf dem Silbertablett lag, während er den Umschlag von Stewarts Schreiben mit dem Brieföffner aufritzte.

»Ein Telegramm aus Italien«, sagte Matthews. Seine Stimme klang heiter, seine Gesichtsfarbe war rosig. Seine Augen waren jedoch gerötet. Vermutlich hatte er in irgendeiner Lasterhöhle bis spät in die Nacht getrunken und gespielt und gewonnen. Bald schon würde er eine neue Taschenuhr mit sich herumtragen oder sich einen neuen Anzug besorgen oder auf die Rennbahn gehen, um sein Geld auf ein Verliererpferd zu setzen. Vielleicht leistete er sich aber auch eine neue Mätresse in seiner Wohnung in Camden. Die Frauen blieben nie lang.

»Italien«, sagte Lucian. Er hatte keine aktuellen Kontakte in Italien, deshalb legte er das Telegramm zur Seite und wies Matthews an, das Herrichten von Harriets Zimmern zu beaufsichtigen.

Stewarts Brief war knapp und auf den Punkt: Die gewünschten Zimmer im Gasthaus *Drover's Inn* waren für den von Lucian angegebenen Zeitraum reserviert worden. Die Bedingungen in den Gruben waren trostlos, die Stimmung unter den Arbeitern und ihren Familien nicht gut. Genau das war auch von einer Mine zu erwarten gewesen, die sich in den nachlässigen Händen des Grafen von Rutland befunden hatte. Eine Woge des Zorns stieg in Lucian auf. Er musste sie buchstäblich abschütteln, bevor er weiterlesen konnte.

Er griff zu dem Telegramm aus Neapel.

Blackstone, alter Knabe STOP Höre, du wirst Miss Harriet Greenfield heiraten STOP Herzlichen Glückwunsch STOP Darf ich dir in aller Bescheidenheit das Buch Die Kunst, ansehnliche Kinder zu zeugen *für dein Eheglück ans Herz legen STOP Im Notfall, und das kann ich gar nicht genug betonen, lass Blumen sprechen STOP Gruß Ballentine*

Lucian schnaubte fassungslos. Dieser arrogante Kerl. Er las das Telegramm noch einmal, nur um sicher zu sein.

Nein, es klang immer noch so, als ob Seine Lordschaft ihm erklären wollte, wie man richtig vögelte.

Lucian zerknüllte das Telegramm in seiner Faust. Ballentine hatte mühelos Frauen wie Männer in Dutzenden verführt, bevor er sich im vergangenen Monat eine Verlobte zugelegt und zur Ruhe gekommen war. Er war ein guter Berater für jeden Mann, der Hinweise in Sachen Liebeskunst nötig hatte. Der Viscount wusste jedoch auch, dass Lucian kein unerfahrener Junge mehr war. Nein, diese Nachricht deutete an, dass er Hilfe mit seiner Braut brauchte, weil Harriet Greenfield Jungfrau und gut erzogen war und Lucian das genaue Gegenteil davon.

Er lockerte seine Krawatte und riss sich den Hemdkragen vom Hals. Auch er hatte daran gedacht, erst gestern, als das neue Bett für sie geliefert worden war. Ja, er war sich durchaus bewusst, dass er es zuvor noch nie mit einer Jungfrau getrieben hatte. Er wusste auch, dass sie und ihresgleichen es nicht für angemessen hielten, dass seine Bastard-Hände auch nur einen Zentimeter ihrer seidig zarten Haut berührten. Letztlich war sie jedoch auch nur eine Frau und er ein Mann, und die Vorgehensweise blieb dieselbe. Ballentines Telegramm war also höchstens ein *vaffanculo* wert, und er wandte sich wieder den Aktienkursen zu. Genau zwei Minuten lang. Dann erschien vor seinem inneren Auge Harriet Greenfields nackter, sanft gerundeter Körper, und die Zahlen verschwammen vor seinen Augen.

Er lehnte sich auf dem Stuhl zurück, unangenehm erregt und zerstreut. Ein erster Eindruck zählte, und er wollte, dass es ihr gefiel. Es war sogar unbedingt notwendig, dass es ihr gefiel, denn es war ihm ernst damit gewesen, dass er sein Ehegelübde einhalten würde. In der Oberschicht war es zwar gang und gäbe, dass sich Frauen und Männer außerhalb des Ehebettes vergnügten, aber er war kein Freund von Hurerei, und er war mit der Überzeugung aufgewachsen, dass ehebrecherische Männer einen schwachen Charakter besaßen. Er war Zeuge davon geworden, welchen Ärger so etwas in kleinen Gemeinden verursachen konnte, ganz zu schweigen von dem Schicksal der unehelichen Kinder, die dabei unweigerlich entstanden. Ein braver Ehemann würde sich vielleicht mit lauwarmen Liebesnächten zufriedengeben, ein höflicher würde ins Bordell gehen, um sich sein Vergnügen zu verschaffen. Er war aber weder brav noch höflich. Er würde sie zwar nicht darum bitten, auch seine dunkleren Gelüste zu erfüllen, aber er würde sich verdammt noch mal auch nicht damit begnügen, für den Rest seines Lebens im Dunkeln freudlos mit einer Frau zu schlafen, die sich dabei schicklich märtyrerhaft zeigte. Er würde schon einen Ausweg finden, wie immer.

Am nächsten Morgen machte Lucian sich auf den Weg zu Aoifes vier Meilen entferntem Stadthaus in Shoreditch für ihr zweiwöchiges Treffen. Als er ihren Salon betrat, erhob sich seine Informantin mit der geschmeidigen Anmut einer Katze vom Sofa. Ihre blauen Augen leuchteten. Die echte Katze, ein flauschiges Ding mit plattem Gesicht, lag auf der geschwungenen Armlehne des Sofas und genehmigte seine Anwesenheit mit einem Zucken ihres buschigen Schwanzes.

»Eine Greenfield?« Aoifes kehliges Lachen zeigte, wie sehr sie das amüsierte. Ihre kurz geschnittenen Locken hüpften um ihre Ohren. »Mit welcher schwarzen Magie ist dir das denn gelungen?«

»Der üblichen«, entgegnete er. »Vorbereitung traf auf Gelegenheit.«

»Ich habe gar nicht gewusst, dass du auf Brautschau bist. Und erst recht nicht hätte ich erwartet, dass du dir ausgerechnet eine *Sasanaigh* zur Frau nimmst.«

Er machte es sich in dem Chesterfield-Sessel gegenüber dem Sofa bequem, während Aoife zum Barschrank ging, um ihm einen Scotch zu holen. Sie trug heute einen Rock, einen aus hellblauer Baumwolle, der ihre schlanke Figur so leicht umschwang, wie es nur ein vorzüglich geschnittenes Kleidungsstück tat. Ihr Gesicht mochte von den harten Bedingungen eines Lebens in der Gosse gezeichnet sein, und ihre Aussprache war eine Mischung aus dem beruhigenden, monotonen irischen Limerick-Dialekt und Londoner Cockney, aber ihr Geschmack war eindeutig der eines Schnösels. Sie reichte ihm den Tumbler. »Wie sieht sie aus? Ist sie hübsch?«

»Weiß ich nicht.«

Sie hob die Augenbrauen. »Du weißt es nicht? Du hast sie doch sicher schon gesehen. In der Zeitung steht, dass ihr auf frischer Tat erwischt worden seid.«

Aoife benahm sich seltsam, und er wusste nicht, was er sagen sollte. Er respektierte Harriet Greenfields geistreichen Verstand und ihren Mumm. Dass sie versucht hatte, mit ihm zu verhandeln, war ungewöhnlich für eine junge, verwöhnte Frau. Ihm gefielen auch ihre üppigen Kurven und dass sie kräftig genug wirkte, um nicht unter ihm zu zerbrechen.

Er schlug die Beine übereinander. »Ihr Aussehen spielt keine Rolle.«

»Wie langweilig bist du doch.« Aoife fläzte sich auf das Sofa. »Dann muss ich es eben selbst herausfinden. Manchmal habe ich mich schon gefragt, welche Art von Ehefrau dir gefallen würde, aber mir fiel keine passende ein – eine harte Frau, der Geld wichtig ist und die sich nicht um zarte Gefühle schert, würde es an deiner Seite durchaus gut gehen. Aber du ziehst vermutlich eine süße, weiche Frau für dein Bett vor, was bedauernswert ist, denn solch ein Blümchen würde bei dir schnell welken.«

Er schüttelte den Kopf. »Gibt es Neuigkeiten von Rutland?«, fragte er und tat, als hätte er die Stichelei nicht gehört.

»Es gibt Neuigkeiten über deinen Jammerlappen von einem Sekretär«, erwiderte sie.

»Matthews?« Dessen rot geränderte Augen fielen ihm ein. »Was hat er angestellt?«

»Er sollte besser gut auf sich aufpassen«, meinte Aoife. »Ich habe ihn gestern mit eigenen Augen im *Ritchie's* in Covent Garden gesehen, wo er Geld verloren hat, das er nicht besitzt. Und Ritchies Leute … Mit denen will man es sich nicht verderben. Sie schneiden dir ein Ohr bereits als Warnung ab, statt dich zu warnen, dass sie dir ein Ohr abschneiden werden.«

Eine höchst ärgerliche Entwicklung. Lucian hatte nicht vor zu tolerieren, dass sein Personal von Geldeintreibern verstümmelt wurde. »Ich werde seine Schulden rechtzeitig begleichen«, sagte er.

»Ich wünschte, du würdest ihn loswerden«, murmelte Aoife.

»Er schuldet mir etwas. Und wenn Menschen Schulden haben, fördert das gewöhnlich ihre Loyalität.«

Sie schaute ihn finster an. »Ich stand immer loyal zu dir, und ich schulde dir nichts.«

Er schaute sich im Zimmer um, sah die luxuriösen Vorhänge, die teuren Gemälde und die Vitrine mit den Goldintarsien, die vermutlich aus Frankreich importiert war. »Ich bezahle für dieses Haus.«

Aoifes Lächeln zeigte schiefe Zähne. »Weil ich es dir erlaube«, sagte sie. »Damit du nicht das Gefühl hast, dass du mir was schuldest. Für all die Informationen, die ich dir so billig zuschustere. Oder für die Zeit, als ich dafür gesorgt habe, dass du am Leben bliebst und in der Gosse nicht belästigt wurdest.«

»Schon recht«, gab er zu. »Gibt es Nachrichten über Rutland?«

Ihre Miene verfinsterte sich. »Mir gefällt nicht, dass meine Susan sein kinnloses Wunder von einem Sohn bezirzen muss. Lord Percy ist ein rückgratloser, brutaler Mistkerl.« Ihr Blick heftete sich auf die Narbe an seiner Lippe. »Wann verfütterst du den Sohn endlich an die Fische? Ich höre, wie die Themse schon seit einiger Zeit nach ihm ruft: Lord Percy, Lord Percy.«

Er nahm einen Schluck Scotch. Er schmeckte rauchig, ein guter Talisker, vermutete er. »Ich will den Vater«, erklärte er. »Dem Sohn bin ich in gewisser Weise etwas schuldig. Das weißt du.«

Sie zog eine Grimasse. Er hatte auch nicht erwartet, dass sie ihm zustimmen würde. Aoife hatte eine andere Vorstellung von Rache als er, denn sie führte inzwischen ein zufriedenes und geordnetes Leben, in dem sie sich die Freiheit nehmen konnte, für Maler Modell zu sitzen und Informationen zu verkaufen, statt für einen Schwarzhändlerring Sachen zu schmuggeln, um sich ihren Lebensunterhalt zu verdienen.

Für ihn war die Lage jedoch komplizierter, womöglich weil es bei seinem Rachefeldzug nicht nur um ihn ging, sondern vor allem um andere Menschen. Er konnte nicht einfach sagen, dass es nun genug war. Diese Entscheidung lag nicht in seiner Macht. Rutlands Sohn Percy hatte er mit dreizehn zum letzten Mal gesehen, als er noch jung und dumm und auf Rutlands riesigem Anwesen in Norfolk herumgeschlichen war. Er erinnerte sich noch so gut an diesen feuchten Nachmittag im Herbst, als wäre er gestern gewesen, so tief hatte er sich in sein Gedächtnis gebrannt. Die Adresse hatte er bei einem scheinbar harmlosen Gespräch mit Master Graham herausgefunden. Damals hatte er den Earl noch nicht tot sehen wollen, aber er wollte unbedingt mehr Informationen über den Mann, der seine Familie getötet hatte. Er wollte sehen, wie er lebte. Sein *sgian dubh*, seinen Dolch, hatte er sich in seine rechte Socke gesteckt, aber ein solch kurzes Messer hätte jedem Zweck dienen können. Ihm hatte der Atem gestockt, als das Herrenhaus im Abendnebel vor ihm aufgetaucht war, und es widerte ihn an, dass ihm diese unbezwingbare Pracht gleichermaßen furchterregend und verführerisch vorkam. Der Wildhüter hatte ihn in der Nähe des Rosengartens erwischt und ihn prompt am Kragen zur Küche geschleift. Rutland hielt sich wegen der Saison in London auf; Lucian hatte damals gar nicht gewusst, dass es so etwas überhaupt gab, aber sein Sohn war da. Der junge Lord Percy war sofort gerufen worden.

»Beim Wildern ertappt?«, hatte Seine Lordschaft den Wildhüter gefragt.

»Er hatte nichts dabei, Mylord, weder Fallen noch Schlingen und auch keine Beute.«

»Ich habe mich bloß verlaufen«, sagte Lucian.

Der kleine Lord hatte ihn verblüfft angesehen. »Es spricht ja.« Er beugte sich vor. »Sag mir, soll ich dich wegen Wilderei anzeigen und dich ins Gefängnis werfen lassen?«

»Nein, Sir.«

»Für dich heißt das ›Nein, Mylord‹.«

Lucian schwieg.

»Halten Sie ihn fest.«

Der Wildhüter hatte ihm, wenn auch widerstrebend, die Arme auf den Rücken gezogen und festgehalten. Lucian hatte sich nicht gewehrt. Er hatte gewusst, was ihm bevorstand, aber er hatte nicht ins Gefängnis gehen wollen. Lord Percy hatte ihm so hart mit der Faust auf den Mund geschlagen, dass Lucian hörte, wie sein Zahn abbrach. Die Schläge in den Magen spürte er erst, als er wieder zu sich kam, zusammengerollt auf dem Küchenboden und nach Luft schnappend. Der Wildhüter hatte ihm ein Geschirrtuch gegeben, damit er sich das Blut abwischen konnte, und ihn dann zum Tor gebracht, mit der Warnung, sich nie wieder auf dem Anwesen seiner Herrschaft blicken zu lassen. In London war Master Graham ziemlich enttäuscht von ihm, weil er dachte, er hätte sich geprügelt und dabei sein Hemd ruiniert. Er hatte ihm befohlen, im Hinterzimmer zu arbeiten, bis er nicht mehr so einen fürchterlichen Anblick bot. Die aufgeplatzte Lippe wollte nicht heilen, sie musste genäht werden, und die Behandlung musste er von seinem ohnehin mageren Lohn bezahlen. Den abgebrochenen Zahn konnte man allerdings nicht mehr retten.

In den ersten Tagen nach den Schlägen träumte er von Rache, während er den Boden fegte und Antiquitäten herein- und heraustrug. Allmählich wandelten sich seine Rachegelüste, die aus der naiven Vorstellung eines Jungen von Gerechtigkeit geboren waren, in einen größeren, umfassenden Plan. Er wollte Rutland nicht mehr töten. Er wollte ihn auf die einzige Art und Weise verletzen, die einem Mann wie ihm wirklich wehtat – an seinen Finanzen. Dazu musste er jedoch selbst vermögend und mächtig werden.

»Wie wird man reich?«, hatte er Graham gefragt, als sein Mund geheilt war.

»Nun, man muss reich geboren sein«, hatte Graham sichtlich verwirrt über die Frage geantwortet.

»Und wenn man das nicht ist?«

»Dann muss man andere Leute anstellen und sie für sich Geld verdienen lassen, während man selbst auch an einem Geschäft arbeitet, und so weiter«, hatte Graham erklärt.

Lucian hatte ihn misstrauisch gemustert. »Wenn Sie das alles wissen, warum machen Sie dann das hier?« Er machte eine weit ausholende Geste zu der Ansammlung von illustren kaputten Gegenständen im Raum. Graham hatte den Kopf geschüttelt, als hätte Lucian etwas Dummes gesagt. Dann fuhr er mit seiner von Altersflecken gezeichneten Hand über die geschwungene Lehne eines französischen Sofas, als ob er das Möbelstück beruhigen wolle. »Warum soll ich Geld verdienen nur um des Geldes willen, wenn ich mein Leben damit verbringen kann, mit wahrer Schönheit zu arbeiten? Mit Dingen, die historische Geschichten erzählen und die man deshalb pflegen muss?«

Lucian hatte Graham damals für dumm gehalten, zumindest was Geld anbelangt. Als er das nächste Mal in ein vornehmes Haus geschickt wurde, um einen beschädigten Beistelltisch abzuholen, hatte er seinen ersten Diebstahl begangen. Mit dem Geld, das er durch den Verkauf des Diebesgutes bekam, hatte er sich Abend- und Sonntagsschulen finanziert, um Schreiben, Rechnen und den Umgang mit Worten besser zu lernen. Er las Handelsmagazine und die Finanzseiten in Grahams Zeitung, und Graham, erfreut über die Bemühungen seines Lehrlings, etwas aus sich zu machen, hatte ihm das Zimmer über dem Laden angeboten, für einen Schilling Miete pro Woche. Das sparte Lucian Zeit, und er hatte schnell gelernt, dass Zeit auch Geld war. Hätte Lord Percy ihm nicht die Lippe mit dem Siegelring aufgeschlagen, hätte er vermutlich etwas Unbesonnenes und Fruchtloses getan, anstatt seinen Verstand zu benutzen. Nein, er würde Lord Percy nicht an die Fische in der Themse verfüttern. Noch nicht.

»Lord Percy hegt die Absicht, sich einen Majoritätsanteil in der Textilfabrik zu sichern, die im vergangenen Monat bankrottgegangen ist, und will eine neue bauen, zusammen mit Rutland«, sagte Aoife. »Er hat vor Susan damit angegeben, als er besoffen war – angeblich sei das eine günstige Gelegenheit für schnellen Profit. Der Himmel weiß, dass er den gut gebrauchen kann.«

»*Mill and Cloth*, unten in Bristol«, sagte er gedankenverloren. »Ich glaube, dass die Wertpapiere des Unternehmens am Aktienmarkt in Bristol gehandelt werden.«

Aoife zuckte mit den Schultern. Sie lieferte nur die Informationen. »Ist das gut?«

Er lächelte. »Ich kenne den Beauftragten, der für die Handelsaufsicht zuständig ist.«

Sie lächelte nun auch. »Ich nehme an, Rutland und der alte Percy werden ihren Profit dann nicht machen. Kann ich meine Susan endlich zurückrufen?«

»Von mir aus.«

»Gut. Wo willst du mit ihr die Flitterwochen verbringen?«

Er blinzelte. »Wie bitte?«

»Mit deiner Frau.«

Er leerte sein Glas. »Es gibt keine Flitterwochen. Ich muss gleich nach der Hochzeit nach Fife.«

»Zur Mine in Drummuir?«

»*Aye.*«

»Was für ein mieser Bräutigam du doch bist, wenn du ihr nicht mal Flitterwochen gönnst.«

Er schüttelte den Kopf. »Sie wird froh sein, mich loszuwerden. Nach ihrer Wunschliste zu urteilen, bevorzugt sie einen anderen Typ Mann als mich.«

»In Ordnung«, gab Aoife nach. »Muss schlimm um das Bergwerk stehen, wenn du selbst hinfährst.«

»Der Bericht verspricht nichts Gutes.«

»Aber du fährst nicht gern in den Norden.«

»Nein, das stimmt.«

Ihre Züge wurden weicher. »Du versuchst wohl immer noch, die Welt zu ändern.«

»Ich habe gerade einen großen Fortschritt gemacht«, erwiderte er schroff.

Sie keuchte auf, als ihr die Erkenntnis kam. »Dein zukünftiger Schwiegervater?« Sie lachte schallend, was die schlummernde Katze auf der Armlehne erschreckte. »Luke, kein Mann kann allein die Politik ändern. Das ist ein Sumpf, und alle ertrinken darin, auch Greenfield.« Sie streichelte die Katze, die sich genüsslich streckte und mit ihren Pfoten in die Luft trat.

»Greenfield hat genug einflussreiche Herrschaften als Kunden«, sagte Lucian. »Er könnte die Rückzahlung von Privatkrediten einfordern. Bis auf einige wenige tut er das jedoch nicht. Wenn er es täte, würden einige Kartenhäuser in sich zusammenfallen. Zumindest aber kann er mir die richtigen Einladungen zu gesellschaftlichen Anlässen verschaffen.«

»Und du glaubst, all das tut er für seine Tochter?«, spottete Aoife. »Er hat mehrere, nicht wahr? Da kommt es ihm auf eine wohl nicht an.«

»Soweit ich das beurteilen kann, hält die Familie zusammen wie Lemminge.«

»Sie können sie nicht allzu sehr lieben, wenn sie einer Ehe mit dir zustimmen, so viel ist mal sicher.«

Ihre Unverschämtheit war Gewohnheit, daher ignorierte er sie. »Er wird seine Enkelsöhne unter seine Fittiche nehmen wollen«, sagte er.

Aoifes Mund formte ein stummes O. »Du hast es also nicht mal auf sie abgesehen, sondern auf Kinder«, sagte sie. »Ach du grüne Neune! Wann ist die Hochzeit noch mal?«

»Nächsten Samstag.«

Sie gluckste amüsiert. »Dann bleibt dir ja nicht mal mehr eine Woche, um charmant zu werden.« Als er sie nur verständnislos anblickte, fuhr sie fort: »Na, um deine großäugige, unerfahrene Braut zu bezirzen, natürlich. Babys wachsen nicht auf Bäumen.«

»Jetzt fang du nicht auch noch damit an«, murmelte er und dachte an Ballentines verdammtes Telegramm.

»Was?«

»Ist nicht wichtig«, sagte er. »So oder so sollte man eine Sache auf die gleiche Weise beginnen, wie man mit ihr fortzufahren plant.«

»Von deinem Personal mal abgesehen, hast du seit über einem Jahrzehnt mit niemandem mehr zusammengewohnt«, meinte Aoife. »Das wird eine hübsche Umstellung werden.«

»Meine Häuser sind groß.«

»Du hättest auf mich hören und dir längst einen Hund anschaffen sollen.«

Missbilligend hob er die Brauen. »Vergleichst du meine Braut etwa mit einem Haustier?«

»Nein«, sagte sie mit leichtem Lächeln. »Ich stelle bloß fest, dass du dich bisher nie um ein anderes Lebewesen gekümmert hast.«

Er schüttelte den Kopf. »Es ist wenig sinnvoll, sich einen Hund zu halten.«

»Warum?«

»Er hat nur ein kurzes Leben. Er stirbt.«

Aoife setzte zu einer zynischen Bemerkung an, aber dann leuchtete Erkenntnis in ihren Augen auf, und sie streichelte die Katze. »Ich hoffe, du weißt, wenn du eine zartes Geschöpf wie sie zu hart rannimmst, zerbricht sie, bevor sie dir von großem Nutzen sein wird.«

In Belgravia hatte Matthews zwischenzeitlich alle Vasen mit frischen Gewächshausblumen gefüllt, und Rosenduft folgte Lucian durch den Flur bis hin zu seinem Arbeitszimmer. Er kam mit der Arbeit ungewöhnlich langsam voran, und schließlich schloss er seine Mappe. Vielleicht hätte er Harriet sagen sollen, dass es keine Flitterwochen geben würde. Für ihn eine unbedeutende Sache, deshalb hatte er nicht daran gedacht, es zu erwähnen. Er ließ seine geschäftlichen Verpflichtungen jedoch nie länger als einen Tag aus den Augen. Abgesehen davon, wohin sollte er mit ihr reisen? Nach Italien? Und dann was? Er hatte keine Zeit dafür, weder für die Reise noch für die nötigen Vorbereitungen. Er musste sich um sein Aktienportfolio kümmern und seine geschäftlichen Angestellten sorgfältig instruieren, damit seine Projekte keinen Schaden nahmen, solange er sich in Fife aufhielt.

Wenn du ein zartes Geschöpf wie sie zu hart rannimmst, zerbricht sie …

Er fluchte leise und klingelte nach Matthews.

»Besorgen Sie mir ein Buch über die Sprache der Blumen, Matthews.«

Sein Sekretär schaute verwirrt drein, machte sich aber Notizen.

»Und ein Buch, vielleicht ist es auch nur ein Broschur – es heißt *Die Kunst, ansehnliche Kinder zu zeugen*.«

Matthews' Brauen flogen hoch.

»Ich brauche es innerhalb der nächsten drei Tage auf meinem Schreibtisch«, erklärte Lucian mit steinerner Miene.

»Natürlich«, sagte Matthews. »Ich gebe mein Bestes, Sir.«

Fast hätte Lucian auch einen Etikette-Ratgeber für Gentlemen auf die Liste setzen lassen, aber den konnte er sich vermutlich rasch selbst besorgen. Seine Laune verfinsterte sich. Seit Jahren hatte er kein Etikette-Handbuch mehr angefasst.

Matthews lieferte ihm die verlangten Bücher am Abend vor der Hochzeit. Bis dahin war Lucians Anzug und Hut bereits gebürstet und Harriets Zimmer vorbereitet. Er hatte daher noch genügend Zeit, sich den Ratgeber, wie man ansehnliche Kinder bekommt, am Schreibtisch durchzulesen. Wie sich herausstellte, war es ein dünnes Heft, erschienen im Jahr 1860 und von einem anonymen Autor geschrieben. Die erste Seite fing mit einer wenig Mut machenden Zeile an.

Es ist nicht ungewöhnlich, dass Monate vergehen, bis eine frischgebackene Braut es wagt, die Ehe zu vollziehen …

»Was?« Er blätterte durch die Seiten auf der Suche nach etwas Nützlichem.

Wenn der Gatte das Schlafgemach seiner Frau betritt, muss er sie mit allerlei Tändeleien, Liebkosungen und Komplimenten verwöhnen … Wenn er feststellt, dass sie zögerlich und abweisend ist, sollte er sie liebevoll umarmen und kitzeln …

Sie kitzeln. Das klang idiotisch.

… er sollte nicht stürmisch das Feld der Natur pflügen, sondern sich nur langsam und schleichend vorwagen, Stückchen für Stückchen, und ihr dabei weitere leidenschaftliche Küsse, Liebkosungen und liebevolle Worte schenken und ihre geheimste Stelle traktieren …

Traktieren?

… bis ihr Schoß sich weitet und feucht ist vor stürmischer Leidenschaft, seinen eigenen Samen zu verstreuen. Wenn die Frau durch das Vergnügen des Kitzelns den Sprung ihres Samens nahen spürt, muss sie ihren Mann darauf hinweisen, damit er im selben Augenblick auch seinen Samen hervorbringt und durch das Zusammentreffen und die Vereinigung der Samen die Empfängnis des Kindes entsteht …

Er warf das Heft in den Papierkorb unter seinem Schreibtisch. Küss sie, küss ihre geheimste Stelle, nimm sie langsam – das hätte er sowieso alles auch ohne Hilfe eines Ratgebers gemacht. Nein, sein Vorgehen war nicht das Problem, sondern er: vernarbt, mit schwieligen Händen, von niederer Herkunft. Und daran konnte er nichts ändern, er musste sich damit abfinden.

Schließlich holte er das Pamphlet doch wieder aus dem Papierkorb, denn da stand es schwarz auf weiß in schlauen Wörtern, dass eine Frau beim Liebesspiel das *Vergnügen des Kitzelns* verspüren sollte und es nicht nur durchleiden, wenn sie ein Kind bekommen wollte. Wenn Harriet aus sittsamer Scham heraus seine Avancen womöglich nicht genießen wollte, würde vielleicht ein neutraler wissenschaftlicher Rat ihre Meinung ändern.

Nun, das würde er morgen Abend herausfinden.

10. KAPITEL

Am Abend vor der Hochzeit wurde Hattie von ihrer Mutter im Schlafzimmer aufgesucht. Sie wirkte gehetzter und strenger, als Hattie sie je erlebt hatte, als sie das Schlafzimmer betrat. In der Hand hielt sie ein schmales Buch, mit dem sie Bailey zuwinkte, die gerade Hatties Haar bürstete. »Lassen Sie uns allein.« Vor der Frisierkommode lief sie auf und ab. »Bailey wird dich morgen früh um halb acht wecken.«

»Ja, Mama.«

»Das Kleid und die Accessoires liegen bereit, die Kutsche ist bestellt. Trödele nicht herum. Wir fahren um Punkt halb elf Uhr ab. Die Kapelle ist zwar in der Nähe, aber zu dieser Zeit herrscht gewöhnlich viel Verkehr in den Straßen.«

Die Hochzeit sollte um elf Uhr stattfinden. Den Lunch danach würden sie im Stadthaus ihrer Eltern nehmen, und die wiederum hatten Hattie eindringlich davon abgeraten, ihre Freundinnen einzuladen. Deshalb hatte sie es unterlassen. Es kam ihr so vor, als müsse sie sich ohnehin vor der ganzen Welt verstecken. Und nun zupfte ihre Mutter an dem hoffnungslos altmodischen Hochzeitskleid herum, das im Moment noch die Schneiderpuppe am Fußende des Bettes trug. Sie richtete hier eine Rüsche, strich dort einen Ärmel glatt und murmelte dabei leise vor sich hin.

»Mama.«

»Hm?«

»Ich weiß, dass du dir für mich immer eine prächtige Hochzeit in der St. Paul's Cathedral gewünscht hast«, sagte sie sanft. »Und es tut mir leid.«

Schweigen folgte, das von widerstreitenden Emotionen gefüllt war. Schließlich senkte ihre Mutter den Blick. »Ich rate dir, deinem Ehemann gefällig zu sein«, sagte sie. »Zumindest anfangs. Das sollte dir das Eheleben beträchtlich erleichtern.«

Sie legte das Buch auf die Frisierkommode neben die Bürste und ging. Hattie wartete, bis die Schritte ihrer Mutter verhallt waren, ehe sie danach griff.

Anleitung und Ratschläge für die junge Braut
von Ruth Smythers
geliebte Ehefrau von Reverend L. D. Smythers

Aha. Diese Art des »Gefälligseins« also. Obwohl Hattie allein war, öffnete sie das Buch mit einer gewissen Verlegenheit.

Für eine zarte, empfindsame junge Frau, die den Vorzug einer guten Erziehung genossen hat, ist der Hochzeitstag ironischerweise sowohl der glücklichste als auch Furcht einflößendste Tag ihres Lebens. Auf der positiven Seite ist die Hochzeit selbst zu vermerken, da die Braut hier im Mittelpunkt einer wunderschönen und erbaulichen Zeremonie steht, die ihren Triumph symbolisiert, dass es ihr gelungen ist, sich einen Mann an ihre Seite zu holen, der den Rest seines Lebens dafür sorgen wird, dass all ihre Bedürfnisse erfüllt werden. Auf der negativen Seite steht die Hochzeitsnacht, in der die Braut sozusagen »die Zeche zahlen muss«, indem sie zum ersten Mal ihre Pflicht erfüllen und die schreckliche Erfahrung der ehelichen Vereinigung macht.

Mit glühenden Wangen schloss Hattie das Buch. Sie war behütet aufgewachsen, aber nicht ahnungslos. Natürlich hatte sie eine grobe Vorstellung, wie diese eheliche Vereinigung ablaufen würde, allerdings lagen die genauen Einzelheiten im Dunkel. Nach dem Funkeln in Annabelles Augen zu urteilen, wenn der Herzog in ihrer Nähe war, schien die Erfahrung allerdings nicht allzu schrecklich zu sein. Als sie zu diesem Fazit gekommen war, hatte sie jedoch auch noch nicht gewusst, wen sie zum Mann bekommen würde. Zu spät, um jetzt noch wegzulaufen. Und das nicht etwa, weil seit dem Tag in der Galerie nachts ein Wachposten vor ihrer Tür stand. Der war gar nicht nötig, denn mit ihrer abgrundtiefen Scham kam der glühende Wunsch, ihren Fehler rückgängig zu machen, damit alles wieder in Ordnung kam, und der einzige Weg, dies zu tun, führte in die Kirche.

Sie klingelte nach Bailey und bat ihre Zofe, dass sie Flossie holte. Wenige Minuten später schwebte ihre Schwester ins Zimmer; sie trug einen Morgenmantel über ihrem Nachtgewand und den pausbäckigen Michael auf ihrer Hüfte. An jedem anderen Tag wäre Hattie zu ihrem Neffen geeilt, um ihm die kleinen Finger und Zehen zu küssen, die aus dem Spitzensaum seines Gewands herausschauten, heute hob sie kaum den Kopf.

»Gehen dir die Nerven durch?«, fragte Flossie. »Hast du kalte Füße bekommen? Alles ganz normal, Herzchen. Vor allem unter diesen Umständen.«

Von allen Mitgliedern der Familie schien ihre Schwester diejenige zu sein, welche die kürzlichen Vorfälle am wenigsten aus der Fassung gebracht hatten, und Hattie war unendlich dankbar, dass sie zu Besuch gekommen war.

»Mama hat mir dieses … Buch gegeben«, sagte sie und deutete darauf. »Ich finde es nicht sehr hilfreich.«

Sie hielt den Blick zur Wand gerichtet, als ihre Schwester näher kam.

»Oh, dieses grässliche Ding«, sagte Flossie.

Hattie schaute sie an. »Du kennst es?«

Ihre Schwester schlug die erste Seite auf und wippte Michael dabei auf ihrer Hüfte. »Hmpf«, meinte sie. »Es ist noch genauso theatralisch, wie ich es in Erinnerung habe.« Sie schüttelte den Kopf und zog sich einen Stuhl von der Wand heran, um sich zu setzen. »Ich war an meinem Hochzeitstag völlig unnötig beunruhigt, weil Mama es mir gegeben hatte«, sagte sie. »Ich bin froh, dass du mich gerufen hast.«

»Ich auch.« Hattie erschauerte vor Erleichterung. »Aber sollten wir dieses Thema, äh, vor Michael besprechen?«

»Er ist erst zehn Monate alt«, sagte Flossie. »Babys sind süß, aber sie verstehen derlei Dinge noch nicht, nicht wahr, mein Kleiner?« Sie beugte sich über ihren Sohn und lachte, als er ihr eine kleine Faust entgegenstreckte. »Die Wahrheit ist«, fuhr sie fort, »ich streite nicht ab, dass es am Anfang ungewohnt und vielleicht auch ein wenig unbehaglich ist, aber ich wage zu behaupten, dass du es bald spaßig finden wirst.«

»Spaßig …«

»Vielleicht ist ›mitleidsvoll‹ der bessere Ausdruck«, sagte Flossie. »Männer sind ziemlich versessen darauf, und sie werden dabei, wie soll ich es sagen … ein wenig albern und hilflos.«

Albern und hilflos? Hattie konnte sich nicht vorstellen, dass Lucian Blackstone jemals albern oder hilflos sein könnte. Er war die personifizierte Einschüchterung.

»Er wird stöhnen und keuchen«, sagte Flossie. »Mit einigen kleinen Tricks kannst du die Sache beschleunigen und sie womöglich sogar auf ein paar Minuten beschränken.«

»Oh, gut.«

»Und egal, was im Schlafzimmer passiert, das darf deinen Respekt für ihn außerhalb niemals schmälern. Ich gebe zu, ich habe immer noch Schwierigkeiten, diese beiden Versionen meines klugen van der Waal unter einen Hut zu bringen: den cleveren Geschäftsmann am Tag und das bedürftige Wesen in der Nacht. Ehrlich, Hattie, wir können froh sein, dass wir Frauen sind und von Natur aus keine solch bemitleidenswerten Gelüste verspüren.«

Darauf wusste sie nichts zu erwidern, denn ihr Drang, einen völlig unpassenden Mann zu küssen, hatte sie ja überhaupt erst in diese Situation gebracht. »Wie … beschleunige ich die Sache?«, wagte sie sich schließlich vor.

Nun lief Flossie rot an. »Erlaube ihm, dich anzusehen.«

»Aber … das tut er doch sowieso?«

»Ich meine nackt, Herzchen.«

Sie hatte sich für ziemlich abenteuerlustig und offen gehalten. Doch da sie seit früher Kindheit dazu erzogen war, ihre Hände mit Handschuhen zu bedecken, hohe Kragen zu tragen und ihre Beine unter langen Röcken zu verstecken, um ihre Sittsamkeit zu wahren, erschrak sie instinktiv bei dem Wort »nackt«.

»Schau nicht so ängstlich, Pom Pom«, meinte Flossie. »Falls du zu zittrig vor Anspannung bist, kannst du es mit Äther probieren, um dir die erste Nacht zu erleichtern.«

Hattie riss die Augen auf. »Äther?«

Flossie nickte. »In meinen Kreisen in Amsterdam ist nicht oft die Rede davon, aber wie ich höre, verschreiben die Londoner Ärzte ihn manchmal einer nervösen Braut. Ich glaube, ich habe sogar eine Bekannte, die eine Frau kennt, die Äther mit Erfolg angewendet hat, aber ich erinnere mich nicht an den Namen …«

»Aber dann wäre ich doch bewusstlos!«

»Ganz genau. Du würdest als Ehefrau aufwachen und nicht mal ein Zwicken gespürt haben.«

»Danke«, sagte sie. Die Vorstellung, dass Blackstone sich über ihrem bewusstlosen Körper ans Werk machte, entsetzte sie.

»Was auch immer du tust«, sagte Flossie, »trinke nicht zu viel. Davor, meine ich.«

»Warum nicht?« Ein Champagnerschwips erschien ihr sehr viel verlockender als eine Dosis Äther.

»Weil die Wissenschaft annimmt, dass Kinder, die gezeugt werden, wenn der Mann oder die Frau berauscht ist, liederliche und gemeine Erwachsene werden.«

»Oh.« Also kein Alkohol für sie.

»Noch ein letzter Rat«, sagte Flossie. Und nun hielt sie Michaels Ohren zu. »Du solltest es nicht übertreiben, wenn du ihm vorspielst, dass dir seine Bemühungen Wonne bereiten, sonst glaubt er womöglich noch, dass er ein Flittchen geheiratet hat, und diesen Eindruck willst du bestimmt nicht erwecken. Und wenn dir der Akt mal lästig erscheint, denk daran, dass er dir am Ende womöglich ein süßes Baby schenken wird.« Sie küsste Michael auf sein Spitzenhäubchen, und unwillkürlich stellte Hattie sich mit einem kräftigen Kleinkind auf dem Schoß vor. Ein Felsbrocken schien sich in ihrem Inneren breitzumachen. *Er wird ihr grobschlächtige, unleidliche Kinder schenken!*

»Bevor ich es vergesse«, sagte Flossie. »Deine Freundinnen haben dir geschrieben.«

»Wie bitte?«

Flossie nickte. »Ich nehme an, es sind deine Freundinnen aus Oxford. Sie haben Briefe geschickt und ein Telegramm. Mama hat die Post beim Frühstück abgefangen. Vermutlich hat sie sie verbrannt.«

Fassungslos blickte Hattie ihre Schwester an, das Zimmer drehte sich plötzlich um sie. »Flossie! Wie konnte sie das nur tun?«

Ihre Schwester wägte ihre Worte behutsam ab. »Ich nehme an, sie dachte, das würde dir Kummer ersparen. Sie ist nicht grausam, Herzchen. Vielleicht hätte ich dir das besser nicht sagen sollen.«

»Nein, ich bin froh, dass du es mir gesagt hast.« Sie hatte ein halbes Dutzend Briefe an ihre Freundinnen angefangen und wieder zerknüllt, weil sie dachte, es wäre besser für deren Ruf, wenn sie sich erst wiedersahen, nachdem ihr Ruf in der Kapelle morgen wiederhergestellt war.

Morgen. So bald schon.

Ein dicker Kloß machte ihr die Kehle eng.

Michael spürte ihre Aufregung wohl. Sein kleines Gesicht verzerrte sich, und er stieß ein missbilligendes Wimmern aus.

Flossie stand auf und wiegte ihren jammernden Sohn im Arm. »Mach dir nicht zu viele Sorgen, Hattie. Ein Gentleman weiß, was er tun muss, und wird dich mit dem Respekt behandeln, der seiner Ehefrau gebührt.«

»Aber er ist kein Gentleman.«

Flossie runzelte die Stirn. »Dann zieh ihn mit felsenfesten Prinzipien zur Rechenschaft«, sagte sie nach einer Weile. Und zum ersten Mal, seit Hattie sich erinnern konnte, klang ihre Schwester unsicher.

Der nächste Morgen fühlte sich an, als hätte man eine Käseglocke über den Tag gestülpt – sämtliche Formen und Geräusche wirkten seltsam verzerrt. Jemand anderer schien Hatties Glieder zu bewegen und für sie zu sprechen. Jemand schnürte sie fest in ihr Hochzeitskleid. Körperlose Hände flochten den Kranz aus Orangenblüten in ihr Haar, während ihr Spiegelbild zu einem weißen Fleck verschwamm. Sie hätte das Gespräch, das sie auf dem Weg zur Kapelle mit ihrer Mutter führte, nicht wiederholen können. In der engen Kutsche mischte sich der starke Geruch nach Mottenkugeln, den ihr Brautkleid verströmte, mit dem süßen Duft des Blütenkranzes und verursachte ihr Übelkeit. Kalter Schweiß bedeckte ihre Stirn, als die Kutsche vor der Kapelle hielt.

»Harriet.« Der missbilligende Blick ihrer Mutter ruhte auf ihrer linken Hand, in der sie den Brautstrauß hielt. Wie von selbst nahm sie ihn in die andere Hand.

Nach diesem Tag wird nur Blackstone mir sagen dürfen, in welcher Hand ich meinen Strauß tragen soll, dachte sie. Und ihm wäre es vermutlich egal. Das zumindest war etwas Gutes.

Sie hatte erwartet, dass er einen schwarzen Frack mit grau gestreifter Hose trug, wie es für einen Bräutigam der Oberschicht üblich war, aber als sie ihn vor dem Altar entdeckte, wirkt er überraschend nahbar in seinem sandfarbenen Dreiteiler. In seinen Augen stand jedoch ein durchdringender, intensiver Blick, der sie verlegen machte. Deshalb konzentrierte sie sich auf den Stoff seines Anzugs, als sie schließlich voreinander standen. Feinster schottischer Fischgrät-Tweed. Vermutlich von der Isle of Harris. An seinem Revers steckte ein kleiner Strauß in den Farben des Greenfield-Wappens, wie es der Tradition entsprach, aber er hatte auch eine schottische Distel dazugesteckt. Die lila Blüte passte sehr gut zu dem Blau und Gelb ihrer Familienfarben, und die Stacheln der Distel gaben den zarten Blüten Struktur.

Bezaubernd. Genau so etwas hätte ihr an ihrem Bräutigam gefallen.

Während sie die Zeilen ihres Gelübdes wiederholte, rauschte ihr das Blut in den Ohren wie ein entfernter Ozean. Sie stolperte über die Worte »Liebe«, »Gehorsam« und »bis zum

Tode«, denn das waren Lügen oder zumindest nicht die ganze Wahrheit, und normalerweise hätte sie in einer Kapelle niemals gelogen. Wie benebelt sah sie zu, wie Lucian Blackstone einen schweren Goldring über ihren Ringfinger streifte, der besagte, dass sie nun seine Frau war.

»Sie tragen eine Distel im Knopfloch«, sagte sie zu ihm, als die formelle Brautvater-Rede im Speisesaal ihrer Eltern vorüber war. Ein Streichquartett spielte, um jegliches unangenehme Schweigen mit einer fröhlichen Melodie zu übertönen.

Lucian senkte den Löffel und wandte sich ihr zu. »Ja, das stimmt.«

Sein muskulöser Hals wirkte durch die Krawatte und den hohen Kragen ziemlich eingezwängt.

»Mein Vater hat erwähnt, dass Ihre Familie aus Argyll stammt«, sagte sie.

Er nickte. »Aus der Nähe von Inveraray.«

»Welcher Clan herrscht dort vor?«

»Clan Campbell«, erwiderte er bedächtig. »Aber ich bin ein MacKenzie, großväterlicherseits.«

»Eine meiner besten Freundinnen ist eine Campbell«, sagte sie, erleichtert über die Verbindung, auch wenn sie nur ganz schwach war. »Lady Catriona. Ihr Vater ist der Graf von Wester Ross.«

Er zog die Brauen zusammen. »Ungewöhnlich. Das Land gehörte meist den MacDonalds. Manchmal den MacKenzies.«

Offenbar hatte er die Gewohnheit, die Brauen zusammenzuziehen; zwei tiefe Falten hatten sich auf seiner Stirn eingegraben. Seine dunklen Wimpern waren jedoch so üppig und seidig wie ein Nerzfell, ein kostbarer, weicher Hauch in seinem kantigen Gesicht. Von nun an würde sie dieses Gesicht jeden Tag sehen.

»Ich kenne mich mit den Clans nicht so gut aus, fürchte ich«, sagte sie.

Er zuckte mit den Schultern. »Die Tage der Clans sind ohnehin längst vorüber.«

»Wegen der *Clearances?*«

Er wirkte überrascht. »Du weißt darüber Bescheid?«

»Natürlich. Der Dinnertisch der Greenfields ist ein wahrer Quell der politischen Informationen.«

Sie wusste nicht mehr, in welchem Zusammenhang die *Clearances* besprochen worden waren, aber sie wusste, dass man die Schotten seit der letzten jakobitischen Rebellion – die Jakobiter hätten es wohl einen Freiheitskampf genannt – bis vor gar nicht allzu langer Zeit mit Gewalt aus den Highlands vertrieben hatte. Offiziell war diese »Umsiedelung« nötig, um Land für die Schafzucht zu gewinnen; inoffiziell diente sie dem Zweck, ziemlich viel Land in ziemlich wenige Hände zu übereignen, behauptete Flossie.

Hattie würde diese Freitagsdinner vermissen. Die Gesichter ihrer Familie, die hitzigen Diskussionen. Alle außer Flossie straften sie immer noch mit Abweisung; Zachary schaute ihr noch nicht mal in die Augen. Das tat weh. Sie hatte jedoch alles in ihrer Macht Stehende getan, um ihren Fehler wiedergutzumachen. Von heute an würde sie in einem anderen Haus leben, und von ihrer Vergangenheit würde nur noch Bailey übrig sein, die sich heldenhaft bereit erklärt hatte, weiterhin ihre Zofe zu bleiben.

Ohne Vorwarnung brannten Hattie Tränen in den Augen. Sie schluckte schwer, vergeblich – sie würde gleich in ihre Hochzeitssuppe schluchzen.

Eine leichte Berührung auf ihrem Rücken sorgte dafür, dass sie sich abrupt versteifte. Sie sah auf und traf auf Lucians aufmerksamen Blick. »Alles in Ordnung?«

Sie schaute sich nervös um. Er meinte es sicher gut, aber die Aufmerksamkeit auf ihr zerbrechliches Nervenkostüm zu lenken war unhöflich. Ihre Geschwister, ihre Eltern, mehrere Tanten und einige Cousins und Cousinen, die ihre Mutter eingeladen hatte, plauderten leise miteinander und taten so, als fiele ihnen nicht auf, dass sie kurz davorstand, die Fassung zu verlieren.

»Mir geht es gut, danke«, flüsterte sie.

Er wirkte skeptisch. »Du musst es nur sagen, dann fahren wir nach Hause.«

Nach Hause. Sein Zuhause.

Ihre Wangen röteten sich. Wenn sie erst einmal *zu Hause* waren, würde er den Kragen und die Krawatte ablegen, und sie würden sich wieder küssen. Mehr tun, als sich küssen. Von ihr wurde erwartet, dass sie diesem Fremden ungeheuerliche Freiheiten erlaubte. Als ob die Unterschrift auf einem Dokument alle Schüchternheit und Bedenken wie von Zauberhand in Luft auflösen würde …

Lucian musterte sie, als hätte er ihre Gedanken gelesen. Ihre Blicke verfingen sich, und ein spürbarer Ruck ging durch das unsichtbare Band zwischen ihnen, das sie seit dem Kuss in der Galerie nicht mehr verspürt hatte. Aber es war immer noch da, zog sie zueinander.

Ohne den Blickkontakt zu unterbrechen, griff Lucian in seine Jacketttasche und holte eine kleine Schmuckschachtel hervor. »Ich hatte dir das eigentlich schon während der Fahrt hierher geben wollen.« Ein sarkastischer Ton lag in seiner Stimme, und die Röte in ihrem Gesicht vertiefte sich. Ihre Mutter war mit Mina im Schlepptau zu ihnen in die Kutsche gestiegen; genauso gut hätte sie aller Welt laut verkünden können, dass sie befürchtete, Blackstone würde über seine frischgebackene Frau herfallen, sobald er allein mit ihr war.

Er ergriff ihre Hand, drehte sie um und legte die Schachtel hinein. Nun, es würde Zeit brauchen, bis sie sich an solche Intimitäten gewöhnt hätte.

»Darf ich es jetzt aufmachen?« Sie mochte unerwartete Geschenke ja durchaus.

»Wenn du willst.«

Die Schachtel zwischen ihnen haltend, öffnete sie den Deckel. Ein silberner Anhänger, kaum so lang wie ihr kleiner Finger, lag darin auf einem roten Samtbett. Vorsichtig nahm sie ihn heraus.

»Das ist ja ein winziger Löffel.« Der Stiel bestand aus einem keltischen Knotenmuster, das in einer herzförmigen Schleife endete.

»Das nennt sich Liebeslöffel«, erklärte Lucian.

Sie drehte den Löffel bewundernd in ihrer Hand. »Davon habe ich schon gehört.« Keltische Männer fertigten sie für ihre Herzensdamen. Der Löffel sah frisch poliert aus, aber die Innenseiten der geflochtenen Knoten waren vom Alter geschwärzt, und das Schmuckstück lag schwer in ihrer Hand, als hätte es eine Geschichte.

Lucians Miene wirkte wachsam. »Meine Großmutter«, sagte er. »Sie hat ihn mir gegeben, für meine zukünftige Braut. Mein Urgroßvater hatte ihn einst für seine Frau angefertigt; er war Waliser.« Er betrachtete das Schmuckstück in ihrer Hand. »Wir könnten den Löffel mit einem Diamanten verzieren, wenn du möchtest.«

Schützend schloss sie die Finger über das kleine Erbstück. »Ich finde ihn kostbar, so wie er ist.«

Er schenkte ihr einen rätselhaften Blick und gab ein Brummen von sich, das wohl Zustimmung ausdrücken sollte, ehe er sich wieder seiner Suppe zuwandte.

Den Liebeslöffel fest in der Hand, leerte sie ihr Weinglas.

Wie oft hatte sie davon geträumt, von einem attraktiven Straßenräuber oder Piraten entführt zu werden? Sie *forderte* vom Schicksal, nun auch beständig zu sein und die anstehende Verführung so wundervoll werden zu lassen wie in ihrer Fantasie.

11. KAPITEL

Das Warten auf die Verführung war bereits wesentlich weniger wundervoll als erhofft. Sie hatte ein warmes Bad genommen, ein reich gerüschtes Nachthemd angezogen und war tief unter die Decke in ihrem neuen Bett geschlüpft. Der tröstliche, frische Geruch sauberer Bettwäsche umgab sie. Dennoch fröstelte sie und beobachtete unaufhörlich die tanzenden Schatten auf der Tür, die ihr Zimmer mit dem ihres Ehemannes verband. Ein Tablett mit zwei Gläsern Champagner stand auf dem Nachttisch, und hin und wieder stahl sich ihr Blick zu dem perlenden Getränk, denn ihr Mund war wie ausgetrocknet, und ihre Nerven waren zum Zerreißen gespannt.

Ein kurzes Klopfen, dann öffnete sich die Tür. Ein Ziehen fuhr ihr durch den Bauch. Lucian blieb im Türrahmen stehen, sein Gesicht lag im Schatten. Ein rötliches Glühen umriss seine reglose Gestalt, und einen verrückten Moment lang erinnerte er sie an den Fürsten der Finsternis. Dann schloss er die Tür und kam langsam zum Bett herüber. Seine Miene wirkte freundlich, aber sie drückte sich unwillkürlich tiefer in die Kissen. Sein schwarzer seidener Morgenmantel entblößte ein Stück nackter Brust, und sie hatte nicht erwartet, dass sie behaart sein würde.

Als er sich auf die Bettkante setzte, wurde ihr Atem beschämend laut. Er merkte es nicht. Ihr offenes Haar zog seinen

Blick an und nahm all seine Aufmerksamkeit gefangen. Er griff nach einer Locke und ließ sie behutsam durch die Finger gleiten, musterte die seidige Strähne so eingehend, als sei sie ein kostbares Kunstwerk, und die offene Bewunderung, die sich in seiner Miene spiegelte, raubte ihr den Atem. Ihm musste es auch aufgefallen sein, denn eine leichte Röte breitete sich auf seinen Wangen aus, und er ließ sie los. Dann zog er die Decke von ihrem zitternden Körper und klopfte auf die Stelle neben sich. »Komm, setz dich zu mir.«

Seine Stimme war leise und rau, worauf sie noch mehr zitterte. Unbeholfen richtete sie sich auf und rückte näher, bis sie neben ihm auf der Bettkante saß. Beiläufig schlang Lucian den linken Arm um ihre Taille und zog sie an sich, während er mit der rechten Hand nach einem Champagnerglas auf dem Nachttisch griff.

»Nein, danke.« Ihr war jetzt schon schwindelig, benebelt von dem würzigen Geruch der Kiefernseife, der ihn einhüllte, von der intimen Nähe seines harten, warmen Körpers. Wenigstens trug er eine weiche Stoffhose unter seinem Morgenmantel.

Er zuckte mit den Schultern und stellte das Glas zurück auf das Tablett. Seine Hand glitt wie zufällig über ihre Taille hinunter zu ihrer Hüfte, und sie war sich sehr bewusst, dass er besitzergreifend die Finger auf ihrem Oberschenkel spreizte.

Seine Augen richteten sich auf den flatternden Puls an ihrem Hals. Die Hitze in seinem durchdringenden Blick brannte sich durch ihren Mut, als sei er aus Papier gemacht. Vielleicht gab sie einen erstickten Laut von sich.

Er strich ihr eine verirrte Strähne hinters Ohr, und seine Hand verweilte, um die empfindsame Stelle mit dem Daumen zu liebkosen. »Du weißt, was zwischen uns passieren wird?«, fragte er.

Seine Offenheit trieb ihr die Röte ins Gesicht. »Ja.« Sie wusste jedoch immer noch nicht, was sie tun sollte. Sie hatte beschlossen, Ruth Smythers *Anleitung und Ratschläge für die junge Braut* zu ignorieren.

Raue Fingerspitzen streiften über ihr Kinn, und die sanfte Reibung verursachte ein warmes Kribbeln auf ihrer Haut.

»Du bist sehr hübsch«, sagte er, die Worte klangen unbeholfen aus seinem Mund. »In der Kirche heute ... als ich dich gesehen habe, hab ich gedacht, dass du das hübscheste Mädchen bist, das ich je gesehen habe.«

Sie sprach das Erste aus, was ihr in den Sinn schoss. »Mein Kleid war so grässlich.«

Er streichelte über ihren Hals. »Ach ja?«

»Meine Mutter hat es ausgewählt«, erklärte sie. »Sie hat alle meine Kleider ausgewählt.«

»Lass dir neue schneidern«, meinte er. »So, wie sie dir gefallen.«

Seine warme Hand legte sich um ihren Nacken.

»Ein paar neue Kleider wären schon schön«, gab sie matt zu. Sein glühender Blick war eindringlich auf ihren Mund gerichtet, und ihre Lippen brannten, als hätte er sie berührt.

»Bestell dir so viele, wie du willst«, sagte er amüsiert. »Aber bitte versuche, deine Mutter im Bett nicht zu erwähnen.«

Unwillkürlich musste sie lachen. War Lachen im Bett überhaupt erlaubt?

Jeglicher Gedanke verschwand aus ihrem Kopf, als er sich vorbeugte und sie küsste. Seine Zunge streifte sanft die ihre, und die Berührung fühlte sich immer noch so fremd und doch so faszinierend an, dass sie ganz stillhielt, um sich alles einzuprägen. So seidig, so sündig. Seine Hände fühlten sich gefährlich stark an, aber sein Mund war weich. Zögernd erwiderte sie den Kuss, spielte mit seiner Zunge, und sein Griff auf ihrem

Oberschenkel und um ihren Nacken verstärkte sich. Es hätte sie erschrecken sollen, doch tatsächlich gefiel es ihr. Es gefiel ihr, so fest von ihm gehalten zu werden, und auch das war verwirrend.

Der Kuss verschmolz zu einem neuen und noch einem, und eine sinnliche Hitze sank durch ihren Körper. Unvermittelt fand sie sich auf dem Rücken wieder, den Kopf träge in seiner Armbeuge, während ihre Zungen miteinander tanzten. Sie spürte seinen muskulösen Körper auf sich, aber er fühlte sich berauschend warm und fest an, lud sie ein, Halt bei ihm zu suchen und sich an ihn zu klammern. Das tat sie jedoch nicht, sondern sie wandte den Kopf ab und schnappte nach Luft. Ihre Lippen fühlten sich empfindsam und geschwollen an.

Er senkte den Kopf an ihren Hals. Die federleichte Berührung seiner Lippen an ihrer Halskuhle löste ein Ziehen in ihrem Schoß aus, ein Puls, der sie tiefer in diesen Rausch und Schwindel zog. Zu spät wurde ihr bewusst, dass er die Schleifen ihres Nachtgewands gelöst hatte. Seine Finger streiften über nackte Haut. Reglos verharrte sie unter seinen forschenden Händen, als der Raum zu ihr zurückkehrte. Mit einer Hand umfasste Lucian das weiche Gewicht ihrer rechten Brust, und ein kehliger Laut entwich ihm. Sein Blick suchte ihren.

»Ich möchte dich ansehen«, sagte er heiser. »In Ordnung?«

Sie holte tief Luft, um ihre Stimme zu finden.

Ich rate dir, deinem Ehemann gefällig zu sein … Du kannst die Sache beschleunigen, wenn du ihm erlaubst, dich anzusehen …

Vor einem Moment noch hatte sie nichts beschleunigen wollen, hatte in seinen sinnlichen Küssen geschwelgt. Das Schweigen zog sich in die Länge und schien eine ernüchternde Wirkung auf ihn zu haben.

Er schaute sie ernst an. »Möchtest du lieber warten?«

Er meinte damit, alles zu verschieben. Seine Hand umfasste noch immer ihre Brust, und vermutlich hatte er nicht vorgehabt zu fragen. Sie hatte darüber nachgedacht, ob sie warten sollte, aber dann hatte sie sich vorgestellt, wie sie nervös und angespannt vor Erwartung, die Ehe zu vollziehen, durchs Haus spazierte, und ein Hinauszögern für sinnlos erachtet. Es ließ sich nämlich nicht bestreiten, dass ein derartig unpassender Ehemann sich nicht in ihren Traumprinzen verwandelte, ganz egal, wie viel Zeit verging.

»Nein«, sagte sie. »Ich will nicht warten.«

Er richtete sich auf und zog den Morgenmantel aus. Sie sah bleiche Haut und einen wohlgeformten, muskulösen Oberkörper. Ein Flaum aus dunklen Haaren bedeckte seine breite Brust. Es dauerte einen Moment, bis sie begriff, dass die lilafarbenen und silbrigen Streifen auf seinen Armen und Bauch Narben waren.

Anschließend wandte er sich der Aufgabe zu, sie auszuziehen, und sie schloss die Augen. Sie öffnete sie auch nicht, als ein kühler Luftzug über ihren nackten Körper strich. In der Stille wurde Lucians Atem lauter, und ein Kribbeln überlief sie, als die Hitze seines Blicks über sie glitt.

Sie hatte Körper wie ihren in Drucken von Gemälden gesehen, die man gewöhnlich vor den Damen versteckte. Skandalöse Werke von Falero zum Beispiel, der seine weiblichen Aktmodelle als lüsterne Hexen darstellte, mit üppig gerundeten Hüften, Schenkeln und Bäuchen, und Brüsten, die zu groß waren, um der gängigen Mode zu entsprechen. Die ungenierte schwelgerische Darstellung draller weiblicher Rundungen hatte sie bezaubert. Nun, da Lucian sie betrachtete, meldete sich eine leise Stimme zwischen all der atemlosen Anspannung, die sie fragte, ob er sie wohl schön fand …

Ihre Augen öffneten sich schlagartig, als er erneut die Hand um ihre Brust legte. Er hob sie mit einem zufriedenen Knurren an und neigte den Kopf, dann spürte sie die inzwischen vertraute seidige Feuchte seiner Zunge. Eine Woge der Hitze durchflutete sie, und sie wand sich unwillkürlich unter seiner Liebkosung. Dies schien ihn zu ermutigen; die scharfe Kante seiner Zähne glitt über die Spitze ihrer Brust, dann leckte er sie sanft. Nur mühsam unterdrückte sie ein Stöhnen. Er schaute auf, seine Augen schimmerten fiebrig. Ihre Brustwarze war hart und glänzte feucht.

»Sei ruhig laut, wenn du willst«, sagte er.

Beunruhigt, dass er sie lesen konnte wie ein offenes Buch und sie so ahnungslos war, presste sie die Lippen zusammen, was ihr erst auffiel, als Lucian stirnrunzelnd den Blick auf ihren Mund heftete.

Er stützte sich auf einen Ellbogen. »Ich weiß nicht, was man dir erzählt hat«, sagte er bedächtig, »aber du musst keine Angst vor mir haben. Ich werde dir nicht wehtun.«

»Ich habe keine Angst vor dir«, sagte sie aufrichtig, denn seine Liebkosungen waren sanft genug und erregten sie. Und dennoch … »Ich bin nur unsicher«, gestand sie zögernd. »Ich weiß nicht, was genau passieren wird, und wie. Was von mir erwartet wird.«

»Verstehe«, sagte er. »Ich …« Er schüttelte den Kopf und fing erneut an. »Du musst gar nichts machen. Du kannst natürlich, wenn du willst, aber du musst nicht.«

Gedankenverloren streichelte er die Unterseite ihrer Brust mit dem Daumen, als könne er nicht aufhören, sie anzufassen.

»Und du«, murmelte sie. »Was wirst du tun?«

Sein Blick verschleierte sich. »Gleich werde ich deine Pussy lecken, und dann werde ich zu dir kommen.«

»Du wirst was lecken?«, wiederholte sie verwundert.

»Nun ja, hier.« Seine breite Hand glitt über ihren Bauch nach unten und blieb in ihrem Schoß liegen.

»Oh nein«, sagte sie rasch. »Das würde mir nicht gefallen.«

Er zog die Brauen hoch. »Woher willst du das wissen?«

Weil sie alle möglichen verwirrenden Emotionen verspürte, wenn sie daran dachte, dass seine Zunge ihre empfindlichste Stelle berührte, und *gefallen* gehörte nicht dazu.

»Mir wäre lieber, wenn wir es einfach hinter uns bringen«, sagte sie.

Lucian verharrte kurz. Dann zuckte er mit den Schultern. »Wie du willst.«

Er drehte sich auf die Seite und öffnete die Knöpfe seiner Hose. Sie versuchte, den Blick abzuwenden, aber natürlich schaute sie doch hin. Und das war der Moment, wo alles gewaltig schiefzulaufen begann.

Irgendetwas stimmte nicht mit ihm. Oder mit ihr. Der kalte Schweiß brach ihr aus. Er hatte gelogen. Er würde ihr wehtun, denn es gab keinen Teil ihres Körpers, wo er *das da* problemlos unterbringen konnte.

Er kniete sich mit einem Bein zwischen ihre Oberschenkel, und sie richtete sich rasch auf. »Wir ... Das wird nicht gehen.«

Kurz wirkte er verdutzt. »Doch, wird es«, murmelte er dann. »Vertrau mir.«

Sie legte sich flach in die Kissen zurück. Lucian winkelte ihr linkes Bein an und positionierte sich zwischen ihren Knien.

Vertrau mir.

Er blickte auf sie herab, sah, dass sie verkrampft dalag, wie sie die Finger in die Decke krallte.

»Leg deine Hände auf meine Schultern«, wies er sie an, und der tiefe, bestimmte Klang seiner Stimme berührte etwas in ihr.

Sie tat wie geheißen. Seine Haut fühlte sich glühend heiß unter ihren Fingern an, sie spürte steinharte Muskeln und Sehnen, und eine Trägheit ergriff Besitz von ihr.

Vertrau mir.

Sein Gesicht über ihr wirkte angespannt. Das Gesicht eines Fremden. Und gleich würde er ihr wehtun und sie für immer an sich binden. Wie in aller Welt sollte sie ihm vertrauen? Sie spürte einen dumpfen Druck zwischen den Beinen.

»Nein!« Sie schob ihn zurück. »Nein.«

»Was?« Sein Blick war glasig.

Sie grub ihre Nägel in seine Schultern. »Ich will doch noch warten. Ich habe meine Meinung geändert.«

Seine Miene verschloss sich. »Jetzt?«

»Ja.«

Er stützte sich über ihr auf, ihre Körper waren spiegelgleich erstarrt. Beide verharrten sie reglos, ohne zu blinzeln.

»Nun gut.« Er setzte sich auf die Fersen.

Auf seinen Schultern waren kleine weiße Halbmonde zu sehen – Abdrücke, die ihre Fingernägel hinterlassen hatten. Er drehte sich um, blickte zur Wand und verschränkte die Hände hinter seinem Nacken. Schweiß glänzte auf seinem Rücken.

Die Hölle. Das musste die Hölle sein. Die Scham brannte heißer in ihr als je zuvor. Sie musste zusehen, wie ihr Ehemann die Schultern schwer atmend hob und senkte, und als sie etwas sagen wollte, schüttelte er nur den Kopf, bevor auch nur ein Wort über ihre Lippen kam.

Kurz blitzte seine sehr weiße, wohlgeformte Kehrseite auf, als er sich erhob und seine Hose wieder hochzog. Während er den Gürtel seines Morgenmantels verknotete, schaute er sie an; tiefe Schatten zeichneten sich unter seinen Wangenknochen ab. Sie versteckte sich hinter dem Vorhang ihrer Haare und hoffte, unsichtbar zu werden.

»Ich sehe dich morgen früh«, sagte er und neigte leicht den Kopf. »Gute Nacht.«

Er verließ ihr Zimmer durch die Tür zum Flur und schloss sie leise hinter sich.

Zittrig stieß sie den Atem aus. Eine lange Weile atmete sie nicht ein. Beinahe wünschte sie sich, er wäre nicht gegangen. In der ohrenbetäubenden Stille des Raums brüllten die Gedankenfetzen in ihrem Kopf nun umso lauter.

Sie presste die kalten Hände an ihre heißen Wangen. In solch einer Situation konnte man wohl kaum mehr tun, als einen Drink zu sich zu nehmen und auszuruhen, oder?

Sie nahm sich ein Glas vom Tablett und leerte den schal gewordenen Champagner in einem Zug, als sei es Wasser. Was für eine katastrophale Hochzeitsnacht. Aber sie hätte wohl jede verfügbare künstlerische Darstellung des männlichen Körpers in all seiner nackten Pracht studieren können, und dennoch wäre sie nicht auf diesen Anblick vorbereitet gewesen, nicht auf Brusthaare und Narben und ganz gewiss nicht auf dieses … Ding. Die Anatomie des Mannes hatte sich seit den glorreichen Tagen von Olympia offensichtlich weiterentwickelt.

Nach kurzem Zögern legte sie eine Hand zwischen ihre Beine. Es fühlte sich feucht da unten an, als ob sie ihre monatliche Blutung hätte. Aber nein. Vorsichtig fühlte sie hinein, was sie sonst nie tat. Nein, das konnte unmöglich passen. Warum nur beschlich sie dann aber das unangenehme Gefühl, dass sie vielleicht ein wenig zu voreilig und theatralisch reagiert hatte?

Sie stellte das leere Champagnerglas zurück und nahm sich das zweite.

Als sie ihren schweren und schwirrenden Kopf aufs Kissen bettete, musste sie sich eingestehen, dass sie Lucian nicht nur aus Furcht vor Schmerzen abgewiesen hatte. Ihr Leben hatte sich zu schnell auf eine Weise geändert, die sie sich niemals ausgemalt hätte. Und nun war ihre sture Ader zum Vorschein gekommen, dieser unauslöschliche Zug in ihrem Wesen, der, gleich, was man einer Frau von der Wiege an beibrachte, in ihr den Wunsch weckte, sich die Welt so zu formen, dass sie ihren Gefühlen entsprach, anstatt sich selbst immer wieder so zu verbiegen, dass sie bequem in die ihr auferlegte Zwänge passte. Nun aber hatte sie diesen Wesenszug ihrem Ehemann offenbart. Und das auch noch in einer ziemlich heiklen Situation. Die Begegnung mit ihm morgen früh würde sicher … interessant werden.

Nein. Harriets Abweisung hätte Lucian abkühlen sollen wie ein Eimer eiskaltes Wasser, den man ihm über den Kopf geschüttet hatte, und dennoch lief er mit einem veritablen Ständer durch die dunklen Flure seines Hauses.

Nein. Harriet hatte sich in seine Sinne gebrannt, in seine Zunge, seine Handflächen, salzig süß, erregend, samtweich. Ihr Nein spürte er ebenfalls körperlich, wie spitze Nadeln stach es ihm in die Muskeln und trieb ihn schließlich in sein Sportzimmer. Er stützte die Arme gegen die Tür, atmete tief durch und wartete, bis der Schweiß in seinem Nacken abkühlte. Ein lebloser Sandsack würde ihm im Moment nicht reichen. Er brauchte eine Reaktion, die belebende Energie eines Gegners.

Er knirschte mit den Zähnen. Alle bedeutenden Menschen in England wussten, dass er an diesem Tag Harriet Greenfield geheiratet hatte, und wenn er sich zu dieser Stunde irgendwo in einem Faustkampfklub in London sehen ließ, würde sich das Gerücht um eine miserable Hochzeitsnacht wie ein Lauffeuer unter den feinen Schnöseln verbreiten.

Lucian lehnte die Stirn an das glatte Eichenholz der Tür. Es war seine Schuld. Die Sache war den Bach runtergegangen, weil er etwas gemacht hatte, das er sonst nie tat – er hatte gezaudert.

Als er sie jedoch auf dem Bett liegen sah, hatte sich sein Verstand ausgeschaltet. Sie hatte so wunderschön ausgesehen, mit den gelösten Haaren, die wie Bänder aus roter Seide über den Kissen aufgefächert waren. Seine Frau.

Ein instinktives Gefühl hatte ihn erfasst, das sagte: *mein*. Gefolgt von: *nicht für dich bestimmt*. Genauso wie damals, als er Rutlands Anwesen im Nebel zum ersten Mal erblickt hatte, so begehrenswert und gleichzeitig so unerreichbar.

Wenn er eines im Leben gelernt hatte, dann dass er, egal, was er wollte, egal, was er brauchte, es sich nehmen musste. Wenn er es sich nicht nahm, würde er hungrig bleiben. Aber seine gewohnte Art war in diesem Fall nicht angebracht. Deshalb hatte er es, unbeholfen, mit Zärtlichkeit versucht. Frustriert ballte er die Hände zu Fäusten und ging ins Bad, um kalt zu duschen.

Eine Weile später kehrte er in sein Arbeitszimmer zurück, durchgefroren unter seinem Morgenmantel und noch immer schlecht gelaunt.

Er griff zu dem Buch über Blumensprache, das Matthews ihm am Tag zuvor besorgt hatte, geschrieben von einer Miss Carruthers aus Inverness. Er blätterte durch die Seiten, überflog Kapitel über Mönche, Kräuter und Ruskin, der in lyrischen Worten von zarten Blüten schwafelte, bis er eine alphabetische Übersicht am Ende des Buches fand.

Offenbar drückten rote Chrysanthemen Liebe aus. Sie beide wussten, dass ihre Ehe nicht aus Liebe geschlossen worden war, aber vielleicht wusste Harriet die Geste zu schätzen. Kamelien standen für Liebreiz. Der Schneeball für frohen Mut in widrigen Zeiten. Von denen würde er sich gleich ein Dutzend besorgen lassen. Sein Sarkasmus verärgerte ihn – er sollte oben sein, mit seiner Frau schlafen, um die Ehe zu vollziehen, nicht irgendwelche Blumen auswählen.

Er schrieb seine Auswahl auf einen Zettel und ging zu Matthews' Zimmer auf der anderen Seite des Hauses, weil es erst zehn Uhr war. Die gedämpften, traurigen Töne von Matthews' Querflöte drangen durch die Tür, als er klopfte.

Nach einem Augenblick riss Matthews die Tür auf; er trug noch immer seinen Abendanzug. Vermutlich hatte er Nicolas oder den jungen Tommy erwartet, denn seine Haltung wurde sofort unterwürfiger, als er erkannte, wer vor ihm stand. Sein Blick huschte jedoch wieselig umher, über Lucians Morgenmantel, sein nasses Haar, und in seinen Augen spiegelte sich für einen Augenblick rasende Abneigung. Seltsam.

»Waren Sie aus?«, fragte Lucian.

Ein Nicken. »In der Oper. Puccini. Eine wundervolle Inszenierung.«

»Aha. Ich möchte, dass Sie mir morgen in aller Frühe bei den Blumenhändlern in Covent Garden dies hier besorgen.« Er streckte Matthews das zusammengefaltete Papier hin. »Die Zofe soll die Blumen zu einem Strauß binden und Mrs Blackstone ins Zimmer stellen, noch bevor sie aufsteht.«

Matthews nahm die Liste, ohne einen Blick darauf zu werfen. »Sehr wohl, Sir«, murmelte er. Das Zimmer hinter ihm war in das goldene Licht von zwei Dutzend Kerzen getaucht. Seine Querflöte glitzerte wie ein silbernes Zepter auf seinem Schreibtisch.

»Eines Tages werden Sie noch das ganze Haus abfackeln«, unkte Lucian, bevor er ging.

12. KAPITEL

Harriet spürte Lucian am nächsten Morgen in seinem Sportzimmer auf, als er gerade auf den Sandsack eindrosch. Er hielt inne, sobald er sie bemerkte, aber sein keuchender Atem war unüberhörbar in der Stille. Sie errötete heftig vom Hals bis zu den Haarspitzen. Sie war ein wenig zu verlegen beim Anblick eines halb nackten Mannes, dafür, dass sie ihm am vorigen Abend erlaubt hatte, sie zwischen ihren hübschen Schenkeln zu berühren. Er wischte sich mit dem Arm über die Stirn und griff widerstrebend nach seinem Hemd, das über den Seilen des Boxrings lag. Sein Rücken und seine Brust waren schweißnass, und die feine Baumwolle klebte unangenehm auf seiner feuchten Haut.

Sie blieb auf der Schwelle stehen, als er sich ihr näherte, und drückte die Blume in ihrer Hand an ihre Brust.

»Ich wollte dir für das Blumenbouquet danken«, sagte sie und mied dabei seinen Blick.

Ballentine hatte mit den Blumen also recht behalten – wenigstens war sie zu ihm gekommen und sprach mit ihm, statt sich in ihrem Zimmer zu verkriechen. Dennoch war sie weit entfernt von der munteren Miss, als die er sie kennengelernt hatte. Und das, in Kombination mit seiner aufgestauten Leidenschaft, nagte an ihm. Wie verdammt schlecht war er doch auf diese Situation vorbereitet. Er hatte nicht bedacht, wie viel

Zeit und Mühe es kosten würde, mit einer Ehefrau vertraut zu werden. Vor allem einer Ehefrau aus der bürgerlichen Oberschicht, die zu einer absurden Sittsamkeit erzogen worden war, obwohl ihre Hauptpflicht angeblich darin bestand, ihrem Mann möglichst viele Erben zu schenken. Wo lag da die Logik? Dabei zeigte Harriet sich nicht einmal kalt ihm gegenüber. Zwar hatte sie ihn am gestrigen Abend abgewiesen, aber sie war weich und feucht gewesen, und auch jetzt konnte sie den Blick offenbar nicht von ihm abwenden. Immer wieder wanderte er über seinen Oberkörper und haftete an den Stellen, an denen sein Hemd klebte. Vermutlich verstand sie aber nicht, warum sie den Drang danach verspürte, ihn anzustarren. Nervös drehte sie die Blume zwischen ihren Fingern, und ihr Hals rötete sich erneut.

»Du wirkst sehr geübt im Ring.« Sie riss sich von seinem Bizeps los und schaute ihm ins Gesicht. »Verbringst du deine Freizeit gern mit Faustkämpfen?«

»Ja.«

»Hast du dir dabei die Nase gebrochen?«

»Ja.«

Wenn sie ihn fragen sollte, wie genau das passiert war, würde er es ihr erzählen: dass es ein Kampf mit bloßen Fäusten gewesen war, gegen einen muskelbepackten wahren irischen Schrank von einem Mann, damals, als er noch für Geld gekämpft hatte. Für sie würde er sich der Etikette gemäß kleiden, wenn es sein musste, und auch ein Hemd anziehen, aber an diesem Morgen hatte er beschlossen, jegliche Maske fallen zu lassen und sich nicht feiner zu geben, als er war. Wem wollte er schon etwas vormachen?

Im Moment überlegte er, ob er sich einen Kuss von ihr stehlen sollte, so ungehobelt und verschwitzt, wie er war. Er genoss es, sie zu küssen. Die rosigen Lippen in ihrem blassen

Gesicht zogen seine Aufmerksamkeit an, als hätte sie sie angemalt.

Sie senkte die Lider. »Ich wollte dich nicht stören«, sagte sie. »Ich werde gehen.«

»Du störst nicht.«

Er schaute auf die Uhr neben der Tür. Es war überraschend spät, schon fast Zeit für den Lunch. Er zog die Handbandagen ab und rollte sie auf, dann löste er das Lederband, das sein Haar am Hinterkopf zusammenhielt. Harriet hatte sich nicht gerührt, ihre Augen folgten aufmerksam seinen Bewegungen. Es ging ihm auf, dass sie eine Künstlerin war und vermutlich darin geübt, viel mehr wahrzunehmen als jeder andere normale Mensch. Das durfte er nicht vergessen.

»Hast du schon zu Mittag gegessen?«, fragte er.

Sie lächelte entschuldigend. »Ich hatte eben erst ein leichtes Frühstück.«

»Du bist Langschläferin.« Das hätte ihn nicht überraschen sollen, denn er hatte sich erkundigt und erfahren, dass feine Ladys oft die Gewohnheit hatten, bis mittags im Bett zu bleiben.

»Ja«, bestätigte sie. »Ich arbeite oft bis spät in die Nacht und verabscheue es, früh aufzustehen. Macht es dir etwas aus?«

»Nein.« Eine unausgeschlafene, gereizte Frau am Frühstückstisch war nun auch nicht unbedingt eine Bereicherung seines Morgens, oder? »Ich nehme meinen Lunch um halb eins im East End«, sagte er. »Begleite mich doch.«

Sie zögerte kurz, ehe sie antwortete. »Natürlich.«

Ihre mangelnde Begeisterung setzte ihm zu, aber er nahm es hin. Er war zwar nicht besonders geduldig, aber er verstand sich darauf, den rechten Zeitpunkt abzupassen.

Als die Kutsche eine Stunde später den sonnigen Stadtteil Shoreditch erreichte, war Harriet nicht mehr so zurückhaltend. »Das ist viel aufregender als das West End«, sagte sie und drückte sich beinah die Nase am Kutschenfenster platt. Konzerthallen säumten die Straße und wechselten sich mit bunt angemalten Fassaden der Kaffeehäuser und kleinerer Theater ab. Auch ein paar Läden für luxuriöse Möbel gab es noch im Viertel, die alle mit Bannern und groß beschrifteten Plakaten um die Aufmerksamkeit der Passanten buhlten.

»Es ist ein sehr lebhaftes Viertel«, erklärte er. »Auch sehr bekannt. Das *National Standard Theatre*, an dem wir gleich vorbeifahren, ist eines der größten Theater in London.«

»Das habe ich gehört.« Sie wandte sich ihm zu. »Gehst du gern ins Theater?« Ihr Ton war höflich. Auf diese Weise würde sie sich auch bei gesellschaftlichen Anlässen mit einem Gentleman unterhalten, den man ihr gerade vorgestellt hatte.

»Nein«, sagte er. »Auch die Oper ist nicht mein Fall«, ergänzte er, um der nächsten Frage zuvorzukommen.

Sie schien weniger entsetzt darüber als neugierig. »Warum nicht?«

Er dachte darüber nach. »Ich bin es nicht gewohnt«, sagte er schließlich. »Man muss es sich wohl zur Gewohnheit machen, stundenlang unverständlichen Gesang zu genießen, wenn man die Zeit auch auf bessere Weise nutzen könnte.«

»Wie beispielsweise ein Aktienportfolio zu erstellen«, sagte sie. War da etwa ein Hauch Sarkasmus in ihrem Ton?

Nicht zum ersten Mal, seit sie den Platz ihm gegenüber auf der Bank eingenommen hatte, stellte er fest, dass er sie anstarrte. Das lag daran, dass ihr Duft den beengten Innenraum füllte, Vanille statt Rosen heute. Bei jeder Bewegung, die sie machte, kitzelte das Parfüm seine Nase und lenkte seinen Blick auf sie. Rosige Lippen und schokoladenbraune Augen. Die roten Locken, die ihr Gesicht umrahmten, hüpften jedes Mal, wenn die Kutsche durch ein Schlagloch fuhr. Sie hatte eine Blume aus seinem Strauß an ihr Kleid gesteckt, nicht direkt über ihrem Herzen, aber auch nicht an die emotional neutrale Mitte. Diplomatisch sehr geschickt, seine Frau.

»Aktienportfolios«, sagte er schließlich. »Ja, genau, unter anderem.«

Sie lächelte leicht. »Du klingst wie mein Bruder Zachary.«

Er erinnerte sich an den jungen Greenfield und dessen Wut bei der Verhandlung des Ehevertrags, deshalb schwieg er.

»Ich frage mich«, sagte Harriet, »woher du die Informationen bekommst, die es braucht, damit du erfolgreich investieren kannst, wenn du selbst so zurückgezogen lebst.«

Er begegnete ihrem fragenden Blick mit einer ironischen Miene. »Ich rede ab und zu schon mit anderen Geschäftsmännern.«

»Woher soll ich das wissen«, erwiderte sie. »Dein Name ist vielleicht in aller Munde, aber er steht kaum in den Zeitungen.«

»Die Menschen schweigen lieber über meine Beteiligung an ihren Geschäften, zumindest bis vor Kurzem«, erklärte er. »Daher benutze ich Pseudonyme oder lasse die Angelegenheiten durch bevollmächtigte Angestellte regeln. Und eine Menge der Informationen sammle ich selbst.«

»Indem du *The Economist* liest?«

»Ja, diese Zeitschrift und andere Handels- und Wissenschaftsmagazine«, antwortete er. »Außerdem Handelstabellen und die Blaubücher der Regierung. Und daraus ziehe ich Rückschlüsse.« Ihm fiel auf, dass er sich beim Reden mit einer Hand über den Nacken fuhr. Wenn er stundenlang las, schmerzte sein Rücken genauso, als hätte er eine Schicht unter Tage gearbeitet. Seinem Körper – und seinem Temperament – lag körperliche Arbeit mehr, und doch hatte er seinen Reichtum und seinen Einfluss durch Lesen erworben. Diese Ironie war ihm stets bewusst. »Was die Aktienmärkte angeht, gibt es kein objektives Bilanzblatt«, sagte er. »Es gibt keine Regeln, keine glasklare Logik, die einen Marktpreis regelt. Sie bleiben wilde Biester, und nach einer Zeit vorgeblicher Ruhe schlagen sie plötzlich nach dir aus.«

Sie nickte. »Meine Familie führt hitzige Debatten über das sprunghafte Verhalten und die Moral von Aktieninvestitionen.«

»Und zwischenzeitlich nutzen sie diese zu ihrem Vorteil.«

»Wie sieht dein Tag gewöhnlich aus?«, fragte sie ungerührt. »Ich weiß schon, dass du früh aufstehst und den Tag mit … äh … Leibesertüchtigung beginnst. Was machst du danach?«

Er sprach aus, was ihm in den Sinn kam. »Du bist ganz schön neugierig.«

»Ich fürchte ja«, murmelte sie und senkte den Blick auf ihre Hände.

»Wie du sagtest, stehe ich früh auf«, fuhr er fort, um das Gespräch nicht abbrechen zu lassen. »Ich trainiere. Danach lese ich die Zeitungen und prüfe, ob es neue Unternehmen gibt, Konsortien, die nach einem Investor suchen, oder eventuelle Probleme, die sich in den Lieferketten zusammenbrauen könnten. Ich lese meine Post« – wozu auch die Informationen gehörten, die seine Spione in den verschiedenen Industriezweigen und der Halbwelt ihm lieferten – »und ich lese die Berichte von den Männern, die ich angestellt habe, um diejenigen Handelsmagazine zu lesen, für die mir keine Zeit bleibt. Darauf gründend treffe ich meine Geschäftsentscheidungen.«

»Wo du expandieren solltest, wo konsolidieren, wo noch abwarten?«, trällerte sie, als ob sie das alles schon einmal gehört hatte. Vermutlich am berühmt-berüchtigten Dinnertisch ihrer Familie.

Niemals hätte er sich vorgestellt, mal mit einer Frau verheiratet zu sein, die sich für seine Geschäfte interessierte und verstand, was er tat. Das war zugegeben praktisch, was die Gesprächsthemen anbelangte.

»Danach treffe ich mich mit anderen Geschäftsmännern zum Lunch«, sagte er. »Männern, die in der Eisen-, Baumwoll- oder Bergbauindustrie arbeiten.« Oder den Handlangern zwielichtiger Gestalten aus der Kunsthandelswelt, aber das musste sie nicht wissen. »Ungefähr einmal pro Woche reise ich zu einer Börse in den an London angrenzenden Grafschaften, um die örtlichen Informationsquellen anzuzapfen«, sagte er stattdessen. »Und ich besichtige regelmäßig meine Fabriken.«

Sie wirkte beeindruckt. »Mir war nicht klar, dass du auch Unternehmer bist.«

»Ich muss das Geld ja irgendwo investieren«, sagte er. »Und es ist sinnvoll, eigene Eisenwerke zu besitzen, die mit Kohle aus meinen Minen betrieben werden und Gleise und Waggons für die Eisenbahnunternehmen herstellen, von denen ich Aktienanteile besitze. Ich verbringe einen Großteil der Zeit damit, Unternehmen zusammenwachsen zu lassen und letztendlich wieder aufzusplitten.« Bevor sie weiter nachhaken konnte, sagte er: »Und abends lese ich die Zeitungsnachrichten und die Weißbücher der Regierung über die Handelspolitik.«

Sie spitzte die Ohren. »Du interessierst dich für Politik?«

»Geschäft und Politik lassen sich nicht trennen«, erwiderte er ausweichend.

»Der Herzog von Montgomery wird in Kürze einen Reformvorschlag zum Eigentumsgesetz verheirateter Frauen vorstellen«, erklärte sie.

»Aha«, meinte er. »Das versuchen sie alle paar Jahre wieder, nicht wahr?«

»Bist du gegen das Wahlrecht für Frauen?« Ihre beiläufige Miene war fast überzeugend, aber er wusste, dass sie den Suffragistinnen angehörte. Carson, sein Spion, hatte ihm das berichtet, nachdem er sich in Oxford über sie erkundigt hatte, und Lucian überraschte dies nicht.

»Nein, ich bin nicht dagegen«, sagte er. »Ich habe mich nur noch nicht näher damit beschäftigt.«

Ihre Enttäuschung darüber konnte sie wiederum kaum verbergen, und plötzlich überkam ihn das Bedürfnis, seine Krawatte zu lockern.

»Nun, du arbeitest sehr viel«, stellte sie fest. »Vielleicht zu viel?«

Er schnaubte. »Nein.«

»Was machst du, wenn du dich vergnügen willst?«

Er schenkte ihr einen sarkastischen Blick, und da sie den nicht zu verstehen schien, sagte er: »Aktienportfolios.«

Sie schüttelte den Kopf. »Du arbeitest entschieden zu viel.«

»Ist es denn Arbeit, wenn es Freude bereitet?«, fragte er. »Ich dachte, als Malerin würdest du das verstehen.«

Ihre Miene wurde ernst. »Ich male, weil es sich wie eine Notwendigkeit für mich anfühlt«, erklärte sie. »Es kann Freude bereiten, aber vielmehr ist es unerträglich für mich, wenn ich nicht malen kann.«

»Unerträglich?«

»Es ist wie ein Drang«, sagte sie. »Farben und Muster haben eine Wirkung auf mich. Fast so, als würden sie meinen Appetit anregen, mir fällt keine bessere Erklärung dafür ein. Wenn ich nicht male, habe ich das Gefühl, dass mir irgendetwas unter die Haut kriecht und ein Eigenleben entwickelt, mich förmlich auffrisst. Nun, das klingt wohl ein wenig hysterisch, aber ich versichere dir, das bin ich nicht. Leider bin ich von meiner Kunst nicht ganz so getrieben, wie ich es sein sollte.«

»Solltest du das denn sein?«

Sie nickte. »In meiner Vorstellung sind wahre Künstler Diener ihrer Inspiration, die ständig neue Werke erschaffen. Von diesem Drang einmal abgesehen, gibt es jedoch immer wieder längere Abschnitte, in denen ich mich gelangweilt und uninspiriert fühle und mich manchmal sogar zwingen muss, meine Werke fertigzustellen. Manchmal frage ich mich, ob mich das zu einer künstlerischen Hochstaplerin macht …« Sie brach ab, als hätte sie sich eben erst erinnert, mit wem sie sprach, und Frust brandete in ihm auf.

Er verstand sie jedoch. Auch für ihn war es ein Drang, Strategien für seine Geschäfte zu entwickeln und seinen Gewinn zu maximieren, ein Gefühl, das ihm unter die Haut kroch und ein Eigenleben entwickelte, wie sie es ausgedrückt hatte.

»Du hast dein Parfüm gewechselt«, sagte er stattdessen.

Sie schaute ihn verlegen an. »Macht es dir etwas aus?«

»Nein.« Was nicht stimmte. Sie duftete köstlich, und er hätte sie am liebsten auf seinen Schoß gezogen und sie geküsst. Und ihre vollen Brüste berührt. Vielleicht sogar eine Hand unter ihren schweren Rock geschoben, um die zarte Haut in ihren Kniekehlen zu streicheln, ehe er die Hand weiter nach oben wandern ließ, zu der noch zarteren Stelle zwischen ihren Beinen, um sie zu liebkosen, bis sie an seinem Hals vor Wonne stöhnte.

»Meine Mutter hat darauf bestanden, dass ich das Rosenparfüm trage«, erklärte sie. »Aber ich bevorzuge diesen Duft.«

Ihr Bruder, ihre Mutter. Zumindest dämpfte die Erwähnung ihrer Familie seine aufwallende Erregung.

Das Restaurant schien ihr zu gefallen; sie betrachtete immer noch eifrig das Interieur, nachdem der Kellner sie zu seinem Separee geführt hatte. Auch er war widerstrebend von dem Dekor beeindruckt gewesen, als er zum ersten Mal hier gespeist hatte. Die gewölbte Decke war in einem eleganten Muster aus Weiß und Gold gestrichen, doch die großen Feigenbäume in den Töpfen und die Efeuranken gaben dem Ganzen ein rustikales Flair. Die Luft duftete nach französischen Kräutern und indischen Gewürzen. Harriets Familie besuchte wohl immer dieselben alten Orte in Soho, wenn sie die Atmosphäre hier so sehr faszinierte. Vielleicht war sie aber auch nur leicht zu begeistern.

»Warum ist das dein Lieblingsrestaurant?«, fragte sie, während sie die Handschuhe auszog. »Das ist weit entfernt von Belgravia.«

»Hier gibt es die besten Reis- und Curry-Gerichte«, antwortete er. »Der Chefkoch und Miteigentümer stammt aus Gujarat.«

Sie lächelte. »Bevorzugst du süße oder pikante Speisen?«

Er schaute ihr direkt in die Augen. »Süß. Warum?«

»Wenn ich deine Vorlieben kenne, kann ich leichter einen Mahlzeitenplan erstellen.«

»Mahlzeitenplan«, wiederholte er verwundert.

Sie neigte den Kopf. »Für den Koch? Er hält die Küche sehr sauber, aber die Speisekammer erschien mir heute Morgen ein wenig karg.«

»Richtig.« In jedem normalen Haushalt kümmerte sich die Ehefrau um die wöchentlichen Mahlzeitenpläne. Er fühlte sich seltsam erleichtert, als ein Kellner mit der Speisekarte an ihren Tisch trat.

»Möchtest du selbst lesen?« Er reichte ihr die Karte, weil er feststellte, dass sie sie neugierig beäugte, und ihre Augen leuchteten auf.

»Ja, bitte.«

Er hatte ihr eben nicht nur angeboten, ihre unabhängige Ader zu fördern. In vornehmeren Londoner Restaurants war die Karte unweigerlich auf Französisch geschrieben, was der Fluch seines Lunchs war, da er Französisch nicht sprach und auch keine Zeit hatte, die Sprache zu lernen. In der Vergangenheit hatte er schon einige unliebsame Überraschungen erlebt, weil er blind gewählt hatte. Daher blieb er am liebsten bei den Speisen, die er kannte und von denen er wusste, dass sie ihm schmecken würden.

»Wie es scheint, gibt es neben ausgewählten Speisen aus der Gujarati-Küche nur französische Gerichte«, stellte Harriet fest.

»Du hast also keine Probleme mit fremden Sprachen oder mit dem Lesen?«

Sie schaute auf, und Wachsamkeit schimmerte in ihren Augen. »Das Lesen bereitet mir keine Probleme.«

»Wo liegt das Problem denn dann?«

Es galt als schlechtes Benehmen, ihre Beeinträchtigung zu erwähnen, aber er wollte sie besser verstehen.

»Das Problem ist das Schreiben«, erklärte Harriet. »Selbst, wenn ich nur dieselben Zeilen abschreiben soll, die ich gerade gelesen habe, werde ich unweigerlich Fehler machen. Dasselbe gilt für Zahlenreihen.« Sie hob eine Schulter zu einem hilflosen Zucken. »Ich weiß nicht, warum. Wörter mit ähnlicher Schreibweise sehen für mich gleich aus. Manche Buchstaben tanzen vor meinen Augen.«

»Sie tanzen«, wiederholte er verblüfft.

»Ja. Manche sind lebhafter als andere.« Sie schob die Speisekarte zu ihm hinüber. »Für mich bitte den gebackenen Ziegenkäse mit Birnen-Chutney.«

Ihr Lächeln war zu heiter, wie der zu strahlende Glanz eines falschen Diamanten. Ihre Schreibschwäche bereitete ihr Kummer.

»Du studierst in Oxford«, sagte er, in dem Drang, dafür zu sorgen, dass sie sich besser fühlte. »Dein Verstand hat dich dorthin gebracht, es sei denn, der Studienplatz wurde für dich gekauft.«

»Man kann sich in Oxford keinen Studienplatz erkaufen«, erwiderte sie empört.

»Dann hast du also Ruskin überzeugt. Er ist kein Narr.«

Ihr aufgesetztes Lächeln wurde eine Spur sarkastisch.

»Du hältst ihn für einen Narren?«, hakte er nach.

Der Kellner kam, um ihre Bestellungen aufzunehmen und Weißwein einzuschenken.

Harriet nahm einen Schluck, ehe sie auf seine Frage antwortete. »Ruskin ist kein Narr«, sagte sie. »Er ist ein Titan der Kunstwelt, und er war mein Idol, lange bevor ich persönlich seine Bekanntschaft machte. Zuerst bin ich ihm bei meinem Zulassungsgespräch begegnet, in seinem Büro. Er ist von seinem Stuhl aufgestanden und hat gesagt: ›Oh, Sie sind viel zu entzückend, um klug zu sein.‹«

Selbst er wusste, dass das ein mieses Kompliment war. »Ein dummer Spruch.«

»Männer sagen solche Sachen oft, deshalb bin ich normalerweise immun«, erklärte Harriet. Der Wein hatte ihre Wangen gerötet. Ihre Haut war ziemlich verräterisch, eines der vielen Dinge, die ihn an ihr faszinierten. »Allerdings gelte ich in meiner Familie als die *Entzückende*«, fuhr sie fort. »Flossie und Mina sind die Klugen. Ich dachte, es sei schon in Ordnung, entzückend zu sein, bis Ruskin mir das Gefühl gab, das Wort sei ein Synonym für dumm …« Sie unterbrach sich selbst, wie schon zuvor in der Kutsche. Eine Erinnerung daran, dass sie ihm noch nicht vertraute. Vielleicht würde sie das nie tun.

»Die männlichen Studenten«, fragte er. »Wie behandeln sie dich?«

»Oh, sie waren ziemlich aufgeregt über die Studentinnen«, antwortete sie vage.

Er verengte die Augen. »Belästigen sie dich?«

Sie rutschte unruhig auf ihrem Stuhl herum. »Nein.«

»Überhaupt nicht? Keine Kommentare, kein Anstarren?«

»Nun ja, manchmal. Nur wenn ich an einer ihrer Vorlesungen teilnehme. Oder, wenn ich an ihnen auf der Straße vorübergehe. Oder wir zufällig im Blackwell's, dem Buchladen, oder in der Bodleian-Bibliothek aufeinandertreffen. Die anstößigen Bemerkungen äußern sie aber gewöhnlich in Latein. Das ich allerdings ziemlich gut beherrsche.«

Aufgeblasene kleine Schnösel mit dämlichen Stirntollen. »Verstehe«, murmelte er und spürte, wie sich sein Gesicht verspannte.

Harriet wirkte besorgt. »Du hast gesagt, du würdest mir das Studium nicht verbieten.«

»Das werde ich auch nicht«, antwortete er. »Ich werde dir später Carson vorstellen, deinen neuen Leibwächter.«

Sie blickte entgeistert.

»Weißt du, was aus deinem früheren Leibwächter geworden ist?«, hakte er nach.

Sie mied seinen Blick, als sei sie beschämt. »Ich habe meinen Vater gebeten, ihm ein gutes Zeugnis auszustellen«, sagte sie schließlich. »Wie ich höre, arbeitet er nun wieder bei der Metropolitan Police.«

Das war anständig gewesen, ihm ein Zeugnis auszustellen, auch wenn ihr Leibwächter es seiner Meinung nach verdient hatte, für seine Nachlässigkeit gefeuert zu werden.

Sie blickte ihn über den Rand ihres Weinglases bedrückt an, daher wechselte er das Thema.

»Das Haus«, meinte er. »Gefällt es dir?«

Sie nickte höflich. »Oh ja.«

»Ändere, was dir nicht gefällt.«

»Danke.« Sie stellte das Glas ab. »Darf ich fragen, warum du kein Personal beschäftigst?«

Ihr war die Abwesenheit von Dienstboten bereits gestern

Abend aufgefallen, und immerhin war sie nicht in Ohnmacht gefallen.

»Hast du etwas gegen den Koch und den Hausdiener Tommy einzuwenden?«, fragte er, denn er beschäftigte sehr wohl Personal.

»Nein, sie machen einen guten, anständigen Eindruck«, versicherte sie rasch. »Obwohl mir Tommy ziemlich jung erscheint.«

»Er ist zwölf«, sagte Lucian. »Alt genug. Ich werde ein Mädchen einstellen, das sich um das Feuer in deinen Zimmern kümmert, aber ich dachte, du möchtest sie vielleicht selbst auswählen.«

»Das möchte ich, danke«, sagte sie. »Aber was ist mit einem Butler? Einem Kammerdiener, einer Haushälterin? Zimmermädchen, Stallburschen, Hausdienern?«

»Dafür habe ich keine Verwendung. Ich nutze nur wenige Räume, ich kleide mich gern selbst an und rasiere mich auch selbst, und mir geht Privatsphäre über Bequemlichkeit.« Außerdem war er nicht in die Gewohnheit hineingeboren worden, andere Menschen als Teil der Einrichtung wahrzunehmen, wenn sie nur eine Dienstbotenuniform trugen, und er wollte sich nicht ständig beobachtet fühlen. Wenig überraschend wirkte Harriet nervös deswegen. Das neue Etikettebuch für Gentlemen, das auf seinem Nachttisch lag, hatte ihn daran erinnert, dass es in der Oberschicht sehr viele und sehr spezielle Regeln gab. Harriet kannte vermutlich die Art von Samt, die eine Frau verwenden durfte, um ein Jackett zu verzieren, und auch all die Arten, wie man einen Brief je nach Empfänger richtig beendete. Gemessen an diesen Standards war sein Haushalt barbarisch.

»Ich nehme an, Mr Matthews ist dein Mann für alles?«, fragte sie.

»Gewissermaßen.«

»Er spielt Flöte«, sagte sie. »Ich habe ihn gestern Abend gehört und heute Morgen wieder.«

Er vermutete, dass er mehr Personal anstellen musste, damit sie gesellschaftliche Veranstaltungen in seinem Haus ausrichten konnte. Allein der Gedanke war ihm bereits verhasst. Vielleicht sollte er ihr ein Haus zur Verfügung stellen, nur allein für Dinnergesellschaften und dergleichen. Allerdings hatte sein Plan ja das Ziel, sich bei der Gesellschaft einzuschmeicheln. »Du wirst feststellen, dass er zwanghaft spielt«, sagte er. »Matthews, meine ich.«

»Er ist sehr gut«, antwortete sie. »Er hat sicher hervorragenden Musikunterricht genossen. Wie kommt es, dass er für dich arbeitet?«

Er verstand nicht so recht, warum er ihr in diesem Moment die Wahrheit sagte. »Er war im Schuldturm, als ich ihn kennenlernte.«

Sie wirkte eher neugierig statt schockiert. »Warum?«

»Weil er spielsüchtig ist. Das erklärt womöglich auch seine Flöten-Obsession«, ergänzte er. »Wenn jemand einen Zwang verspürt, dann meist mehr als nur bei einer Sache.«

»Ich meinte: Warum wählst du dir als engsten Mitarbeiter jemanden, der im Gefängnis war?«, flüsterte sie.

»Weil mir das ein Druckmittel verschafft«, erwiderte er. »Mein Sekretär weiß mehr über meine Angelegenheiten als jeder andere Mann in London. Matthews wird jedoch sicher nichts ausplaudern.«

»Und wie lange beschäftigst du ihn schon?« Nun wirkte sie besorgt.

»Drei Jahre.«

Sie wäre erst recht schockiert, wenn sie wüsste, dass er sich Matthews ausgewählt hatte, weil er früher Rutlands Sekretär gewesen war. Ein Informant hatte Lucian mitgeteilt, dass Rutland den Mann im Gefängnis verschimmeln lassen wollte. Allein die Informationen über Rutlands Geschäfte und Schwachstellen, die er in Matthews erster Woche unerwarteter Freiheit aus ihm herausgekitzelt hatte, waren Gold wert.

Ihre Speisen wurden serviert, und Harriet aß in nachdenklichem Schweigen, während er sie zwischen eigenen Bissen wie ein Lustmolch beäugte. Er kam jedoch nicht dagegen an, denn sie führte ihr Besteck mit einer achtlos grazilen Anmut, was ihn hoffnungslos in ihren Bann schlug. Vermutlich spürte sie, welche Richtung seine Gedanken einschlugen, denn sie bemühte sich um ein Gespräch.

»Warum lebst du nicht in New York?«, fragte sie. »Wie ich höre, ist die Börse in New York viel weiter entwickelt als die in London.«

»Das stimmt.«

»Ist es auch richtig, dass Amerikaner eine wohlwollendere Einstellung gegenüber Männern haben, die aus eigener Kraft reich geworden sind?«

»Amerikanern ist es egal, woher das Geld kommt, solange es viel davon gibt«, bestätigte er. »Die Gesellschaft in New York hat daher andere Kriterien entwickelt, um Hierarchien zu bilden, zum Beispiel, wie lang die Ahnenreihe zurückreicht und wann die Vorfahren dort ihr Land kaperten.«

Sie wackelte mit den rotbraunen Augenbrauen. »Mir ist aufgefallen, dass die Anzahl der Dollarprinzessinnen, die nach London kommen, um aus Prestigegründen einen Mann mit Titel zu heiraten, jährlich zunimmt.«

»Macht es dir etwas aus?«

»Mir ist das egal«, sagte sie mit einem Schulterzucken. »Aber mir erscheint es ein wenig so, als wolle man sich den Rebellenpelz waschen, aber dabei nicht nass werden.«

»Der alte König George würde sich vermutlich im Grab umdrehen«, stimmte er zu. Und das Lachen, das er ihr damit entlockte, brachte ihn beinahe zum Schmunzeln.

Schnell senkte er den Blick auf seinen Teller, auch Harriet blickte nach unten. Ein seltsamer Gedanke schoss ihm durch den Kopf, während er sie unter gesenkten Lidern musterte: dass er dieses Mittagessen genossen hatte. Eine unvertraute Leichtigkeit hatte sich in seiner Brust breitgemacht. Er fragte sich, ob es ihr genauso ging.

Unwahrscheinlich. Der Tisch zwischen ihnen war schmal, und dennoch war die Kluft, die sie trennte, deutlich spürbar. Sie war wie eins ihrer kostbaren Artefakte, zur Schau gestellt, aber außerhalb seiner Reichweite, hinter einer unsichtbaren Mauer. Normalerweise räumte er Hindernisse mit Nachdruck aus dem Weg. Aber seine gewohnte Vorgehensweise taugte hier nicht. Er brauchte eine Taktik, eine Strategie. Im Blauen Salon hatte sie ihm bereits erzählt, was sie sich wünschte: sich ihre eigene Welt mit einem Freund aufbauen. Nun, dafür war er nicht der richtige Mann. Sie war strahlend wie das Licht und beschäftigte sich mit Farben; er hatte die Dunkelheit geatmet und in sich aufgenommen, so lange darin gelebt, dass sie nun in ihm lebte, ein Teil von ihm war. Sie verkrustete seine Seele wie rußiger Kohlestaub die Haut eines Bergarbeiters.

In der letzten halben Stunde hatte er jedoch hinter den Schleier gesehen, wie es hätte sein können, und das brachte ihn zu dem Schluss, dass er eine Taktik brauchte.

Hatties erster Tag als verheiratete Frau neigte sich dem Abend zu, und in der Stille des Hauses in Belgravia köchelte die Anspannung mit der untergehenden Sonne in ihr hoch. Eine weitere Hochzeitsnacht lauerte am Horizont.

Im Moment war Lucian in seinem Arbeitszimmer beschäftigt. Er hatte sich dorthin zurückgezogen, nachdem er ihr ihren neuen Leibwächter, einen Mr Carson, vorgestellt hatte. Mr Carson hatte eine Glatze, die glänzte wie eine Billardkugel, und er war größer und bestimmt auch hartnäckiger als Mr Graves. Sie wagte nicht zu fragen, in welchem Gefängnis Lucian ihn aufgegabelt hatte. Sie war sich jedoch sicher, dass es nahezu unmöglich sein würde, Carson zu entwischen.

Eine Stunde verbrachte sie auf ihrem neuen plüschig weichen Bett und versuchte, den Inhalt des neuen *Woman's Suffrage Journals* zu erfassen. Ihre Gedanken schweiften jedoch immer wieder ab. Sie war neuerdings nicht gern allein, und sie musste ihren Freundinnen immer noch schreiben.

Schließlich legte sie die Broschüre weg und beschloss, sich in Lucians Privatzimmern umzusehen. Nach dem schrecklich unangenehmen gestrigen Abend hatte sie nicht damit gerechnet, dass er am nächsten Morgen so rücksichtsvoll und umsichtig sein würde, ihr Blumen zu schenken. Und auch der Lunch mit ihm war unerwartet angenehm gewesen. Vielleicht verbarg ihr Ehemann noch andere, vielversprechende Dinge vor ihr.

Sie öffnete die Verbindungstür einen Spalt und war erneut angenehm überrascht. Sein Schlafzimmer war in Burgunderrot, Marineblau und dunklem Holz gehalten und strahlte eine warme Eleganz aus.

Rasch schlich sie hinein.

Im Gegensatz zum restlichen Haus war das Zimmer nur spärlich möbliert. Vor dem Kamin stand ein Sessel in cognacbraunem Leder, an der Wand ein Sekretär, eine große Kommode mit Metallbeschlägen am Fußende des Bettes. Das Bett war riesig, quadratisch und mit einer karierten Decke in erdigen Grün- und Brauntönen bedeckt. Die MacKenzie-Farben?

Der Blick aufs Bett machte sie verlegen, daher ging sie zur Seitentür. Ein Ankleidezimmer. Es war geräumig und gut sortiert: Glänzende Kirschholzregale reichten vom Boden bis zur Decke, und in der Mitte stand ein Lehnsessel. Der Duft von Lucians Rasierseife hing noch in der Luft und zog sie in den kleinen Raum.

Sie fuhr mit der Fingerspitze über seidene Westen, steckte die Nase in frisch gestärkte Hemden und atmete tief ein. Er war zwar nicht ihre erste Wahl als Ehemann, aber wenn sie könnte, würde sie seinen Duft in Flaschen abfüllen. Sie zog Schubladen heraus und betrachtete fasziniert die ordentlich aufgerollten Hosenträger. Aus einem Impuls heraus griff sie sich ein Paar und stopfte es in ihre Rocktasche, aber kaum hatte sie ihre Beute verstaut, fühlte sie sich schrecklich, wie ein Eindringling. Ihr Herz schlug schneller, als sie die Schublade lautlos schloss und aus dem Zimmer eilte, um gleich darauf hysterisch aufzuschreien.

Lucian stand direkt neben dem Bett.

»Guten Abend.« Sein Ton war nachsichtig, sein Blick jedoch kühl und forschend.

»Mr Blackstone«, sagte sie.

Er näherte sich ihr, und ihr Herz galoppierte los. Nur eine Nasenlänge entfernt von ihr blieb er stehen, mit undurchdringlicher Miene. »Was machst du hier?«

Sie war in seinem Ankleidezimmer gewesen und hatte an seinen Hemden geschnüffelt.

»Ich wollte sehen, wo du schläfst«, antwortete sie. Als ob das eine weniger verstörende Erklärung war.

Er verengte leicht die Augen. »Warum willst du sehen, wo ich schlafe?«

Ein Bartschatten zog sich über seine Wangen und sein Kinn. Am Morgen in seinem Boxzimmer war er glatt rasiert gewesen, und ihr ging auf, dass er sich wohl auch gestern Abend rasiert haben musste, bevor er zu ihr gekommen war, denn sein Gesicht hatte sich glatt an ihrem angefühlt …

Sie hustete nervös. »Ich wollte mich mit dir besser bekannt machen.«

»Indem du dir mein Zimmer anschaust?«, fragte er. »Wenn ich nicht da bin?«

»Wenn du es so ausdrückst, klingt es ziemlich lächerlich.«

Er entspannte die Schultern, und der Ausdruck in seinen Augen wurde wärmer. »Hast du irgendetwas Interessantes über mich herausgefunden?«

Ihr Kopf war wie leer gefegt. »Du trägst Schottland im Herzen?« Sie nickte zu der karierten Bettdecke.

Er schaute hinüber, dann wieder zu ihr. Ein glühender Blick stand in seinen Augen, und ihr Mund wurde trocken.

»Du weißt schon, dass es zweckmäßigere Wege gibt, als durch Kleiderschränke zu schnüffeln, um sich miteinander bekannt zu machen«, sagte er.

»Zweckmäßiger«, wiederholte sie.

Er umfasste ihr Gesicht mit einer Hand, und eine fiebrige Hitze prickelte über ihre Haut. Sein Blick versenkte sich in ihren, während er zart mit dem Daumen über ihren Wangenknochen streifte, vor und zurück, mit einer bedachtsamen, betörenden Langsamkeit, die ihre Gedanken verstummen ließ.

Ihr Schweigen als Einverständnis deutend legte er den anderen Arm um ihre Taille und beugte sich zu ihr. Raue Bartstoppeln streiften über ihre Wange. Ihre Nase drückte sich an die warme Haut seines Halses, genau an den Quell dieses himmlischen Dufts.

Lucian stieß ein leises Stöhnen aus, ehe sein Mund über ihren Hals streifte. Er vergrub die Finger in ihren Haaren und drückte behutsam ihren Kopf in den Nacken, dann spürte sie seine Zunge unter ihrem Ohr. Ihre Knie gaben nach, und sie sank gegen ihn; doch Lucian gab ihr Halt und umschloss sie fester. Das Gefühl seiner harten Brust, so eng an ihrer, ließ ihre Brustwarzen vor Erregung schmerzen. Sie schmiegte sich an ihn, suchte Erlösung, als ob eine kühne Frau in ihre Haut geschlüpft sei, die seine Liebkosungen genoss.

Er hob den Kopf. Sein Blick war verschleiert, und sein Atem streifte über ihre Lippen und löste ein Kribbeln aus.

Küss mich, dachte sie. Er tat ihr den Gefallen. Sie spürte seine Zunge an ihrem Mund, ebenso wie ein Flattern weiter unten, und ein leises Seufzen entwich ihr. Er vertiefte den Kuss, eroberte mit der Zunge ihren Mund, und sie streifte mit den Händen über seine harten Schultern und vergrub die Finger in seinen dichten Haaren. Ihre Brüste rieben gegen den zarten Stoff ihrer Chemise, und als ob Lucian es geahnt hätte, ließ er die Hand nach unten gleiten und umfasste sie. Wohlig seufzte sie auf, und als sich ein Bein durch ihre schweren Röcke hindurch an sie presste, gefiel es ihr. Bis sie die Bettkante an ihren Kniekehlen spürte.

Sie löste sich von ihm und schaute sich verwirrt um. Vertieft in den Kuss, hatten sie den halben Raum durchquert. Sie hatte dabei alles um sich herum vergessen, so wie beim Malen.

Lucian blickte mit pennygroß geweiteten Pupillen auf sie herunter. Das war der Wendepunkt, der Augenblick zwischen aufrecht stehen und auf einem Bett liegen.

Einen Herzschlag lang malte sie sich aus, wie es wäre, sich ihm hinzugeben, einem Mann, den sie kaum kannte. Sie stellte sich vor, wie sie Haut an Haut beieinanderlagen, sein starker Körper auf ihrem, und wie sie die Beine um seine Hüften schlang …

Unwillkürlich lehnte sie sich zurück. Nein. Sie war noch nicht bereit, es ging einfach nicht.

»Ich bin indisponiert«, sagte sie und mied seinen Blick.

Stumm verharrte er vor ihr. Er wusste, dass sie schwindelte. Sie hatte keine Ahnung, warum sie geflunkert hatte, und schob es auf einen Anflug von Panik.

»Dann solltest du dich wohl besser ausruhen«, meinte er schließlich und trat zur Seite.

»Ja«, antwortete sie rasch. »Es ist auch schon spät.«

Beide schauten sie zu der Stelle auf dem Boden, wo die Strahlen der frühen Abendsonne hell über den Teppich tanzten.

Als sie an ihm vorübergehen wollte, griff er nach ihrer Hand. Sein Blick war so eindringlich, dass ihr der Atem stockte. »Du musst mich nicht anlügen«, sagte er ruhig. »Ich merke es ohnehin, wenn du es tust. Sag einfach Nein.«

Hitze kroch ihr in den Nacken. Er nannte es eine Lüge, obwohl jeder normale Mensch in London einen solchen Vorwand als höfliche Entschuldigung angesehen hätte, um sich zurückzuziehen.

In ihrem Zimmer tigerte Hattie auf und ab und wünschte sich, dass Lucian die ungeschriebenen Regeln der Gesellschaft beachten würde, die Frauen erlaubten, sich ohne eine weitere Erklärung aus einer Situation zurückzuziehen, anstatt von ihr zu verlangen, dass sie ihm ihre geheimsten Gedanken anvertraute. Sie kam sich zugleich feige und auch ein wenig rebellisch vor. Ihre Gedanken gehörten ihr allein, er hatte kein Recht, sie ihr zu entlocken. Aber er hatte auch nicht ganz unrecht – Ehrlichkeit war eine Tugend. Aber Nein war ein schwieriges Wort, wenn man es kaltblütig äußern sollte. Außerdem verwirrte er sie zutiefst. Sie genoss seine Küsse, das war offensichtlich, aber sie kannte sich in seiner Nähe selbst nicht wieder.

Am Morgen, als sie ihm dabei zugesehen hatte, wie er einen Sandsack verprügelte, war sie von der rohen Gewalt erschrocken gewesen, mit der er seine Schläge führte. Ihr war klar geworden, dass ihr Ehemann einen anderen Mann mit seinen bloßen Händen töten könnte. Das hatte sie beunruhigt. In einem Anflug perverser Faszination hatte es ihr außerdem gefallen, und das bereitete ihr noch mehr Sorgen. Sie hatte sich für impulsiv gehalten, einen Freigeist und ja, auch ein wenig kokett und geradeheraus. Aber nicht für primitiv. Nicht für ein *schamloses Flittchen, das von bemitleidenswerten Gelüsten* erfüllt war. Am Ende spielten ihre Gedankengänge jedoch ohnehin keine Rolle, denn früher oder später würde sie mit Lucian das Bett teilen müssen.

13. KAPITEL

Lucian saß unrasiert im Salon und las das Parlamentsprotokoll über das Zoll- und Steuergesetz nun schon zum dritten Mal, als Aoife ins Zimmer hereingeschneit kam. Offenbar hatte sie sich die Tür mit ihrem Schlüssel geöffnet, da Matthews montags freihatte. Bedeutender aber war, dass ihr schmales Gesicht von Sorge gezeichnet war, obwohl nichts – außer Mord vielleicht – sie so schnell aus der Ruhe bringen konnte. Rasch stand er auf.

»Ich brauche einen Drink«, sagte sie schroff.

Sie schien unverletzt, ihre Bewegungen geschmeidig. Aber sie hatte sich den Hut achtlos auf ihre kurzen Haare gesetzt, statt sich üblich die Mühe zu machen, sich einen Zopf an den Hinterkopf zu stecken. Da war definitiv etwas im Busch.

»Mach besser einen Doppelten draus, ja? Das wäre bezaubernd«, sagte sie.

Er ging zur Schrankbar, um ihr einen Scotch zu holen. Sie nahm ihm das Glas mit einem gemurmelten Danke aus der Hand.

»Bei mir wurde eingebrochen und das Haus auf den Kopf gestellt.«

Eingebrochen. Zum Teufel. »Geht es dir gut?«, fragte er.

Sie winkte ab. »Ich war nicht zu Hause, sondern mit Susan in einem Konzert. Danach habe ich bei ihr übernachtet. Bei meiner Rückkehr heute Morgen war alles durchwühlt. Also muss jemand zwischen acht Uhr gestern Abend und neun Uhr heute Morgen eingedrungen sein.«

Nun war es zehn. Sie war direkt zu ihm gekommen. »Wie schlimm ist es?«

Sie leerte ihr Glas zur Hälfte und zog eine Grimasse. »Ich kann noch nicht sagen, was alles gestohlen wurde«, sagte sie. »Aber meine Ringe und Manschettenknöpfe auf meiner Frisierkommode sind weg.« Sie zog mit einer Hand einen Strich über ihren Hals. »Susan hat mir einige davon geschenkt, und ich will sie zurück. Was aber den Schaden angeht, da wird es wirklich interessant.«

»Inwiefern?«

»Es gibt zwei Sorten Einbrüche, nicht wahr? Bei der einen Sorte wird die Wohnung rücksichtslos durchstöbert und alles durcheinandergeworfen. Bei der anderen schleicht der Einbrecher auf Katzenpfoten durchs Haus, sodass man nicht gleich merkt, dass jemand da gewesen ist, erst Tage später. Aber diese Sache sieht seltsam aus. Man könnte den Eindruck gewinnen, dass die Gauner erst sorgsam begonnen und vorsichtig herumgeschnüffelt haben, damit ich nichts davon merke. Und dann plötzlich haben sie wohl gedacht: Moment mal, so ein richtiger Einbruch braucht ein wenig Chaos. Daher haben sie ein paar Lampen und Vasen heruntergeschmissen und meine Schreibtischschubladen aufgebrochen. Die Art, wie die Sachen zerbrochen und auf dem Boden verstreut wurden, war jedoch merkwürdig. Irgendwie halbherzig, als hätte man alles erst danach absichtlich so hergerichtet. Wäre ich nicht damit vertraut, wie es in eingebrochenen Wohnungen aussieht, wäre es mir vermutlich gar nicht aufgefallen, aber mir kam es eigenartig vor.«

»Vielleicht war ein Amateur am Werk«, murmelte Lucian.

»Oder jemand wollte, dass es wie ein Einbruch von einem Amateur aussieht. Wo war dein Türsteher?«

»Lag krank im Bett. Das lässt mich glauben, dass das Haus ausspioniert wurde.« Sie leerte ihr Glas und hielt es ihm hin, da er immer noch die Flasche in der Hand hatte.

»Gibt es etwas in deinem Besitz, das von besonderem Interesse für jemanden sein könnte?«, fragte er beim Einschenken.

»Immer«, antwortete sie. »Aber seit Jahren habe ich keinen Ärger mehr gehabt. Ich stehe auf niemandes Seite, ich bin neutral. Jeder, der mich bezahlt, bekommt Informationen von mir, ganz egal, wer es ist. Und das ist nun der Dank dafür.«

Sie schäumte förmlich vor Wut. Wie er mochte Aoife all die glänzenden Gegenstände und die Privatsphäre in ihrem Zuhause.

»Ich werde einen Mann darauf ansetzen«, sagte er.

Er spürte ihr Misstrauen. »Die Polizei?«

»Nein. Carson.«

»Zum Glück«, sagte Aoife. »Die Bobbys machen mich nervös. Ich hab mich gefragt, Luke, ob sie womöglich hinter dir her sind und gehofft haben, irgendwas von dir bei mir zu finden.«

Das Glas auf halbem Weg zum Mund, hielt er inne. »Wie kommst du darauf?«

»Keine Ahnung, verdammt.« Sie zuckte mit den Schultern. »Nur so ein vages Gefühl. Mir kommt es merkwürdig vor, dass das so kurz nach deiner Hochzeit passiert, und die stand ja in allen Zeitungen.«

Die Liste der Menschen, die von ihrer Beziehung außerhalb der Informanten-Kunden-Ebene wussten, war kurz. Zu ihrem Schutz hielten sie beide ihre Freundschaft geheim. Dennoch ging er seine potenziellen Feinde durch: die Lords, die ihm etwas schuldeten, die zwielichtigen Kunsthändler oder Männer von Scotland Yard, die Werke aus seinem Besitz wollten, die verärgerten Gestalten aus der Vergangenheit, die er erpresst oder denen er auf andere Weise geschadet hatte … Jedoch war keiner ein plausibler Kandidat für einen Einbruch. Dennoch war es nicht ganz auszuschließen.

Das Rätselhafte dieses Vorfalls verstärkte seinen ohnehin schon köchelnden Ärger noch, und er stellte die Flasche etwas zu hart ab. Eine Jadefigur auf der anderen Seite des Regals kippte um, und er sah zu, wie sie in eine Kristallkaraffe fiel und mit dem Schwung die Karaffe über die Kante schob. Krachend zerbarst sie auf dem Steinboden, und ihm entwich ein Fluch.

Aoife beobachtete ihn fasziniert. »Oi, deine Laune war auch schon mal besser. Keine Sorge, so schlimm ist es nicht. Vermutlich war es doch nur ein ganz normaler Einbruch.«

Der Einbruch allein machte ihn nicht so reizbar. »Du kannst vorerst gern in meinem Haus in Richmond wohnen, wenn du möchtest«, schlug er vor.

Sie rückte eine Figur auf dem Regal mit großer Sorgfalt gerade. »Du sahst schon grimmig aus, als ich hereingekommen bin und noch gar nicht den Mund aufgemacht hatte. Ich habe das Gefühl, deine mürrische Stimmung liegt nicht allein an diesem Einbruch.«

Sie war einfach zu scharfsichtig. Kein Wunder, wenn einem die Sinne auf dem Mühlstein der Gosse aufs Äußerste geschärft worden waren. Das Überleben auf der Straße hing von einer schnellen Reaktion ab und davon, wie gut man schon aus der Ferne die verrückten, üblen, besoffenen und harmlosen Gestalten voneinander unterscheiden konnte, die einem über den Weg liefen. Vor einer langen Zeit waren Aoife und er Freunde gewesen – als Gossenkinder, die dasselbe schmutzige Schicksal am Tag durchlitten und sich nachts einen Schlafplatz teilten, um es wärmer zu haben.

»Aoife.«

»Ja?«

»Du bist eine Frau.«

Sie hob die Brauen. »Nun. Ich bin schon gespannt, worauf du damit hinauswillst.«

Er schüttelte den Kopf und fragte sich, was in ihn gefahren war. »Vergiss es.«

»Ach, nun komm schon. Rück raus mit der Sprache.«

»Es ist nichts.«

»Probleme mit der feinen Ehefrau?«

»Nein.« Die Antwort war zu schnell gekommen.

Sie legte den Kopf schräg, ein sarkastisches Funkeln in den Augen.

»*Aye*«, murmelte er.

»Nun.« Belustigung färbte ihre Stimme. »Ich bin ganz Ohr.«

Die Worte schienen sich wie eine Fischgräte in seiner Kehle verfangen zu haben, es ging weder vor noch zurück. »Sie ist nicht … begeistert«, sagte er schließlich.

»Begeistert?«

»Begeistert von …« Erstaunlicherweise fühlte sich ein Schlag in die Magengrube weniger schlimm an, als solche Dinge laut auszusprechen. »Ach, egal.«

»Begeistert … Oh, verstehe.« Sie lachte wie eine Hexe.

Eine heiße Woge der Frustration spülte in ihm hoch.

»Begeistert«, wiederholte Aoife und verschränkte die Arme vor der Brust. »Du klingst wie ein Arzt für Frauenkrankheiten, der die Beschwerden blumig verpacken will, damit sie angenehmer klingen. Begeistert!« Sie lachte. »Warum sagst du nicht einfach, dass sie nicht vögeln will? Gewöhnlich würdest du das. Interessant.«

Ihm fiel auf, dass er mit den Zähnen knirschte. »Was ist daran interessant?«

»Nur die Tatsache an sich. Ich dachte, diese Ehe sei nur Mittel zum Zweck …«

»Ist sie auch, aber der Zweck wird so nicht erreicht.«

Aoife presste die Lippen zusammen. »Vielleicht hat sie Angst vor dir.«

Angst? Gestern hatte sie ziemlich freundlich mit ihm geplaudert. Sie war sogar in sein Schlafzimmer gekommen. Aber ja, dann war sie wie ein verschreckter Hase geflüchtet, anstatt die Sache zu beenden, die sie angefangen hatten …

»Ich hab ihr gesagt, dass sie keine Angst haben muss«, sagte er.

»Wie fürsorglich, ich schmelze dahin«, erwiderte Aoife trocken. »Nun, ich hab sie ja noch nie gesehen. Woher soll ich die Gründe für ihr Verhalten kennen? Ich weiß, dass du dich damit auskennst, deine *Pflichten* zu erfüllen, seit du ein junger Bursche bist, und die Mädchen sind immer in glückliche Wonneseufzer ausgebrochen, wenn sie davon erzählt haben, es gab keinerlei Beschwerden …«

»Sie ist anders«, schnitt er ihr das Wort ab.

»Anders?« Aoife klang nun feindlich. »Inwiefern? Hat sie Kiemen? Flügel? Einen Meerjungfrauenschwanz?«

Nah dran. Sie hatte niemals auch nur einen Finger für die Mahlzeiten rühren müssen, die sie aß. Sie bürstete sich nicht mal die Haare selbst. Ihre Intelligenz war deutlich größer als ihre Erfahrung, weshalb sie ziemlich überheblich klang, wenn sie ihre Meinung äußerte, und sie gab ihm das Gefühl, ein grober Klotz zu sein, wenn sie so unglaublich selbstbeherrscht in ihrer Ignoranz und den gerüschten Roben neben ihm stand. Er wusste seit über einem Jahrzehnt, wer er war und was er wollte, weshalb er sein Leben selbstbestimmt führen konnte, ganz so, wie es ihm gefiel, und nun plagten ihn aus heiterem Himmel Bedenken, von denen er nicht mal geglaubt hätte, dass er sie jemals denken würde. Das beunruhigte ihn mehr als Harriets Abneigung.

»Du meinst, sie ist eine Lady«, erklärte Aoife abschätzig. »Aber ich habe gehört, dass du mit solchen Ladys schon öfter mal die Laken zerwühlt hast.«

»Die haben mich aber für sogenannte Verruchtheiten aufgesucht.«

»Vielleicht würde ihr das ja auch gefallen.«

Ah ja, dachte er, weil frischgebackene Bräute sich auch danach sehnen, auf einem Sofa übers Knie gelegt zu werden.

»Ich habe in meinem Leben schon ein paar Mätressen kennengelernt«, meinte Aoife, »und ich habe immer gehört, dass die Gentlemen sie bumsen wie die Tiere, weil sie denken, das können sie ihren Ehefrauen nicht zumuten. Und vielleicht klopfen dann genau diese Ehefrauen an deine Tür?«

»Und wie soll mir das jetzt helfen?«, fragte er ungläubig.

»Ich weiß nicht«, gab sie zu. »Ich finde es nur witzig, dass Männer Frauen in die Kategorien frigide Ehefrau oder wollüstige Hure eingeteilt haben und sich damit dann ordentlich ins eigene Fleisch schneiden.«

Er knurrte. »Dein Rat ist wirklich beschissen.«

»Schon gut«, sagte sie, wohl wissend, dass sie ihn zu stark provoziert hatte.

Sie stellte ihr Glas behutsam auf die Vitrine und kam zu ihm herüber. Lucian beobachtete mit gerunzelter Stirn, wie sie seine Hand ergriff und sie umdrehte.

»Ich wette, du hast mit denen schon seit einer Weile keine Kisten mehr geschleppt oder auf andere eingedroschen«, meinte sie, während sie seine Hand betrachtete. »Und dennoch sind sie immer noch stark.« Sie schaute auf. »Tief im Inneren weiß eine Frau, dass ihr Wohlergehen davon abhängt, wie gut die Männer in ihrem Leben sich und ihre Hände im Griff haben, Luke. Und du hast die Hände eines Raufbolds.«

Er entzog ihr das angeblich bedrohliche Körperteil. »Ich schlage keine Frauen.«

»Und woher soll sie das wissen, hm? Vielleicht warst du ein wenig grob, ohne es zu bemerken? Männer packen eine Frau oft auf die Weise an, auf die sie selbst berührt werden wollen. Dumm, so was. Ihre Haut ist so viel weicher.« Sie hob eine Hand an sein Gesicht, und er ließ es zu. Langsam zog sie einen behandschuhten Finger über sein Kinn, seine Bartstoppeln verursachten ein schabendes Geräusch an dem zarten Leder.

»Wann immer du denkst, deine Berührung ist sanft«, murmelte Aoife, »mach sie noch sanfter …« Sie verstummte, und ihr Blick richtete sich über seine Schulter zur Tür. Gleichzeitig nahm sie die Hand von seinem Gesicht.

Er drehte sich um. Seine Frau hatte das Zimmer betreten, und ihre Miene war saurer als ranzige Milch.

14. KAPITEL

Zwei Tage. Schon nach zwei Tagen hatte Lucian sein Wort gebrochen und sich einer anderen Frau zugewandt. Und obendrein hatte er sie in ihr Zuhause eingeladen. Bei helllichtem Tag. Das widersprach zwar jeder Vernunft, aber es gab kaum eine andere Erklärung für die Liebkosung, deren Zeuge Hattie gerade geworden war, und deshalb stand sie nun wie angewurzelt auf der Schwelle und starrte die beiden an.

Die Frau gehörte eindeutig nicht zur feinen Gesellschaft, ihr Haar war kurz und mausbraun, und die Anspannung in ihrem schlanken Körper erinnerte Hattie an eine Sprungfeder. Dennoch strahlte sie eine gewisse Sinnlichkeit aus. Das lag an der weltmännischen Art, mit der sie ihr Kinn reckte, ihrem beiläufig selbstsicheren Auftreten, der Selbstverständlichkeit, mit der sie mit der Fingerspitze über Lucians Kinn gestrichen war. Sie war beneidenswert – Hattie konnte sie sich gut als Heldin eines ihrer Gemälde vorstellen. Unter anderen Umständen. Sie spürte, wie sie die Zähne zusammenpresste. In ihrem Magen wogte heiß der Schock.

»Mrs Blackstone.« Lucians Miene sagte alles: unpersönlich, unnahbar – so behandelte ihr Vater auch ihre Mutter, wenn sie Besuch hatten.

»Ich habe etwas zerbersten gehört.« Ihre Stimme klang brüchig. Sie begrüßte seinen Gast nicht, da die Etikette vorschrieb vorzugeben, dass Mätressen nicht existierten. Das Prickeln auf ihrer Haut verriet ihr jedoch, wie die Frau sie gründlich musterte, und in ihr kochte die Hitze hoch wie Lava in einem Vulkan. Selbst ein kaum fürsorglicher Ehemann hätte mehr Diskretion walten lassen. Und dabei hatte sie gestern Abend noch damit begonnen, seine Hosenträger mit schottischen Disteln zu besticken … Ihr schnürte sich die Kehle zu.

»Das war ein Versehen«, sagte Lucian. »Mach dir keine Mühe.« Er winkte mit einer Hand ab. »Darf ich dir Miss Byrne vorstellen.«

»Nein.« Das Wort schoss so schnell aus ihrem Mund wie eine Kugel aus einer Pistole. Seine Miene gefror zu Eis. Während sie einander ansahen, schien die Luft zwischen ihnen zu zucken wie ein Tier in seinem Todeskampf.

Die Frau schien Anstalten machen zu wollen, beschwichtigend eine Hand auf Lucians Arm zu legen, doch dann überlegte sie es sich offenbar anders und trat einen Schritt von ihm weg. »Ich werde gehen«, verkündete sie.

Hattie mied ihren Blick, als sie zur Tür schritt. Dennoch bemerkte sie, dass die Frau eher stolzierte, statt die Hüften zu schwingen, und dass ihre Mundwinkel leicht spöttisch zuckten, als sie an ihr vorbeilief. Und dann war sie weg und hinterließ eine Wolke aus Ambra und Tabak.

Lucians Schritte hallten schwer auf dem Steinboden, und ihr Puls beschleunigte sich. Sie versuchte, auch ihn zu ignorieren, doch er baute sich direkt vor ihr auf, so unbeweglich wie eine Mauer, und schließlich stellte sie sich widerstrebend seinem Blick.

»Was sollte das?« Seine Stimme grollte, und in seinen Augen tobte ein Gewitter.

Er war wütend. Sofort wurde ihr übel. »Ich bin nicht verpflichtet, eine solche Sache zu billigen«, sagte sie.

»Eine solche Sache«, wiederholte Lucian ruhig. »Was für eine Sache?«

»Deine … Affären.«

Seine Miene spiegelte blanken Unglauben. »Da du nicht dumm bist«, sagte er, »kannst du dir wohl unmöglich denken, dass ich dich einer Mätresse vorstellen wollte. Also verzeih, wenn ich annehme, dass du zu meiner Freundin absichtlich unhöflich bist.«

Dumm. Sie schnappte nach Luft. Nun gut, vielleicht hatte sie voreilige Schlüsse gezogen, aber sorgte er sich jetzt tatsächlich mehr um die Gefühle seiner dreisten *Freundin?* Sie presste eine Hand auf ihren Bauch. »Wenn es sich nicht um deine Mutter, Schwester oder eine Cousine handelte, in welchem Fall ich mein Verhalten wirklich arg bedauern würde, bin ich mir ziemlich sicher, dass ich nicht verpflichtet bin, eine unbekannte Frau zu begrüßen, die dich in meinem Salon betatscht«, sagte sie geziert.

»In *deinem* Salon«, wiederholte er erstaunt.

Offenbar erkannte er sie nicht einmal als Hausherrin an. Ihre Ohren färbten sich rot vor Scham über diese Demütigung. »Insoweit der Salon ein privater Bereich des Hauses ist und gewöhnlich der Zuständigkeitsbereich der Ehefrau«, sagte sie. »Was von respektablen Gästen verlangt, dass sie sich zunächst der Ehefrau ankündigen, bevor sie den Salon betreten.«

Das Aufflammen von Missfallen in Lucians Blick verriet, dass er diese Etikette-Lektion nicht guthieß. Er beugte sich zu ihr herunter, bis ihre Nasen sich fast berührten. »Und als dein Mann«, sagte er leise, »werde ich nicht tolerieren, dass du dich wie ein verwöhntes Gör aufführst, wenn wir Besuch haben, selbst wenn du diesen Besuch für unter deiner Würde hältst.«

Seine Stimme war frostig. Sein Blick noch frostiger. Sie starrte in die grauen Tiefen seiner Augen und dachte, dass die Seele, die sich dahinter verbarg, einer arktischen Gletscherwüste glich, feindselig zu jedem, der sie erkunden wollte. Am vergangenen Abend war sie mit dem Liebeslöffel, den er ihr geschenkt hatte, an ihrer Brust und einem Funken Hoffnung im Herzen eingeschlafen. Zum ersten Mal seit der Katastrophe in der Galerie hatte sie gut geschlafen.

Verwöhntes Gör. Er mochte sie nicht besonders. Außer, und das wurde ihr erst jetzt klar, wenn er versuchte, sie dazu zu verführen, mit ihm das Bett zu teilen.

»Ich würde mich gern auf mein Zimmer zurückziehen«, sagte sie zittrig.

Er musterte sie forschend und schien dabei direkt in ihre Seele zu blicken. Gleich, was er dabei entdeckte, es sorgte dafür, dass er einen Schritt zurücktrat. Mit einer Hand fuhr er sich durch die Haare. »In Ordnung, dann geh.«

Sie drehte sich so schwungvoll um, dass sie fast ausgerutscht wäre. Auf halbem Weg durch die Eingangshalle wandte sie sich abrupt nach links zum Flur, der zum Hintereingang führte. Das Protokoll sah vor, dass sie die Klingel neben der Tür läutete und Nicolas bat, die Kutsche vorzubereiten, und dann nach Carson rief. Dann aber würde Lucian merken, dass sie sich davonschleichen wollte, und dem vermutlich einen Riegel vorschieben. Mit einem schnellen Blick über die Schulter öffnete sie die Tür und lief in den Hof. Sie stieß sich den Ellbogen am Türrahmen an; der dumpfe Schmerz pulsierte immer noch in ihrem Arm, als sie Belgravia längst hinter sich gelassen hatte.

Nach fast einer Stunde erreichte sie die elegante Granitfassade der *London Print* in der Bedford Street fünfunddreißig. Sowohl der weißhaarige Portier in der Lobby wie auch der

Liftboy kannten sie als Freundin der Besitzer, daher wagten sie es nicht, zu bemerken, dass sie weder Hut noch Handschuhe trug und ziemlich außer Atem war und obendrein recht erfolglos versuchte, ein Humpeln zu verbergen. Trotz des Hinkens eilte sie aus dem Lift und mit schnellen Schritten zur Eigentümerwohnung, denn falls Lucie überhaupt schon aus Italien zurückgekehrt war, würde sie sich um diese Zeit wohl eher zum Mittagessen in der Wohnung aufhalten als in ihrem Büro. Sie hegte kaum Hoffnung, ihre Freundin dort anzutreffen, daher stürmte sie ohne Anklopfen ins Zimmer.

»Ach herrje!« Erschrocken keuchte sie auf und schloss die Augen. Lucie war anwesend, hinter dem Schreibtisch, und löste sich aus einer leidenschaftlichen Umarmung mit einem großen rothaarigen Mann.

»Entschuldigung!«

»Hattie!« Einen Herzschlag lang sah es so aus, als überlege Lucie, über den Schreibtisch zu springen, dann lief sie rasch außen herum und eilte auf Hattie zu. Sie ergriff Hatties Hände in einem überraschend festen Griff für ihre zierliche Gestalt. Hinter ihr richtete Lord Ballentine bedächtig seine Hemdsärmel und die Krawatte.

»Meine Liebe.« Lucies Blick glitt besorgt über Hatties Gesicht. »Wie geht es dir?«

Hattie schaute kurz zu Lord Ballentine, der sich ihr zuwandte und grüßend den Kopf neigte. »Mrs Blackstone.«

Ihr Magen schlug einen kleinen Purzelbaum; diese Wirkung hatte die symmetrische Schönheit des Viscounts unweigerlich auf jedes fühlende Wesen. Sein sanft geschwungener Mund, seine hohen Wangenknochen, das perfekt geformte, wie gemeißelte Kinn – bei seinem Anblick kamen ihr unwillkürlich die Erzengel in den Sinn. Das teuflische

Glitzern in seinen Augen besagte jedoch, dass er ebenso verrucht war wie der gefallene Engel, und Frauen im ganzen Königreich waren unschlüssig, ob sie Lucie um ihren verwegenen Verlobten beneiden oder sie bedauern sollten. Nach Lucies geröteten Wangen und ihren vom Küssen geschwollenen Lippen war ihre Freundin jedoch mit ihrer Wahl sehr zufrieden.

»Der Aufzug fährt viel schneller, als ich dachte«, stammelte Hattie peinlich berührt.

»Sehr gut beobachtet, Ma'am«, meinte Ballentine gelassen. »Ich habe den alten Lift durch einen hydraulischen Aufzug ersetzen lassen.«

»Das klingt schrecklich modern.«

»Wie man es nimmt. Der alte Aufzug war hoffnungslos veraltet, auch der neue ist hinter der Zeit zurück. Werner von Siemens hat gerade einen elektrischen Lift entwickelt.«

»Wie faszinierend.«

»Ich werde mich um Tee kümmern«, schlug Ballentine vor. »Mrs Blackstone, meinen Glückwunsch zu Ihrer Hochzeit. Mylady.«

Er tauschte auf dem Weg zur Tür einen Blick mit Lucie – seine Miene war zärtlich, ihre gehetzt, und sobald sich die Tür hinter ihm geschlossen hatte, zog Lucie Hattie zu einer grünen Chaiselongue.

»Wir sind gleich zurückgekommen, sobald wir davon erfahren haben«, sagte sie. »Aber die Post hat uns um beinahe eine Woche verspätet erreicht, weil wir das Hotel gewechselt haben und …«

Hattie setzte sich erstaunt. »Du … bist wegen mir zurückgekommen?«

»Ja, natürlich. Aber jeder verflixte Zug in Italien war entweder ausgefallen oder schneckenlangsam. In Frankreich wurde gestreikt. Wir haben acht Tage gebraucht, um Calais zu erreichen. Am liebsten hätte ich eines dieser verflixten Dinger selbst gelenkt.«

Hattie stöhnte auf. »Du hättest wegen mir doch die Ferien nicht abbrechen sollen.« Tatsächlich trug ihre Freundin immer noch ihr graues Reisekleid.

Lucie ergriff erneut ihre Hände und zeigte sich damit ungewohnt mitfühlend. »Wie hätte ich bleiben können? Das alles war ein großer Schock. Ballentine hat mir zwar versichert, dass Blackstone noch nie eine Frau schlecht behandelt hätte, aber das wollte ich lieber mit eigenen Augen überprüfen.«

»Aber du nimmst dir so selten Freizeit!«

»Wenn dir das Sorgen macht, dann schau dir meinen Schreibtisch an.« Lucie deutete darauf, vor allem auf die Berge an Post. »Ich hänge mit der Bearbeitung meiner Korrespondenz mit den Suffragistinnengruppen in den Vereinigten Staaten schrecklich hinterher, und Montgomery will die Reform für das Eigentumsgesetz verheirateter Frauen im Oktober dem Parlament präsentieren. Daher muss ich versuchen, bis dahin die Hälfte des House of Lords auf unsere Seite zu bringen. Müßigkeit ist aller Laster Anfang und nimmt nun Rache. Ich hätte dich heute Nachmittag sowieso in Belgravia aufgesucht. Catriona wird sicher auch gleich hier sein.«

»Aber … Catriona ist doch in Applecross.«

»Nein, sie ist in Oxford geblieben und hat auf eine Gelegenheit gewartet, dich zur Rede zu stellen, weil du uns die kalte Schulter gezeigt hast.«

»Aber das hätte sie nicht tun sollen! Ihr Ruf …«

Lucie musterte sie gereizt. »Hättest du für uns nicht dasselbe getan?«

»Natürlich«, sagte Hattie automatisch.

»Na, also.«

»Zu meiner Entschuldigung möchte ich sagen, dass meine Mutter eure Briefe abgefangen hat«, beichtete Hattie. »Daher hat es wohl so gewirkt, als ob ich euch die kalte Schulter zeige …«

»Liebes, wir verstehen das«, sagte Lucie. »Und wir machen uns zwar Sorgen um dich, aber wir sind ganz bestimmt nicht böse auf dich.«

»Oh, das erleichtert mich sehr«, murmelte Hattie. »Was ist mit Lord Ballentine? Ist er nicht schrecklich verärgert? Du siehst sehr braun gebrannt aus. Offenbar hast du wenigstens ein paar Tage mit ihm am Meer verbracht.«

»Oh ja.« Lucie berührte ihre kleine Nase, wo sich die Haut schälte. Ihr blondes Haar war noch eine Spur heller geworden und hatte nun ein silbriges Weißblond angenommen. »Mein Hut, dieses dumme Ding, wurde bei einem Spaziergang am Strand in Neapel ins Meer geweht, und ich habe mir die Haut verbrannt, obwohl Ballentine mir seinen Hut gegeben hat. Ist das nicht seltsam. Man denkt doch, als Rotschopf würde er in der Sonne braten, aber nein, er bekommt einen höchst bezaubernden Bronzeton. Ich sage dir, er ist wirklich nicht normal. Und er ist auch nicht verärgert. Er möchte hier unbedingt Fortschritte machen. Er hat sich kürzlich mit diesem Schriftsteller angefreundet, Mr Wilde, und meinem Cousin Lord Arthur. Erinnerst du dich noch an ihn? Er ist fest entschlossen, die Dekadenzgedichte der beiden in der *London Print* herauszubringen. Wie es scheint, werden wir nun doch ein ziemlich radikales Verlagshaus. Aber, Hattie, sag, warum trägst du weder Hut noch Handschuhe? Und warum hinkst du?«

»Es ist nichts«, sagte sie mit eingefrorenem Lächeln. »Ich trage neue Schuhe und bin am Piccadilly Circus falsch abgebogen. Vielleicht habe ich eine oder zwei Blasen.«

Lucie musterte sie fassungslos. »Du bist hergelaufen?! Von Belgravia?«

»Das hatte ich ursprünglich gar nicht vor, aber mir ist zu spät eingefallen, dass ich kein Geld für eine Droschke oder die Untergrundbahn bei mir habe.« Außerdem war sie nie zuvor unbegleitet mit der Untergrundbahn gefahren.

Ihre Freundin sprang auf, die Hände in die Hüften gestützt. »Du bist geflüchtet«, sagte sie. »Was hat dieser Mann dir angetan?«

»Nichts.«

»Nichts?«

Hattie stöhnte auf. »Er hatte …« Sie schloss unwillkürlich die Augen vor Scham. »Er hatte Frauenbesuch.«

»Frauenbesuch.« Lucie klang fassungslos. »Aber … ihr seid erst seit zwei Tagen verheiratet!«

»Und ich bereue es, dass ich dieser Ehe überhaupt zugestimmt habe.«

»Dieser Schuft!«

»Offenbar habe ich voreilige Schlüsse gezogen, aber dennoch hat dieser Vorfall verraten, dass er für mich nicht eine Unze Sympathie verspürt, und er hatte einen schrecklich befehlenden Ton.«

»Ach ja?«, schnappte Lucie. »Wie unfassbar provokant.«

Diese Zurschaustellung bedingungsloser Freundschaft trieb Hattie die Tränen in die Augen. »Lucie«, flüsterte sie. »Ich möchte mich bei dir entschuldigen.«

»Wieso das?«, erwiderte Lucie verwirrt.

Sie zwang sich, ihre Freundin anzuschauen. »Ich glaube, ich verstehe jetzt erst so richtig, wie wichtig die Mission der Frauenbewegung ist.« Das war ihr auf dem stundenlangen, demütigenden, gehumpelten Weg durch London klar geworden.

Zwischen Lucies Brauen bildete sich eine steile Falte. »Erzähl.«

Die Worte kamen zögernd aus Hatties Mund. »Also, wann immer du gesagt hast, die Frauen hätten keine Rechte, keine Stimme, dann habe ich das sehr wohl wahrgenommen. Und ich habe viele Briefe von unglücklichen Frauen während unserer Treffen gelesen, und ich habe auch nie an der Richtigkeit unserer Mission gezweifelt. Aber nun habe ich das Gefühl, als hätte ich all das zuvor nie wirklich verstanden. Vielleicht …«

»Vielleicht?«

»Es hat sich eben so angefühlt, als ob dieses Unglück nur den anderen passiert. Also, ich meine, mein Leben war immer sehr angenehm, obwohl ich eine Frau bin, und ich habe wohl erwartet, dass es immer so weitergehen würde. Mein Vater, meine Brüder, meine Onkel – ja, sie können ziemlich stur sein, aber sie sind gute und gütige Männer und Ehemänner.« Das hatte sie zumindest gedacht, bis ihr Vater im Alleingang ihre Verlobung beschlossen hatte. »Ich habe mich der Frauenbewegung angeschlossen, weil ich gerne eine sinnvolle Tätigkeit haben wollte«, sagte sie mit belegter Stimme. »Ich wollte mich nützlich fühlen. Ich habe es genossen, neue Freundinnen zu finden und Teil von etwas so Radikalem zu sein. Aber jetzt verstehe ich das alles in seinem ganzen Ausmaß. Ich … Ich war so eine dumme Gans.«

Lucie schüttelte den Kopf. »Du bist keine dumme Gans.«

»Warum bin ich dann so schockiert?« Sie wollte in ihrem Retikül nach einem Taschentuch suchen und stellte fest, dass sie das Retikül vergessen hatte.

Lucie ging zum Schreibtisch und holte ein Taschentuch aus einer der Schubladen. »Du warst unwissend«, sagte sie, während sie Hattie das ordentlich gefaltete Tuch reichte. »Dein persönliches gutes Schicksal hat dich bisher vor den schrecklichen Folgen der Gesetzgebung verschont. Du hast dich freiwillig mit der Politik beschäftigt. Für all jene Frauen, die mit den Folgen dieser Ungerechtigkeit tagtäglich leben müssen, ist politisches Engagement keine freiwillige Sache. Ich vermute, das Entsetzen, das du nun verspürst, kommt daher, dass die Unwissenheit dem Verständnis gewichen ist. Stell es dir als Wachstumsschmerzen vor.«

Hattie drückte sich das Taschentuch an die Nase. Es roch nach Zitronen, wie Lucies Seife. »Du musst mich ziemlich anstrengend gefunden haben«, murmelte sie.

Lucie zog eine Grimasse. »Ich finde es anstrengend, wenn du dich selbst beschimpfst.«

»Aber dir ist doch sicher aufgefallen, dass ich hauptsächlich wegen der Gesellschaft und der Kuchen kam, nicht wegen der Mission. Manchmal warst du ziemlich ungeduldig mit mir.«

»Ja, das schon«, gab Lucie zu und lief vor dem Sofa auf und ab. »Weil Ungeduld eins meiner vielen Laster ist. Hattie, ich habe nie erwartet, dass deine Überzeugung so gefestigt ist wie meine.«

»Nein?«

»Nein. Du bist eine verlässliche Aktivistin, du bist große Risiken für unsere Sache eingegangen, und du munterst immer die Truppen auf. Du leistest damit eine Menge. Wenn ich erwarten würde, dass jede Suffragistin sich genauso verhält wie ich, wäre unsere Armee wohl ziemlich klein und wohl auch unerträglich. Liebe Güte, jetzt wein doch nicht!«

Hattie konnte nicht anders: Mehrere Wochen angestauter Emotionen brachen sich Bahn. Lucie schaute sich hektisch um. »Möchtest du einen Brandy? Eine Zigarre? Oh, ich wünschte, Annabelle wäre hier, ich bin so schrecklich im Umgang mit Tränen.«

Hattie blinzelte durch ihren Tränenschleier. »Lucie. Er kann über mich bestimmen, wie er will.«

Lucie verharrte reglos. Einen Augenblick stand sie so starr wie eine Statue. Langsam kam sie näher und kniete vor dem Sofa nieder. In ihrem Gesicht stand ein ernster Ausdruck, so ernst, wie Hattie ihn noch nie zuvor gesehen hatte. »Hattie«, sagte sie und legte eine warme Hand über ihre. »Ich muss dich das fragen: Hat er dir wehgetan?«

Ja, das hatte er. Irgendwie hatte Lucian ihre Gefühle verletzt. Aber danach hatte Lucie nicht gefragt.

Sie schüttelte den Kopf. »Nein, hat er nicht. Aber er könnte.«

Und er könnte seine Mätressen vor ihr nach Lust und Laune im Salon paradieren lassen, wenn er das wollte.

Nun wusste sie, dass sie sich lieber die Zunge abbeißen würde, als Zuflucht bei ihrer Familie zu suchen und ihrer Mutter oder ihren Schwestern von dem Frauenbesuch zu erzählen, den ihr Ehemann gehabt hatte. Daher war sie auch hierher gekommen, statt nach St. James's zu laufen. Sie schaute auf Lucies Hand, die immer noch schützend über ihrer lag, und ihr Herz schäumte über vor Dankbarkeit. Welches Glück sie doch hatte, solch treue Freundinnen zu haben.

Ein Klopfen an der Tür ließ sie erstarren.

»Der Tee«, sagte Lucie gelassen.

Hattie warf der jungen Frau, die einen Teewagen ins Zimmer schob, einen Seitenblick zu. Sie trug die hübsche weißblaue Personaltracht der *London Print*, die Hattie vor ein paar Monaten entworfen hatte, nachdem Lucie Aktienanteile an dem Verlagshaus erworben hatte. Wie erfreut sie gewesen war, dass man sie das Dekor hatte bestimmen lassen. Damals hatte Lucie allerdings auch zu ihr gesagt: »Du hast freie Hand, denk aber daran, dass dies ein Bürogebäude ist und nicht der Salon meiner Großtante Honoria. Also keine Tapeten mit Kätzchen, bitte.« Still hatte sie Chintz von ihrer Stoffliste gestrichen und beschlossen, die kränkende Bemerkung zu ignorieren, da Lucie mit jedem so forsch redete. Aber nun musste sie daran denken, als sie auf der Chaiselongue saß und wie ein unglückliches Mädchen Rat suchte. Wie ein Mädchen, das fremde Männer küsste.

Lucie schenkte den Tee ein. »Ich fasse zusammen: Blackstone hatte seine Mätresse zu Besuch und war gemein zu dir.«

»Er behauptet, sie sei lediglich eine Freundin«, murmelte Hattie.

»Trotzdem hasse ich ihn.« Lucie gab drei Stück Zucker in Hatties Tasse, bevor sie ihr diese reichte.

»Sie … hat seine Wange gestreichelt.« Hattie ballte unwillkürlich die linke Hand zur Faust.

Lucies Blick verharrte kurz auf dieser Faust. »Verstehe. Wie kam es, dass du die beiden erwischt hast?«

»Sie waren im Salon.«

»Im Salon«, erwiderte Lucie baff. »Nun, in dem Fall ist er entweder hundsgemein oder wirklich unschuldig.«

»Wie dem auch sei«, meinte Hattie. »Ich habe mich geweigert, sie mir vorstellen zu lassen, wie es sich gehört, aber darüber war er verärgert und meinte, ich hätte seine Freundin unhöflich und herablassend behandelt.« Und er hatte sie ein verwöhntes Gör genannt.

Lucie blies in ihre Tasse. »Möchtest du ihn verlassen?«

»Ihn verlassen?«

»Ja.«

»Aufs Land ziehen, meinst du?«

»Nein. Ich will wissen, ob du deinen Ehemann richtig verlassen willst.«

Ihr Kopf war wie leer gefegt. »Eine Scheidung!«

Lucie schaute sie eindringlich an. »Nehmen wir mal an, das

sei möglich, ohne Auswirkungen auf deinen Ruf. Würdest du ihn verlassen?«

»Oh, du liebe Güte«, sagte sie. »Ich weiß es nicht«, fügte sie verwirrt hinzu.

Ihre Antwort hätte eindeutig sein sollen, ein nachdrückliches Ja, ohne zu zögern. Sie nippte an ihrem Tee, bis die heiße, süße Flüssigkeit das Karussell in ihrem Kopf verlangsamte. »Klinge ich schrecklich unschlüssig, wenn ich sage, dass ich ihn heute Morgen noch nicht verabscheut habe, sondern nur die Tatsache, dass er über mich bestimmen kann?«

Lucie schenkte ihr ein reuiges Lächeln. »Nein«, sagte sie. »Für mich nicht. Ich liebe Ballentine von ganzem Herzen. Manchmal schaue ich in sein wunderschönes Gesicht, und mir stockt der Atem, so sehr liebe ich ihn. Dennoch würde ich ihn nicht heiraten, solange ich dadurch praktisch zu seinem Besitz werde. Aber du bist nun verheiratet, und wenn du keine Scheidung willst und mir auch nicht erlaubst, Blackstone kaltblütig aus dem Weg zu schaffen, müssen wir uns eine andere Lösung innerhalb unserer begrenzten Möglichkeiten einfallen lassen. Es klingt vielversprechend, dass du ihn anfangs nicht abscheulich fandest. Du hast gewöhnlich eine gute Menschenkenntnis.«

Hattie blickte auf das zerknüllte Taschentuch in ihrem Schoß. »Ich habe ihn geküsst, das hat alles andere ausgelöst«, sagte sie leise.

»Also besteht eine animalische Anziehung zwischen euch«, stellte Lucie nickend fest. »Aber das allein macht noch keine gute Ehe.«

»Animalische Anziehung«, wiederholte Hattie. »Ist es das?«

Lucie betrachtete sie überrascht. »Was denn sonst, Liebes?«

Ein Gefühl des Erkennens zwischen ihnen, eine verbotene Sehnsucht … Eine fiebrige Reaktion ihres Körpers auf seinen

Duft, seine Berührungen … Nun ja. Das klang schon sehr nach animalischer Anziehung. Einerseits war sie fasziniert, andererseits spürte sie schon wieder die Schamesröte in sich aufsteigen. Im Gegensatz zu Lucie hatte sie das vergangene Jahrzehnt nicht damit verbracht, sich die tief eingetrichterten Moralvorstellungen von weiblichen Tugenden und die angeblich fehlende natürliche Begierde einer Frau auszutreiben.

Lucie schenkte Hattie Tee nach, dann ging sie zum Regal, zog Ordner heraus und wühlte in Schubladen. »Eine körperliche Anziehung ist eine gute Sache«, sagte sie, während sie Dokumente, Papier und Füllfeder auf ihren Schreibtisch legte. »Das vorausgeschickt, klingt dein Ehemann leider ziemlich unmöglich, während du, von deinem sturen, hitzigen Temperament einmal abgesehen, viel zu lieb und bis ins Mark gutmütig bist. Falls du also beschließt, zu Blackstone zurückzukehren, behalte im Hinterkopf, dass *Die Schöne und das Biest* nur ein Märchen ist. Du kennst die Geschichte doch?«

»Natürlich«, sagte Hattie. »Aber du sprichst immer noch in Rätseln.«

»Das Biest zwingt die Schöne, sich in seine Hände zu begeben.« Lucie setzte sich hinter den Schreibtisch, den Füller in der Hand. »Zum Schluss rettet die Schöne das Biest – und dabei auch sich selbst – dank ihres freundlichen Wesens, Selbstaufopferung und eines liebenden Herzens – so liebend in der Tat, dass sie sich in ein hässliches und vermutlich müffelndes Ungeheuer verliebt, das ihren Vater ermorden wollte und sie gefangen hielt.«

»Die Geschichte klang irgendwie romantischer, als Fräulein Mayer sie mir vorgelesen hat«, meinte Hattie.

»Ah, nun ja.« Lucies Füller flog über das Papier. »Man lässt sich leicht von dem verzauberten Schloss ablenken. Aber die Moral bleibt: Ganz egal, wie hässlich und gemein ein Mann auch ist, die aufopfernde Liebe einer Frau wird ihn letztendlich in einen wundervollen Prinzen verwandeln.«

Hattie blickte sie schmollend an. »Warum sagst du nicht einfach, was du meinst?«

Lucie wälzte eine Löschwippe über das Papier. »Blackstone wird sich nicht plötzlich in einen Prinzen verwandeln, ganz egal, wie liebevoll und geduldig du bist. Märchen drücken unsere Hoffnungen aus, nicht die Realität. Die Geschichte von Frauen, die gegen ihren Willen an Männer gefesselt sind, die sie nicht lieben, ist so alt wie die Zeit. Natürlich wollen wir uns da einen Funken Hoffnung bewahren. Die Wahrheit ist jedoch, dass sich ein Mann, der sich nicht ändern will, auch dann nicht ändert, wenn sich eine Frau für ihn wie eine Märtyrerin aufopfert. Erinnerst du dich an Patmores teuflisches Gedicht?

Voller Sanftmut erzwingt sie seine Reue nicht
durch liebe Worte, sondern wartet geduldig
mit Gnade in ihrem mitfühlenden Blick,
bis er ihr von selbst mit Bedauern huldigt.

Wenn du also zurück zu ihm gehst, dann versuch nicht, ihn durch einen gnadenvollen Blick dazu zu bringen, dass er Scham und Bedauern empfindet, Hattie.«

Sie verspürte einen Anflug von Ärger, denn womöglich war ebendies ihr Plan gewesen. »Und was soll ich stattdessen tun?« Die Worte kamen ein wenig trotzig heraus.

Lucie zündete ein Streichholz an, um das Siegelwachs zu schmelzen. »Wäre die Schöne ein Mann gewesen«, sagte sie, »hätte dieser nicht gezögert, das Biest zu töten, anstatt sich in es zu verlieben. Also schlage ich vor, bring deinen Ehemann dazu, sich dein Wohlwollen zu verdienen. So wenige Männer respektieren etwas, das man ihnen freizügig gibt.«

»Wohlwollen verdienen«, murmelte Hattie. »Das sagt sich so leicht, wenn er alle Fäden in der Hand hält.«

Vor ihren Augen verwandelte sich Lucies Elfengesicht in die harten Züge einer Kämpferin. »Wenn er sich nicht benehmen kann, überlege, ob du nicht eine Weile Annabelle besuchst«, schlug sie vor. »Sie würde dich niemals abweisen, und selbst Blackstone ist machtlos gegen einen Herzog.«

Hattie richtete unangenehm berührt ihre Röcke. Ihren Freundinnen mit ihrem selbst verschuldeten Fiasko zur Last zu fallen fühlte sich schrecklich falsch an. Dass sie im Moment ihre ehelichen Sorgen so offen mit Lucie besprach, brach bereits ein großes, ungeschriebenes Tabu.

»Montgomery hängt immer noch der Skandal nach, den die Heirat mit Annabelle verursacht hat«, erklärte sie. »Und Mr Blackstone hat ein gesetzliches Anrecht auf mich – er kann mich nach Hause zurückbeordern. Und wenn ich mich weigere, kann ich dafür … ins Gefängnis kommen. Das weißt du.«

Lucie faltete den Brief und versiegelte ihn. »Du musst heute noch keine Entscheidung fällen.« Sie band den Brief und die anderen Dokumente mit einer Schnur zusammen und brachte das Päckchen zu Hattie. »Dein Notfallpaket«, erklärte sie. »Nach Mytilene.«

»Mytilene.« Hattie nahm das Päckchen zögernd entgegen. »Ich dachte, die Amazonen wären dieser Tage nur noch eine Legende.«

Lucie lachte. »Nicht dieses Mytilene, sondern eine Enklave weiblicher Künstlerinnen in der Nähe von Marseille. Nur wenige Menschen wissen davon, weil es auch ein Zufluchtsort für Frauen ist.«

»Marseille«, flüsterte Hattie. *Frankreich.* »Du weißt, dass ich immer schon von einem Aufenthalt in Frankreich geträumt habe.«

»Ja. In dem Umschlag sind zehn Pfund.« Lucie zupfte daran. »Hierin sind Angaben, wie du nach Mytilene kommst, und das hier enthält ein Empfehlungsschreiben von mir sowie vom britischen Botschafter, das dir eine ungehinderte Reise nach Frankreich von jedem britischen Hafen aus ermöglicht.«

Hatties Finger schlossen sich um den Stapel. *»Merci?«*

»Der Konsulatsbrief ist natürlich gefälscht«, erklärte Lucie. »Aber es ist eine ausgezeichnete Fälschung, und bisher gab es bei keiner Frau in meiner Obhut irgendwelche Probleme.«

Sie wusste, dass Lucie ein Netzwerk aus Menschenschmugglern unterhielt, das sich über ganz Europa spannte. Ihre Freundin nutzte es, um Frauen zu helfen, die verschwinden wollten. Beim Gedanken daran verspürte Hattie ein mulmiges Gefühl. Sie hätte nie gedacht, dass sie einmal zu diesen Frauen gehören würde.

»Willst du wirklich, dass ich mich auf immer und ewig in Frankreich verstecke?«, fragte sie.

»Natürlich nicht«, erwiderte Lucie. »Aber manchmal braucht eine Frau eben einen Reisefahrschein – einen, den sie unabhängig von irgendjemandes Wohlwollen benutzen kann. Das hier ist deiner. Du kannst die Dokumente in einer Schublade aufbewahren und das gute Gefühl haben, dass du selbst bestimmen kannst, ob und wann du gehst.«

Selbst bestimmen zu können schien zu schön, um wahr zu sein.

Sie hielt das Päckchen an ihre Nase. »Mhm«, seufzte sie. »Das riecht nach Montmartre.«

Lucie lachte. »Montmartre. Wie riecht es dort?«

»Nach Abenteuer, Mode und fantastischer Kunst.«

Das Dokumentenbündel schien wie eine Leuchtboje aus Hatties Oberteil herauszustrahlen, als sie in der Kutsche saß, die sie nach St. James's bringen sollte. Es war wohl das Beste, wenn sie die Nacht im Haus ihrer Eltern verbrachte, um ihr Missfallen gegenüber ihrem Ehemann kundzutun, aber auf der Schwelle ihres alten Zuhauses fühlte sie sich plötzlich hinterhältig und unwohl.

»Miss Greenfield, entschuldigen Sie, Mrs Blackstone.« Hansons wässrige Augen leuchteten auf vor Freude, als er ihr die Tür öffnete. Schwungvoll und mit einer ausholenden Geste seiner Hand trat er zur Seite. Ihr Herz schmerzte ein wenig beim Anblick des faltigen Gesichts und der streng zurückgekämmten silbergrauen Haare des Butlers. Er bewegte sich so steif, als wäre sein Hemdkragen mit Eisen gestärkt worden.

»Ich fürchte, Mr und Mrs Greenfield sind nicht zu Hause«, erklärte Hanson, während er das Dienstmädchen dabei beaufsichtigte, wie sie den Hut und den Mantel entgegennahm, den Lucie ihr geliehen hatte.

»Wann werden sie zurückerwartet?«

»Sicher erst nach dem Dinner, fürchte ich. Sie nehmen an einer Veranstaltung in Surrey teil.«

Der Druck in ihrer Brust ließ nach. Wie es schien, war sie nicht besonders erpicht darauf, ihrem Vater zu begegnen. Sie würde es vorziehen, sich vor der Rückkehr ihrer Eltern unbemerkt in ihr altes Zimmer zurückziehen zu können.

»Ist Zachary zu Hause?«

Hansons fröhliche Stimmung zog sich wie ein Einsiedlerkrebs in seine Schale zurück. Falls möglich, stand er noch aufrechter als zuvor. »Ja, er ist hier.«

»Und wo?«

»Hm, ich glaube, in der Bibliothek, Ma'am.«

Er ging verdächtig langsam vor ihr her, als wollte er ihre eigenen Schritte zu einem Kriechen verlangsamen.

Ihr Herz schlug schneller. »Was ist los, Hanson?«

Der Butler wirkte gequält. »Es besteht die Möglichkeit, dass Master Zachary nicht in der Verfassung ist, Besuch zu empfangen.«

»Oh je, ist er krank?«

»Krank ist wohl nicht der richtige Ausdruck …«

»Und Besuch, Hanson? Ich bin seine Schwester!« Sie eilte an ihm vorbei den Flur zur Bibliothek hinunter und scherte sich nicht darum, dass sie ihn unterwegs verlor.

Kraftvoll drückte sie die schwere Tür auf. »Zachary?«

Schweigen.

Sie lief an den dunklen, staubigen Regalen vorbei, die sich an den Wänden aneinanderreihten, und schaute auch hinter den Sofas und Sesseln vor dem Kamin nach. »Zach?«

»Hattie Pom?« Eine schwankende Gestalt war in der Bogentür zum angrenzenden Arbeitszimmer aufgetaucht.

»Zach.« Sie lief zu ihm hinüber und ergriff seine Hand.

Er schaute blinzelnd auf ihre verschränkten Finger, dann hob er den Blick langsam zu ihrem Gesicht. Er wirkte so verwirrt, als sei sie eine Erscheinung und er sich nicht sicher, ob er träumte. Sein Blick war nicht klar, seine Augen blutunterlaufen. »Warum bist du hier, Herzchen?«

Angewidert zog sie sich von seinem Whiskyatem zurück. Im Arbeitszimmer gab es eine große Auswahl an Alkohol. So, wie er roch, hatte ihr Bruder reichlich Gebrauch davon gemacht. »Liebe Güte, Zach, es ist nicht mal Mittag.«

Er blinzelte. »Ich garantiere dir, irgendwo auf der Welt isses bestimmt schon sechs Uhr.«

Das sah Zach so gar nicht ähnlich. Gewöhnlich mäßigte er sich und trank nur wenig.

»Was ist mit dir los?«, wagte sie sich vor. »Bist du in Schwierigkeiten?«

Er entriss ihr seine Hand und packte sie an der Schulter, um sie ein Stück von sich wegzuhalten. »Lass dich mal anschauen.« Er blinzelte heftig. »Gut, du siehst gesund und munter aus.«

Eine ungewohnte Scheu überflog sie. Wie seltsam es doch war, nach der Hochzeitsnacht von ihrem Bruder betrachtet zu werden, auch wenn diese gar nicht stattgefunden hatte. Zachary schien jedoch nichts von ihren Befindlichkeiten zu ahnen, er nutzte ihre Schultern als Stütze.

Sie krauste die Nase. »Was ist nur mit dir los?«

»Komm, täuschen wir mit heiterm Blick die Stunde:

Birg, falscher Schein, des falschen Herzens Kunde!«, zitierte er mit schleppender Stimme.

Sie schüttelte den Kopf. »Macbeth, Bruder?«

»Schlaues kleines Gänschen.«

»Komm, sei lieb«, versuchte sie es. »Ich brauche vielleicht deine Hilfe. Glaubst du, Papa hätte etwas dagegen, wenn ich über Nacht hierbleibe? Autsch.«

Die Hand um ihre Schulter packte so fest zu wie eine Fessel. Zacharys Augen hatten sich zu Schlitzen verengt. »Flüchtest du etwa so bald schon vor ihm?«, fragte er. »Was hat der Mistkerl dir angetan?«

»Nichts, Zach. Du tust mir weh.«

»Ah, nun gut.« Er nahm seine Hand fort. »Wie dem auch sei, ich bin hier nicht von großem Nutzen. Es ist sinnlos.«

Sie rieb sich die Schulter. »Ich mag dich nicht besonders, wenn du zu tief ins Glas geschaut hast.«

»Ich mich auch nicht.« Er ging zurück ins Arbeitszimmer und schwankte dabei wie ein Kegel, bevor er umfiel. »Es ist gut, dass du bei Gesprächen übers Geschäft niemals aufmerksam zuhörst«, sagte er. »Du steckst mit deinem hübschen Kopf immer in den Wolken …«

Sie schlang stützend einen Arm um seine schlanke Taille, als er auf das Chesterfield-Sofa unter dem Fenster zusteuerte.

Das zerknitterte Kissen auf dem Polster verriet, dass er vor ihrer Ankunft dort gelegen haben musste.

»Ich höre sehr wohl aufmerksam zu«, sagte sie. »Vielleicht weiß ich sogar mehr, als du denkst.«

Er plumpste aufs Sofa. »Wirklich? Liest du denn auch den Finanzteil der Zeitung?« Er stieß ein hässliches Lachen aus, und ihr stellten sich die feinen Härchen im Nacken auf.

»Also gut«, sagte sie. Gab es irgendwo eine Decke? Zach musste dringend seinen Rausch ausschlafen.

»Arme Pom Pom«, murmelte er. »Da steht es schwarz auf weiß, dass die Greenfields nun die Mehrheitseigner von Plasencia-Astorga sind.«

Plötzlich stand die Welt still, alles verstummte. Nur eine Stimme klang laut und deutlich zu ihr durch – Zacharys. Vor ein paar Wochen hatte er ihr beim Dinner erzählt, dass die Greenfields Lucians Anteil an dem Eisenbahn-Unternehmen gern übernehmen wollten. Als sie ihre Stimme wiederfand, klang sie so betrunken wie er. »Was sagst du da?«

Zachary rollte sich seitlich auf dem Kissen zusammen. »Das wusstest du wohl nicht, was?«

Sie kniete neben dem Sofa nieder und gab ihm einen Klaps auf die Wange. »Zach!«

Eine dunkle Vorahnung kroch ihr den Rücken hoch. Sie gab ihm noch eine Ohrfeige.

Zachary öffnete leicht die Lider, doch sein Blick war verschwommen. »Zum halben Preis«, sagte er. »Halber. Preis. Ich trau dem Burschen nicht. Viel zu berechnend. Das alles hat er doch bestimmt vorher geplant. Merk dir meine Worte.«

Ihr Magen verkrampfte sich, als seine Worte zu ihr durchdrangen. Ein Rauschen füllte ihr die Ohren, wie das Heulen eines Sturms über einem verlassenen Tal, denn ihr Leben war gerade in tausend Scherben zerbrochen.

15. KAPITEL

Vor Hatties Schlafzimmerfenstern in Lucians Haus ragten die rauchenden Schlote Londons wie soeben abgefeuerte Revolverläufe in den geröteten Abendhimmel. Die Nacht brach allmählich herein. Bald würde Lucian hier sein, und das Übelkeit erregende Druckgefühl in ihrem Bauch verstärkte sich mit jedem Ticken der Uhr. Es war ihr jedoch unmöglich gewesen, in ihrem Elternhaus zu bleiben, dem Ort, an dem ihr eigener Vater sie verraten hatte.

Sie hatte Bailey weggeschickt und jede Lampe in dem riesigen Zimmer eingeschaltet. Danach hatte sie sich in einem erfolglosen Versuch, sich selbst zu beruhigen, die Haare gebürstet. Das Gaslicht verlieh ihrem Spiegelbild über der Frisierkommode eine kranke gelbliche Farbe, und sie betrachtete sich selbst mit befremdetem Erstaunen, während sie die Bürste durch die Haare zog.

Hatte ihr Gesicht immer schon so mädchenhaft ausgesehen, so weich? War es da ein Wunder, wenn jeder glaubte, er könne mit ihr machen, was er wollte – wie sie beispielsweise verkaufen, als sei sie eine Preiskuh?

Natürlich teilten dieses Schicksal immer noch viele Frauen ihres Alters und Standes, aber womöglich hatte sie sich für eine Ausnahme gehalten. Eine fatale Eitelkeit ihrerseits. Ihre Familie hielt sie für völlig entbehrlich. Nun, nicht ganz. Sie war immerhin den halben Preis einer Investition in ein Eisenbahnunternehmen wert.

Sie fasste den Bürstengriff so fest, dass ihre Knöchel weiß hervortraten. Der Ehering brach sich im Licht und schien ihr spöttisch, ja abschätzig zuzuzwinkern. Das goldene Symbol ihrer Kindheitsträume war zu einer steten Erinnerung an ihre Dummheit degradiert worden. Ihr Haar knisterte und stand vom Kopf ab, und der Tumult der Emotionen in ihrem Inneren verstärkte sich. Sie schob sich die Haare über eine Schulter und stellte fest, dass ihre Finger zitterten.

Das Klopfen an ihrer Tür sorgte dafür, dass ihr Herz gegen ihre Rippen sprang.

Im Spiegel erschienen ihre Augen riesig.

Sie trug immer noch ihr Tageskleid, hochgeschlossen und vorne reich gerüscht. Das war ein besserer Schutz als ein zartes Nachtgewand, in Anbetracht der Konfrontation, die ihr bevorstand. Sie holte tief Luft und atmete dann gleich noch mal tief durch. Er hatte an die Tür zum Flur geklopft, nicht an die Verbindungstür zwischen ihren Zimmern.

»Herein.« Ihre Stimme klang heiser.

Aus dem Augenwinkel nahm sie ihren Ehemann wahr, der in seiner schwarz-weißen Dinnergarderobe ungewohnt herausgeputzt wirkte. Eine Dinnereinladung, die er aufgrund des Namens Greenfield erhalten hatte?

Ihr kam buchstäblich die Galle hoch.

Sie hatte sich ihm gegenüberstellen wollen, aber sie schaffte es nicht, von ihrem Stuhl aufzustehen. Sie blieb sitzen und starrte geradeaus. Ihr Puls raste, als er sich ihr näherte, und schließlich hinter ihr stehen blieb. Kurz schwebte seine Hand über ihrer linken Schulter, als ob er sie liebkosen wollte, und sie erhaschte einen Blick auf den schweren goldenen Ehering an seiner Hand. Im Gegensatz zu den meisten Männern ihrer

Bekanntschaft hatte Lucian sich entschlossen, ihn auch nach der Hochzeit zu tragen. Um sich damit zu brüsten? Sie fragte sich, ob er darin einen Fahrschein zur Macht sah, wann immer sein Blick darauf fiel.

»Harriet, ich …« Sie schaute unter gesenkten Lidern zu seinem Spiegelbild und stellte fest, dass er die dunklen Brauen zusammengezogen hatte. »Ich war heute Morgen ein wenig barsch zu dir.« Er griff in seine Jacketttasche und holte eine verschnörkelte, rechteckige Schmuckschachtel hervor. Für ein Armband oder eine Kette. Er beugte sich über sie, um die Schachtel neben ihre Parfümflakons zu legen.

»Danke.« Sie hielt die Hände fest verschränkt im Schoß.

Er stand ihr zu nah, verwirrte ihre Sinne mit seinem Duft und seiner Körperwärme. Und so unerfahren sie auch war, den Ausdruck in seinem Gesicht erkannte sie wieder: eine verhaltene Version seiner Miene, mit der er sie betrachtet hatte, als sie nackt unter ihm im Bett gelegen hatte. Begierde. Er war hier, weil er seine Frau wollte, vielleicht später an diesem Abend, und die hübsche Schachtel auf der Kommode erfüllte seine Seite des Handels. Sofort fühlte sie sich angespannt und gelöst, heiß und kalt zugleich. Wäre dieser Tag nicht gewesen, hätte sie ihn sich vielleicht zurückgewünscht. Sie fühlte sich zu ihm hingezogen, ob es ihr nun gefiel oder nicht. Inzwischen waren ihr die kantigen Züge seines Gesichts vertraut, und insgeheim fand sie ihn attraktiv, was womöglich auch der besitzergreifenden Vorstellung entsprach, dass er, als ihr Ehemann, ihr auf einzigartige Weise gehörte, und nur ihr. Nun weckte der Gedanke an seine Berührung jedoch einen Schauer in ihr.

Das entging ihm nicht, und er richtete sich auf und beobachtete sie aufmerksam. »Du bist heute ausgegangen.«

»Ja.« Sie atmete zu schnell.

»Ohne Carson.« Sein Ton war ruhig, nicht unfreundlich.

»Ja.«

Er schüttelte den Kopf. »Lass dich von ihm das nächste Mal begleiten. Es ist sonst zu gefährlich für dich.«

Diese Heuchelei. Die größte Gefahr für sie stellte im Moment wohl er dar. Die Empörung darüber brachte sie auf die Beine. Sie sprang auf und wandte sich ihm zu. »Ich habe meine Eltern besucht.«

Seine Augen enthüllten keinerlei Emotionen, aber er wirkte wachsamer, und seine Schultern verspannten sich leicht. Womöglich war er ein gefühlloser Lügner, aber wie ein Tier verfügte er über gut geschulte Instinkte, die jedes noch so kleine Zeichen von Problemen wahrnahmen. Sie vermutete, dass Menschen wie er nur dadurch überlebten.

»Ich weiß es«, sagte sie, unfähig sich zu bremsen. »Ich weiß Bescheid.«

»Worüber?«

»Über Plasencia-Astorga.«

»Nun gut«, sagte er nach kurzem Schweigen. »Das war auch kaum ein Geheimnis.«

»Du hast mich gekauft.«

Er neigte zustimmend den Kopf. »Warum nennst du es nicht Brautgabe? Das ist nicht unüblich.«

»Zum halben Preis!«

Er blinzelte. »Ich versichere dir, dass ziemlich hohe Summen die Hände gewechselt haben.«

Ihr Atem ging schwer. »Ich kann dich nicht dafür verurteilen, dass du genommen hast, was dir angeboten wurde«, sagte sie brüchig. Für dieses Angebot war allein Julien Greenfield verantwortlich. »Und dennoch, ich muss wissen, ob du diese Gelegenheit für den Verkauf eingefädelt hast.«

Nun wirkte er nicht mehr ganz so blasiert. Er verharrte viel zu reglos. »Sag mir, was du damit meinst.«

»Der Kuss«, sagte sie. »Dieser Kuss. Es war kein Zufall, dass er in einem Raum mit Zwei-Wege-Spiegeln stattfand, hinter denen sich ganz zufällig Zuschauer befanden.«

Mr Matthews musste darüber Bescheid gewusst haben. Wäre sie nicht so *entzückend*, so *naiv*, so schockiert gewesen, wäre ihr der Verdacht noch im selben Moment in der Galerie gekommen.

»Ich kann mich nicht erinnern, dir den Kuss gestohlen zu haben«, erwiderte Lucian. Sein Gesicht war wie versteinert.

»Nein, hast du nicht«, sagte sie verbittert.

»Und ich habe ihn auch nicht gegen deinen Willen verlängert.«

»Das stimmt. Aus eigener Dummheit habe ich dich freiwillig geküsst.«

»Daher also …«

»Bitte!« Sie packte ihn am Arm. »Lass deine Grausamkeit ausnahmsweise mal beiseite, und sage mir die Wahrheit: Hast du diese Situation absichtlich herbeigeführt? Wenn du meinen Verdacht nicht bestätigst, werde ich mich für immer fragen, ob ich mir das eingebildet habe, und das wird mich mit der Zeit in den Wahnsinn treiben.«

Er blickte auf ihre Hand, die sich in seinen Ärmel krallte. Ein Muskel zuckte in seiner Wange, und schließlich schaute er ihr in die Augen. »Ich habe diese Situation arrangiert«, sagte er. »Und ich habe die Gelegenheit genutzt, als sie sich bot.«

Das Zimmer drehte sich um sie, und die Farben verwischten in einen grellen, wirbelnden Strom.

»Wie konntest du sicher sein, dass es zu einem Kuss kommen würde?«, stieß sie hervor. »Und noch dazu in diesem Moment? Mit einem Publikum hinter den Spiegeln?«

»Das war ich nicht«, sagte er ungeduldig. »Wie auch? Aber zumindest hätte man gesehen, wie wir uns freundschaftlich unterhalten, und ich hatte vor, diesen Eindruck mit der Zeit zu verstärken. Der Kuss hat das Ganze nur beschleunigt.«

»Du hättest dich von mir entfernen sollen«, sagte sie leise. »Das hättest du tun müssen.«

»Welchen Sinn hätte das gehabt, wenn ich um deine Hand anhalten wollte?«

»Verstehe.« Ihre Stimme klang wie aus weiter Ferne zu ihr, grotesk schrill. »Ich nehme an, unsere Ehe ist für dich ein weiterer Schritt auf der gesellschaftlichen Leiter nach oben.«

Seine Miene verfinsterte sich, er pflückte ihre Hand von seinem Arm und wandte sich zur Tür.

»Wo willst du hin?« Sie stützte die Hände in die Hüften, irgendwoher kam der Drang zu schreien wie ein Fischweib.

Er schaute über seine Schulter zu ihr. »Du weißt alles, was du wissen wolltest.«

»Warum ich?«, rief sie aus. »Das war mein Leben, mit dem du gespielt hast.«

»Weil du dich verfügbar gemacht hast. Wiederholt.«

Die Bemerkung presste ihr alle Luft aus den Lungen. Sie schnappte nach Luft, doch sie fühlte sich wie erstickt. Sie presste die Hände unter die Brüste. Nichts. Die Panik machte sie kaltblütig, als ob sie gerade von ihrem Pferd abgeworfen worden war und nun blind in den Himmel blickte, verzweifelt bemüht, Luft in ihre wie gelähmten Lungen zu bekommen. Er hatte diese Falle nicht aufgestellt, weil er plötzlich vom Verlangen nach ihr verschlungen wurde. Nein, er hätte sich auch jede andere arglose Frau ihres Standes genommen, die töricht genug war, ihm über den Weg zu laufen. Endlich, ein Atemzug.

»Ich möchte, dass diese Ehe annulliert wird«, sagte sie.

Ihre Worte bohrten sich wie ein Dolch zwischen seine Schultern, und er drehte sich abrupt zu ihr um. Die Gedanken standen ihm offen ins Gesicht geschrieben: Ihre Ehe war noch nicht vollzogen – es stand ihr frei, ihn zu verlassen, ohne große Komplikationen befürchten zu müssen. Seine Miene verfinsterte sich, und ihre Sicht verschwamm. Der Gedanke an das große Bett hinter ihr drängte sich nach vorn. Mit puddingweichen Knien wich sie einen Schritt zurück. »Wenn du mich zwingst, werde ich schreien.«

Er machte einen Schritt auf sie zu, blieb dann aber stehen. »Dich zwingen«, höhnte er. »Aber ja. Es sieht dir ähnlich, so etwas zu denken.« Seine Stimme war kalt genug, um einen See zu gefrieren. »Ich habe nicht die Gewohnheit, Frauen Gewalt anzutun, Harriet.« Er betrachtete sie mit solcher Verachtung, dass sie es bis ins Mark spürte. »Daher schlage ich vor, dass wir diese Ehe erst vollziehen, wenn du zu mir kommst«, sagte er. »Und es so deutlich machst, dass du willig bist, dass selbst ein deiner Meinung nach so ungehobelter Grobian wie ich dich unmissverständlich versteht.«

Er ging, und die Tür fiel krachend hinter ihm zu.

Ein schrilles Geräusch dröhnte ihr in den Ohren. Wie in Trance dachte sie, dass sie wohl nun aufs Bett fallen und weinen sollte. Aber sie regte sich nicht, und ihre Augen blieben trocken. Er hatte es gestanden. Er hatte bestätigt, dass sie nur ein Pfand in einem Spiel war, und das verschaffte ihr eine innere, kalte Ruhe, die es ihr ermöglichte nachzudenken.

Sie ging zur Frisierkommode und öffnete die Schachtel, die er ihr geschenkt hatte. Ein Armband, zwei Finger breit, aus vier goldenen Ketten, die Perlen und Juwelen miteinander verbanden. Elegant und doch auffallend unkonventionell. Das gedämpfte Licht konnte das satte Blau der Saphire und das glühende Rot der Rubine nicht dämpfen. In der Sonne würde das Schmuckstück wohl herrlich an ihrem Handgelenk schimmern und ihren Teint betonen. Die Frau, die sie noch vor fünf

Minuten gewesen war, würde wohl großes Bedauern verspüren wegen all dem, was hätte sein können. Nun aber sah sie bloß eine Gelegenheit. Sie hatte sich nie um Geld kümmern müssen und nie auf Preise geachtet, aber sie wusste, dass sie ein kleines Vermögen in den Händen hielt und dass die Juwelen und die Perlen vermutlich ohne große Mühe aus ihren Goldfassungen gelöst werden konnten. Schmuck – das tragbare Bankkonto einer Frau seit Anbeginn der Zeit. Oder zumindest seit der Zeit, in der es für Ehefrauen schwierig war, eigenes Geld und ein Bankkonto auf eigenen Namen zu besitzen. Deshalb zeigten sie sich gefällig oder stellten sich blind, um im Gegenzug Ketten, Ringe, Armbänder oder diamantenbesetzte Haarnadeln zu erhalten, und ertrugen es, dass man sie kleine Elstern nannte, weil sie solche Geschenke horteten. Ihre Geschenke würden sie wohl gut und schnell nach Südfrankreich bringen.

Stille umfing Lucian, als er den Flur hinunterschritt und Abstand zwischen sich und das Schlafzimmer seiner Frau brachte.

Wenn du mich zwingst, werde ich schreien.

Am liebsten hätte er gegen eine Wand geboxt. Er hatte nicht gewollt, dass sie von dem Handel erfuhr, und nun wusste er auch, warum. Das war hässlich wie die Hölle. Es hatte jegliches freundliche Band zwischen ihnen zerstört, genau in dem Moment, als ihm klar wurde, dass er sich ihre Zuneigung womöglich wünschte. Und was hatte er sich nur dabei gedacht zu sagen, er würde sie nur haben wollen, wenn sie ihn ausdrücklich darum bat? Nun würde er sicherlich die nächsten hundert Jahre darauf warten, mit seiner Frau zu schlafen, obwohl der ganze verdammte Zweck dieser Ehe lediglich darin bestand, Greenfield Enkelkinder zu schenken. Im selben Moment fing er sein Spiegelbild in dem großen Spiegel gegenüber der Eingangstür ein; die grimmige Miene und das zerraufte schwarze Haar boten einen wilden Anblick.

»Ach verdammt!« Seine erste offizielle Einladung zum Schatzkanzler, und er sah aus wie der Teufel persönlich.

»Matthews!«, brüllte er.

Seine Stimme hallte immer noch von den Wänden wider, als Matthews aus einem der Flure angerannt kam. »Ja, Sir?«

»Sagen Sie Nicolas, er soll den Zweispänner vorbereiten.«

»Ja, Sir.«

»Und Carson soll ein Auge auf Mrs Blackstones Zimmer haben. Falls sie das Haus verlässt, soll er sie begleiten.«

Matthews zog die Brauen zusammen, ehe er sich wieder besann und eine ausdruckslose Miene aufsetzte. »Wie Sie wünschen, Sir.«

»Und lassen Sie ihr ein Abendessen ins Zimmer bringen.«

Auf der Fahrt nach Westminster hatte er Zeit, sein Temperament zu zügeln.

Julien Greenfield wartete bereits im Säulensalon von Nummer 10 Downing Street und verbarg die Abneigung, die er gegenüber seinem Schwiegersohn hegen mochte, unter jovialem Gebaren. Er besaß sogar die Dreistigkeit, sich nach Harriets Wohlbefinden zu erkundigen, als ob ihn das kümmere, und Lucian log ihm geradewegs ins Gesicht, dass sie sich hervorragend fühle.

Das Dinner war ein Erfolg. Greenfield stellte ihm Premierminister Gladstone vor, der gleichzeitig Schatzkanzler war, und sie maßen einander ab unter der Vorspiegelung, dass sie über die letzten Unruhen auf dem britischen Wollmarkt diskutierten, für die natürlich die Amerikaner und ihre unverschämten Einfuhrzölle auf britische Wolle verantwortlich waren, während sie selbst den britischen Markt mit viel zu billiger Wolle von minderer Qualität überschwemmten. Offen gestanden, war Lucian die verdammte Wolle an diesem Abend völlig egal, und als er wieder in seine Kutsche stieg, tat ihm der Kiefer vom steten Zusammenbeißen weh. Seine lebenslangen Ambitionen standen endlich kurz davor, erfüllt zu werden, und dennoch hing seine Stimmung im Keller, kaum dass er erneut sein Haus betrat. Er wechselte vom Frack in seine Reitkleidung, sattelte seinen Rotschimmel und ritt nach East London.

Mehrere Stunden später kehrte er nach Belgravia zurück, sein Gesicht und sein Körper schmerzten, aber seine Laune war immer noch genauso finster wie zuvor. Er nahm eine Dusche, schrubbte sich ab, doch selbst nachdem er ein halbes Stück Seife aufgebraucht hatte, wirkte das Wasser, das in den Abfluss kreiselte, immer noch grau. Alle Spiegel waren beschlagen, als er endlich aus der Kabine trat.

In seinem Arbeitszimmer ging er direkt zum Barschrank und griff wahllos zu einer Flasche. Seine rechte Hand schmerzte, als er sie umschloss. Boxen und Alkohol – er konnte sich das missbilligende Gesicht seiner Frau gut vorstellen. Man kann einen Jungen aus der Gosse holen, aber die Gosse nicht aus dem Jungen. Er nahm die Flasche – Whisky, ein Oban aus einem guten Jahrgang, wie er feststellte – mit zu einem Sessel am Kamin und setzte sich stöhnend. Gosse oder nicht, er war zu alt für Kämpfe in feuchten, dämmrigen, rauchigen Kellern. Niemand hatte bei seinem plötzlichen Auftauchen im *MacIntyres* Fragen gestellt, aber als er auswich und Schläge verteilte, bis der Boden von Schweiß, Blut und Spucke rutschig war, hatte er gespürt, wie der Raum förmlich vor wilden Spekulationen vibrierte. Er hatte sich gefragt, ob man ihm wohl das Pferd stehlen würde und er sich auf dem Heimweg zu Fuß durch Whitechapel wohl mit Straßenräubern herumschlagen musste. Und dann war ihm klar geworden, dass er schon wie ein feiner Pinkel dachte und nicht mehr an Orte wie das *MacIntyres* gehörte. Abgelenkt, wie er war, hatte er sich einen derben Kinnhaken eingefangen und schmeckte immer noch Blut.

Ein Klopfen riss ihn aus seinen Gedanken, zu heftig, als dass es seine Frau sein könnte. »Was ist?«

Matthews tauchte auf der Türschwelle auf, wie gewöhnlich in seinem Anzug. »Sir, Sie haben Besuch.«

Er richtete sich auf. Ein Besucher kurz vor Mitternacht brachte nie gute Botschaften. »Wer ist es?«

»Lord Ballentine. Er wartet am Hintereingang. Hier ist seine Karte.«

Seltsam. Ballentine hatte ihn seit Jahren nicht mehr privat besucht. »Bringen Sie ihn rein. Und, Matthews …«

»Ja, Sir?«

»Hat Mrs Blackstone gegessen?«

Matthews' Gesicht war undurchdringlich. »Alles, bis zum letzten Krümel.«

Wenige Minuten später tauchte die breitschultrige, große Gestalt des Viscounts in der Tür auf. Seine Miene wirkte verdächtig heiter, als er hereinschlenderte und dabei das Arbeitszimmer in Augenschein nahm – die Stapel vergilbender Magazine, die Karte an der Wand, den abgewetzten Schreibtisch, die Notizen zur Finanzpolitik. »Blackstone«, sagte er. »Wie idyllisch du es dir hier eingerichtet hast.«

»Was führt dich her, Ballentine?«

»Ich wollte dir zu deiner Hochzeit gratulieren.« Ballentines Blick wanderte von Lucians aufgeschürften Knöcheln zu seinem malträtierten Kiefer. »Du siehst hervorragend aus. Das Eheleben scheint dir zu bekommen.«

»Ich hätte Lust auf eine weitere Runde, *ye ken*.«

Seine Lordschaft hob abwehrend die Hände. Er hatte ein großes Interesse daran, seine hübschen Züge zu bewahren – was einer der Gründe dafür war, dass er während ihrer gemeinsamen Unternehmungen in der Vergangenheit die Drecksarbeit immer Lucian überlassen hatte. Wie der Diamantohrring, der in seinem rechten Ohr glitzerte, lenkte Ballentine mit seinem auffallenden äußeren Glanz von einer undurchdringlichen Oberfläche ab. Er war die lebendig gewordene Personifizierung all der Dinge, die bei einem Mann verachtenswert waren: von Geburt an privilegiert, leicht zu erheitern und vergnügungssüchtig – eine moderne männliche Marie Antoinette, obwohl niemand wirklich dazu neigte, ihm den Kopf abzuhacken – dafür war er einfach viel zu charmant. Seit sich ihre Wege vor zehn Jahren in einer Lasterhöhle gekreuzt hatten, kam er – neben Aoife – dem, was Lucian als Freund bezeichnen würde, wohl noch am nächsten.

Er winkte zu dem Sessel ihm gegenüber. »Nimm dir ein Glas. Setz dich.«

»Glaub mir«, sagte Ballentine, nachdem er sich einen Whisky eingeschenkt und die langen Beine ausgestreckt hatte, um dabei Socken mit einem absurden Muster zu enthüllen. »Dein Mangel an Begeisterung über meinen Besuch deckt sich mit meinem. Aber wenn ich die Wahl habe, mir deinen Zorn zuzuziehen oder den meiner Lady …«

»Deine Misses schickt dich?«

»Gewissermaßen.«

Lucian schnaubte. »Ein Lebemann, der zum Pantoffelheld wird, wie rührend.«

»Ehemaliger Lebemann«, sagte Ballentine gutmütig. »Nun bin ich hoffnungslos verliebt.«

Hatten Gerüchte über Lucians Eheschwierigkeiten bereits die Runde gemacht? Erschreckend, wie sehr er sich plötzlich um Klatsch und Tratsch scherte, obwohl er noch vor Kurzem keinen Deut darauf gegeben hatte, was man über ihn redete.

»Wie du sicher weißt, hat deine Frau heute meine Verlobte besucht«, fuhr Ballentine fort.

Er brummte zustimmend, obwohl er nichts davon geahnt hatte. Er musste wohl ein Wörtchen mit Carson wechseln.

Seine Lordschaft schenkte ihm ein höfliches Lächeln, hinter dem sich alles Mögliche verbergen konnte. »Meine Verlobte hat sich nun wiederum den Floh ins Ohr gesetzt, dass sie für das Glück ihrer Freundin verantwortlich ist.«

»Ach, ist das so?«

Er nickte knapp. »Sie glaubt, dass sie bei Mrs Blackstone einen Mangel an Flitterwochen-Romantik wahrgenommen hat.«

Lucians Stimme klang frostig. »Bist du hier, um dich in meine Ehe einzumischen?«

»Liebe Güte, nein. Ich bin hier um der alten Zeiten willen. In meiner Eigenschaft als Freund.«

»Dieselbe Eigenschaft, die dich dazu veranlasst hat, mir Anweisungen für die Hochzeitsnacht zu schicken?« Und die hatten nicht mal etwas gebracht.

Ballentine verzog das Gesicht. »Zu meiner Verteidigung möchte ich sagen, das ist nicht meine Idee gewesen.«

»Wurdest du mit vorgehaltener Waffe dazu gezwungen, mir ein Telegramm zu schicken?«

Ballentines Schweigen zog sich in die Länge.

»Zum Teufel«, sagte Lucian. »Du wurdest dazu gezwungen.«

Der Viscount zuckte mit den Schultern. »Es bestand die Möglichkeit, dass eine zierliche Double Derringer ins Spiel kommen würde«, sagte er. »Die größere und sofortige Gefahr lag jedoch darin, dass Lady Lucinda mir ihre Reize für die Dauer der Ferien verweigern würde, wenn ich dir nicht irgendetwas schicke. Was also soll ein Mann in solch einer Situation tun?«

Was, in der Tat. »Komm auf den Punkt«, sagte er.

Ballentine wirbelte den Whisky in seinem Glas umher. »Lady Lucinda hegt die Gewohnheit, ihre Geschlechtsgenossinnen zur Rebellion zu anzustiften. Außerdem ist sie eng mit Mrs Blackstone befreundet und hat einen ausgeprägten Beschützerinstinkt, daher nehme ich an, dass sie heute Nachmittag eine Menge in Sachen Anstiftung geleistet hat.«

Na, großartig. Dieses ganze Halber-Preis-Debakel war also auf fruchtbaren Boden gefallen. Ein Pochen machte sich in seinen Schläfen bemerkbar und hallte in dem Schmerz in seinem Kiefer wider. »Du willst mich also vor einer Meuterei warnen.«

»Nun …«

»Du glaubst, ich brauche Hilfe im Umgang mit meiner Frau – erneut.«

Ballentine machte ein dümmlich ahnungsloses Gesicht. »Keineswegs.«

Lucian beugte sich abrupt vor. »Die Ehe ist eine einfache Angelegenheit, wenn man sie nicht unnötig verkompliziert. Harriet gehört zu mir. Was kann sie schon tun, hm? Wohin will sie gehen?«

Seine Lordschaft nickte, sein Blick unter gesenkten Lidern war täuschend träge. »Natürlich.«

Lucian leerte sein Glas in einem Zug. »An dieser Herangehensweise ist nichts falsch.«

Ballentine zuckte mit den Schultern. »Nein, bestimmt nicht. Aber …«

»Aber?«

»Sie könnte wohl schon irgendwohin gehen.«

Er verharrte reglos. »Was meinst du damit?«

»Ich weiß nichts Genaues«, antwortete Ballentine. »Nur, dass Lady Lucinda Frauen helfen kann zu verschwinden, wenn sie nicht gefunden werden wollen. Und Mrs Blackstone ist so ein liebenswertes, launisches, temperamentvolles, überaus argloses Wesen, es wäre unverzeihlich, wenn sie sich selbst in Gefahr brächte, wenn sie, sagen wir beispielsweise, allein den Kontinent bereist.«

Der Griff um den leeren Tumbler in seiner Hand verstärkte sich, und der Schmerz in seinen geschundenen Händen wallte erneut auf. Ballentine war ein arroganter Mistkerl, und die Vertrautheit, in der dieser Casanova über Harriet sprach, verärgerte Lucian, aber der Mann hatte einen untrüglichen Instinkt. Er hätte Ballentine sonst niemals Geld geliehen.

Nun, er hatte das Gefieder seiner Frau ordentlich gerauft, und übermorgen wollte er nach Drummuir reisen und konnte sie daher nicht im Auge behalten. Was sollte er tun? Sie etwa tagelang in ihrem Zimmer einsperren? Sie zurück zu ihren Eltern schicken? Er stieß einen Fluch aus, der einen weniger verruchten Mann wohl erschüttert hätte. Seine Lordschaft nickte jedoch nur weise. Eine lange Weile saßen sie schweigend nebeneinander und blickten ins Feuer, während der Whisky ihre Adern durchströmte.

»Es ist schon seltsam mit den Ehefrauen«, sagte Ballentine schließlich.

Lucian schwieg.

»Wie niemand anderer wecken sie in einem Mann das Verlangen, ihnen zu gefallen«, fuhr der Lord fort. »Lästig, dieser Drang, sie glücklich zu machen, und doch ist es so: Wenn man sich nicht um ihr Glück schert, dann befindet man sich bald in der kältesten, selbst geschaffenen Hölle.«

Lucian schob die Whiskyflasche von sich fort, statt sich nachzuschenken. »Würde dir ihr Wohlergehen wirklich am Herzen liegen, wärst du nicht hier, um mich zu warnen«, sagte er. »Dann würdest du ihr helfen davonzulaufen.«

Ballentine lachte. »Nicht, solange ich dir Geld schulde.«

Dieser Lügner, er würde den ganzen Fluchtplan aushecken. Allerdings war selbst Lucian sich bei Ballentine nie ganz sicher. Der Mann log so aalglatt, wie er die Wahrheit sprach. Das hatte er mit eigenen Augen beobachtet, als sie beide als Jugendliche Geschäfte mit der Halbwelt gemacht hatten. Eine Weile lang hatten sie ihre Kräfte vereint, hatten berauschten Adeligen ihre Geheimnisse während lasterhafter Nächte in geheimen Hinterzimmern und Spielhöllen entlockt, um diese Informationen weiterzuverkaufen oder sie zur Erpressung zu nutzen. Ballentine hatte mit seinem Engelsgesicht und seiner redegewandten Zunge die Aufgabe gehabt, die Türen zu den inneren Kreisen seines Standes zu öffnen. Lucian hatte die Ultimaten forciert oder sich mit dem ein oder anderen Handlanger gewisser Männer auseinandergesetzt. Damit hatte er sich buchstäblich die Hände dreckig gemacht, aber Lucian hatte immer das Gefühl gehabt, dass eigentlich der Viscount den schmutzigeren Part übernommen hatte, wenn er unter seinesgleichen wie eine Schlange umherglitt und sie so wundervoll verführte und anlog. Deshalb würde er dem Viscount auch nie ganz vertrauen. Die Sache mit den wütenden Ehefrauen, die er ihm gerade erzählt hatte, kaufte er ihm jedoch ab. Und das hieß, er brauchte einen Plan. Aber der Gedanke, der sich in seinem Kopf formte, könnte ihn auch ohne Umweg direkt in die *kälteste, selbst geschaffene Hölle* schicken.

16. KAPITEL

Um elf Uhr am Morgen herrschte unter der Glaskuppel im Bahnhof Victoria Station so viel Betrieb wie in einem Ameisenhügel. Züge kamen mit erschöpftem Zischen an den Bahnsteigen an, Gepäckwagen quietschten neben klackernden Absätzen. Ein Meer aus Hüten wogte um Hattie – Zylinder, Damenhüte mit Federn, zahllose braune Hüte von Arbeitern und die Mützen der Bahnhofsangestellten. Dennoch fühlte sie sich wie auf dem Präsentierteller, seit sie die Droschke am Ostausgang verlassen hatte. Die Härchen in ihrem Nacken hatten sich aufgestellt, und sie verspürte ein Kribbeln, als ob ihr jemand folgen würde. Was aber unmöglich war, da Lucian das Haus bereits bei Tagesanbruch verlassen hatte.

Dieser schreckliche Mann. Nach Mitternacht war er zu ihr ins Schlafzimmer gekommen und hatte ihr mitgeteilt, dass sie ihn auf seiner Reise nach Schottland begleiten sollte. Sobald er das Zimmer verlassen hatte, hatte sie angefangen zu packen. Allein der Gedanke, dass sie mit diesem grässlichen Menschen in der schottischen Wildnis festsitzen würde, hatte gereicht, dass sie ihre Reisepläne für Frankreich sofort in die Tat umsetzen wollte.

Die stickige Bahnhofsluft verbreitete einen süßlichen Duft nach Kohl und Stahl. Die arme Bailey. Sie hoffte, die gute Frau würde keinen Ärger bekommen, weil Hattie sie dazu überredet hatte, Carson abzulenken, damit sie selbst sich durch die Küche absetzen konnte.

Durch den schwarzen Schleier ihres Reisehutes heftete sich ihr Blick auf Bahnsteig Nummer sieben, der nur noch wenige Schritte entfernt lag. Ihr Gehirn musste ihr einen Streich spielen, denn immer wieder glaubte sie, aus dem Augenwinkel eine vertraute männliche Gestalt in der Menschenmenge zu entdecken, und ihr Magen verkrampfte sich jedes Mal.

Sie versuchte, sich ihren Weg schneller durch die Menschenmasse zu fädeln, aber ihre Röcke waren durch die eingenähten Schmuckstücke schwer, und ihr rechter Arm brannte von dem Gewicht ihrer Reisetasche. Sie hatte viel zu viel in diese Tasche gesteckt – Ersatzhandschuhe und Chemisen, Strümpfe, ein Nachtgewand und ein Oberteil, das zu dem Rock passte, den sie trug, ganz zu schweigen von Toilettenartikeln, ihren Malsachen, dem Skizzenblock und einem Nähset. Auch die neueste Ausgabe von *Bradshaw's Continental Railway Guide* mit Zugfahrplänen fand sich darin, ihre Bürste, Magazine der Frauenbewegung und etwas Proviant, wie eine große Dose Toffees, die sie sich noch im Vorübergehen aus der Speisekammer geschnappt hatte. Die Schlösser der Tasche hatten sich nur mit Mühe schließen lassen, weshalb sie ihren Sonnenschirm einfach oben zwischen die Henkelschlaufen gelegt hatte. Sie musste in Marseille gleich neue Kleider, Hüte und Handschuhe bestellen …

Ein Mann versperrte ihr den Weg, und ein Schrei steckte ihr in der Kehle fest. Lucian. Seine Miene war teuflisch finster.

Nein.

Sie ergriff die Flucht. »Entschuldigung«, flüsterte sie auf empörte Laute oder »Es tut mir leid«, wenn ihre Tasche gegen Röcke und Knie stieß. Aber ihr Kleid war zu eng geschnitten für schnelle Schritte, und ihr Gepäck wog so schwer wie ein

Felsbrocken. Einen Herzschlag später tauchte Lucian neben ihr auf.

»Darf ich«, sagte er angespannt.

Sie wich nach links aus. »Lass mich in Ruhe.«

Er nahm ihr die Tasche aus der Hand. Ihre Füße liefen wie von selbst weiter. Sie würde trotzdem fahren, zur Not auch ohne Gepäck …

Lucian hakte sich bei ihr ein; sie spürte seinen muskulösen Körper an ihrer Seite und geriet aus dem Konzept. Wie betäubt lief sie weiter. Er übte keinerlei Druck oder Zwang aus; sein Griff war nur locker, so locker, als wolle er sie herausfordern, sich daraus zu lösen. Aber sie tat es nicht. Sie konnte sich nicht dazu überwinden. Hinter dem lockeren Griff verbarg sich die gezügelte Kraft eines Stiers, und die Menschen um sie herum … ihre missbilligenden Gesichter, die entsetzten Ausrufe …

Die Bilder, die vor ihrem inneren Auge entstanden, als sie sich vorstellte, ihm eine Szene zu machen, sorgten dafür, dass sie ihm folgte. Ihre Ohren glühten, und Tränen der Wut brannten ihr in den Augen.

»Lass mich los«, stieß sie hervor. Lucian führte sie direkt am Eingang zu Bahnsteig sieben vorbei. Panik explodierte in ihrer Brust. »Lass mich los«, sagte sie hektisch. »Sofort, du … elender Grobian.«

Er presste die Lippen zusammen, seine stille Wut vibrierte so düster wie ein Schatten um ihn. Weiter und weiter manövrierte er sie von Bahnsteig sieben weg, und sie folgte. Sie erlaubte ihm, sie umgeben von einer Menschenmenge in ihr Verderben zu ziehen, inmitten von kreischenden Zugpfeifen und lauten Durchsagen …

»Mademoiselle, puis-je vous aider?«

Kann ich Ihnen helfen?

Ein Mann mittleren Alters lief wie zufällig neben ihr her, sein bärtiges Gesicht unter dem Zylinder aufmerksam. Sie hatten Aufmerksamkeit erregt. Ihre Wangen glühten vor Scham, und sie wusste nicht, wohin sie sehen sollte.

Lucian schaute den Mann über ihren Kopf hinweg an. »Belästigen Sie meine Frau nicht.«

»Ah, Herzensangelegenheiten, *oui?*« Der Franzose lachte wissend. *»Mes condoléances, monsieur – les rousses viennent de l'enfer.«*

Die Bemerkung löste eine Lawine französischer Entgegnungen in ihrem Kopf aus, aber der Mann war bereits im hektischen Trubel des Bahnhofs verschwunden. Sie warf einen Seitenblick auf Lucians steinerne Miene und beschloss, sich aufs Betteln zu verlegen. »Bitte, ich verpasse noch meinen Zug.«

»Dein Zug fährt hier ab«, sagte er und steuerte Bahnsteig elf an. Dort stand ein Zug der Great-Northern-Eisenbahnlinie auf den Gleisen und stieß dicke schwarze Rauchwolken aus. In erstarrtes Schweigen gehüllt lief sie durch den rußigen Nebel – wollte er sie etwa entführen? Sie auf ein entferntes Landgut schicken? Oder nach Bedlam?

»Wohin bringst du mich?« Ihre Stimme glich einem Krächzen.

Er nickte einem jungen Mann in Schaffneruniform zu, während er mit ihr die Stufen zum Waggon hochstieg. »Nach Schottland«, sagte er.

Vage nahm sie das luxuriöse Interieur eines Privatwaggons wahr. Lucian führte sie zu einem Tisch an einem Fenster. »Nimm Platz.«

Verblüfft plumpste sie auf die Bank. »Schottland«, wiederholte sie, als er sich ihr gegenüber hinsetzte. »Aber du wolltest doch erst morgen abreisen.«

»Das war ursprünglich der Plan«, meinte er. »Ich habe jedoch beschlossen, diesen zu ändern.«

Fassungslos starrte sie ihn an. »Hast du mir aufgelauert, um festzustellen, ob ich dich verlassen will? Und hast du den Zug nur für diesen Fall umgebucht?« Da er schwieg, rief sie empört: »Welcher Verrückte macht denn so was?«

Er stützte sich mit den Ellbogen auf den Tisch und beugte sich vor. »Welche Verrückte will allein nach Europa reisen und nimmt dazu nur eine größere Handtasche mit?«

Europa – woher wusste er das nun schon wieder?

Eine Pfeife schrillte, und ein Rucken ging durch den Zug.

Sie sprang auf. »Du kannst mich nicht einfach entführen.«

Er schnaubte. »Es ist eine Geschäftsreise, keine Entführung. Und wir haben diese Reise bitter nötig.«

»Wir?«

»Unsere Ehe.«

»Wie bitte?« Sie fühlte sich so unverheiratet mit dem finster blickenden Mann ihr gegenüber, dass seine Worte echte Verwirrung auslösten.

Lucian musterte sie. »Wir sind verheiratet«, sagte er. »Das gefällt dir zwar nicht, weil du wütend auf mich bist, aber dein Weglaufen ändert gar nichts. Wir müssen … Wir müssen diese Sache kitten. Also, setz dich.«

Sie blieb stehen. »Kitten«, wiederholte sie. »Kitten! Mr Blackstone, dieser Bruch ist völlig unkittbar.«

»Ich hätte nicht gedacht, dass du so leicht aufgibst«, kam seine kühle Antwort.

Wie konnte er es wagen?! Und dennoch … Sie hatte es zugelassen. Sie hatte ihm erlaubt, sie in diesen Zug zu bringen, weil sie ihm keine Szene machen wollte. Eine Woge der Selbstverachtung stieg in ihr auf. Sie schlug den Hutschleier zurück. »Vielleicht«, sagte sie wütend, »halte ich diese Farce von einer Ehe für nicht der Mühe wert, um sie zu kitten.«

Seine Miene verhärtete sich. »In Ordnung.« Er machte eine ausholende Geste zu den roten Polsterbänken, der blauen Decke mit dem Kronleuchter, den mit Schnitzereien reich verzierten Trennwänden der einzelnen Nischen, die den Waggon in einen Speise- und Aufenthaltsbereich unterteilten. »Das ist mein – unser – Privatwaggon. Ebenso wie der nächste. Schrei herum oder wirf mit Sachen, wenn es sein muss. Du könntest die Situation aber auch einfach akzeptieren und dir eine Tasse Tee bestellen.«

Schreien und mit Sachen werfen? Sie war zu gut erzogen für solche Ausbrüche, und nach den Enthüllungen des gestrigen Abends auch gewiss zu verbittert. Sie atmete tief durch und setzte sich wieder. »Du bist ein abscheulicher, verachtenswerter Mann«, sagte sie leise.

»Und du unterstehst meiner Obhut, ich bin für dich verantwortlich«, erwiderte er ungerührt. »Also erwarte nicht, dass ich tatenlos zusehe, wie du versuchst, dich umbringen, ausrauben oder vergewaltigen zu lassen.«

Ihr aufgesetztes Lächeln konnte ihren Zorn nicht maskieren. »Frankreich war immer ein Traum von mir. Wie sicher die Welt für Frauen, die ihren Träumen folgen wollen, doch wäre, wenn sich nicht alle naselang Männer in ihr Leben einmischen würden.«

»Und so lange dies der Fall ist, werde ich dich zu deiner eigenen Sicherheit davon abhalten, allein durchs Land zu spazieren.«

Sie verbiss sich einen Aufschrei. »Ich verlange eine Annullierung.«

Er verspannte sich und schaute aus dem Fenster, anstatt sie einer Antwort zu würdigen.

Der Zug fuhr los. Sie betrachtete sein kaltes Profil und ballte die Hände im Takt der ratternden Räder zu Fäusten. Ein blauer Fleck zierte das Kinn ihres Ehemannes und ließ ihn schrecklich gewöhnlich aussehen. Dieser Mann hatte ihren einzigen Versuch der Rebellion, ohne zu zögern, im Keim erstickt. Weil er es konnte. Keine einzige Schweißperle fand sich auf seiner Stirn; es hatte ihn nicht die geringste Mühe gekostet, sie von ihrem Weg abzubringen. Die Wut strömte heiß wie Lava durch ihre Adern, schwoll immer mehr an, bis ein wahres Inferno in ihr tobte.

»Schön«, sagte sie. »Dann reise ich eben mit dir nach Schottland. Aber ich werde wie ein Stein in deinem Schuh sein.«

Lucian wandte den Blick nicht vom Fenster ab.

»Der Dorn in deinem Fleisch.«

Er ignorierte sie immer noch, also beugte sie sich nahe zu ihm heran. »Das Gift in deiner Suppe.«

Das rief letztlich eine Reaktion hervor. Er drehte sich zu ihr um. »Vorsicht, Liebling«, sagte er gedehnt. »Du wirst feststellen, dass du jede Mahlzeit mit meiner abscheulichen Wenigkeit einnehmen und den ersten Bissen von meinen Speisen kosten wirst.«

»Liebling«, sagte sie erstaunt. »Als ob du wüsstest, was Liebe ist. Als ob ich dich lieben könnte – als ob das überhaupt jemand kann. Du bist ein Schurke, jemand, der sich sein Personal im Gefängnis suchen muss. Jemand, der zu betrügerischen Machenschaften greifen muss, um eine anständige Frau zu heiraten. Du bist ein Emporkömmling, und mein gesellschaftlicher Absturz begann mit dem Tag unserer Hochzeit. Nein, was ich wirklich lieben würde, wäre, wenn du dafür zur Rechenschaft gezogen würdest, und ich kann dir ganz sicher versprechen, dass ich dich niemals je auch nur einen Hauch lieben werde.«

Eine Totenstille breitete sich aus, nur ihr heftiger Atem war zu hören, und Übelkeit stieg in ihr auf.

»Bist du fertig?«, fragte Lucian tonlos. Auch seine Augen wirkten leblos.

»Ja«, sagte sie leise. Ihre Hände in ihrem Schoß zitterten. Die harten Worte waren wie ein Wasserfall aus ihr herausgeströmt und hatten sie selbst überrascht. Vermutlich hatten sie schon länger in ihrer Kehle festgesteckt und eine nette kleine Schlange gebildet, während sie auf einen geeigneten Moment warteten, in dem jegliche Höflichkeit vergessen ging, um sich ans Licht zu drängen. Das sah ihr gar nicht ähnlich.

Lucian erhob sich. Seine Schultern wirkten stocksteif, als er durch die Türen in den nächsten Waggon ging. Nervös fixierte sie die Tür. Die Nachwirkungen des heftigen Ausbruchs legten sich nur langsam. Ein anderer Ehemann hätte sie dafür womöglich angeschrien oder ihr eine Ohrfeige verpasst. Sie hatte das riskiert, nur weil sie ihn verletzt sehen wollte, weil sie ihm ebenso wehtun wollte, wie ihr wehgetan worden war. Das schien ihr der einzige Weg zu sein, ihm ihr Leid verständlich zu machen. Ihr Angriff hatte jedoch nicht einmal einen Kratzer verursacht. Er erwartete keine Liebe, natürlich nicht.

Sie zog ihren rechten Handschuh aus. Der Ehering glänzte dumpf, gab vor, lebloses Metall zu sein, aber sie konnte spüren, wie er lebte, wie er sie verachtete. Der Finger, den er schmückte, fühlte sich taub an. Sie zog an dem Ring, doch er wich keinen Millimeter vom Fleck. Ihre Hände waren wohl vom Tragen der Tasche und der Aufregung angeschwollen. Noch einmal zog sie, fester dieses Mal, doch sie erreichte damit nur, dass ihr der Knöchel wehtat. Der Ring rührte sich nicht und fühlte sich an wie eine Schlinge, die um ihren Hals zugezogen wurde. Das hätte ein Symbol der Liebe sein sollen. Stattdessen war es ihr scharlachroter Buchstabe.

Vor dem Fenster glitten die geschwärzten Mauern der Häuser in den Armenvierteln vorbei, die sich wie verrottete Zähne aneinanderlehnten wie Grabsteine. In einem Hof klopfte eine Frau Teppiche auf einer Leine aus, während Kinder in zerlumpter Kleidung mit einem Ball spielten.

Was für ein Elend, dachte Hattie. *So ein Elend.*

Unter ihren Füßen brachten sie die Gleise Meile um Meile weiter weg von London und dem Leben, das sie kannte, und vielleicht in einem letzten Aufbäumen füllten lebhafte Erinnerungen ihr Gedächtnis: Zachary, der immer so beschützend war … Ihre Mutter, die sich ständig in Hatties Leben einmischte und alles bestimmen wollte … Ihr Vater, der ihr erlaubt hatte, in Oxford Kunst zu studieren, weil sie nutzlos fürs Familiengeschäft war. Anstandsdamen und Leibwächter folgten ihr auf Schritt und Tritt. Catriona, die ihr beisprang und ihr half, ihre Dummheiten auszubügeln; Lucie, die ihre Ferien wegen ihr abgebrochen hatte; Annabelle, die sogar für sie ins Gefängnis gegangen war … Ihre Haut kratzte wie ein zu eng gewordenes Kleid. Schutz bis zum Ersticken. Früher hatte sie gedacht, dass dies ein Liebesbeweis sei, aber es war mit beinahe absoluter Sicherheit eher eine Folge daraus, dass man sie für entzückend, aber dumm und vermutlich auch schwach hielt. Und sie war es so leid. Sie war kein törichtes, argloses junges Mädchen. Sie war auch nicht zerbrechlich wie Glas. Nun war ihr klar, warum man Mädchen nicht erlaubte, wütend zu werden, denn darin keimte eine waghalsige Hoffnung – und Macht. Sie würde die gefällige Frau, die sie an diesem Morgen gewesen war, jedoch nicht verabscheuen. Oh nein! Sie wollte lieber diesen kostbaren Zorn ausleben und den Blick nach vorn richten. *Les rousses viennent de l'enfer* – Rothaarige Frauen hatte der Teufel persönlich aus der Hölle geschickt. Schluss mit *entzückend*. Auftritt: die Hexe.

Harriet hatte wohl beschlossen, ihn auf der gesamten neunstündigen Zugfahrt nach Edinburgh zu ignorieren. Als er in den Waggon zurückkehrte, um nach ihr zu sehen, lag sie auf dem Sofa, las ein Buch und aß Toffees aus einer Dose. Sie hatte ihn keines Blickes gewürdigt, daher war er wieder in den anderen Waggon gegangen, um sich um seine Post zu kümmern.

Zur Mittagszeit wollte er sie bitten, mit ihm zu speisen, und entdeckte, dass sie sich schon einige Teekuchen gegönnt hatte, die sie wohl eingepackt haben musste. Sie sah ihn nur schweigend und mit höflicher Verachtung an, bis er sich wieder zurückzog. Er aß sein Mittagsmahl, doch er schmeckte keinen Bissen davon. Seine Brust fühlte sich seltsam eng an, und er lockerte seine Krawatte, doch das befreiende Gefühl blieb aus. Seine Ehefrau hasste ihn. Schlimmer noch, sie respektierte ihn nicht. Und keine Frau verschenkte ihre Gunst an einen Mann, den sie nicht respektierte. Er sollte ihre Wut als haltlose weibliche Hysterie abtun, wie ihm der Etikette-Ratgeber geraten hatte, denn kein Mann, der bei klarem Verstand war, hätte ihr erlaubt, allein zu verreisen.

Frankreich. Wenn sie dieses verdammte Frankreich bereisen wollte, dann würde er sie eben dort hinbringen – Paris, Lyon, Marseille, wonach immer ihr der Sinn stand. Sobald er die Angelegenheit in Drummuir geregelt hatte. Bis dahin sollte er sich keine Gedanken mehr wegen dieser Sache machen. Dennoch starrte er auf ihren leeren Platz, während er freudlos kaute und schluckte und der Schmerz jeder einzelnen Verletzung, die er sich am Vorabend zugezogen hatte, plötzlich wieder aufflammte. Offenbar hatte er sich auf gemeinsame Mahlzeiten gefreut, die so angenehm waren wie ihr Lunch in Shoreditch. Was stimmte bloß nicht mit ihm?

Er schob den noch vollen Teller von sich und griff nach einem Bericht, der verschiedene mögliche wirtschaftliche Szenarien nach einer Einkommenssteuerreform darstellte. Er las die Worte, doch sie drangen nicht zu seinem Gehirn vor.

Als ob ich dich lieben könnte – als ob das überhaupt jemand kann.

Nun. Er wusste, dass er nicht liebenswert war, zumindest seit seiner Jugend nicht mehr. Dass er es davor einmal gewesen sein musste, wusste er auch nur, weil Sorcha ihre klebrige kleine Hand an seine Wange gelegt und ihm gesagt hatte, dass sie ihn liebte. Daher hegte er keine Erwartungen in dieser Hinsicht. Aber Hass?

Während des Halts in York schickte er ein Telegramm zum Hotel, um für acht Uhr eine Droschke zum Bahnhof Waverley Station zu bestellen.

Bei ihrer Ankunft in Edinburgh war der Himmel bleigrau, und Regen trommelte auf die gerippte Glasdecke des Bahnhofs. Draußen riss ihm eine Windbö fast den Schirm, den er über Harriet hielt, aus der Hand. »Willkommen in Schottland«, murmelte er.

Die Luft legte sich feucht auf sein Gesicht und schmeckte frisch. Eine Illusion. Links von ihnen ragten die Dächer von Edinburgh so einheitlich auf, als sei die gesamte Stadt aus einem riesigen Felsen gestampft worden, denn Ruß und Rauch hatten den hellen Sandstein der Häuser gleichmäßig schwarz gefärbt. Im Osten hielt die alte Burg im Nebel Wache, so wie in den vergangenen achthundert Jahren. Tief in seinem Inneren verspürte Lucian zugleich Sehnsucht und Kummer bei dem Anblick, ein Gemisch aus Gefühlen, das sich am besten in den einsamen Klängen eines Dudelsacks ausdrücken ließ. Deshalb reiste er nicht gern in den Norden.

Sobald sie in ihrer Suite in der George Street Nummer fünfundzwanzig ankamen, einem Stadthaushotel, in dem der schottische Dichter Robert Burns angeblich zu seiner Zeit gern logiert hatte, machte Harriet Anstalten, dem gemeinsamen Salon zu entfliehen und sich in ihr Schlafzimmer zurückzuziehen.

»In einer halben Stunde gibt es unten Tee«, sagte er zu ihrem Rücken.

Sie erstarrte, blieb in der Tür stehen und drehte sich zu ihm um. »Du meinst *Supper.*«

Er atmete tief durch. »Du nennst es *Supper.*«

»Ich bin nicht hungrig.«

»Ich erwarte deine Gesellschaft.«

Sie zog einen Flunsch. »Ich habe dafür nichts Passendes zum Anziehen.«

Sie wirkte erschöpft, fiel ihm auf. Einige Locken hatten sich aus ihrer Frisur gelöst und umrahmten ihr Gesicht, und unter ihren Augen zeichneten sich dunkle Schatten ab. Er würde jedoch nicht nachgeben. Er würde ihren Hass ertragen, aber nicht länger ihre Respektlosigkeit. Er lockerte seine Krawatte. »In deinem Zimmer solltest du eine Truhe mit Kleidern vorfinden.«

Sie beäugte ihn misstrauisch. »Du hast für mich packen lassen?«

Er knöpfte seine Weste auf. »Das erschien mir sinnvoll.«

»Wann?«, fragte sie. »Wann hast du meine Kleider packen lassen?«

»Matthews hat sie im Harrods ausgewählt, während der Zugwaggon vorbereitet wurde.«

Sie verengte die Augen zu Schlitzen. »Kleider von der Stange?«

»Sie werden genügen.«

Sie murmelte etwas.

»Der Zug nach Fife fährt morgen um elf Uhr vormittags ab«, sagte er barsch. »Was immer du noch brauchst, kannst du dir morgen früh besorgen.«

Sie presste die Lippen zusammen. »Zweifellos glaubst du, dass für die Einkäufe die Cockburn Street genügen wird.«

Er hielt im Aufknöpfen seines Hemdes inne, als er das Wort Cock – Schwanz – aus ihrem Mund vernahm. »Wie bitte?«

»Cockburn Street.« Sie betonte jede Silbe nachdrücklich. »Die Einkaufsstraße in Edinburgh, in der man laut Bradshaws Reiseführer alles in höchster Qualität findet, was man braucht.«

»*Aye*«, sagte er, und ihm war ungemütlich warm. »Man spricht es allerdings Coburn Street aus. Aber ja, dort findest du alles.«

»Kann man dort in dieser *Coburn* Street auch Zofen bekommen?«, fragte sie. »Ich brauche nämlich eine, da du vergessen hast, Bailey auf diese Reise einzuladen.«

Hochnäsiges, freches Gör.

»Du brauchst nur etwas zu sagen …« Er ließ seinen Blick langsam über ihre derangierte Gestalt gleiten. »Und ich helfe dir beim Auskleiden. Auch gerne beim Baden.«

Er zog sich das Hemd über den Kopf, ungewollt erregt bei dem Gedanken an ihren seifigen, glitschig nassen Körper unter seinen Händen. Es überraschte ihn nicht, dass sie fort war, als er das Hemd zur Seite legte.

Obwohl Harriet in dem »rostbraunen« Kleid, das die Verkäuferin bei Harrods Matthews wohl vorgeschlagen hatte, sehr hübsch aussah, wäre das Abendessen ohne ihre Gesellschaft wohl weitaus angenehmer gewesen.

Der kleine Speisesaal hätte ihre Aufmerksamkeit erregen sollen. Er befand sich im Kellergeschoss mit niedrigen, gewölbten Decken und weiß gekalkten Wänden, die so dick waren wie die einer Burg. Fackeln brannten in eisernen Haltern. Harriet war jedoch damit beschäftigt, ihre Fingernägel zu betrachten, nachdem sie die Handschuhe ausgezogen hatte. Sie lächelte den Kellner an, breit und herzlich, was sowohl Lucian als auch den Mann ein wenig aus der Fassung brachte.

»Ob der Hummer wohl frisch ist?«, fragte sie.

»Ja, Ma'am«, erwiderte der junge Mann. Sein Blick flackerte unsicher zwischen ihr und Lucian hin und her. »Den bekommen wir jeden Tag fangfrisch aus dem Firth, Ma'am.«

»Wunderbar. Ich liebe frischen Hummer.« Das Lächeln brachte ihre Augen zum Funkeln, und der Kellner errötete.

»Bringen Sie den Hummer als ersten Gang«, sagte Lucian. »Und danach das Lammfleisch.«

Sie war so unerhört plump in ihren Versuchen, ihn zu provozieren, dass es ihm hätte egal sein können. Dennoch juckte ihm der Pelz, als ob sich ein ganzer Mückenschwarm auf ihn gestürzt hätte, denn trotz ihrer Unbeholfenheit hatte ihre List funktioniert. Er würde ein kleines Verbrechen dafür begehen, um solch ein strahlendes Lächeln von ihr zu bekommen.

Sie schien ihren Wein zu genießen und trank ziemlich viel, später plünderte sie geschickt den fetten Hummerschwanz mit ihrer Gabel. »Ich habe mich gefragt, unter welchem Posten du mich in deiner Buchhaltung aufführst«, sagte sie und schaute kurz auf, während sie das weiße Fleisch herauslöste. »Einerseits sollte dein durch mich zu erwartender Gewinn enorm sein. Andererseits bin ich wohl ein Objekt mit Wertminderung, da mein Aussehen und meine Fähigkeit, dir Kinder zu gebären, sich mit der Zeit verflüchtigen werden.«

Sein Etikette-Ratgeber für den anspruchsvollen Gentleman empfahl, dass ein Mann jede giftige Stichelei und unvernünftige Forderung stoisch ertragen sollte, denn Worte waren die einzigen Waffen, die einer Frau erlaubt waren, und außerdem träfe sie ohnehin keine Schuld für ihren schwachen Verstand und ihr launisches Wesen, da dies eine beklagenswerte

Eigenschaft der Natur ihres Geschlechts sei. Für Lucian klang diese Behauptung nach verdammt großem Blödsinn, denn er hatte schon Frauen gesehen, die hinter Männern mit einer Bratpfanne herjagten, und er hatte erlebt, wie ebensolche Frauen stoisch die Folgen einer Tragödie beseitigten und ihre Familien ganz allein durch harte Winter brachten. Aber nun, da er einem solch lieblich lächelnden Wesen gegenübersaß, das mit gnadenloser Präzision ein Krustentier zerlegte, ergab dieser Rat durchaus Sinn. Schweigend aß er sein Mahl. Die Zeit war auf seiner Seite. Das Gesetz war auf seiner Seite. Das waren die Fakten. Es war lediglich ein Gefühl, dass sich heute das Blatt gewendet hatte.

17. KAPITEL

Bei der Weiterreise am nächsten Tag zeigte sich der Himmel mit weißen und grauen Strudeln auf blauer Leinwand, ein El Greco in unendlicher Größe. Der Firth of Forth, der neben den Gleisen floss, glitzerte wie Silbermünzen in der Sonne. Noch ein wundervoller Anblick, bei dem man einen Ehemann leicht ignorieren konnte.

Besagter Ehemann saß Hattie gegenüber und trug einen maßgeschneiderten marineblauen Tweed-Anzug, eine graue Paisley-Weste und eine grüblerische Miene, die betörend hätte wirken können, wenn Hattie nicht beschlossen hätte, ihn zu verachten. Zumindest hielt er sein Wort. Er hatte am vergangenen Abend keine Anstalten gemacht, seine ehelichen Rechte einzufordern. Und er hatte nicht einmal mit der Wimper gezuckt, als sie direkt unter seiner Nase an diesem Morgen die halbe Cockburn Street leergekauft hatte. Vier große Kisten mit teurem Firlefanz, den sie nicht vorhatte, jemals zu benutzen, befanden sich inzwischen auf dem Weg nach Belgravia. Auf diese Weise konnte sie ihn sicher kaum finanziell ruinieren, aber es war eine schöne Genugtuung gewesen, es wenigstens zu versuchen.

Verstohlen schaute sie zu Lucian. Seine Schultern wirkten entspannt, und die dunklen Fächer seiner Wimpern lagen auf seinen Wangen, als ob er schlummerte. Er schlief nie genug.

Immer ging er spät zu Bett und stand zu früh auf, so viel wusste sie bereits über ihn. Eine liebende Ehefrau würde sich deswegen sorgen und Wirbel machen, und sie spürte, wie erneut Groll in ihr aufstieg, denn er hatte ihr solche liebevollen kleinen Gesten und Rituale für immer genommen.

Er wachte auf, als der Zug in den geschäftigen Hafen von Granton einfuhr und am Ufer des Firth hielt.

Sie deutete auf ein großes Schild nahe dem Fenster: *Granton-Burntisland Fährendienst.*

»Heißt das, der ganze Zug wird auf ein Boot verfrachtet?«

»Es ist eine Eisenbahnfähre, man kann die Waggons draufrollen.« Lucians Stimme klang ablenkend rau.

»Verstehe.«

Sein schläfriger Blick fiel auf ihre Hände, die sie um die Sitzkante geklammert hatte. »Seit dreißig Jahren läuft der Betrieb tadellos«, meinte er. »Die Fähre wird nicht ausgerechnet heute kentern.«

Widerstrebend lockerte sie den Griff, entschlossen, ihre Besorgnis nicht zu zeigen.

Während die Fähre Zug und Passagiere über den Meeresarm brachte, überlegte Hattie, wie aufreibend es doch war, dass es seit dreißig Jahren solche Meisterwerke der Ingenieurkunst gab, die dafür sorgten, dass Menschen schnell und ungehindert große Entfernungen und unbewohnte Gebiete überwinden konnten, und doch durfte eine Frau nicht allein einkaufen oder eine Galerie besuchen. Zu gefährlich, hieß es, für ihren Ruf, ihre Tugend. Aber wer brachte sie denn in Gefahr? Männer. Wie praktisch für die Männerwelt, dass die Missetaten einzelner einen jeden von ihnen zu einem Beschützer erhoben und die Frauen abhängig von ihnen machten, weshalb man sie beispielsweise auch ganz legitim und nach Belieben nach Schottland verschleppen konnte. Dies bewies, dass Fortschritt keine

Sache der Möglichkeiten war; vielmehr war es eine Sache des Willens, wer und was in den Fortschritt einbezogen werden sollte. Vermutlich würden Männer die Welt in einem Flugapparat umrunden, noch ehe die Frauen die Macht über ihr eigenes Leben bekamen.

In Burntisland stiegen sie in einen verwittert wirkenden alten Zug um, der sie von der Küste weg und weiter nach Norden brachte. Die Landschaft wechselte schon bald zu sich sanft erstreckenden grünen Tälern, die mit Schafen und Bauern-Cottages gesprenkelt waren. Die unendliche Weite des Landes ließ den Beobachter tief nach Atem schöpfen.

Als sie schließlich an dem eingleisigen Bahnhof in Auchtermuchty ausstiegen, war Hattie dennoch erschöpft. Ihre Taschenuhr verriet ihr, dass es beinahe fünf Uhr war. Bedrückt schaute sie zu, wie vor dem Bahnhof zwei junge Schotten ihre Truhen auf eine altmodische schwarze Kutsche luden. Eine weitere Stunde wurde sie auf einem schlecht gefederten Sitz durchgeschüttelt, bevor das Gefährt langsam und quietschend auf einer verlassenen Ebene hielt – vor dem einzigen Haus weit und breit. Dem *Drover's Inn*. Erschrocken schaute sie durch das Fenster.

Das graue Steingebäude ragte zwei Stockwerke unter einem dunklen Schieferdach empor und bot ein unregelmäßiges Flickwerk aus alten, verwitterten Mauern und neuerer Anbauten, was den Eindruck erweckte, dass das Haus im Lauf der Zeit organisch gewachsen war. Es strahlte etwas beunruhigend Lebendiges aus, tatsächlich neigte sich der Bau ziemlich weit nach rechts, als hätte es irgendwann mal versucht zu fliehen und sei bei dem Versuch erstarrt.

Hattie erschauerte. »Irgendetwas stimmt nicht mit diesem Haus.«

Lucian lehnte sich nach vorn, um es in Augenschein zu nehmen. »Sieht für mich aus wie die meisten Gasthäuser, die ich in Schottland kenne.«

Sein Gesicht war ihrem so nahe, dass sie den Duft seiner Rasierseife wahrnahm. Sie lehnte sich zurück, und er warf ihr einen undurchdringlichen Blick zu, ehe er die Wagentür schwungvoll aufstieß. Steifbeinig folgte sie ihm in das verstörend wirkende Gebäude. Gleich darauf schrie sie auf und sprang zur Seite, da sie von irgendwelchen scharfen Pfoten angegriffen wurde. Ein schwarzer Bär richtete sich im Flur auf, sein Maul für immer in einem stummen Brüllen geöffnet.

»Er ist ziemlich tot«, bemerkte Lucian. Erst da fiel ihr auf, dass sie sich an ihn presste.

Rasch löste sie sich von ihm. »Eine sehr hilfreiche Beobachtung.« Sie drückte sich die Hand immer noch auf ihr wild schlagendes Herz, als eine kleine, stämmige Frau aus den schattigen Tiefen des Flurs auf sie zueilte. Ihr braunes Haar war mit silbrigen Strähnen durchzogen, und um ihre Augen hatten sich Lachfältchen eingegraben.

»Ich bin Mrs Burns«, teilte sie ihnen atemlos mit. »Mir gehört der Gasthof, zusammen mit meinem Mann, Mr Burns, der drinnen auf Sie wartet. Ich hoffe, Sie hatten eine angenehme Reise. Im Moment regnet es öfter als zu dieser Jahreszeit üblich, und die Straßen sind schlammig. Meine Söhne werden Ihr Gepäck gleich in Ihr Zimmer bringen, Sir.« Sie schaute Hattie an, dann nickte sie zu dem Bären. »Lassen Sie sich von Alistair keine Angst einjagen, Ma'am. Er ist ein braver Kerl. Folgen Sie mir bitte.«

Die tiefen schwarzen Decken und dunklen Holzwände des Gasthofs waren von Staub bedeckt, altmodische Gaslampen erhellten den schmalen Flur und warfen ihr oranges Licht über Geweihe, Flügel und Pfoten – ausgestopfte Waldtiere drängten sich dicht an dicht übereinander und nebeneinander in

Glasvitrinen und auf Regalen an den Wänden. Als sie endlich am Empfangstresen ankamen, war Hattie ganz schwindelig von dem Gefühl, von toten Kreaturen verfolgt zu werden. Der kahlköpfige Mann hinter dem Tresen begrüßte sie fröhlich. Vermutlich fanden nicht viele Gäste den Weg an diesen gottverlassenen Ort, und falls doch, blieben sie wohl nicht lange. Oder gingen sie womöglich gar nie wieder von hier weg?

»In meinem gestrigen Telegramm ließ ich mitteilen, dass meine Frau für die Dauer unseres Aufenthalts die Dienste einer Zofe benötigt«, sagte Lucian, während er sich ins Gästebuch eintrug. »Ich zahle den in London üblichen Lohn.«

»Natürlich«, antwortete Mr Burns. »Ich hole meine Töchter. Ein winziges Momentchen bitte.« Er verschwand hinter schweren Vorhängen in einem Hinterzimmer.

Die vorherrschende Stille war so absolut, als befände man sich unter Wasser. Ein ausgestopfter Rabe saß auf dem Tresen neben der Klingel, den Kopf neugierig schräg gelegt.

Sie wandte sich an Lucian. Er blickte stoisch geradeaus.

»Warum hast du diesen sonderbaren Gasthof ausgewählt?«, zischte sie.

»Es ist der einzige in der Nähe des Bergwerks.«

Sie standen ziemlich nah beieinander, aber angesichts ihrer seltsamen Umgebung widerstrebte es ihr, mehr Abstand zu ihm zu wahren.

»Das ist gruselig«, sagte sie. »Ich rechne damit, dass der Bär Alastair und seine Freunde um Mitternacht zum Leben erwachen und sich an den Gästen gütlich tun.«

Unerwartet legte Lucian eine Hand auf ihren unteren Rücken und zog sie etwas näher an sich. »In einem Etikettratgeber habe ich gelesen, dass das Talent und die Berufung einer Frau darin liegen, sich gütig, anbetungswürdig und herzlich zu geben«, flüsterte er ihr ins Ohr. Seine Stimme grollte so rau und tief wie Donner. »Ich schlage vor, du liest ihn mal.«

»Hm«, murmelte sie. »Das klingt ziemlich verstaubt. Ich schlage vor, ich verbrenne ihn.«

Ihr Puls hatte sich bei seiner Berührung beschleunigt, doch nun zog er die Hand weg, und ein Muskel zuckte in seiner Wange, ein sehr befriedigender Anblick.

Mr Burns kam mit seiner Gattin und zwei jungen Frauen zurück. Ihr braunes Haar hing ihnen noch in dicken Zöpfen über die Schultern, und sie betrachteten sie unverhohlen neugierig aus blauen Augen. »Miss Mhairi Burns und Miss Clara Burns«, stellte Mrs Burns vor. »Sie stehen zu Ihren Diensten.«

Lucian wandte sich an Mr Burns. »Sprechen sie nur Scots?«

»Nein«, sagte Mr Burns. »Das *Drover's Inn* wird oft von internationalen Gästen besucht.«

Miss Clara Burns hatte Mehl auf der Stirn, und Miss Mhairis Hände waren noch immer rot und feucht, weil sie wohl irgendetwas geschrubbt hatte. Wie schrecklich, dass sie den beiden nun noch mehr Arbeit aufbürdete.

Sie wandte sich an das Mädchen Mhairi. »Sind Sie die Ältere?«

»Ja, Ma'am.« Die junge Frau knickste unbeholfen.

»Es ist mir eine Freude, Sie kennenzulernen, Miss Burns«, sagte Hattie. »Wir sind in den Flitterwochen, verstehen Sie, und es wird so viel angenehmer mit Ihrer Hilfe sein.«

Die Mädchen rissen die Augen auf. »Flitterwochen.« Mrs Burns wirkte pikiert, und selbst Mr Burns machte ein verblüfftes Gesicht. Lucian beobachtete sie wachsam aus dem Augenwinkel.

»Nun«, sagte Mr Burns heiter. »Das ist ein erstklassiges Haus. Es wird sehr ordentlich geführt, ist ruhig gelegen und auch einzigartig. Eine ausgezeichnete Wahl für die Flitterwochen.«

Seine Frau schenkte ihm einen säuerlichen Blick.

Er schloss das Gästebuch. »Wir stehen zu Ihrer Verfügung.«

»Ich wünschte, du hättest nicht vergessen zu erwähnen, dass uns eine Braut besucht«, meinte Mrs Burns. »Wenn wir das gewusst hätten, dann hätten wir doch einen Korb vorbereitet.«

»Ja«, sagte Mhairi. »Ma'am hätte einen Hochzeitskorb bekommen sollen.«

Hattie bedachte alle mit einem zittrigen Lächeln. »Wie schrecklich nett.«

Die Frauen hatten sich schnell gefasst. »Der Korb ist voller Köstlichkeiten«, sagte Miss Clara enthusiastisch. »Wir geben das beste Shortbread hinein.«

»Und Blaubeermarmelade.«

»Und Schinken.«

»Ja, worauf wartet ihr denn«, blaffte Mrs Burns. »Steht nicht bloß rum und redet drüber.« Sie wandte sich an Hattie. »Bitte entschuldigen Sie, dass der Korb verspätet kommt, Ma'am. Hätten wir früher gewusst, dass eine Braut zu Besuch kommt …« Sie schüttelte den Kopf.

»Sie haben das beste Zimmer mit dem besten Ausblick«, mischte Mr Burns sich in die gemeinschaftlichen Bemühungen ein, sie über ihre miserablen Flitterwochen hinwegzutrösten, die ihr von einem wohl zweifellos ebenso miserablen Ehemann auferlegt worden waren, und zu ihrer Schadenfreude merkte sie, wie Lucian allmählich die Geduld verlor.

»Der Korb enthält auch eine Flasche Auchtermuchty, den besten Jahrgang«, sagte Mrs Burns.

»Auchtermuchty.« Mr Burns nickte Lucian verschwörerisch zu. »Der beste Whisky in ganz Fife.«

Ihr Zimmer war allerdings womöglich das schlechteste in

ganz Fife. Es war klein, verwohnt und roch nach alter Wäsche und Mottenkugeln. Die rechte Seite wurde von einem Bett mit durchgelegener Matratze und einem Schrank eingenommen. Vor dem Fenster stand ein geflickter Lehnsessel. Links davon war der Kamin, ein Vorhang verdeckte den Eingang zu einem Nebenraum. In der Mitte der Kammer quetschte sich neben ihr Gepäck ein verschrammter Tisch. Eine schwarze Mappe lag darauf; Lucian griff mit einer Miene danach, die ihr verriet, dass er damit gerechnet hatte, sie dort zu finden.

Hattie ging zum Fenster und schob den fadenscheinigen Vorhang zur Seite. Die Aussicht war trostlos: Ein Weg wand sich durch ein Heidefeld, in einiger Entfernung erstreckte sich eine Doppelreihe grauer Cottages, und noch weiter weg qualmten Schlote. Der Anblick war doppelt trist, denn wäre ihr Ehemann nicht gewesen, würde sie nun auf die Dächer von Paris schauen oder die romantisch-melancholisch abblühenden Lavendelfelder der Provence.

Du kannst mir Frankreich nicht für immer verweigern, schwor sie stumm.

»Ich hatte auf große Berge in Schottland gehofft«, sagte sie laut. »Hier sieht es eher aus wie in East Anglia, so platt wie ein Pfannkuchen.«

»Fife liegt in den Lowlands«, erwiderte Lucian.

»Wie langweilig.« Sie lugte hinter den Vorhang. Der Raum dahinter war kaum größer als ein Schrank. Nur ein Schemel und ein Waschtisch mit Krug standen darin. Das Fenster war hoch und schmal wie eine Schießscharte. Sie vermutete, dass sich die Toilette unten befand, eine ziemlich große Unannehmlichkeit.

Plötzlich durchzuckte sie jedoch die Erkenntnis eines ganz anderen Schreckens. Sie drehte sich zu Lucian um, der durch die Mappe blätterte.

»Es gibt nur ein Bett.«

»Ja.«

Sie verschränkte die Arme vor der Brust. »Ich verlange mein eigenes Zimmer.«

»Ganz sicher tust du das, Schätzchen, aber es gibt keines mehr.«

»Willst du mir weismachen, dieser Gasthof hat nur ein einziges Zimmer?«, fragte sie aufgebracht. Und die Art, wie er sie Schätzchen nannte, in dem Ton redete eine Ladenbesitzerin aus dem Norden mit ihren Kunden.

»Es gibt noch drei andere Gästezimmer, aber sie sind alle belegt«, erwiderte Lucian kühl.

»Alle belegt! Wer in aller Welt, der noch alle Sinne beisammenhat, würde gern Zeit in diesem gottverlassenen Ort verbringen?«

»Ein Bergbauingenieur, ein Bauingenieur und der zukünftige Verwalter des Bergwerks. Sie sind auf meinen Wunsch hier.«

Also hatten diese Männer die Mappe für ihn bereitgelegt.

Sie ging zu dem kleinen Kamin, beäugte das Sims und rümpfte die Nase. Ausgestopfte Tiere gab es zwar nur unten, aber auf dem Sims reihten sich Holzgnome aneinander, mit Haaren und Bärten aus Büscheln ergrauender Schafswolle. Eine Kuckucksuhr, die einem Bahnwärterhäuschen nachempfunden war, befand sich an der Wand daneben. Sie war mit geschnitzten Blätterranken reich verziert, die ganz charmant wirkten, aber doch irgendwie grotesk angesichts der Umgebung.

Sie wischte mit einem Finger über das Sims und hielt ihn hoch, als sie sich zu Lucian umdrehte. »Das Zimmer ist staubig, und es zieht.«

Lucian rieb sich über den Nacken, doch er schien in seine Lektüre vertieft zu sein.

Sie schob mit der Fingerspitze den großen Zeiger der Kuckucksuhr weiter bis zur vollen Stunde, worauf sich die grünen Fensterläden des Bahnwärterhäuschens öffneten und der Kuckuck herausschoss, um sieben klägliche Krächzer von sich zu geben.

»Du kannst nicht erwarten, dass ich das jede Stunde ertrage«, sagte sie, nachdem sich der Vogel wieder hinter sein Fenster zurückgezogen hatte. »Ich kehre morgen nach London zurück.«

Lucian sah auf und musterte sie mit undurchdringlicher Miene. »Wie würde es dir gefallen, Harriet, wenn ich dich übers Knie lege, damit du zur Ruhe kommst?«

Sie blinzelte verwirrt. Dann griff sie sich eine der Holzfiguren vom Sims. »Wie würde es dir gefallen, wenn ich dir einen Zwerg an den Kopf werfe?«

Er presste die Lippen zusammen, seine Mundwinkel zuckten verdächtig. »Das ist kein Zwerg«, sagte er. »Es ist ein Kobold, kleine Wesen von den Inseln, die es nicht schätzen, geworfen zu werden.«

Sie stellte die Figur rasch wieder zurück und ärgerte sich über sein schiefes Grinsen.

Zum Tee, oder *Suppah*, wie Harriet es nannte, gingen sie nach unten, weil sie es bevorzugte, in der Öffentlichkeit zu speisen, nicht privat in ihrem Zimmer, was Lucian nicht überraschte. Eine Handvoll Gäste, ihren Mienen nach zu urteilen Stammgäste, hatte sich am Tresen in dem dämmrig beleuchteten Gastraum versammelt und musterte sie neugierig durch wabernden Zigarettenrauch. Die Kellnerin führte sie jedoch an einen Tisch am Fenster.

»Was darf ich bringen, Sir?« Lächelnd sprach sie ihn auf Englisch an, nicht auf Scots.

»Was empfehlen Sie?«

»Wir machen den besten Haggis im Königreich Fife«, sagte sie. »Serviert mit Kartoffelbrei und gut durchgegarten Rüben.«

»Gut durchgegart, sagen Sie.«

»Außerdem haben wir einen Rindfleisch-Kartoffel-Eintopf. Vom besten schwarzen Gallowayrind von der Westküste.«

Er betrachtete Harriet, die wie betäubt wirkte, ehe er sich wieder an die junge Frau wendete. »Haben Sie eine Speisekarte?«

»Wegen mir nicht«, hörte er die sanfte Stimme seiner Frau. »Ich nehme die Empfehlung.«

Er musterte sie skeptisch. »Das wird dir nicht schmecken, vermute ich.«

»Durchgegarte Rüben«, sagte sie höflich. »Ich sehne mich förmlich danach.«

Die Küche war unzulänglich, sagte sie damit in Wahrheit. Das wusste sie, ohne die Speisekarte zu sehen. Der Ort war unzulänglich, Schottland war unzulänglich, er war unzulänglich. Er bestellte Haggis, Eintopf, Wein und Ale und dachte, dass es die Sache wert gewesen wäre, einen Holzkobold an den Kopf zu bekommen.

Die Zeit verging mitten im Nirgendwo nur langsam. Im Ständer an der Wand über ihrem Tisch lagen noch die Zeitungen von vor drei Tagen. Untermalt vom eisigen Schweigen der Frau, die er geheiratet hatte, fühlte es sich wie eine Ewigkeit an, bis die dampfenden Teller vor ihnen abgestellt wurden.

»Schmeckt dir der Haggis?«, fragte er, da sie ihr Mahl mit ausdrucksloser Miene aß.

Sie zuckte mit einer Schulter. »Es erinnert mich ein wenig an Blutwurst, aber der Geschmack ist intensiver. Was ist das?«

»Schafsmagen«, erklärte er. »Gefüllt mit klein gehackten Schafsinnereien und Haferschleim.«

Sie legte die Gabel ab. »Sehr nahrhaft, dessen bin ich mir sicher«, sagte sie matt.

Sie nahm ihr Besteck nicht wieder auf, trank dafür aber ihren Wein in kleinen Schlucken.

»Ich kann dir etwas anderes bestellen«, sagte er nach einer Weile.

Argwohn flackerte in ihren Augen auf, und er verkrampfte die Finger um seinen Löffel. Ihre Launen und ihr Mangel an Vertrauen sollten ihm egal sein, aber sie hatte eine bisher unbekannte Komplexität in sein Leben gebracht. Er stellte fest, dass er sich widersprechende Gedanken hegte, schlimmer noch, Gefühle. Ihr Misstrauen, ihre Sticheleien, ihr trotzig verzogener Schmollmund quälten ihn gründlich, und dennoch hätte er sich am liebsten über den schmalen Tisch gelehnt und diesen Mund geküsst. Ihr teurer Vanilleduft mischte sich mit dem Geruch schwelender Kohle, der sich von den Minen hereinschlich – ein bizarres Aufeinandertreffen seines alten Lebens mit seinem neuen, das ihm irgendwie zusetzte und ihn aus der Bahn warf.

Schließlich aß sie weiter, doch immer wieder wanderte ihr Blick aus dem Fenster zu den dunklen Umrissen der in der Ferne liegenden Hügel, die langsam mit dem Dunkel der Nacht verschmolzen.

»Hast du wirklich gehofft, Berge zu sehen?«, fragte er, denn offenbar war er masochistisch veranlagt und sehnte sich nach Abweisung.

»Natürlich.« Sie seufzte wehmütig. »Der Anblick ist erhebend und bringt die Seele ins Gleichgewicht. Was sind die Menschen im Vergleich mit Berg und Fels?«

»Ist das aus einem Gedicht?«

Sie betrachtete ihn mit einem verhaltenen mitleidigen Blick in ihren braunen Augen. »Das ist aus einem Roman von Jane Austen.«

»Aha.« Er hatte von Jane Austen schon gehört, kannte aber ihre Werke nicht.

»Natürlich kennst du das nicht«, sagte sie. »Du liest ja keine Romane. Du könntest einem Mr Bingley auch kaum unähnlicher sein.«

Er hatte keine Ahnung, was er auf diese Bemerkung erwidern sollte, daher nahm er einen großen Schluck von seinem Ale.

»Du bist nicht einmal ein Mr Rochester«, fuhr Harriet fort. Er kannte auch diesen Burschen nicht, aber ihrem Ton entnahm er, dass er widerwärtig war, daher nagelte er sie mit einem Blick über den Rand seines Glases fest.

Ihre Augen weiteten sich erschrocken. »Tatsächlich bist du wohl eher … ein Heathcliff.«

Vielleicht, grübelte er, versuchte sie gar nicht, ihn zu provozieren. Vielleicht war sie wirklich etwas wirr im Kopf. Dieser Gedanke schoss ihm zum ersten Mal in den Sinn.

Harriet wechselte die ganze restliche Mahlzeit über kein Wort mehr mit ihm, und als sie fertig waren, fragte sie, ob sie sich zurückziehen dürfe. Er hatte kaum genickt, da flüchtete sie schon vom Tisch.

Die Kellnerin nahm Harriets Abgang als Zeichen, dass sie den Tisch abräumen durfte, und fragte, ob er noch ein Bier wolle.

»Wer oder was ist Heathcliff?«, fragte er grimmig.

»Heathcliff … Oh, er ist eine Art Schurke in *Sturmhöhe*, Sir«, sagte sie, als sie zu seinem Teller griff. »Das ist ein Roman.«

»Der Schurke also?«

»Nun, er ist ein grüblerischer, unkultivierter Mann, der in eine feine Dame verliebt ist.«

»Ach tatsächlich?«, murmelte er.

»Dann macht er ein Vermögen, aber er ist immer noch von Rache durchdrungen und ruiniert deswegen alles.«

Lucian blieb stumm.

»Einige Mädchen schwärmen für ihn.« Die Kellnerin warf ihm einen Seitenblick zu.

Hitze kroch ihm den Nacken hinauf. Der Blick hätte alles sein können – unverfänglich, mitleidig oder kokett. Er wandte den Kopf ab. So weit war es also schon mit ihm gekommen, dass er schon Erregung verspürte, wenn eine Frau bloß in seine Richtung schaute? Es war zu lange her. Seit er den Handel mit Greenfield geschlossen hatte, hatte er keine weibliche Gesellschaft mehr gesucht, und selbst davor hatte er schon eine Weile wie ein Mönch gelebt. Nun hatte er eine Frau, die so gut duftete wie Gebäck, und durfte sie weder schmecken noch ihre seidig zarte Haut berühren. Am liebsten würde er ihr in ihr gemeinsames Zimmer folgen, sie aus ihrem sittsamen Kleid schälen und sie auf das quietschende Bett drücken. Er wollte seine unkultivierten, schurkischen Heathcliff-Hände über ihre weichen Rundungen gleiten lassen, während sie ihn mit einem süßen Lächeln und Verlangen in den Augen anschaute. Sie würde nur zu gerne die Beine für ihn spreizen … und sie würde sich anschmiegsam und heiß anfühlen, und er würde sie so langsam und gezügelt vögeln, dass sie bald schon darum betteln würde, dass er sie härter rannahm …

»Whisky«, sagte er heiser. »Mehr Whisky.«

Weit nach Mitternacht kehrte Lucian in ihr Zimmer zurück. Harriet schien zu schlafen. Leise zog er sich aus und wusch sich, dann ertastete er sich den Weg zum Bett. Er blieb vor dem Kamin stehen und fasste an die Wand, wo die Kuckucksuhr gehangen hatte. Nun war der Platz über dem Kamin bereits leer. Harriet hatte sie wohl aus dem Fenster geworfen, wie er sie kannte, vermutlich mit einem Schmollmund und Schulterzucken.

Er war betrunken. Dabei war er sonst nie betrunken. Außer diesen bestimmten wenigen Tagen im Jahr …

Sie stieß einen erstickten Laut aus, als er sich neben sie ins Bett legte. So leise wie möglich zog er die Decke über seine Schultern und verharrte still auf der Seite. Ihr warmer Körper befand sich ganz nah hinter seinem Rücken, und trotz des Rauschs härteten sich seine Muskeln mit einer Sehnsucht, die so dick war, dass man sie mit dem Messer hätte schneiden können.

Die Decke raschelte leise, als sie sich umdrehte. »Es ist so dunkel«, murmelte sie. »Ich habe nie so eine pechschwarze Dunkelheit erlebt.«

Tatsächlich machte es kaum einen Unterschied, ob er die Augen offen hatte oder schloss. Kein von Menschen gemachtes Licht verschmutzte die schottischen Nächte.

»Du musst keine Angst haben«, murmelte er. Die Dunkelheit und er hatten eine gemeinsame Vergangenheit. Er kannte alle verschiedenen Arten, und die, die nun über ihrem Bett wie eine schwarze Samtdecke lag, war harmlos.

Ihre Atemzüge wurden tiefer, und ihm schoss der Gedanke durch den Kopf, dass er eine beruhigende Wirkung auf sie ausübte und dass sie trotz all ihrer Bedenken neben ihm im Bett liegen blieb. Das war ein Anfang. Einer, den er zu seinem Vorteil nutzen wollte.

18. KAPITEL

Nachdem Lucian einen ganzen Eimer starken Tee zum Frühstück getrunken hatte, brach er auf, um die Bergwerksdörfer zu besuchen.

Die Nacht war kurz gewesen; irgendwann hatte Harriet ihre Seite der Matratze verlassen, vermutlich auf der Suche nach Wärme, und er war mit dem sanften Druck ihrer Brüste an seinem Rücken aufgewacht. Reglos hatte er dagelegen, den Blick zur Wand gerichtet, und alles um ihn herum verblasste; er nahm nur noch ihren Atem wahr, der sacht über seinen Nacken streifte. Die Erinnerung an ihre Nähe, die Berührung, brannte immer noch auf seiner Haut, als er sich zu den anderen in der Kutsche des *Drover's Inn* gesellte: seinem neuen Bergwerksverwalter, Mr Stewart – einem großen, glatt rasierten Schotten aus Dundee, den er zuvor in London kennengelernt hatte, und dem schweigsamen Mr Wright, einem Bauingenieur, der ursprünglich aus Surrey stammte, aber inzwischen in St. Andrews lebte. Die fachliche Meinung des Bergbauingenieurs wurde noch nicht benötigt, daher war der Mann im Gasthof geblieben, um Platz für den Burschen zu machen, der Wrights Kameraausrüstung tragen sollte.

Nieselregen hüllte das Tal in einen Dunstschleier, und als sie im Dorf aus der Kutsche ausstiegen, begrüßte sie ein eiskalter Wind, der selbst durch ihre dicken Tweedmäntel drang. Das

Dorf hätte aber auch unter einem wolkenlosen Himmel erbärmlich gewirkt.

»Wie Sie sehen, ist die Straße vor den Hauseingängen erhöht«, sagte Stewart. Er kämpfte mit den Blättern seiner Aufzeichnungen und hatte Mühe, gleichzeitig seine lange Gestalt mit dem Schirm zu schützen. »Das ist in Heather Row anders. Von den beiden Dörfern braucht das hier deutlich tiefgreifendere Verbesserungen.«

Heather Row lag in der Nähe des Gasthofs, aber Lucian hatte beschlossen, ihre Besichtigung am anderen Ende des Bergwerks mit der kleineren Kohlengrube und dem älteren Dorf zu beginnen, Drummuir Grove. Das, was er sah, passte zu dem Bild, das er sich anhand von Stewarts Karten im Gasthof gemacht hatte. Eine schiefe Kapelle zu ihrer Linken und dreißig alte Stein-Cottages auf jeder Seite der schnurgeraden, unbefestigten Straße. Diese war in schlechtem Zustand und mit schwarzen Pfützen übersät. Und ja, dass sie höher lag, bedeutete, dass das Regenwasser direkt in die Häuser links und rechts floss.

»Was ist mit den Abwassergräben?«, fragte er.

Mr Wright holte Stift und Notizheft aus seiner Jackentasche. »Sie verlaufen zu nah an den Häusern«, sagte er. »Sobald es wärmer ist, wird der Geruch zum Ärgernis«, ergänzte er und strich sich über den roten Bart. »Ich schlage eine größere Entfernung vor, mindestens zwei Meter.«

»Wir müssen also die Gräben verlegen.«

»Richtig.«

Das hatte er bereits anhand der Karte vermutet.

Sie wurden beobachtet. Die meisten waren zwar jetzt bei der Arbeit in der Mine, aber die Älteren waren zu Hause, passten auf die kleinen Kinder auf und hielten hinter den Vorhängen ein Auge auf verdächtige Vorgänge.

Erinnerungen drängten sich in den Vordergrund, an den Tag, an dem er nach Argyll zurückgekehrt war, um seine Großmutter abzuholen. Die einst so vertrauten Cottages hatten kleiner gewirkt, die wenigen grasenden Schafe kränker, der sich schlängelnde Weg schlammiger. Niemand hatte ihn erkannt, mit seinen neunzehn Jahren und in einem feinen Mantel. Die Kerle, die er angesprochen hatte, misstrauten seiner sauberen Haut und der Londoner Aussprache, die sich in seine Worte geschlichen hatte.

Nanny MacKenzie? Ist im Februar gestorben.

Dieser quälende Schmerz, als er erkennen musste, dass er einen Monat zu spät gekommen war. Einen Monat. Nach sieben Jahren Wartezeit.

Man hatte sie auf dem Friedhof ihres alten Heimatdorfes beerdigt; auf ihrem Grab stand ein bereits verrottendes Holzkreuz. Hatte sie womöglich am Fenster gesessen, das geflickte Umhängetuch über den Schultern und den müden Blick auf die Dorfstraße gerichtet, auf ihn gewartet und bis zum Ende gehofft?

Lucian blinzelte gegen den Regen in seinen Augen an. »Wie schlimm ist es mit der Feuchtigkeit?«

»Sehr viel schlimmer als drüben in Heather Row«, erklärte Stewart. »Die Hälfte der älteren Minenarbeiter scheint unter rheumatischen Beschwerden zu leiden. Die Straße ist das Hauptübel, aber die Dächer tragen auch ihren Teil bei.«

Diese verdammten Dächer sahen aus, als hätte man sie seit einem halben Jahrhundert nicht mehr repariert. Dieser verfluchte Rutland. Dieses verdammte Konsortium, das das Bergwerk zwar Rutland aus den Händen genommen, aber trotzdem weiterhin Miete für diese Löcher verlangt hatte. Er würde von seiner Lordschaft die Bezahlung seiner Schulden einfordern und das Geld für die Renovierung verwenden.

Türen öffneten sich, Menschen erschienen in den Türrahmen, um sie näher in Augenschein zu nehmen. Die kleinen Kinder gaben ihr Versteck hinter dem Rockzipfel ihrer Aufpasser bald auf und liefen zu Mr Wright, als er seine Kamera aufbaute, um den windschiefen Wassertank zu fotografieren. Lucian ging zum nächststehenden Cottage, in dem eine ältere Frau am Türrahmen lehnte. Sie hatte sich ein rotes Tuch um die Haare gebunden, ein paar daraus entkommene Strähnen waren immer noch verrußt.

»Ich bin Blackstone«, erklärte er.

Ihr wässriger Blick musterte ihn abschätzend und ging ihm unter die Haut. »Man hat uns gesagt, dass Sie kommen würden«, sagte sie auf Scots. Sie entblößte ihre verbliebenen Zähne in einem Lächeln. »Es hieß, dass Sie die Dörfer besuchen würden.«

»Darf ich mir Ihr Zuhause ansehen?«

Sie nickte und trat zur Seite. Aus den Blaupausen wusste er, dass die Cottages aus zwei Räumen bestanden, einer Küche und einem Schlafzimmer.

Wright schloss sich ihm an, und Lucian tippte mit der Spitze seines Stiefels auf den Boden. »Steinböden«, sagte er. »Notieren Sie, dass ich Holzböden will, mit einer richtigen Isolierung drunter.«

Mr Wright schrieb eifrig mit.

»Ich möchte, dass jedes Haus an der Rückseite eine Speisekammer erhält, nachdem die Gräben verlegt worden sind.«

Die Frau folgte ihm durch das kleine Haus, wobei sie ihren offensichtlichen Stolz auf ihre karg ausgestattete, aber ordentliche Küche sorgfältig mit gequälten Seufzern über die Feuchtigkeit, die fehlende Speisekammer und die schlechten Abwassergräben auszugleichen versuchte. Was nicht nötig war, denn er sah selbst, wie schlimm es um das Haus stand.

»Was ist bloß passiert?«, knurrte er, als er wieder draußen in der frischen Luft stand. »Selbst in den Sechzigern waren die Unterkünfte humaner.«

Wright und Stewart senkten peinlich berührt den Blick, als ob sie die aufwühlenden Emotionen spürten, die ihn durchpeitschten.

Sind Sie ein gewalttätiger Mensch?

Harriets Gesicht war mit dieser Frage verknüpft. Er konnte sie vor sich sehen, wie sie ihn mit großen Augen im Salon ihrer Eltern anschaute. Er war zumindest ein wütender Mann.

Nach der Besichtigung des Cottages hing der Geruch nach Armut in seinen Kleidern und seinen Haaren, diese unverwechselbare Mischung aus feuchten Wänden, kaltem Zigarettenrauch und dem wässrigen Eintopf, der immer auf dem Herd köchelte, dem Geruch nach Schweiß und klammen Wollkleidern, die nach dem Waschen nie vollständig trocknen konnten, weil man nichts anderes zum Anziehen besaß. Es roch wie an all den Abenden, an denen er als Junge nach seiner Schicht im Bergwerk nach Hause gekommen war.

Stunden später, auf dem Weg nach Heather Row, überlegte er immer noch, ob er Drummuir Grove nicht besser in Grund und Boden stampfen sollte.

Vor der nächsten Besichtigung aßen sie ihren mitgebrachten Lunch in einem leeren Klassenzimmer der Dorfschule. Die Situation in diesem Dorf war tatsächlich besser: trockene Backsteinhäuser; die meisten hatten sogar eine Wohnstube und annehmbar große Fenster. Sie beendeten den Rundgang in der Küche von Mr Boyd, dem Gemeindesprecher. Boyds von Falten zerfurchtes Gesicht gab keinen Hinweis auf sein Alter, aber er hatte dichte kastanienbraune Locken und noch alle Zähne. Ein kürzlicher Unfall mit einer Lore hatte dafür gesorgt, dass er einen Arm in einer Schlinge trug, weshalb er zur Zeit nicht unter Tage arbeiten konnte, aber seine Frau und seine Töchter waren draußen in der Grube zum Kohlensortieren.

»Hier in Heather Row ist die Wasserversorgung für die Häuser das größte Problem«, erklärte er, während seine Mutter ihnen übersüßten Tee servierte. *Seht her*, sagte dieser Tee, *wir haben Geld für Zucker, viel davon*. »Das Wasser kommt aus der frisch aufgemachten Grube, aber irgendetwas stimmt nicht mit der Filterung. Wenn Sie sich den Brunnen hier mal anschauen, werden Sie feststellen, dass ziemlich viel im Wasser rumschwimmt, und es gibt immer wieder Ausbrüche von Ruhr im Dorf.« Boyds unverletzte Hand war groß, schwielig und auf ewig angegraut, und sie lag völlig reglos auf dem Tisch, während er sprach. Ein ruhiger Mann. Er begegnete Lucian jedoch auch mit Argwohn, der offen in seinen blauen Augen, die er gewohnheitsmäßig verengte, schimmerte.

»Mr Wright wird sich das einmal anschauen«, versprach Lucian.

Boyds geübter Blick maß den Ingenieur ab, der im Moment den Inhalt seiner Teetasse misstrauisch beäugte.

»Ich werde offen sein«, sagte Lucian. »Es gibt viel zu tun. Das Erste, worum ich Sie bitten möchte, ist, mit den Männern über eine Mitgliedschaft in der regionalen Gewerkschaft zu sprechen.«

Boyds Mund zuckte, als ob er den Impuls unterdrücken müsste auszuspucken. »Keine Sorge, Sir. Wir haben nicht die Absicht, uns der Gewerkschaft anzuschließen.«

»Sie missverstehen mich«, erwiderte Lucian. »Ich möchte, dass Sie den Männern vorschlagen, der Gewerkschaft beizutreten.«

Boyd betrachtete ihn mit Pokermiene und schwieg. Stewart und Wright wirkten verwirrt, der Junge, der die Ausrüstung trug, starrte ihn mit offenkundigem Erstaunen an.

»Sie haben es vorher noch nicht in Erwägung gezogen, weil Drummuir aus dem letzten Loch pfeift?«, hakte Lucian nach.

Boyd schnaubte. »Oh doch, wir haben uns das schon überlegt, aber uns wurde sehr deutlich klargemacht, dass die Grube geschlossen wird, wenn wir das tun«, sagte er. »Drummuir, sie ist eine ziemlich harte und geizige alte Lady geworden, nicht wahr?«

Das war auch eine Art, eine schlechte Investition zusammenzufassen. »Das ist wahr.«

Resignation mischte sich mit störrischem Stolz in Boyds Ausdruck. »Durham, Northumberland, Süd-Wales, dort sind heutzutage die ergiebigen Minen, soweit ich höre.«

»Ich habe vor, Drummuir wieder rentabel zu machen, indem ich in die Transport-Infrastruktur und neue Technologien zum Abbau investiere und nicht dadurch, dass ich die Arbeiter für einen Hungerlohn schuften lasse und sie in ein frühes Grab befördere«, verkündete Lucian. »Also machen Sie den Männern den Vorschlag mit der Gewerkschaft.«

»In Ordnung«, sagte Boyd nach langem Schweigen. »Das werde ich tun.«

»Und ich möchte, dass die Unterkünfte in den Gemeindebesitz übergehen. Besprechen Sie das ebenfalls.«

Boyd war sichtlich verblüfft über diese Entwicklung, aber seine breiten Schultern entspannten sich, und er wurde redselig. Zuerst sprach er über das Wetter, dann über die Eigenheiten der verschiedenen Kohleflöze, die in den Büchern und offiziellen Berichten nicht auftauchten. Er wurde schließlich unterbrochen, als sich die Küchentür hinter ihm öffnete und ein schwarzhaariges Kind eintrat, ein Junge. Er war fünf, vielleicht auch sechs oder sieben Jahre alt, unmöglich zu sagen, so verkümmert im Wachstum, wie er war. Beim Anblick der Besucher ließ er den Eimer in seinen Händen fallen, und der Inhalt ergoss sich über den Boden. Rüben, dünn und blass wie Knochen.

»*Och*, Ruri.« Boyd schüttelte den Kopf.

Der Junge rührte sich nicht; seine Augen fixierten Lucian, und Lucian wusste sofort, was er sah: einen Mann in feinem Anzug und Zylinder, der eine Taschenuhr mit dicker silberner Kette trug, flankiert von anderen Männern, die aussahen, als kämen sie aus der Stadt; ein Anblick, der Ärger bedeutete – vielleicht würde seine Mutter tagelang wie auf glühenden Kohlen herumlaufen oder sein Vater wütend sein oder es weniger Essen in der Speisekammer geben. Lucians Brust zog sich vor Unmut zusammen, und seine Laune sank noch tiefer, als er beobachtete, wie Boyds grauhaarige Mutter die Rüben vom Steinboden aufsammelte. Erleichterung brachte das Läuten einer entfernten Glocke - fünf Uhr, Schichtende, und sie verabschiedeten sich.

Inzwischen hatte es aufgehört zu regnen, und in den Kohlegeruch, der in der Luft hing, mischte sich der Duft nach warmer, gereinigter Erde. Boyd begleitete sie durch das Dorf, um sein Wohlwollen zur Schau zu stellen. »Meine älteste Tochter heiratet in fünf Tagen.« Er nickte und hob die unverletzte Hand, um einige Bergleute zu begrüßen, die vom Bergwerk nach Hause zurückkehrten.

»Glückwunsch«, sagte Lucian. Er verstand die Bemerkung als das, was sie war: eine Aufforderung, die Feierlichkeiten zu bezahlen, was Gutes verhieß. Boyd würde sein Geld nicht annehmen, wenn er ihm immer noch misstrauen würde.

Im nächsten Moment stolperte er fast über seine eigenen Füße. Das Aufblitzen von flammend rotem Haar lenkte seine Aufmerksamkeit auf die Bank vor dem letzten Haus in der Reihe.

Seine Frau.

Sie saß inmitten einer Schar kleiner Kinder wie eine glückliche Henne in einem Nest. Kurz war es so still in seinem Kopf, dass er glaubte, das Klirren der Spitzhacken in der Grube zu hören.

19. KAPITEL

Früher am selben Tag

Hattie hatte eine Stunde lang am Fenster gestanden und beobachtet, wie die violetten Farbtöne des Heidekrautfeldes sich unter dem bewölkten Nachmittagshimmel veränderten, und als die Sonne endlich durchbrach, betrachtete sie die Kleider, die Lucian für sie gekauft hatte, genauer. Außer dem rostroten Seidenkleid und einem smaragdgrünen enthielt ihre Truhe noch schlichte Wollkleider in Erdtönen. Was ihr ehrlich gestanden gefiel, denn vor die Wahl gestellt, ob sie wie eine Königin in feiner Seide durchs Dorf tänzeln oder im Zimmer bleiben sollte, hätte sie sich bestimmt dafür entschieden, nicht auszugehen, und wäre in ihrem Zimmer dann wohl vor Langeweile gestorben. Wenn sie nicht malen konnte, musste sie sich bewegen.

Sie wählte ein pflaumenblaues Kleid, schnürte ihre Stiefel und ging mit dem Skizzenbuch in der Tasche und ihrem Sonnenschirm nach unten, um zu fragen, ob Mhairi sie begleiten könnte. Diese Bitte brachte Mrs Burns in Bedrängnis, denn Mhairi war in der Küche unentbehrlich. Schließlich bot Hattie ein Pfund für die Dienste des Mädchens, ein Angebot, von dem Mrs Burns wohl dachte, es sei unklug, es abzulehnen. Aus einer Laune heraus bat Hattie noch um Stift und Papier und schrieb einen Brief in passablem Französisch an die Leiterin von Mytilene, in dem sie ihre Ankunft für den nächsten Monat ankündigte und versicherte, dass sie sich auf jede erdenkliche Weise in der Gemeinschaft nützlich machen wollte. Inzwischen kannte sie die Adresse auswendig – eine Sicherheitsmaßnahme, die sie vor ihrer Abreise nach Frankreich getroffen hatte. Sie bot Mrs Burns ein weiteres Pfund, wenn sie den Brief diskret und unauffällig zum Post- und Telegrafenamt in Auchtermuchty brachte.

»Wie seltsam«, sagte Hattie wenig später zu Mhairi. Tief atmete sie ein, während sie mit schnellen Schritten den Weg zum Dorf entlangliefen. »Ich erwarte ständig, dass die Luft in einem Tal frisch riecht, und doch meint meine Nase, dass wir uns inmitten einer Stadt befinden.«

»Das liegt an der Grube, Ma'am«, erklärte Mhairi nach einer kleinen Pause. »Dort ist ein offenes Flöz, und es gibt immer kleinere Feuer.«

»Waren Sie schon mal in London, Miss Burns?«

Mhairi wandte den Blick ab, sichtlich belustigt. »Nein, Ma'am. Aber ich war schon mal in Dundee.«

»Wie bezaubernd. Und das hier ist also Heather Row.« Es kam ihr so vor, als betrete sie ein niederländisches Gemälde aus der Renaissance-Zeit: Alle Farben hatten eine bräunliche Nuance, und über der Szene lag eine gewisse Düsternis. Die beiden Häuserreihen wirkten verlassen, nur ein paar Kinder rollten einen Reifen über die Straße.

»Ich nehme an, alle sind zur Arbeit.«

»Sie kommen bald zurück«, sagte Mhairi und nickte zu den rauchenden Kohleöfen in der Ferne. »Um fünf Uhr.«

»Glauben Sie, man hätte etwas dagegen, wenn ich die Häuser zeichne?« Sie deutete auf eine Holzbank vor dem ersten Cottage in der Reihe. Dort könnte sie sich setzen und bequem das Cottage auf der anderen Straßenseite skizzieren.

»Nein, das macht ihnen sicher nichts aus«, sagte Mhairi. »Hamishs Mutter lebt dort, Rosie Fraser. Ich kenne sie gut.«

Sie schaute neugierig zu, wie Hattie Skizzenblock und Stifte auspackte.

»Setzen Sie sich zu mir«, bat Hattie. Mit verlegenem Kichern nahm die junge Frau neben ihr auf der Bank Platz und beobachtete aufmerksam, wie das Haus gegenüber auf dem Blatt Gestalt annahm.

Es dauerte nicht lang, bis die Kinder sie spannender fanden als den Reifen, und bis Hattie die Kleinen spannender fand als ihre Skizze. Die kleine Schar erinnerte sie mit ihren runden Augen und ihrer braunen Kleidung an Feldmäuse. Ein Mädchen kaute an einer blonden Haarsträhne. Hattie lächelte sie an. »Hallo, Engelchen.«

So ermutigt, kamen die Kinder näher. Schmutzige kleine Hände betatschten den glänzenden blauen Stoff ihres zusammengeklappten Sonnenschirms. Sie lachte, als Mhairi sie wegzuschlagen versuchte wie Fliegen. »Lassen Sie nur«, meinte sie.

Das blonde Mädchen kletterte daraufhin auf die Bank zwischen sie und schmiegte sich an sie, um die Skizze zu betrachten. Dann sagte sie etwas in unverständlichem Scots.

Mhairi schnaubte.

»Was hat sie gesagt?«, fragte Hattie.

»Anne ist albern, Ma'am. Sie möchte, dass Sie sie malen.«

»Anne.« Die Augen des Mädchens waren groß und blau und blickten unheimlich ernst. »Soll ich dich zeichnen, Anne?«

Ein Nicken.

»Aber du musst dafür eine Weile ganz still sitzen«, sagte Hattie. »Schaffst du das?«

»Ein Schilling, dass sie es nicht mal 'ne Minute durchhält«, erwiderte Mhairi.

»Warum halten Sie sie nicht auf Ihrem Schoß?«

Mit skeptischer Miene hievte Mhairi das Mädchen auf

ihre Beine, und Hatties Stift flog wieder über das Papier und hielt mühelos runde, schmutzverschmierte Wangen und einen Schmollmund fest. Die Herausforderung waren immer die Augen, und in diesem Fall verbarg sich dahinter wohl eine sehr vielschichtige kleine Seele.

Als Hattie schließlich aufblickte, stellte sie fest, dass sich mehrere ältere Frauen zu dem Kreis gesellt hatten und ihre Hälse reckten.

»Es sieht aus wie ein Foto«, sagte Mhairi erstaunt, die Augen auf die Zeichnung gerichtet.

Hattie schüttelte ihre Hand aus. »Es ist nur eine Skizze.«

Anne schien von ihrem Bild sehr angetan zu sein; sie ergriff das Blatt und hielt es fest in den kleinen Händen.

»Ich nehme an, du wirst es mit nach Hause nehmen müssen, um es deiner Mama zu zeigen, hm?«

Die gemütliche Atmosphäre wurde durch die Rückkehr der Bergleute durchbrochen. Gruppen von Männern, Frauen und eine Schar Kinder. Nach ihren unverhohlenen Blicken zu urteilen, als sie Hattie bemerkten, beruhte die Neugierde auf Gegenseitigkeit. Aber als sie begriff, was sie sah, zog sich ihr Magen zusammen. »Die Kinder«, murmelte sie. »Haben … sie auch gearbeitet?«

Mhairi folgte ihrem Blick zu ein paar vorbeilaufenden Jungen. »Ja, Ma'am.«

Die Jungen wirkten nur wenige Jahre älter als die kleine Anne. Die nächste schockierende Überraschung folgte gleich darauf, denn die Frauen trugen Hosen mit einer Art Lendenschurz darüber, dessen Saum nicht einmal bis zu den Knien reichte. Sie hatten einander untergehakt und unterhielten sich so fröhlich, als seien sie nicht praktisch nackt. Ungeheuerlich. Faszinierend. Nichts davon verblüffte sie jedoch auch nur halb so sehr wie ihr Ehemann, der plötzlich in ihrem Blickfeld auftauchte. Ein Hut verdeckte seine wilde Haarmähne, aber sein zielstrebiger Schritt war unverkennbar. Oje! Die älteren Frauen, die ihre Skizze betrachtet hatten, tauschten vielsagende Blicke, dann schnappten sie sich die Kinder und zerstreuten sich.

»Oh«, sagte Mhairi.

»Kehren Sie ruhig schon zum Gasthof zurück«, schlug Hattie vor. »Wie es scheint, habe ich einen Begleiter.«

Das Mädchen war schon fort, als Lucian die Bank erreichte.

In der inzwischen vertrauten Weise blickte er sie finster an. »Mrs Blackstone.«

»Sir.«

»Würdest du mich zum Gasthof zurückbegleiten?«

Warum machte er sich überhaupt die Mühe, es wie eine Frage klingen zu lassen.

Sie sammelte ihre Stifte ein. Am Morgen war sie mit dem seltsamen Gefühl aufgewacht, dass seine Nähe im Bett ihr Wärme und Geborgenheit in dieser bizarren Umgebung gegeben hatte. Eine Illusion. Er schien ganz und gar nicht erfreut, sie zu sehen.

Er bemerkte, dass es ihr schwerfiel, mit ihm Schritt zu halten, als er auf den Feldweg zusteuerte, und wurde sofort langsamer, aber er machte keine Anstalten, ein Gespräch anzufangen.

»Aus der Mine kamen auch Frauen in Hosen«, sagte sie, weil sich das Schweigen so unangenehm anfühlte. »Ist das üblich?«

»Grubenfrauen«, sagte er und hielt seinen Blick auf das Gasthaus vor ihnen gerichtet. »Das ist durchaus üblich. Unten in Wigan leiten sie quasi die Zechen.«

»Das muss ich Lucie erzählen«, murmelte sie. »Das ist die Leiterin unserer Suffragistinnengruppe in Oxford«, fügte sie hinzu. »Ich frage mich, ob sie weiß …«

»Ich versichere dir, das Tragen von Hosen der Frauen hier ist in keiner Weise politisch motiviert.«

»Was soll das heißen?«

Er blieb stehen und sah sie an. Sein Gesichtsausdruck war grimmig. »Sie tragen die Hosen nicht aus Spaß, damit feine Damen vor Entrüstung ihre Perlen umklammern können oder um eine Gesetzesreform zu bewirken, sondern weil sie damit besser arbeiten können«, erklärte er. »Sie sind keine Sonderlinge, die du wie Affen im Zoo anglotzen kannst, weil du sie so exotisch findest.«

Sie schnappte nach Luft. »Das denkst du also von mir?«

»Und diese Kinder«, fuhr er fort, »sind nicht dein Spielzeug.«

Er lief weiter, für ihn war die Sache damit erledigt. Aber nur für ihn.

»Aber natürlich!« Mit schnellen, wütenden Schritten folgte sie ihm. »Du hältst mich ja für ein verwöhntes Gör.«

»Keine Sorge«, erwiderte er. »Diesen Eindruck hast du selbst hervorgerufen, indem du hier mit einem Sonnenschirm aufkreuzt.« Er warf dem hellblauen Schirm, den sie sich über den Kopf hielt, einen verächtlichen Blick zu.

Sein Spott stach ihr mitten ins Herz, obwohl seine Geringschätzung sie nicht mehr überraschen sollte.

»Meiner Haut ist es egal, wo die Sonne scheint.« Ihre Stimme bebte vor Kränkung. »Wäre es Ihnen lieber, ich würde mich verbrennen lassen, als Beweis für meinen guten Charakter?«

Er verzog das Gesicht, als hätte er die drohenden Tränen in ihrer Stimme gehört. »Nein«, sagte er schroff. »Nein, ich …«

»Nun, ich glaube schon. Sie hegen ganz offensichtlich nicht den Wunsch, auch nur eine verflixte Sache zwischen uns zu kitten!«

Sie lief an ihm vorbei, der Weg verschwamm vor ihren Augen. Es sollte ihr egal sein; er sollte ihr egal sein, aber die Erkenntnis, dass dies nicht so war, verstärkte ihren Kummer nur noch.

Im Gasthaus begrüßte Mhairi sie an der Rezeption mit offenkundiger Sorge, die Hattie mit einem breiten Lächeln zu beschwichtigen versuchte, während sie an ihr vorbeistürmte. Das Blut rauschte ihr immer noch in den Ohren, als sie das furchtbare kleine Zimmer betrat. Sie ließ den Sonnenschirm fallen und riss sich die Handschuhe von den Fingern und den Hut vom Kopf. Mr Blackstone besaß besser genügend Anstand, um woanders hinzugehen – am besten direkt zurück auf seinen Thron in der Unterwelt.

Die Tür flog auf, und Lucians glühender Blick nagelte sie an Ort und Stelle fest. Sie konnte sich nicht rühren, als er zu ihr herüberkam und erst anhielt, als sich seine Knie in ihre Röcke pressten. Ihre Hände flatterten kurz hoch, aber da hatte er sie schon um die Hüften gefasst und an sich gezogen, und plötzlich war ihr Kopf wie leer gefegt.

So forschend blickte er sie an, als wolle er direkt in ihre Seele sehen.

»Vieles, was ich verachte«, sagte er rau, »und alles, was ich begehre, vereint sich in dir. Und das frustriert mich über alle Maßen.«

Sie spürte seinen schnellen Herzschlag an ihrer Brust als Kontrapunkt zu ihrem eigenen, und eine andere Art von Erregung erfasste sie.

»Dafür kann ich nichts«, flüsterte sie.

»Nein.«

Sie legte die Hände auf seinen Mantelaufschlag. »Das ist auch keine Entschuldigung.«

Er presste seinen Daumen leicht gegen ihre Unterlippe. Die

dreiste Liebkosung durchzuckte ihren Körper wie eine Stichflamme, und seine Augen leuchteten auf, als sie leise aufseufzte.

»Ich weiß nicht, wie ich das hier richten kann«, murmelte er. Er setzte den Hut ab und warf ihn zur Seite. »Ich weiß nur, dass es mir lieber wäre, wenn meine Haut verbrennen würde statt die deine.«

Er wollte sie küssen. Wäre er wütend gewesen, hätte sie es ihm nicht erlaubt. Aber sie spürte einen Klang der Sehnsucht in ihm, die tiefer ging als Begehren und Lust und die so sehr mit dem frustrierten Aufschrei ihrer eigenen Seele harmonierte.

Er vergrub die Finger in ihren Haaren, und ihre Lippen fanden sich. Ihre Zungen berührten sich, fordernd und hitzig, und sie ertrank in einem Strom der Sinne: weiche Lippen, süßer Tee, sein dichtes, seidiges Haar zwischen ihren Fingern. Sie war verloren in diesem berauschenden Gefühl, in der erregenden Nähe, bis sie seine Härte an ihrem Bauch spürte, eine Erinnerung daran, dass er es vielleicht nicht nur bei einem Kuss belassen wollte.

Als ob er ihre aufkeimende Sorge spürte, lockerte Lucian unvermittelt seinen Griff. Alles wurde langsamer und sanfter. Er ließ eine warme Hand von ihrem Haar über ihren Rücken gleiten und wieder hinauf, darum werbend, dass sie in seiner Umarmung blieb. Mit der anderen Hand umfasste er ihre Wange, ganz behutsam, ein Tribut an ihre empfindliche Haut, und strich mit einem Daumen über ihren noch feuchten Augenwinkel. Sie lehnte sich an ihn, bebend und unfähig, die Finger von ihm zu lassen, und spürte, wie jegliche Anspannung aus ihm wich.

Erneut vertiefte er den Kuss, und es fühlte sich an wie eine Entschuldigung: bedächtig und zärtlich, suchend und etwas demütig, ein ungewohnter Geschmack auf seinen Lippen. Das machte ihr jede ihrer Empfindungen nur umso deutlicher;

seine schmeichelnden Lippen auf ihren, ihre sich neckenden Zungen, sein Atem, der liebkosend über ihre Wange strich. Ihr wurde ganz schwach. Aufkeuchend löste sie sich von ihm.

Lucian machte keine Anstalten, sie festzuhalten. Er beobachtete sie bloß wachsam. Ihr Atem ging schnell, und in ihrem Schoß verspürte sie ein irritierendes, sehnsuchtsvolles Ziehen. Unruhig presste sie die Beine zusammen, und Lucian brach in ein rätselhaftes Lachen aus.

»Um sieben Uhr gibt es *Supper.*« Dann ging er, ohne seinen Hut.

Das Abendessen war eine ungeheuer peinliche Angelegenheit. Der plötzliche Ausbruch einvernehmlicher Lust gesellte sich zu ihnen an den Tisch wie ein schlecht erzogener, betrunkener Onkel: Das Thema nicht anzusprechen fühlte sich falsch an, aber es zu tun schien Hattie auch völlig undenkbar. Lucian hingegen schien sich ziemlich wohlzufühlen; er aß mit gutem Appetit und hatte seine Krawatte skandalös weit gelockert, sodass man die Kuhle am Ansatz seines Halses erkennen konnte. Verstohlen warf sie ihm immer wieder Blicke zu, bis er sie dabei erwischte. Sein schiefes Lächeln löste eine Hitzewelle in ihr aus, und sie senkte den Blick rasch wieder auf ihren Eintopf. Konnte man einen Mann verachten und sich trotzdem nach seinen Küssen sehnen?

»Kommst du gut mit dem Mädchen zurecht?«, fragte er.

Vermutlich meinte er Mhairi. »Sie ist wunderbar, danke. Ich schulde ihr allerdings zwei weitere Pfund.«

Lucian hielt mit dem Löffel auf dem Weg zum Mund inne. »Wofür das denn?«

»Weil sie mich heute nach Heather Row begleitet hat.«

»Das ist mehr als der Monatslohn eines Dienstmädchens in London«, erwiderte er, fast komisch empört.

»Oh, ich weiß«, sagte sie. »Ich habe Unterricht in Haushaltsführung erhalten.«

Was auch immer er darauf hatte antworten wollen, spülte er mit einem großen Schluck Ale hinunter.

»Einige der Kinder, die ich heute von der Arbeit in der Grube zurückkehren sah, können kaum älter als acht oder neun gewesen sein«, wagte sie sich vor.

»Das mag sein«, stimmte er zu.

»Ziemlich jung.«

Er zuckte mit den Schultern. »Alt genug, um als Lutter zu arbeiten, vielleicht auch als Treckejunge, wenn es junge Burschen waren.«

»Ein Lutter?«

»Sie öffnen die Falltüren, für die Kohleloren. Oder um die Grube zu belüften. Noch viel jüngere Kinder als die, die du heute gesehen hast, übernahmen früher gewöhnlich diese Aufgabe.« Er rollte unbewusst seine rechte Schulter beim Reden, doch dann fiel es ihm wohl auf, und er verharrte reglos.

»Noch jünger?« Sie dachte an den kleinen Michael, den kleinen rundlichen Engel auf Flossies Schoß. Ihn in fünf oder sechs Jahren zur Arbeit zu schicken, noch dazu unter solch schrecklichen Bedingungen? Unvorstellbar. »Wie können Eltern ihren Kleinen nur so etwas zumuten? Ist es nicht schrecklich dunkel in den Schächten?«

Lucians Miene verhärtete sich. »Ja. Es ist dunkel. So dunkel, dass man manchmal nicht mal mehr die Hand vor Augen sieht. Aber jedes Kind in einer Arbeiterfamilie ist ein Mund mehr, den man füttern muss. Daher ist es das Beste, wenn sie früh lernen und dazu beitragen, ihren Unterhalt zu verdienen.«

Entsetzt lehnte sie sich zurück. »In diesem jungen Alter? Das kann nicht dein Ernst sein.«

»Du scheinst beharrlich an das Gute in meinem Herzen zu glauben, obwohl es Beweise gibt, dass ich gar kein Herz habe«, meinte er.

Es schien so. Sie war durch die Zärtlichkeit seiner Küsse ins Schwanken geraten und durch die Behauptung, dass es ihm lieber wäre, seine Haut würde verbrennen als ihre.

Sie legte den Löffel ab. »Ich bin sicher, es ist illegal, dass so junge Kinder und Frauen in den Gruben arbeiten.«

»*Aye*, in den frühen Vierzigerjahren ist ein Gesetz dagegen erlassen worden. Der *Mines and Collieries Act*.«

»Genau, das meine ich«, sagte sie. »Und verbietet es nicht, dass Frauen und Kinder unter Tage arbeiten?«

Er nickte. »Keine Frauen und Mädchen mehr in den Schächten. Die Jungen müssen zehn oder älter sein. Sie dürfen nicht länger als zehn Stunden am Tag arbeiten. Offiziell.« Seine Stimme troff vor Ironie.

»Ich nehme an, Frauen und Mädchen arbeiten immer noch unter Tage«, murmelte sie.

»Hier in Drummuir?«, fragte er. »Ja.«

Plötzlich verging ihr der Appetit. »Wirst du dem ein Ende setzen?«

Er nickte knapp.

»Ich bin froh, das zu hören.«

»Die Frauen werden sich das nur nicht gern gefallen lassen«, erwiderte er. »Oft genug brechen sie freiwillig das Gesetz.«

»Warum?«

»Die Vorstellung, dass Frauen zarte, zerbrechliche Wesen sind, die ihre Tage besser mit Briefeschreiben in einem Salon verbringen, ist nur in deinen Kreisen eine Realität.«

»In unseren Kreisen«, erwiderte sie sanft.

Einen Moment lang wirkte er überrascht, dann griff er erneut zu seinem Bier.

»Mir ist klar, dass die meisten Frauen arbeiten«, sagte sie. »Bailey arbeitet für mich jeden Tag, aber sie bekommt dafür einen Lohn, den sie akzeptabel findet. Warum bezahlt man den Minenarbeitern nicht einen vernünftigen Lohn und schafft sichere Arbeitsbedingungen? Ich bezweifle, dass die Frauen das Gesetz brechen, weil sie sich so sehr danach sehnen, ihren Tag in einem Grubenschacht zu verbringen.«

»*Aye*, ich könnte die Löhne erhöhen und dafür sorgen, dass alle schön nett und bequem zehn Stunden am Tag über Tage sind, und das Alter der Jungen auf vierzehn heraufsetzen«, sagte er. »Weißt du, was dann passieren würde?«

»Du würdest weniger Profit machen?«

»In diesem Fall hätte ich keine Mine mehr – weil andere Bergwerksbesitzer nicht nachziehen und deren günstigere Preise die Drummuir-Kohle vom Markt verdrängen würde. Und wenn es die Drummuir-Mine nicht mehr gibt, was sollen die Arbeiter dann machen? Hast du hier irgendwo Fabriken gesehen, wo sie ihren Lebensunterhalt verdienen könnten?«

»Nein«, gab sie zu.

»Und selbst wenn es die gäbe«, fuhr er fort. »Frag jede Grubenfrau, und die meisten werden dir sagen, dass sie es vorziehen, im Bergwerk an frischer Luft zu arbeiten, anstatt den ganzen Tag Flusen in einer heißen Baumwollfabrik einzuatmen.«

Sie verdaute dies, während sie einen Schluck Wein trank. »Aber irgendetwas ist nicht richtig, wenn das Überleben eines Bergwerks davon abhängt, dass man den Arbeitern den niedrigsten Lohn zahlt.«

Sein freudloses Lächeln ging ihr unter die Haut. »Damit hast du recht«, bestätigte er. »Daran ist etwas grundfalsch.«

»Ich hätte Lucies Arbeit mit den Frauengewerkschaften mehr Aufmerksamkeit schenken sollen«, sagte sie düster.

»Ich kann dir verraten, was sie sagen«, meinte Lucian. »Sie sind grundsätzlich gegen Arbeitsschutzmaßnahmen für Frauen, die vom Parlament auferlegt werden, weil die beinahe ausschließlich darauf abzielen, dass keine Frau mehr arbeiten soll. Das ist schön und gut, wenn die Frau verheiratet ist und der Ehemann gut verdient, aber was ist mit den alleinstehenden und verwitweten Frauen? Den Frauen armer Arbeiter?«

»Oder denen, die gern eigenständig und unabhängig sein wollen?«, sagte sie nachdrücklich.

»Auch das«, meinte er. »Und den Frauen die Arbeit unter Tage zu verbieten entstammte nicht etwa der Sorge um ihre Gesundheit. Die Öffentlichkeit und die Kirche setzten das aus moralischen Gründen durch. Unmöglich, dass Frauen nackt arbeiten, das gehört sich doch nicht, hieß es. Ich sage, soll doch die Kirche den Lohnausfall zahlen, aber das tut sie nicht.«

Falls er versuchte, sie zu schockieren, hatte er damit Erfolg. »Nackt«, wiederholte sie.

Er nahm das Brot von seinem Teller und biss ein Stück ab. »Unter Tage ist es heiß wie in der Hölle und oft auch nass«, sagte er, nachdem er geschluckt hatte. »Sich auszuziehen macht es erträglicher.«

Auch wenn sie diese Information erschütterte, war sie noch mehr darüber verblüfft, dass er über solche Einzelheiten Bescheid wusste. Am Dinnertisch der Greenfields wurde viel geredet, aber Hattie bezweifelte, dass ihr Vater solche Details über die Arbeitsbedingungen in den Minen wusste, an denen er Anteile besaß. Selbst Flossie hatte trotz all ihres Engagements niemals auch nur einen Fuß in einen Grubenschacht gesetzt. Die stundenlangen klugen Diskussionen und die Empörung über die Probleme der Welt klangen in ihren Ohren plötzlich hohl und heuchlerisch.

Es fühlte sich seltsam an, Lucian ein Kompliment zu machen, aber sie versuchte, immer gerecht zu sein, daher sagte sie: »Ich finde es vorbildlich, dass du dir die Mühe gemacht hast, so viel über die Probleme der Gemeinden in Erfahrung zu bringen.«

Er schwieg und betrachtete sie aufmerksam. Dann schüttelte er den Kopf. »Ich dachte, du wüsstest es inzwischen«, meinte er. »Du hast immerhin einen scharfsichtigen Blick und bist eine gute Beobachterin.«

Eine dunkle Vorahnung erfüllte sie. Ganz so wie an dem Tag, kurz bevor er sie neben einem Paar Han-Vasen zum ersten Mal geküsst hatte.

»Ich war einer von ihnen«, sagte er nun. »Ich bin ein Grubenarbeiter aus Argyll.«

20. KAPITEL

Dem verständnislosen Gesichtsausdruck seiner Frau nach zu urteilen, hatte Harriet keine Ahnung gehabt. Tja.

Wie dem auch sei, Lucian nahm an, da sie ihn schon in dem Wissen seiner unehelichen Herkunft geheiratet hatte, würde sie sich mit der Zeit auch damit abfinden.

»Du sagtest, du hast für einen Antiquitätenhändler in der Nähe des Leicester Square gearbeitet.« Sie klang erschüttert. »Und dass deine Mutter als Dienstmädchen in einem Herrenhaus angestellt war.«

»Ich sagte, dass ich mit dreizehn in dem Laden in die Lehre gegangen bin. Davor habe ich fast ein Jahr lang auf der Straße gelebt. Mit zwölf Jahren bin ich von Inveraray nach London gekommen.«

»Auf der Straße«, flüsterte sie. »Du warst ganz allein in London – was ist mit deinen Eltern?«

»Beide schon tot zu der Zeit.« Sein schroffer Ton sorgte dafür, dass sie zusammenzuckte.

Sie nahm ihre Serviette vom Schoß, faltete sie zu einem Dreieck und legte sie auf den Tisch. »Bitte, erzähl mir davon.«

»Meine Mutter stammte aus einem Bergwerksdorf«, sagte er. »Sie hatte einen seltenen Höhenflug und dachte, sie könne ihr Leben verbessern, indem sie eine Stelle im Herrenhaus annahm. Nun, sie kehrte bald zur Grube zurück, allerdings als werdende Mutter.« Er merkte, dass er die Hände zu Fäusten geballt hatte, und lockerte sie mühsam. »Nach ihrem Tod blieb ich bei ihrem Mann, bis mein Erzeuger starb. Sein Cousin übernahm den Nachlass; ein ziemlich religiöser Eiferer, der in der Grafschaft alle Bastarde seines Cousins eingesammelt hat, um seine Zeit im Fegefeuer zu verkürzen, nehme ich an. Er wollte uns alle auf ein religiöses Internat in Kensington schicken.«

Harriets Augen waren groß wie Untertassen. Er fragte sich, was ihn dazu bewegt hatte, über diese Dinge zu sprechen. Die kohlehaltige Luft; der Junge Ruri mit den verschütteten Rüben, ihr weicher Mund auf seinem, salzig von den Tränen, die sein barscher Ton verursacht hatte. Eine starke Mischung, die ausreichte, um einen Mann dazu zu bringen, über sich selbst zu reden.

»Ich dachte, dein Stiefvater hätte dir seinen Namen gegeben«, sagte sie. »Warum sollten sie dich ihm wegnehmen wollen?«

»Sie wussten, wer ich wirklich war. Jeder wusste es. Meine Mutter hatte im Herrenhaus gearbeitet, bis ihr Zustand nicht mehr zu verbergen war; sie war wegen des guten Essens und der leichteren Arbeit geblieben, so lange sie konnte. Aber natürlich wusste man Bescheid, und deshalb haben sie mich geholt.«

Er erinnerte sich so deutlich an den Tag, als sei es gestern gewesen. Es war ein kalter, windiger Tag gewesen, durchsogen von dem typischen schottischen Nieselregen, und doch hatten die Berghänge in den feurig roten Farben des Herbstes geleuchtet. Er hatte sich gerade mit einem Burschen geprügelt, der eine Meinungsverschiedenheit schlichten wollte, indem er ihn einen Bastard nannte. Daraufhin waren sie aufeinander losgegangen und schlugen sich heftig, bis jemand sie trennte.

Solche Vorfälle gab es regelmäßig in dem Dorf, in das sie nach dem Grubenunglück umziehen mussten. Die beiden Männer waren auf schlammbespritzten Pferden angeritten und hatten ihn aus dem Sattel verspottet, während sein Stiefvater ihn am Kragen festgehalten hatte. Seine Kleidung war schmutzig gewesen und seine Nase noch immer blutverschmiert.

»Sind Sie sicher, dass er das ist?«, hatte der eine gefragt.

Der andere hatte gelacht. »Natürlich. Er hat die gleiche Visage wie sein alter Herr und ist ebenso hitzköpfig, wie es aussieht.«

Er war empört gewesen, als er erfuhr, dass er so sein sollte wie ein Mann, den er nie kennengelernt hatte und trotzdem verabscheute. Sein Stiefvater hatte keine Einwände erhoben, dass man ihn wegbringen wollte, sondern sich bloß gesorgt, dass er keine angemessene Entschädigung erhalten würde.

»Seht ihn euch an«, hatte er mit seiner nasalen Stimme zu den Männern gesagt, »seht, wie stark er für sein Alter ist. Auf seinen Lohn kann ich nicht verzichten.«

Als das Feilschen um seinen Preis beendet war, hatte er sich gewehrt. Er war in der Tat stark für sein Alter, und er hatte gekämpft wie ein in die Enge getriebenes Tier. Wild schlug er um sich, trat gezielt gegen Weichteile und sorgte dafür, dass seine Widersacher sich zumindest blaue Flecken zuzogen, bis seine Großmutter aus ihrem Cottage kam und durch den Schlamm auf der Straße zu ihm hinüberstapfte. Sie nahm ihn zu sich in die Küche mit und brach seinen Widerwillen auf eine Weise, wie es Gewalt niemals könnte.

»Es gibt hier nichts für dich«, hatte sie gesagt. Jeder in dem neuen Ort wusste, dass er ein Bastard war, und würde ihn das nie vergessen lassen. Außerdem starben die Bergleute meist jung, und ihnen blieb kaum mehr vom Leben als die Arbeit in der Grube und ihr Stolz. Seine Mutter hätte versucht, diesem

Leben zu entkommen, aber als Frau sei sie chancenlos gewesen und ihre Anstrengungen vergebens. Er jedoch hätte eine Chance, wenn er nach London gehen und fleißig lernen würde, behauptete seine Großmutter. Dann könnte er es mal besser haben.

Schluchzend war er vor ihr niedergekniet und hatte den Kopf auf ihre Knie gelegt, weil er sie nicht verlassen wollte. »Und dann kommst du zu mir zurück«, hatte sie gesagt und ihm über das Haar gestreichelt. »Du kommst als gemachter Mann zurück und holst mich zu dir.« Anschließend hatte sie ihm den *sgian dubh* seines Großvaters und den Liebeslöffel gegeben, den er Harriet viele Jahre später schenken sollte, und ihn weggeschickt.

Harriet musterte ihn forschend, und erst da bemerkte er, dass er, tief in Gedanken versunken, wohl schon ziemlich lange schwieg. »Sie kamen wegen mir«, wiederholte er. »Und ich bin mit ihnen gegangen.«

»Ich verstehe«, sagte sie. »Aber wenn du eine Unterkunft in Kensington hattest, warum hast du dann … auf der Straße gelebt?« Sie flüsterte die letzten Worte, als wären sie zu furchtbar, um sie auszusprechen.

»Nun ja«, sagte er. »Der Direktor der Schule war kein guter Mensch.«

Nach kaum einer Woche hatte der Mistkerl ihn erst mit dem Rohrstock verprügelt und danach versucht, seine Hand zwischen Lucians Beine zu stecken, und Lucian – vorbereitet durch die Hinweise der anderen Jungen – hatte sich aus einem Reflex heraus den Briefbeschwerer vom Pult geschnappt und ihn dem Mann übergezogen, um sich zu wehren. Er hatte noch nie so viel Blut aus einem Menschen fließen sehen. Nachdem er sich auf Zehenspitzen zum Schlafsaal geschlichen hatte, um seine Sachen zu holen, war er den ganzen Weg zum

Londoner Hafen gerannt, unsicher, ob er einen Mord begangen hatte. Aoife hatte ihn ein paar Tage später gefunden, ausgehungert und versteckt in einer Ecke. Am selben Tag nannte er sich Luke Blackstone, und Lucian Stewart gehörte fortan der Masse der vermissten Kinder an.

»Das Leben auf der Straße hat mir nicht gelegen«, sagte er.

»Kein Wunder, würde ich meinen«, entgegnete Harriet mit leiser Stimme.

»Es gibt Hierarchien, und wenn man einen Unterschlupf oder Schutz sucht, ist man gezwungen, sich der einen oder anderen Gruppe anzuschließen«, erklärte er. »Das Leben ist billig, und irgendjemand hat immer Ärger mit jemand anderem, deshalb wird man genötigt, Partei zu ergreifen, auch wenn man selbst mit der Sache gar nichts zu tun hat. Die Hälfte der Zeit gibt es Streit über belanglose Kleinigkeiten.« Das Gleiche galt für die Machenschaften der Unterwelt, weshalb er sich nach einigen Jahren auch aus diesen herausgehalten hatte, nach und nach, solange es ihm noch möglich war, ohne dass es ihn den Kopf kostete. »Früher habe ich gern mit Holz gearbeitet«, erzählte er Harriet. »Ich konnte gut schnitzen, und als ich das Schild im Schaufenster des Antiquitätenladens entdeckte, habe ich mich vorgestellt.«

Er hatte riskiert, im Gefängnis zu landen, weil er ein sauberes Hemd und eine Krawatte von einer Wäscheleine gestohlen hatte, um bei Mr Graham, dem Antiquitätenhändler und Besitzer des Ladens, einen guten Eindruck zu machen. Manchmal fragte sich Lucian, was sein alter, verstorbener Mentor sagen würde, wenn er wüsste, dass sein Vertrauen in den schmuddeligen Jungen der Grundstein für dessen Aufstieg in die höchsten Kreise Londons gewesen war.

»Da dies die Stunde der Wahrheit zu sein scheint«, sagte Harriet, »wer war die Frau im Salon?«

Ihre Lippen waren bleich, aber in ihrem Blick lag eine unerwartete Härte.

»Aoife Byrne«, sagte er leichthin und dachte an all die Dinge, die sie hätte fragen können. »Wir sind uns in der Gosse begegnet. Sie hat meine Nase nach dem Bruch gerichtet. Und sie hat mir mehrmals die Haut gerettet, als wir beide obdachlose Straßenkinder waren.« Danach war sie bald zur Rädelsführerin bei den Schmuggelgeschäften im Londoner Hafen aufgestiegen, aber das musste Harriet nicht wissen.

»Ihr seid jetzt keine Straßenkinder mehr«, bemerkte seine Frau. »Aber ihr seid immer noch befreundet.«

Also hatte sie wohl beschlossen, entgegen der gängigen Etikette die angebliche *Affäre* ihres Ehemannes nicht länger zu ignorieren. Nur dass sie sich gewaltig täuschte. Aoife würde niemals mit einem Mann ins Bett steigen, und seit sie ihre Susan gefunden hatte, nicht einmal mehr mit anderen Frauen, aber auch das musste Harriet nicht erfahren, zumindest nicht aus seinem Mund.

»Ich habe dir mein Wort gegeben, dass ich mir keine Geliebte nehmen werde«, sagte er stattdessen.

Harriet machte prompt ein gelangweiltes Gesicht, als sei ihr das völlig egal. Launisches Geschöpf. »Miss Byrne teilt deine Interessen«, sagte er. »Sie ist oft in der *Royal Academy* und sitzt den Dekadenz-Künstlern Modell für ihre Gemälde. Sie geht auch gern in die Oper.«

»Interessant«, murmelte Hattie. Ihre Schultern hingen herab, und wie aus dem Nichts hatten sich Schatten unter ihren Augen gebildet. Instinktiv beugte er sich vor, in dem Wunsch, sie irgendwohin zu bringen, wo sie sich ausruhen konnte. Aber er wollte verdammt sein, wenn er noch einmal die Fassung verlor und über sie herfiel. Prompt durchzuckte ihn die Erinnerung an ihren Kuss. Er versuchte, das Phantomgefühl ihres warmen, feuchten Mundes und ihrer begierigen Zunge zu verdrängen.

»Möchtest du ein Bad nehmen?«, fragte er und als ihr Blick unsicher über ihn flackerte: »Ich muss ein paar geschäftliche Dinge erledigen – ich werde es hier tun.«

Sie zögerte. »Du willst hier arbeiten – im Schankraum?«

»Lief in letzter Zeit irgendetwas dem gesellschaftlichen Protokoll entsprechend?«

Ein müdes Lächeln zupfte an ihrem Mund. »Nein«, sagte sie. »Und ich würde gern ein Bad nehmen.« Er erhob sich ebenfalls, als sie vom Tisch aufstand, aber sie schüttelte den Kopf. »Bitte, bleib. Ich würde gern allein gehen.«

Er war sich bewusst, dass sein Blick ihren schwingenden Röcken folgte wie ein hungriger Hund, der einem Knochen nachjagte, und das gefiel ihm nicht. Es fühlte sich an, als hätte sie ihn an die Leine genommen.

Ich weiß nicht, wie ich das hier richten kann. Seine Ohren fühlten sich warm an, als er sich an seine hitzigen Worte von vorhin erinnerte. Er konnte sich nicht daran erinnern, wann er jemals einer anderen Person gegenüber seine Ahnungslosigkeit eingestanden hatte. Zum einen hatte es nie eine Notwendigkeit dafür gegeben – wie Aoife ihm unter die Nase gerieben hatte, gab es niemanden, der ihm nahestand –, zum anderen war er fast nie ahnungslos. Und seine Geschäftspartner flennten nicht, egal, was er zu ihnen sagte; ihnen ging es nur darum, dass er ihnen zu Profiten verhalf. Aber was wollte Harriet von ihm?

Er bestellte sich ein weiteres Ale und konzentrierte sich auf seine Geschäftsberichte. Dazu musste er fast unmenschliche Disziplin aufbringen. Kaum legte er den Stift beiseite, schweiften seine Gedanken wieder zu Harriet. Wie wohl sie sich inmitten der Kinder gefühlt hatte. Ihr lebhaftes Interesse an allem. Ihre Tränen. Ihre innigen, sanften Küsse. Fein säuberlich stapelte er seine Unterlagen, als die Rastlosigkeit in ihm sich verstärkte. Harriet war freundlich. Aufrichtig freundlich und arglos. Auch verwöhnt und ignorant, aber ihr fröhliches Gemüt wurzelte in etwas Tieferem; sicher wäre sie ebenso abenteuerlustig und voller Ideen und Launen, wenn sie im Armenviertel aufgewachsen wäre. Ein solches Wesen war in einer Welt wie dieser gefährlich; Harriet konnte auf alle möglichen Arten verletzt werden. Sein Magen verkrampfte sich, und ein kalter Schauer rieselte ihm über den Rücken.

Seit über zehn Jahren hatte er nicht mehr das Bedürfnis verspürt, eine Frau zu beschützen. Jetzt rüttelte der lange vergrabene Instinkt an seinem Käfig auf dem Grund seiner Seele. Wenn er ihn nicht im Zaum hielt, könnte er mit der Kraft einer Flutwelle anschwellen und ihm den Boden unter den Füßen wegreißen.

Hattie nahm ihr Bad in der Metallwanne vor dem prasselnden Feuer im Kamin und blieb eine lange Weile ungestört, aber sie nahm die beruhigende Wärme des mit Heide bedufteten Wassers kaum wahr. Ihre Gedanken kreisten immer noch um Lucians Enthüllungen.

Als er schließlich ins Zimmer zurückkehrte, war ihr Haar fast schon wieder getrocknet, und sie hatte sich unter einer karierten Decke auf dem Lehnsessel eingekuschelt.

Er wusch sich hinter dem Vorhang im Nebenzimmer und fluchte dabei leise über die Enge. Schließlich kam er, in einen schwarzen Kaschmir-Morgenmantel gehüllt, der seine breiten Schultern betonte, wieder zum Vorschein.

Sie betrachtete ihn, während er seine Dokumente auf dem Tisch sortierte, und versuchte, all das, was sie nun über ihn wusste, mit dem Mann in Einklang zu bringen, für den sie ihn gehalten hatte.

»Ist es das, was du tust?«, fragte sie. »Kränkelnde Bergwerke aufkaufen, um die Verhältnisse in den Bergbaudörfern zu verbessern?«

Er schaute auf. »Wenn es mir möglich ist, ja.«

»Ich dachte, die Bergbaukommission kümmert sich um derlei Dinge.«

»Das sollte sie. Und sie macht es auch. Aber die Gesetze sind nur so gut wie der Wille, sie auch durchzusetzen.«

»Was ist mit den Bergbaugewerkschaften?«

Ein sarkastisches Funkeln blitzte in seinen Augen auf. »Sag mir, wer die Gruben im Land besitzt, die Schieferminen und die Kohleminen? Und wer steuert das Konsortium, das sie besitzt? Etwa die Gewerkschaften?«

»Nein«, antwortete sie widerwillig. »Herzöge und Grafen und wohlhabende Geschäftsmänner.«

»Genau.«

»Aber auch die stehen nicht über dem Gesetz.«

Er schaute sie ungläubig an. »Wann hast du zuletzt gehört, dass ein Graf für seine Verbrechen gegen die Arbeiterklasse zur Rechenschaft gezogen wurde?«

Sie rieb sich die schmerzenden Schläfen. »Noch nie.«

»Drummuir hat früher Rutland gehört«, sagte er. »Deshalb sieht es hier auch so schlimm aus.«

Das entsetzte sie tatsächlich. »Das wusste ich nicht«, gab sie zu.

»Er hat die Bücher manipuliert«, fuhr Lucian fort. »Daher hat das Konsortium beim Kauf auch falsche Schlüsse aus dem Rechenschaftsbericht gezogen. Als klar wurde, dass diese Mine selbst nach den notwendigen Investitionen kaum Erträge einbringen würde, hat man sie mir mit Verlust verkauft. Wird Rutland deswegen Konsequenz zu spüren bekommen? Ich bezweifle es.«

»Die Lords, die du ruiniert hast«, sagte sie bedächtig. »Die hast du nicht zufällig ausgewählt, nicht wahr?«

»Nein.«

Eine Gänsehaut breitete sich auf ihren Beinen aus. Sie umschlang ihre Knie etwas fester. »Du nimmst das Gesetz in die eigenen Hände und übst an einem verwerflichen Adeligen nach dem anderen Selbstjustiz?«

Er neigte den Kopf. »Das missfällt dir.«

»Sag mir, habe ich einen Anarchisten geheiratet?«

»Zum Teufel, nein.«

»Nun, das ist eine Erleichterung«, sagte sie, und dann misstrauisch: »Und warum bist du keiner?«

Er verzog abschätzig den Mund. »Weißt du, was Anarchisten tun?«

»Die Abschaffung der Monarchie erwägen?«

»Sie sitzen den ganzen Tag rum und reden viel«, sagte er. »Und unter der Vorspiegelung, dass sie Hierarchien vermeiden, indem sie ganz demokratisch über jedermanns Ideen reden – obwohl es tatsächlich immer einen Anführer und Gruppenzwang gibt –, erreichen sie verdammt wenig.«

»Oh.«

»Ich halte nicht viel von Hierarchien und Autoritäten«, sagte er. »Daher werde ich ganz gewiss erst recht keine ineffektive Autorität, die durch heuchlerische Schwätzer ausgeübt wird, ertragen.«

»Das verstehe ich«, beschwichtigte sie. »Bist du denn ein Kommunist?«

Er schüttelte den Kopf. »Allerdings unterstütze ich einige finanziell, wie William Morris.«

»*Den* William Morris?«, fragte sie erstaunt. »Den Tapisserie- und Tapetenkünstler?«

»Ja.«

»Das wusste ich nicht.«

»Jetzt weißt du es.«

»Ja«, sagte sie. »Du bist Sozialist.«

Er zuckte mit den Schultern. »Ich möchte die Aufmerksamkeit der Männer an der Macht auf gewisse Missstände lenken. Mir ist ziemlich gleich, mit welchen Mitteln.«

»Die Männer an der Macht«, murmelte sie. »Ich nehme an, das ist dann meine Aufgabe. Oder eher die meines Vaters.«

Er nickte.

Sie fühlte sich wie betäubt. »Du solltest wissen, dass mein Vater wohl kaum einen Zauberstab hat, mit dem er einfach nur winken muss. Und auch er ist an das Gesetz gebunden.«

Er lehnte sich gegen den Tisch und verschränkte die Arme vor der Brust. »Willst du etwa abstreiten, dass er einen gewissen Einfluss hat und anderen Türen öffnen kann?«

Sie reckte ihr Kinn. »Warum verbesserst du die Welt nicht, indem du deinen riesigen Reichtum an Bedürftige verschenkst?«

Lucian stieß einen verächtlichen Laut aus. »Almosen? Nein. Ich möchte dauerhafte Veränderungen bewirken. Erinnerst du dich daran, dass ich dir erzählt habe, wie schwierig es ist, als einzelner Unternehmer die Löhne auf ein Niveau anzuheben, das den Lebensunterhalt sichert? Ich möchte eine Umstrukturierung der Staatsausgaben. Eine systematische Umverteilung des Vermögens. Das ist es, was ich will.«

»Aha.«

Er war nun Feuer und Flamme. »Rate, wie hoch die Summe an Steuergeldern ist, die jährlich für das britische Militär ausgegeben wird.«

Sie hob müde die Schultern. »Zwanzig Prozent?«

»Dreißig!«, antwortete er. »Dreißig Prozent der Staatseinnahmen werden für diese verdammten Kriege verschwendet. Andererseits wird kein einziger Schilling in Gesundheit und

Bildung investiert. Was wiederum sehr schön dazu beiträgt, den endlosen Strom an armen, ungebildeten Burschen an der Front und in den Bergwerken aufrechtzuerhalten. Es ist würdevoller, in den Krieg zu ziehen oder nach Kohle zu graben, als in einer Londoner Gosse um Almosen zu betteln.«

Er klingt wie Lucie, dachte sie, während sie die Schatten beobachtete, die über sein markantes Gesicht tanzten. Die Vehemenz, mit der er seine Überzeugungen vertrat, die beharrliche Konzentration darauf, waren Lucies ebenbürtig.

»Was schlägst du vor?«, fragte sie leise.

Er senkte die Arme. »Die Imperialisten werden das Geld niemals umverteilen wollen«, erklärte er. »Sie würden lieber die ganze Welt verschlingen, als das eigene Volk zu füttern. Ich schaue auf die Habenseite, und im Moment ist der effektivste Hebel eine Erhöhung der Einkommensteuer.«

»Ich musste Gladstones Abstimmungsverhalten für meine Arbeit in der Frauenbewegung lesen«, erklärte sie. »Ich bin mir ziemlich sicher, dass er sich in den vergangenen zwanzig Jahren immer für die völlige Abschaffung der Einkommensteuer eingesetzt hat.«

»*Och*, aber das ist lediglich anbiederndes Verhalten.« Ungewohnt aufgekratzt tigerte Lucian vor dem Tisch auf und ab. »Der Staatshaushalt vertraut zu sehr auf die Einnahmen durch Zölle und Verbrauchsteuern, obwohl sich die Handelsbedingungen stetig verschlechtern und amerikanische Importartikel jederzeit und überall billiger angeboten werden können als britische Produkte.«

»Das klingt logisch«, gab sie zu. »Aber immer noch nicht plausibel.«

»Gladstone weiß, dass es keine Alternative gibt«, erklärte er. »Die Einkommensteuer wird bisher mit einem Satz von weniger als einem Prozent erhoben, und die meisten Bürger sind davon ohnehin ausgenommen. Sie muss daher deutlich erhöht und ausgeweitet werden, auch auf Unternehmensgewinne.

Sie schnaubte, weil das so absurd klang. »Eine Unternehmensteuer?«

»Eines Tages wird es die geben«, meinte er. »Du wirst schon sehen.«

Im selben Moment ging Hattie auf, dass sie in diese Ehe gelockt worden war, um die britische Steuerreform voranzubringen. Sie musterte ihn durch zusammengekniffene Augen. »Warum kaufst du dir nicht einfach ein paar Parlamentsmitglieder, die so abstimmen, wie du es wünschst, wie es jeder normale Industrielle tut?«, wollte sie wissen. »Oder gründest eine Gegenpartei? Warum musst du einer von ihnen werden?«

Er schnaubte abfällig. »Glaub mir, diese Strategien schließen sich nicht gegenseitig aus. Aber die stärksten Festungen fallen nicht durch eine Belagerung. Sie müssen von innen ausgehöhlt werden.«

»Und sobald die Mauern fallen, wirst du deinen übermäßigen Reichtum verschenken?«, fragte sie mit zuckersüßer Stimme.

»Nein«, erwiderte er grimmig.

»Immer noch nicht?«

»Einem reichen Mann leihen die Mächtigen ihr Ohr, einen Habenichts beachten sie nicht. Von einem Arbeiter hören wir nur, wenn er eines gewaltsamen Todes stirbt und deshalb im Unternehmensbericht auftaucht. Oder, wenn ein Reporter ihn für einen Tag zur Schlagzeile macht. So oder so wird ein armer Mann bei seinem Tod meist lauter gehört als zu seinen Lebzeiten.«

»Wie praktisch für dich.«

Er blieb stehen und schaute sie finster an. »Ich werde niemals wieder unter Tage in die Grube gehen«, sagte er und zeigte mit einem Finger auf sie. »Und ich werde mich niemals wieder demütigen lassen, um etwas zu essen zu bekommen. Ich werde mich niemals wieder so behandeln lassen wie eine Kanalratte.«

»In Ordnung«, sagte sie beschwichtigend. »Schon gut.«

Er senkte den Blick und wirkte irritiert. Vermutlich, weil er die Fassung verloren und einen Teil seiner erniedrigenden Vergangenheit enthüllt hatte. Ihr Herz, obwohl müde und verletzt, flog ihm in diesem Moment zu. Denn so war es nun mal – es schlug für Menschen in Not und Kummer, ganz egal, ob diese es verdient hatten oder nicht.

»Ich habe dich provoziert«, sagte sie. »Ich kenne den Unterschied zwischen tatsächlichen Änderungen und Almosen sehr wohl aus der Frauenbewegung. Unsere Anführerin, Millicent Fawcett, ist Sozialistin.«

Er ließ das einen Moment sacken. »Ich nehme an, es gibt viele Gemeinsamkeiten«, sagte er schließlich.

»Ungerechtigkeit bleibt Ungerechtigkeit«, erwiderte sie. »Es erscheint mir inkonsequent, nur jene Ungerechtigkeiten anzuerkennen, die einem gerade gelegen kommen.«

Ihre Blicke verfingen sich und tauschten ein stummes Einverständnis, was dafür sorgte, dass sie die Mauer um ihr Herz wieder ein wenig höher zog, um ihn auszuschließen.

»Mein Vater hat mich schon einmal für seine Geschäftsinteressen geopfert«, sagte sie. »Was lässt dich glauben, dass er deine Reformvorschläge unterstützt, obwohl sie ihm das Geld aus der Tasche ziehen könnten?«

Mit schweren Schritten kam er zu ihr herüber und betrachtete sie eindringlich; seine Augen waren so dunkel wie die Nacht vor dem Fenster. Langsam senkte er sich auf ein Knie. »Wird deine Wut auf mich jemals verrauchen, was meinst du?«

Sie musterte ihn, wie er da vor ihr kniete. »Das weiß ich

nicht«, gestand sie schließlich. »Es ist gewiss nicht ganz so grässlich, für einen guten, größeren Zweck benutzt zu werden anstatt nur für deinen persönlichen Vorteil.«

Er zuckte unangenehm berührt zusammen.

»Aber es ist zugleich auch tragischer«, fuhr sie fort und versuchte zum ersten Mal, ihre Worte vorher abzuwägen und auf ihre Gedanken abzustimmen. »Ich hätte mich mit großer Freude mit meinem Ehemann für einen guten Zweck verbündet. Aber die Art, wie unsere Verlobung zustande kam … deine Abgebrühtheit und Raffinesse …« Sie schüttelte den Kopf. »Trotz all deinem Gerede über Gerechtigkeit warst du sehr ungerecht zu mir und hast mich ausgenutzt.«

Er verzog den Mund zu einem freudlosen Lächeln. »Hättest du meinen Antrag denn angenommen, wenn ich dich auf die übliche Weise umworben hätte?«

Sie kannte die ehrliche Antwort darauf. »Nein«, gab sie zu. »Und mein Vater hätte wohl auch nie zugestimmt.«

Seine Miene blieb ausdruckslos, er hatte diese Antwort wohl erwartet. »Ich hatte nie die Absicht, dich zu einer Ehe zu zwingen, wie es unser Kuss in der Galerie nötig gemacht hat«, sagte er.

Sie glaubte ihm, auch wenn das womöglich unklug war. »Dein Handeln zeigt aber trotzdem, dass du sehr berechnend sein kannst«, meinte sie. »Wie soll ich dir je vertrauen?« Ihr Puls beschleunigte sich. Er hatte etwas zerstört, was ein wahr gewordener Traum hätte sein können. »Ja, ich bin wütend«, sagte sie mit belegter Stimme. »Und ich weiß nicht, wie ich diese Wut bezwingen soll.«

Er veränderte seine Position leicht, als ob sein Knie wegen der harten Dielenbretter schmerzte, aber sein Blick ruhte auf ihr. »Wenn es dir hilft, ich respektiere das«, erklärte er. »Ich respektiere deinen Zorn.«

»Nun, eine Annullierung der Ehe könnte diese Wut bestimmt sofort verrauchen lassen.«

Er schwieg lange Zeit. »Können wir das nach unserer Rückkehr nach London besprechen«, meinte er schließlich mit überraschend müder Stimme. Auch sie spürte die Erschöpfung tief bis ins Mark.

Sie seufzte. »Also gut.« Sie legte die Stirn an die Knie, überreizt und ausgelaugt.

»Darf ich dich ins Bett tragen?«, hörte sie ihn nach einer Weile fragen.

Misstrauisch hob sie den Kopf.

»Ich verspreche, ich werde dich mit meinen Aufmerksamkeiten nicht belästigen.« Er klang sarkastisch, aber seine Miene war ernst.

»Ich bin so unglaublich müde«, sagte sie leise. »Kleinlich und streitsüchtig zu sein ist erstaunlich anstrengend. Ich habe in den vergangenen Tagen mein Bestes gegeben, aber ich denke, es liegt mir nicht.«

»Glaub mir, du warst ein Naturtalent.«

Sie mied seinen Blick, als er sie auf die Arme hob. Insgeheim wunderte sie sich darüber, wie mühelos er sie trug, als sei sie so leicht wie eine Feder, und sie fragte sich, warum sie sich tief in ihrem Innersten instinktiv so wohl und geborgen in seinen Armen fühlte.

21. KAPITEL

Am nächsten Morgen wachte Hattie auf, als Lucian den Nebenraum verließ, schon fertig angezogen und bereit für einen neuen, arbeitsreichen Tag. Sie schlug die Decke zurück und sprang aus dem Bett. »Ich würde dich gerne begleiten.«

Er blieb abrupt stehen, sein Blick glitt über ihr Nachtgewand. »Wozu?«

»Um mit den Frauen zu reden«, sagte sie und verschränkte die Arme vor der Brust. »Ich habe darüber nachgedacht, gestern Abend, bevor ich eingeschlafen bin.«

Er hob die dunklen Brauen. »Warum?«

Sie gähnte hinter vorgehaltener Hand. Sonnenlicht flutete das Zimmer, aber es war für ihren Geschmack noch viel zu früh, gewiss nicht später als sieben. »Weil ich annehme, dass die Frauen für die Haushaltsführung und die Kinder verantwortlich sind.«

»Das ist richtig, ja.«

»Wir müssen mit ihnen reden, nicht nur mit den Männern, um herauszufinden, wie wir der Gemeinde am besten helfen können.«

Lucian runzelte die Stirn. »Wir haben gestern mit ein paar Frauen gesprochen, Wright und ich.«

Sie ging zu ihm und war sich dabei sehr bewusst, dass sie nur ihr Nachtgewand trug und ihr das hüftlange Haar zerzaust über den Rücken fiel. »Unsere Arbeit in der Suffragistinnengruppe hat gezeigt, dass Frauen lieber mit anderen Frauen über ihre Probleme reden«, erklärte sie. »Und Frauenprobleme sind Familienprobleme, und Familien machen eine Dorfgemeinschaft aus.«

Lucian bemühte sich offenbar, sein Missfallen zu verbergen, und schaffte es, eine nur leicht säuerliche Miene aufzusetzen. »Ich habe gestern versucht, es dir zu erklären, aber wohl nicht gut genug. Diese Frauen sind nicht dein Spielzeug. Sie sind nicht dafür da, damit du dich nützlich fühlen oder dich im warmen Schein deiner Großmütigkeit sonnen kannst.«

Das tat weh. Sie schluckte schwer, bevor sie ihre Stimme wiederfand. »Darf ich denn keine Aufgabe im Leben haben?«, fragte sie leise. »Bin ich bis in alle Ewigkeit zu Müßiggang und Untätigkeit verdammt, nur weil ich zufällig als Hattie Greenfield geboren wurde?«

Dies schien ihn zu überraschen. »Nein«, sagte er. »Aber was kannst du ihnen bieten, das sie nicht selbst besser erledigen könnten? Sie müssten dir wertvolle Zeit von ihrem Tag widmen, um dir ihre Lebensumstände zu erklären.«

»Ich bin gut im Organisieren«, meinte sie rasch. »Ich helfe Lucie bei den Vorbereitungen der Suffragistinnentreffen und Demonstrationen, daher könnte ich eine Befragung zu den Bedürfnissen der Frauen durchführen, ihre Meinungen sammeln und ordentlich protokollieren. Ich bin mit Wohltätigkeitsinstitutionen in London und deren Mentorinnen bekannt und weiß, welche Mittel und fachliche Hilfe sie zur Verfügung stellen.«

Er wirkte immer noch skeptisch. »Du hast gesagt, du kannst nicht gut schreiben. Wie willst du dir da Notizen machen?«

»Ich kann schreiben, Lucian«, sagte sie, obwohl allein der Gedanke, dass sie vor einer Tafel stehen müsste, sie krank machte. »Oder glaubst du, die Frauen hier können das besser?«

»Nein«, gab er zu.

»Es sei denn, sie sind Gewerkschaftsmitglieder?« Erst jetzt kam ihr der Gedanke daran. »In diesem Fall wissen sie natürlich sehr gut Bescheid, wie sie sich organisieren können.«

»Das sind sie nicht, aber mir wäre es sehr recht, wenn sich das ändern würde.« Seine Miene verriet, dass sie ihn an der Angel hatte. »Warum redest du nicht mit ihnen darüber und versuchst, sie davon zu überzeugen, der Gewerkschaft beizutreten?«

Sie musterte ihn neugierig. »Würde das deinen Interessen nicht zuwiderlaufen?«

Ein zynischer Ausdruck blitzte in seinen Augen. »Nein. Ich weiß gern, wann es genug ist und wie weit ich gehen kann.«

Was für einen seltsamen Mann hatte sie doch geheiratet. »Kann ich auch versuchen, die Frauen für das Frauenwahlrecht zu gewinnen?«, fragte sie.

»Sie werden dir schon sagen, was sie davon halten«, erwiderte er grinsend.

Die Schatten wurden bereits länger, und es wehte ein frischer Wind, als sich Hattie auf den Weg ins Dorf machte. Mhairi hatte vorgeschlagen, die Gemeindesprecherin Rosie Fraser nach Schichtende zu besuchen und um ein Treffen mit den Frauen von Drummuir zu bitten. Zu Hatties Verlegenheit traten sie von der Türschwelle direkt in Mrs Frasers Küche, wo sie offensichtlich beim gemeinschaftlichen Kochen störten. Warme, feuchte Luft hüllte sie wie eine Decke ein, und das Geschnatter von sieben oder acht Frauen, die mit raschen Bewegungen Gemüse an einem Tisch schnitten, verstummte. Aus schweißglänzenden Gesichtern begegneten ihr misstrauische Blicke.

»Guten Abend«, grüßte Hattie. Ihre Stimme klang schrill in ihren Ohren.

Ein Teekessel pfiff in der Stille. Vor dem Küchenfenster schwang ein rothaariger junger Mann mit geschmeidigen Bewegungen eine Axt, und es folgte ein dumpfer Schlag.

Zum Glück erklärte Mhairi ihr Anliegen. Im Gegensatz zu Gälisch, das in den Highlands gesprochen wurde, hatte das Lowland-Scots auf dem Papier eine gewisse Ähnlichkeit mit der englischen Sprache, aber wenn es gesprochen wurde, fiel Hattie das Verstehen schwer.

Rosie Fraser hatte eine ordentliche Küche: geflieste Wände, eine Kommode mit hübschen Ornamenten, getrocknete Kräuter, die in Bündeln an einem geölten Regal hingen …

Eine Frau in mittlerem Alter, die ein blaues Kopftuch trug, löste sich von der Gruppe. »Willkommen in meinem Heim, Mrs Blackstone«, sagte sie auf Englisch und wischte sich die Hände an der Schürze ab. »Ich bin Rosie Fraser.« Ihre Wangen waren von feinen roten Äderchen wie ein Spinnennetz durchzogen, ihre grünen Augen scharfsichtig.

»Guten Abend, Mrs Fraser.«

»Sie haben gestern die kleine Anne gemalt«, stellte Rosie Fraser fest. »Eine hübsche Zeichnung. Ihre Mama war sehr erfreut darüber. Möchten Sie eine Tasse Tee, Ma'am?«

Plötzlich herrschte reges Treiben. Einige Frauen räumten einen Teil des Tisches frei und drängten sie, sich zu setzen, während eine andere den Teekessel vom Herd nahm und Rosie Fraser in einem Nebenraum verschwand, um eine schönere Porzellantasse zu holen.

»Wir können ein Treffen nach dem Gottesdienst morgen veranstalten, nach dem Lunch«, schlug Mrs Fraser vor, während Hattie höflich an dem glühend heißen Tee nippte. »Wir bereiten das Essen heute vor, verstehen Sie. Aber ich frage mich, ob Sie vielleicht noch ein paar mehr Zeichnungen anfertigen könnten?« Die anderen Frauen nickten eifrig.

Hattie stellte die Tasse ab. »Ja, bestimmt.«

»Von meinem Hamish.« Mrs Fraser nickte mit dem Kinn zu dem jungen Mann im Hof. Mhairi verrenkte sich schon seit einer Weile immer wieder den Hals nach ihm; nun schaute sie schnell weg.

»Und wenn Sie so freundlich wären, Mrs Blackstone, hätte ich gerne ein Porträt von meinem Archie und meinem Dougal«, sagte eine ältere Frau, die ihren Teebecher mit schwieligen Händen an die Brust presste.

»Sicher«, stimmte Hattie leicht verwundert zu.

Mrs Fraser schaute die Frau schief an. »Ich glaube, Mary Boyd sollte eins vor dir bekommen.«

Die Frau machte ein langes Gesicht. *»Och.«*

»Mary hat nur noch einen«, erklärte Rosie, und die anderen nickten.

»Nur noch einen?«, fragte Hattie.

»Einen Sohn«, sagte Rosie.

»Oh! Mein Beileid.«

Wieder ein feierliches Nicken. »Ihr Domnhall wurde letztes Jahr von Felsbrocken erschlagen.«

»Das tut mir leid«, stammelte Hattie.

Die Frauen tuschelten miteinander, und obwohl sie Scots sprachen, nahm sie an, dass sie beratschlagten, wer welchen Verlust erlitten hatte und wie lange verschiedene Grubenunfälle her waren, um die Reihenfolge festzulegen, wer mehr Anrecht auf eine Zeichnung hatte.

Als Rosie Fraser sich ihr wieder zuwandte, war Hatties Stimmung bereits bedrückt. »Wir veranstalten also ein Zusammentreffen morgen und bekommen dafür ein paar Zeichnungen, *aye?*«

»Einverstanden«, sagte sie mit gezwungener Heiterkeit.

Auf dem Weg zum Gasthof war ihr das Herz schwer. »Haben die Familien denn keine Fotografien?«, fragte sie Mhairi, die beschwingt den Weg entlangschritt und sich immer wieder bückte, um Heide zu pflücken, die sie in ihre Schürze steckte.

»Fotografien«, sagte das Mädchen. Überraschung stand in ihren blauen Augen. »Sie meinen von den Toten?«

»Oder den Lebenden.«

Mhairi lachte. »Aber nein. Sie bewahren Haarsträhnen auf. Einen Fotografen hierherzu bestellen, um die Toten zu fotografieren, den ganzen Weg von Auchtermuchty? Das ist viel zu teuer, Ma'am. Aber natürlich«, sie wurde ernst, »eine Locke ist nicht dasselbe. Die Wahrheit ist, dass die Erinnerungen an ein Gesicht verblassen, ganz egal, wie sehr man sich bemüht, es im Gedächtnis zu behalten, nicht wahr? Und dann fühlt man sich schlecht, weil man es vergessen hat.«

Der Besuch stellte sich als äußerst erschütternd heraus. »Sind solche Grubenunfälle denn so alltäglich?«

»Schon möglich?«, meinte das Mädchen. »Wenn man die kleineren mitzählt, dann ja. Explosionen gibt es aber nicht mehr so oft.«

»Was zählt denn als kleiner Unfall?«

Mhairi dachte darüber nach. »Na ja, ich denke mal, wenn man sich die Finger einquetscht oder sich den Arm bricht. Nichts Tödliches, aber man kann eine Weile nicht arbeiten. Dann natürlich die tödlichen Fehltritte beim Auf- oder Abstieg. Oder Steine, die von der Decke fallen. Oder Loren, die umkippen oder sich aus der Halterung eines Ponys lösen und jemanden überfahren, der sich nicht rechtzeitig in einer Schutznische in Sicherheit bringen konnte.«

Vor ihrem inneren Auge sah Hattie die Narben auf Lucians Körper vor sich. Womöglich stammten die silbernen an seinem Bauch von den Gurten, mit deren Hilfe er damals als Junge die Loren gezogen hatte …

»Aber die meisten Bergarbeiter sterben nicht durch Unfälle«, fuhr Mhairi fort. »Sie holen sich den Tod durch die schwarze Lunge, weil sie den ganzen Tag lang Kohlenstaub einatmen.«

»Das kann ich mir vorstellen«, sagte sie, obwohl sie nicht einmal annähernd eine Ahnung hatte.

Mhairi summte eine unpassend heitere keltische Melodie, bis sie den Gasthof erreichten. »Mrs Blackstone?«, sagte sie.

»Ja?«

Sie druckste herum. »Glauben Sie … Also, hätten Sie wohl Zeit, um Hamish Fraser zu zeichnen?«

»Den jungen Burschen, der im Hof Holz gehackt hat?«

Mhairi lief rot an. *»Aye.«*

»Machen Sie sich Sorgen um ihn?«

Mhairi senkte den Blick auf ihre von Heide gefüllte Schürzentasche. »Nein, Ma'am. Er wird nie zu Schaden kommen.«

Hattie rang die Hände. »Wie viele Bergleute arbeiten in Drummuir?«

Mhairi schaute auf. »Dreihundert ungefähr?«

Sie versuchte, sich vorzustellen, wie sie eine Staffelei in der feuchten Schule aufstellte, neben einem Becher mit Wasser und Ölfarben, und ihr die Dorfbewohner nacheinander Modell saßen. Unmöglich.

Die Bergarbeiter hatten bei Tag kaum Zeit für sich, außer am Sonntag, und sie müsste monatelang hierbleiben, um sie alle zu zeichnen. Sie könnte sie natürlich nur für die Zeichnungen Modell sitzen lassen und diese dann in ihrem Atelier kolorieren …

Sie schüttelte den Kopf. »Vielleicht habe ich eine bessere Idee.« Dazu aber musste sie erst mit Lucian reden.

Sie verabschiedete sich von Mhairi, eilte die Treppe hinauf und stürmte in ihr Zimmer, angetrieben von brennender Entschlossenheit.

Abrupt blieb sie stehen. Die Wanne stand wieder im Zimmer. Und Lucian saß darin. Seine nackten, feuchten Schultern und seine Knie schauten über den Rand; die Wanne war viel zu klein für ihn. Unwillkürlich schloss sie die Augen.

»Tut mir leid, Liebling«, hörte sie ihn sagen. Er klang reichlich ungerührt. »Aber ich schrecke davor zurück, mein Bad in der Schankstube zu nehmen.«

Heidekraut- und Kieferduft wehte von der Wanne zu ihr herüber. Verflixt. Sie könnte flüchten und zurückkehren, wenn er nicht mehr so nackt war. Aber bis dahin würde sie ihre Entschlossenheit wohl kaum bewahren können, und immerhin waren sie ja verheiratet.

Sie öffnete ein Auge. »Macht es dir etwas aus, wenn ich bleibe?«, fragte sie.

Er lachte. »Nein.« Dampf stieg von seiner Haut in Schwaden auf. Sein dichtes Haar war feucht und nach hinten gestrichen, daher gab es nichts, das die harten Konturen seines Gesichts weicher machte. Nie zuvor hatte er mehr wie ein Pirat gewirkt und selten faszinierender. Sie schüttelte sich, um sich aus ihrer Trance zu befreien. »Ich brauche eine Kamera«, fiel ihr ein.

Er neigte den Kopf. »Wofür?«

»Wegen der Bergleute«, erklärte sie.

»Der Bergleute, aha.«

»Es scheint, dass es nicht üblich ist, Fotografien von ihren Lieben aufzubewahren.«

»In einer so armen und weitab vom Schuss liegenden Gemeinde wie dieser?«, sagte er. »Nein, das ist nicht üblich.«

Sie zitterte leicht. *Wie theatralisch du bist, Pom Pom.* Sie lief vor der Wanne auf und ab. »Stell dir vor, du hast so einen gefährlichen Beruf und musst zusätzlich mit der Schuld leben, dass du das Gesicht deiner geliebten Menschen vergisst.«

»Ja, stell es dir vor.« Lucian setzte sich anders, und Wasser platschte über den Rand. »Was haben die Frauen mit dir angestellt?«

»Nichts«, sagte sie abwehrend. »Sie waren sehr freundlich.«

Er musterte sie mit leicht belustigter Miene. Sie dachte an seine Narben, die das Wasser verbarg.

»Die schwarze Lunge«, sagte sie. »Deshalb rauchst du nicht, oder?«

»Das ist dir aufgefallen.«

Der Gedanke war ihr auf dem Rückweg durch den Kopf geschossen. »Ja. Ich habe nie Rauch an dir gerochen.« Das war wohl der Grund, warum er immer so sauber duftete und seine Zähne noch weiß waren. »Fast alle Männer in meiner Bekanntschaft rauchen Zigaretten. Sie behaupten sogar, sie seien gesund.«

Er schnaubte. »Man kann leicht alles Mögliche behaupten. Ich habe gesehen, was das Einatmen von schwarzem Rauch bewirken kann, und ich glaube kaum, dass eine andere Art Rauch einen großen Unterschied machen würde.«

Sie fragte sich, ob der Grund dafür, dass er immer so penibel auf Sauberkeit achtete, darin lag, dass er jahrelang in Ruß und Staub gehüllt gewesen war. Er wusch sich morgens und abends, und die Dusche in seinem Haus in Belgravia war hochmodern.

Sie zog sich einen Stuhl am Tisch heraus und setzte sich, weil ihre Knie plötzlich nachgaben.

Lucian musterte sie aufmerksam. »Ich werde Mr Wright fragen«, bot er an. »Er hat eine Kamera.«

Sie schüttelte den Kopf. »Ich hätte gern ein Porträt für jeden, und mir wäre es lieber, mich nicht davon gedrängt zu fühlen, dass jemand auf seine Kamera wartet, bis ich fertig bin. Das sind über dreihundert Porträts.«

»Weißt du denn, wie man eine Kamera bedient?«

»Nein, aber ich kann es lernen. Ich habe das Gefühl …« Sie zögerte, ehe sie weitersprach. »Ich habe das Gefühl, dass ich das hier selbst erledigen muss.«

»Verstehe.« Es platschte, als er nach dem Waschtuch griff. Unter gesenkten Lidern sah sie zu, wie er das feuchte Tuch langsam über seine muskulöse Gestalt führte, über die Arme, Schultern, die Brust, seinen Nacken, und ihr Verstand wurde unnatürlich ruhig. Ihre Augen, darin geübt, Gegenstände und den menschlichen Körper bis ins kleinste Detail wahrzunehmen, waren hoffnungslos in seinen Bann gezogen, denn obwohl Lucian eine eher gedrungene als elegante Gestalt hatte, war seine Figur in den Details doch sehr präzise, wie gemeißelt: die sich abzeichnenden Muskeln seines Brustkorbes, die geschwungenen Linien der Schultern, das geschmeidige Zusammenspiel von Bizeps und Trizeps, während er sich wusch. Sie wollte ihn malen. Nicht als Hades, sondern als Hephaistos, den Gott des Feuers, Geschmeides und der Schmiedekunst, wie er seinen Hammer schwang, um Waffen für die Gerechten zu schmieden …

»Warum gehen sie nicht fort?« Ihre Stimme klang kratzig. »Und suchen sich eine andere Arbeit?«

Lucian blickte sie unter schweren Lidern an. »Es ist schwierig, alles, was man bisher kannte, hinter sich zu lassen, selbst wenn es einen umbringt.«

»Du hast es getan.«

»Ja, aber ich habe geschrien und getreten, als man mich weggeschleift hat«, sagte er. »Man findet keinen stärkeren Zusammenhalt als in einer Bergbaugemeinde. In der Not würden die Menschen hier füreinander ihr letztes Hemd geben, ihren letzten Penny, denn kein Außenstehender schert sich einen Dreck um sie. Aber versuch mal auszubrechen. Versuche nur, dein Porridge anders zu essen oder deine Mütze anders zu tragen, versuche, die Kohle anders abzubauen, und deine eigenen Leute werden dich rumschubsen und verspotten, weil sie befürchten, dass du besser als sie bist, dass du ein Tagträumer bist, der mehr will als das, was ihm zusteht. Und wenn du es zu etwas gebracht hast, will die feine Gesellschaft auch nichts mit dir zu tun haben, weil du anders isst, dich anders kleidest und anders denkst und weil du Flausen im Kopf hast und mehr willst, als dir zusteht.« Er winkte ab. »Nein, ich kann es niemandem verübeln, wenn er nicht gehen will. Gib die Schuld lieber den Umständen, die das Bleiben zur Hölle machen.«

Sie errötete. »Ich wollte niemandem irgendeine Schuld zuweisen.«

Und doch hatte sie kein Geheimnis daraus gemacht, dass sie glaubte, er besäße weder Manieren noch Bildung, und dass sich das auch auf ihre gesellschaftliche Stellung nachteilig auswirken würde. Das hatte sie zum Teil aus Wut gesagt, weil diese animalische Anziehung, die sie zu ihm hinzog, sie beunruhigte. Immer noch. Sie hatte ihn demütigen wollen, weil sie ihn begehrte. Welche Schande.

»Wright fährt am Montag nach St. Andrews, um Ersatzteile für die Wassertanks zu besorgen«, sagte Lucian und lenkte ihre Aufmerksamkeit auf sein Gesicht zurück. »Wir können ihn begleiten, wenn du willst. Er kann dir helfen, eine Kamera auszusuchen, die sich für deine Zwecke eignet.«

»Ja«, sagte sie rasch. »Ja, das wäre sehr nett.«

Er lächelte, nur leicht, aber es war da, und ihr wurde klar, dass sie vergessen hatte, wütend auf ihn zu sein. Stattdessen dachte sie ausgerechnet jetzt daran, wie sich seine Haare in ihren Händen angefühlt hatten und wie aufregend es war, seine Zunge in ihrem Mund zu spüren. Ihr wurde plötzlich sehr heiß. Unvermittelt stand er in der Wanne auf, und sie senkte rasch den Blick.

In dieser Nacht träumte Hattie, dass sie Lucian in der Straße von Heather Row beim Holzhacken zusah. Vielleicht boxte er auch auf einen Sandsack ein. Sein Oberkörper war nackt und glänzte in der Sonne, und als er sie entdeckte, hielt er inne und wischte sich mit dem Arm den Schweiß von der Stirn. Sie wusste, dass sie träumte, denn gleich darauf befanden sie sich in einem Schlafzimmer, und sie öffnete ihr Nachtgewand, um ihm ihre Brüste zu zeigen. Das würde sie niemals in wachem Zustand und bei klarem Verstand tun. Sie würde sie auch nicht für ihn anheben und in dem Gefühl ihrer samtweichen Haut schwelgen. Aber im Traum in der Nacht? Sie würde sich ihm entgegenbiegen. *Gefallen sie dir?* Sie wusste, dass es so war. Sie wusste, dass er sich nach ihr verzehrte. Das sah sie an der Art, wie er sie ansah, wenn er dachte, sie würde es nicht merken, und daran, dass er sorgfältig darauf achtete, sie nicht zu berühren. Sie wollte, dass er sie jetzt berührte. Sie sank in die Kissen. Er stand am Fußende des Bettes, hungrig und abwartend. *Komm zu mir.* Er kam über sie auf allen vieren, den Kopf gesenkt, und als seine wilde Haarmähne über ihre nackten Brüste strich, durchzuckte sie ein Hitzestrahl. Mit den Zähnen berührte er leicht die Knospe ihrer linken Brust, und sie beugte sich ihm entgegen, bis er sie sanft biss. In ihrem Traum stöhnte sie auf, oder vielleicht auch in Wirklichkeit, wer konnte das schon sagen? Sie wand sich unter seinem fordernden, warmen Mund. Sie legte die Hände auf seine harten Schultern und zog ihn runter, tiefer … Sein Atem streifte sie, wo die Sehnsucht am größten war. *Gefällt dir das?*, fragte er. Sie ballte die Hände in seinen Haaren zur Faust. *Küss mich, Lucian.* Als er zärtlich mit der Zunge über ihre Lippen fuhr, seufzte sie erleichtert auf. Er tat es noch mal, sanft. Zu sanft. Behutsam leckte er sie, bis sie frustriert ihre Hüften anhob, nach mehr verlangte. Er tat ihr den Gefallen jedoch nicht. Als sie die Beine um ihn schlingen wollte, ging ihre Berührung durch ihn hindurch, als sei er aus Rauch.

»Harriet.«

Er löste sich auf; sie konnte ihn lediglich hören. Ein Schluchzer der Enttäuschung entwich ihr.

»Harriet!«

Orientierungslos öffnete sie die Augen, feucht vor Verlangen; ihr ganzer Körper kribbelte. Die Decke hatte sich um sie gewickelt, als hätte sie sich in ihrem Traum umhergewälzt. Seine Stimme klang ihr immer noch in den Ohren, sehr deutlich sogar.

Sie war wach. Und offenbar hatte sie ihn geweckt.

Die Erkenntnis traf sie wie ein Blitz, und heiße Verlegenheit durchfuhr sie. Abgesehen von ihrem hektischen Atem war es im Zimmer viel zu still. Er war tatsächlich wach, sein Blick durchbohrte die Dunkelheit so gezielt, dass ihr Gesicht brannte.

Ihr Mund war plötzlich staubtrocken. »Es war nur ein Traum«, sagte sie.

Er schwieg, in dieser kontrollierten, gewichtigen, hingezogenen Art, die sein Schweigen vielsagend machte.

Sie leckte sich über die Lippen und schmeckte Salz. »Ein Albtraum.«

»Dann muss ich wohl ziemlich gemein zu dir gewesen sein.« Seine Stimme klang rau.

»Du kamst nicht drin vor.«

Er schwieg kurz. »Du hast meinen Namen gesagt.«

Ihn wohl eher gestöhnt. *Küss mich, Lucian.*

Sie erschauerte.

Die Decke raschelte, als er sich auf einen Ellbogen stützte. »Ist dir kalt?«

Sie wusste es nicht – eine Gänsehaut überlief sie, aber innerlich fühlte sie sich erhitzt. »Ein wenig«, sagte sie.

Er war eher ein Umriss als eine klar erkennbare Gestalt, seine Augen glitzerten in der Dunkelheit. »Komm näher zu mir«, schlug er vor. »Ich wärme dich.«

Sie schnaubte. »Das ist bestimmt nicht alles, was du willst.«

»Nein«, sagte er nach einer Weile. »Ich will dich berühren.«

Ihr stockte der Atem. »Nur berühren?«

Er verharrte reglos. Sie hatte die Worte nur leise ausgehaucht, weshalb es sie überraschte, dass er sie überhaupt gehört hatte.

»Mehr mache ich nicht«, murmelte er.

In der samtigen Dunkelheit und immer noch vibrierend vor Verlangen, versprachen diese rauen Worte ihr Wonne. Der dumpfe Schmerz in ihrem Schoß wurde zu einer Sehnsucht.

Langsam, ganz langsam, rollte sie sich auf die Seite und schaute zur Wand.

Lucian blieb still.

Sie rückte die Hüften rückwärts zu ihm heran.

Er folgte der Einladung und umfing sie von hinten; eine starke Hand unter ihrer Brust, die andere mit gespreizten Fingern über ihren Bauch gelegt, zog er sie an seinen harten Körper.

Sie keuchte auf – er schlief nackt. »Ich will nicht …«

Sein Griff lockerte sich. »Ich habe dich verstanden.«

Trotzdem schlug ihr Herz schnell an seiner Hand. Das Risiko und die Grenzüberschreitung erregten sie offenbar – das war die einzige Erklärung, warum sie ihre Kehrseite gegen einen nackten, muskulösen Mann presste. Seine Haare kitzelten sie an der Wange, gleich darauf spürte sie, wie er sie leicht auf den Hals küsste. Als sie leise aufseufzte, glitt seine Hand von ihrem Bauch über ihre Hüfte und verweilte dort, und da sie sich nicht regte, streichelte er langsam über ihren Oberschenkel. Seine Hand löste Hitzefunken auf ihrer Haut aus, und all ihre Aufmerksamkeit konzentrierte sich auf die Stelle, an der seine Finger sich unter den Saum ihres Nachthemdes stahlen. Behutsam ließ er die Hand über ihr nacktes Bein gleiten, höher und höher. Mit der anderen Hand knetete er sanft ihre Brust, und ihre Wange auf dem Kissen fühlte sich heiß an.

Keine Gedanken, nur Gefühle. Der stetige Fluss seines Atems. Das Rascheln ihres Nachtgewands. Ihr Körper, der sich wohlig regte, wo immer seine zielstrebigen Finger ihn berührten. Er liebkoste die samtweiche Haut ihrer Oberschenkel, bis sie die Position veränderte, um die steigende Erregung zu zügeln. Von hinten schlüpfte seine Hand zwischen ihre Beine. Sie keuchte auf, als er über ihre empfindlichste Stelle rieb.

Seine warmen Lippen strichen über ihr Ohr. »Fühlt es sich gut an?«

Seine Finger zogen langsame Kreise. Sie konnte kaum einen klaren Gedanken fassen. »J…ja.«

Ein Schauer durchzuckte sie, als er sie in die Brust kniff, und sie wölbte sich ihm entgegen, drückte ihre Brust fester in seine Hand. Er zwickte sie erneut, und gleichzeitig glitten seine Fingerspitzen so leicht wie durch Wasser über ihren Schoß. Gefährlich. Himmlisch. Sie war immer noch wütend auf ihn, dennoch flammten Erinnerungen in ihrem Kopf auf, wie er, nackt und erregt, ein Knie zwischen ihren Beinen aufs Bett drückte, und ein Verlangen, erfüllt zu werden, durchzuckte sie. Sie hätten tatsächlich gut zusammengepasst.

Er ließ einen Finger in sie gleiten, ganz mühelos.

»Ja«, hörte sie sich sagen.

Er nahm sich Zeit, verwöhnte sie in einem langsamen, stetigen Rhythmus, trieb die Anspannung mit jedem Herzschlag höher, bis sie die Hüften kreiste, um Erlösung zu finden. Mit der anderen Hand streifte er über ihre Brust hinunter zu ihrem Bauch, zwischen ihre Beine, und seine Finger pressten auf genau die empfindsame Stelle, wo sie es brauchte. Wärme flutete sie, trug sie mit sich auf einer Welle der Lust, und sie schrie leise auf. Seine Zähne streiften scharf ihren Hals, dann biss er zu. Die Anspannung zwischen ihren Beinen barst in einem Funkenregen, und sie stöhnte erneut.

Erschöpft lag sie in seinen Armen, leicht wie Luft und bleischwer zugleich. Nur langsam trat die Umgebung wieder in ihren Fokus, einen keuchenden Atemzug nach dem anderen.

Sie wurde sich Lucians Verlangen bewusst, das unter seiner warmen Haut schwelte, verführerisch in seiner gezügelten Stärke. Sie könnte sich nun auf den Rücken rollen und die Beine spreizen, dachte sie träge. Er könnte sich sicher leicht in ihrem entspannten Körper versenken, ohne ihr Schmerzen zu bereiten, und sich sein Vergnügen ebenfalls holen. Einen Moment lang war die Versuchung groß, diesem Gedanken nachzugeben. Aber er war ein Mann, der zu seinem Wort stand, und wenn sie ihn nicht bitten würde, so wie er es ihr aufgetragen hatte, würde er es vermutlich nicht tun. Lieber würde er sein Verlangen erdulden. Auch das war eine verführerische Vorstellung.

»Erinnerst du dich?«, fragte sie schläfrig.

Er zog seine Hände behutsam zurück. »An was?«

»Unsere Hochzeitsnacht, als du mich küssen wolltest, da unten.«

Ihre Augen fielen zu, als er endlich sagte: »Ja, ich erinnere mich.«

»Ich habe gesagt, mir würde das nicht gefallen.«

Er schwieg und ließ sie schlummern.

»Ich glaube, ich habe meine Meinung geändert«, flüsterte sie.

Das Bett knarrte, als er sich von ihr wegrollte. »Ist notiert.«

Der Schlaf hieß sie warm willkommen.

Lucian blieb reglos neben Harriet liegen, sein Puls hämmerte heftig. Er wartete, bis ihre Atemzüge tief und gleichmäßig wurden, dann stand er leise auf und ging hinüber zum Waschraum. Er leckte ihren Geschmack von seinen Fingern und schloss die feuchte Hand um sich. Den Blick auf die Sterne am nächtlichen Himmel vor dem Fenster gerichtet, verschaffte er sich Erleichterung. Es dauerte nicht lange, bis ihm die Sicht verschwamm, bis das lange aufgestaute Verlangen sich an seiner Wirbelsäule zusammenballte. Ihre feuchte Hitze, ihr kehliges Stöhnen. Einen Moment verharrte er reglos, dann durchströmte ihn eine heiße Woge der Ekstase mit solcher Wucht, dass er die Zähne zusammenbiss und mit der anderen Hand gegen die Steinwand schlug, einmal, zweimal. Als die Erlösung kam, konnte er nur hoffen, dass sie es selig verschlafen und nichts davon mitbekommen hatte.

22. KAPITEL

Am nächsten Morgen wachte Hattie mit leichten Krämpfen und ihrer Blutung auf, womit sie hätte rechnen können, hätte sie während der vergangenen emotional aufwühlenden Wochen nicht jegliches Zeitgefühl verloren. Lucian war bereits gegangen; auf seinem Kissen lag eine Nachricht, dass er den ganzen Tag mit dem Bergbauingenieur unterwegs sein würde, um die Tunnel zu inspizieren. Das war eine Erleichterung. Die Erinnerungen an ihre sinnliche Nacht fluteten ihr Gedächtnis und trieben ihr am Tag die Schamesröte ins Gesicht.

Mittags fühlte sie sich jedoch wohlauf genug, um zu dem Treffen der Frauen zu gehen.

In dem kleinen Schulzimmer drängten sich ungefähr fünfzig Frauen an den Wänden und hinter den abgenutzten Pulten. Rosie Fraser nahm ihren Platz neben Hattie vor der Tafel ein. Sie trug ihre Sonntagskleidung, eine weiße Bluse und einen blauen Wollrock, und kein Tuch um den Kopf. Sie hatte genauso flammend rote Locken wie ihr Sohn Hamish.

Sie schien an der Idee, der Gewerkschaft beizutreten, interessiert, aber einige der anderen Frauen murrten.

»Das wird unsere Männer gegen uns aufbringen, ehe es uns oder unseren Löhnen nützt«, meinte eine ältere Frau in der ersten Reihe. »Unsere eigenen Männer halten uns ja für Rivalen.«

»Nicht alle«, widersprach Mrs Fraser vehement. »Die meisten sind vernünftig.« Dennoch wirkten einige Frauen skeptisch.

»Ich will jedenfalls denselben Lohn wie sie«, sagte die blonde Frau, die Hattie um eine Zeichnung ihrer beiden Söhne gebeten hatte, und wieder wurde Getuschel laut. Die Abstimmung zeigte jedoch, dass die meisten Frauen dafür waren, in die Gewerkschaft einzutreten. Die Kreide quietschte auf der Tafel, als Hattie das Ergebnis darauf notierte.

Was die Beteiligung an der Frauenbewegung betraf, lachten die Frauen jedoch schallend. »Sollen wir etwa sonntags nach London reisen und Flugblätter verteilen?«, fragte Rosie Fraser.

»Ich bin dafür«, meinte eine andere Frau. »Ich lasse meinen Kerl einfach die Windeln vom Baby wechseln und das Brot backen, während ich meinen Spaß habe.« Daraufhin machten gute fünf Minuten alle ihre Scherze darüber, wie ihre Ehemänner dies oder das im Haushalt erledigten.

»Wir können unseren Lohn doch bereits durch die Gewerkschaft erhöhen«, stellte Mrs Fraser fest, nachdem sie wieder für Ruhe gesorgt hatte. Und damit hatte sie das Thema Frauenwahlrecht mit einer Geste ihrer breiten Hand abgetan.

»Aber wenn Sie das Stimmrecht besäßen, könnten Sie all diese Entscheidungen über Lohn- und Arbeitsbedingungen schneller vorantreiben«, beharrte Hattie. »Indem Sie für eine Partei stimmen, die genau diese Ziele verfolgt. Und dafür müssen Sie auch nicht nach London kommen. Sie können Petitionen unterschreiben. Sie könnten die Bewegung allein durch ihre schiere Anzahl positiv beeinflussen.«

»Genau«, sagte Mrs Fraser schleppend. »Aber wir dürfen nicht abstimmen. Nicht mal unsere Männer haben eine Stimme, Ma'am. Wir haben kein Eigentum, und wir führen auch keine teuren Haushalte in der Stadt.«

Überall zustimmendes Nicken. Das lief gar nicht gut. »Es wird eine weitere Reform geben, die den Arbeitern das Stimmrecht verleiht«, erklärte Hattie. »Die Voraussetzung, Eigentum zu besitzen, wird nicht ewig bestehen.«

»Wissen Sie das auch ganz bestimmt, Ma'am?«

Nein, das konnte sie nicht versprechen, und sie spürte die Enttäuschung der Frauen, als sie sich auf die Lippe biss und den Kopf schüttelte. Ihr Vorschlag bekam keine Mehrheit.

Ihre Hände waren feucht, und ihr Puls schlug wie wild, als sie ihre Idee mit den Fotografien erklärte.

»Fotografien«, wiederholte Rosie Fraser und verengte die Augen. »So wie die in Yorkshire?«

»Was war denn in Yorkshire?«

»Leute haben dort vor ein paar Jahren die Grubenfrauen in ihrer Arbeitskleidung fotografiert«, sagte Mhairi in der ersten Reihe. »Und dann zu Postkarten gemacht.«

»Skandalösen Postkarten«, sagte Mrs Fraser abschätzig. »Die Leute, die sie verkauften, haben gutes Geld damit verdient.«

Wieder wurde Getuschel laut.

»Nun, die Porträts würden Ihnen gehören«, sagte Hattie. »Und Sie müssen nichts dafür bezahlen, sie sind nur für Sie bestimmt.«

Rosie Fraser dachte mit unergründlicher Miene darüber nach. »Warum?« Zumindest fragte sie nicht ganz direkt: *Und was springt für Sie dabei raus?*

Hattie gab die Antwort, die ihr zuerst in den Sinn kam. »Weil ich es kann.«

Die Abstimmung für die Porträts fiel einstimmig aus.

»Ich hätte gern das Stimmrecht«, erzählte Mhairi ihr eine Stunde später auf dem Rückweg zum Gasthof. Ihr karierter Sonntagsrock schwang mit ihren dicken Zöpfen um die Wette.

»Ich will eines Tages mein eigenes Geschäft haben, und dann wäre das praktisch.«

»Werden Sie das *Drover's Inn* übernehmen?«

»Oh nein. Meine Schwester Clara und ich, wir würden gerne Seifenmacherinnen werden. Der Gasthof geht an meine Brüder.«

»Seife«, wiederholte Hattie verblüfft. »Warum das?«

»Na, die Leute werden sich doch immer waschen müssen. Drummuir wird eines Tages keine Kohle mehr abwerfen, und was bleibt dann noch für den Gasthof? Mochten Sie die Heidekrautseife bei Ihrem Bad?«

Sie hatte kaum auf die Seife geachtet. »Sie duftet wundervoll«, sagte sie aufrichtig.

»Wir haben dem Seifenmacher in Dundee den Duft vorgeschlagen«, sagte Mhairi stolz. »Nun haben wir den Heideduft das ganze Jahr über durch die Bettwäsche. Glauben Sie, die Leute in der Stadt würden so eine Seife kaufen wollen?«

Aus einem Impuls heraus hätte Hattie ihr das gern vollen Herzens bestätigt. »Wenn es so weit ist, schicken Sie mir eine Nachricht«, sagte sie stattdessen. »Ich bin geschätzte Kundin in zwei beliebten Parfümerien in London.« Zumindest würde sie das wieder sein, sobald der Skandal um ihre Hochzeit abgeebbt war.

Mhairi hüpfte ein paar Schritte beschwingt, und Hattie verspürte ein Ziehen in der Brust. Einen Fuß in der Tür haben, so hatte Lucian das genannt. So etwas musste es öfter geben.

Rastlos und zugleich erschöpft kehrte sie in ihr Zimmer zurück. Man riet einer Frau, in dieser bestimmten Zeit des Monats auszuruhen, sie hingegen hielt Zusammenkünfte ab und spazierte über Heidefelder. Sie wünschte, ihre Freundinnen wären hier, damit sie sich mit ihnen über ihre Gedanken, die ein Durcheinander aus Ideen und halb fertigen Überlegungen waren, austauschen und sie sortieren konnte. Schließlich überwand sie ihre angeborene Abneigung gegenüber Stift und Papier. Es war nur ein Brief an Lucie, eine Freundin.

Mein Verstand überschlägt sich, weil ich so viele Gedanken habe, und nur einige davon sind durchdacht, während der Rest mich wohl mit halb garen Schlussfolgerungen wochenlang plagen wird. Ich weiß, du hast viel zu tun, um im House of Lords Parlamentsmitglieder für uns zu gewinnen, aber ich wünschte, du könntest dich mit den Frauen in Drummuir treffen, damit wir zusammen nachdenken können. Mein Eindruck ist, dass sie sich untereinander sehr zugetan sind und trotz ihres harten Lebens über eine hartnäckige Fröhlichkeit verfügen. Sie würden eine famose Armee für unsere Sache abgeben, wenn wir sie davon überzeugen könnten, sich uns anzuschließen. Heute haben sie mich allerdings ausgelacht, als ich es vorgeschlagen habe, da sie das nötige Eigentum für das Stimmrecht nicht besitzen. Doch selbst wenn dem so wäre, würde ihnen die Zeit fehlen, für unsere Sache zu kämpfen. Sie arbeiten in den Kohlegruben so hart wie die Männer, danach kommen sie nach Hause, um sich um die Kinder zu kümmern, zu kochen, die Wäsche zu machen und das Haus zu putzen. Ich denke nicht, dass ihre Ehemänner sie bei diesen häuslichen Pflichten unterstützen würden, damit sie streiken oder demonstrieren könnten, und zwar umsonst.

Außerdem habe ich den Eindruck gewonnen, dass wir einen großen Fehler begehen, wenn wir uns so stark auf die fehlenden Arbeitsstellen für Frauen unserer Kreise konzentrieren, wenn es eine viel größere Gruppe von Frauen gibt, auf deren Schultern tatsächlich zu viel Arbeit lastet und die dafür keinen gerechten Lohn erhält. Die Gesetze, die sich gegen Frauenarbeit einsetzen,

unter dem Vorwand, die Frauen schützen zu wollen, verkennen die Lebensrealität, dass die Familien dieser Frauen etwas zu essen auf dem Tisch brauchen.
Außerdem verspüre ich ein großes Unwohlsein, vielleicht sind es auch Gewissensbisse, dass ich jederzeit aus Drummuir abreisen kann und den Ort vergessen könnte und Rosie Fraser dieses Leben jeden Tag lebt. Ich habe über Grubenunfälle in den Zeitungen gelesen, und obwohl es natürlich keine schockierende Erkenntnis war, dass es sie gibt, habe ich doch noch nie zuvor mit potenziellen Opfern davon an einem Tisch gesessen. Ich weiß, viele werden behaupten, so sei der Lauf der Dinge, das sei Schicksal und höhere Gewalt, dass wir in Übereinstimmung mit einem höheren Plan in unseren Stand hineingeboren werden, aber als Suffragistinnen lehnen wir eine solche Denkweise in Bezug auf unser Geschlecht ab, daher fühle ich mich dazu ermutigt, diese Denkweise generell abzulehnen.
Ich fühle mich mehr denn je dazu verpflichtet, jedwedes Talent und Glück, das mir zuteilwird, bestmöglich zu nutzen.
Ich weiß noch nicht, was »bestmöglich« bedeutet, aber ich werde Mr Blackstone morgen nach St. Andrews begleiten, um mir eine Kamera zu besorgen.
Was Mr Blackstone angeht …

Hattie hielt im Schreiben eine Weile inne, bevor sie ihre Gedanken in Worte fassen konnte.

Er hat sich eher als eine Art Robin Hood herausgestellt denn als Schurke.

Sie strich den letzten Satz so gründlich durch, dass er einen schwarzen Balken auf der Seite bildete. Lucie würde sich bestimmt darüber wundern.

Ein Blick aus dem Fenster verriet ihr, dass die Sonne immer noch hoch am Himmel stand, aber in ihrem Bauch flatterten bereits Schmetterlinge bei der Aussicht, Lucian zum Abendessen wiederzusehen. Halb Traum, halb Schatten, war ihr intimes, sinnliches Intermezzo in der vergangenen Nacht inzwischen verblasst, aber – oh ja – es war eindeutig passiert. Seine Finger in ihr, seine Zähne an ihrem Hals. Sie schnaubte nervös. Ihr momentaner Zustand würde dafür sorgen, dass sie ein paar Nächte auf getrennten Seiten des Bettes schliefen. Ein Nein würde ohnehin ausreichen, um ihn auf Distanz zu halten, das wusste sie inzwischen. Das Problem bestand viel eher darin, dass sie womöglich nicht Nein sagen würde. Sie spürte, wie ihre Ablehnung ins Wanken geriet. Und er wusste das. In dieser gelassenen, geduldigen Art, in der ein selbstsicherer Mann sich das Warten leisten konnte, wartete Lucian auf sie.

23. KAPITEL

Während der Zugfahrt nach St. Andrews versteckte sich Harriet hinter dem Fahrplanbuch *Bradshaw's Railway Guide*. Seit dem sinnlichen Zwischenspiel vor zwei Nächten knisterte ein neues Bewusstsein zwischen ihnen, und sie scheute davor zurück. Lucian hätte dieses Erlebnis gerne wiederholt, aber auch er hegte Bedenken – ihm wurde warm, und sein Verstand setzte kurz aus, wann immer er sie anschaute. Sie hatte sich einen altmodischen Strohhut für die Fahrt an die Küste geborgt und sah mit der riesigen grünen Schleife unter dem Kinn viel zu jung aus, um seine Ehefrau zu sein.

Ja, warm und verwirrt. Betrunkene trafen schlechte Entscheidungen.

Als der Zug mittags die kleine Stadt Strathkinness passierte, servierte ihnen der Kellner im Speisewagen Sandwiches, die Harriet zu genießen schien. Nach ihrer Mahlzeit griff sie auch nicht wieder zu dem Zugfahrplan, sondern schenkte ihm ihren Blick.

»Die Frauen von Drummuir«, sagte sie. »Eine ihrer größten Sorgen besteht darin, dass die Wäsche nicht rechtzeitig zur nächsten Schicht trocken wird, selbst wenn sie gemangelt wird, vor allem in den regenreicheren Jahreszeiten.«

»Also das ganze Jahr über«, sagte er, was ihr den Anflug eines Lächelns entlockte.

»Ein Gebäude mit einer Heizvorrichtung, in dem sie die Wollkleidung zum Trocknen aufhängen könnten, wäre eine große Hilfe, um die rheumatischen Krankheiten in der Gemeinde zu lindern«, sagte sie.

Eine schockierend einfache Lösung. »Ich lasse eines bauen«, sagte er. »Danke.«

»Sie beschweren sich auch, dass ihr Lohn niedriger ist als der ihrer Männer.«

»Das ist nicht ungewöhnlich.«

Sie musterte ihn aufmerksam. »Wirst du ihren Lohn erhöhen?«

»Ja.«

»Auf dieselbe Summe, die die Männer bekommen?«

»Nicht ganz, nein.«

Ihre Miene versteinerte, und er spürte ihre Missbilligung wie eine zu enge Krawatte um seinen Hals.

»Man sollte ihnen sogar mehr zahlen als den Männern«, meinte sie. Mit dem eifrigen Gesicht unter dem Federkranz ihres Hutes wirkte sie wie eine wütende Meise. »Sie arbeiten doppelt so viel, in der Grube und zu Hause.«

»Darin stimme ich dir zu«, sagte er.

Ihre feindselige Miene verlor an Schärfe.

»Aber ihren Kerlen würde es nicht gefallen«, erklärte er. »Und je gereizter sie sind, desto mürrischer wird ihre Laune und ihr Ton gegenüber ihren Frauen.«

Sie lehnte sich zurück. »Aber die Frauen verlangen es«, sagte sie. »Sicher werden sie doch wissen, was sie wollen.«

»Haben alle Frauen denn diese Forderung gestellt?«

»Nein«, gab sie nach kurzem, verdrossenem Schweigen zu. »Aber dennoch ist es ein armseliger Grund.«

Er nickte. »Versteh mich nicht falsch, ich heiße das keineswegs gut.«

»Aber du akzeptierst es?«

Er erinnerte sich an die Faustschläge in sein Gesicht, als er sich damals als Junge zwischen seine Mutter und ihren Mann gestellt hatte. »Nein.«

»Oh, wie aufreibend«, stieß sie hervor, »dass der Lohn einer Frau so niedrig bleiben muss, um der Eitelkeit eines Mannes keinen Kratzer zuzufügen.«

»Es ist nicht nur Eitelkeit«, murmelte er.

»Grausamkeit dann.«

»Für manche ja. Meistens ist es jedoch Stolz.«

»Stolz!«, rief sie. »Worauf kann man da denn stolz sein?«

»Nun ja, dann eben Unsicherheit, maskiert als Stolz«, sagte er grimmig. »Die Art Stolz, den man hat, wenn man sonst nicht viel hat.«

Sie schüttelte immer noch den Kopf. »Auch Männer aus gehobenen Kreisen misshandeln ihre Frauen«, sagte sie. »Ich habe dabei geholfen, einen Bericht über eben solche Vorfälle zu erstellen. Was ist deren Entschuldigung? Ich sage dir, was ich denke: Ihre Verachtung für Frauen ist in manchen Männern tief verwurzelt, ein Charakterzug, der sie ihre Gattinen gering schätzen lässt. Erst im vergangenen Monat betrug die Strafe für einen Wilderer, der einen Hasen erlegt hat, fünf Pfund und einen Monat Gefängnis. Ein Mann, der seine Frau schlug, musste jedoch nur zehn Schilling zahlen und zwei Wochen im Gefängnis verbringen. Da kann man zu dem Schluss kommen, dass ungeachtet der Umstände selbst das Gesetz die Gesundheit einer Ehefrau geringer schätzt als die eines Hasen – ein schönes Vorbild für die Öffentlichkeit, nicht wahr?«

»Zehn Schilling«, wiederholte er verblüfft. »Woher weißt du das?«

»Aus dem *Women's Suffrage Journal*«, erwiderte sie schroff.

»Es zeichnet solche Fälle in jeder Ausgabe auf. Damit wir sie nicht vergessen.«

Er veränderte seine Sitzposition, um das plötzliche schwere Unwohlsein in seinem Magen zu verdrängen.

»Ich weiß nicht, womit sich ein feiner Schnösel rechtfertigt, wenn er gemein und brutal zu seiner Ehefrau ist«, sagte er. »Und ich will so ein Verhalten bestimmt nicht entschuldigen – so etwas ist unentschuldbar. Ich habe bloß versucht, etwas zu erklären, das ich als Junge beobachten konnte. Ein Junge in Drummuir lernt, dass ein guter Mann für seine Ehefrau und Familie sorgt und sie beschützt. Wenn er dann zum Mann wird, ist er gewöhnlich stolz auf seine Arbeit, stolz darauf, Bergmann zu sein. Ihm wird aber auch klar, dass er seiner Herzensdame niemals mehr bieten kann als eine feuchte Hütte und lebenslange harte Schufterei, die in die Knochen geht. Und kein fröhliches Lied, kein noch so großer Zusammenhalt in der Gemeinde kann an dieser Wahrheit etwas ändern. Das Geld wird die ganze Zeit knapp sein. Oft muss sie arbeiten, damit es reicht. Das macht einige Männer wütend. Und die Frau weiß, dass jeder Mann mit einem Zylinder und einer Krawatte ihren Mann mit seinen schicken Schuhen in den Staub treten kann, wenn er will, und trotzdem soll sie sich der Autorität ihres Ehemannes beugen. Laut aussprechen tut das niemand, aber man weiß es, tief drinnen. Und das kann für böses Blut sorgen.«

Harriet krauste die Nase, als wäre es eine körperliche Anstrengung, ihr Gehirn dazu zu bringen, diese Ansicht zu verarbeiten. »Ich nehme an, Ungerechtigkeit an einer Stelle zieht Ungerechtigkeiten an anderen nach sich«, meinte sie schließlich. »Ein scheußliches Teufelsnetz. Ein Grund mehr dafür, dass Männer und Frauen in einer Ehe gleichberechtigt sein sollten. Dann gibt es kein böses Blut über nicht erfüllte Pflichten und Erwartungen.«

»Das klingt logisch«, gab er zu, und sie wirkte zufrieden. »Wer hat es schlechter getroffen?«, fragte er. »Ein armer Mann oder eine reiche Frau?«

»Die reiche Frau«, sagte sie, ohne zu zögern. »Denn ihre Unterdrückung vor dem Gesetz und in ihrem Heim gründet nur darauf, weil sie eine Frau ist, ungeachtet ihrer Lebensumstände oder ihrem Rang in der Gesellschaft.«

Wieder schlüssig.

»Das mag sein«, sagte er. »Aber es ist auch Unterdrückung, wenn ein Mann sich jeden Tag sorgen muss, wie er die Rechnungen bezahlen soll. Wo er die nächste warme Mahlzeit oder den warmen Mantel für seine Kinder hernimmt. Dass man jeden Tag in der Grube rauf- und runterrennt wie eine Ratte im Abflussrohr, um seine Familie zu ernähren, bis man schließlich den Löffel abgibt.«

»Das stimmt«, gab sie leicht gereizt zu. »Aber einen Mangel verbessern zu wollen heißt ja nicht, andere völlig außer Acht zu lassen, dessen bin ich mir sicher.«

Es gefiel ihm, dass er mit seiner Frau über solche Themen diskutieren konnte, obwohl er bisher nie großen Wert auf Debatten gelegt hatte. Ein scheußliches Teufelsnetz hatte sie es genannt. Sie fand Worte für Dinge, die er nur instinktiv spürte.

Harriet musterte ihn neugierig. »Was würde deine Mutter dazu sagen?«, fragte sie wie aus dem Nichts und überrumpelte ihn damit.

»Wie bitte?« Er war wie erstarrt.

Ihr Lächeln wirkte unsicher. »Deine Mutter. Würde sie gleichen Lohn haben wollen?«

Er richtete den Blick auf die grünen Weiden, die sich bis zum Horizont erstreckten, während er nach Worten suchte. »Ich weiß es nicht«, sagte er und konzentrierte sich auf seinen

Atem. Es fühlte sich so an, als hätte sich ein Schraubstock um seine Brust gelegt. Er wollte nicht überlegen, was seine Mutter wohl gedacht oder gesagt hätte. Das tat er nie, denn es reichte, dass seine Erinnerungen an sie ihn anspornten, sein Ziel zu erreichen. Wenn er weiterdachte, würde ihn die kalte Wut nur innerlich zerreißen. Oder ihn daran erinnern, wie jung sie bei ihrem Tod gewesen war. Siebenundzwanzig. Viel zu jung, um zu sterben, und auch zu jung, um einen elfjährigen Sohn zu haben. Diese Erkenntnis war ihm gekommen, als er das Grab seiner Großmutter besucht hatte. Auch am Grab seiner Mutter hatte er gestanden. Als er ihr Geburtsdatum auf dem Grabstein sah, war ihm aufgegangen, dass sie bei ihrer Rückkehr vom Herrenhaus zur Grube erst fünfzehn oder sechzehn gewesen sein musste. Soweit er wusste, war sein Vater ein cholerischer Mann und zudem älter gewesen. Geld übte oft eine große Anziehungskraft aus, aber dennoch wäre sein Vater nicht unbedingt ein Mann gewesen, für den ein stolzes junges Grubenmädchen geschwärmt hätte. Er konnte daher nicht mit Gewissheit sagen, ob er nicht durch Gewalt in diese Welt gekommen war. Der Gedanke war wie ein eiskalter Winterwind durch seine Seele gestrichen, während er am Grab seiner Mutter stand und nachrechnete. Seitdem mied er den Gedanken daran. Etwas in ihm verschloss sich so schnell und heftig wie ein eisernes Fallgitter, wenn er daran dachte, dass Harriet davon erfahren könnte. Sie schaute ihn endlich mit geröteten Wangen an statt mit wütendem, wachsamem oder gar mit verächtlichem Funkeln in den Augen, und er würde sogar mehr tun als bloß lügen, um es dabei zu belassen.

»Ich weiß nicht, was sie gewollt hätte«, wiederholte er. »Ich wünschte, ich wüsste mehr über sie.«

Er fuhr mit der Hand an seine Brust. Auf seiner Stirn bildeten sich Schweißperlen. »Ich weiß noch, dass sie die Sonne geliebt hat. Das gefiel ihr wohl am allerbesten. Das Sonnenlicht.«

»Das ist eine schöne Erinnerung«, meinte Harriet. Der herzliche, interessierte Ausdruck in ihrem Gesicht brachte ihn dazu, mehr zu erzählen.

»Wenn es morgens hell war, oder nach der Schicht war sie immer am glücklichsten. Das konnte ich spüren. Ich weiß noch, wie ich dachte … Ich dachte, dass sie ins Licht gehörte, nicht unter Tage. Ihr Haar hatte die Farbe von reifem Weizen. Es erinnerte mich immer an den Sommer.«

Eine kleine Pause folgte. »Was ist ihr zugestoßen?«, fragte Harriet leise.

»Sie ist ertrunken«, sagte er. »Bei einem Grubenunglück. Mit meiner Schwester – Sorcha.«

Harriet griff sich an die Kehle. »Das tut mir leid.«

Wie aus dem Nichts fühlte er sich innerlich eiskalt. Er hatte Sorchas Namen seit dem Tag, an dem sie begraben wurde, nicht mehr laut ausgesprochen, und nun kam er kratzig heraus, ungeplant. In den braunen Augen seiner Frau, die ihm gegenübersaß, schimmerte ein feuchter, mitfühlender Glanz, als ob sie gleich weinen würde.

Er lenkte den Blick wieder aus dem Fenster, denn ihre Tränen raubten ihm die Fassung, außerdem hatte er dem Gesagten nichts hinzuzufügen. Manche Gefühle konnte man eben nicht aussprechen, und dieser schicksalhafte, unglückselige Tag lag ohnehin im Nebel.

»Ich werde überlegen, wie man die Löhne der Frauen auf den Betrag der Männer anheben kann«, versprach er und schnitt ihr damit das Wort ab, ganz egal, was sie sagen wollte. Sie wandte sich für den Rest der Reise wieder ihrem Buch zu.

St. Andrews begrüßte sie mit einem bewölkten Himmel; das Grau spiegelte sich in den kleinen grauen Cottages und dem Kopfsteinpflaster wider. Möwen kreischten, und ein salziger Wind blies erbarmungslos um die Türme der Universität und die bröckelnde Ruine der Abtei. Die einzigen Farbkleckse bildeten die sich bauschenden roten Mäntel der Studenten, die unten am Strand am Kai spazieren gingen. Harriet schien von der rustikalen Umgebung begeistert und wollte bummeln und sich seltsam belanglose Dinge anschauen, einen verwitterten Wasserspeier hier, eine vom Wind zerzauste Möwe dort, aber Mr Wright hatte sich ihnen am Bahnhof wieder angeschlossen und wollte direkt zu dem Fotografenladen gehen.

»Der Laden liegt ganz in der Nähe des Ateliers von Thomas Rodger, dem ersten professionellen Fotografen in St. Andrews«, erklärte der Ingenieur. »Sie können dort einige sehr schöne, von ihm fotografierte Porträts hinter dem Tresen sehen.«

Das Geschäft befand sich zwischen einem gut besuchten Postamt und einem Buchladen. Drei Kameras waren auf Stativen im Fenster ausgestellt, und der Anblick ließ Harriet zurückschrecken. »Du liebe Güte«, sagte sie. »Die sehen schrecklich groß aus.«

Im Laden änderte sie ihre Meinung jedoch schnell, als der ältliche Besitzer sie mit einem eher kleinen Modell abfertigen wollte.

»Kann man sie flexibel einstellen, um ein Motiv näher heranzuholen?«, fragte sie.

Der Mann hatte Lucian die Kamera vorgeführt, aber auf ihre Frage wandte er ihr kurz seine Aufmerksamkeit zu. »Sie wollen wissen, ob sie über verschiedene Brennweiten verfügt, Ma'am?«

»Vermutlich?«

»Ja, aber wegen der Größe sind die Möglichkeiten begrenzt.«

»Hm. Und was ist mit dem Licht?«

Der Blick des Mannes flackerte zu Lucian. »Meint sie die Blende?«

»Wenn man damit die Helligkeit eines Bildes bestimmen kann, dann ja«, sagte seine Frau ungerührt.

»Ja, das ist richtig, ebenso wie die Verschlusszeit. Ich fürchte, da gibt es nur wenig Einstellmöglichkeiten. Aber dieses Modell ist leicht und bequem tragbar für eine Frauenhand.«

»Nun, ich brauche alles«, sagte Harriet. »Allen Schnickschnack.«

»Ich nehme an, Ma'am bezieht sich auf die Einstellungen«, meinte der Mann und zu Lucian: »Dann sollten Sie sich wohl die großen Plattenkameras ansehen, Sir.« Er deutete auf die Modelle im Schaufenster.

»Die sehen aus, als könne man sie leicht zusammenfalten«, sagte Harriet fröhlich. »Wie ein Akkordeon.«

»Nun ja. Zieht Ma'am Kollodium-Nassplatten vor oder das trockene Gelatinesystem?«

»Ich bin mir unsicher, was den Unterschied ausmacht.«

Der Ladenbesitzer schaute zwischen ihr und Lucian hin und her, ein Runzeln auf der Stirn. »Die neueste und bequemere Alternative zu Nassplatten ist das Gelatineverfahren. Madam weiß, wie man kalotypiert?« Da sie schwieg, ergänzte er: »Das ist der chemische Prozess, um die Bilder auf den Platten sichtbar zu machen.«

»Chemie ...« Sie schüttelte den Kopf. »Aber ich kenne mich mit dem Mischen von Farben aus. Ich bin sicher, das kann ich schnell lernen.«

»Hm. Gewiss.«

»Mr Wright hier wird es mich lehren«, sagte sie.

»Äh.« Der Ingenieur, der sich im Hintergrund gehalten hatte, räusperte sich. Unwohl trat er von einem Fuß auf den anderen. Lucian stand direkt neben ihm, was es ihm schwer machte, die Bitte abzulehnen.

»Wenn es dir nichts ausmacht, dein perfektes Kameramodell mit Mr Wrights kompetenter Hilfe auszuwählen, dann werde ich inzwischen ein paar Telegramme verschicken.« Lucian musste seine unerwartete Belustigung mühsam unterdrücken. »Das Postamt ist direkt nebenan.«

Er wollte Aoife eine Nachricht senden, um sich zu erkundigen, ob es Neuigkeiten zu dem Einbruch gab. Außerdem hatte er vor, Matthews zu benachrichtigen, weil er seinen Aufenthalt in Fife verlängern musste, wenn Harriet vorhatte, dreihundert Bergarbeiter zu fotografieren, ohne die geringste Ahnung, wie sie das anstellen sollte. Einerseits kam diese Planänderung ziemlich ungelegen, andererseits war dies womöglich seine einzige Chance, seine Ehe zu vollziehen. Hier in der Wildnis von Schottland, wo es nur ein Bett gab, war er im Vorteil. Im snobistischen London hingegen würde die Kluft zwischen ihnen nur wieder verstärkt werden und Harriet an all die Gründe erinnern, warum sie ihn hasste. Außerdem wirkte sie hier glücklich. Ihre Augen strahlten, und ihre Haut schimmerte bei der Aussicht, etwas Neues zu lernen, etwas für die Menschen in Drummuir tun zu können. Ihre Begeisterung weckte in ihm die unterschiedlichsten Gefühle.

Sie zog einen Brief aus ihrem Retikül. »Würdest du den bitte für mich aufgeben?«, fragte sie. »Und wärest du so reizend, mir einen Heftroman im Buchladen zu besorgen?«

Als er eine halbe Stunde später nach erfolgreicher Erledigung seiner Besorgungen zurückkehrte, wirkten sowohl Mr Wright wie auch der Ladenbesitzer gehetzt und verschwitzt, aber eine Kamera war ausgewählt worden; ein Modell mit Gelatine-Trockenplatten, das mitsamt Zubehör achtundsechzig Pfund kostete. Das Gerät, Stativ, Platten, Plattenhalter, Schutzhandschuhe und Flaschen mit Chemikalien mussten sorgfältig für den Transport verpackt werden.

»Mein Kopf schwirrt wie ein Bienenstock«, sagte Harriet, während er den Scheck unterschrieb. »Ich würde gern zum Strand gehen und mir vom Wind alle Spinnweben aus dem Kopf pusten lassen, während alles für den Transport fertig gemacht wird.«

Sie machten einen Spaziergang in Richtung Burgruine; dort in der Nähe führte eine Rampe zum Strand. Das Meer in der Bucht war stürmisch, und die schiefergraue Linie des Horizonts verwischte den Übergang von Himmel zu Wasser. Die feuchte Brise füllte seinen Mund mit Salzgeschmack.

Harriet seufzte neben ihm wohlig auf und breitete die Arme aus. »Ist diese Weite nicht endlos – ist das nicht zauberhaft?«

»Ja, ist es«, murmelte er, aber sie lief schon zum Meeressaum. Als er sie schließlich einholte, war ihr Rocksaum durchnässt. Die Kieselsteine und Muscheln am Strand zogen sie schon bald an wie Irrlichter. Immer wieder blieb sie stehen und bückte sich, um etwas aufzuheben, betrachtete es eingehend und steckte es in die Rocktasche, um dann gleich zum nächsten Fund weiterzueilen. Schon bald lief sie wieder vor ihm. Sie war leichtfüßig, trotz schwerer Röcke und Taschen, die Bänder ihres Hutes und einzelne feuerrote Haarsträhnen tanzten im Wind.

Er war in Argyll aufgewachsen, nahe genug am Meer, um die Legenden über die Selkies zu kennen. Seine Großmutter hatte ihm die Geschichten abends erzählt, über Wesen, die in der Gestalt von Seehunden im Meer lebten, ihren Pelz aber ablegten, um sich in einen Menschen zu verwandeln, wenn sie an Land sein wollten. Weibliche Selkies waren in ihrer menschlichen Gestalt angeblich betörend schön.

»Lucian!«

Sie lief auf ihn zu, und das Herz schlug ihm bis zum Hals. »Ja?«

Sie hielt einen braunen Stein hoch. »Ich glaube, das ist Amber.«

Er riss seinen Blick von ihrem rosigen Gesicht los und richtete ihn auf den Klumpen in ihrer Hand. Ihre weißen Handschuhe waren mit Sand bedeckt. »Das stimmt«, sagte er nach kurzer Betrachtung.

Sie stieß einen leisen Freudenschrei aus und jagte weiter nach Schätzen.

Eine weibliche Selkie in menschlicher Gestalt sollte besser keinem Mann begegnen. Sie wäre nackt; nur ihr langes Haar würde ihre Reize verbergen, während ihr Robbenfell unter einem Stein oder in einer Höhle verborgen lag. In den Legenden machte sich der Mann auf die Suche nach dem Robbenpelz, um ihn zu behalten und die Selkie zu zwingen, eine Frau zu bleiben und seine Ehefrau zu werden. Wenn er die Geschichten als Junge gehört hatte, hatte er noch nicht den Wunsch verspürt zu stehlen. Damals besaß er noch den schlichten Sinn eines Kindes für Gerechtigkeit. Er war stellvertretend wütend für das Geschöpf geworden, das nun an Land gefangen war, in der Hütte eines Fischers, und nur noch Erinnerungen an seine Freiheit hüten konnte. Gut, die Selkie war eine Frau, deren natürliches Los es ohnehin zu sein schien, irgendwann ans Haus gebunden zu sein und sich um Kinder zu kümmern, unabhängig von ihrer Art, aber damals erkannte er Ungerechtigkeit, wenn er ihr begegnete. Vermutlich war er nicht als schlechter Mensch geboren worden. Er war zu einem geworden.

Auf der Rückfahrt las er das Buch, das er sich gekauft hatte. Harriet jedoch schenkte ihrem Heftroman keine Beachtung und breitete ihre Schätze auf dem Tisch aus. Immer wieder sah er über den Seitenrand hinweg und stellte fest, dass sie die Sachen erst nach Art sortierte – Stein, Meerglas, Tintenfisch-Fossilien – und danach nach Farbe. Das Meerglas schien ihr besonders gut zu gefallen.

»Warum hast du die gesammelt?«, fragte er schließlich und nickte auf das Häufchen unscheinbarer grauer Kieselsteine, die auf dem polierten Holztisch ratterten.

Verwirrt blickte sie auf, als hätte er sie aus weiter Ferne geholt. »Die hier?«, fragte sie. »Damit sie sich nicht übergangen fühlen.«

Er zog die Brauen zusammen. »Aber … das sind Steine.«

Sie zuckte entschuldigend mit den Schultern. »Ja, aber ich glaube nicht, dass sie je jemand aufhebt.«

Aus unerfindlichen Gründen kam ihm keine sarkastische Erwiderung in den Sinn. Dafür fühlte sich seine Kehle seltsam eng an, als er ihr dabei zusah, wie sie die Steine ordentlich aufreihte.

Er befand sich auf gefährlichem Terrain. Wie ein Jäger, der zu konzentriert darauf gewesen war, seiner Beute hinterherzujagen, und sich plötzlich auf sehr dünnem Eis wiederfand. Gefährlich, weil die Legenden um die Selkies niemals damit endeten, dass die gefangene Frau ihre Tage bis zu ihrem Tod mit dem Mann verbrachte, der sie gestohlen hatte. Unweigerlich fand immer jemand ihren Pelz, und dann zog sie ihn über und verließ ihren Mann und ihre Familie, um wieder ins Meer zurückzukehren, ohne ihnen noch einen Blick zu gönnen.

24. KAPITEL

Am darauf folgenden Tag unternahm Hattie in der Dorfschule ihren ersten Versuch im Fotografieren, doch es lief ziemlich enttäuschend. Kurz gesagt, es war eine Katastrophe.

Mr Wright erklärte ihr die verschiedenen Funktionen der Kamera, aber er verwendete eine Menge Begriffe, die sie nie zuvor gehört hatte. Und sie bekam kaum Gelegenheit, die Kamera überhaupt anzufassen, da er alles selbst machte. Die Kinder von Heather Row, darunter auch die kleine Anne, hielten geduldig auf ihren Plätzen still, als sie versuchte, sie auf der Gelatineplatte unsterblich zu machen, aber das Bild auf der Mattscheibe war sehr dunkel und verkehrt herum, und bis sie sich endlich zurechtgefunden hatte, waren die Kinder gelangweilt und zappelten herum. Als Mr Wright ihr vorschlug, ein paar Wochen lang mit einem leblosen Objekt zu üben und die Trockenplattenemulsionen in der Theorie kennenzulernen, flüchtete sie. Die Kinder mochten sie viel lieber ohne schwarzes Tuch über dem Kopf und folgten ihr auf dem Weg zurück zum Gasthof. Anne bestand darauf, ihre kleine Hand in ihre zu legen, und Hattie fühlte sich seltsam schuldbewusst, weil sie keine Nascherei mitgebracht hatte.

»Ich komme morgen wieder und bringe dir Toffees mit«, sagte sie dem Mädchen, als das *Drover's Inn* in Sicht kam. »Wirst du dann noch mal für mich sitzen?«

Anne betrachtete sie aus ernsten blauen Augen; an ihrer Miene ließ sich nicht ablesen, ob sie die Worte verstanden hatte, aber dann nickte sie. Kurz strich sie über Hatties braunen Wollrock, dann lief sie hinter ihren Freunden her zurück zum Dorf, wobei ihre Zöpfe über ihren Schultern hüpften.

Hattie blieb stehen und atmete den süßlichen Geruch aus Heidekraut und Kohle ein. Unwillkürlich fragte sie sich, ob die Idee, die sich nach dem Verlassen des Kameraladens in St. Andrews in ihrem Kopf geformt hatte, genial war oder nur grober Unfug.

Lucian saß in ihrem Zimmer im Sessel und las im Abendlicht das Buch, in das er schon am Vortag im Zug vertieft gewesen war. Bei ihrem Eintreten hob er sofort den Kopf und ließ den Blick über sie gleiten.

Unwillkürlich fuhr sie sich mit der Hand über die Haare; das dunkle Tuch hatte einen seltsamen Geruch auf ihrer Haut hinterlassen und ihre Frisur zerzaust.

»Was liest du da?«, fragte sie und kam, Gelassenheit vortäuschend, zu ihm herüber.

Lucian hatte Jackett und Weste abgelegt und sah sehr verwegen aus, wie er da in Hemd und Hosenträgern ausgestreckt im Sessel saß.

Er schlug das Buch zu und legte es auf das Fenstersims. »Etwas über Torf.«

Das klang langweilig. »Und wie lief die Grubeninspektion?« Die Karte mit den Grubentunneln, Flözen, Entwässerungskanälen und Entlüftungsschächten lag ausgebreitet auf dem Tisch, ein wichtiger Bestandteil des Sicherheitskonzepts von Drummuir und auch ein Hilfsmittel, um die verbleibende Ausbeute abzuschätzen.

Lucians Blick verengte sich. »Willst du etwas?«

Sie verschränkte die Hände vor dem Bauch. »Ich hatte eine Idee.«

Sein Mundwinkel verzog sich, aber seine Miene war nicht abschätzig, daher fuhr sie fort. »Ich würde gern künstlerische Fotos von den Menschen in Drummuir machen, zusätzlich zu den zweckmäßigen.«

»Wozu?«

Sie zog sich einen Stuhl vom Tisch heran und setzte sich mit einem Seufzer der Erleichterung. »Ich habe eine Dokumentation im Sinn. Eine künstlerische Ausstellung – um in London auf die Verhältnisse der Arbeiter aufmerksam zu machen, Bewusstsein zu schaffen. Alle Einnahmen aus den Eintrittsgeldern und verkauften Werken würden komplett an Drummuir gehen.«

»Bewusstsein, Aufmerksamkeit«, sagte er gedehnt. »Eine künstlerische Dokumentation … Liebling, falls es deiner Aufmerksamkeit entgangen sein sollte, wir leben im Zeitalter der Dekadenz. Menschen wollen über Schönheit lesen, hübsche Dinge betrachten oder sinnliche. Das Leben ist zu düster, als dass auch noch die Kunst düster sein darf, selbst für die, die höher auf der Leiter stehen.«

»Es wäre aber das Richtige«, beharrte sie. »Das spüre ich.«

»Ah«, sagte er. »Wie lief deine erste Lektion?«

Sie ließ den Kopf sinken und rieb sich über die Schläfen. »Grässlich.«

»Und deshalb willst du natürlich mehr davon und deine Werke auch noch vor kritischen Augen präsentieren.«

Die Lektion hatte diesen Wunsch nicht verursacht, sondern Annes kleine Hand in ihrer. Und Rosie Fraser in ihrer Sonntagskleidung, die man leicht mit jeder respektablen Matrone in der Stadt hätte verwechseln können.

»Ich weiß gar nichts«, sagte sie.

Lucian schien sorgfältig um eine ausdruckslose Miene bemüht.

Trotzig schaute sie ihn an. »Mr Wright hat sein Bestes versucht, aber er hat eine Art, alles schrecklich kompliziert klingen zu lassen. Er hat mir dreißig Minuten lang einen Vortrag über Brennpunktberechnung gehalten; ich hätte fast vor Ärger geschrien, weil ich weder neue Kameras erfinden noch sie selbst bauen will. Ich will sie nur benutzen.«

Lucian zuckte mit den Schultern. »Er ist Ingenieur.«

»Aber ich bin Künstlerin. Und ich brauche einen Lehrer, der meine künstlerischen Ambitionen versteht und mir dann die technische Lösung dafür bietet.«

»Wenn du ihn nicht geeignet findest, suchen wir dir jemanden aus London.«

Das war das nächste Problem. »Ich habe in keinem Fall genügend Zeit«, sagte sie. »Es war unvernünftig, dass ich dachte, ich könnte das alles in drei Tagen schaffen.«

»Das kannst du nicht«, stimmte er zu. »Ich habe bereits eine Nachricht nach London geschickt, dass wir länger bleiben.«

Sie richtete sich auf. »Wann?«

»Gestern, in St. Andrews.«

Als sich ihr Schweigen in die Länge zog, fügte er hinzu: »Ich habe Matthews telegrafiert und ihn angewiesen, nach Drummuir zu kommen und mir ein paar Dokumente zu bringen, die ich für meine Geschäfte benötige.«

»Verstehe.«

»Er wird auch ein Buch mit Drucken von Julia Margaret Cameron mitbringen.«

»Der Name kommt mir bekannt vor.« Sie versuchte immer noch, die Neuigkeiten zu verdauen.

»Sie war Fotografin, eine der Großen«, sagte Lucian. »Und

eine der Ersten und Wenigen, die Kunst und Fotografie kombiniert hat. Sie war mit einigen Präraffaeliten bekannt.«

War das eine Falle? Ein Gefallen? Misstrauisch beäugte sie ihn. »Warum?«

Er zuckte mit den Schultern. »Ich dachte, ihre Arbeit könnte dich interessieren.«

Was auch immer seine Beweggründe sein mochten, er hatte weise Voraussicht bewiesen, indem er ihre Wünsche erahnte. Ich will das nicht, dachte sie. *Ich will ihn nicht so sehr mögen.* In der vergangenen Nacht hatte sie kaum geschlafen, als ob seine Nähe unter der Decke ihren ganzen Körper mit einer hitzigen Sehnsucht entflammte. Auch jetzt schmolz sie innerlich ein wenig dahin; das musste ihr altes, unverbesserliches Ich sein, das sich freute, wenn ihr jemand eine Freude bereitete.

Ein Mann hätte das Biest getötet.

Sie kämpfte um die Worte, bevor sie herausstieß: »Ich hätte es zu schätzen gewusst, wenn du dich mit mir besprochen hättest, bevor du unseren Aufenthalt verlängerst«, sagte sie. »Vor allem, wenn wir an einem solchen Ort wie … diesem bleiben.« Sie machte eine ausholende Geste zu dem Zimmer.

Lucian neigte den Kopf. »Willst du lieber abreisen?«

»Nein! Dennoch … schätze ich es, gefragt zu werden.«

Er hob eine Braue. »Ist notiert.«

So. Sie hatte ihren Standpunkt überlegt und kühl klargemacht, und nichts Schreckliches war passiert.

Vielleicht sollte sie ihn küssen. Unter normalen Umständen würde man einen Ehemann, der sich Gedanken und Mühe um eine Überraschung gemacht hatte, küssen.

Lucian schenkte ihr ein schiefes Grinsen. »Du fragst dich, ob du mich zum Dank küssen solltest.«

Sie zuckte zusammen. »Wie bitte?«

»Das zumindest würde eine liebevolle Ehefrau tun«, sagte er und spreizte die Beine. »Sie würde zu mir kommen, sich auf meinen Schoß setzen und mich küssen.« Ein belustigtes Funkeln tanzte in seinen Augen, und Hitze stieg in ihr auf. Er hatte also doch Humor, wenn auch einen ziemlich sarkastischen.

Sein spöttisches Lächeln verblasste, weil sie aufstand und zu ihm hinüberging. Als sie sich auf seinem linken Oberschenkel niederließ, wirkte seine Miene angespannt.

»Ist es das, was du meintest?«, fragte sie. Ihr Herz klopfte wie wild. Er hatte den ganzen Tag im Freien verbracht und roch nach Sonnenschein und warmer Erde. Die Knöpfe an seinem Kragen waren geöffnet, weit genug, um den dunklen Haarflaum auf seiner muskulösen Brust preiszugeben.

»Das ist gut«, murmelte er. Er schlang die Arme um ihre Taille.

Mit weit offenen Augen war sie in diese Falle getappt, auf der Suche nach etwas Unbestimmten – vielleicht ihren Grenzen, ihrer Macht. Sie hielt den Blick auf den schmalen Streifen nackte Brust gerichtet. Es war eine sehr ansehnliche Brust. Sie legte eine Fingerspitze darauf. Lucians Adamsapfel bewegte sich hörbar in der Stille, sonst verharrte er so reglos wie ein Felsen. Leicht strich sie über die warme Haut, die Haare, dann ließ sie die Finger langsam zu dem nächsten geschlossenen Hemdknopf wandern. Dort verweilte sie.

Lucian löste sich zuerst aus der Starre. Er umfasste ihr Kinn und küsste sie. Verlangen durchströmte sie. Eine sanfte Berührung seiner Zunge an ihrer, kurz nur, und sie entzog sich seinem Mund und schnappte nach Luft. Ihr war heiß vom Kopf bis zu den Zehen.

Sie schaute zum Fenster, wo die Sonne am rot glühenden Horizont versank. »Es ist so …« Sie schüttelte den Kopf. »Verwirrend«, flüsterte sie.

Sein Blick glitt forschend über ihr Profil. »Vielleicht weil dein Verstand dir das eine sagt, während dein Körper etwas anderes will«, meinte er leise. »Hör doch auf, es als Belohnung für mich anzusehen, sondern sieh es als Vergnügen für dich.«

Das widersprach allerdings jedem Grundsatz, den man einer Frau in ihrer Erziehung eingetrichtert hatte.

Ihre Verwirrung nahm eine andere Richtung, als ihr Blick auf den Rücken des Buches fiel, das er auf das Fenstersims gelegt hatte.

Sie drehte sich zu Lucian, gerade noch rechtzeitig, um ein *Oh verflixt!* in seinen Augen aufblitzen zu sehen. »Das ist *Sturmhöhe*«, sagte sie.

»*Aye.*«

»Du hast gesagt, du liest etwas über Torf!«

Er wand sich unbehaglich unter ihr. »Da steht sehr viel über die Moore.«

»Wo hast du das her?« Das Buch sah neu aus, der Rücken wies keine Gebrauchsspuren auf.

Lucian nahm es ihr aus der Hand und drückte es sich an die Brust. »Aus dem Buchladen in St. Andrews.«

Schweigen, nur das Trommeln seiner Finger auf dem Umschlag war zu hören. Er war nervös – weil sie ihn beim Lesen eines Romans ertappt hatte, der alberne Mann.

»Und … gefällt er dir?«, wagte sie sich vor. »Der Roman?«

Er zuckte mit den Schultern. »Ja, nehme ich an.«

»Nimmst du an.«

»Ja, genau. Und wie es scheint, hast du dich geirrt. Mit allem.«

»Was? Keinesfalls«, erwiderte sie. »Was soll das überhaupt heißen, mit allem?«

»Erstens ist der Schurke in diesem Buch keineswegs Heathcliff, sondern Nelly …«

»Nelly!«

»Jemand sollte ihr einen Tritt in den Hintern verpassen, damit ihr die ständige Einmischerei vergeht.«

»Ich kann nicht glauben, dass du der armen, alten Nelly die Schuld gibst. Wenn schon, ist Hindley viel offensichtlicher ein Schurke.«

Er schnaubte. »Hindley, dieser Mistkerl, verdient eine gehörige Tracht Prügel, aber er hat sich nicht ständig in Cathys und Heathcliffs Angelegenheiten eingemischt, um die beiden so erfolgreich auseinanderzubringen.«

»Nelly tat, was sie für das Richtige hielt, um ihre Herrin zu schützen.«

»Nee.« Er schüttelte den Kopf. »Sie ist eine Dienstbotin, die sich in ihrer unrechtmäßig erworbenen Macht suhlt wie ein Schwein im Schlamm. Cathy wollte keinen Schutz, sie wollte Heathcliff. Hier, da sagt sie …« Er zog sie fester in seine Arme und schlug das Buch auf. Rasch blätterte er durch die Seiten, bis er die Zeile fand, die er suchte. »Sie sagt: *Meine Liebe zu Heathcliff gleicht den unterirdischen, ewigen Felsmassen: Sie sind keine Quelle großen Entzückens, aber sie sind notwendig.*« Er schaute sie mit hitzigem Blick an. »Notwendig! Das sind ihre Worte.«

Sie würde ihm wohl kaum einen Sonntagabend lang widerstehen können, wenn er ihr vorlas, wurde ihr bewusst. Wie er diese Worte aussprach, mit diesem schottischen Akzent, ließ ihr Herz aufflattern wie einen Schmetterling unter einem unerwarteten Sonnenstrahl.

»Und in noch etwas hast du dich getäuscht.« Sein Blick bohrte sich in sie. »Ich bin nicht wie Heathcliff.«

Ihr Puls pochte noch immer zu schnell, als sie den Blick vielsagend über ihn gleiten ließ. »Ach nein?« Mit dieser finsteren Miene und dem gelockten schwarzen Haar sah er ganz so aus, als ob die Winde von Yorkshire ihn immer noch stürmisch umwehten.

»Zunächst einmal hätte ich niemals diesen Hund getötet«, sagte er. »Der hat überhaupt nichts getan.«

»Die arme Fanny.«

»Ja, Fanny. Zweitens war Heathcliff unentschlossen. Und das bin ich nicht.«

»Nein«, bestätigte sie.

»Eine so untreue Seele wie Cathy wäre nicht einmal die Mühe einer Rache wert«, fuhr er fort. »Ich wäre nie an diesen Ort zurückgekehrt, nur um mit meinem neuen Reichtum und meiner Stellung zu prahlen und sie damit zu quälen. Aber falls ich töricht genug wäre, mich nach so einer Frau zu sehnen, *nay*, nach irgendeiner Frau – wenn ich glauben würde, dass sie mein Atem ist und das Schlagen meines Herzens von ihrer Nähe abhängt, und ich wüsste, dass auch nur ein Bruchteil dieses Gefühls erwidert wird, würde ich mit ihr durchbrennen. Ich würde nicht schmollend und gekränkt davonlaufen, nachdem mir Dinge zu Ohren gekommen sind, die mir nicht gefallen. Ich würde auch nicht zusehen, wie ein milchgesichtiger Schnösel sie heiratet und mit ihr ins Bett steigt. Wenn nötig, hätte ich sie mir über die Schulter geworfen und mit ihr die Moore durchquert.«

»Das bezweifle ich nicht«, hauchte sie, weil sich sein Arm etwas fester um ihre Taille geschlungen hatte. »Und natürlich hättest du dir auch nichts dabei gedacht, sie zu einem Leben in Armut mit dir zu zwingen.«

»Ah, aber es gab keine Armut, kein elendes Leben. Er war klug, und das Glück hat ihm zugelächelt, nicht wahr?« Auch er lächelte und entblößte seine weißen Zähne, auch den abgebrochenen, wobei er wirkte wie ein zufriedener Wolf.

Erregung prickelte auf ihrer Haut. Sie schüttelte seinen Arm ab und stand auf. »Sie war gezwungen, Linton zu wählen, aus Schicklichkeit und aus finanzieller Notwendigkeit – die meisten Frauen hätten sich ähnlich entschieden. Es war die einzige vernünftige Lösung.«

Lucian schüttelte den Kopf. »Sie hatte zu wenig Vertrauen in den Mann, den sie liebte, und deshalb hasste er sich umso mehr, und sie hat sich stattdessen einen jämmerlichen Bräutigam ins Bett geholt.«

»Jämmerlich? Du hasst den armen Mann.«

Er verzog das Gesicht. »Er fällt ja schon beinahe in Ohnmacht, wenn Heathcliff ihn nur finster anschaut. Nur ein düsterer Blick, und er bricht zusammen. Welche Frau, die sagt *Ich bin Heathcliff*, könnte mit so einem Waschlappen zufrieden sein?«

Sie öffnete den Mund, bevor sie eine Antwort parat hatte. Bevor ihr klar wurde, dass sie darauf nichts zu erwidern wusste. Ihr Kopf war wie leer gefegt. Aus einem Bauchgefühl heraus verstand sie, warum eine solche Frau damit nicht glücklich sein konnte. Ihr Blick flog zu dem weiten Heidefeld unter dem Fenster, dann zu der sanft geschwungenen Hügelkette am Horizont. Eine Frau wie Cathy hätte sich bis zu ihrem Lebensende nach Leidenschaft gesehnt, ganz egal, mit welch glänzender Fassade gesellschaftlicher Respektabilität sie ihren Verlust auch immer übertüncht hatte, denn die Wahrheit existierte nun mal. Womöglich lag sie tief unter den besagten Felsen vergraben, aber sie war da. Und so, im Dunkeln verborgen und sich allmählich unter Schichten von Selbstbetrug und Heucheleien verdichtend, konnte die Wahrheit zu Fäulnis werden und an den Wurzeln der eigenen Existenz nagen. Deshalb wurden manche Frauen verrückt und suchten die Moore heim. Manche Herzen strebten nach den milden Freuden von Beständigkeit und Zuverlässigkeit; und manche schlugen für das Feuer der Leidenschaft, selbst wenn sie wussten, dass sie darin verbrennen würden.

Ich würde die Glut wählen, dachte sie. Die plötzliche, klare Erkenntnis ihres eigenen Charakters riss an ihr wie ein Raubtier. *Ich hätte Clotworthy Skeffington nie lieben können.* Und er hätte ihr wahres Ich wohl niemals geliebt. Sie konnte sich die Reaktion des attraktiven Lords auf ihre abwegigen Gedanken gut vorstellen, auf ihr Verlangen nach mehr, auf ihre Schreie der Lust, als Lucian sie an ihrer intimsten Stelle liebkost hatte. Sie stieß den Atem aus und legte unwillkürlich die Hände an die Wangen. Ihre Finger waren eiskalt. Seltsam, wie die Wahrheit plötzlich ins Auge sprang, obwohl sie schon die ganze Zeit da gewesen war. Tief in ihrem Inneren fand Hattie sich nicht entzückend. Deshalb reagierte sie auch so unwirsch auf das Wort; natürlich war an *entzückend* nichts auszusetzen, aber auf sie traf es eben nicht zu. Unter all den Rüschen und der Seide verbarg sich ein wildes, gefährliches Geschöpf.

Als sie sich zu Lucian umdrehte, weiteten sich seine Augen. »Du lächelst.« Er sagte das in demselben Ton, wie man sagen würde: *Gerade ist ein Schwein vorbeigeflogen.*

»Weil ich festgestellt habe, dass wir über Literatur diskutieren, Mr Blackstone«, sagte sie.

Ein überraschter Ausdruck huschte über sein Gesicht. »Ja, in der Tat.«

»Noch dazu über einen romantischen Roman.«

»Wir sind jedoch nicht in Florenz«, entgegnete er mit vielsagendem Blick auf ihre trostlose Unterkunft.

»Nein«, bestätigte sie. »Das ist ein von Geistern bevölkerter Gasthof in einer tristen Einöde.«

Er lachte schallend, es klang eingerostet, aber seine Augen strahlten, und er wirkte plötzlich jünger oder, besser gesagt, seinem Alter von neunundzwanzig Jahren entsprechend.

Ihr Herz machte einen kleinen Hüpfer. So hätte er wohl sein können. So hätte es mit ihm sein können – unbeschwert und lustig.

Das Funkeln in Lucians Augen erlosch. »Geht es dir gut?«

Aus seinem Mund war diese von Sorge gefärbte Frage intimer als ein Zungenkuss. Sie schaute zur Tür. »Ich muss mich nach unserer Wäsche erkundigen.«

Er musterte sie einen Augenblick, dann ließ er sie mit leichtem Widerwillen gehen. »Ja, tu das.«

Während sie die knarrende Treppe hinunterstieg, beobachtet von den toten Wasservögeln an den Wänden, fragte sie sich, ob die Wahrheit mit der Zeit an Schichten gewann und womöglich viele Facetten hatte. Vielleicht war Linton zwar nett und eine passende Partie gewesen, aber dennoch der völlig falsche Mann für Cathy. Was Hatties eigenen Ehemann betraf … Er war inzwischen wohlhabend und mochte skrupellos sein, aber welche der Falten in seinem Gesicht waren von den Entbehrungen seiner Jugend gezeichnet worden? War die Saat seiner Abgebrühtheit mit sechs Jahren gepflanzt worden, als man ihn zwang, allein im Dunkeln zu bleiben? Er wäre sicher hoch gewachsen, wenn er als Junge besser ernährt worden wäre. Er wäre weicher geworden, hätte er im Licht gelebt. Er hätte mit gehobener Sprache über Romane diskutieren können, hätte er Lehrer gehabt, anstatt in die harte Schule des Bergwerks gehen zu müssen. Sie sah ihn vor sich, lachend, in seinem feinen Baumwollhemd und mit einem Funkeln in den Augen. Es war zutiefst beeindruckend, wie viel er mit Glück und aus eigener Kraft erreicht und geleistet hatte. Welch unbändige Willenskraft musste ihn Tag und Nacht antreiben, beseelt von dem Wunsch, allen Widrigkeiten, die sich vor ihm auftürmten, zu trotzen und sie zu überwinden. Die Erkenntnis war aufreibend und erregend zugleich.

Ich sehne mich nach ihm, dachte sie. Sie sollte es nicht tun, aber es war sinnlos, denn die leidenschaftliche Seite in ihr begehrte ihn genau so, wie er war. Ja, sie sehnte sich nach dem Spiel mit dem Feuer. Aber würde sie es auch ertragen, darin zu verbrennen?

25. KAPITEL

Mr Matthews' Ankunft am nächsten Tag weckte bei Hattie Erinnerungen an London, an ein früheres und nun seltsam nebulöses Leben. Wie gewöhnlich war Matthews tadellos gekleidet und trug ein braunes Reisejackett, eine fleckenfreie graue Hose und dazu eine Weste mit Paisley-Muster. Er selbst sah jedoch reichlich erschöpft aus. Vermutlich hatte er in aller Eile gepackt und war aus Belgravia abgereist, kurz nachdem er Lucians Telegramm vor zwei Tagen erhalten hatte.

»Ich kann Ihnen gar nicht genug für Ihre Mühe danken«, sagte Hattie, nachdem er ihr die Schachtel mit dem Fotobuch von Mrs Julia Cameron überreicht hatte.

»Es ist mir eine Freude, Mrs Blackstone.« Sein trüber Blick glitt diskret von Kopf bis Fuß über sie. »Ich hoffe, Sie sind bei bester Gesundheit?«

Sie hatte sich an diesem Morgen keine Gedanken um ihr Aussehen und die nötigen Accessoires gemacht, stellte sie nun fest. Vielleicht war ihm das aufgefallen. Sie lächelte leicht. »Sie haben Mr Stewarts Zimmer bekommen. Ich zeige Ihnen, wo es ist.«

»Kommen Sie in einer halben Stunde zu mir in die Schankstube, und bringen Sie die Dokumente mit«, sagte Lucian hinter ihnen. Sein kühler Befehlston traf sie wie ein kleiner Schock. Das war die Stimme aus den Tagen, als sie ihn noch nicht so gut kannte, und Hattie wurde klar, dass sie sich inzwischen an seinen viel sanfteren Ton gewöhnt hatte. Matthews nickte nur. Er machte leise eine Bemerkung über den Überfluss an ausgestopften Tieren und die bedenklich knarzenden Stufen, als Hattie ihn zu seinem Zimmer führte.

»Man gewöhnt sich an die Menagerie«, versicherte sie, »aber erzählen Sie mir doch später, was es Neues aus London gibt. Darauf freue ich mich schon sehr. Die Zeitungen sind hier immer zwei Tage hinter der Zeit zurück.«

Matthews erwiderte geistesabwesend, dass es ihm ein Vergnügen wäre. Als sie ihn verließ, damit er sich in seiner Unterkunft einrichten konnte, folgte ihr sein prüfender Blick, was ihr ein unangenehmes Kribbeln im Nacken verursachte.

In ihrem Zimmer nahm das Fotobuch jedoch bald Hatties ganze Aufmerksamkeit ein. Julia Margaret Cameron hatte hauptsächlich Frauen und Kinder fotografiert, aber es waren außergewöhnliche Porträts. Die Aufnahmen zeigten Weichheit, ohne scharfe, bedeutende Details zu opfern, wodurch Einfachheit ätherisch und das Statische emotional wirkte. Es war nicht zu leugnen, dass es bewegend war, in die ausdrucksstarken Augen dieser Fremden zu schauen, die sie von den Buchseiten anblickten. Dies, dies war das Leben! Kein Vergleich mit ihren eigenen laienhaften Versuchen, Bedeutung auf die Leinwand zu bringen. Beim Aufschlagen der letzten Seite tobte ein stiller Sturm in ihr. Lucian hatte recht gehabt: Es war möglich, mit einem technischen Gerät Kunst zu erschaffen. Ihre Gedanken galoppierten voran; nach den Bergarbeitern würde sie die Suffragistinnen fotografieren. Wie oft waren sie Spott und Gehässigkeiten ausgesetzt und wurden als hässliche, furienhafte Mannweiber geschmäht? Täglich. Jeder Kritiker, der Annabelles präraffaelitische Schönheit, Catrionas stille Tiefe oder Lucies elfenhaftes Gesicht auf den

Fotografien sehen würde, käme sich dann dumm wegen seiner Vorurteile vor.

Sie bat Lucian, sie beim Mittagessen zu entschuldigen, und begann, Mrs Camerons Fotografien zu analysieren, um herauszufinden, welche Elemente in der Summe etwas so Wunderbares schufen.

»Wie ist der aktuelle Stand der Farbfotografie?«, fragte sie Mr Wright ein paar Stunden später. »Gibt es Interesse an der Entwicklung solcher Fotografien?«

Wright hob die buschigen Brauen. »Ich denke schon. Die Industrie beschäftigt Legionen von Miniaturmalern.«

»Ich meine nicht das nachträgliche Kolorieren«, sagte sie. »Ich möchte die Farbe bei der Aufnahme direkt schon auf die Platte bannen.«

Da Lucian im Zimmer arbeitete, befanden sie sich in der kleinen Nebenkammer, die Mr Wright am Vortag durch einen schmalen Beistelltisch in ein winziges Labor verwandelt hatte. Ihre Kamera lag auf diesem Tisch, mit allem Zubehör drum herum ausgelegt wie die Innereien eines ausgenommenen Wildes. Mr Wright hatte in seiner ruhigen, aber eindringlichen Art bereits dafür gesorgt, dass Hattie sich den Namen und die Funktion jedes einzelnen Teils einprägte; vermutlich hatte er vor, sie danach abzufragen.

»Ich bin kein Experte für Physik«, sagte er nun und runzelte die Stirn. »Aber Farbe ist nichts anderes als die Reaktion eines Materials auf Licht. Und wie Newton herausgefunden hat …«

»Ich hatte gehofft, dass es in diesem Jahrhundert einige Forschungen dazu geben würde«, unterbrach sie ihn schnell.

»Dann könnten Maxwells Studien womöglich für Sie von Interesse sein«, meinte Mr Wright nach einer Pause. »Er hat bewiesen, dass man technisch jede Farbe erzeugen kann, indem man rotes, grünes und blaues Licht mischt. Ich nehme an, man könnte mit farbigen Linsen experimentieren, aber die Emulsion würde wohl auch eine Rolle spielen …«

»Licht mischen«, murmelte sie. »Wie das Mischen von Farbpigmenten …«

»Warum konzentrieren wir uns nicht erst einmal auf die Dinge, die wir verstehen?«, schlug Mr Wright vor. Er zeigte auf die kleine tragbare Tafel, die er aus dem Nichts herbeigezaubert hatte. »Es gibt zwei chemische Prozesse beim Entwickeln einer Fotografie – einen, um die Platten mit einer Silberbromid-Gelatine-Emulsion vorzubereiten –, das hier ist übrigens ein Silbernitrat-Molekül«, sagte er und zeichnete eine bedrohlich aussehende Struktur auf die Tafel, »und einen, um die Bilder auf der Platte zu entwickeln.«

Bei den Worten »chemischer Prozess« brach ihr der kalte Schweiß aus; die ganze Situation mit der Tafel erinnerte sie bereits an ihre Schulstunden, die meist mit Schmerzen geendet hatten und damit, dass sie sich dumm vorkam. Zittrig stieß sie den Atem aus, dachte an Mhairis Schwarm Hamish und an Annes kleines Gesicht und lockerte langsam den Klammergriff um ihr Notizbuch.

»… Mr George Eastman hat kürzlich den Beschichtungsprozess automatisiert, sodass wir uns nicht mehr um die vorbereitende Emulsion kümmern müssen …«

Eine halbe Stunde lang erzählte er, dann drangen plötzlich die Töne eines Dudelsacks in den Raum. Im ersten Moment dachte Hattie, sie hätte sich die Musik nur eingebildet. Aber kurz darauf vibrierten die alten Dielen mit dem rhythmischen Stampfen von Füßen, und Stimmen drangen zu ihnen herauf.

»Oh je!« Mr Wright warf einen alarmierten Blick um sich herum.

»Wie aufregend«, sagte Hattie. In der Schankstube wurde ganz offensichtlich getanzt und gesungen. Es gab doch tatsächlich Leute in diesem Gasthaus, die sich vergnügten, anstatt Vergnügen an der Geschichte der Plattenfotografie zu heucheln. »Ich frage mich, was sie wohl feiern.«

Sie steckte den Kopf durch den Vorhangspalt zu Lucian, der am Tisch saß und die Unterlagen durcharbeitete, die Matthews mitgebracht hatte. »Weißt du …«

»Eine Hochzeit«, sagte er, ohne von seinen Notizen aufzuschauen.

Sie ging zu ihm hinüber. »Woher weißt du das?«

Er hob den Kopf. Eine Locke fiel ihm verwegen in die Stirn und lenkte sie ab. »Ich habe für die Speisen und Getränke bezahlt«, erklärte er.

»Das ist freundlich von dir«, sagte sie, freudig überrascht. »Wer heiratet denn?«

»Boyds Tochter.«

Sie warf einen Blick über die Schulter zu Mr Wright. »Würde es Ihnen etwas ausmachen, wenn wir die Lektion heute früher beenden?«

Der Ingenieur strich sich resigniert über den Schnurrbart. »Nein, nein. Es ist sowieso unmöglich, bei diesem Lärm zu arbeiten.« Er sammelte seine Sachen ein und verabschiedete sich.

Hattie baute sich neben Lucian auf. »Gilt es in Schottland als unhöflich, uneingeladen an einer Hochzeitsfeier teilzunehmen?«

»So unhöflich wie überall«, erwiderte Lucian, den Blick wieder auf die Seiten vor sich gerichtet. »Aber da ich dafür bezahlt habe, wurde ich auch eingeladen.«

»Warum sind wir dann noch hier? Willst du nicht runtergehen?«

Und da war sie wieder, diese vertraute Geste: Immer wenn er gereizt schien, rieb er sich über den Nacken. »Ich arbeite.«

Arbeiten – wo es doch Musik und fröhliche Menschen gab, und das in unmittelbarer Reichweite! »Ich wette, Mhairi und Hamish sind auch da.«

Lucian blickte auf. »Wer ist Hamish?«

»Ein junger Mann aus Heather Row. Sollten wir nicht nach unten gehen, um dem Paar zu gratulieren?«

Er schüttelte leicht den Kopf. »Ich arbeite«, wiederholte er.

»Sicherlich brauche ich hier keine Begleitung«, überlegte sie. »Oder hättest du etwas dagegen, wenn ich mich eine Weile unter die Hochzeitsgäste mische? Ich würde zu gern die Braut sehen.«

Lucian musterte sie mit einem undurchdringlichen Ausdruck. »Nein«, sagte er dann. »Ich hätte nichts dagegen.«

Sie machte einen kleinen Freudenhüpfer. »Vor dem Abendessen bin ich zurück«, versprach sie.

Während sie sich im Nebenraum frisch machte, fragte sie sich, welcher ihrer Haarkämme eine Braut am meisten erfreuen würde; sie konnte sich nicht zwischen dem silbernen mit Jadesteinen und dem roségoldenen mit Amethysten entscheiden. Die naheliegende Lösung war, einfach beide zu verschenken, aber sobald Lucian das herausfand – und das war unausweichlich –, würde er gewiss wieder über ihre ignorante Art schimpfen.

Auf dem Weg nach unten kam sie an der Tür zu Mr Matthews' Zimmer vorbei. Nachdenklich blieb sie stehen. Matthews hatte sich vorhin ein wenig merkwürdig aufgeführt, aber inzwischen hatte er zu Mittag gegessen und sich vielleicht auch ausgeruht, was seine Laune sicherlich gebessert hatte. Und nach der anstrengenden Reise, die ihm ihr Mann so kurzfristig zugemutet hatte, freute er sich womöglich über etwas Abwechslung.

Sie klopfte an die Tür.

Matthews sah in der Tat gut erholt aus; sein Haar war ordentlich gescheitelt und sein Schnurrbart frisch gewachst. Seine Überraschung, sie zu sehen, schlug schnell in Besorgnis um. »Mrs Blackstone – ist denn alles in bester Ordnung?«

Sein Blick erforschte ihr Gesicht mit einer viel zu vertraulichen Gründlichkeit.

»Sicherlich«, erwiderte sie heiter.

»Oh, ausgezeichnet, aber …« Er reckte den Hals und blickte nach links und rechts den düsteren Korridor hinunter. »Dieser Gasthof ist ziemlich grässlich, nicht wahr? Und für eine feine Dame wie Sie …«

»Ich habe mich gefragt, ob Sie mich zu dem Hochzeitsfest in der Schankstube begleiten wollen«, unterbrach sie ihn. »Um sich einzugewöhnen.«

Er blinzelte verwirrt. »Eine Bergarbeiterhochzeit – herrscht deswegen so ein Lärm?«

Der Mann konnte wirklich ein Ale und einen Tanz gebrauchen. »Ja, und ich schätze, eine Menge Frauen würden sich über einen Tanzpartner freuen«, lockte sie.

»Tanzen«, sagte er und verzog das Gesicht. »Mit Bergleuten.«

Einen Moment lang schien er ein völlig anderer Mensch zu sein; der höfliche, nervöse Mann hatte sich in einen spöttischen Snob gewandelt.

Unwillkürlich wich Hattie einen Schritt zurück. »Ich wollte Ihnen gewiss nicht zu nahe treten.«

Er fuhr sich mit einer Hand durch die Haare, und seine übliche sorgenvolle Miene rutschte wieder in die gewohnte Position, weshalb Hattie sich unwillkürlich fragte, ob sie sich seinen plötzlichen Stimmungswechsel nur eingebildet hatte.

»Sehr freundlich, dass Sie daran teilnehmen wollen, Ma'am«, sagte er. »Es sollte recht interessant sein, anthropologisch gesehen.«

»Anthropologisch?«

»Nun, dieser ganze Ort – da kommt einem doch gleich Samuel Johnsons Bemerkung über Schottland in den Sinn, nicht wahr?«, sagte er mit einem leisen Lachen. *»Die edelste Aussicht, auf die ein Schotte hoffen kann, ist die Straße, die ihn nach England führt!«*

Ein unbehagliches Gefühl beschlich sie. »Ich fürchte, ich verstehe nicht.«

»Je, nun.« Er lächelte nervös. »Sie wissen schon, wie ich es meine.«

Sie war sich nicht sicher, aber sie vermutete, dass die Bemerkung nicht nett gemeint gewesen war. Sie erinnerte sich, dass sie sich Lucian als schwertschwingenden Barbaren im Schottenrock vorgestellt hatte, und ihre Wangen röteten sich. Insgeheim hatte es sie erregt, ihn sich so vorzustellen, nun aber kam es ihr so vor, als hätte sie ihm unrecht getan, weil sie ihn auf ein solches Klischeebild reduziert hatte.

Sie schenkte Matthews ein Nicken, aber kein Lächeln. In letzter Zeit hatte sie oft über ihr Lächeln nachgedacht. Ihrem Ehemann hatte sie es eine Weile bewusst vorenthalten, weil er es – zuvor – ihrer Ansicht nach nicht verdient hatte. Dabei war ihr aufgefallen, dass sie öfter lächelte, um dem Missfallen anderer zuvorzukommen, als um ihre Freude auszudrücken. Jede auch nur annähernd selbstbestimmte Frau sollte selbst entscheiden, wann sie die Mundwinkel hob – oder nicht.

Ein Schwall warmer, feuchter Luft und lautes Gelächter begrüßten sie in der Schankstube und verdrängten die seltsame Begegnung mit Matthews aus ihrem Gedächtnis. Tische und Stühle waren zur Seite geschoben worden, um Platz für die Gäste zu schaffen, die zum flotten Rhythmus eines Reels tanzten.

Zuerst stand Hattie mit dem Rücken zur Wand, suchte nach bekannten Gesichtern und wippte mit den Füßen im Takt der Fiedel mit. So wurde sie von Mhairi entdeckt; das Mädchen brachte sie zur Braut, einer dunkelhaarigen jungen Frau, die vor Glück strahlte und das Geschenk annahm, als wäre Hattie ein ganz normaler Gast. Mit einer Geste bedeutete sie ihr, sich den Tanzenden anzuschließen.

Hattie überlegte jedoch, ob sie nicht lieber wieder gehen sollte. Mhairi sah reizend aus in ihrem glockenblumenblauen Kleid, das ihre blauen Augen betonte. Das Haar hatte sie zu Zöpfen geflochten und zu einem Kranz um den Kopf aufgesteckt. Sie sollte weiter fröhlich übers Tanzparkett wirbeln, anstatt sich verpflichtet zu fühlen, sich um Hattie zu kümmern. Sie warf einen sehnsüchtigen Blick auf die faszinierenden Figuren, die die tanzenden Paare auf den Dielen webten. Die Braut tanzte mit ihrem Vater, Mr Boyd, und er lachte, als sie sich drehten. Rosie Frasers rotes Haar blitzte in dem Getümmel auf.

»Ist es wohl schwierig, einen Reel zu lernen?«, fragte Hattie und lehnte sich dicht an Mhairi heran.

Mhairi musterte sie fassungslos. »Haben Sie denn noch nie bei einem *Ceilidh* getanzt?«

»Was ist ein *Ceilidh?*«

Mhairi brach in Gelächter aus. »Das ist eine zwanglose Gesellschaft, natürlich.« Sie streckte einen Arm aus und tippte einem rothaarigen Burschen auf die Schulter, der sich gerade lautstark mit anderen unterhielt. »Hamish!«

Er drehte sich um, ein Glas Ale in der Hand, und Hattie erkannte in ihm den jungen Mann aus Rosie Frasers Hof wieder. Seine Augen waren von einem auffälligen, satten Kornblumenblau. Und er hatte sich seiner Jacke entledigt. Wer konnte es ihm verdenken, in der Gaststube war es schließlich kochend heiß.

»Hamish, stell dir vor«, rief Mhairi laut, um die Dudelsack-Musik zu übertönen. »Mrs Blackstone hier hat noch nie auf einem *Ceilidh* getanzt. Sie weiß nicht einmal, was das ist.«

»Natürlich nicht«, sagte Hamish, aber er sagte es mit einem Lächeln, das Grübchen in seine Wangen zauberte, und Hattie stellte fest, dass sie zurücklächelte. Lucian musste sich den Respekt der Männer erworben haben, denn so ein Lächeln war kaum erforderlich.

Hamish stupste Mhairi sanft an der Schulter an. »Ich nehme an, die Ma'am hat auch noch nie Whisky getrunken.«

»Das habe ich in der Tat noch nicht«, gestand Hattie.

Mhairis Augen weiteten sich. »Nicht mal ein winzig kleines Schlückchen?«

»Nein.«

»Haben Sie den Auchtermuchty denn auch nicht probiert? Aus dem Geschenkkorb?« Das Mädchen wirkte enttäuscht.

»Den hebe ich mir für einen besonderen Anlass auf«, sagte sie schnell. »Aber Sherry habe ich schon oft getrunken. Meine Tante mag ihn sehr gern.«

»Sherry«, murmelte Hamish und sagte etwas auf Scots, was Mhairi dazu veranlasste, ihm einen Klaps auf die Brust zu geben.

»Also gut«, sagte Hattie. »Ich werde den Whisky probieren.« Ein »winzig kleines Schlückchen« konnte bestimmt nicht schaden. Es klang ganz harmlos.

»Ehrengast, Ehrengast«, rief Hamish auf dem Rückweg von der Theke. Er hielt drei Gläser über seinen Kopf. »Auf Ihr Wohl!«

Hattie trank einen Schluck. *Feuer.* Ihr Mund und ihre Kehle brannten, und sie hustete und keuchte wie eine alte Frau.

»Sei so freundlich«, sagte Mhairi zu Hamish, der sein Glas in einem Zug geleert hatte. »Geh doch und hol Mrs Blackstone ein Glas Ale.«

»Ale?«, krächzte Hattie und fächelte sich Luft zu.

Das Ale entpuppte sich als ein dunkles Bier mit cremiger Schaumkrone, das den Schmerz in ihrer Kehle tatsächlich linderte. Nach ein paar Schlucken drehte sich ihr zwar der Kopf, aber sie hustete nicht mehr und konnte ihr Whiskyglas leeren.

»Wie wär's mit 'nem Tänzchen?«, fragte Hamish.

»Oh ja, unbedingt«, stimmte Mhairi zu. »Ich werde mit Ihnen tanzen.«

Hatties Blick huschte zwischen Mhairi und den sich drehenden, stampfenden, klatschenden Paaren hin und her. »Jetzt?«

»Nee, beim nächsten Lied. Hamish, frag doch bitte Archie, welcher Tanz als Nächstes an der Reihe ist.«

Hamish tippte sich mit zwei Fingern an die Stirn und zwinkerte ihr zu. Hattie beobachtete, wie er sich seinen Weg durch die Menge bahnte, und es gefiel ihr, wie sich sein schweißfeuchtes Hemd an seine geraden Schultern schmiegte. Sie ließ das Bier in ihrem Mund herumschwappen und fühlte sich atemlos und verdorben, weil sie Bier trank und Männern nachstarrte. Ob Lucian tanzen konnte?

»War es sehr unschicklich von mir, Sie zu einer Runde aufzufordern?«, brüllte Mhairi ihr ins Ohr. Ihr Atem roch nach Zucker und Alkohol.

Hattie senkte ihr Glas. »Ich freue mich sehr, dass Sie fragen.«

Hamish kam mit weiteren Whiskygläsern zurück und sagte etwas in kehligem Ton auf Scots.

Mhairi quietschte vor Freude. »Oh, das ist mein Lieblingstanz. Darf ich, Ma'am?« Sie ergriff Hatties Hand. Sowohl die

Handfläche des Mädchens als auch Hatties waren feucht – vom Kondenswasser auf den Gläsern, und weil sie erhitzt waren.

»Ich erkläre Ihnen die Schritte, damit Sie mitmachen können«, sagte Mhairi. »Sehen Sie, wie alle Paare sich in Reihen gegenüberstehen?«

»Ja.«

Mhairis Finger fühlten sich an manchen Stellen rau an. Ich habe vergessen, meine Handschuhe anzuziehen, dachte Hattie. Wie konnte das passieren? Sie nippte am Whisky, während Mhairi über Tanzfiguren sprach, wie man sich drehte, mit den Füßen kickte und bei einer Drehung den Partner wechselte.

»Haben Sie das verstanden, Mrs Blackstone?«

»Ganz und gar nicht.« Ihr Gehirn war durch den Scotch und die vielen Anweisungen völlig verknotet, und als die Reihe an sie kam, war es eine Katastrophe; sie drehte sich in die falsche Richtung, trat anderen auf die Zehen, und plötzlich kamen auch einige längst vergessene Ballettstunden wieder zum Vorschein und ließen ihre Fußarbeit so seltsam aussehen, dass Mhairi und ihre Freunde sich vor Lachen krümmten.

Nach dem Reel reichte Hamish ihr ein nachgefülltes Glas, doch sie schüttelte den Kopf. »Ich sollte lieber nicht.«

»Aber, Ma'am«, protestierte er. »Den Whisky schickt Ihnen Boyd, der Vater der Braut.«

Sie sollte wirklich nicht noch mehr trinken, aber der dröhnende Dudelsack pustete die Bedenken geradewegs aus ihrem Kopf.

»Und was machen Sie, Mr Fraser, wenn Sie nicht gerade Damen zum Trinken verführen?«, fragte sie.

Seine blauen Augen leuchteten auf. »Ich bin ein Hauer.« Hattie hatte gelernt, dass dies die Männer am Kohleflöz waren, die mit der Spitzhacke die Kohle abbauten.

»Und er schreibt einen Roman«, sagte Mhairi stolz.

»*Och.*« Hamish fuhr sich verlegen mit der Hand durch die Haare.

»Einen Roman – wie wundervoll. Worüber denn?«, hakte Hattie nach.

»Über das Bergarbeiterleben in Fife, Ma'am.«

»Heutzutage gibt es eine Menge Romane über Bergbaugemeinden, habe ich in Dundee gehört«, sagte Mhairi.

»Aber die sind alle von methodistischen Pfarrern und anderen Gutmenschen geschrieben«, erklärte Hamish. »Diese Leute können doch nicht mal 'ne Hacke von ihrem Hintern unterscheiden.«

»Hamish!«, rief Mhairi.

»Ich würde es gern lesen«, sagte Hattie ernsthaft, und Hamish lachte. »Meinen Freundinnen gehört ein radikaler Verlag«, fügte sie hinzu, und jetzt sah er erschrocken aus.

Wieder bildete sich ein Gang auf der Tanzfläche, weil Männer und Frauen sich gegenüber aufreihten; Hitze und Flirterei lagen zwischen ihnen in der Luft.

Hattie hob das Glas an ihre Lippen. Das Getränk brannte jetzt nicht mal mehr halb so stark. Eine angenehme Wärme breitete sich in ihr aus; es schien, dass man sich weniger berauscht fühlte, je mehr man trank.

Klatschen, klatschen, klatschen, stampfen, stampfen, rundherum drehten sich die Paare im Kreis.

»Ich bitte um den nächsten Tanz, wenn ich darf«, sagte Hamish mit einem Seitenblick zu Mhairi und bot Hattie seinen Arm an. Seine Augen waren glasig, und sie bezweifelte, dass er es sonst gewagt hätte, sie zu fragen, aber der Scotch in ihrem Blut stimmte zu, dass dies eine ausgezeichnete Idee war.

Diesmal tanzte sie besser, oder vielleicht machte sie sich auch weniger Gedanken darum, anschließend wurde ihr ein weiteres

Ale in die Hand gedrückt. Ein Reel ging in den nächsten über. Die Chemise klebte schweißnass an ihrer Brust. Sie erlaubte Hamish, die Hand auf ihre Taille zu legen, als er wieder an der Reihe war, denn Mhairi schien es nicht zu stören.

So fand Lucian sie: tanzend über das Parkett galoppierend, von Hamish umfasst, während die anderen Gäste sie anfeuerten, als wären sie Pferde bei einem Rennen. Beim Anblick der vertrauten dunklen Gestalt an der Wand wäre sie fast gestürzt. Hamish, der sich mit dem Rücken zu dem Neuankömmling befand, hob sie für die letzte Drehung von den Füßen und ließ sie dann fast fallen, als er ihren Ehemann entdeckte. Dann bemerkten ihn auch die Musiker und verstummten nacheinander, der Dudelsack gab ein letztes trauriges Seufzen von sich.

Ein mulmiges Gefühl breitete sich in Hattie aus. Wie lange stand Lucian schon mit undurchdringlicher Miene dort und beobachtete, wie sie sich mit den Bergleuten verbündete und mit einem anderen Mann herumtollte?

Lucian stieß sich von der Wand ab und hob sein Glas hoch. »Auf die Gesundheit und ein langes, glückliches Leben des Brautpaares«, rief er, und das tiefe Timbre seiner Stimme drang bis an die Ränder des Raumes. *»Slàinte mhath.«*

Die ganze Gesellschaft entspannte sich wieder. *»Slàinte mhath!«*

Er kam auf Hattie zu, hielt hier und da inne, um eine Hand zu schütteln oder einen Scherz zu erwidern, aber er kam zielstrebig auf sie zu. Für einen bulligen Mann bewegte er sich ziemlich geschmeidig, so als pirsche er sich an sie heran. Mhairi und Hamish waren wie Feen im Nebel verschwunden. Ihr schwirrte der Kopf – ob vom Scotch oder von dem durchdringenden Blick in Lucians Augen, ließ sich nicht so genau sagen. Die Musiker spielten bereits erneut ein fröhliches

Lied, und er lehnte sich nah an sie heran. »Amüsieren Sie sich, Mrs Blackstone?«

Jetzt fiel es ihr wieder ein. »Ich habe das Abendessen vergessen, nicht wahr?«

»Das hast du, ja.«

»Du hast allein gegessen?«

»Ja, das habe ich.«

Sie sah ihn unter halb gesenkten Lidern an. In der stickigen Luft war sein frischer Duft eine willkommene köstliche Atempause, und das leichte Lächeln, das seine Lippen umspielte, zeigte, dass er verdächtig guter Laune war.

»Ich nehme an, ich sollte dafür Buße tun«, sagte sie. Ihre Zunge fühlte sich seit dem letzten Pint unglaublich schwer in ihrem Mund an, aber das Wort »Buße« kam trotzdem glasklar heraus.

»Das wirst du wohl«, bestätigte er, schob seinen Arm um ihre Taille und zog sie an sich. »Zur Strafe wirst du mit mir tanzen müssen.«

»Ist das ein beschönigender Ausdruck dafür, übers Knie gelegt zu werden?« Vor gar nicht so langer Zeit hatte er ihr damit gedroht, und nun seinen starken Oberschenkel an ihrem zu spüren brachte die Erinnerung zurück.

Seine Überraschung wich einem leisen Lachen. Er senkte den Kopf an ihre Schläfe. »Ich wäre durchaus gewillt, dich übers Knie zu legen«, raunte er, wobei er mit samtigen Lippen leicht ihr Ohr berührte. »Aber du müsstest mich darum bitten, und zwar lieb und nett.«

Oh. »Ich hatte einen Whisky«, sagte sie. Ihr war viel zu warm.

»Ich weiß.« Sein Griff um ihre Taille wurde fester, als er sie zwischen die tanzenden Paare geleitete.

Er konnte tanzen. Ziemlich gut. Wahrhaftig gut sogar. Und geführt von ihm konnte sie es auch.

»Ich dachte, du wärst Faustkämpfer, kein Tänzer«, rief sie in einer Drehung.

»In Schottland ist Tanzen dem Faustkampf sehr ähnlich«, antwortete er. »Schau dir die Fußarbeit an – sie ist nützlich, um für einen Schwertkampf zu üben, für den Nahkampf.«

»Schwertkampf«, echote sie. Scherzte er etwa mit ihr? Diese tanzende, lachende Version von ihm war ungewohnt und schwierig einzuschätzen. Und obendrein gefährlich attraktiv.

»Ich würde gern etwas frische Luft schnappen«, sagte sie. Im Raum war es brodelnd heiß, laut, und alles verschwamm um sie herum.

Sie klammerte sich an seinen Arm und ließ sich durch die Seitentür in der Nähe der Theke hinausführen. Die kühle Nachtluft war belebend, und sie atmete gierig ein. Ihr Magen geriet dadurch in Aufruhr, weshalb sie vorsichtig durch den Mund ausatmete.

»Der Haarkamm der Braut sah einem von deinen sehr ähnlich«, sagte Lucian beiläufig.

»Wirklich?«, fragte sie. »Was für ein seltsamer Zufall.«

»Och«, bestätigte er. »Was wird sie wohl damit machen – ihn beim Wäschewaschen im Hof tragen?«

»Lucian«, lallte sie und legte ihre Hände auf seine Brust. »Eines solltest du wissen: Jede Frau braucht etwas, das keinem anderen Zweck dient, als ihr Auge zu erfreuen. Etwas, wodurch sie sich hübsch fühlt. Es macht sehr viel Freude, ab und an mal völlig frivol zu sein.«

Seine Hände lagen auf ihrer Taille. »Ich wüsste nicht.«

»Aye«, bestätigte sie. »Ich weiß ja, dass du mich für furchtbar frivol hältst, aber verdirb mir nicht den wundervollen Abend, indem du mir das auch noch unter die Nase reibst.«

»Also gut«, sagte er. »Ich werde es nicht sagen.«

Am schwarzen Nachthimmel bauschte sich die Milchstraße

wie ein riesiger Brautschleier. Hattie war sich jedoch sicher, dass sie nicht vor ihren Augen hin und her wogen sollte. »Ich glaube, ich bin ein bisschen beschwipst«, murmelte sie.

»Ein bisschen«, sagte Lucian und zog sie näher an seinen schützenden Körper. Seufzend lehnte sie sich an ihn, weil sich seine Brust wunderbar fest anfühlte und er mit seinen Fingern ein Feuerwerk in ihrem Körper entfachen konnte. Lucians Schultern versteiften sich. Sie merkte, dass ihr Kopf auf seiner linken Schulter lag.

»Hast du eigentlich einen Kilt?«, fragte sie.

»Wie bitte?«

»Hast du nun einen oder nicht?«

»Ja«, antwortete er nach einem Moment. »Wieso?«

Sie schmiegte sich enger an ihn. »Warum hast du ihn nicht zu unserer Hochzeit getragen?«

Er ließ sich Zeit mit seiner Antwort. »Selbst die Königin trägt inzwischen Schottenmuster«, sagte er schließlich. »Mit der Rebellen-Mode meiner Vorfahren hat dies kaum noch etwas zu tun.«

Sie stellte sich auf die Zehenspitzen und hauchte einen Kuss auf seinen warmen Hals. Keine Reaktion. Sie presste sich an ihn, weil sie jung war und neugierig und erfüllt von einer frisch erwachten Leidenschaft, die kein Ventil fand, und weil sie ihm scheinbar nicht nahe genug sein konnte. Leicht fuhr sie mit der Zungenspitze über seine Haut, genau dort, wo sein Kragen seinen Hals freigab. Ein Schauer überlief ihn, und er schob sie leicht von sich. »Komm, wir bringen dich rein.«

Er ging mit ihr um das Gasthaus herum, zum Haupteingang. Sie kicherte, als er sie mit einer Hand auf ihrer Kehrseite die dunkle Treppe hinaufbugsierte. Kurz glaubte sie, Mr Matthews in dem schmalen Flur zu entdecken, den sie mit Lucian hinunterlief, und sie versuchte, sich zu benehmen, jedoch ohne

Erfolg: Kaum hatte ihr Ehemann die Tür zu ihrem Zimmer geschlossen und das Licht eingeschaltet, packte sie ihn am Revers seines Jacketts und zog ihn zu sich heran.

Er drehte den Kopf, und ihr begieriger Mund traf auf seine Wange.

»Was denn?«, murmelte sie. »Ich bin durchaus willig.«

»Gut«, erwiderte er, und sein Blick suchte den ihren. »Jetzt musst du nur noch nüchtern und bei klarem Verstand sein.«

»Wie unhöflich, Sir.« Sie griff nach seiner Krawatte. »Ich bin bei kalrem … bei … nüsch…«

Er packte ihre suchenden Hände, sodass sie innehalten musste.

Er wies sie zurück.

Damit hatte sie nicht gerechnet, und die Demütigung fühlte sich an wie ein Schlag in die Magengrube, was ebenfalls unerwartet war. Tränen brannten ihr in den Augen.

»Du hast mich sehr arrogant aufgefordert, darum zu bitten«, sagte sie anklagend und war sich bewusst, dass sie ihre Würde auf der Tanzfläche gelassen hatte. »Ist das für dich nur ein Spiel?« Er ließ ihre Hände los, und sie wischte sich die Tränen von den Wangen. »Und warum weine ich überhaupt?«

Es dauerte einen Moment, bis sie begriff, dass Lucian amüsiert gluckste. »Weil du, *mo chridhe*, blau bist«, sagte er.

»Was?«

Seine Hände umrahmten beschwichtigend ihr Gesicht. »Du hast zu viel Whisky getrunken.« Er betonte jedes Wort. »Du hast zu tief ins Glas geschaut. Und wie es scheint, gehörst du zu den Betrunkenen, die weinerlich werden.«

»Wie unhöflich, dass du die Makel einer Dame ansprichst. Ich will keine weinerliche Betrunkene sein.«

»Das ist immerhin besser, als im Rausch gemein zu werden«, erwiderte er.

Ihr Kopf fühlte sich bleischwer an, obwohl seine warmen Hände ihn hielten. Sie blinzelte. »Bist du so einer? Wirst du betrunken zum Schuft?«

Er schenkte ihr ein breites Lächeln, und ihr Magen schlug einen Purzelbaum beim Anblick seines abgebrochenen Zahns. »Ich bin immer ein Schuft«, sagte er. »Das weißt du doch.«

Sie begehrte also einen Schuft. Das ergab keinen Sinn.

»Ich fühle mich nicht so gut«, sagte sie mit schwerer Zunge.

Sie setzte sich aufs Bett, Lucian kniete vor ihr nieder und löste die Schnürsenkel ihrer Stiefel. Seufzend wackelte sie mit den Zehen, dann brandete plötzlich eine neue Welle der Übelkeit in ihr auf, und sie legte sich hin.

»Ich lockere deine Kleidung, in Ordnung?«

»Bitte.«

Er drehte sie hin und her, öffnete Haken und Ösen, löste Schnüre, erst an ihrem Kleid, dann an ihrem Unterrock. Mit geschickten Fingern zog er ihr die Strümpfe aus und berührte dabei flüchtig ihre empfindlichen Kniekehlen, als er ihr das Strumpfband, das die Elastik der Strümpfe verstärkte, abstreifte. Offenbar hat er Übung im Entkleiden von Frauen, dachte sie, während er die Schleifen ihres Korsetts vorne aufband und sie spürte, wie es sich lockerte. Aber mit anderen Frauen. Ein Schluchzen entwich ihr, als er ihr das Korsett auszog.

»Nun, nun«, sagte Lucian rau. »Es wird alles gut.«

»Wird es das?« Tränen strömten ihr über die Wangen, befeuchteten ihr Haar, das ihr nass am Hals klebte.

»*Aye.*« Er zog die Decke über ihre Schultern.

»Ich weiß nicht, was über mich gekommen ist«, sagte sie. »Die Hochzeit war wunderbar. Ich habe mich glücklich gefühlt.«

»Du hast in letzter Zeit viel durchgemacht«, erwiderte er. Dann ging er und kam mit der Waschschüssel aus der Nebenkammer zurück. Er stellte sie auf den Boden neben das Bett. Wenn dir übel wird, dann versuche, die Schüssel zu treffen.«

»Oh!«, stöhnte sie. »Ich liege im Sterben.«

Ein Lächeln blitzte in seinem Gesicht auf. »Nein, das nicht. Aber morgen früh wirst du dir wahrscheinlich wünschen, du wärst tot.«

Erschrocken versuchte sie, den Kopf zu heben. »Was soll das heißen?«

Wieder umfasste er ihr Gesicht und strich mit seinen Daumen sanft über ihre Wangen. »Ruh dich aus.«

Sie schloss die Augen. Schon im Halbschlaf spürte sie seine weichen Lippen auf ihrer Stirn. »Welchen Zauber hast du bloß über mich gelegt?«, murmelte er.

Sie hatte das Gefühl, in einen Strudel zu geraten, ob er sie hochwirbelte oder in die Tiefe riss, ließ sich unmöglich sagen.

Lucian kühlte sich vor dem Gasthaus ab, die Augen auf die schattigen Umrisse der Ebene vor ihm gerichtet. Wenn er die Gewohnheit hätte zu rauchen, würde er sich nun eine Zigarette anzünden. Seine Hände zitterten leicht, und das kam gewiss nicht von dem einen Scotch, den er getrunken hatte. Flackerndes Licht und der Lärm der fröhlichen Feier drangen durch die Fenster der Schankstube hinaus zu ihm, und seine Gedanken kehrten zurück zu Harriet und wie sie sich unter die Bergleute gemischt hatte, lachend, sorglos, und dass dies eine elektrisierende, magnetische Anziehungskraft auf ihn ausübte. Sein altes und sein neues Leben sozusagen im selben Rahmen – ein beunruhigendes Bild, aber für einen Moment hatte sie dort an den Rändern beider Welten getanzt und sie zu einer neuen vereint, als sei das möglich: weder ganz hier noch ganz dort hinzugehören, sondern genau dazwischen.

Der Lärm wurde lauter, und ein Paar stolperte durch die Hintertür nach draußen. »Er ist ganz in Ordnung, oder?«, lallte jemand auf Scots.

»Zu früh, um das zu sagen«, erwiderte eine Frau, »aber mir gefällt, wie er in seine Frau vernarrt ist.«

»Mir gefällt, dass er Fraser nicht die Eier abgerissen hat, dafür, dass er seine Pfoten auf die Frau gelegt hat.«

Vernarrt.

»Mrs Blackstone will Frasers Roman veröffentlichen …«

Vernarrt. Das war es also, die zitternden Hände, die innere Unruhe, die Hitze in seinen Adern. Harriet ging ihm unter die Haut. Aber war das ein Wunder? Sein kaltes Bett war jetzt warm und sein sonst so unruhiger Schlaf tief und fest. Seine einsamen Stunden wurden von ihrer geistreichen, angenehm duftenden Präsenz erfüllt. Er stand morgens mit einer ungewohnten Leichtigkeit in der Brust auf, und das Einzige, was sich an seinem Tagesablauf geändert hatte, war sie. Es war höchste Zeit, die Anziehung, die er für seine Frau verspürte, endlich zu ihrem natürlichen Abschluss zu bringen, bevor er noch weich im Kopf wurde. Wäre er philosophisch veranlagt, hätte er sich wohl gefragt, ob das tatsächlich der Abschluss oder der Anfang von etwas viel Komplizierterem sein würde.

26. KAPITEL

Ich werde keinen Tropfen Alkohol mehr anrühren, dachte Hattie, als sie sich zum Dorf hinunterschleppte, nicht einmal ein *winzig kleines Schlückchen*. Die Sonne, die am Himmel über dem Tal strahlte, stach ihr schmerzend in die Augen und verursachte ihr Kopfschmerzen. Selbst das Halten des Sonnenschirms war anstrengend, obwohl sie am Morgen zum Frühstück auf Lucians Empfehlung eine salzige Brühe geschlürft hatte und es ihr danach etwas besser ging. Ich werde nie wieder vor meinem Ehemann so betrunken wie ein Matrose sein, schwor sie sich.

Eine kleine Gestalt kam auf sie zugerannt, die Sonne tauchte ihren blonden Haarschopf in gleißendes Licht. Anne. Das Mädchen musste wohl schon auf sie und die Toffees gewartet haben, die sie ihr am gestrigen Tag versprochen hatte. Die Dose befand sich in Hatties Tasche und klirrte an eine Feldflasche mit Kamillentee, den ihr eine blasse, aber lächelnde Mhairi mitgegeben hatte.

Ihre kleine Freundin blieb in respektvollem Abstand stehen und senkte den Kopf.

»Guten Tag, Engelchen.«

Ein Zahnlückenlächeln breitete sich über Annes Gesicht aus. Hattie streckte die Hand aus. »Sollen wir ein Picknick machen?« Sie hob die Röcke, verließ den Weg und steuerte auf einen der knorrigen Bäume zu, die in dem Heidefeld standen. Sie setzten sich auf einen sonnenbeschienenen Flecken.

Hattie öffnete ihre Tasche und nahm die Dose heraus. »Hier, bitte sehr, Schätzchen.«

Das Mädchen nahm sich Zeit bei der Auswahl eines Toffees, aber dann schnappte sie sich eins, riss das glänzende Papier ab und stopfte es sich in den Mund. Sie griff sich auch den Sonnenschirm und stellte ihn so über ihre Schulter, als sei er ein Zelt.

»Soll ich dich so fotografieren?«, murmelte Hattie. »Mit einem Sonnenschirm?«

Anne schaute sie nur an, während Toffee aus ihrem Mundwinkel lief.

»Oh je.« Hattie zog einen Handschuh aus und wischte die Spur mit dem Daumen fort. »Aber ja, das ist genau das, was ich machen werde. Du könntest ein Spielzeug mitbringen. Hast du ein Spielzeug?«

Darauf folgte eine lebhafte Erklärung in halb verständlichem Scots über eine Puppe, und Hattie nickte, während sich in ihrer Vorstellung Bilder formten.

Anne ging schließlich, die Wangen und Taschen voll mit Toffees, und Hattie lehnte sich gegen den Baumstamm. Eine sanfte Brise raschelte durch die Blätterkrone und trug das melancholische Lied einer Feldlerche über das Tal. Sie grub die nackten Finger in die warme Erde und ließ Sandkörner durch ihre Finger rinnen. Wie wunderbar einfach, dachte sie, nur hier zu sitzen, unter diesem Baum. Sie fühlte sich nicht einmal versucht, in Gedanken durch Paris zu wandern. Und sosehr sie Oxford mit seinen honiggelben Mauern und Kuppeldächern, den Buntglasfenstern und idyllischen Parkanlagen, die Fahrten mit den Stechkähnen, *Pimm's* und die Spaziergänge durch den botanischen Garten auch liebte und vermisste, wusste sie nicht, wann sie sich zuletzt an einem solch wolkenlosen blauen Himmel erfreuen konnte. Der Wind hatte sämtlichen Rauch von den Gruben nach Osten geweht. Lucian hatte solch klare Himmel als Junge gekannt. Wie konnte er London nun ertragen, eine Stadt, die sich immerzu in Rauchschleier hüllte?

Lucian.

Wie im Nebel erinnerte sie sich an ihr Gejammer und ihre Avancen am Abend zuvor und wäre fast vor Scham zerflossen. Es gab jedoch auch andere Erinnerungen. Warme, fürsorgliche Hände, die sie entkleideten. Raue Fingerspitzen, die über ihre empfindlichen Kniekehlen streiften. Lucians Mund, sanft auf ihrer Stirn. Ein Ziehen machte sich in ihrem Schoß bemerkbar. Sie war nicht länger indisponiert und auch nicht mehr berauscht. In wenigen Stunden würde ihr Ehemann von seiner Exkursion zurückkehren.

In einer pfeilgeraden Linie stieg eine Lerche zum Himmel auf. Hattie beobachtete, wie der kleine Vogelkörper in der Luft stand, hin und her gaukelte, als ob er das Gleichgewicht an einem Abgrund hielte, und wie er beim unausweichlichen Fall zurück zur Erde weiter sein Lied sang.

Bei ihrer Rückkehr in den Gasthof stand die Sonne schon tief am Horizont. Sie fand frische Handtücher und Heideseife auf dem Bett und gönnte sich eine ausgiebige Katzenwäsche. Schließlich machte sie es sich, in eine saubere Chemise unter dem Morgenmantel gehüllt, auf dem Sessel bequem und wartete.

Lucians schwere Schritte kündigten seine Ankunft an, und ihr Puls beschleunigte sich unwillkürlich, als er den Raum betrat. Sein Haar war feucht. Der harte Blick in seinen Augen wich, als er ihren leicht bekleideten Zustand wahrnahm, und ihre Haut erwärmte sich unter seinem Blick.

»Dein Haar ist nass«, stellte sie fest. Ihre Stimme klang ein wenig zu hoch.

Er fuhr sich mit einer Hand über den Kopf. »Ich bin nach der Inspektion schwimmen gegangen. Es gibt einen *Loch*, einen kleinen See in der Nähe der Nordwand.«

Vor ihrem inneren Auge sah sie seinen blassen, nackten Körper in dem dunklen Gewässer. Sie räusperte sich. »Ich hoffe, die Inspektion ist gut verlaufen?«

Er schlüpfte aus seinem staubigen Mantel und hängte ihn an den Garderobenhaken neben der Tür. »Leider nicht.«

»Oh nein.«

Er zog eine braune Medizinflasche aus seiner Hosentasche und stellte sie auf den Tisch. »Zwei der neueren Stollen haben instabile Decken«, sagte er und setzte sich schwerfällig hin. »Es scheint, dass Rutland die Bergleute zum Kammerpfeilerbau gezwungen hat. Offenbar hat unser Tanz auf der Hochzeit ihr Vertrauen in mich genug gestärkt, um mir diese Information mitzuteilen«, fügte er ironisch hinzu.

»Ich habe keine Ahnung, was Kammerpfeilerbau ist«, sagte sie, »aber es tut mir leid, dass es Schwierigkeiten gibt.«

Er knöpfte seine Weste auf. »Kammerpfeilerbau bedeutet, dass man einen Stollen in die Tiefe vortreibt, um die Kohle abzubauen. Man teilt einzelne Kammern mit Stützpfeilern zur Sicherung des Stollens ab, und wenn die Stätte ganz ausgebeutet ist, baut man auch noch die Pfeiler ab, um den letzten Rest rauszuholen«, erklärte er. »Der Tunnel wird beim Rückzug der Bergleute nach und nach zum Einsturz gebracht.«

Ein kalter Schauer rieselte ihr über den Rücken. »Das klingt gefährlich.«

»So erzielt man den höchsten Ertrag, aber diese Art des Abbaus ist auch für die Hälfte aller tödlichen Unfälle verantwortlich«, bestätigte er. »Außerdem bedeutet es, dass die Mine noch instabiler und unrentabler ist, als ich dachte, da die Ausbeute zumeist aus einer Abbaumethode stammt, die ich nicht dulde.« Er warf seine Weste auf einen Stuhl und attackierte den Knoten seiner Krawatte. »Um die niedrige Ausbeute zu vertuschen, hat Rutland die Tunnel nicht einmal kartografieren lassen.«

»Bitte betritt diese Tunnel nie wieder«, sagte sie. »Bitte lass die Männer auch nicht mehr dort rein.«

Er hielt inne, die Krawattenenden hingen lose über seine Schultern. »Warum nicht?«

»Weil es gefährlich ist.«

»Ah.« Er schenkte ihr ein schiefes Lächeln. »Sorg dich nicht. Die Männer sind erfahren.« Er schob die Hosenträger von den Schultern. »Und ich würde dich als sehr vermögende Witwe zurücklassen.«

Ihr Magen verkrampfte sich unwillkürlich. Sein verwegen attraktives Gesicht, für immer verloren, die raue Stimme, die sie nie wieder hören würde … Er packte sein Hemd am Rücken und zog es sich über den Kopf; der Anblick gestählter Muskeln und weicher Brusthaare löschte jeden Gedanken aus.

Lucian öffnete die Flasche und goss sich Öl auf die Handfläche. Rosmarinduft stieg ihr in die Nase. Er griff nach hinten, und das Spiel seiner Bizepsmuskeln, als er sich den Nacken massierte, war ein Kunstwerk für sich.

»Benötigst du eine helfende Hand?« Ihre Stimme klang kehlig.

Er hielt inne. Seine Augen verschleierten sich, der wissende Blick darin raubte ihr den Atem.

Auf wackeligen Beinen ging sie zu ihm. Als sie sich hinter den Stuhl stellte, auf dem er saß, hatte er sich nicht einen Hauch gerührt.

Nur zögernd zog er die Hand weg und entblößte seinen Nacken. Sie hielt kurz inne. Er duftete nach Kräutern, nach frischem Wasser und den Bergen, wie ein Geschöpf der Wildnis in Gestalt eines Mannes. Eines sehr wohlgeformten Mannes. Sie berührte ihn sacht an der Schulter, und seine Muskeln verspannten sich. Seine Haut fühlte sich glitschig und kühl unter ihren Fingern an. Vorsichtig fuhr sie mit der Handfläche seine Schulter entlang und hinterließ eine ölglänzende Spur zu seinem rechten Oberarm. Eine Narbe zog sich über seinen Bizeps, und sie strich mit besonderer Sorgfalt über diese Stelle. Die Male auf seinem Körper erzählten Geschichten aus seiner Vergangenheit. Wenn sie sich mit ihm vereinte, würde sie Lucian auf eine Weise kennenlernen, die ein Austausch von Gedanken allein ihr niemals ermöglichen könnte …

Sie griff über seine Schulter nach der Flasche, und Lucian lehnte den Kopf zurück, an ihre Brüste. Das Zimmer verschwamm vor ihren Augen. Sie richtete sich auf und goss sich etwas Öl auf die Hand, dann presste sie die Hände auf die starken, verspannten Muskeln. »Du bist sehr verhärtet«, sagte sie.

»Das kann man wohl sagen«, erwiderte er trocken.

Das Öl quoll zwischen ihren Fingern hindurch, Hitze wallte in ihr auf. Ihre Massage verwandelte sich in eine ziellose, gedankenverlorene Liebkosung. Lucian griff schließlich nach hinten und umfasste ihr Handgelenk. Er zog ihre Hand nach vorn an seine Brust und drückte sie dagegen; die schnellen Schläge seines Herzens unter ihrer Handfläche verstärkten und beschleunigten den sehnsuchtsvollen, hämmernden Rhythmus ihres eigenen.

»Ich mache es nicht besser, oder?«, flüsterte sie.

Seine Stimme klang rau und tief. »Du hast alles besser gemacht.«

Er verschränkte seine Finger mit ihren und zog sie auf die

Seite, dann zu sich, bis sie rittlings auf seinem Schoß saß. Sie saugte seinen Anblick in sich auf – die rauchgrauen Augen, die Locken, blauschwarz wie die schottischen Nächte – und wusste, mit ihm vereint zu sein würde so sein, als ritte man durch einen Sturm.

Er neigte den Kopf. Es war ein vorsichtiger Kontakt, eine behutsame Berührung seiner Lippen, suchend, wie eine Frage. Zur Antwort öffnete sie den Mund und verlor sich in einem innigen, zärtlichen Kuss. Die Finger in seinen seidigen Haaren vergraben, genoss sie das Gefühl, ihn zu berühren. Warm und sanft spürte sie seine Hände auf sich, wie sie über den dünnen Stoff glitten, bis sie das Gefühl hatte, innerlich zu zerfließen. Er hielt ihren Blick fest, las in ihren Augen, während er die Hände unter den Saum der Chemise wandern ließ und dann nach oben über ihre Schenkel.

Sie sprach aus, was ihr durch den Kopf schoss: »Du bist sehr gut mit deinen Händen.«

Verlangen loderte in seinen Augen auf. Er legte die »guten« Hände auf ihren nackten Po und drückte zu. Eine Hitzewelle durchströmte ihre Beine bis hinunter in die Zehen. »Und du fühlst dich sehr gut an.« Er schob die Chemise und den Morgenmantel hoch, und kurz war die Welt in einer Wolke aus Musselin verhüllt, bis er ihr beides ausgezogen hatte. Sie sollte sich verlegen fühlen, aber Lucians Blick streifte mit solchem Verlangen über ihre vollen, weichen Rundungen, dass sie sich am liebsten zurückgelehnt und geschnurrt hätte.

Sanft streifte er mit einer Hand über ihre Brüste, eine behutsame Wiederbekanntmachung, und sie schmiegte sich auffordernd in seine Handflächen. Seine starken Hände zu spüren machte sie ganz schwach, eine neue Art von Schwäche, die sie nur bei ihm kannte, und die einzige Art, bei der sie sich nach mehr sehnte.

Unerwartet erhob er sich mit ihr, und sie schrie leise auf, weil er sie auf den kühlen Holztisch setzte. Dann trat er zwischen ihre Beine.

Unsicher schaute sie auf. »Was hast du vor?«

Er beugte sich über sie und fegte mit einer ausholenden Armbewegung Notizbücher und Aktenmappen vom Tisch.

»Dich verehren«, murmelte er und drängte sie zurück, bis sie sich auf die Ellbogen stützte. Der nächste Kuss war nicht sanft, sondern fordernd und stürmisch. Er ließ sie spüren, wie gut ihre Münder im Kuss zueinanderpassten, ein Vorgeschmack darauf, wie ihre Körper eins werden würden.

Erhitzt vor Lust schnappte sie nach Luft, als er eine Spur Küsse über ihre Kinnlinie zog, gleich darauf spürte sie seine Zunge an ihrem Hals.

»Das ist kaum schicklich«, stammelte sie, des Anstands halber.

»Was davon?«, raunte er an ihrem Ohr. Sein warmer, nackter Oberkörper presste sich an ihre Brüste, und es fühlte sich so himmlisch an, dass sie nicht klar denken konnte.

»Ich bin kein …«

Sein Mund wanderte weiter nach unten, zur Wölbung ihrer Brust.

»Ich bin kein … aahh.«

Mit den Zähnen hatte er ihre empfindlichen Brustwarze umschlossen.

»… Büfett«, sagte sie matt.

Er ließ sie los und linderte den milden Schmerz mit einem Kuss. »Und doch will ich dich kosten«, sagte er mit rauchiger Stimme. »Dich verschlingen, wenn du mich lässt.«

Das klang gefährlich, daher sehnte sie sich natürlich danach.

Er drückte einen Kuss zwischen ihre Brüste. »Wirst du mich lassen?« Er schaute sie an.

Sie sehnte sich danach, sie war feucht vor Verlangen, und ein sehnsüchtiges Ziehen breitete sich in ihr aus.

Er legte die Hände um ihre Hüften und streichelte sie mit den Daumen. Er hatte sich sehr gut im Griff.

»Ja«, flüsterte sie, unsicher, wen sie mehr zu ungezügelter Begierde auffordern wollte – sich oder ihn.

Sie sah, wie sich seine Augen verdunkelten, bevor er die Lider senkte.

Er packte ihre Hüften und strich mit den Lippen über ihren Bauch. Sie sank auf den Tisch, ihre Arme ausgebreitet in einer sinnlichen Kapitulation, die sich doch wie ein Sieg anfühlte. Leidenschaftliche Küsse auf ihren Bauch, zielstrebige Finger, die sich zwischen ihre Beine schoben, sie spreizten. Ein sanftes Rauschen füllte ihre Ohren wie die Brandung eines Meeres. Lucian zog ihren linken Oberschenkel über seine ölfeuchte Schulter und vergrub sein Gesicht in ihrem Schoß. Ihr stockte der Atem. Die erste heiße Berührung seiner Zunge, und die Schwärze einer Ohnmacht überkam sie. Er tat es noch mal, genüsslich und mit einem Brummen in seiner Brust, und ihre Nägel kratzten über Holz. Sie wand sich vor Erregung, doch er ließ sich nicht drängen, verehrte sie so unverhohlen wie versprochen. Als er endlich mit einem Finger in sie eindrang, dann mit einem zweiten, stand ihr ganzer Körper in Flammen. Sie stöhnte und rieb sich an ihm, an seinem Mund, seinem Gesicht, seiner gleitenden Hand, um die Spannung zu ertragen. Sie glaubte, sein Lächeln zu spüren. Er lockte sie, mit seinen Finger in ihr, und sie umklammerte seinen Kopf mit ihren Schenkeln, just bevor sie vor Ekstase schrie.

Bebend und erhitzt öffnete sie schließlich die Augen. Sie war noch immer auf dem Tisch, aufrecht sitzend.

Lucian hatte sich im Stuhl zurückgelehnt und wirkte täuschend ruhig, mit verschleiertem Blick und einem zufriedenen Zug um den Mund.

Sein Mund.

Sie starrte ihn an, bis er ihr ein schräges Lächeln schenkte. »Willkommen zurück, Liebling.«

Goldene Flecken sprühten noch immer in ihrem Sichtfeld. Er hatte ihren linken Fuß auf sein Knie gestellt, merkte sie, und hielt ihn mit seiner warmen Hand fest.

»Verspottest du mich etwa, Sir?«, fragte sie. Ihre Stimme klang weich wie Samt. Wenn sie sich bewegte, würde sie womöglich auf dem Tisch zerfließen.

»Dich verspotten?« Er schüttelte den Kopf. »Hat es sich so angefühlt?«

Nein, sie hatte sich prächtig gefühlt. Gewürdigt und erobert und in Freiheit entlassen. Der Schlüssel zu Lucian war, ihn zu spüren, auf ihre Gefühle zu hören, erkannte sie, und nicht nachzudenken. Ihr natürlicher Instinkt riet ihr sowieso gewöhnlich, erst ihren Gefühlen zu folgen und dann mit Vernunft abzuwägen. Dieses Gespür, dass sich ein vielschichtiger Kern unter seiner rauen, harten Schale verbarg, hatte sie bei ihrer ersten Begegnung neben den Han-Vasen überhaupt erst zu ihm hingezogen.

Ihr Blick fiel auf die Wölbung seiner Hose, und erneut stieg Verlangen in ihr auf und mischte sich mit dem prickelnden Wohlgefühl, das sie nach ihrem Höhepunkt immer noch durchströmte. Dieses Verlangen würde sie wohl in sich tragen, bis es befriedigt wurde.

Sie schaute ihrem Ehemann in die Augen. »Ich will dich«, sagte sie.

Er schnaubte leise. »Du bist mir keinen Gefallen schuldig. Ich wollt's dir schon lange auf diese Weise besorgen.«

»Ich will dich.«

Sein Blick wurde wachsam. »Das würde eine Annullierung schwieriger machen«, murmelte er.

»Willst du, dass ich bettele?« Sie beugte sich vor. Sein Blick folgte der Bewegung ihrer Brüste, bevor er zu ihrem Gesicht zurückkehrte. »Denn das werde ich nicht tun«, sagte sie nachdrücklich.

Seine Züge schärften sich. »Also gut.«

Er streckte die Hand aus und half ihr vom Tisch.

Nun fühlte sie sich schüchtern, so nackt, während er halb angezogen vor ihr saß.

»Wir könnten es so tun.« Er deutete auf sich und den Stuhl.

Es dauerte eine Weile, bis sie sich vorstellen konnte, wie das funktionieren sollte. »Warum?«

»Es könnte dir besser gefallen«, meinte er, »selbst zu bestimmen, wie viel du dir nehmen willst.«

Er fing an, seine Hose aufzuknöpfen, doch sie schüttelte den Kopf, und er hielt inne. Sie wollte, dass er sie mit seinem Körper bedeckte. »Ich vertraue dir, dass du aufhörst, wenn ich es möchte«, erwiderte sie. »Das hast du zuvor schon getan.«

Ein betrübtes Schimmern spiegelte sich in seinen Augen und verriet, dass er sich an ihre katastrophale Hochzeitsnacht erinnerte. »Ja«, sagte er. »Ich würde aufhören.«

Im Bett stellte Hattie fest, dass ihre Körper perfekt füreinander geschaffen zu sein schienen. Ihre weichen Rundungen verschmolzen mit seinem erhitzten Körper, und als er schließlich behutsam in sie drang, hielt er sie geduldig, bis sie sich völlig um ihn schloss. Ihre Vereinigung war wie ein Rausch der Sinne: warme Haut, der Geschmack von Erregung, sich wölbende Muskeln unter ihren Händen, die kehligen Wonnelaute ihres Mannes, der sich vergnügte. Sie öffnete die Augen, als seine Bewegungen ihren gleichmäßigen Rhythmus verloren. Ein letztes Mal stieß er tief in sie, seine Miene vor Lust verzerrt, bevor er aufstöhnend den Kopf in den Nacken warf.

Lucian schmiegte sich von hinten an sie, die Beine an ihren, und wärmte sie wie ein gut aufgeheizter Backstein. Sie waren verheiratet, die Ehe vollzogen. In Hatties träger Glückseligkeit kreuzte diese Erkenntnis ihre Gedanken nur flüchtig.

»Wir müssen uns beeilen und uns fürs Abendessen anziehen«, sagte sie schließlich ohne große Begeisterung. »Wir sind für sieben Uhr mit Mr Matthews verabredet.«

»Zum Teufel mit dem Abendessen«, hörte sie Lucians tiefe Stimme.

Er presste die Hüften an ihre Kehrseite, und sie spürte seine Härte. Erneut. Unerhörter war nur, dass sie ihn bestimmt nicht abweisen würde.

Er richtete sich auf, und sie betrachtete ihn. Sein Anblick raubte ihr den Atem. Seine Miene entsprach nicht seinem Tonfall oder dem dreisten Stupsen seiner Hüften. Seine Miene war zärtlich. Die Augen, der Mund so sanft, sein Haar betörend zerzaust. Ihr Herz setzte einen Schlag lang aus. Ein solches Gesicht könnte ich lieben, dachte sie. *Ich könnte ihn von ganzem Herzen lieben.* Ein heißer Schauer überlief sie am ganzen Körper. Sie hatte immer angenommen, dass zuerst die Liebe kam und die leidenschaftliche Vertrautheit später. Für Lucian hatte sie jedoch zuerst Begierde verspürt und das Verlangen, ihn in sich zu spüren – ein Risiko, das sie bereitwillig auf sich genommen hatte. Nun fühlte sie sich ziemlich entblößt. Lust allein schien eine sehr fadenscheinige Decke abzugeben.

Er streichelte über ihre Hüfte, doch nun hielt er inne. »Zu wund?«, fragte er und suchte ihren Blick.

Sie errötete. »Nein.«

Er spürte der Röte in ihren Wangen mit einer Fingerspitze nach. »Wenn du nicht möchtest, sag es mir.«

Seine Liebkosung löste etwas in ihr aus. Sie drehte sich auf den Rücken. Vielleicht war es keine Liebe, aber was auch immer es war, das sie für ihn empfand, jetzt, in diesem Moment wollte sie es. Sie brauchte ihn, wenn auch nur, um die unerwartet aufgeflammte Panik auszulöschen.

Lucian spreizte ihre Beine mit einem Ausdruck gezügelter Gier in den Augen, der sie von innen wärmte. Was auch immer sie zueinanderzog, auch er wollte es unbedingt. Er gab einen kehligen Laut von sich, als er sich in ihr versenkte, der fast so klang, als hätte er Schmerzen, und sie verstand ihn, denn sie fühlte ebenso. Die Vereinigung ihrer Körper war so himmlisch und unabdingbar, dass es fast wehtat.

Danach schlief er eine Weile. Sie lauschte seinen gleichmäßigen Atemzügen und dachte daran, dass das Wort »Liebe« nur ein einziges Mal zwischen ihnen erwähnt worden war, und zwar, als sie geschworen hatte, ihn niemals zu lieben, und er nicht einmal mit der Wimper gezuckt hatte.

27. KAPITEL

»Musst du mich … dort unten anschauen?«

Lucian hob das Kinn von Hatties nacktem Oberschenkel, um sich ihrem Blick zu stellen. »Ja.«

Sie waren spät aufgewacht. Kühles Tageslicht flutete das Zimmer und enthüllte Sommersprossen, Falten, Narben, jedes Geheimnis eines nackten Körpers. Und sie lag träge in den Kissen und erlaubte ihm Freiheiten. Sie hatte sich weit vom Ufer der Sittsamkeit entfernt und trieb auf einem Meer der Leidenschaft, verloren im Nebel der Lust.

Das Wetter hatte nach ihrer ersten gemeinsamen Nacht umgeschlagen und war stürmisch geworden, daher hatte Lucian beschlossen, dass es besser sei, drinnen im Warmen zu bleiben, und da sie gelobt hatte, ihn zu ehren und ihm zu gehorchen, konnte sie ja wohl keine Einwände erheben, nicht wahr?

In den vergangenen vier Tagen war ihre Welt geschrumpft und bestand nur noch aus einem quietschenden Bett, dem Klang von prasselndem Regen am Fenster und dem süchtig machenden Gefühl, das der harte, heiße Körper ihres Ehemannes in ihr auslöste. Wenn sie müde war, rollte sie sich zusammen und schlief. Wenn sie hungrig waren, bestellte Lucian ihnen ein herzhaftes Mahl aufs Zimmer. Sie aßen nur mit ihren Morgenmänteln bekleidet. Seiner hatte die Gewohnheit, vorne aufzufallen und ihren Blick auf seine wohlgeformte, muskulöse

Brust zu ziehen, und dann legte Lucian jedes Mal das Besteck zur Seite und lockte sie zurück ins Bett, um einen dringenderen Appetit zu stillen. Sie waren wie Tiere in ihrer Höhle, die sich vereinigten, aßen, schliefen und sich dabei instinktiv besser kennenlernten, während die physischen Grenzen ihrer Körper von einer hitzigen Begegnung zur nächsten an Bedeutung verloren.

Im Moment war Lucians Verlangen gezügelt, aber seine sinnliche Bedächtigkeit war auf ihre eigene Weise verführerisch.

»Ich könnte deine Pussy den ganzen Tag anschauen.« Seine tiefe, raue Stimme klang sehnsuchtsvoll. »Du bist sehr hübsch hier.« Er strich mit dem Daumen leicht drüber. »Wie eine Blume.«

Eine wohlige Wärme breitete sich in ihr aus, und sie wippte rastlos mit den Füßen. »Blume«, sagte sie. »Die Bezeichnung gefällt mir viel besser als die andere.«

Er hob wieder den Kopf. »Ich kann immer noch nicht glauben, dass du die Bezeichnung für deine intimen Stellen nicht kanntest.«

Sie zuckte mit den Schultern. »Das wird als unschicklich angesehen«, sagte sie. »Auf jeden Fall ziehe ich *Blume* vor.«

Er schüttelte den Kopf. »Wie hast du sie denn bisher genannt?«

»Gar nicht.«

»Aber … Wie kannst du denn daran denken, wenn du nicht mal ein Wort dafür hast?«

Sie schaute ihn vielsagend an. »Das tut man nicht, was wohl auch der Punkt ist.«

Er rollte auf die Seite und stützte sich auf einen Ellbogen, den Blick auf sie fixiert. »Aber du musst doch daran gedacht haben.«

»Es ist schwerlich zu vermeiden«, gab sie zu.

Er legte eine große Hand auf ihren Bauch. »Und sich selbst zu berühren?«

Nun ja. »Ich glaube, das wäre sündhaft.«

Sie musste wohl recht scheinheilig gewirkt haben, als sie das sagte, denn er hob wissend eine Braue. »Du tust es also und schämst dich anschließend dafür«, stellte er fest.

»Womöglich«, murmelte sie.

Er ließ die Hand tiefer gleiten, massierte sie sanft mit seinen warmen Fingern, und sie stöhnte leise auf. Am Vortag hatten sie auf eine Vereinigung verzichtet, um die *Blume* etwas zu schonen, und Lucian hatte sie mit dem Mund in eine herrliche Ekstase versetzt. Danach hatte er ihre Hand um seine Härte gelegt, und sie hatte ihn befriedigt. Das war sehr verrucht und erregend gewesen, aber nun verspürte sie eine Leere und sehnte sich danach, ihn in sich zu spüren. Bereits nach kaum einer Woche war sie hoffnungslos verdorben.

Lucian ermutigte ihren moralischen Verfall sogar noch. »Woran denkst du, wenn du es tust?«, fragte er. Seine Augen verdunkelten sich.

»Was für eine seltsame Frage.« Ihre Stimme bebte. Er war wirklich sehr geschickt mit seinen Händen.

»Verrat es mir«, raunte er. »Vielleicht kann ich das Liebesspiel dann schöner für dich machen.«

»Ich finde es bereits schön«, versicherte sie.

Er grinste. »Oh, da gibt es noch viel mehr.«

Mehr. Wie der Ruf einer Sirene. So verlockend wie seine Liebkosung.

»Manchmal denke ich an Piraten.«

Er hielt inne. »Piraten«, sagte er schleppend.

»Und Wegelagerer. Manchmal auch an Wikinger.« Wer A sagte, musste auch B sagen.

»Ah ja.«

»So, nun weißt du es.«

Sein Grinsen wurde breiter. »Du magst es also etwas rauer. Das wusste ich bereits. Wir wären nicht hier, auf diese Weise, wenn es anders wäre.«

Womöglich traf das zu. Vielleicht mochte sie es wirklich ein wenig rauer, wie er es ausdrückte, wobei sie es eher als aufregend, resolut und verwegen bezeichnet hätte. Sie wollte einen Mann, der kühn und verrucht genug war, um in ihrem Verlangen nach mehr nicht zu ertrinken, sondern der es ihr nachempfinden und befriedigen konnte.

»Ich habe darüber nachgedacht«, sagte sie. »Ich glaube, das liegt daran, dass das Leben einer Frau in London kompliziert ist. Selbst wenn wir nur in einem Salon sitzen und lesen dürfen – es müssen die richtigen Bücher sein, und sie müssen zu einer angemessenen Zeit gelesen werden. Anstand, Sittsamkeit und Etikette bestimmen jeden unserer Schritte, jedes Wort, das wir aussprechen … Man sollte meinen, dass wir uns an diese ständige Unterstellung eines möglichen Fehlverhaltens gewöhnen würden, aber ich tue das leider nicht. Jeden Tag fühle ich mich nur einen verhängnisvollen, ungeschickten Fehltritt von einem Skandal entfernt. Ein einziger Ausrutscher, und ich verliere meinen Status und falle in Ungnade. Das ist mir immer ein klein wenig bewusst, wie ein Warnzeichen im Hinterkopf, ganz egal, wie schön ein Tag auch ist. Das ist mir erst so richtig klar geworden, als du mich hierhergebracht hast. Denn was kann ich schon falsch machen, hier in der Heidelandschaft oder in diesem seltsamen Gasthof? Die Angst, ständig beobachtet zu werden, das Gefühl, immer zu den gleichen Dingen gelenkt zu werden, die jeder mögen und tun sollte – das fühlt sich für mich so an, als sei ich fremdbestimmt und beschneide ständig mein wahres Ich. Manchmal habe ich das einfach nicht ausgehalten, und dann bin ich Mr Graves ausgebüxt.«

»In dieser Geschichte kommen keine Piraten vor«, stellte Lucian fest.

»Ein Pirat ist frei«, erklärte sie. »Er hat die Welt gesehen und tut schlimme Dinge, doch es ist ihm egal. Er macht, was er will, und nimmt sich, was er will. Er ist so, wie er eben ist. Für ihn gibt es keine Regeln.«

Lucian legte den Kopf schräg. »Ich bin mir nicht sicher, ob du selbst ein Pirat sein oder von einem verführt werden möchtest.«

Sie schloss die Augen. Nachzudenken, wenn man von Verlangen durchströmt wurde, war wirklich schwierig.

»Vielleicht beides«, flüsterte sie. »Aber vor allem habe ich an die Verführung gedacht.«

»Verstehe«, murmelte er.

»Dieser Pirat ist in meiner Vorstellung natürlich attraktiv, gefährlich und verzehrt sich vor Verlangen nach mir. Ich hätte gar keine andere Wahl, als mich zu ergeben, wenn ein Mann mich rabiat entführt, nicht wahr? Wer könnte mich dafür verurteilen?«

Er schwieg; seine Finger verharrten reglos, und sie hielt die Augen geschlossen, weil sie sich sicher war, dass sie sich um Kopf und Kragen geredet hatte. Die sinnlichen Stunden der vergangenen Tage hatten das Bett zu einem Ort gemacht, an dem Regeln nicht galten, und das hatte ihre Zunge gelöst.

Die Matratze sank ein, und sie spürte, dass Lucian sich über sie beugte. Sein Atem strich warm über ihre Wange. »Schau mich an.«

Sie öffnete die Lider und spähte zu ihm auf.

Die stille Intensität in seinem Blick machte ihre Glieder so weich wie Wasser. Schon einmal hatte er sie auf diese Weise angesehen, in ihrer Hochzeitsnacht, als er sie angewiesen hatte, ihre Hände auf seine Schultern zu legen.

»Ich kann das tun«, sagte er. »Dich, ohne zu fragen, nehmen, ohne innezuhalten. Dich zu Unanständigkeiten verführen und sie von dir verlangen. Soll ich?«

Sie schluckte schwer. Der Blick in seinen Augen, sein Tonfall – es fühlte sich an wie ein Schlüssel, der ins Schloss einer geheimen Büchse gesteckt wurde, in der sich unaussprechliche Wonnen und Begierden befanden. Sie musste nur noch den Deckel anheben …

»Du bist wohl kaum ein räuberischer Fremder«, sagte sie. Jedenfalls nicht mehr, fügte sie stumm hinzu.

Lucian lächelte leicht. Unerwartet drehte er sie auf den Bauch, und sein rauer, behaarter Oberschenkel streifte über ihre Beine und hielt sie fest. Seine Erregung presste sich hart gegen ihre Hüfte. »Es ist gut, dass du mich kennst«, meinte er. Warm spürte sie seine Lippen an ihrem Hals. »Du willst doch nicht wirklich, dass man dir wehtut, oder?«

»N…nein.« Er hatte den rechten Arm unter sie geschoben und streifte mit den Fingern über ihre Kehle. »Ich glaube, es geht um Begierde …«, stammelte sie. »Ich möchte mich wahnsinnig begehrt fühlen und nicht für meine Lust verurteilt werden.«

»Hmm«, murmelte er. »Und ich könnte dir das Gefühl geben, dass du mich gar nicht so gut kennst.«

Ihr Puls hämmerte wild unter seinem streichelnden Daumen, und ihre Gedanken waren zu verworren, um sie in Worte zu fassen.

Er stieß sie mit der Hüfte an. »Ich könnte dich von hinten nehmen«, raunte er. »Ich könnte dich halten, ungefähr so.« Seine Hand schloss sich um ihre Kehle, nur leicht, aber der Vorschlag sorgte für völlige Leere in ihrem Kopf. »Du würdest mein Gesicht nicht sehen«, hörte sie seine dunkle Stimme. »Du könntest dir statt mir einen Wikinger vorstellen.«

Verwirrt schnappte sie nach Luft. Vage bemerkte sie, dass sie ihre Schenkel rhythmisch zusammenpresste. Lucian ließ seine Hand von ihrer Kehle in ihr Haar wandern. Er machte eine Faust an ihrem Hinterkopf und zog leicht, bis sie ihn ansah, ihr Mund nur einen Hauch von seinem entfernt. »Allerdings wäre es mir lieber, wenn ich die Hauptrolle in deinen Fantasien spiele«, sagte er an ihren Lippen. Ein gefährliches Funkeln spiegelte sich in seinen Augen. »Ich bin nicht gebildet und kultiviert, meine Neigung ist primitiv. Ich teile nicht. Ich fürchte, jeder Pirat, der es wagt, dich anzufassen, würde es bitter bereuen.«

Sie wollte sich selbst berühren, genau jetzt, während sie auf dem Bauch lag, gefangen durch das Gewicht seines Beins und seiner Hand in ihrem Haar. Ihre Neigung war wohl ebenfalls primitiv. Wie verrucht verwegen, wie wundervoll.

»Ja«, hauchte sie.

»Ja was?«

Sie hielt seinen Blick fest. »Ich will, dass du das tust.«

Er musterte sie, sah ihre geröteten Wangen und feuchten Lippen, die sich nach einem Kuss sehnten. »In Ordnung.« Er gab sie frei. »Dann machen wir das irgendwann.«

Sie blinzelte. »Irgendwann?«

Er nickte. Empörung flammte in ihr auf. Seine Berührung, sein Geraune, die verbotenen Bilder, die er mit seinen Worten gemalt hatte, hatten eine hitzige Sehnsucht in ihr geweckt. Das weiche Laken fühlte sich rau unter den harten Spitzen ihrer Brüste an. Sie stieß einen unwilligen Laut aus.

Er streichelte ihre Schulter. »Du bist immer noch unerfahren in diesen Sachen. Vielleicht wird sich dein Geschmack noch ändern. Und ich möchte dich erst besser kennen, besser lesen können. Und wir müssen ein anderes Wort für ein Nein vereinbaren, das du nicht vergisst und laut aussprichst, wenn du aufhören willst.«

Da sie nicht antwortete, versuchte er, sie zu küssen, aber sie entzog sich ihm. Er lachte leise. »Ich habe dich verärgert.«

»Ja«, erwiderte sie barsch. Die Kluft an Erfahrung zwischen ihnen tat sich plötzlich unangenehm vor ihr auf.

Lucian setzte sich auf die Fersen. »Mir ist deine Wut lieber als deine spätere Reue.« Er musterte ihre unbefriedigte, nackte Gestalt. »Dreh dich um.«

Sie betrachtete ihn schmollend von der Seite. »Warum?«

Die Belustigung verschwand aus seinen Augen, seine Miene wirkte mit einem Mal hart und entschlossen. »Weil ich dich jetzt vögeln werde«, sagte er gelassen, »und ich will dein hübsches Gesicht dabei sehen.«

Hitze schoss ihr in die Mitte. »Aber du hast doch gerade gesagt ...«

»Ich weiß, was ich gesagt habe«, erwiderte er. »Ich biete dir eine Kostprobe an. Wenn du sie willst, dann, auf Ihren Rücken, Miss!«

Bebend gehorchte sie.

»Gut.« Seine Miene hatte sich nicht verändert. Er rutschte vor, bis er an ihren Füßen kniete. »Und nun spreize die Beine für mich, schön weit«, forderte er. »Knie aufrichten.«

Sie verspannte sich. Noch vor einer Minute hatte sie sich von ihm ungeniert betrachten lassen, aber nun wirkte er anders, dominant und unnachgiebig. Sie hatte immer gespürt, dass eine solche Seite in ihm schlummerte, aber dass sie nun zum Vorschein kam, beschleunigte ihren Puls.

Kurz wurde seine Miene weicher. »Zu viel?«

Sie schüttelte den Kopf.

»Nun denn.« Er berührte einen Knöchel mit zwei Fingern. »Spreizen. So ist es gut. Mehr. Ah, nicht verstecken.« Sie hatte die Hand in den Schoß gelegt, um sich vor seinem durchdringenden Blick zu schützen. »Du weißt doch, ein versteckter Schatz lädt nur zu einer noch energischeren Suche ein.« Er umfasste sein hartes Glied, und das Muskelspiel in seinem Arm dabei machte die Geste noch verruchter. Langsam zog sie ihre schützende Hand weg. Sie wollte ihn energisch.

»Wirst du dich wieder verstecken?«, fragte er. Der stählerne Ton in seiner Stimme schien sie an ihren geheimsten Stellen zu erreichen.

»Nein«, flüsterte sie.

»Wir wollen dich nicht in Versuchung bringen. Streck die Arme über den Kopf.«

Nach kurzem Zögern tat sie es; ihre Brüste hoben sich dabei an, als würden sie sich ihm präsentieren wollen. Sie verkrampfte unwillkürlich die Zehen, als sein feuriger Blick prüfend über ihre empfindliche Haut streifte und sich sein Atem hörbar beschleunigte. Sie musste ein dreistes Bild für ihn abgeben, eine sinnlich einladende Darbietung ihrer Reize, mit den weit gespreizten Schenkeln und den durch seine Liebkosungen geröteten Nippel.

»Verschränke die Handgelenke«, befahl er rau. Sie wollte die Knie zusammenpressen, um das auflodernde Verlangen zu verstecken und zu beschwichtigen, aber dann tat er womöglich etwas Ungeheuerliches, und so mutig fühlte sie sich doch noch nicht. Sie verschränkte die Arme.

»Schwierig?« Lucians Ton war leicht spöttisch, aber er beobachtete aufmerksam ihr Gesicht.

Sie leckte sich über die Lippen. »Ja.«

Sein Blick richtete sich wieder auf ihre Pussy, während er sich mit langsamen Bewegungen selbst anfasste. »Dann ist es ja ein Glück, dass nur ich diesen hinreißenden Anblick genieße, nicht eine ganze Piratencrew.«

Der Gedanke an ein weiteres Dutzend begieriger Augenpaare, deren Blicke ihre intimsten Stelle bewunderten, die Stelle, die sie verborgen halten, nicht benennen und vergessen sollte, trieb ihr die Hitze in die Wangen. Sie spürte, dass sie feucht wurde, und Lucian lachte rumpelnd.

»Du bist ganz schön gierig, Liebling.« Schwer legte sich seine Hand auf ihren Oberschenkel, während er sie mit den Augen eines Fremden betrachtete. Pirat, Gesetzloser, Dieb. Er schob den Daumen in ihre weiche Mitte, und sie stöhnte auf, als er über ihre empfindlichste Stelle rieb.

»Bitte«, stöhnte sie.

Seine kühle Maske bekam Risse.

Sie gab einen leisen Aufschrei von sich, als er sie um den Po fasste, ihn anhob und sich in sie versenkte. Er hielt nicht inne, umfasste sie fester, glitt tiefer in sie, und sie keuchte auf. In dieser Position sandte jede kleinste Bewegung heiße Wellen durch ihren Körper, bis sie innerlich zerfloss und willenlos in seinem Griff lag. Sie spürte die rauen Haare seiner Oberschenkel an ihrem Gesäß. Den Druck seiner Finger auf ihren Hüften. Seinen hektischen Atem, während er sich in ihr bewegte.

Er betrachtete die Stelle, wo ihre Körper verschmolzen, und allein die dunkle Faszination, die sich auf seinem Gesicht spiegelte, drängte sie immer weiter auf dem Pfad zur Glückseligkeit … bis er unvermittelt innehielt. Ihr empörter Aufschrei brachte ihn zum Grinsen. »Jetzt berühr dich selbst«, forderte er.

»Was?«

»Hier.« Er drückte seinen Daumen auf den Punkt und löste einen Schauer der Lust aus. »Berühr dich so, wie du es sonst tust.«

Er war verrückt.

Aber sie wohl auch, denn sie legte folgsam die Hand an die Stelle, wie er es befohlen hatte. Sie schloss die Augen, doch sie spürte, dass sein Blick immer noch auf ihr ruhte. Dann passte er seine Bewegungen den ihren an, nahm sie in einem herrlichen Gegenspiel zu ihren eigenen Berührungen, und ihre Welt stand in Flammen.

Eine lange Zeit, nachdem das Feuer erloschen war, konnte sie immer noch nicht reden.

»Geht es dir gut?« Lucian hatte sich neben ihr ausgestreckt, träge und befriedigt. Schweiß hatte eine Locke an seine Stirn geklebt. »Keine verschämten Gedanken?«

Gedanken? Ihre innere Stimme war verstummt. Sie glühte förmlich und fühlte sich so lebendig wie nie zuvor. Sie schenkte ihm ein strahlendes Lächeln.

»Gut.« Er hob einen Mundwinkel.

Darum also sorgte man dafür, dass junge Frauen in furchtvoller Unwissenheit blieben. Sie würde wagemutige Dinge tun, um diese Glückseligkeit noch einmal zu erleben, die sie gerade mitgerissen hatte.

Welchen Unterschied ein wenig kühne Ehrlichkeit doch ausmachen konnte. Lucians Reaktion auf ihre Fantasien war unerwartet und aufregend gewesen, als hätte sie eine versteckte Tür gefunden, die zu einem geheimen Garten führte, in dem sie atmen konnte, selbst im goldenen Käfig des Ehestandes. Die Aufrichtigkeit hatte sie einander nähergebracht. Sie hatte gerade genauso viel über ihn gelernt wie er über sie. Offenbar hatte er nichts gegen eine schamlos lüsterne Frau einzuwenden.

»Ich frage mich«, sagte sie schläfrig, »wenn wir Frauen in dieser Welt die Macht in den Händen hielten, und nicht nur wegen unserer hübschen Gesichter ... Was hätte ich mir dann wohl anstelle eines Piraten vorgestellt?«

Er drehte den Kopf zu ihr und schaute sie unter halb gesenkten Lidern an. »Was auch immer man dir beigebracht hätte, das du verehren und schätzen sollst«, antwortete er. »Oder etwas, das du nur um seiner selbst willen möchtest.«

»Gibt es so etwas denn überhaupt?«

Er wandte den Blick ab. »Ich hab bisher nicht daran geglaubt.«

»Du bist ein mächtiger Mann. Wovon träumst du?«

»Ich träume nicht«, erwiderte er. »Ich plane.« Seine Lider senkten sich, und schon bald war er eingeschlafen.

Da sie nicht noch einen weiteren Tag im Nebel der Lust verbringen konnten, auch wenn es ein Sonntag war, arbeitete Lucian nach dem Mittagessen an der Liste der Parlamentsmitglieder, die er für die Steuerreform gewinnen wollte. Hattie wartete, bis Mhairi Zeit hatte, dann besuchten sie gemeinsam Rosie Fraser, um ihre Erlaubnis einzuholen, die Fotografien aus den Grubendörfern für eine Kunstausstellung zu verwenden.

»Kunst! In London.« Mrs Fraser stützte eine Hand in ihre breite Hüfte, die andere auf den polierten Küchentisch. »Über uns.« Sie wechselte einen Blick mit Mhairi. »Wer würde sich so was denn ansehen wollen?«

»Viele Menschen, solange der Eintritt schrecklich teuer ist«, sagte Hattie. »Dann wollen sie alle eine Eintrittskarte.«

»Pfff.« Mrs Fraser schüttelte den Kopf. »Und alle Einnahmen kommen Drummuir zugute?«

»Ja«, bestätigte Hattie. »Und auch das Geld, das beim Verkauf der Fotografien eingenommen werden sollte.«

Mrs Fraser dachte eine Weile darüber nach und schenkte Tee in Tassen. »Ich erkundige mich«, sagte sie. »Ich erstelle eine Liste mit denen, die einverstanden sind. Aber eins möchte ich noch sagen, Ma'am, wenn Sie erlauben.«

»Natürlich.«

»Wie sind Sie nach Drummuir gelangt?«

»Nun, mit der Kutsche.«

»Und davor?«

»Mit dem Zug.«

»*Aye*, und dann ist da noch die Fähre über den Firth, nicht wahr?«

Hattie nickte. »Ja. Ein Meisterwerk der Ingenieurskunst.«

Ein ironischer Zug malte kleine Fältchen in Mrs Frasers Augenwinkel. »Und mit Kohle betrieben«, sagte sie. »So wie die Fabriken für Eisen und Stahl. Mehr als die Hälfte der Wohnungen in unserem Land wird mit Kohle beheizt. Es heißt, dass damit sogar eines Tages für die Elektrizität gesorgt werden soll. Mhairi, was legst du in dein Bügeleisen?«

»Heiße Kohle«, sagte Mhairi.

»Selbst unsere Kleidung wird hübsch glatt dank Kohle«, sagte Mrs Fraser. Sie klang zufrieden. »Wir verlassen die Gruben und unser Dorf nur selten. Aber die Früchte unserer Arbeit kann man in jedem Haus im Land finden, auf den Eisenbahnen und sogar auf dem Meer. Ohne die hier …«, sie hielt ihre rissigen, schwieligen Hände hoch, »… gäbe es keine Modernität. Daher ist es zwar schön, eine Ausstellung zu haben, Ma'am, aber bitte machen Sie uns nicht zur Kuriositätendarbietung.«

»Das würde ich niemals«, sagte Hattie hastig. »Wir können Ihre Worte verwenden, wenn Sie möchten. Nein, ich werde Sie als Beraterin einstellen, so lange ich an der Ausstellung arbeite.«

Mrs Fraser zog die roten Brauen zusammen. »Mich einstellen, wofür das denn?«

»Das ist ganz einfach. Sie überlegen sich eine Botschaft, die Sie den Londonern mitteilen wollen, und ich setze sie um.«

»Und wie viel bekommt man für dieses Beraten?«

»Ich habe ein großzügiges Budget«, versicherte Hattie. Sie dachte an ihr Nadelgeld von zweitausend Pfund. »Wir könnten auch eine Fotografie Ihrer Hände machen. Neben Ihrem Porträt. Was halten Sie davon?«

Hamish schlenderte aus der guten Stube in die Küche. Seine strahlend blauen Augen richteten sich erst auf Mhairi, dann auf Hattie. »Sie haben meine Erlaubnis, diese perfekte Visage auszustellen, Mrs Blackstone.« Er strich sich über das kantige Kinn. »Nimm dich in Acht, Michelangelo.«

»*Aye*, die Visage ist perfekt«, sagte seine Mutter. »Für eine Karikatur.«

Zurück im Gasthaus unternahm Hatties Fantasie einen Höhenflug und trieb sie an. Sie mischte Silbernitritlösung mithilfe von Mr Wrights schriftlichen Anweisungen, denn der Ingenieur war inzwischen nach St. Andrews zurückgekehrt. Sie experimentierte mit verschiedenen Licht- und Blendeneinstellungen der Kamera – je heller das Licht, desto besser, fand sie –, allerdings übte sie auch mit ihrem Sonnenschirm anstatt an atmenden, zappeligen Objekten, also wer wusste schon, wie die Fotografie ausfallen würde, wenn Anne den Sonnenschirm hielt. Sie übte sich im Meistern der Belichtungszeit, was erforderte, dass sie auf ihre Taschenuhr blickte, während sie den Deckel vom Objektiv im richtigen Zeitabstand abnahm und wieder aufsetzte. Immer wieder übte sie, und das würde sie tun müssen, bis die Uhr irgendwann überflüssig wurde.

»Ich schaffe das«, sagte sie zu Lucian. Sie roch nach Chemikalien, Schweiß und dem schwarzen Kameratuch.

Er schaute von der zwei Tage alten Zeitung auf. »Natürlich wirst du das«, erwiderte er. Sie nahm keinen Sarkasmus in seiner Stimme wahr.

Am Tag darauf bezahlte sie Calumn, einen von Burns' Söhnen, dafür, dass er ihr die Ausrüstung zur Dorfschule trug, und während er ihr die Kamera aufbaute, ging sie hinüber zu

Annes Haus. Annes Mutter öffnete die Tür, ein nacktes, sabberndes Kleinkind auf der Hüfte. Der großen Dose Shortbread, die Hattie von Mhairi gekauft hatte, um ein Geschenk mitzubringen, schenkte sie kaum Beachtung. Nein, sie war nicht unfreundlich, eher gehetzt und erschöpft. Sie rief nach Anne, während die Spuckfäden des Kindes ihr ohnehin schon schmutziges blaues Kleid besudelten.

»Ich glaube, es ist Zeit, dass wir beide zusammen üben«, sagte Hattie zu Anne, als sie die bedrückende Atmosphäre des Cottages hinter sich ließen.

Anne war jedoch mehr an den Pfefferminzbonbons interessiert, die Hattie in Auchtermuchty bestellt und mitgebracht hatte.

»Engelchen, warum humpelst du?«

Das Mädchen war neben ihr hergehüpft, aber nun, da sie normal lief, war ihr Hinken deutlich wahrnehmbar.

»Tun dir die Beine weh? Die Füße? Eine Blase?«

Anne zuckte mit den Schultern.

Im Schulzimmer forderte sie Anne auf, sich zu setzen. »Lass mich mal sehen.«

Das Mädchen streckte das linke Bein aus und beobachtete Hattie gelangweilt, während sie ihr Bonbon lutschte. Das Problem war schnell erkannt. »Deine Schuhe sind viel zu klein, Herzchen.«

Im linken Schuh brach der große Zeh des Mädchens schon beinahe vorne durch das abgenutzte Leder. Beim rechten hatte der Schuh gewonnen. Sie zog Anne die schmutzigen Strümpfe aus und entdeckte kleine Zehen, gekrümmt und geschunden.

Hattie betrachtete den kleinen Fuß in ihrer Hand und kämpfte gegen den Drang an, die wunden Zehen heile zu küssen. Anne brauchte kein Mitleid. Sie brauchte kein Shortbread, keine Fotografien – sie brauchte Schuhe. Neue Strümpfe.

Einen wärmeren Mantel. Und ihre Mutter brauchte eine Woche Erholung am Meer.

Sie konnte sich beim Fotografieren unter dem Tuch nur schlecht konzentrieren und verschwendete Platten, weil sie nicht auf die Belichtungszeit achtete. Am liebsten hätte sie ihre Perlenohrringe abgenommen und sie Anne für ihre Mutter mitgegeben, aber sie konnte nicht einfach wahllos Almosen verteilen. Sie schenkte Anne die ganze Tüte Pfefferminzbonbons.

In dieser Nacht konnte sie nicht schlafen. Lucian lag auf der Seite neben ihr, hielt sie umschlungen und schlummerte nun, nachdem sie sich bis zur Erschöpfung geliebt hatten. Ihre Gedanken kreisten jedoch wie in einem Karussell.

»Lucian«, flüsterte sie in die Dunkelheit.

Ein Brummen war die Antwort.

»Bin ich eine Heuchlerin?«

Ihre Frage riss ihn aus den Fängen des Schlafs. »Was meinst du damit?«

»Ich habe es gerne warm und erfreue mich an schönen Dingen«, sagte sie. »Aber ich kann den Gedanken nicht ertragen, dass ein Kind, oder sonst irgendjemand, sich für meine Bequemlichkeit zu Tode schuftet. Und …« Ihr Atem ging flach. »Ich glaube, ich habe Angst davor, was aus mir wird, wenn ich keine Heuchlerin sein will.«

»Ah. Du fürchtest dich davor, zur Radikalen zu werden.«

»Ist es das denn?«

Er drückte sie leicht. »Fürchtest du, dass du nackt in einem Fass leben müsstest, um keine Gewissensbisse zu haben?«

»Das erscheint mir fast die logische und konsequente Folge zu sein.«

Seine Brust vibrierte an ihrem Rücken, als ob er stumm lachte. »Nee.«

»Aber warum nicht? Was nutzt der ganze Flitterkram, wenn es so viel Elend gibt?«

»Hast du mir nicht selbst gesagt, dass jede Frau etwas braucht, das einfach nur schön ist?«

»Vielleicht habe ich mich geirrt«, flüsterte sie.

Er stützte sich auf den Ellbogen und schaute sie im Dunkeln an. »Wenn niemand mehr Firlefanz kauft, wie soll dann die Schneiderin ihren Lebensunterhalt verdienen?«

Sie dachte darüber nach. »Vielleicht müsste sie nicht dafür arbeiten, wenn wir alle in Fässern leben.«

Er schnaubte. »Glaubst du etwa, der Alltag, in dem die Menschen von dem lebten, was das Land ihnen schenkte, von der Hand in den Mund, wie in den Tagen der schottischen Clans, war einfach und gut?«

»Vermutlich nicht?«

»Glaub mir, das war's nicht«, sagte er. »Weißt du, wodurch Erfindungen angetrieben werden, die alle warm halten, nicht nur den Erfinder? Oder der Fortschritt in der Medizin? Oder Systeme, die Menschengruppen regieren, die größer sind als eine Familie?«

»Kluge Köpfe?«

»Zeit«, sagte er. »Freie Zeit. Denn der kluge Kopf kann denken und tüfteln, anstatt den ganzen Tag auf Nahrungssuche zu gehen und gegen andere Clans zu kämpfen, die einem das Vieh stehlen.«

Sie dachte darüber nach. »Dasselbe gilt für die Kunst. Romane, Musik … Gemälde.«

»Ja«, sagte er. »Daher denk ich nicht, dass Arbeitsteilung oder der Besitz von Produktionsmitteln die Wurzel allen Übels ist.«

»Aber manche Menschen malen, und andere stecken in einem Tunnel.«

»Du wärst schlechter darin, eine Axt zu schwingen, als Boyd, genauso wie Boyd nicht die Geduld aufbringen würde, mit einem Pinsel oder der Kamera umzugehen«, erwiderte er. »Aber du erfreust dich an einem warmen Herd, und Boyd wird sich an deinen Fotografien erfreuen. Worauf es wirklich ankommt, ist ein gerechter Lohn und gute Arbeitsbedingungen. Wenn deine Schneiderin nicht mehr gut sieht, weil sie zu lange ohne Pause arbeiten muss, um genügend Essen auf den Tisch zu bringen, dann solltest du dich schuldig fühlen. So etwas solltest du nicht dulden.«

»Das tue ich auch nicht«, sagte sie. »Aber wer entscheidet, was gerecht ist?«

Er schwieg lange. »Ich weiß es nicht«, sagte er schließlich. »Als ich zum ersten Mal Eigentum besaß, habe ich mich bemüht, die Bücher von Männern zu lesen, die gebildeter sind als ich, um zu versuchen zu begreifen, was Gerechtigkeit ausmacht. Locke und Coleridge und dergleichen. Ich weiß aber, dass es nie gerecht zugeht, wenn man allein auf die Kräfte des Marktes vertraut. Deshalb brauchen wir Regulierungen und eine systematische Umverteilung des Vermögens.«

»Was ist mit Marx?«, murmelte sie. »Er würde sagen, du bist nur so reich, weil du deine Arbeiter arm hältst. Hast du seine Bücher gelesen?«

»Manche«, antwortete er. »Ich teile seine Kritik, aber nicht seine Thesen. Allerdings würde wohl selbst er sagen, dass es zwischen Heuchlerei und dem Leben in einem Fass noch eine Menge Raum gibt. Wie war der Name noch gleich, der des Philosophen, der das getan hat?«

Sie lächelte. »Diogenes.«

»Richtig. Nun, welche Übel der Welt hat er denn gelöst, in seinem Fass, mit dem Zelebrieren seiner Armut?«

»Keine, nehme ich an.«

Sie spürte seine Hand auf ihrer Hüfte, schwer und warm, und ihr Körper wurde weicher, die Anspannung ließ nach. Welch ein Glück, einen Mann zu haben, der sie zu beruhigen wusste.

Annes geprellter kleiner Fuß blitzte vor ihrem inneren Auge auf. Sie hob den Kopf. »Glaubst du wirklich, eine Nation kann die Armut ausmerzen?«

»Relative Armut?« Er umschloss sie ein wenig fester. »Nein. Aber absolute Armut? Das Elend an jeder Straßenecke, die Arbeitshäuser, die Armenviertel? Die hundsmiserablen Wohnungen für Arbeiter? Ja. Dafür werden wir sorgen.«

Ein warmes Gefühl quoll in ihr hoch und breitete sich in ihr aus, so heftig, bis sie glaubte, sie müsse platzen. Ihre Brust schmerzte. Ihre Lunge brannte. Sie bebte förmlich in der Dunkelheit. Ich bin in ihn verliebt, dachte sie.

Hilfe, ich liebe ihn.

28. KAPITEL

Am nächsten Tag standen sie beide früh auf, weil Hattie beschlossen hatte, dass es wichtig sei, mit Mr Matthews zu frühstücken. Der arme Mann saß durch den unaufhörlichen Regen, der die Zugstrecke überflutet hatte, immer noch im Gasthof fest. Zum ersten Mal seit fünf Tagen sah sie wieder zivilisiert aus, hübsch gekleidet und frisiert, dank Mhairis Hilfe, obwohl Mhairi sich immer wieder in die Wangen biss, um sich ein Schmunzeln zu verkneifen, als sie ihr Zöpfe flocht und hochsteckte. Eindeutig hatte das *Drover's Inn* mitbekommen, dass die Blackstones sich nun ernsthaft ihren Flitterwochen gewidmet hatten.

Auch die blonde Bedienung, die ihnen das Frühstück servierte, warf ihnen verstohlene Blicke zu, und Hattie hätte sich am liebsten unter dem Tisch versteckt. Mr Matthews schien davon jedoch zum Glück nichts zu bemerken, denn er bestellte sich ohne weitere Umschweife Räucherlachs und schwarzen Kaffee. Verräterisch heißhungrig bestellte Hattie sich ein komplettes schottisches Frühstück – deftiges Rührei, Pilze, gekochte Tomaten, gerösteten Speck und würzige kleine Würstchen.

»Die Burschen haben die Post aus Auchtermuchty mitgebracht«, sagte die Kellnerin, als sie mit dem voll beladenen Tablett an den Tisch zurückkehrte. »Es ist ein Brief für Sie dabei, Ma'am.« Sie nahm den kleinen Umschlag vom Tablett und legte ihn auf den Tisch.

Ein Schauer der Aufregung lief Hattie über den Rücken. »Eine Antwort von Lucie«, sagte sie. »Gentlemen, wenn es Ihnen nichts ausmacht?« Sie brach bereits das Siegel auf.

Oxford, 4. Oktober 1880

Meine liebe Hattie!
Dein Brief erfüllt mich mit Erleichterung, Stolz und Reue. Erleichterung, weil es dir gut geht, Stolz, weil du die Mission selbst in einem so entlegenen Ort wie einem schottischen Kohlebergwerk vorantreibst, und Reue, weil ich dir zustimme, dass wir uns mehr bemühen müssen, die Frauengewerkschaften für uns zu gewinnen.
Das sind meine Gedanken hierzu: Du nennst die Grubenfrauen eine prächtige Armee, aber eine Armee kann nur mit vollem Magen marschieren. Wir können diese Frauen, die von der Hand in den Mund leben, nicht mit gutem Gewissen aufrütteln und dann verlangen, dass sie ihren kargen Lohn für Zugbilletts und Mahlzeiten außerhalb ihres Heims ausgeben, um an Versammlungen, Demonstrationen und Streiks teilzunehmen. Wir dürfen nicht einmal erwarten, dass sie für Briefmarken bezahlen. Wenn wir eine Armee wollen, dann brauchen wir das Geld, um sie zu finanzieren. Daher wäre unsere erste Aufgabe, eine Kampagne zu organisieren, um das nötige Geld für Bahnfahrten und Mahlzeiten zu sammeln, zumindest für eine heiße Tasse Tee und ein Sandwich bei ihrer Ankunft an einem Versammlungsort. Können wir eine solche Kampagne ins Leben rufen und ausreichend finanzielle Mittel aufbringen? Wir müssen die Köpfe zusammenstecken, aber ich

kann dir jetzt schon sagen, dass es nicht einfach werden wird. Dennoch sollten wir es in Angriff nehmen. Das ist notwendig für unsere Vision – Gleichberechtigung für alle Frauen vor dem Gesetz und in der Ehe.

Es ist ein seltsamer Gedanke, nicht wahr, dass es spezielle Regeln für uns Frauen gibt, nur weil wir Frauen sind, und dass diese Regeln auch noch abweichen, je nachdem welche Kleidung wir tragen und wie viel Vermögen an unserem Namen hängt. Wenn ich als Lady Lucinda aus einer Kutsche aussteige, eilen mir die Männer zu Hilfe. Wenn ich jedoch Arbeitskleidung trüge und nur die schlichte Miss Lucie wäre, bereitet es niemandem Sorge, dass ich Kohlewaggons wie ein Pony schleppen muss. Das erinnert mich an einen Brief von einer unserer amerikanischen Schwestern, die nach dem Lesen einer Rede einer schwarzen amerikanischen Suffragistin namens Sojourner Truth zu demselben Schluss kam. Mrs Truth wies zu Recht darauf hin, dass einige Männer, die darauf bestehen, eine Frau über eine Pfütze zu tragen, dasselbe für sie nicht tun würden, allein wegen ihrer Hautfarbe, worauf sie angeblich erwiderte: »Ja, bin ich denn keine Frau?« Hattie, zweifle niemals daran, dass der Wert einer Frau und die Schublade, in die sie gesteckt wird, von ihrem Rang in der Gesellschaft abhängt und dementsprechend von den unterschiedlichen Zwecken, welche die Männer oder sogar unsere Mitfrauen für sie im Sinn haben, zum Beispiel Zuchtstute, Mätresse oder Arbeitstier.

Ich muss nun enden, denn in zwei Tagen soll der Reformvorschlag vorgestellt werden, und ich habe noch nicht einmal die Hälfte der Männer überzeugt, die wir auf unserer Seite brauchen.

London, 5. Oktober

Die Lobbyarbeit ist weiterhin so mühsam und schmerzhaft wie Zähneziehen. Ballentine hilft mir durch zwielichtige, manipulative Manöver, aber nachdem die Liberalen nun an der Macht sind, scheinen die konservativen Abgeordneten, die wir für eine solide Mehrheit benötigen, in dieser Frage doppelt stur zu sein.

London, 7. Oktober

Ich bin immer noch zu wütend, um viel zu schreiben. Vermutlich hast du es schon in der Zeitung gelesen. Wir haben verloren! Die Reform wurde mit überwältigender Mehrheit abgelehnt. Die gesamte irische Home Rule Party hat gegen uns gestimmt; diese verdammten Heuchler – Unabhängigkeit nur für sie, wie es scheint …

Erst überflutete sie eine Woge der Hitze, dann der Kälte. »Oh nein«, murmelte sie. »Oh nein.«

»Stimmt etwas nicht?« Lucian und Mr Matthews schauten sie beide besorgt an.

Sie bemühte sich um eine undurchdringliche Miene. »Eine unerfreuliche Nachricht von meiner Freundin«, sagte sie. »Nichts allzu Ernstes.«

Sie aß ihr Frühstück, aber der Appetit war ihr vergangen. Wieder einmal hatten sie verloren. Lucie musste am Boden zerstört sein. Und sie, Hattie, war die Schlimmste. Seit Tagen hatte sie kaum einen Gedanken an die Reform verschwendet. Sie war zu beschäftigt damit gewesen, sich nackt zu vergnügen.

Sie überstand die langen Minuten, die es dauerte, die schwere Mahlzeit hinunterzuwürgen und Mr Matthews' Gerede über

London zuzuhören; Belanglosigkeiten über die neuesten Gerüchte, das Wetter … Unerträglich, wenn das Recht einer Frau, auch nach ihrer Hochzeit ein Mensch zu bleiben und nicht zum Besitz zu werden, gerade wieder einmal ganz nach unten auf der Liste geraten war.

Lucian kannte seine Frau inzwischen gut genug, um zu wissen, dass sie sich trotz der höflichen Fassade, die sie aufgesetzt hatte, große Sorgen machte. Deshalb folgte er ihr auf ihr Zimmer, statt sich das Weißpapier zur Einkommenssteuerreform durchzulesen.

Den Rücken zur Tür stand sie am Fenster.

»Was ist geschehen?«, fragte er.

Sie drehte sich um, die Finger an den Lippen. »Der Vorschlag zur Reform des Eigentumsgesetztes für verheiratete Frauen ist abgelehnt worden.«

»Verstehe.« Es war ihm entgangen, dass der Reformvorschlag bereits präsentiert worden war.

»Nein, tust du nicht«, sagte sie mit bebender Stimme. »Der Herzog von Montgomery hat den Text formuliert. Seine Anträge werden sonst immer angenommen. Immer.«

»Aber hat er sich nicht eine Menge Feinde gemacht, weil er seine Mätresse geheiratet und im Frühjahr die Seiten gewechselt hat?«

Harriets Gesicht wurde rot vor Zorn. »Annabelle war nicht seine Mätresse. Außerdem halten die Liberalen die Mehrheit im Parlament, und er ist aus der Tory-Partei ausgetreten. Offensichtlich will schlicht niemand, dass wir Frauen als Menschen behandelt werden.« Sie tigerte auf und ab, die Hände an den Wangen. »Das war nur die Erste Lesung«, murmelte sie. »Es wird eine Zweite Lesung geben.«

»Dann ist noch nicht alles verloren«, warf er ein.

Sie schaute ihn niedergeschlagen an. »Nein, es kommt noch die Beratung im Prüfungsausschuss, die Beratung im Ausschuss zur Berichterstattung, eine Dritte Lesung. Das alles dauert natürlich ein oder zwei Jahre, wenn der Vorschlag bei der Ersten Lesung abgelehnt wird. Aber ja, es gibt noch Hoffnung.« Sie bemühte sich um ein Lächeln, und der Anblick verursachte ihm ein Ziehen in der Brust. In Gedanken ging er die Mitglieder des Parlaments und Kabinetts durch, die er in der Tasche hatte, durch Schuldscheine oder Gier oder verfängliche persönliche Informationen. Wenn er sich für mehr Rechte für die Arbeiter starkmachen und diese Sache vorantreiben konnte, dann könnte er sich auch für das Frauenwahlrecht einsetzen und versuchen, es zu forcieren.

Harriet murmelte wieder: »Natürlich könnte das House of Commons den Entwurf nach der Dritten Lesung immer noch ablehnen …«

»Richtig«, hörte er sich sagen. »Lass … uns einen Ausflug machen.«

Sie blieb stehen. »Einen Ausflug? Wann?«

»Wie wäre es mit jetzt?«

»Jetzt?! Wohin denn?«

»In die Highlands.«

»Ich verstehe nicht.«

Er verstand es selbst nicht, aber sie so aufgelöst zu sehen gefiel ihm nicht. Er wollte etwas dagegen tun. Irgendetwas. »Du hast mal gesagt, der Anblick der Berge sei erhebend und bringe die Seele ins Gleichgewicht.« Er schaute auf seine Taschenuhr. »Es ist erst kurz nach acht Uhr. Um halb zehn könnten wir in Auchtermuchty sein und den Zehnuhrzug nehmen.«

Bei der Aussicht auf ein Abenteuer begannen ihre Augen zu leuchten. »Aber die Gleise sind überflutet.«

»Die in Richtung Süden.«

»Ich wusste nicht, dass wir so nahe an den Highlands sind.«

»Es sind gut sechzig Meilen bis Lochnagar«, gab er zu. »Wir kämen wohl erst nachmittags an. Aber wir könnten in einem Gasthof in Braemar übernachten.«

Sie schien zu zögern, aber dann straffte sie die Schultern. »Also gut.«

Unerwartet wurde ihm bei der Aussicht auf die Berge ganz warm, als hätte jemand ein Leuchtfeuer in seiner Brust entzündet. Er räusperte sich. »Gut. Dort triffst du dann auch richtige Schotten.«

Sie zog die Brauen zusammen. »Was ist denn falsch an den hiesigen Schotten?«

»Lowlander«, brummte er. »Die sind fast wie Engländer.«

Eine höhere Macht schien seinen spontanen Plan zu unterstützen. In den Bergen war das Wetter unvorhersehbar, aber bei ihrer Ankunft am Bahnhof von Braemar war der Himmel blau, der Wind mild und trocken. Eine Droschke stand auf dem Kutschenplatz, und der Kutscher kannte einen Gasthof mit freien Zimmern und fuhr sie dorthin. Der Gasthof lag am Rande der kleinen Ortschaft und war rustikal, aber sauber, und die dicken karierten Teppiche entlockten Harriet endlich ein Anzeichen von Interesse. Während der Zugfahrt war sie sehr still gewesen, ganz in ihre Gedanken vertieft.

»Man empfiehlt uns, mit dem Ponywagen nach Glenmuick zu fahren«, informiert er sie, nachdem er mit dem Mann am Empfang gesprochen hatte. »Der Bergpfad beginnt sechzehn Meilen von hier, und wir könnten ein Pony mitnehmen, falls du unterwegs müde werden solltest.«

Hattie musterte die beiden zerzausten Ponys skeptisch, als der Wagen vor der Treppe zum Eingang des Gasthofs hielt. »Die sind ziemlich klein.«

Ein bärtiger Schotte in schweren Stiefeln hielt die Zügel. Nun tätschelte er das Tier, das am nächsten zu ihm stand. »Jedes von ihnen kann einen großen, schweren Hirsch den Berg hinuntertragen«, erklärte er Lucian auf Gälisch. Er schätzte Harriet mit geübtem Blick ab. »Ihre Frau ist für die beiden sicher kein Problem.«

Lucian übersetzte, und seine Frau warf ihm einen sarkastischen Blick zu. »Das erleichtert mich jetzt aber wirklich ungemein.«

Sie aßen ein spätes Mittagessen während der Fahrt im Ponywagen und bedienten sich aus dem Korb, den Mhairi Burns ihnen vor ihrer Abfahrt nach Auchtermuchty mitgegeben hatte. Äpfel fanden sich darin, Brote mit dicken Scheiben Cheddarkäse und starker, süßer Tee, aber trotz des Imbisses und der Weite der Landschaft blieb Harriet immer noch sehr still. Das nagte an Lucian. Er war ihr Schweigen nicht mehr gewohnt, nicht nach dem Bettgeflüster, das sie inzwischen teilten, und den Gesprächen, die sie während der Mahlzeiten führten.

»Erinnerst du dich noch an unser Gespräch über Gerechtigkeit vor ein paar Tagen?«, fragte er.

Sie warf ihm einen kurzen Blick zu. »Ja.«

»Ich hatte erwähnt, dass ich die Gedanken kluger Männer zu dem Thema gelesen habe.«

»Ja.«

»Dabei bin ich auf eine Theorie von Locke gestoßen, die mir sehr sinnvoll erscheint.« Der Wagen ratterte über ein Schlagloch; er fing den Apfel auf, der ihr aus dem Schoß kullerte, und gab ihn ihr zurück. Seine behandschuhten Fingerspitzen berührten ihre, und der flüchtige Kontakt wuchs sofort zu Verlangen an, als hätte er sie nicht erst an diesem Morgen um sich gespürt. Er riss sich aus seinen Gedanken.

»Locke«, fuhr er fort, »behauptet, dass ein Mann das Recht auf die Nutzung und den Besitz von Land oder von Mitteln hat, sobald er Schweiß und Arbeit hineingesteckt hat. Diese Vorstellung gefiel mir. Ich dachte, mir hat niemand etwas gegeben, aber ich habe ziemlich viel geschwitzt und geblutet für das, was ich besitze.«

»Nein, niemand hat dir irgendetwas geschenkt«, sagte sie leise.

»Ja, mag sein.« Allerdings hatte es glückliche Gelegenheiten gegeben. Graham und der Antiquitätenladen zum Beispiel. »Ich habe auch unter Tage gearbeitet. Und mir ging durch den Kopf, dass die Grubenarbeiter buchstäblich ihren Schweiß mit den Kohleflözen mischen, aber sie besitzen sie nicht, sondern Männer, die nie auch nur einen Schritt in die Schächte setzen. Wohin führt mich Locke dann?«

Nun hatte er ihre Aufmerksamkeit. »Was hast du vor?«

»Ich habe überlegt, Drummuir den Bergleuten zu übereignen.«

Sie dachte darüber nach, während sie an ihrem Apfel nagte, und er fühlte sich seltsam angespannt, während er auf ihr Urteil wartete.

»Eine Grube im Gemeindeeigentum?«, fragte sie schließlich.

Er nickte. »Es gab schon Experimente dieser Art. Robert Owen hat es in Amerika und hier in Großbritannien ausprobiert, in Hampshire. Ich muss natürlich zuerst alle nötigen Investitionen tätigen, sonst sind sie binnen einer Woche bankrott.« Er schüttelte den Kopf. »Das ist vermutlich die unrentabelste Mine, die ich je gekauft habe.«

»Hmm«, machte sie. »Was ist aus dem Mann geworden, der sein Haus mit unbezahlbaren Schätzen füllt, nur weil er es kann?«

Er zeigte ihr seine Zähne. »Kann ich nicht beides sein?«

»Ich finde schon«, meinte sie nach einer Weile. »Aber da fragst du die Falsche. Meine Gedanken folgen kaum Vernunft und Logik. Welche Ergebnisse brachten denn die Experimente von Robert Owen?«

»Sie sind gescheitert. Kläglich. Offenbar fehlte es den Gemeinden an Disziplin oder Interesse, eine kompetente Verwaltung einzusetzen. Und es gab zu viele Streitereien zwischen den Arbeitern. Viele dachten, sie würden härter arbeiten als die anderen, und nahmen es übel, dass trotzdem alle die gleichen Erträge bekamen.«

»Oh je.«

»Jedes Kind weiß, dass ein gemeinsamer Feind die einfachste Art ist, Männer zu verbünden.«

Sie hob eine rötliche Braue. »Und der Feind hier sind die Bergwerksbesitzer. Männer wie du.«

»Männer wie ich oder das, was wir repräsentieren.« Er zuckte mit den Schultern. »Wichtiger aber ist, dass man nie härter arbeitet als für den eigenen Gewinn und Ruhm. Das liegt in der menschlichen Natur.«

»Es sei denn, man ist eine Frau«, erwiderte sie verbittert. »Dann wird dir beigebracht, dass du Ruhm nur dadurch erlangst, wenn du jeden einzelnen deiner Atemzüge anderen widmest. Eine ziemlich schlaue Aneignung zusätzlicher Arbeitskraft, wenn du mich fragst.«

Er verschluckte sich fast an seinem Sandwich. »Du erhältst zweitausend Pfund pro Jahr. Außerdem werden alle deine Extrakosten bezahlt. Das ist ein verdammt guter Lohn.«

»Und im Gegenzug gehöre ich ganz dir, und mein Arbeitstag endet nie«, antwortete sie. »Und von den Frauen in Drummuir wird sogar erwartet, dass sie diese zweite Schicht in Haushalt und Familie ganz ohne Lohn ableisten. Es scheint, dass Arbeit, hat sie erst die Schwelle eines Heimes überquert, sich auf magische Weise in einen unbezahlbaren Akt der Liebe und weiblicher Pflichterfüllung verwandelt, obwohl die Schwielen an den Händen der Frauen deutlich von ihrer sehr realen, harten Arbeit zeugen.«

Darauf wusste er nichts zu erwidern. »Deine Gedanken sind wild, Schatz«, sagte er stattdessen.

Wieder hob sie die Brauen. »So wild wie die Überlegung, den Arbeitern ein Bergwerk zu übereignen?«

Er lachte unwillkürlich laut auf. Ihre Miene blieb kühl. »In Ordnung«, sagte er. »Ich tue, was ich kann. Wegen der Gesetzesreform. Für die Mission. Für dich.«

Sie neigte das Kinn. »Wirst du wirklich tun, was du kannst?«

»Du hast mein Wort.«

»Durch ehrliche Mittel?«

»Und schmutzige.«

»Gut.« Ein harter Zug grub sich um ihren Mund.

Er stieß mit einem Knie gegen ihre Röcke. »Nun kommen dir meine zwielichtigen Methoden wohl gut zupass, nicht wahr?«

Ihr Blick schwenkte zu dem Rücken des Fahrers. »Ich fürchte, mein Ehemann hat mich gründlich verdorben«, murmelte sie.

»Dein Ehemann ist ein glücklicher Mann«, sagte er ebenso leise. »Ich nehme an, er freut sich schon darauf, dich heute Abend erneut gründlich zu verderben.«

Sie errötete, doch ihr entzückender Mund entspannte sich endlich. Wären sie allein gewesen, hätte er sie jetzt für einen Kuss auf seinen Schoß gezogen. So aber gab er sich damit zufrieden, ihr zuzusehen, wie sie ihren Apfel mit kleinen Bissen verspeiste.

Sie wickelte den Griebs ins Taschentuch. »Für die Ponys«, sagte sie. »Ich frage mich, warum willst du Drummuir der

Gemeinde übereignen, obwohl die anderen Experimente gescheitert sind?«

Dasselbe fragte er sich auch. »Manchmal braucht es einfach einen weiteren Versuch«, meinte er. »Und womöglich noch einen. Um aus den Erfahrungen zu lernen und es besser zu machen. Ah, was soll dieser Blick.«

Ihre Mundwinkel zuckten. »Nichts. Es sieht dir nur so gar nicht ähnlich.«

»Wieso nicht?«

»Es erscheint so vage und unberechenbar«, sagte sie. »Fast weichherzig.«

Der Klang dieser Worte gefiel ihm ganz und gar nicht.

Auf der restlichen Fahrt schwiegen sie, bis sie das Spittal of Glenmuick erreichten.

Der Anblick des sonnigen Tals, das sich vor ihnen erstreckte, raubte ihm unerwartet den Atem. Zerstreut half er Harriet aus dem Wagen. Lochnagar war Teil der Cairngorms, der östlichen Bergkette, die von den Highlandern *Am Monadh Ruadh* genannt wurde, die roten Berge.

Unter einem wolkenlosen Himmel machten die majestätischen Gipfel ihrem Namen alle Ehre und zeigten sich in rotbraunen Farbnuancen, während die sonst so düsteren Moore ein malerisches Bild aus Braun- und Grüntönen ergaben, das mit Heidebüscheln gesprenkelt war. Eine bleierne Schwere breitete sich von einer dunklen Stelle in Lucians Brust aus, und er sog den torfigen Geruch des *Glen* tief in seine Lungen, um den Schmerz zu lindern. Man konnte die karge Pracht des Landes nicht bewundern, ohne zu bemerken, wie weit und verlassen es war. Er hatte es nie anders gekannt; in seiner Kindheit waren die Highland-Gemeinden bereits auf ein Zehntel ihrer alten Zahl reduziert worden. Aber er war mit den Geschichten und Legenden aus der Zeit vor den *Clearances* aufgewachsen, und diese Seite in ihm spürte die Geister, die in dieser Ebene verweilten.

Harriet ging voraus, den Rücken so steif wie ein Brett, angetrieben von andauernder Enttäuschung über eine abgelehnte Reform, nahm er an. Er hätte ihr fast nachgerufen: *Du kannst nicht davor weglaufen.* Schon komisch, dass sie ihm so große Worte wie »Aneignung überschüssiger Arbeitskraft« an den Kopf werfen konnte, weil sie eine bessere Erziehung genossen hatte als die meisten Männer im Land und Marx lesen konnte. Marx hätte wohl gesagt, dass dieselben Kräfte, die Lucian halfen, so unverschämt reich zu werden, auch für die Verödung seiner Heimat verantwortlich waren. In Marx' Aufsätzen wurden die *Clearances* als die letzte große Enteignung bezeichnet. Eine Enteignung, die viele der Lowlander unterstützt hatten. Und nun arbeiteten Lowlander für Lucian, und ihre gesamte Lebensgrundlage lag rechtmäßig in seiner Macht. Wo also sollte sich ein Mann, der früher nichts hatte und jetzt so viel, selbst positionieren? Verdammt, Gespräche mit Harriet sorgten immer wieder dafür, dass sein Gehirn sich verknotete.

Er sprach mit dem Kutscher, der mit einem der Ponys zwei Schritte hinter ihnen herlief, dann schloss er zu seiner Frau auf. »Dieser Weg bringt uns zum Ufer von *Loch Muick*. Wir könnten um den See laufen oder den ersten Hügel hinaufsteigen.«

»Mir ist beides recht, solange wir in Bewegung bleiben.«

Schweigend liefen sie eine Meile nebeneinanderher. Der Pfad verlief parallel zu einem plätschernden Bach, aber das friedliche Gluckern des Wassers wurde bald durch gutturales Brüllen gestört, das durch das Tal schallte. Harriet wurde langsamer.

»Ach ja, es ist ja Brunftzeit.« Sie legte eine Hand an die Stirn, um ihre Augen zu schützen, und suchte die kargen Bergkämme ab, die das Tal flankierten. »Da ist einer!«

Es dauerte einen Moment, bis er den Hirsch entdeckte. Er war nur ein kleiner Punkt vor dem endlosen Himmel. »Er wird irgendwo gegenüber einen Rivalen haben.« Sie schaute zu dem anderen Kamm. Vermutlich gab es Jäger in ihrer Familie. Sie befanden sich am Rand von Balmoral, dem Lieblingsjagdplatz der Großen und Mächtigen, falls man eingeladen wurde.

Harriet senkte die Hand und ließ den Blick über die Weite vor ihnen schweifen.

»Yet, Caledonia, beloved are thy mountains
Round their white summits though elements war
Though cataracts foam 'stead of smooth-flowing fountains,
I sigh for the valley of dark Lochnagar«, zitierte sie.

Als sie schwieg, fragte er: »Wieder Jane Austen?«

Sie lachte. Das erste Lachen am ganzen Tag. »Nein.« Ihre braunen Augen schimmerten belustigt. »Lord Byron.«

Das Lächeln auf ihren Lippen zog ihn in ihren Bann. Wie an unsichtbaren Fäden gezogen, hatte er einen Schritt auf sie zu gemacht.

»Stell dir vor, du bist ein Hirsch.« Sie blickte zu der kleinen Silhouette auf dem Berg links von ihnen. »Dann könntest du diesen umwerfenden Blick jeden Tag genießen und dir die Lunge aus dem Hals schreien, und niemand würde das für seltsam halten.«

»Ein gutes Leben«, sagte er. »Es ist gesund, sich ab und an mal die Seele aus dem Leib zu brüllen.«

»Das kann ich nicht wissen.«

»Nun, jetzt hast du die Gelegenheit dazu, es herauszufinden.«

Sie sah sich um. Außer den Brunftschreien des Hirschs lag Stille über dem Tal, so greifbar wie Nebel.

»In der Stadt ist immer jemand in der Nähe«, sagte sie. »Selbst, wenn ich durch die Wiesen spaziere, ist immer jemand da.«

»Dann los, probiere es aus«, forderte er sie auf.

»Du willst mich ja nur schreien hören.« Sie warf ihm einen Seitenblick zu.

Lust wallte in ihm auf. »Ja«, sagte er leise. »Und ich werde dich dazu bringen, wenn wir wieder im Gasthof sind.«

Sie biss sich auf die Lippe und sah sich nervös um. »Was ist mit dem Kutscher und dem Pony?«

»Er wird dich bloß für eine verrückte *Sassenach* halten.«

»Schön.« Sie wandte sich dem Tal zu, holte tief Luft und stieß einen zögernden Schrei aus. »Nun«, meinte sie nach einer unangenehmen Pause. »Das war erbärmlich.«

»Es war niedlich«, widersprach Lucian. »Wie das Blöken eines winzigen Lämmchens.«

Er grinste, als sie ein verärgertes Schnauben von sich gab, dann wandte er sich dem Kutscher zu. »Meine Frau wird gleich etwas lauter sein«, sagte er auf Gälisch. »Es ist zum Zwecke einer Kunstausstellung in London.«

Der Mann murmelte etwas in seinen Bart, das wie »verrückte *Sassenach*« klang.

»Er meint, es sei nicht ungewöhnlich, dass Besucher in Glenmuick schreien«, behauptete Lucian gegenüber Harriet. Sie verengte die Augen; so leicht ließ sie sich nicht hinters Licht führen. Dennoch wandte sie sich um und stieß erneut einen Schrei aus. Er klang zahm, nervös, als ob sie sich von Hunderten Augen beobachtet und beurteilt fühlte.

»Schon besser«, murmelte sie.

Sie versuchte es noch mal, wütender. Die Ponys tänzelten. Ihr nächster Schrei erschreckte einen Raben, der von einem nahen Felsen aufflatterte. Und dann brach offenbar der Damm in ihr, der eine Frau zum Schweigen brachte, denn sie schrie – lang, wütend, rau und laut. Sie legte alles, was sie hatte, in ihre Stimme, als ob sie der einzige Mensch auf der Erde sei.

Während Lucian ihren Ausbruch beobachtete, wurde ihm klar, dass er sie nicht verlieren wollte. Nicht etwa, weil es seinen politischen Zielen schaden würde, sondern weil es verdammt wehtun würde. Der Gedanke an ein Leben ohne sie, daran, dass ihm die Wärme in der Brust wieder genommen werden könnte, fühlte sich so an, als ob man ihm den Boden unter den Füßen wegziehen würde, schlimmer als die dunkelste Dunkelheit.

Er drehte sich weg und holte tief Luft, erschüttert über seine körperliche Reaktion. Es fiel ihm schwer, Verluste zu akzeptieren, so viel wusste er über sich selbst. Aber wie sollte er Harriet halten?

Leidenschaft im Bett konnte eine Frau durchaus milde stimmen, aber seine Frau war störrisch und hatte erst vor wenigen Wochen geschworen, ihn niemals zu lieben. Wenn der Rausch ihrer wonnevollen Liebesnächte sich erst abgenutzt hätte, würde sie sich womöglich daran erinnern. Und auch wenn das muffige Gasthaus in Drummuir die Welt durch einen alten magischen Bann draußen hielt, neigte sich ihr Aufenthalt dem Ende zu. London wartete, und dort lauerten die Erinnerungen an die gesellschaftliche Kluft zwischen ihnen an jeder Ecke.

Harriet atmete schwer. »Ich glaube, ich habe die Hirsche verjagt.« Sie klang so heiser wie ein alter Mann.

»Sie sind abgehauen«, bestätigte er. »Dein Gebrüll ist mächtig beeindruckend.«

Sie schenkte ihm einen Blick, der so wissend, so tiefgründig war, dass es Lucian so vorkam, als würde sie ihm bis in die Seele schauen, und das Gefühl dieses zarten Bandes zwischen ihnen machte ihm die Knie weich. Ein alter Instinkt regte sich in ihm und hieß ihn, eine Mauer aus Eis zu errichten, um sich vor jeglicher Schwäche zu schützen.

An diesem Abend ließ sich Hattie von Lucian im Gasthof in Braemar dazu überreden, den Royal-Lochnagar-Whisky zu probieren. Und als ihr warm und schwindelig wurde, geleitete er sie die Treppe hinauf zu ihrem Zimmer und trug sie über die Schwelle zu dem klumpigen Bett.

Er brachte sie jedoch nicht zum Schreien. Er liebte sie langsam, zärtlich, hielt sie so eng umschlungen, dass sich jeder Zentimeter seiner erhitzten Haut an ihre presste, während er sich mit ihr wiegte, bis sie von Lust überwältigt wurde. Sie streifte mit den Händen über seinen Rücken, zog ihn noch näher an sich und bemerkte den wilden Blick, der in seinen Augen funkelte.

Leidenschaftlich küsste er sie, bis alles, was sie fühlte, hörte und schmeckte, Lucian war, bis sie in süßer Erlösung aufschrie, während die Ekstase in trägen Wellen in ihr pulsierte. Verwirrt beobachtete sie dann, wie er sich abrupt von ihr löste und sich stöhnend an ihrem Bauch ergoss.

Eine Weile später streckte er sich neben ihr auf der Seite aus und zog mit einem rauen Finger träge Kreise um ihren Nabel. »Dein Bauch ist das Weicheste, was ich je gespürt habe«, sagte er.

Sie hob den Kopf, angenehm schläfrig. »Weicher als Seide?«

»Ja. Und weicher als Mehl.«

»Wie romantisch.«

Seine Miene war ernst. »Als Junge habe ich manchmal meine Finger ins Mehl gesteckt, wenn die Frauen Brot gebacken haben, weil es so federweich war. Aber das …« Er drückte leicht und versenkte seine Finger in der weichen Rundung ihres Bauchs.

»Brot«, sagte sie matt. »Mir ist schon aufgefallen, dass du mich manchmal ansiehst, als sei ich etwas Essbares.«

Eine dunkle Emotion spiegelte sich in seinen Augen. »Ich habe Hunger gekannt, doch nie war ich so ausgehungert wie nach dir.«

Sie hätte ihn am liebsten gleich noch einmal geliebt, wenn er solche Sachen sagte. Denn mittlerweile liebten sie sich während des Aktes, auch wenn ihr allein beim Gedanken an dieses Wort bange wurde. Lucian hatte ihr nämlich immer noch nicht *gesagt*, dass er sie liebte; eine Tatsache, die sich in ihre Glückseligkeit stahl wie ein Feind, der auf Eroberung aus war.

Sie legte ihre Hand auf die kühle, weiche Haut ihres Bauchs. »Warum hast du hier aufgehört?«

Seine Stimme klang schläfrig. »Wenn ich mich ständig in dir ergieße, dann werde ich dir eher früher als später ein Kind machen.«

Der Gedanke, fülliger zu werden mit seinem Kind unter ihrem Herzen, weckte unerwartet ein Gefühl tiefer Befriedigung in ihr, auf primitivste Weise, die sich jeglicher Logik widersetzte und nur in ihrem Körper wohnte. Sobald ihr Verstand wieder einsetzte, spürte sie einen Stich in ihrer Brust, und die Unschlüssigkeit kehrte zurück. Ein Kind würde sie unwiderruflich an ihn binden. Ihre Kehle schnürte sich zu.

»Ich dachte, du willst einen Erben.« Sie schaute zur Decke.

»Ich will dich nicht teilen«, antwortete er. »Zumindest nicht in nächster Zeit.« Dann beugte er sich über sie mit wachsamem Blick. »Es sei denn, du hoffst darauf, bald Mutter zu werden. Ich hätte dich fragen sollen, nicht wahr?«

»Ja«, sagte sie sanft. »Aber es ist schön, um meiner selbst willen begehrt zu werden.«

Er drehte sich auf den Rücken. Nun schauten sie beide an die Decke. Mit der Hand tastete er nach ihren Fingern. »Ich will dich«, sagte er.

Das war beinahe ein *Ich liebe dich*.

Das Ziehen in ihrer Brust verstärkte sich. Manchmal lenkten solche Beinahe-Dinge und -Phrasen nur die Aufmerksamkeit darauf, dass die eigentlichen Gesten und Erklärungen ausblieben.

Steif lag sie neben ihm und ärgerte sich über sich selbst, weil sie sich so bedürftig fühlte. Es erinnerte sie an die Hattie, die freitags am Dinnertisch ihrer Familie saß und nach Anerkennung gierte. Außerdem hatte sie Lucian gesagt, dass sie ihn niemals lieben würde, daher konnte sie jetzt kaum Erwartungen an ihn stellen. Und doch hegte sie nun genau diese Erwartungen, groß und mächtig blühten sie bereits in ihr auf.

Sie hatte angenommen, dass man von Wärme und Glück erfüllt sei, wenn man verliebt war. Nun stellte sie jedoch fest, dass es sich auch so anfühlen konnte, als balanciere sie bei starkem Wind an einem Abgrund, ohne zu wissen, wohin sie den nächsten Schritt setzen oder was sie sagen sollte, aus Sorge, dass der Boden unter ihr einbrechen und sie abstürzen würde.

29. KAPITEL

In Drummuir gingen Hattie die Glasplatten, das destillierte Wasser und die Chemikalien aus. Sie würde wohl noch einmal nach St. Andrews fahren müssen, um ihre Vorräte aufzustocken und ihr Projekt abschließen zu können.

Die letzten drei Platten hatte sie für Fotografien von Anne mit ihrem Sonnenschirm verbraucht. Nun wusch sie besagte Platten in der Lösung unter der speziellen Rotlichtlampe im Nebenzimmer. Ihr Herz schlug so schnell, als wäre sie wieder sechs Jahre alt und packte ein Weihnachtsgeschenk aus.

»Lucian«, rief sie. Er war im Schlafzimmer und brütete über dem Grubenplan.

Einen Moment später raschelte der Vorhang.

Sie konzentrierte sich wieder auf die Platte, auf der Annes Gesicht wie ein Geist, der lebendig wurde.

»Es ist perfekt«, sagte sie. »Schau es dir an!«

Ein starker Arm schlang sich von hinten um ihren Bauch, und Lucian schaute ihr über die Schulter.

»Es ist gut«, sagte er nach einer Pause.

»Gut? Es ist fantastisch!«

»Es ist sehr gut«, stimmte er zu. »Aber Schleifen und Sonnenschirme?«

»Du kannst den Sonnenschirm immer noch nicht leiden«, sagte sie nachsichtig.

»*Och* nein«, erwiderte er. »Aber wie willst du das Mitleid der Menschen wecken, wenn die *bairns*, die Kleinen, nicht aussehen wie die Kinder von Bergarbeitern?«

Sie legte die Platte vorsichtig auf den Tisch und zog ihre Schutzhandschuhe aus. »Ich will nicht das Mitleid der Menschen wecken. Frauen wie Rosie Fraser wollen es auch nicht.«

»Das gefällt mir«, murmelte Lucian. »Das hätte ich bloß nicht erwartet.«

Sie drehte sich in seinen Armen um und schaute ihn an. »Glaubst du, die Besucher der Ausstellung in London wissen nicht, dass noch immer kleine Kinder in den Gruben schuften?«

»Wir alle wissen das«, antwortete er.

»Wir alle wissen das«, stimmte sie zu. »Genauso wie wir alle wissen, dass es Menschen gibt, die für immer ans Arbeitshaus gefesselt sind, und Kinder und alte Menschen auf unseren Straßen verhungern. Wir haben jedoch gelernt, dies die meiste Zeit zu ignorieren. Schlimmer noch, es zu akzeptieren, und weißt du, weshalb das so einfach ist? Und zwar viel zu einfach, wenn du mich fragst.«

»Weil sich alle Tag für Tag im eigenen Leben abmühen«, riet Lucian. »Oder sich einfach nicht drum scheren.«

Sie schüttelte den Kopf. »Möglich, aber vor allem liegt es wohl daran, dass wir im Leid anderer Menschen oftmals nicht uns selbst erkennen können. Es ist verlockend zu glauben, dass Not, Armut und Elend immer nur andere trifft, niemals uns selbst. Die Kinder in der Gosse sind die von anderen. Eine Dame, die das Bild eines Grubenmädchens sieht, das genauso aussieht wie in ihrer Vorstellung, wird vielleicht Mitleid empfinden. Sie wird sich auch sicher fühlen, in dem Wissen, dass dieses Schicksal ihrer eigenen kleinen Tochter niemals zustoßen könnte, und deshalb wird sie, abgesehen von dem Anflug von Mitleid, recht ungerührt bleiben.«

»Wenn das Mädchen sie aber an ihre eigene kleine Tochter erinnert …«

»Genau.«

Lucian schwieg einen Moment. »Glaubst du wirklich, du kannst die Leute dazu bringen, dass sie sich kümmern und um Änderungen bemühen, wenn man einen weichen Ton anschlägt?«

»Ja«, antwortete sie nachdrücklich. »Ich glaube, dass die meisten Menschen anderen Gutes tun wollen.«

»Ich wünschte, ich besäße deinen Enthusiasmus und Optimismus«, murmelte er.

»Etwas davon muss in dir sein«, erwiderte sie. »Sonst würdest du nicht versuchen, die Welt zu verändern.«

Er lachte leise. »Und wenn ich bloß ganz persönliche Motive dafür habe? Wenn ich das alles nur tue, um bestimmte Männer zu bestrafen, indem ich ihre Macht und ihren Einfluss beschränke, und nicht, weil ich anderer Leute Schicksal erleichtern will?«

Sie legte eine Hand an seine Brust und spürte seinen Herzschlag. »Meinst du das ernst?«

Er bedeckte ihre Hand mit seiner. »Hast du dich je gefragt, warum es inzwischen zwei Reformgesetze gibt, die mehr arbeitenden Männern das Wahlrecht einräumen?«, fragte er. »Während es kein einziges Zugeständnis an die Frauen gab, die sich das Wahlrecht wünschen?«

»Ich habe darüber nachgedacht.« Sie fragte sich, was das mit ihren Fotos zu tun hatte. »Ich denke, die Leute sind daran gewöhnt, dass nur die Männer wählen.«

»Es liegt daran, dass Männer gewaltbereit sind und sich nicht scheuen, Gewalt auszuüben. Dem Parlament geht es nicht um Gerechtigkeit. Sie wollen bloß kein öffentliches Blutvergießen und aus allen Nähten krachende Zuchthäuser. Deshalb wird jedes Mal, wenn die Stimmung ins Hässliche umschlägt, ein kleines Zugeständnis gemacht, um alle bei Laune zu halten.«

»Erzähl das bloß nicht Lucie«, meinte Hattie. »Sie wird Kanonen auffahren.«

»Vielleicht sollte sie das.«

Sie zog ihn am Revers näher. »Zweifelst du etwa an meiner Idee?«

»Nein«, sagte er nach einer Pause. »Die Idee ist gut. Sofern man glaubt, dass die Menschen grundsätzlich gut sind.«

»Das glaube ich«, sagte sie. »Ich muss.«

Er hob eine Hand an ihre Wange und streichelte sanft mit den Fingerknöcheln darüber. »Einige Leute werden sich unwohl in ihrer Haut fühlen, wenn sie deine Kunst anschauen, *mo luaidh*.«

Sie schmiegte sich an ihn. »Das hoffe ich.«

Durch seine grüblerische Ausstrahlung und den Schein der Lampe, der seine Züge in rotes Licht tauchte, wirkte er wie der Fürst der Finsternis.

»Ich würde dich gern fotografieren«, sagte sie.

Sein Mund verzog sich zu einem ironischen Lächeln. »Eine Studie eines Ritters in goldener Rüstung, hm?«

»Nein«, erwiderte sie gedankenverloren. »Das Porträt eines Schotten.«

Er lachte leise, als er zu dem Tisch hinter dem Vorhang zurückkehrte.

Hattie arbeitete den restlichen Abend über ziemlich unkonzentriert, da Lucians Scherz über den Ritter in der goldenen Rüstung in ihrem Kopf herumschwirrte wie eine lästige Fliege. Vor gar nicht allzu langer Zeit hatte sie auf einen solchen Ritter gewartet, und das aus gutem Grund: ein Sir Galahad hatte ein reines Herz, war standhaft und verhielt sich jederzeit und in allen Umständen edel und ritterlich. Lucian ... nun ja, er bewies durchaus Güte, aber er schreckte zweifellos auch nicht vor skrupellosen Methoden zurück, wenn er sie für nötig befand. Dennoch wollte sie ihn – der Anblick seiner nackten Schultern, eine verirrte Locke, die ihm in die Stirn fiel, oder der flammende, funkelnde Blick in seinen grauen Augen genügten, und sie bekam weiche Knie. Das war doppelt übel, solange sie sich allein in dieser verletzlichen Position befand.

Lucian begehrte sie, aber verspürte er auch … Zuneigung für sie? Liebte und verehrte er sie?

Ein wahrer Ritter hätte sicher keinen Zweifel daran gelassen; in den Legenden nahmen sie zermürbende Prüfungen auf sich, um ihrer Herzensdame ihre Liebe zu beweisen.

Hattie war nicht unvernünftig; sie hätte sich auch mit der realistischeren Version begnügt: einem Mann, der auf die Knie ging und mit einem Beben in der Stimme fragte, ob sie seine Frau werden wolle. Sein Ring hätte seine Hingabe besiegelt. Sie trug einen Ring. Eine goldene Erinnerung daran, dass der Mann, der ihr Herz beherrschte, sie überlistet hatte.

Als sie sich an diesem Abend bettfertig machte, wusste sie, was sie von Lucian verlangen musste, um die nagende Angst zu lindern, die sie in diesen Tagen auf Schritt und Tritt verfolgte.

Mit diesem eindringlichen Blick, den sie inzwischen nur zu gut kannte, gesellte er sich zu ihr unter die Decke, doch sie hielt ihn mit einer Hand an der Brust auf.

Er musterte sie forschend, und ihr schlug das Herz bis zum Hals. Wie verlockend, sich einfach dem Vergnügen hinzugeben, das er ihr anbot …

»Ich muss dich um etwas bitten«, sagte sie.

Argwohn spiegelte sich in seinem Blick. »Um was?«

Ihr Atem ging schneller. »Es geht um Lord Rutland.«

Ein eisiger Wind schien durch das Zimmer zu wehen.

»Was ist mit ihm?« Lucians Stimme klang kühl. Unter ihrer Hand fühlte sich seine Brust so hart wie ein Felsen an.

Sie schluckte. »Ist er der letzte Mann auf deiner Liste?«

»Inwiefern spielt das für dich eine Rolle?«

»Du solltest wissen, dass du dich in der Gesellschaft nicht beliebt machst, wenn du die Zahlung seiner Schulden einforderst.«

»Ich will wissen, warum dir das wichtig ist«, wiederholte er. Seine Augen waren schwarz wie Onyx, sein Blick undurchdringlich.

So viel Dunkelheit verbarg sich in ihm! Und genau aus diesem Grund musste sie die Sache ansprechen.

»Ich denke, du solltest ihn in Ruhe lassen«, platzte es aus ihr heraus. »Ich würde mir so sehr wünschen, dass du ihn in Frieden lässt.«

Er schaute sie an, als sei sie eine Fremde. »Du überraschst mich.«

»Ich spüre, dass allein sein Name bei dir schreckliche Emotionen weckt, dass deine Stimmung sich verfinstert, wenn du nur an ihn denkst«, sagte sie. »Das beunruhigt mich. Du hast Pläne, die eine Verbesserung deines Rufes erfordern, und unsere Ehe wird dein Ansehen nur in gewissem Maß fördern. Außerdem kann das nicht gut für deine Gesundheit sein. Oder deine Seele.«

»Meine … Seele«, sagte er erstaunt.

Sie nickte. »Groll ist eine schwere Last, die allein der Zornige trägt, und du trägst schon so viel.« Und ihr wäre es lieber, wenn er sich frei fühlen würde. Frei, sie zu lieben; und sicher; damit sie seine Liebe bedenkenlos erwidern konnte.

»Groll!« Lucian erwachte aus seiner Starre. »Im Nordflöz haben die Männer auf seine Anweisung Tunnel in den Berg gegraben, die auf keiner Karte zu finden und womöglich nicht mal ausreichend gesichert sind«, sagte er. »Und du weißt nicht, was er sonst noch getan hat.«

»Das muss ich auch nicht wissen«, erwiderte sie. »Denn der Charakter eines anderen sollte deinen Charakter nicht beeinflussen.«

»Dafür ist es zu spät«, sagte er. »Ihm gehörte die Grube, in der ich gearbeitet habe. Ich gehörte ihm.«

Entsetzt schnappte sie nach Luft, und ein Anflug von Mitleid stahl sich in seine Miene. *Du anmaßendes Mädchen*, sagte dieser Ausdruck, *misch dich nicht in Dinge ein, von denen du keine Ahnung hast.*

Ein dicker Kloß bildete sich in ihrer Kehle. Wenn Lucian solch eine finstere Miene aufsetzte, dann hatten andere Männer allen Grund, ihn zu fürchten. Wie wenig sie ihn doch kannte.

»Da du dir für die Ausführung deiner Pläne jedoch das Wohlwollen der Gesellschaft sichern solltest …«

Er schüttelte verärgert den Kopf. »Harriet, bist du wirklich so naiv, dass du glaubst, die Guten gewinnen? Nein. Ich darf Rutland so bald nicht vom Haken lassen.«

Naiv. Sie riss sich zusammen, um klar denken zu können. »Ich habe keine Vorstellung von den Ungerechtigkeiten, die er dir angetan hat, aber mir ist klar, dass dein Hass auf ihn deinen Plänen zuwiderläuft. Außerdem geht es seiner Ehefrau nicht gut, soweit ich weiß. Und deine Wut jagt mir Angst ein.«

»Du änderst deine Geschichte, Liebling.« In seiner Stimme schwang jedoch kein Hauch von Liebe mit. »Worum sorgst du dich wirklich: um meine Pläne, meine Gesundheit, seine Frau oder deine Gefühle?«

Ihr blieb die Antwort im Hals stecken. Ja, worum ging es ihr eigentlich? Aber war es nicht selbstverständlich, dass er andere Menschen nicht quälen sollte?

»Musst du ihn denn noch mehr büßen lassen?«, fragte sie. »Selbst wenn es deinen Erfolg gefährdet?«

»Ich kann beides schaffen«, erwiderte Lucian. »Habe ich kein Recht auf Genugtuung?«

»Ich mache mir Sorgen«, flüsterte sie. »Ich sorge mich, dass du daraus nicht die Genugtuung ziehst, die du dir erhoffst.«

Sein Blick wurde glasig, als würde er sie gar nicht wahrnehmen. »Du weißt nicht, um was du mich bittest«, stieß er schließlich hervor.

Etwas in ihr zerbrach. Hoffnung? Ihre Selbstachtung?

Sie senkte den Blick, weil sie kurz davorstand, die Fassung zu verlieren.

Lucian hob ihr Kinn an und brachte sie dazu, ihn anzusehen. Seine Miene war unlesbar. »Würde es dir so viel bedeuten?«

»Ja«, sagte sie automatisch.

Er ließ sie los und streckte sich auf dem Bett aus. Mit harter Miene starrte er an die Decke und kämpfte ganz eindeutig lange Minuten innerlich mit sich selbst. Am liebsten wäre sie vor Unbehagen im Boden versunken. Aber die Bitte war gut und nötig.

Als er schließlich den Kopf wieder hob, stand ein kühles Schimmern in seinen Augen. »In Ordnung. Ich versuche es.«

Eine Last fiel abrupt von ihr ab, die plötzliche Leichtigkeit machte sie schwindelig. Er wollte es versuchen. Für sie.

»Danke«, murmelte sie.

»Ich sagte, ich werde es *versuchen*«, wiederholte er.

In dieser Nacht machte er keine Anstalten, sie zu lieben. Sie näherte sich ihm am Morgen, mit schüchterner Hand und mit geschlossenen Augen, unsicher, ob er sich darauf einlassen würde.

Schnell war er über ihr und brachte sie dazu, ihn anzuschauen. Und als sie es tat, sah sie in seinen Zügen wieder den Mann, den sie kannte, den vertrauten Anblick von zärtlichem Verlangen. Sie schlang die Beine um seine Hüften und drückte ihn an sich.

Obwohl er sich der Tatsache nicht bewusst war, war Mr Matthews so etwas wie ihre Anstandsdame geworden, denn seine Anwesenheit hinderte Lucian und Hattie daran, ihre Morgen im Bett zu verbringen. Gutes Benehmen erforderte, dass sie regelmäßig die Mahlzeiten mit ihm einnahmen, was ihrem Leben als Frischvermählte Struktur aufzwang.

Wenn Matthews sich zu ihnen gesellte, sah er immer sehr gepflegt und gut gekleidet aus, und seine Konversation drehte sich um die Geschehnisse in London. So erfuhr Hattie, dass die Verlobung ihrer Schwester Mina an »allerbester Stelle« in der *Times* angekündigt worden war, was sie schockierte. Sie hatte sich nach dem Verrat ihres Vaters keine Mühe gemacht, ihre Familie über ihren Aufenthaltsort in Kenntnis zu setzen, aber nun die Ankündigung der Verlobung ihrer Schwester von dritter Seite zu hören schmerzte sie sehr. Sie vermisste ihre Geschwister. Sie vermisste ihre Freunde. Mr Matthews wurde zum Vorboten von Realitäten, die sie noch nicht wissen wollte, und sie würde aufatmen, wenn er nach London zurückkehrte.

»Mr Matthews ist wirklich gut informiert über den Gesellschaftstratsch«, sagte sie eine Weile später. Sie lag quer über Lucians Brust.

»Er ist ein Adeliger«, sagte Lucian. »Er hat es sich zum Prinzip gemacht, über die feine Gesellschaft informiert zu sein.«

Das verblüffte sie. »Er ist ein Lord?«

»Nein, der jüngste Sohn eines Barons, aber er ist in die Klemme geraten. Insgeheim hält er mich für eine unnatürliche Kreatur, weil ich in höhere Kreise aufgestiegen bin.«

Sie schmiegte sich an ihn. »Du könntest freundlicher zu ihm sein«, schlug sie vor.

»Ich bin bereits so nett, wie es mir möglich ist. Ich hege den Verdacht, dass er während meiner Abwesenheit wieder viel Zeit an den Spieltischen verbracht hat.«

»Ich gebe zu, ich bin froh, wenn er abreist«, gestand sie. »Ich werde das Gefühl nicht los, dass er mich seit seiner Ankunft ständig beobachtet und forschend mustert.« Sie lächelte. »Vermutlich hält er dich für einen barbarischen Schurken, in dessen Klauen ich fürchterlich leide.«

Unerwartet traf ihr Scherz wohl einen wunden Punkt, denn sie spürte, wie er unter ihrer Hand erstarrte. Sie sah auf und stellte fest, dass ein Muskel in seiner Wange zuckte.

»Ich würde dir niemals auf diese Weise wehtun. Das solltest du wissen.«

Sie lächelte verwirrt. »Das weiß ich doch.«

Die Anspannung in ihm wich jedoch nicht. Sie umfasste mit einer Hand sein Kinn. »Du bist mein schwarzer Ritter«, sagte sie. »Mein kaltblütiger Prinz. Und du jagst mir nicht annähernd so viel Angst ein, wie du es wohl gerne hättest.«

»Ich will bestimmt nicht, dass du Angst vor mir hast«, erwiderte er gereizt. »Wenn ich zu viel Gefälligkeit von dir fordere, sag es mir. Ich kann keine Gedanken lesen.«

»Bedrückt dich etwas?«

»Nein.«

Sie spürte seine Finger in ihren Haaren; gedankenverloren spielte er damit, und ein Ziehen machte sich in ihrer Brust bemerkbar.

»Meine Mutter«, sagte er schließlich. »Manchmal …« Er holte Luft. »Manchmal bin ich mir nicht sicher, ob sie den Mann, der mich gezeugt hat, wirklich gemocht hat.«

Sie drückte zärtlich einen Kuss auf seine Rippen. »Sie hat dich sehr geliebt.«

»Woher willst du das wissen?« Er klang zurückhaltend. Dennoch hörte sie darin einen zarten, widerwilligen Anflug von Hoffnung, und ihr Herz schmerzte vor Mitgefühl.

»Weil du gesagt hast, dass sie die Sonne am meisten mochte«, murmelte sie. »Und sie hat dich Lucian genannt.«

Seine Augen verengten sich zu schmalen Schlitzen.

»Lucian bedeutet Licht oder Lichtbringer«, sagte sie sanft. »Wusstest du das nicht?«

Er verharrte eine Weile reglos.

»Ich weiß nicht …«, sagte er schließlich. »Vielleicht … Ich habe nur nie …« Er lachte rau. »Der Name meiner Schwester, Sorcha … das bedeutet auch Licht. Und sie hat die kleine Sorcha eindeutig sehr geliebt. Himmel. Ich habe den Zusammenhang nur nie gesehen.« Seine Brust vibrierte mit einem leisen Lachen. »Du bist brillant«, sagte er. In seinen Augen funkelte eine ungewohnte Heiterkeit. »Ich bin ein Strohkopf.«

Ihr Lächeln verblasste, denn er war ganz und gar kein Strohkopf, sondern teuflisch schlau. Dass er den Zusammenhang nicht erkannt hatte, lag vielmehr daran, wie er sich selbst sah: nicht liebenswert.

Die Erkenntnis raubte ihr den Atem vor Wut und weckte ihren Beschützerinstinkt.

Er zog sie zu sich hoch und küsste sie. »Danke«, murmelte er an ihren Lippen, so leise, dass sie es fast nicht gehört hätte.

»Mein Gehirn ist schon seltsam«, sagte sie. »Die Gedanken schwirren darin umher und verketten scheinbar unzusammenhängende Dinge, die ich dann laut herausposaune.«

Lucian schlang die Arme so fest um sie, dass sie unwillkürlich quiekte. »Dein Gehirn ist verdammt brillant«, wiederholte er nachdrücklich.

Sein Kompliment ließ sie innerlich so heiß glühen wie nach einer leidenschaftlichen Liebesnacht. Es war fast so gut wie ein »Ich liebe dich«. Die drei Worte hatte er zwar immer noch nicht ausgesprochen, aber er hatte seinen Rachefeldzug gegen Rutland für sie aufgegeben, und sie klammerte sich fest daran, dass dies ein Beweis seiner Liebe war.

Seine Frau hatte sich von der traurigen Braut in eine bezaubernd heitere und enthusiastische Gefährtin verwandelt, sowohl innerhalb wie auch außerhalb des Schlafzimmers. Und das machte Lucian nervös. Denn das Vergnügen, das sie teilten, hatte seinen Preis. Der Drang, Harriet zu gefallen, bestimmte sein Handeln, ganz egal, wie ungeheuerlich die Forderungen auch sein mochten. Das sah man an der Sache mit Rutland, diesem Hurensohn. Natürlich hatte Harriet gespürt, was ihm am Wichtigsten war, und sich dann darauf konzentriert.

Ich werde es versuchen, hatte er gesagt, denn es schien ihm unmöglich, ihr weniger zu versprechen.

Das war jedoch nicht alles.

Sie verlangte auch, dass er sich ihr mitteilte. Zwar nicht ausdrücklich, aber ihm war aufgefallen, dass sie noch viel aufgeschlossener war, wenn er sich ihr anvertraute, daher gab er sich Mühe. Von sich zu erzählen fühlte sich rostig und mühsam an, als ob er eine uralte Maschine in Gang bringen müsste, und manchmal brach ein Ventil, und er konnte nicht aufhören, zu plappern. So entlockte sie ihm Geheimnisse.

Am vergangenen Abend hatte sie ihn gefragt, ob er wirklich seinen ersten eigenen Besitz aus dem Verkauf des Antiquitätenladens am Leicester Square erworben hatte.

»Das war Teil des Budgets«, hatte er geantwortet.

Er hatte ihr über die Hüfte gestrichen, um sie abzulenken, aber es war ihm nicht gelungen. Daher hatte er zugegeben, dass er anfangs Wertgegenstände aus eleganten Häusern gestohlen und eine Weile auch für Geld bei Faustkämpfen in East London angetreten war. Und da sie nach diesen Enthüllungen nicht aus dem Bett geflohen war, hatte er ihr auch von Renwick erzählt, dem lärmempfindlichen Künstler, den sie bei ihrer ersten Begegnung kennengelernt hatte.

»Er kam zu Grahams Laden, um irgendeine alte Truhe abzuholen, und im Vorbeigehen hat er auf einen der Louis-XIV-Tische gedeutet und gesagt, der sei eine Fälschung. Graham, der Eigentümer, war ein anständiger Kerl und machte sich Vorwürfe, dass sein scharfer Blick das nicht erkannt hatte.«

Lucian hingegen waren andere Dinge an Renwick aufgefallen: die hageren Wangen des Mannes, die abgewetzten Stiefel, das auf links gedrehte Hemd, das trotzdem schmutzig war. Der Anblick eines Mannes, der vielleicht Interesse hatte, sich die ein oder andere Münze zu verdienen.

»Ich bin Renwick gefolgt und habe ihm einen Vorschlag gemacht. Wenn er so mir nichts, dir nichts eine gut gemachte Fälschung erkennen konnte, dann war er womöglich selbst ein guter Kopist.«

Während der Verhandlung hatte er Renwicks Problem erkannt: Der Mann verfügte über keinerlei Fähigkeit, soziale Gepflogenheiten zu wahren. Er sprach seine Gedanken offen bis zur Grobheit aus und hatte keine Geduld für geschäftliche Angelegenheiten. Trotz seines beeindruckenden künstlerischen Talents war er der Kunstschule in Florenz verwiesen worden.

»Seine Rüpelhaftigkeit machte mir nichts aus, denn bei den Fakten lag er immer richtig. Er wollte auch nicht das große

Geld machen; ihm gefiel es, hervorragende Fälschungen von Kunstwerken zu erschaffen und ahnungslosen Schnöseln dafür ein hübsches Sümmchen abzuknöpfen.«

Als Künstlerin hatte Harriet dies natürlich missbilligt, aber dann hatte sie sich an ihn geschmiegt und war mit dem hübschen Kopf auf seiner Schulter eingeschlafen. Wie es schien, vernebelte ihr die Vögelei genauso das Hirn wie ihm. Das musste auch der Grund dafür sein, warum er so sorglos geworden war, so eifrig. Wenn er sich eingestand, dass er sie wahnsinnig – wenn nicht gar rasend – liebte, würde das die Büchse der Pandora öffnen. Damit bürdete er sich nämlich auch die Verantwortung auf, sich an sein Versprechen zu halten, das er ihr wegen Rutland gegeben hatte, auch wenn es sehr vage gewesen war. Außerdem hatte er jeden, den er geliebt hatte, bisher verloren.

An diesem Abend lag Harriet an seiner Seite und strich über die silbrigen Narben, die sich über seinen Bauch schlängelten. Sie zog sie mit dem Finger nach, küsste sie, leckte darüber.

»Die sind von dem Gurt, nicht wahr?«, hatte sie vor einer Weile gefragt. »Vom Ziehen der Kohleloren?«

Er hatte es bestätigt und hinzugefügt, dass dieser Tage Ponys die Loren zogen. Er hatte ihr jedoch verschwiegen, dass der Gurt ihm Blasen verursacht hatte, die höllisch geschmerzt hatten, bevor sie aufplatzten. Ebenso, dass das Gurtgeschirr tief ins Fleisch schnitt, weshalb sein Hemd nach jeder Schicht blutdurchtränkt gewesen war, immer wieder, bis die zarte kindliche Haut sich so weit abgehärtet hatte, um die Schicht an den meisten Tagen einigermaßen unbeschadet zu überstehen. Eine innere Stimme sagte ihm, dass Harriet dies ohnehin ahnte, denn sie widmete diesen geschundenen Stellen immer wieder größte Aufmerksamkeit, als wollte sie versuchen, die schlecht verheilten Wunden seiner Vergangenheit durch Küsse zu lindern. Das gefiel ihm nicht besonders, immerhin war er kein *bairn* mit aufgeschlagenem Knie.

Sie neckte mit ihrer Zunge eine Stelle unter seinem Nabel, und ein lustvoller Schauer durchlief ihn. Na schön, ein bisschen genoss er es wohl doch.

»Du liegst gleich wieder flach auf dem Rücken, wenn du damit nicht aufhörst«, raunte er.

Ein weiteres Streichen mit der Zunge. Freches Ding.

»Wenn du mich küsst«, sagte sie, »dort unten zwischen den Beinen …«

Er hob den Kopf. »Ja?«

In ihren Augen stand ein sinnliches Funkeln. »Würde einem Mann das auch gefallen?«

»Ist das nicht offensichtlich?«

Sie drehte sich zur Seite und stützte das Kinn in eine Hand. »Ich meine, wenn er dort geküsst wird.«

Ein Rauschen füllte seinen Kopf.

»Das gilt als pervers«, sagte er schließlich.

»Aber würde es dir gefallen?«

»Ja. Aber um so etwas bittet man seine Frau nicht.« Das sagte er mit einigem Widerwillen.

Sie legte eine Hand auf seinen Oberschenkel. »Und wenn eine Ehefrau das tun möchte«, flüsterte sie. »Würde ihr Mann sie dann für sehr verdorben halten und schlecht von ihr denken?«

Sein Mund war wie ausgetrocknet. Die Pause zog sich lang genug, um den freudigen Eifer in ihrer Miene verblassen zu lassen.

»Nein«, sagte er. »Er würde ihr ein Schloss kaufen.«

Sie hob die Brauen. »Ein Schloss?«

»Wo immer sie will.«

Sie kniete sich hin und beugte sich über ihn, ihre offenen

Haare streiften über seine empfindlichsten Stellen. Unwillkürlich vergrub er die Finger in der Matratze.

Sie hielt inne. »Lucian«, sagte sie zuckersüß.

»Ja?« Er war so hart, dass es schmerzte.

Ihr Blick hielt seinen fest. »Streck doch bitte die Arme über den Kopf.«

Er verspannte sich. Das war er nicht gewohnt; er zog es vor, wenn er die Kontrolle hatte. Während er noch überlegte, senkte sie den Kopf, und die seidig feuchte Berührung ihres Mundes löste eine Hitzewelle in ihm aus.

»In Ordnung.« Er hob die Arme über den Kopf.

Sie liebkoste ihn mit ihrer Zunge so, wie sie es von ihm erfahren hatte.

Er schaute sie an, und das Bild ihrer schmalen Hand um seine Männlichkeit löste seinen ohnehin wackeligen Versuch, sich zurückzuhalten, in Rauch auf. »Nimm ihn in den Mund«, sagte er rau. »Dann lutschst du an ihm, hoch und runter. Folg deinem Mund mit deiner Hand.«

Sie tat ihm den Gefallen, und er stöhnte auf und sah Sterne, als ob ein Feuerwerk in ihm explodierte. Er hatte nicht erwartet, noch einmal dieses besondere Gefühl zu empfinden. Er hatte nicht damit gerechnet, überhaupt noch einmal einer seinen Neigungen nachzugeben, und dann war Harriet gekommen und wollte es rau mit ihm, und jetzt verwöhnte sie ihn obendrein mit dem Mund … Und alles war anders.

Nicht nur, weil er nun passiv Liebkosungen erduldete, sondern weil es ihr Mund war, ihre Hände, ihre Seufzer.

Langsam lockerten sich seine Muskeln, und seine Gedanken verloren sich in einem weißen Rauschen. Zum ersten Mal in seinem Leben gab er sich ganz der Zärtlichkeit hin.

Wenig später lag er erhitzt und keuchend auf dem Laken. Er fühlte sich auseinandergenommen und neu zusammengesetzt, als ob etwas Hartes in ihm aufgebrochen wäre und dann ein Sturm über die entblößte Ebene seiner Seele gefegt wäre. Und es schmerzte.

Harriet setzte sich auf die Fersen und musterte ihn mit dem zufriedenen Ausdruck einer Katze, die gerade ihre Beute verspeist hatte. »Was das Schloss angeht, hätte ich gern ein hübsches in idyllischer Lage, vorzugsweise in der Toskana.«

Er nickte. Er würde ihr alles geben.

Sie lachte. »Das war nur ein Scherz.« Sie strich mit dem Finger über ihre vollen roten Lippen, als ob sie das Gefühl genieße. »Mir hat es gefallen«, sagte sie. »Wirklich. Sogar sehr.«

»Ich habe nicht gescherzt«, erwiderte er. »Die Toskana ist notiert.«

Er würde alles tun, nur um sicherzustellen, dass sie ihn weiterhin so anschaute, als ob auch sie ihn lieben würde.

Das dachte er zumindest.

30. KAPITEL

Lucians und Hatties gemütlicher Morgen wurde von dem schnellen, heftigen Läuten einer Glocke in der Ferne unterbrochen.

»Das klingt wie eine Feuerglocke«, murmelte Hattie. Sie drehte sich in Lucians Armen, dann schaute sie auf. Lucians gesamter Körper war erstarrt, sein Blick glasig. Er wirkte wie tot.

»Lucian …«

Blitzschnell sprang er auf und griff zu seinem Morgenmantel.

»Was ist los?« Sie schlug die Decke zurück und gesellte sich zu ihm ans Fenster. Er schien sie gar nicht wahrzunehmen; sein Blick war auf den Horizont gerichtet, in Richtung der Grube.

»Ein Unfall.« Sein Ton war so kalt wie ein Grab.

Mhairi kam unter dem Fenster in Sicht; sie jagte mit fliegenden Röcken den Weg hinunter nach Heather Row, so schnell und blind wie jemand, der um sein Leben rannte. Miss Clara folgte ihr. Und Mrs Burns. Und die ganze Zeit läutete die Glocke weiter.

Hattie wurde übel. »Wir müssen helfen.« Sie nahm ihre Chemise von der Stuhllehne. Das weckte Lucian aus seiner Taubheit. Er packte sie so fest an ihrem Arm, dass sie aufschreckte. Er ließ sie sofort los, als er es bemerkte, aber sein Gesicht war gespenstisch bleich.

»Bleib hier«, sagte er.

»Aber …«

Er schüttelte den Kopf. »Vertrau mir.«

Mit schnellen, mechanischen Bewegungen zog er sich an.

Sie griff wieder nach ihrer Chemise. »Ich begleite dich.«

Er drehte abrupt den Kopf zu ihr. »Wenn du nicht etwas sehen willst, das dich nachts in Albträumen verfolgt, rate ich dir hierzubleiben.«

Ein eiskalter Schauer lief ihr über den Rücken. Dennoch zog sie sich weiter an.

Lucian presste den Kiefer zusammen. »Also gut«, stieß er hervor. »Ich kann dich nicht daran hindern. Aber verzeih mir, wenn ich eines der Pferde nehme und vorausreite. Wenn du unbedingt zur Unfallstätte willst, dann versuch, mit einem der Ponywagen mitzufahren.«

Sie mühte sich immer noch mit ihrem Spazierkleid ab, als sie donnernden Hufschlag vernahm und ein Blick aus dem Fenster ihr bestätigte, dass Lucian im Galopp zum Dorf ritt.

Mit brennenden Lungen erreichte schließlich auch Hattie Heather Row. Tatsächlich waren auch einige Ponywagen unterwegs, für die Älteren, die nach ihren Lieben schauen wollten.

Sie erkannte eine der Frauen von der Versammlung wieder, die sie organisiert hatte, und sollte sich zu ihr hinten auf den Wagen setzen.

Sie umfasste die Hand der älteren Frau. »Was ist denn nur geschehen, Mrs MacTavish?«

»Einsturz«, sagte Mrs MacTavish. Ihr Gesicht war von Sorge zerfurcht. »Der Tunnel in der Nordgrube ist eingebrochen.«

»Wie viele Männer befanden sich darin?«

»Weiß nicht.«

Die zwanzig Minuten, die es dauerte, in schnellem Trab zum nördlichen Kohleflöz zu gelangen, verbrachten sie in angespanntem Schweigen.

Männer und Frauen hatten sich vor dem Backsteingebäude versammelt, in dem sich der Gruben-Eingang befand. Zuerst entdeckte sie Mhairi wieder, die mit ausdrucksloser Miene und die Knie an die Brust gezogen an der Steinmauer saß. Ihre Schwester hatte tröstend einen Arm um ihre Schultern gelegt, aber Mhairi schien das gar nicht wahrzunehmen. Ein paar Schritte entfernt sah sie Mrs Burns, die Rosie Fraser in den Armen hielt.

»Lieber Gott, Hamish«, sagte Hattie zu niemand Bestimmtem, und ihr gefror das Blut in den Adern.

Offenbar waren Hamish, Mr Boyd und ein weiterer Mann verunglückt. Sie hatten die letzten Pfeilerbautunnel, die sie in Rutlands Auftrag gegraben hatten, kartieren wollen. Die Decke war eingebrochen und hatte sie von zwei anderen Arbeitern am Ende des Schachts getrennt. Die beiden waren unverletzt zur Fahrkunst zurückgelangt, waren aufgefahren und hatten Alarm ausgelöst. Nun standen sie neben Lucian, der die Karte studierte.

»Ich schlage vor, wir bohren einen Schacht zum ursprünglichen Verlauf des Tunnels.« Er tippte mit einem Finger auf die Karte. »Es besteht die Möglichkeit, dass sie sich in eine Luftkammer retten konnten.«

»Aber wenn dieser Teil des Tunnels bisher noch unversehrt ist, würde dann nicht die Decke einbrechen, wenn wir uns von oben durchbohren?«, warf der jüngere Mann ein.

»Das wird sie, teilweise«, sagte Lucian grimmig. »Aber wenn wir es nicht tun, dann sind die Männer auf jeden Fall verloren und haben gar keine Chance. Wenn Sie dafür stimmen, habe ich die Ingenieure bis heute Mittag hergeholt.«

Nach kurzer Diskussion entschieden sich die Bergarbeiter für den riskanten Rettungsversuch, weil es keine andere Möglichkeit gab. Den Gesichtern der Frauen war anzusehen, dass sie nicht damit rechneten, die drei eingeschlossenen Männer lebend wiederzusehen. Der Schock lag wie Nebel über ihnen, löschte jegliches Geräusch aus.

Hattie wäre gern zu Mhairi gegangen, aber ihre Schwester kümmerte sich bereits um sie, und jegliche Worte schienen ihr in dieser Situation unzureichend. Lucian ging an ihr vorbei, mit versteinerter Miene; er schien sie nicht wahrzunehmen.

»Lucian.« Sie erschrak, als er sich zu ihr umdrehte. Seine Augen wirkten völlig verändert, als ob der Mann, den sie kannte, durch einen kaltherzigen Fremden ersetzt worden sei. Dieselbe unmenschliche Kälte strahlte er auch aus, wenn Rutland erwähnt wurde, und das machte ihr Angst.

»Was hast du vor?«, fragte sie leise.

Lucian sah an ihr vorbei zu dem Pferd, das er sich geliehen hatte. »Ich muss nach Auchtermuchty. Kommst du ein paar Stunden allein zurecht?«

»Ja.« Sie fühlte sich jämmerlich. »Wäre es eine Hilfe, hier eine Suppenküche einzurichten?«, fragte sie. »Oder lieber an dem Ort, wo ihr graben wollt?«

»Mahlzeiten, Ale und Decken in der Nähe der Bohrungsstelle wären in der Tat hilfreich«, sagte Lucian. »Die Leute wissen, was zu tun ist. Hilf ihnen, wenn du willst.«

Er galoppierte davon, und sie hatte Mühe, die aufsteigende Panik in Schach zu halten. Sie musste atmen. Sie musste ruhig bleiben. Sie musste sich nützlich machen und vergessen, dass sie im Moment alle machtlos waren. Sie durfte nicht an

Hamish und die anderen Männer denken, die unter Tage in fünfzehn Metern Tiefe im Dunkeln ausharrten.

Er wird wieder mit Mhairi tanzen, sagte sie sich und stellte sich vor, wie er mit dem Mädchen über die Dielen im Schankraum wirbelte, ein Lachen in den blauen Augen. Er musste seinen Roman beenden.

Sie drehte sich um und suchte wie blind nach Mrs MacTavish.

Ich hätte ihn und Boyd zeichnen sollen, solange ich es noch konnte.

Auf wackeligen Knien ging sie so langsam von Wagen zu Wagen, als würde sie durch Sirup waten. Der Kummer der Frauen umfasste sie und drückte auf ihre Brust, und es gab nichts, was sie tun konnte, außer die Ruhe zu bewahren und weiterzumachen.

Sie wusste, wäre Lucian im Tunnel gefangen und würde er ihr für immer genommen, dann würde sie diesen Schmerz nicht ertragen.

Das kleine Telegrafenamt in Auchtermuchty war bis auf den Angestellten, der hinter seinem Fenster döste, verlassen. Die Schreie und das Weinen der Frauen existierten daher vermutlich nur in Lucians Kopf. Das Gefühl von Felsbrocken, die seine Brust eindrückten – ebenfalls in seinem Kopf. Er atmete ein und wieder aus, durch schiere Willenskraft.

»Ein Telegramm nach Dundee«, sagte er.

Der Angestellte war jung, sein Gesicht blass und weich. Es verwandelte sich in ein totes, bleiches Gesicht mit einem Kranz blonder Haare, und Lucian blinzelte … und blinzelte erneut.

»Sir?«

Er konzentrierte sich auf das Gemälde an der Wand hinter dem Angestellten. Ein *Glen*, sanft geschwungene Bergkämme, ein weites Tal. Rasch diktierte er die Nachricht an seinen

Verwalter Mr Stewart und den Bergbauingenieur. Dann fragte er nach einem Arzt in Dundee, der Erfahrung mit Knochenbrüchen hatte.

Die bleichen Finger des Angestellten blätterten durch sein Adressenverzeichnis.

Bleiche Hände, die Handflächen nach oben im Schlamm. Tote Augen, zum Himmel gerichtet.

Schweiß rann ihm übers Gesicht, sein Kragen klebte am Hals und schien ihn zu erwürgen.

Der Angestellte leckte sich nervös über die Lippen.

»Hören Sie eine Glocke schlagen?«, fragte Lucian.

»Ähm, nein, Sir.«

Er atmete weiter. Das befand sich alles nur in seinem Kopf. Das war das Problem. Nach so vielen Jahren hatte sich der Deckel angehoben, und er erinnerte sich.

Nein, das war nicht bloß eine Erinnerung. Es war so, als wäre er dort, als würde es gerade alles passieren. Der Unfall, ihr Anblick, dieses Gefühl der alles verschlingenden Angst und Panik.

Das Problem war, dass er es nicht verdrängen konnte. Er konnte die Visionen nicht ausblenden, ebenso wenig den Lärm, und sein Körper musste es irgendwie durchleben.

Er lockerte den Kiefer und gab die Nachricht an den Arzt auf.

»Ist das alles, Sir?«

Lucians Herz schlug zu schnell, das spürte er. Er war sich dessen so bewusst wie ein Zuschauer, der den Puls eines anderen misst.

Er richtete den Blick wieder auf das Gemälde, die Hügel, den Himmel. Und er rief sich den Tag mit Harriet in Lochnagar in Erinnerung, als sie ihre Wut hinaus in die Welt geschrien hatte. Er wünschte sich, dass sich seine eigene Wut auf solch eine Weise lindern lassen würde. Es war jedoch nicht nur seine Wut; er trug die ungehörten Schreie von Dutzenden Menschen in sich, und er hatte sein ganzes Leben daran gearbeitet, ihnen eine Stimme zu geben. Ohne Gerechtigkeit gab es keinen Frieden.

Harriet, dachte er. *Meine Harriet.*

Er zog einen weiteren Schilling aus der Tasche. »Nein«, sagte er. »Ich muss noch ein weiteres Telegramm nach London schicken.«

Lucian wirkte nach seiner Rückkehr noch in sich gekehrter als zuvor. Seit die Arbeiter sich auf einen Bohrungspunkt geeinigt hatten, stand er an der Unfallstelle und überwachte den Bau des Bohrturms. Erst um zwei Uhr früh kehrte er zu Hattie in den Gasthof zurück.

Sie beobachtete, wie er mit schweren Schritten aus der Nebenkammer kam. Tiefe Furchen hatten sich um seinen Mund gegraben. Er wirkte um ein Jahrzehnt gealtert, und das brach ihr beinahe das Herz.

»Dich trifft keine Schuld«, sagte sie, als er zu ihr unter die Decke kroch.

»Versuch zu schlafen«, murmelte er und kehrte ihr den Rücken zu. Sein Körper war steif wie ein Brett, als ob er seinen Kummer fest in seinen Muskeln einschließen wollte, dennoch troff er von seiner reglosen Gestalt und verstärkte die Dunkelheit im Zimmer.

Am nächsten Tag war Hattie damit beschäftigt, Gemüse zu schneiden, schälte unbeholfen Kartoffeln, gab Schüsseln mit Eintopf aus und tröstete Mhairi, die nun abwechselnd hemmungslos an der Schulter anderer weinte oder reglos wie eine Statue dasaß.

Hattie versuchte, nicht zu denken, nichts zu spüren. Immer wieder wurde sie von ihren Gefühlen überwältigt. Dann suchte sie Lucian zwischen den Männern, und er nickte ihr zu, aber er strahlte eine innere Kälte aus, weshalb sie es nicht wagte, ihm ihren Kummer anzuvertrauen. Daher kehrte sie zu den Kochtöpfen zurück. In der Nähe fraß sich der Bohrer in den Boden, der zu diesem Zeitpunkt sowohl Rettung wie auch letzter Sargnagel sein konnte.

Zum zweiten Mal schlief Lucian in der Nacht mit dem Rücken zu ihr, und sie traute sich nicht, danach zu fragen, warum.

Am zweiten Tag brach der Bohrer durch die Decke in eine Luftkammer vor, und ein Mann wurde in einem Schutzkäfig nach unten gelassen. Nachdem man ihn wieder hochgezogen hatte, reckte er in Siegerpose die Faust zum bewölkten Himmel – alle Männer lebten.

Die Erleichterung war überwältigend. Hattie brach in Tränen aus und weinte nur noch mehr, als sie sah, wie Hamish und Boyd in die Arme der Frauen stolperten, die sie liebten.

Lucian wirkte, als wolle er vor Dankbarkeit auf die Knie fallen, als der erste Mann, von Kopf bis Fuß mit Kohlestaub bedeckt, über Tage erschien. Das blieb sein einziger Gefühlsausbruch, und bei ihrer Rückkehr am Abend in den Gasthof hatte er sich bereits wieder in seinen seltsam kalten Panzer zurückgezogen.

Immer noch in den Morgenmantel gehüllt, kam er zu ihr ins Bett, und Hattie wusste, dass sie in seinen Armen keinen Trost finden würde. Reglos lag er neben ihr und starrte ins Nichts.

Sie hob den Kopf. »Lucian«, flüsterte sie. Ihre Kehle war wie zugeschnürt.

Sein Blick flackerte zu ihr. »Ja?«

Ihr Herz zog sich zusammen. Solch leidenschaftslose Augen. »Was habe ich falsch gemacht?«

Er mied ihren Blick. »Nichts.«

»Alle sind in Sicherheit.«

Er drehte sich zu ihr und küsste sie auf die Stirn; seine Lippen fühlten sich kalt an.

Sie versuchte zu schlafen und hoffte, er würde die Tränen, die ihr über die Wangen tropften, nicht bemerken.

Ganz sicher liebte er sie. Ganz sicher hatte sie sich dieses Band zwischen ihnen nicht nur eingebildet oder die Wärme in seinen Augen, wenn er sie ansah. Vielleicht war diese Kälte seine übliche Reaktion auf ein großes Unglück. Aber die Situation war überstanden, alle Männer lebten.

Vielleicht plagten ihn Schuldgefühle, weil Drummuir ihm gehörte. Irgendetwas schien ihn auf jeden Fall zu quälen. Aber das bedeutete bestimmt nicht, dass ihre geheime Angst, ihre größte Angst, dass er zwar gern mit ihr schlief, sie aber nicht wirklich liebte und respektierte, sich bewahrheitet hatte.

Am nächsten Morgen wachte sie spät auf; Lucian saß bereits am Schreibtisch und schrieb etwas. Der Anblick seines ihr zugekehrten Rückens dämpfte das Gefühl der Erleichterung.

»Möchtest du mir beim Frühstück Gesellschaft leisten?«, fragte sie, nachdem sie sich angezogen hatte.

Er schaute auf. »Ich habe keinen Hunger. Würde es dir etwas ausmachen, auf dem Zimmer zu frühstücken?«

»Ich glaube, ein Tapetenwechsel würde mir guttun.« Unvermittelt fühlte sie sich gereizt wegen seiner schroffen Distanziertheit, die ihr das Gefühl gab, bedürftig und ungeliebt zu sein. »Ich gehe allein.«

Sie bestellte sich im Schankraum ein schottisches Frühstück, obwohl sie keinen Hunger verspürte. Freudlos blätterte sie durch die Zeitung vom Vortag, während sie auf ihre Mahlzeit wartete. Bis eine der Schlagzeilen ihr das Blut in den Adern gefrieren ließ.

Starr und steif vor Entsetzen verharrte sie, und es dauerte eine ganze Weile, bis sie sich in der Lage sah, die Zeitung zusammenzufalten und auf ihr Zimmer zurückzukehren.

31. KAPITEL

»Lord Rutland ist tot.«

Harriets Stimme klang vorwurfsvoll. Das und dass sie Lucian die Zeitung entgegenstreckte wie ein Richter, der seinen Hammer schwang, ließ keinen Zweifel darüber, wem sie die Schuld an dem Tod des Mannes gab.

Er legte den Füllfederhalter zur Seite. »Ich weiß.«

Ein Telegramm seines Anwalts hatte ihn in aller Frühe darüber informiert.

Harriets Lippen bebten. »Bitte sag mir, dass du nichts damit zu tun hattest. Dass das alles ein Zufall ist.«

»Wird mir sein Tod in der Zeitung angelastet?«

Sie keuchte empört auf. »In der Zeitung würde man wohl kaum schreiben, dass er zu seiner Pistole gegriffen hat. Es heißt nur, dass er plötzlich verschieden ist, aber ich habe eine Ahnung.«

»Ja, ich habe die Zahlung der Schulden eingefordert«, sagte Lucian. »Das heißt aber nicht, dass ich schuld an seinem Tod bin.«

Sie schlang die Arme um ihren Bauch. »Wann?«, flüsterte sie. Ihre Augen schwammen in Tränen.

Und dennoch berührte ihr Kummer ihn nicht. Er fühlte gar nichts mehr; seit Tagen nicht mehr. Die Nachricht vom Tod seiner Nemesis – die Früchte seiner lebenslangen Arbeit –

hatte lediglich ein schwaches Kräuseln von Emotionen ausgelöst. Und diese Tatsache hatte ihn ebenfalls betäubt.

»Am Tag des Tunneleinsturzes«, sagte er. »Als ich in Auchtermuchty war, um Hilfe anzufordern.«

Harriets Kinn bebte. »Du hast mir dein Wort gegeben«, sagte sie. »Du hast mir versprochen, ihn in Ruhe zu lassen. Und nun hast du mir noch nicht einmal gesagt, dass du dein Wort gebrochen hast. Ich musste es auf diese Weise herausfinden.« Sie zerknüllte die Zeitung in ihrer Faust.

»Ich habe dir versprochen, dass ich es versuchen würde.« Das war vor dem Läuten der Glocke gewesen. Er wischte sich mit dem Handrücken über die Stirn. Seine Finger zitterten schon den ganzen Morgen, sein Brief war kaum lesbar. Immer wieder sah er Leichen, klamm und nass, ordentlich nach Größe aufgereiht, von der größten zur kleinsten.

»Was hast du nur getan?«, fragte Hattie. »Lucian, ich weiß, dass du ihm die Schuld an dem Unglück gibst, und auch ich bin wütend, aber in welcher Hinsicht ist dein Leben nun besser geworden?«

Sie schaute ihn so anklagend an, als hätte er sie persönlich tief verletzt, und eine tiefe Leere erfüllte ihn.

Er stand auf. »Warum zum Teufel stellst du dich auf die Seite dieses Mannes?«

Sie hob abwehrend die Hände. »Ich bin auf deiner Seite«, schluchzte sie. »Kannst du das nicht erkennen?«

»Nein«, antwortete er. »Ich sehe bloß, dass meine eigene Frau mir die Schuld daran gibt, wenn ein schwacher Mann lieber zur Waffe greift, anstatt sein Schicksal zu akzeptieren und weiterzuleben.«

»Hier geht es nicht um Rutlands Charakter, sondern um deinen«, stieß sie hervor. »Es geht um dich und die Güte deiner Seele, um deinen Stand, deinen Ruf, unsere gemeinsamen Zukunftspläne. Die Zeitungen werden keine Einzelheiten nennen, um seiner Familie die Schande zu ersparen, aber die Leute werden reden. Ich fürchte, du hast dir selbst einen schlechten Dienst erwiesen.«

»Wirklich?«, fragte er. »Bist du tatsächlich deswegen auf mich wütend?«

»Warum denn sonst?« Ihre Stimme klang schrill.

»Verzeih mir, wenn ich den Eindruck gewonnen habe, dass Rutland eine Art Prüfung für mich war«, erwiderte er kalt. »Als wolltest du mich auf die Probe stellen und herausfinden, ob ich auf die Art gut sein kann, wie du es gern hättest, zivilisiert und gezähmt, ein Gentleman.« Er schüttelte den Kopf. »Nun, ich bin kein Gentleman, Harriet. Und ich sage dir eines, ja ich kann es dir in der Tat sogar garantieren: dieses blütenreine Wesen, dein goldener Ritter, mit dem du gern heiße Schokolade in Italien trinken möchtest? Dieser Mann bin ich nicht. Und ich werde es auch nie sein. Je eher du das begreifst, desto weniger enttäuscht wirst du sein.«

Ihre Lippen waren weiß. »Ich könnte gar nicht enttäuschter von dir sein als im Moment«, sagte sie leise. »Du hältst mich für naiv und dumm.«

Seine Brust zog sich schmerzhaft zusammen, als stecke sie in einem Schraubstock. Er fand es schrecklich, sie zu enttäuschen, aber daran konnte er nichts ändern, und er verabscheute es, dass sie ihre selbstgerechte, atemlose Wut an ihm ausließ. Er verstand ihre Beweggründe nicht, deshalb erschien sie ihm unberechenbar, und daher fühlte er sich nicht wohl bei ihr.

Er hat sie alle umgebracht, hätte er am liebsten geschrien, wenn er sich bloß dazu überwinden könnte, solche Worte laut auszusprechen, aber sie wusste ohnehin, dass Rutland den Tod bedeutete. Und dennoch stand sie dort, ergriff Partei für den

Mann. Wenn er versuchen würde, ihr von seiner Schande und seinem Schmerz zu erzählen, und sie immer noch darauf bestünde, dass er ihre fromme Version eines guten Manns zu sein habe, könnte er ihr womöglich nicht vergeben. Dann würde er sie verlieren, und das wollte er nicht riskieren. Er wollte sie nicht verlieren.

»Das hat nichts mit dir zu tun«, sagte er. »Du verstehst das nicht. Vertrau mir einfach, wenn ich sage, dass er meiner Gemeinde und meiner Familie großes Unrecht angetan hat …«

»Dir vertrauen?« Ihre Stimme klang fassungslos. »Ich habe dir vertraut, und schau, wie das geendet hat. Aber natürlich …« Ein seltsames Glitzern stand in ihren Augen. »Ich verstehe das nicht, das kann ich gar nicht, ich bin ja nur ein verwöhntes Gör. Ich glaube immer noch, dass du uns und deine Zukunft hättest wählen können, statt in deiner Vergangenheit zu verharren.«

»Oh Grundgütiger«, rief er. »Hörst du dir eigentlich selbst zu?«

Ihr Gesicht wurde aschfahl, und die Zeitung entglitt ihren Fingern. Er sah zu, wie sie vor ihm auf und ab tigerte, und ihm wurde übel. »Harriet.«

Sie drehte sich zu ihm um. »Bereust du es?«, fragte sie leise. »Bereust du wenigstens, was du getan hast?«

»Ich bereue, dich enttäuscht zu haben«, stieß er hervor.

»Aber bereust du, für den Tod von Lord Rutland verantwortlich zu sein?«

Aufgereihte Leichen, von der größten zur kleinsten … nasses blondes Haar, ausgebreitet im Schlamm …

»Das kann ich nicht«, sagte er rau. »Ich kann seinen Tod nicht bereuen.«

Ein Schauder überlief sie, und einen Moment lang wirkte sie verängstigt. Er zerstörte unwiderruflich jedwede ritterliche Fantasie, die sie sich über ihn ausgemalt hatte, und das Wissen, dass er dies nicht verhindern konnte, schnürte ihm die Kehle zu, und ihm wurde eiskalt.

Harriet straffte die Schultern und reckte das Kinn. »Ich habe dir vertraut«, sagte sie. »Obwohl du mir dein wahres Gesicht gezeigt hast, nachdem du mich zu einer Ehe überlistet hattest. Und danach mit meinem Vater einen Preis für mich ausgehandelt hast. Und dann im Salon meiner Eltern vorgegeben hast, das Ehrenwerte zu tun, und ich so verängstigt war, dass ich kaum einen klaren Gedanken fassen konnte. All das habe ich gewusst, und dennoch habe ich mich entschieden, dir zu vertrauen. Ich war so eine Närrin. Mir bleibt keine andere Wahl – ich muss nach London zurückkehren.«

Die Worte drangen nur gedämpft an seine Ohren, als sei er unter Wasser.

»Ich will nicht, dass du gehst«, sagte er.

»Wie kann ich jetzt noch bleiben?« Ihr Blick schweifte bereits durchs Zimmer, auf der Suche nach ihren Sachen.

»Es ist gefährlich, wenn du allein reist.«

Sie schaute ihm starr in die Augen. »Die Wahrheit ist, in deiner Nähe fühle ich mich erst recht nicht sicher.«

Ihre Worte schnitten ihm direkt ins Mark, zerstörten etwas Lebenswichtiges. Einen Moment lang konnte er nicht atmen.

Später. Er würde später mit ihr reden, wenn sie beide wieder bei Verstand waren.

»Wenn du so über mich denkst, wäre es wohl tatsächlich besser, wenn du erst mal gehst.«

Er verließ das Zimmer, denn wenn er ihr beim Packen zusehen müsste, würde er womöglich vor Schmerz noch aufheulen.

32. KAPITEL

Zuerst kreisten Hatties Gedanken in denselben alten Gleisen: *dumm, naiv, dumm, naiv* – im Rhythmus der ratternden Räder des Zuges. Sie hatte sich schmutzig gefühlt, als brauche sie dringend ein Bad, um sich gründlich abzuschrubben, denn jede Stunde, die sie in lustvoller Intimität mit Lucian verbracht hatte, juckte nun auf ihrer Haut. Hatte er über ihre Leichtgläubigkeit hinter ihrem Rücken gelacht, über ihre naiven Versuche, ihn *auf die Probe* zu stellen?

Und zu allem Überfluss war ein Mann tot.

Er hat mich nicht am Gehen gehindert, dachte sie beim Verlassen des Schlafwagenzugs in Edinburgh. Sie hätte natürlich jedem Versuch von ihm, sie im Gasthof zu halten, widerstanden, aber wenn sie sich an sein teilnahmsloses Gesicht bei ihrer Abreise erinnerte, kamen ihr erneut die Tränen. Gab es eine größere Einsamkeit, als in einem dunklen, nur schlecht verriegelten Schlafwagen zu liegen, mit nur einer Reisetasche als Gesellschaft?

Während sie zwischen unruhigem Schlaf und Wachsein hin und her trieb, schlichen sich Schuldgefühle in ihren Kummer. Eine ganze Bergarbeitergemeinde hatte sich auf ihre Fotografien gefreut, die nun wohl nie verwirklicht werden würden. Zumindest nicht von ihr.

Ich werde jemand anderen dafür schicken, dachte sie.

Mühsam stieg sie schließlich die Treppe zu Lucians Haus in Belgravia hoch. Drei schlaflose Nächte und die Tage voller aufwühlender Gefühle, die Angst um die im Tunnel verunglückten Männer – all das lastete schwer auf ihr. Das Innere ihrer Brust fühlte sich wund an, als wären alle lebenswichtigen Organe entzündet.

Vielleicht war das alles zu viel für sie gewesen. Vielleicht hatte ihr erschöpftes Gehirn ihr einen Streich gespielt und ihre derzeitigen Sorgen mit altem Kummer und völlig unzusammenhängenden Dingen vermischt, und das Ergebnis war ein wütender Angriff auf ihren Ehemann und eine kopflose Flucht gewesen.

Eine Frau öffnete ihr die Tür, schlank, scharfsichtig, mit braunem Haar, das sich um ihre Ohren lockte.

Aoife Byrne.

Hattie verengte die Augen und überlegte, ob ihre Hand wohl direkt durch die Frau hindurchgehen würde, wenn sie den Arm ausstreckte. »Sind Sie ein Trugbild?«

»Liebe Güte«, sagte Miss Byrne. »Was hat er jetzt wieder angestellt?«

Zwanzig Minuten später saß Hattie auf dem Sofa im Salon und umklammerte ihre heiße Teetasse, als sei sie ein Rettungsseil in stürmischer See. Die Rollen von Gastgeberin und Gast waren eindeutig vertauscht: Miss Byrne hatte ihr Mantel und Tasche abgenommen und ihr gesagt, sie solle es sich im Salon bequem machen, während sie sich um den Tee kümmerte.

Nun saß Miss Byrne ihr gegenüber und schien sich offensichtlich sehr wohlzufühlen; sie hatte sich auf der Chaiselongue so selbstverständlich ausgestreckt, als sei das eine Gewohnheit von ihr. Dennoch war Hattie froh über ihre Gesellschaft.

Die Frau war in Lucians Alter, und sie war seine Freundin. Das war fast so, als ob Lucian in ihrer Nähe wäre, ohne all diese schrecklich aufreibenden, verletzenden und verwirrenden Facetten.

»Ich habe versucht, ihn zu erreichen«, sagte Miss Byrne. »Meine Telegramme blieben jedoch unbeantwortet, daher beschloss ich, ihm einen Besuch abzustatten. Ich habe mir selbst aufgeschlossen. Alle Vögelchen sind ausgeflogen. Ich fürchte, ich hab ein etwas zu langes Nickerchen auf diesem außerordentlich komfortablen Sofa gemacht.« Sie tätschelte das Polster. »Bitte entschuldigen Sie.«

»Es gab einen Unfall in der Grube«, sagte Hattie tonlos. »Die vergangenen drei, vier Tage waren alle sehr beschäftigt. Niemand hat sich um die Post gekümmert.«

Miss Byrnes Miene versteinerte. »Gab es Tote?«

»Nein. Aber es dauerte über zwei Tage, die eingeschlossenen Männer zu befreien.«

Die Frau sah sehr besorgt aus. »Das muss ihn tief erschüttert haben.«

Hattie schluckte schwer. »Tatsache ist, dass ich meinen Ehemann nach dem Vorfall kaum wiedererkannt habe.«

»Deshalb hat er dem alten Rutland also den Teppich unter den Füßen weggezogen.« Aoife Byrne nickte. »Ich hab die Schlagzeilen über sein unerwartetes Dahinscheiden gelesen und einen Verdacht gehabt.«

»Soweit ich es verstanden habe, hat Rutland die Bergarbeiter dazu gezwungen, eine riskante Abbautechnik anzuwenden«, sagte Hattie. »Deshalb ist ein Tunnel eingestürzt.«

»Der arme Luke. Ja, das hat wohl gereicht.«

Hattie umfasste ihre Tasse fester. »Niemand scheint sonderlich bekümmert über das vorzeitige Ableben Seiner Lordschaft zu sein.« Ihre Stimme klang ziemlich schroff, obwohl sie das

Gefühl hatte, als würde sie neben sich stehen wie ein körperloser Geist.

»Vermutlich, weil es Seine Lordschaft ebenso wenig gekümmert hat, dass er Lukes Familie umgebracht hat«, sagte Miss Byrne mit einem Schulterzucken. »Und ich würde behaupten, sie sind immer noch nicht quitt, wenn man bedenkt, dass Rutland so leicht davonkam. Eine schöne, schnelle Kugel an einem Tag seiner Wahl, anstatt unvermutet und qualvoll zu ertrinken.«

»Was?«

Die Frau blickte leicht zerknirscht. »Oh je, er hat es Ihnen gar nicht erzählt.«

Der Tee brannte in Hatties leerem Magen. »Er hat mir erzählt, dass seine Familie bei einem Unfall ertrunken sei«, sagte sie. »Er hat auch erwähnt, dass Rutland das Bergwerk gehörte, in dem er als Junge gearbeitet hat.«

»Sie sind ertrunken«, bestätigte Miss Byrne. »In der Grube. Weil Rutland die Sicherheitsvorkehrungen kriminell vernachlässigt hat.«

Das Zimmer verschwamm plötzlich vor ihren Augen, als wäre das ganze Haus auf Treibsand gebaut. Lediglich zwei Jahrzehnte strikter Erziehung sorgten dafür, dass sie gefasst und aufrecht sitzen blieb. Warum?, hätte sie am liebsten gerufen. *Warum hat er mir das nicht anvertraut? Warum weiß eine Fremde solche Dinge über ihn?*

Sie stellte die Tasse auf den Tisch. »Miss Byrne, wären Sie wohl so freundlich, mir zu erzählen, was damals im Bergwerk passiert ist?«

Die Frau betrachtete sie nachdenklich. »Ich weiß nicht, ob ich das sollte«, sagte sie schließlich. »Wenn er es Ihnen noch nicht erzählt hat, hat er womöglich seine guten Gründe dafür.«

»Ich glaube, der Grund dafür ist, dass er an einer akuten Emotionsphobie leidet und es ihm leichter fällt, ein Geschäftsimperium aus dem Nichts aufzubauen, als wichtige Dinge mit seiner Ehefrau zu besprechen.«

Miss Byrne brach in Gelächter aus. »Ich möchte hier gern seine Partei ergreifen«, sagte sie. »So, wie ich ihn kenne, war er noch nie ein geschwätziger Kerl und manchmal … Manches Elend ist schlicht zu groß für Worte, nicht wahr? Hmm.« Sie pflückte einen der Lavendelzweige ab, die sie an ihrem Oberteil festgesteckt hatte, und hielt ihn sich unter die Nase, während sie ihre Entscheidung abwägte.

»Es steht in den Archiven einer jeden Zeitung, nehm ich an«, sagte sie schließlich. »Ich sag Ihnen, was ich weiß, Ma'am. In der Nähe des Bergwerks, in dem Blackstone gearbeitet hat, gab es einen Fluss. Man hätte die Grube mit einer Schutzmauer vor Überflutung schützen sollen. Es regnet nun mal oft in Schottland, nicht wahr?«

»Das ist mir auch aufgefallen«, murmelte Hattie.

»Aber Rutland, dieser Geizkragen, hat keine Mauer bauen lassen. Und eines Tages, nach einer ungewöhnlich langen Trockenperiode, gab es einen Sturm, und es fiel unerwartet sehr viel Regen. Und da Rutland es auch nicht für nötig gehalten hatte, eine Kaue über den Grubeneingang zu bauen, weil er eben ein Geizhals war, hat der Regen das Feuer im Kessel der Dampfmaschine für den Käfig ausgelöscht, der als Fahrkunst, als Aufzug für die Arbeiter und Loren diente. Alle saßen im Tunnel fest. Soweit ich weiß, hat Luke an diesem Tag in einer anderen Grube gearbeitet, aber seine Mutter und seine Schwester waren im Schacht, weil es Rutland egal war, dass Frauen und Kinder eigentlich nicht unter Tage arbeiten durften. Jedenfalls, während seine Mutter und seine Schwester im Schacht darauf warteten, dass der Aufzug wieder in Betrieb genommen werden konnte, hat das Regenwasser aus den umliegenden Hügeln den Fluss anschwellen lassen. Er trat rasch über die Ufer und löste eine Sturzflut aus …«

Eine Gänsehaut überlief Hattie. »Erzählen Sie weiter.«

»Die Arbeiter in diesem Bereich der Grube waren bereits über zwölf Stunden unter Tage, weil Rutland sie schuften ließ wie Grubenponys. Arbeitszeiten waren ihm egal. Müde und hungrig versuchten sie daher, die Grube durch einen Lüftungsschacht zu Fuß zu verlassen. Zuerst schienen sie auch voranzukommen, doch kaum hatten die meisten es durch die Lüftungsklappe in den Stollen geschafft, strömte das Wasser mit solcher Wucht in den Grubenschacht, dass es sie von den Füßen riss und alle gegen die Tür spülte. Sie müssen wissen, dass die Lüftungsklappen sich nach außen öffnen, wenn man einen Tunnel verlässt. Der Druck des Wassers sorgte daher dafür, dass sich die Tür nicht öffnen ließ, und das Wasser stieg immer weiter …«

»Das reicht«, presste Hattie hervor.

»Zwei Dutzend Menschen, nur Frauen und Kinder, sind an diesem Tag gestorben«, sagte Miss Byrne. »Und Rutland wusch seine Hände in Unschuld. Er hätte niemandem aufgetragen, den Lüftungsschacht zu betreten, sagte er. Höhere Gewalt, das Gewitter, sagte er. Er wurde von jeder Schuld freigesprochen. Obendrein hat er sich geweigert, den trauernden Familien eine Entschädigung zu zahlen, und hat alle, die die Miete für ihre Cottages nicht mehr aufbringen konnten, rausgeworfen. Nun, wer hätte sich die Miete noch leisten können, wenn ein Ehepartner tot in der Erde lag? Luke musste umziehen, in ein anderes Dorf, wo sie ihn einen Bastard schimpften.« Miss Byrne schüttelte den Kopf. »Und aus diesem Grund hasst er den Grafen von Rutland.«

Hattie kam der Tee wieder hoch, bitter wie Galle. Sie war so eine Närrin gewesen. »Ich habe ihn gebeten, seinen Rachefeldzug gegen Rutland aufzugeben«, sagte sie matt.

Miss Byrne sah erst überrascht und dann beeindruckt aus. »Sie haben ganz schön Mumm, Ma'am.«

»Er hat gesagt, er wolle es versuchen, und dann, als er es nicht getan hat, war ich … Ich war schrecklich zu ihm.«

Miss Byrne ließ den Lavendelzweig fallen. »Das hat er gesagt? Dass er seine Rachepläne gegen Rutland aufgeben will?«

»Er hat gesagt, er würde es versuchen«, flüsterte Hattie. »Oh je. Ich wünschte, er hätte mir das alles erzählt. Ich hätte sein Handeln immer noch missbilligt, denn was kann schon Gutes aus Rache entstehen. Aber ich hätte nicht so barsch mit ihm gesprochen.« Die Erinnerung an sein ausdrucksloses, bleiches Gesicht während ihres Ausbruchs schnitt ihr ins Herz, und sie vergrub das Gesicht in den Händen. »Ich war so eine selbstgerechte, scheinheilige Kröte«, sagte sie und stöhnte auf.

Durch den Nebel des Selbsthasses hörte sie, wie Aoife Byrne sich räusperte.

Hattie schaute auf. »Ja?«

»Vielleicht konnte er sich Ihnen nicht anvertrauen«, meinte die Frau. »Selbst wenn er es gerne wollte. Selbst, wenn Sie alles richtig gemacht hätten.«

»Er hat es Ihnen erzählt.«

Hatties Tonfall kaschierte ihre Eifersucht kaum, und Miss Byrne verzog den Mund zu einem Grinsen. »Die Wahrheit ist, dass ich mir nicht sicher bin, ob sich Blackstone überhaupt daran erinnern würde«, sagte sie. »Er hat mir das alles erzählt, als wir uns noch einen Schlafplatz teilten, völlig harmlos, wir waren damals noch Kinder. Luke – Blackstone – er schläft sehr unruhig, und manchmal hat er mich aufgeweckt, weil er um sich geschlagen und gewimmert hat. Aber er hat nie etwas gesagt, bis zu dem Tag, an dem er eine Ginflasche in die Hände bekam. Ich hatte ihn nicht für einen Trinker gehalten, aber da saß er nun vor mir, sternhagelvoll, eine ganze Woche lang. Ich dachte, ich hätte mir einen Säufer angelacht, und nachdem er ein paar Tage an dieser verdammten Flasche genuckelt hatte, hab ich ihm einen deftigen Tritt verpasst. Daraufhin hat er mir das alles erzählt, was ich Ihnen gerade erzählt habe, aber er war völlig blau. Es war der Jahrestag ihres Todes, verstehen Sie, und das spürt er jedes Jahr bis in die Knochen. In diesem Jahr wollte er nicht wieder von der Trauer überwältigt werden, deshalb hat er sich betrunken, um sie zu betäuben. Das hat er seitdem jedes Jahr so gemacht. Als er wieder nüchtern war, konnte er sich nicht mehr daran erinnern, dass er mir das alles erzählt hat, aber ich hab es nie vergessen.« Sie tippte sich mit dem Finger an die Stirn. »So eine Geschichte kann man gar nicht vergessen. Was ich aber eigentlich sagen wollte: Es ist nicht einfach, so was zu sagen wie: *Meine kleine Schwester ist tot. Meine Mama ist tot. Man hat sie im Schlamm aufgereiht, der Größe nach. Von groß nach klein. Sie sind beide tot, und ich lebe.* Das sind keine Worte, die man leicht über die Lippen bekommt. Jedenfalls kein Mann wie er und nicht vor einer Ehefrau, der er geschworen hat, sie zu beschützen. Er hat einen ausgeprägten Beschützerinstinkt. Und er denkt, dass er bei seiner Familie versagt hat; seine Mutter und seine Schwester konnte er nicht schützen.«

In deiner Nähe fühle ich mich erst recht nicht sicher. Einen Moment lang wurde ihr eiskalt ums Herz. Ihre Bemerkung zum Abschied musste ihn tief getroffen haben. Ein erstickter Schluchzer entwich ihr. »Danke, dass Sie mir das erzählt haben, Miss Byrne.«

Miss Byrnes kantige Züge wurden weich. »Er hat dafür gelebt, Rutland zu ruinieren, Mrs Blackstone. Und er war bereit zu versuchen, dieses Ziel aufzugeben – für Sie. Ich bin keine Hellseherin, aber ich glaube, er wird Ihnen vergeben.«

Hattie wusste, dass auch sie noch vergeben musste. Sie hegte immer noch einen gewissen Groll darüber, wie ihre Ehe begonnen hatte. Und sie hatte sich selbst ihr dummes Verhalten in der Galerie immer noch nicht verziehen. Vielleicht, weil man sie schon ein ganzes Leben lang für ein bisschen dumm hielt. Der Nebel der Leidenschaft hatte diese hässlichen, schwelenden Gefühle verschleiert, aber sie waren nie ganz vergangen.

Er hat recht, dachte sie nun. Sie hatte ihn in gewisser Weise auf die Probe gestellt, indem sie ihn bat, Rutland in Ruhe zu lassen. Das war ihr Versuch gewesen, ein Gefühl von Macht zurückzugewinnen, indem sie ihn vom dunklen Ritter zu einem Sir Galahad formen wollte. Was, wenn dieser schwelende Groll erneut überkochte, wenn irgendetwas ihren Ärger hervorrief?

Miss Byrne trank ihren Tee aus, dann zog sie einen kleinen Umschlag aus ihrem Retikül. »Ich wollte ihm das hier geben. Können Sie es bis zu seiner Ankunft sicher aufbewahren?«

»Ich kann keine Vorhersagen machen, wann er nach Hause kommen wird«, sagte Hattie. Falls er überhaupt jemals wieder zurückkommen wird, fügte sie stumm hinzu.

Aoife lachte. »Oh, aber ich«, sagte sie. »Noch einmal: Er war bereit, Rutland für Sie aufzugeben. Sie können nicht vor ihm davonlaufen, fürchte ich. Tatsächlich …« Sie zog ihre Taschenuhr hervor. »… erwarte ich ihn am frühen Nachmittag hier, denn ich bezweifle, dass er Ihnen mehr als zwei Züge Vorsprung gewähren würde.«

Ein Flattern breitete sich in Hatties Bauch aus, erst aus Vorfreude, dann vor Sorge. Der Berg ungelöster Probleme zwischen ihnen war atemberaubend hoch.

Da Aoife Byrne ihren Brief in sicheren Händen wusste, verabschiedete sie sich. Hattie begleitete sie zur Hintertür, auch wenn sie sich kaum noch auf den Beinen halten konnte. Sie hätte im Stehen einschlafen können. Die Wahrheit über die

Tragödie in Lucians Familie zu erfahren hatte ihr den letzten Funken Kraft geraubt.

Miss Byrne nahm ihren Hut, die Handschuhe und den Mantel vom Garderobenständer des Personals. Gleich würde sie gehen und, ihrer pragmatischen Gesellschaft beraubt, würde Hattie allein in einem Haus voller Dämonen zurückbleiben.

Auf der Schwelle drehte sich die Irin noch einmal um. »Wenn ich darf …« Sie zog einen Lavendelzweig aus der Nadel an ihrem Oberteil und reichte ihn Hattie. »Es heißt, der Duft soll beruhigend sein.«

Hattie nahm den Zweig verwirrt entgegen. »Danke.« Wie von selbst hielt sie sich die lila Blüte unter die Nase und atmete ein. Ja. Beruhigend. Der Geruch erinnerte sie an Catrionas Lavendelseife. Wie von Zauberhand ließ der Druck in ihrer Brust ein wenig nach.

»Na also«, sagte Miss Byrne und zwinkerte ihr zu. Vielleicht hatte sie sich das auch nur eingebildet.

»Ich dachte, Sie mögen mich nicht besonders«, meinte Hattie. Die Schläfrigkeit machte sie kühn. »Sie schienen bei unserer ersten Begegnung im Salon ziemlich amüsiert.«

Miss Byrne lächelte verschmitzt. »Das war ich auch. Denn es war offensichtlich, dass Blackstone sich mit Ihnen eine ziemlich schlagfertige bessere Hälfte ins Haus geholt hat; eine, die sich von ihm nichts gefallen lassen wird.«

»Oh.«

»Genau das hat er verdient«, meinte Miss Byrne. »Und vermutlich ist es auch genau das, was er braucht. Mögen Sie Konzerte, Mrs Blackstone? Dann sollten Sie meiner Freundin Miss Patterson und mir gelegentlich Gesellschaft leisten. Wir kennen die besten Vorstellungen. Und wir leben ganz in der Nähe des größten Theaters im East End.«

Hattie brach das Siegel von Miss Byrnes Brief auf dem Weg nach oben zu ihrem Zimmer. Sie mochte die Frau inzwischen, und sie wusste auch, dass sie die Privatsphäre ihres Ehemannes wahren sollte, aber geheime Botschaften? Sie hatte die Nase voll von Geheimnissen.

Neuigkeiten zum Einbruch: Die Beweise sind nicht niet- und nagelfest, aber es gibt einen deutlichen Hinweis, dass dein Wiesel von einem Sekretär dafür verantwortlich ist. Falls er der Einbrecher ist, möchte ich meine Manschettenknöpfe wieder. Außerdem hat in deiner Abwesenheit seine Spielsucht eine unerfreuliche Wendung genommen. Soweit ich gehört habe, hat Ritchie seine Handlanger auf ihn angesetzt. Wenn du ihn nicht zur Verantwortung ziehst, werden sie es tun.
AB

Hattie blieb auf dem Treppenabsatz stehen; sie hielt sich am Geländer fest, weil sie das Gefühl hatte, ohnmächtig zu werden. Ein Einbruch? Handlanger? Das Wiesel musste Mr Matthews sein. Sein nervöses Lächeln erschien vor ihren Augen, und ein kalter Schauer rieselte ihr über den Rücken. Wo war Mr Matthews eigentlich? Das Haus kam ihr plötzlich gähnend leer vor, die Stille bedrohlich. Ein Anflug von Energie sorgte dafür, dass sie in ihr Zimmer eilte und die Tür verschloss.

Im Raum roch es muffig, aber die polierten Mahagonimöbel, die Tapeten und Vorhänge in sanften Blautönen waren exakt so wie in ihrer Erinnerung. Dennoch fühlte es sich fremd an, als sei sie von einer jahrelangen Reise zurückgekehrt, nach der die altbekannten Orte glanzloser und kleiner wirkten.

Auf ihrem Frisiertisch lagen die Parfümflakons und Cremedosen umgekippt und verstreut inmitten eines achtlos dahingeworfenen Schmuckkästchens.

Ein Kloß bildete sich in ihrer Kehle.

Sie legte Miss Byrnes Nachricht auf den Tisch und griff mit zittrigen Fingern zu dem Kästchen. Beim Anblick des silbernen Liebeslöffels auf dem roten Samtbett erfasste sie ein schmerzvoller Stich.

»Oh Lucian«, flüsterte sie. Der Anhänger fühlte sich robust und warm in ihrer Hand an, ganz ähnlich dem Mann, von dem sie ihn bekommen hatte. Sie drückte die Lippen auf den herzförmigen Löffel.

Bitte komm nach Hause, betete sie stumm. *Es gibt seltsame Nachrichten über Mr Matthews, und wir müssen uns aussprechen.*

Den Löffel in der Hand, schleppte sie sich zum Bett. Im Moment konnte ihr nur Schlaf helfen. Nach dem Aufwachen würde sie sich waschen, umziehen und anschließend Lucie, Annabelle oder Catriona besuchen. Bei jeder ihrer Freundinnen wäre sie in Sicherheit. Sie schlief schon, kaum dass ihr Kopf das Kissen berührt hatte.

Das graue Licht des Nachmittags flutete das Zimmer, als Hattie aufwachte. Welch eine enttäuschende Rückkehr in die Wirklichkeit, nachdem sie in ihrem Traum durch französische Lavendelfelder geschlendert war.

Träge schlüpfte sie in ihre Hausschuhe und machte sich auf den Weg nach unten zum Duschraum. Als sie an Lucians Arbeitszimmer vorbeilief, flammte wieder dieser Schmerz in ihrer Brust auf. Und dann hörte sie ein Geräusch, ein gedämpftes Poltern. Als hätte jemand ein Buch fallen lassen.

Ihr Herz machte einen Satz – Lucian war hier. Er war schon da.

Sie wandte sich zur Tür und wollte klopfen, doch etwas ließ sie innehalten. Falls Lucian ihr gefolgt war, wie Aoife es vorhergesagt hatte, warum war er nicht zuerst zu ihr gekommen?

Vielleicht hatte er gesehen, dass sie schlief, und beschlossen, sie ausruhen zu lassen.

Sie öffnete die Tür und blieb wie erstarrt stehen, unangenehm überrascht.

Die schlanke, gut angezogene Gestalt hinter Lucians Schreibtisch war nicht ihr Ehemann.

33. KAPITEL

»Mr Matthews.«

Lucians Sekretär stand reglos hinter dem Schreibtisch und starrte sie an, als sei sie ein Geist. Dann richtete er sich auf und schloss hektisch eine Aktenmappe.

»Mrs Blackstone. Verzeihen Sie, es ist meiner Aufmerksamkeit völlig entgangen, dass Sie heute zurückkehren wollten.«

Seine Haare waren strähnig, seine Züge schlaff. Im rauchigen Gaslicht wirkte er in dem fensterlosen Zimmer wie eine Wachsfigur, die man zu nah an ein Kaminfeuer gestellt hatte.

Dann bemerkte sie die Papiere, die verstreut auf dem Boden lagen.

Einbruch.

Handlanger.

Aoifes Verdacht war berechtigt. Und Hattie war allein in dem riesigen Haus. Ihr Herz trommelte rasend schnell.

Sie setzte ein Lächeln auf. »Machen Sie sich keine Sorgen«, sagte sie. »Ich habe mich sehr spontan zur Rückreise entschlossen.«

»Sie?«, hakte Mr Matthews nach. »Mr Blackstone ist nicht hier?«

Ein eiskalter Schauer rieselte ihr über den Rücken. Sie hatte einen Fehler begangen. Den Blick auf Matthews' Gesicht gerichtet, auf seine fiebrigen Augen, gab sie vor, die offene Dokumententasche auf dem Tisch nicht zu bemerken, ebenso wenig wie die gebrochenen Angeln an den Türen des großen Schranks hinter ihm.

»Er wollte bald nachkommen«, sagte sie. »Er sollte jeden Moment hier sein.«

»Ah.« Matthews' Stirn glänzte vor Schweiß.

»Ich werde Sie Ihren Aufgaben überlassen.« Sie machte einen Schritt zurück. Die Miene des Mannes wurde seltsam starr. »Ich werde uns Tee bestellen«, sagte sie freundlich. Ihr Puls hämmerte jedoch: *Lauf, lauf, lauf.*

»Ich fürchte, das kann ich nicht zulassen.« Matthews griff in sein Jackett. Der metallene Lauf einer Pistole blitzte auf.

Hatties Verstand setzte aus. *Lauf, lauf, lauf.* Ihre Füße waren jedoch wie angewurzelt.

Matthews näherte sich wie ein Ungeheuer aus ihren Albträumen. »Kommen Sie herein.« Er richtete die Pistole auf sie. »Und schließen Sie die Tür.«

Ihre Stimme klang blechern in ihren Ohren. »Wenn Sie Geld wollen …«

Ein Muskel zuckte unter seinem linken Auge. »Schließen Sie bitte die Tür.«

Sie gehorchte, aber ihre Hand zitterte so schlimm, dass sie den Griff nicht richtig zu fassen bekam.

»Oh, jetzt machen Sie schon!«, rief Matthews.

Sie gab der Tür einen Schubs, und sobald das Schloss in der Tür klickte, verwandelte sich Matthews' Starre in hektische Betriebsamkeit. Die zitternde Hand mit der Pistole auf sie gerichtet, lief er ziellos durchs Zimmer und murmelte vor sich hin.

Sie durfte nicht schreien. Eine Kardinalregel bei einer Entführung lautete: niemals schreien.

»Ich besitze mehrere Schmuckstücke«, sagte sie. »Falls Sie diese benötigen, können Sie sie haben.«

»Pscht.« Er raufte sich die Haare und flüsterte dabei mit sich selbst. Dann drehte er sich plötzlich um, griff sich einen Stuhl von der Wand und zog ihn vor den Schreibtisch, ehe er sie mit blutunterlaufenen Augen fixierte. »Setzen!«

Sie spürte ihre Beine kaum, als sie zu ihm hinüberlief und auf dem Stuhl Platz nahm.

Er stand so nahe bei ihr, dass sie seinen rasselnden Atem vernahm. Er roch durchdringend nach Schweiß und Rauch. Ihm ging es offensichtlich gar nicht gut.

Sie schaute zu ihm hoch. »Ich bin bereit zu helfen«, sagte sie ruhig. »Und ich werde kein Wort verraten.«

»Hmm?« Sein Blick huschte über das Papierchaos auf dem Schreibtisch. »Und warum sollten Sie das tun, Mrs Blackstone?«

»Ich … mag meinen Ehemann nicht besonders«, sagte sie. »Gewiss ist Ihnen bewusst, dass er mich absichtlich in eine kompromittierende Situation gebracht hat.«

Matthews verzog verächtlich den Mund. »Ah ja. Und ich wäre empört und hätte großes Mitgefühl für jede anständige, wohlerzogene Dame, die diesem verbrecherischen Schurken in die Falle ging und in seinen Klauen gefangen ist. Sie hingegen …« Er sah sie an und fuhr sich mit der Zunge über die Unterlippe. »Sie haben den Kuss provoziert«, sagte er. »Außerdem ist mir Ihr Benehmen im Gasthof nicht entgangen. Selbst einem unaufmerksamen Beobachter wäre aufgefallen, dass Sie seinem verderblichen Einfluss hinlänglich erlegen sind. Man kann es praktisch an Ihnen riechen. Verkaufen Sie mich nicht für dumm, Madam.«

Jegliche Erwiderung blieb ihr im Hals stecken. Er hatte sie durch die Blume als Flittchen bezeichnet.

»Sie verstehen also hoffentlich, warum ich gerne Ihr Angebot mit dem Schmuck annehme, aber nicht darauf vertraue, dass Sie den Mund halten werden.« Er schob die schwere Schreibmaschine zu ihr herüber. »Spannen Sie das Papier ein.« Er lege ihr eins der zerknitterten Papiere hin.

Je stärker die Angst in ihr aufstieg, desto fahriger wurde sie. Ihre Muskeln verkrampften sich. Sie zwang sich, einen Finger nach dem anderen zu bewegen. Schweiß perlte ihr über den Rücken, als sie den Papierhalter anhob und versuchte, das Papier über die Walze zu ziehen.

»Und jetzt tippen Sie«, forderte Matthews. Kurz spürte sie den harten Lauf der Pistole an ihrer Schulter. »Blackstone«, diktierte er. »Was ist das?« Er beugte sich vor. »Was tun Sie da?«

»Es tut mir leid«, flüsterte sie. Sie hatte statt des B ein V getippt.

Matthews' linkes Augenlid zuckte heftig. »Wollen Sie mich zum Narren halten?«

»N...nein. Ich habe nur Schwierigkeiten mit dem ... dem Tippen.«

»Um Himmels willen.« Er riss das Papier aus der Schreibmaschine. »Stehen Sie auf. Los!« Er nahm ihren Platz ein und legte die Pistole auf den Tisch. »Machen Sie ja keine Dummheiten«, warnte er. »Bleiben Sie schön brav und still stehen. Zwingen Sie mich nicht zu drastischen Maßnahmen.«

Schön brav und still. Sie verharrte wie eine Marionette, aber die Wut kochte allmählich unter der eisigen Furcht hoch. Wie konnte er es wagen, Lucians Arbeitszimmer zu verwüsten und zu versuchen, ihn zu bestehlen?

Matthews tippte, und nach einem Moment murmelte er: »Entschuldigung. Ich habe mich vergessen. Natürlich begreifen Sie den Ernst der Lage nicht.«

Damit meinte er wohl die Handlanger, die ihm im Nacken saßen; das war die einzige Erklärung.

Er hackte auf die Schreibmaschine ein und summte dabei durch zusammengebissene Zähne. Schubert, dachte sie wie benebelt. Er summte Schuberts *Ständchen*.

Schließlich zog er das Papier aus der Maschine und legte es vor sie.

Es war ein Brief, so verfasst, als hätte sie ihn geschrieben. Darin teilte sie Lucian mit, dass sie für eine Weile Verwandte auf dem Festland besuchen würde und dass sie wünschte, getrennt von ihm zu leben. Neue Panik wallte in ihr auf.

»Nein«, sagte sie und schüttelte den Kopf. »Nein …«

Matthews griff wieder zur Pistole. »Unterschreiben Sie, bitte. Hier ist ein Füllfederhalter.«

Sie schaute ihn an. »Warum tun Sie das?«, flüsterte sie.

»Um uns Zeit zu kaufen«, erwiderte er angespannt. »Da Sie mich unterbrochen haben und er bald hier sein wird, kann ich Sie wohl kaum zurücklassen, damit Sie alles ausplaudern. Das verstehen Sie doch sicher.«

Uns? Die Zeilen verschwammen vor ihren Augen. Die Nachricht würde Lucian bei der Suche nach ihr in die falsche Richtung lenken. Sie würde mit einem stümperhaften Verbrecher allein sein. Schlimmer noch – nach ihrem Streit im Gasthof würde Lucian denken, dass sie ihn tatsächlich verlassen hatte, dass sie ihn immer noch verabscheute. Womöglich würde er sogar annehmen, dass sie sich Matthews als Geliebten genommen hatte, und sie würde nie die Gelegenheit haben, dies richtigzustellen. Der Stift rutschte ihr aus den schwitzigen Fingern.

»Mr Blackstone wird niemals glauben, dass ich sein Arbeitszimmer verwüstet habe und gegangen bin«, sagte sie. »Das haben Sie selbst gesagt: Ich stehe unter seinem Einfluss, und das weiß er …«

Ein metallisches Klicken, dann riss Matthews den Arm hoch und drückte ab. Holz und Gips zerplatzten über ihrem Kopf.

Hattie schrie auf, weil Teile auf sie herabprasselten.

»Er wird es glauben, da Frauen launische Wesen sind«, murmelte Matthews. Seine Stimme zitterte. »Und Sie waren moralisch verdorben genug, um unbegleitet durch London zu streifen, bevor Sie ihn geheiratet haben. Unterschreiben Sie. Jetzt!«

Sie setzte ihren Namen darunter. Ihre Finger waren grau von Gipsstaub. Über ihren Handrücken zog sich eine rote Blutspur. Sie hatte nicht einmal gemerkt, dass sie ein Splitter getroffen hatte.

»Gut«, sagte Matthews, als sie den Stift hinlegte. »Gut. Und jetzt setzen Sie sich wieder hin, auf Ihre Hände. Nein, legen Sie zuerst Ihre Ohrringe und Ihre Kette hier rein.« Er deutete mit der rauchenden Pistole auf die offene Dokumententasche. »Ihre Brosche auch.« Hastig sammelte er Papiere und Aktenmappen ein.

»Wissen Sie, wo er sein Schuldbuch aufbewahrt?« Er warf den Inhalt von Lucians Schreibtischschubladen in die Dokumententasche.

»Nein«, sagte sie.

Forschend musterte er sie. »Das Notizbuch, in dem er verfängliche Geheimnisse über die feine Gesellschaft notiert.«

Ihre Wangen fühlten sich seltsam taub an. Vielleicht war sie dort auch verletzt worden. »Woher soll ich so etwas wissen?«, flüsterte sie.

Matthews murmelte etwas Unverständliches.

Unvermittelt erstarrte er und ließ die Papiere fallen.

Auch sie hatte die Schritte gehört.

Als die Tür sich öffnete, stand Matthews bereits neben Hattie und hielt sie am Arm gepackt wie einen Schutzschild vor sich. Der kühle Pistolenlauf drückte gegen ihre Schläfe. Aber eine kältere und größere Gefahr hatte den Raum betreten.

Lucian.

Er hielt einen Revolver in der Hand, seine Miene war so düster wie die des leibhaftigen Teufels.

Harriet blutete. Das rote Rinnsal sickerte von einer Wunde an ihrer Wange über ihr Kinn und verfärbte die Spitze ihres Kragens. Doch es war vielmehr das Aufblitzen von Hoffnung in den Augen seiner Frau, das ein schreckliches Ungeheuer in Lucian entfesselte. Das Zimmer sah er durch einen roten Nebel der Wut. Matthews war so gut wie tot.

Offenbar war ihm der Gedanke am Gesicht abzulesen, denn sein Sekretär zuckte zusammen und verkroch sich noch ein Stück mehr hinter Harriet.

»Ihr Revolver«, sagte Matthews. »Hinlegen, auf den Boden. Und … die Arme hinter Ihren Kopf.«

Der Hahn der Pistole war gespannt, und Matthews hatte den Finger am Abzug, aber seine Hand zitterte. Ein Ausrutscher, und es wäre das Ende. Von allem.

Für einen Herzschlag lang verlor Lucian die Fassung. Er atmete ein, um sich zu beruhigen.

»In Ordnung.«

Er senkte den Arm und legte den Revolver vorsichtig auf den Boden. Während er sich aufrichtete und die Hände hinter den Kopf legte, machte er einen kleinen, scheinbar unabsichtlichen Schritt zum Schreibtisch.

»Was haben Sie vor, Matthews?«, fragte er. »Einen Doppelmord?«

Matthews Gesicht glänzte wie eine Speckschwarte. »So weit wird es nicht kommen, wenn Sie vernünftig sind«, sagte er in recht herablassendem Ton.

»Vernünftig«, wiederholte Lucian und nickte. »Vernünftig klingt gut.«

Sein Puls raste viel zu schnell. Irgendwie musste er dafür sorgen, dass die Waffe von Harriets zarter Schläfe verschwand. Es war eine doppelläufige Taschenpistole. Zwei Schüsse insgesamt, einer war bereits in die Decke gegangen. An diesem Tag würde es keinen Doppelmord geben. Nur den gerechtfertigten Tod einer Ratte.

»Sie scheinen in Schwierigkeiten zu sein«, sagte er zu Matthews. »Wollen Sie mir die Lage erklären?«

Matthews schüttelte den Kopf. »Befolgen Sie einfach meine Anweisungen …«

»Ich habe Erfahrung im Lösen von Schwierigkeiten.« Lucian zuckte mit den Schultern und stahl sich einen weiteren Schritt zur Seite. »Ich kenne vielleicht einen besseren Ausweg.«

Wut flammte in Matthews' Augen auf. »Behandeln Sie mich nicht wie einen Trottel. Als ob Sie mich jetzt noch gehen lassen würden.«

Korrekt, dachte Lucian. »Ts!«, machte er. »Ich glaube, ich kenne Ihre Schwierigkeiten bereits. Sie haben Ärger, weil Sie sich in Ritchies Spielhölle in Covent Garden zu hoch verschuldet haben.«

Matthews Überraschung wandelte sich bald in ein dünnes Lächeln. »Natürlich, Sie setzen sogar Spione auf Ihre Spione an. Leute, die die Beobachter beobachten.«

»Das ist nichts Persönliches«, sagte Lucian milde. »Beim ersten Mal habe ich Ihre Schulden ja auch beglichen, aber während meines Aufenthalts in Drummuir hatten Sie offenbar wenig zu tun und niemanden, der Sie hier zur Rechenschaft gezogen hätte. Deshalb sind Sie mal wieder zu Ritchie gegangen und haben haushoch verloren, nicht wahr?«

Matthews' Blick huschte nach links, wie um den Verdacht zu bestätigen.

»Dann habe ich Sie nach Schottland beordert«, fuhr Lucian fort. »Dort wurden Sie unerwartet durch die überfluteten Gleise aufgehalten. Ritchie wurde ungeduldig, da Sie immer noch nicht gezahlt hatten, und ich war nicht hier, um Sie mal wieder aus der Patsche zu holen.«

»Das reicht.« Matthews zog an Hatties Arm.

Lucian bohrte seinen Blick so tief in die trüben Augen seines Sekretärs, dass Matthews wie ein hypnotisiertes Karnickel innehielt. »Sie sind zum Spieltisch zurückgekehrt, um Ihren Verlust wieder wettzumachen«, sagte er leise. Das Zucken seiner erhobenen Arme lenkte von seinen Füßen ab, die sich näher stahlen. »Stattdessen haben Sie sich aber nur immer tiefer in den Schlamassel hineingeritten, bis in den Abgrund der Hölle ...«

»Hören Sie auf!«, forderte Matthews. Nun zielte die Remington auf Lucians Brust.

Die Anspannung entlud sich in ihm. Ein Schuss aus nächster Nähe in den Kopf war tödlich. Aber aus mehreren Schritten Entfernung konnte ein Mann eventuell Glück haben und den Schaden lange genug aushalten, um anzugreifen und dabei zu gewinnen.

Harriet stieß ein Wimmern aus. Er blendete sie aus. Er musste einen kühlen Kopf bewahren.

»Was ich mir nicht zusammenreimen kann: Warum verwüsten Sie mein Arbeitszimmer?«, fragte er. »Haben Sie gedacht, ich würde mich weigern, ständig Ihre Schulden zu übernehmen? Damit hätten Sie richtiggelegen, aber diese Gefahr bestand nicht unverzüglich. Oder haben Sie geglaubt, dass Sie mir belastende Informationen stehlen könnten?« Er ließ den Blick über das Durcheinander auf dem Schreibtisch schweifen.

»Ja, ich glaube, das war Ihr Plan: wegzulaufen und mich dann zu erpressen, damit ich weiterhin Ihre Rechnungen bezahle.«

Matthews blinzelte. Schweiß lief ihm in die Augen; das brannte sicherlich unangenehm.

Lucian neigte den Kopf. »Und Sie haben auch Miss Byrnes Haus durchsucht, nicht wahr? Die Frage bleibt: warum ausgerechnet jetzt?«

»Wollen Sie die Wahrheit hören?«, blaffte Matthews. »Sie sind größenwahnsinnig geworden. Meine Versuche, Sie von einem unkultivierten Ungeheuer in einen zivilisierten Menschen zu verwandeln, sind sämtlich gescheitert. Ich wusste endgültig, dass ich gegen Windmühlen kämpfe und die Sache hoffnungslos war, als Sie eine Greenfield geheiratet haben.« Er wischte sich mit dem Ärmel über die Stirn. »Und nun haben Sie auch noch Rutland umgebracht. Ich wollte keinen einzigen Tag länger in Ihren Diensten stehen, ungeachtet meiner finanziellen Lage. Von einem solch niederträchtigen Schurken wie Ihnen, der sogar über Leichen geht, könnte ich nicht einen einzigen weiteren Befehl annehmen.«

Zwei Schritte. Nur noch zwei Schritte war der Mann entfernt. So nah und doch so fern.

Bleib ruhig und überlegt.

»Wie eigenartig, dass Sie Rutland so sehr mögen. Er hätte Sie im Gefängnis verrotten lassen.«

»Seine *Lordschaft*«, betonte Matthews, »hat meine Laster nicht unterstützt, weil er ein moralisch untadeliger, aufrechter Mann war. Sie jedoch sind verdorben bis ins Mark. Sie füttern meine Schwächen regelrecht. All das …« Er machte eine ausholende Bewegung mit der Pistole. »… ist Ihre Schuld.« Er schob Harriet zur Seite und machte einen Schritt auf Lucian zu; die Wut loderte in seinen Augen zu einem Inferno auf. »Sehen Sie sich nur an«, spottete er. »Ein Emporkömmling, der

Gott spielt. Sie bringen Adelige um, weil Sie es können. Wie können Sie es nur wagen?«

»Meine Schwester Sorcha war acht Jahre alt, als sie in einem Lüftungsschacht ertrunken ist«, sagte Lucian.

Er war immer noch einen Schritt zu weit weg. Wenn er jetzt vorpreschte, wäre die Kugel tödlich.

Sein Herz schlug einen langsamen, gleichmäßigen Rhythmus.

Ruhig und überlegt.

»Meine Schwester starb, weil Ihr moralisch aufrechter Mann Rutland sich keinen Deut um seine Arbeiter scherte.«

Matthews leckte sich über die Lippen. »Bedauerlich, aber für Arbeiter ist dieses Risiko doch alltäglich, nicht wahr? Leute wie Sie wuseln in Fabriken herum oder unter Tage, wo sie von gefährlichen Maschinen umgeben sind. Natürlich können da Unfälle passieren. Wissen Sie, was nicht natürlich ist? Ein Mann aus Ihrer Schicht, der wie ein Prinz lebt. Und ein Mann wie ich, dessen Familie ein vierhundert Jahre altes Anwesen besitzt und der für Sie Blumen und grässliche Pamphlete besorgen soll.« Er streckte den Arm mit der Pistole aus. »Aber Männer von Ihrer Sorte werden sich nicht durchsetzen. Von uns gibt es zu viele, die einen solchen Verfall der natürlichen Ordnung nicht tolerieren werden. Die jeden zurückdrängen, der sich über seinen angestammten Stand erheben will. Unsere Fronten verhärten sich mit jedem Streik, der die Arbeit in einer Baumwollfabrik sabotiert, wann immer es eine neue Gewerkschaft gibt. Ja, je stärker das Parlament belagert wird, um Habenichtsen, Frauen und Anarchisten das Wahlrecht zu geben, desto stärker stehen wir zusammen –«

»Vorsicht!«, schrie Harriet hinter Matthews' Rücken und stürzte sich mit einem dumpfen Geräusch zu Boden.

Matthews' Blick glitt zur Seite, zu ihr, zu der Störung.

Und Lucian griff an.

Schreie und ein wildes Knurren zerrissen die Luft, dann fiel ein Schuss.

Eine ewige Sekunde lang bestand die Welt aus weißem Licht und keuchenden Atemzügen.

Als sich Lucians Sicht klärte, stellte er fest, dass er Matthews mit seinem Gewicht auf dem Boden festgenagelt hatte. Der Mann keuchte schwer. Die Pistole lag mit leerem Lauf und nutzlos auf dem Teppich; die Kugel war irgendwo in die Wand gegangen.

Neben ihnen rollte sich Harriet auf die Seite und schob sich die Locken aus der Stirn. Ihre Miene war wie versteinert. Es war das liebenswerteste, hübscheste Gesicht, das er je gesehen hatte, und sie war am Leben.

Sie lebte.

Sein Herz trommelte so heftig, dass er befürchtete, es würde ihm aus der Brust springen. »Geht's dir gut, Liebling?«, fragte er.

Ihre Lippen bewegten sich, aber kein Ton kam heraus.

Unter ihm stöhnte Matthews auf.

Der kalte Käfig um Lucians Verstand zerbarst. Wut raste durch ihn, heiß wie eine Feuerwalze.

Im Nu war er auf den Füßen, packte Matthews am Kragen und schleifte den Mann wie einen Sack Kartoffeln mit sich, um seinen Revolver zu holen.

»Lucian, nein.«

Ihr Aufschrei in seinen Ohren, bückte er sich, hob die Waffe auf und entsicherte sie.

»Du verdammter Bastard!«, sagte Matthews leise.

Lucian zog ihn an der Krawatte auf die Knie und ballte die Hand im Stoff zur Faust. Matthews gab zu seiner Befriedigung ein ersticktes Grunzen von sich, aber er verharrte reglos, als

Lucian ihm die Waffe zwischen die Augen drückte. Er rührte sich gar nicht mehr. Er hielt sogar die Luft an.

Lucian starrte ihm ins Gesicht. »Sie«, sagte er. »Sie sind verantwortlich, dass sie blutet.« Seine Stimme klang zerrissen, kaum wiedererkennbar, als ob sie aus dem rauesten, dunkelsten Winkel seiner Seele käme. »Sie haben ihr Angst gemacht. Sie hätten sie töten können. Dafür sollte ich Sie geradewegs in die Hölle befördern.« Er zog Matthews näher an sich heran. »Ich sollte Sie zum Teufel schicken, damit Sie ihr nie wieder wehtun können. Niemand würde Ihren Tod *bedauerlich* finden.«

Matthews' Geruch stieg ihm in die Nase. Nackte Angst. Dieselbe Angst musste Harriet verspürt haben, als Matthews ihr den harten Pistolenlauf auf ihre samtige Haut gedrückt hatte. Als sie allein mit einem Mann war, der ihr wehtun wollte …

Eine Träne rann aus Matthews' linkem Augenwinkel. Lucian unterdrückte ein Knurren und schüttelte den Mann. Aber je länger er ihn festhielt, desto schneller erlosch das Adrenalin des Kampfes, desto schneller kühlte die Wut ab, und auch die heiße Woge der Furcht verebbte. Noch ein letztes Aufglühen, dann blieb nur noch Kälte übrig.

Ein Zittern erfasste seinen Körper. Er hätte Harriet an diesem Tag verlieren können.

Die Welt wäre dann leer gewesen.

Aber er hatte sie nicht verloren, sie war immer noch da, eine stille Gestalt, die er aus dem Augenwinkel wahrnahm.

Er senkte den Revolver und lockerte seinen Griff.

Tief atmete er ein und gleich noch mal.

Er konnte es nicht. Sosehr er den Mann auch verletzen wollte, er sollte es nicht tun. Das lag nicht in seinen Händen. Und während Rutlands Ruin die einzige Form von Gerechtigkeit war, die seine Opfer jemals erhalten würden, hatte es Lucian weder Freude noch Trost bereitet. Schlimmer noch: Er hätte dadurch beinahe seine Frau verloren.

Seine Frau.

Weder wollte sie, dass er Matthews zur Rechenschaft zog, noch brauchte sie es. Er brauchte es. Aber vielleicht auch nicht. Vielleicht wollte er es nicht einmal mehr.

Noch mehr Wut, Rache und Tod – wohin sollte das führen, wann würde es enden?

Rutland war tot, er konnte also aufhören, ein Rächer zu sein. Er konnte aufhören. Er konnte es versuchen.

»Verdammt«, murmelte er.

Dann versetzte er Matthews einen Stoß.

Der Mann fiel zurück auf seinen Hintern, einen verwirrten Ausdruck im Gesicht.

Lucian fuhr sich mit einer Hand durch die Haare, dann ging er in die Hocke und schaute Matthews in die Augen. »Ihnen geht es nicht gut«, sagte er.

Sein ehemaliger Sekretär blinzelte langsam, wie jemand, der gerade aus einer Ohnmacht erwacht war. »Ich weiß«, sagte er.

Die Tür öffnete sich, Lucian richtete sich auf, den Revolver schussbereit.

Carsons kahler Kopf erschien in der Tür. »Chef«, sagte er. Der tiefe Bass seiner Stimme hallte in dem verwüsteten Raum wider. Er pfiff durch die Lücke zwischen seinen Vorderzähnen, als er sich umsah. »Ich hab einen Schuss gehört.«

Lucian deutete zu Matthews, der sich immer noch nicht gerührt hatte. »Bringen Sie ihn in den Keller. Geben Sie ihm Wasser und Brot, und bleiben Sie bei ihm.«

Zerzaust und blutend stand Harriet in dem Chaos und beobachtete ihn mit ausdrucksloser Miene. Er ging zu ihr, nahm sie in die Arme und drückte sie an sich, spürte jeden kostbaren

Atemzug, als ihre Brust sich gegen die seine hob und senkte, hob und senkte.

Der Himmel vor seinem Schafzimmerfenster hatte sich bereits blassrosa verfärbt, als Harriet zu ihm kam. Er lag auf dem Bett und hatte vor der Wirkung des heißen Whiskys und der erdrückenden Müdigkeit kapituliert.

Sie trug eines ihrer reich gerüschten Nachtgewänder, das rote Haar fiel ihr offen über die Schultern. Wortlos kroch sie unter die Decke. Sie legte sich neben ihn, so nah, dass sie ihn mit ihrem ganzen Körper berührte. Er umarmte sie nur zu gern, genoss das verführerische Gefühl ihres Gewichts in seinen Armen. Sie roch nach warmer Haut und frischer Seife von einem heißen Bad. Dennoch zitterte sie, als sei sie bis ins Mark durchgefroren. Er gab einen beschwichtigenden Laut von sich.

»Wir hatten einen grässlichen Streit, du und ich.« Ihre Stimme klang an seiner Brust gedämpft. »Es tut mir so leid.«

Er strich ihr durchs Haar. »Unter den gegebenen Umständen rufe ich einen Waffenstillstand aus.«

Sie schmiegte sich an ihn, und er umschlang sie ein wenig fester. Es gab nur noch einen Weg, wie sie sich noch näher sein konnten, aber sie schien nicht in der Stimmung für seine Aufmerksamkeiten zu sein. Nun ja, ihr Streit war wirklich hässlich gewesen.

»Ich muss immer wieder daran denken«, sagte sie zögernd. »Mir geht der Gedanke nicht aus dem Kopf, was wohl passiert wäre, wenn du Matthews' grässliche Nachricht gelesen und gedacht hättest, ich sei weggelaufen. Und wenn ich dann gestorben wäre, bevor ich dir die Wahrheit hätte sagen können.«

Seine Schultern erbebten unter einem leisen Lachen. »Nee«, sagte er. »Ich habe den Brief gelesen. Den hast du ganz offensichtlich nicht geschrieben.«

»Woher weißt du das?«, fragte sie. »Ich habe dich schon einmal verlassen, in Drummuir.«

»Das ist mir bewusst«, murmelte er. Die Erinnerung daran war ein dunkler Flecken in seinem Gedächtnis, als hätte sie sich eingebrannt. Seine ständige Furcht, seine Selkie zu verlieren, war aufgeflammt, als Harriet gepackt hatte.

»Matthews' Brief war fehlerlos«, sagte er. »Du kannst nicht ohne Fehler schreiben, selbst wenn du dir die größte Mühe gibst.«

»Oh«, sagte sie. Er strich ihr über die Taille, dann über ihre Hüfte und spürte, wie sich die Rädchen in ihrem Kopf drehten. »Gerettet durch Wortblindheit«, murmelte sie. »Wer hätte das gedacht.«

Immer noch ging ihr Atem schnell, und ihr klapperten die Zähne, daher hielt er sie im Arm und tröstete sich damit, sie zu trösten.

»Woher wusstest du, dass du mit gezogener Waffe eintreten solltest?«, fragte sie.

»Die Atmosphäre im Haus hat sich bei meiner Ankunft seltsam angefühlt«, antwortete er. Die Luft schien irgendwie zu vibrieren; er hatte ein Gespür für solche Dinge. »Ich bin zu deinem Zimmer gegangen und habe Aoife Byrnes Nachricht auf deinem Frisiertisch gefunden. Daher habe ich mich vorbereitet.«

Ihr Atem streifte in kleinen hektischen Zügen über seinen Hals. »Ich sehe immer wieder vor meinen Augen, wie er mit der Pistole auf dich zielt«, flüsterte sie. »Die Angst, die ich in diesem Moment verspürt habe, will nicht weichen.«

Er hatte ständig das Bild vor Augen, wie der Mann ihr die Pistole an den Kopf hielt. »Wir sind am Leben, Liebling.«

»Trotzdem«, sagte sie leise. »Ich werde nun immer in dem Wissen leben, dass die Welt ein trostloser, fremder Ort ohne dich wäre und ich mich nie wieder in ihr zu Hause fühlen würde, wärst du nicht mehr da.«

Die Welt wäre dann leer gewesen.

Ihre Ängste auszusprechen schien sie zu beruhigen. Er spürte, wie die Anspannung aus ihr wich und die Schläfrigkeit sie übermannte. Sie wachte nicht auf, als er aufstand, um sich auszuziehen, und auch nicht, als er sich im Morgenmantel wieder neben sie legte. Er lag wach und lauschte ihren Atemzügen.

Irgendwann musste er wohl doch eingeschlafen sein, denn er träumte davon, mit Harriet nach Inveraray zurückzukehren. Seine Großmutter saß auf der Bank vor dem alten Cottage und nahm ein Bad in der Sonne. Ihr Haar war grau und ihr Gesicht von Falten gezeichnet, so wie er es kannte, aber als sie ihn entdeckte und lachte, klang sie unglaublich jung. Leider hatte er diese Seite im Leben nie von ihr kennengelernt. Sie wirkte überhaupt nicht überrascht über seinen Besuch und freute sich, ihn zu sehen. Die Wärme eines tiefen inneren Friedens erfüllte ihn.

Aber als er ihr seine Frau vorstellen wollte, war Harriet verschwunden.

34. KAPITEL

In dem angenehmen Gefühl, dass eine zarte Hand seine harte Männlichkeit liebkoste und sein Hals mit schläfrigen Küssen bedeckt wurde, schlug Lucian die Augen auf. Zweifellos musste er träumen.

Er griff nach Harriets Hand und knurrte überrascht, weil er nackte, vom Schlaf warme Haut berührte. Sie hatte sich ihres Nachthemds wohl entledigt.

»Hast du den Wunsch, dich deines Lebens zu versichern?«, murmelte er immer noch verwirrt.

»Ja«, flüsterte sie atemlos an seinem Ohr. »Bitte versichere es mir.« Eine nach Blumen duftende Haarsträhne strich über seine Nase.

»Moment.« Er bedeutete ihr, sich auf die Seite zu drehen, und zog sie dann wieder an sich, genoss das Gefühl ihrer Haut an seiner, von der Brust bis zu den Zehenspitzen. Sie rieb sich mit den Hüften an ihm, auf die unbekümmerte und doch tief bedürftige Art, die der Lust in der Morgendämmerung innewohnte, und sein Seufzer vereinte sich mit ihrem, als er ihr gab, was sie begehrte. Er küsste sie auf ihren samtweichen Nacken. »Heb das Bein und leg es auf meines.«

»Warum?«, fragte sie. Einen Moment später gab sie einen Wonneseufzer von sich, weil die Änderung der Position ihre Frage von selbst beantwortete.

Er liebte sie langsam und zärtlich, ließ sie niemals aus seiner Umarmung und hielt sie fest, als sie den Höhepunkt erreichte.

Nachdem das Glühen der Ekstase verebbt war, kroch das graue Morgenlicht allmählich durch die Vorhänge, und die Ereignisse der vergangenen Tage forderten ihre Erwähnung ein. Schweigend lagen sie aneinandergekuschelt und lauschten den Geräuschen der erwachenden Stadt.

Lucian stützte sich auf einen Ellbogen. »Im Arbeitszimmer gestern«, sagte er. »Wie kamst du auf dieses Ablenkungsmanöver, dich auf den Boden fallen zu lassen und *Vorsicht* zu rufen?«

Harriet erschauderte und drehte sich auf den Rücken, als wolle sie der Erinnerung körperlich entfliehen. »Ich habe darauf vertraut, dass du … irgendetwas tun würdest«, sagte sie. »Ich dachte, wenn ich dir eine Sekunde verschaffe, würdest du sie schon gut nutzen.«

»Ich bin froh, dass du mir vertraut hast«, sagte er rau.

Sie schaute ihn mit undurchdringlichem Funkeln in den braunen Augen an.

»Ich habe mich bei unserem Gespräch in Drummuir von blinder Wut leiten lassen«, sagte sie.

»Du hattest allen Grund, wütend zu sein.« Er wollte diese unangenehme Erinnerung am liebsten vergessen und beugte sich vor, um Harriet zu küssen.

Sie hielt ihn mit einer Hand auf seiner Brust auf. »Was hast du mit ihm vor?«, fragte sie. »Mit Matthews?«

»Ich übergebe ihn dem Richter«, sagte er. »Warum?«

Sie zögerte. »Womöglich wird er gehängt.«

»Ja, die Möglichkeit besteht.« Er nahm ihr Kinn zwischen seine Finger und drehte ihren Kopf zu sich, um sich die Verletzung auf der Wange anzusehen. Sie schien gut zu heilen.

»Musst du denn den Richter in Kenntnis setzen?«, fragte sie.

Erstaunt ließ er sie los. »Was schlägst du sonst vor?«

Sie zuckte mit den Schultern. »Er hat grässliche Sachen gesagt und getan. Und dennoch fühlt sich die Vorstellung, dass er hängen wird, falsch an.«

»Er wollte dich entführen. Womöglich hätte er dich sogar umgebracht, und er war sicher nur einen Atemzug davon entfernt, mich zu erschießen.« Als sich ihr trauriger Gesichtsausdruck nicht änderte, fügte er hinzu: »Er war zu erbärmlich, um diesen Plan erfolgreich auszuführen, aber er hatte ihn dennoch gefasst.«

Sie strich unsichtbare Staubflusen vom Laken. »Ich weiß.«

Er konnte es nicht fassen. Er hatte jedes Recht, wenn nicht sogar die Pflicht, einen Verbrecher zur Rechenschaft zu ziehen und der Polizei zu übergeben.

Es stimmte jedoch auch, dass der raue, zerklüftete Winkel in seiner Seele, in dem seine Skrupel vor langer Zeit gestorben waren, sich verändert hatte. Die scharfen Kanten hatten sich geglättet, die Leere sich gefüllt. Menschen in den Tod zu schicken wurde dadurch zu einer unerfreulichen Angelegenheit. Und Matthews ... Sosehr er es auch wollte, er empfand keinen Hass für seinen ehemaligen Sekretär. Seine einzige Sorge galt seiner Ehefrau.

»Wenn ich ihn nicht der Polizei übergebe, wird der Kasinobesitzer seine Männer nach ihm ausschicken, weil ich Matthews' Spielschulden nicht länger bezahlen werde«, sagte er. »Die werden ihm übel mitspielen.«

Harriet neigte den Kopf. »Daher wäre es eine Gnade für ihn, wenn man ihn an den Galgen bringt?«

»Nein«, sagte er. »Aber ich will dich in Sicherheit wissen.«

Sie schwieg.

»Ich könnte ihm einen Scheck und eine Fahrkarte ohne Rückfahrschein zu einem Ort außerhalb Großbritanniens zur Verfügung stellen«, sagte er. »Und falls er jemals wieder einen

Fuß auf britischen Boden setzen sollte, werde ich ihn höchstpersönlich umbringen. Oder Ritchies Männer. Beruhigt das dein Gewissen?«

Dem schien so zu sein, denn sie küsste ihn auf die Brust, dann auf den Mund. Danach sagte sie, dass sie frühstücken wolle. Er wollte sie erneut lieben, sie so tief erfüllen, dass dieser anhaltende, nachdenkliche Ausdruck aus ihrer Miene verschwand, aber sie löste sich aus seinen Armen und ging.

Am nächsten Tag verließ Harriet ihr Zimmer erst gegen Mittag. Sie sah gut erholt aus und war heiterer Laune, weil sie ihre Freundinnen in der Bedford Street besuchen wollte. Daher beschloss Lucian, den Tag zu nutzen, um seine vernachlässigten Angelegenheiten aufzuarbeiten.

Seine Gedanken schweiften am Nachmittag immer wieder zu seiner Frau, und als die Stunden vergingen und sie immer noch nicht zurückgekehrt war, ging er in ihr Schlafzimmer, nur um an einem Ort zu sein, an dem er ihre Gegenwart spüren konnte.

Er wurde schnell enttäuscht. Sie hatte in ihrer Ehe nur wenige Tage in diesem Zimmer verbracht, das zeigte sich überall. Ihre Präsenz war in diesem Raum nicht spürbar; es gab keinen Hinweis auf ihre persönlichen Vorlieben wie Gemälde oder Kissen oder Vasen mit ihren Lieblingsblumen. Immerhin nahm er am Frisiertisch ihr Parfüm wahr, und er blieb davor stehen. Die Augen geschlossen, atmete er den herrlich süßen Duft ein, und es kam ihm so vor, als atme er Sonnenlicht. Welche Gnade, am Leben zu sein, dachte er. Dass er immer noch riechen, sehen, alles berühren konnte. Dass er Harriet immer noch berühren konnte.

Er wollte gerade gehen, als er zwischen den Papieren auf dem Frisiertisch ein silbernes Glitzern wahrnahm.

Er lächelte.

Auf einem der Papiere lag der Liebeslöffel, den er ihr geschenkt hatte, festgemacht an einer starken Kette. Sie hatte wohl doch entschieden, ihn zu tragen.

Die Wärme in seiner Brust verflüchtigte sich, als sein Blick auf das Papier unter dem Anhänger fiel. Es handelte sich um eine Reisegenehmigung des britischen Konsulats. Die Harriet eine Reise nach Frankreich ermöglichte.

Eine dunkle Vorahnung griff mit eisigen Händen nach ihm. Tatsächlich war bei den Unterlagen auch eine Fahrkarte nach Calais. Und eine Packliste, geschrieben in Harriets Handschrift. Sein Magen zog sich zusammen. Er wich so abrupt von der Kommode zurück, als ob ihn eine giftige Schlange angreifen würde.

Am späten Nachmittag betrat Harriet sein Schlafzimmer, mit rosigen Wangen und ein wenig zerzaust wirkend, als sei sie die Treppen hochgeeilt, um schnell zu ihm zu gelangen. Sie wirkte verwirrt, weil er nicht aufstand, um sie zu begrüßen. Dann fiel ihr Blick auf den Kamin neben ihm, in dem das Feuer längst erloschen war.

»Habe ich dich fürchterlich lange warten lassen?«, fragte sie atemlos. »Ich hatte einen wunderbaren Nachmittag und habe darüber die Zeit vergessen.«

Er hob den Fahrschein nach Frankreich hoch. »Planst du eine Ferienreise?«, fragte er. »Oder planst du, mich zu verlassen?«

35. KAPITEL

Harriet erkannte den Fahrschein und erstarrte, als hätte man sie auf frischer Tat bei einem Verbrechen ertappt.

»Verstehe«, sagte Lucian kühl. Und er hatte gedacht, sie hätten sich versöhnt. Dabei war es nur ein Hinauszögern des Endes gewesen.

Ein schuldbewusster Blick breitete sich in ihrer Miene aus, und ein Rauschen erfüllte seine Ohren. Nein, sie plante keine Ferienreise. Er hielt sie mit einem Kopfschütteln vom Näherkommen ab. »Erklär mir das, bitte.«

Nervös knetete sie die Finger. »Es stimmt«, hörte er sie sagen. »Ich muss nach Frankreich reisen.«

»Muss – zu welchem Zweck?«

Ihre Schultern sackten ab.

Sein Puls raste. Die ständig lauernde, flüsternde Stimme in seinem Hinterkopf schwoll zu einem Brüllen an: Der geraubten Selkie widerfuhr immer Gerechtigkeit. Die gestohlene Selkie kehrte immer ins Meer zurück.

Er stand auf. »Warum?«, presste er hervor. »An einem Tag hast du Angst, mich zu verlieren, und am nächsten planst du, vor mir wegzulaufen?« Seine Stimme klang rau und offenbarte den Sturm der Emotionen, der in ihm tobte. Seine egoistische, besitzergreifende Seite würde die Oberhand gewinnen. Das ging nicht anders, sonst würde er sie verlieren.

Harriet presste die Finger auf die Schläfen, als ob sie ihn aus ihrem Kopf vertreiben wollte. »Ich laufe nicht weg – ich träume schon seit Jahren davon, Frankreich zu bereisen, wenn man meine Jugendjahre mitzählt«, sagte sie. »Und nun habe ich auch wichtige Gründe dafür.«

Nein, er würde nicht nach ihren Gründen fragen, zum Teufel mit der Vernunft. »Hast du das gestern Morgen schon geplant, während du mich verführt hast?«, fragte er. »Zu dem Zeitpunkt schienst du dich bei mir äußerst wohlzufühlen.«

Sie errötete. »Es war sehr schön, und wir beide haben das gebraucht«, sagte sie. »Aber es hat mir auch gezeigt, dass es richtig ist zu gehen.«

»Du verwirrst mich, Harriet.«

Aber eine Überraschung ist es nicht. Während er es zu leugnen versuchte, stand ihm die Erkenntnis so klar und breit vor Augen wie ein Schriftzug am Himmel über dem Schlachtfeld. Der Angriff hatte seine Schatten schon länger vorausgeworfen, sein Entsetzen war deshalb halbherzig.

Die Furcht, sie zu verlieren, hatte ihn immer begleitet. Sie hatte außer Sichtweite gelauert. Verborgen. Aber sie war immer da.

Die Wahrheit war immer allgegenwärtig.

Harriet fuhr sich mit einer Hand übers Gesicht. »Ich muss gehen, weil selbst die größte Glückseligkeit, die wir miteinander teilen, diese nagende Stimme in mir nicht zum Schweigen bringt, die mir sagt, dass ich diese Reise tätigen soll. Deshalb kann ich meinen Wunsch nicht ignorieren. Es ist keine Laune. Kein spontaner Entschluss. Immer wieder kehren meine Gedanken seit unserer Hochzeit dahin zurück, gewiss, weil unsere Ehe so unglücklich begonnen hat. Und es gibt auch andere Gründe, die mit unserer Ehe nichts zu tun haben. Mein Herz …«

»Dein Herz«, unterbrach er. »Dein Herz ist mir verpflichtet.«

Er zuckte zusammen und hätte die Worte am liebsten ungeschehen gemacht, kaum dass sie seinen Mund verlassen hatten, weil sie so befehlend und bedürftig klangen und Harriet ganz bleich geworden war.

Ihr Blick heftete sich auf seine Brust. »Das weiß ich«, murmelte sie. »Ja, das weiß ich.«

»Was heißt das nun wieder?«

»Es heißt«, sagte sie dumpf, »dass ich wohl weiß, dass du bereit warst, für mich zu sterben.«

»Und das beunruhigt dich?«, fragte er fassungslos. »Du hast doch selbst gesagt, dass wir alle jemanden in unserem Leben brauchen, für den es wert ist zu sterben.«

Ihre Knöchel waren weiß, ihre Nägel bohrten sich in die empfindliche Haut. »Ja«, sagte sie. »Und ich fühle mich von dir maßlos wertgeschätzt. Ich bin mir aber auch bewusst, dass du dadurch noch mehr Macht über mich hast, weil ich dir in solcher Weise verpflichtet bin.«

Was ist mit deiner Macht über mich?, wollte er brüllen. *Ich bin vernarrt in dich!*

»Ich habe von deinem Ehegelübde gesprochen«, sagte er, um Ruhe bemüht. »Von nichts sonst. Dass ich Matthews von dir wegziehen wollte, war reiner Instinkt. Das hätte ich dir sagen können. Also gut. Erleichtert das dein Gewissen?«

Sie blickte ihn forschend an, und ein zaghaftes Lächeln legte sich auf ihre Lippen. »Ein wenig, denke ich.«

Seine Muskeln, die, seit sie das Zimmer betreten hatte, auf Kampf eingestellt waren, entspannten sich ein wenig. »Gut«, sagte er. »Was Frankreich angeht … Warum kannst du nicht einfach eine Ferienreise dorthin unternehmen? Warum diese Geheimniskrämerei?«

Ihre Miene verschloss sich wieder. »Weil es keine Ferienreise ist«, sagte sie. »Denn ich weiß gar nicht, wie lange ich wegbleiben muss …«

»Aber das solltest du wissen, weil ich es auch wissen muss.« Denn das Erste, was ihm in den Sinn kam, war, dass sie sich von ihm wegen Vernachlässigung scheiden lassen könnte, wenn sie länger als zwei Jahre von ihm getrennt lebte.

»Aber ich weiß nicht, wie viel Zeit ich brauchen werde«, erwiderte sie ruhig. »Wichtiger noch: Ich muss mir sicher sein können, dass du mir nicht befehlen wirst, zu dir zurückzukommen.«

»Das würde ich nicht«, sagte er. »Warum sollte ich das tun?«

Sie schenkte ihm einen vielsagenden Blick. »Du hast mich schon einmal von meiner Reise nach Frankreich abgehalten und mich nach Schottland verschleppt.«

Der überfüllte Bahnhof Victoria Station blitzte vor seinem inneren Auge auf. Er hatte sie gepackt, sie hatte ihn einen elenden Grobian genannt.

Aber das war etwas anderes, wollte er sagen … Allerdings würde es für sie nicht so aussehen, nicht wahr? Und würde er wirklich tatenlos zusehen und zulassen, dass die Zeit verging, bis sie eine rechtmäßige Scheidung von ihm fordern konnte, wenn sie das wollte? Als ihr Ehemann konnte er rechtmäßig verlangen, dass sie dort lebte, wo er lebte, bevor es so weit kam. Er könnte sie sogar dazu zwingen …

»Was schlägst du also vor?«, fragte er. Die schneidende Schärfe in seiner Stimme ließ sie zögern.

»Eine Trennung«, sagte sie schließlich. »Eine *mensa et thoro*.«

Das war es also.

»Das ist eine Scheidung, Liebling, was du da verlangst.«

Sie schüttelte den Kopf. »Nein, es erlaubt mir lediglich, mich von deinem Bett und unserem Zuhause fernzuhalten.«

Lediglich. »Du würdest das Wortklauberei nennen«, sagte er. Sie zuckte zusammen, womöglich, weil er so verbittert klang.

Eine *mensa et thoro*, Trennung von Tisch und Bett, wurde von der Kirche gewährt, soweit er wusste. Sie würde dadurch die Freiheit erlangen, sich von ihm fernzuhalten, wenn sie das wollte, und er könnte nichts dagegen tun. Sie könnte sich Geliebte nehmen … Ja, seine Selkie strebte seiner Freiheit entgegen. Und in jedem Märchen würden sich alle guten Menschen für sie freuen. Er jedoch hatte das Gefühl, dass er erstickte. Das Atmen fiel ihm schwer und schmerzte.

»Wie hältst du es mit deinem Studium in Oxford?«, fragte er.

»Ich habe heute einen Brief geschickt, dass ich mir Urlaub von den Studien nehme«, antwortete sie. »Ich habe ohnehin bereits ein paar Wochen des Trimesters verpasst.«

Sie hatte alles gut durchgeplant.

»Und was ist mit dem Skandal, wenn wir vor dem Gesetz entfremdet sind?«

Sie hob das Kinn und wirkte ein paar Zentimeter größer. »Das werde ich durchstehen«, sagte sie fest. »Ich hatte immerhin eine Pistole am Kopf und wurde Zeuge, wie eine Waffe auf dich gerichtet wurde, da werde ich sicher auch jeglichen boshaften Klatsch und Tratsch überstehen.«

Er musterte sie eindringlich, wie sie vor ihm stand und ihm die Stirn bot; den stolz erhobenen Kopf, das rote Haar, das ihr Gesicht wie eine flüssige Flamme umzüngelte, und er konnte seine Emotionen nicht länger bezwingen.

»Du sollst wissen, dass ich dich liebe«, sagte er. »Von ganzem Herzen.«

Das leichte Beben ihrer weichen Lippen verriet ihre Gefühle, aber in ihren Augen stand ein stahlharter Entschluss. »Was ich weiß, ist, dass ich von dem Mann, den ich liebe, umworben werden will«, sagte sie. »Ich möchte, dass er mir den Hof macht. Ich möchte, dass er vor mir niederkniet und mich fragt, ob ich ihm meine Hand zur Ehe reichen will. Ich möchte ohne jeden Zweifel sicher sein, dass ich mich nicht in meinen Entführer verliebt habe, weil mir keine andere Wahl blieb, sondern dass ich aus freien Stücken mit ihm zusammen bin und ihn wahrhaftig liebe. Die Ehe kostet mich meine Rechte. Wenn ich sie schon aufgeben soll, brauche ich eine Wahl.«

Eine Wahl. Ganz eindeutig hatte sie ihm den missglückten Anfang ihrer Beziehung nicht vergeben. *Is da thrian tionnsgnadh* – gut begonnen ist halb gewonnen.

Er lachte verbittert auf. »Ich habe mein halbes Leben damit verbracht, das Unmögliche möglich zu machen«, sagte er. »Aber was ich gewiss nicht kann, ist, die Zeit zurückdrehen.«

»Das weiß ich«, sagte sie. »Aber du hast kein einziges Mal gesagt, dass es dir leidtut.«

Ein Lächeln breitete sich in seinem Gesicht aus, düster und zähflüssig wie Teer. »Weil ich es schlicht nicht bereue«, sagte er. »Du siehst mich als deinen Entführer, jemanden, der dich in seine Gewalt gebracht hat, aber du hast mir die einzigen glücklichen Stunden in meinem Leben geschenkt.« Er ballte die Hände zu Fäusten, als ob er die geraubte Glückseligkeit festhalten wollte, doch seine Finger schlossen sich um Luft. »Für mich warst du das Licht in der Dunkelheit, in der ich mich selbst gefangen hielt.«

Ihre Miene war weich, fast liebevoll. »Du warst nicht mein einziger Gefängniswärter«, sagte sie. »Ich erhebe mich gegen jeden, der über mich bestimmt hat: meinen Vater, meine Mutter, meine Schwester, eine ganze Gesellschaft, die zusammenwirkt und sich darin einig ist, dass es aus moralischen Gründen vorzuziehen ist, eine Frau an einen Fremden zu ketten, als ihr zu vergeben, dass sie sich die Freiheit eines Kusses genommen hat. Ich setze mich zur Wehr gegen diese tödliche Angst, die mir bis ins Mark eingebläut wurde, die Angst, dass etwas Schreckliches passieren würde, wenn ich deinen Antrag abgelehnt hätte.« Ein mattes Lächeln zupfte an ihren Mundwinkeln. »Und nun habe ich dir wertvolle Zeit von meinem Tag gewidmet, um dir meine Lebensumstände zu erklären.«

Die Worte waren vertraut, und ihm fiel ein, dass er sie selbst so ähnlich zu ihr gesagt hatte, als sie so eifrig bemüht war, sich in Drummuir nützlich zu machen.

Dieses scheußliche Teufelsnetz. Auch sie war darin gefangen. Und er hielt die Schnüre, die sie fesselten. Er schluckte schwer. Er befand sich im freien Fall und griff nach jedem Strohhalm, der sich ihm bot, doch keiner hielt seinen Sturz auf.

»Du hast dich in deinem Clan wie eine Ausgestoßene gefühlt, aber du bist ganz die Tochter deines Vaters«, sagte er schließlich. »Du wirkst so arglos, aber du schlägst zu, wenn man am wenigsten damit rechnet.« Und er wusste nicht recht, ob er deswegen verdammt stolz auf sie sein sollte oder diesen Charakterzug zum Teufel schicken wollte.

Sie kam zu ihm herüber und verschränkte ihre kühle Hand mit seinen schwitzigen Fingern.

Er betrachtete die vertrauten, faszinierenden Finger. Ihre Hand war einzigartig in der Welt. Es zerriss ihm die Brust. Vor wenigen Minuten noch hatte sie sich wie seine Hand angefühlt, so zugänglich für ihn wie sein eigener Körper, denn Liebende wurden eins, wenn sie sich wahrlich liebten. Nun hatte sich all das geändert. Denn sie hatte recht.

Er strich mit dem Daumen über die seidig weiche Haut ihres Handgelenks. »Ich hasse das«, sagte er leise, weil er *Mir bricht das Herz* nicht laut aussprechen konnte. Wie ironisch, dass er das Richtige tat, aber dabei gleichzeitig sein erst vor Kurzem wieder entdecktes Herz in Stücke schlug.

»Lucian.«

Widerwillig hob er den Blick zu ihrem Gesicht. In ihren braunen Augen stand tiefes Mitgefühl, eine verdammt unveränderliche Empfindung.

»Selbst wenn unsere Beziehung anders angefangen hätte, würde es mir dennoch guttun, zu gehen«, sagte sie. »Wie du weißt, war ich sehr wütend, nachdem ich die Nachricht über Rutland gelesen habe.«

»Ich erinnere mich.« Er fühlte sich erschöpft. »Ich dachte, wir hätten uns deswegen versöhnt.«

Sie nickte. »Das haben wir. Aber einer der Gründe, warum ich so wütend geworden bin, war, dass ich mich so dumm fühlte. Und getäuscht. Ich habe wild um mich geschlagen. Wenn nicht da, wäre es sicher später bei einem anderen Anlass passiert, denn du hattest recht: Ein Teil von mir wollte dich auf die Probe stellen. Ich wollte, dass du dich veränderst, dich aufopferst, weil ich solch einen großen Preis für diese Ehe gezahlt habe. Und ich wollte einen Beweis deiner Liebe, denn unsere Gelübde waren belanglos, weil ich so dumm war, in eine Falle zu gehen …«

»Hör auf, das zu sagen.« Die Ungeduld erwachte erneut in ihm. »Du bist nicht dumm. Du bist alles andere als das.«

Ihr Lächeln wirkte schmerzlich traurig. »Ich habe dieses Wort in verschiedenen Verkleidungen mein halbes Leben lang gehört«, sagte sie. »Ich weiß, dass es nicht stimmt, aber ich kann es nicht recht glauben. Ich zweifle an mir selbst und mache mir Sorgen um mich. Mir ist klar, dass ich äußerlich erwachsen bin, aber in mir drinnen gibt es immer noch das Ich aus meiner Internatszeit, mit den alten Unsicherheiten, und das ist, wie ich nun weiß, ein Nährboden für seltsames

Verhalten. Ich sage und tue Dinge, die ich gar nicht so meine. Und ich schließe mich zu oft der Meinung anderer Menschen an, bevor ich mir über meine eigene Meinung im Klaren bin. Manchmal fühle ich mich auch grundlos gekränkt, weil ich ein aktuelles Problem mit alten, immer noch schmerzlichen Kümmernissen mische. Ich kenne einige Frauen, die sich ähnlich im Zwiespalt befinden – sie führen erfolgreich einen Haushalt, aber sie können keine einzige Entscheidung ohne ihre Ehemänner treffen. Sie bestehen darauf, über belanglose Details zu bestimmen, um überhaupt über irgendetwas die Kontrolle zu haben. Und welche Chance hatten sie, jemals anders zu sein? Wir Frauen werden nahtlos vom Vater an den Ehemann weitergereicht, ohne die Gelegenheit zu bekommen, uns selbst ohne äußere Einmischung kennenzulernen. Wir werden in unserer Abhängigkeit wie Kinder gehalten, gefangen in unserer kleinen Welt, und uns wird beigebracht, uns ständig auf andere zu konzentrieren, und diese anderen sagen uns, wer und was wir sind. Aber ich bin noch jung. Es ist noch nicht zu spät, ich kann noch lernen. Mir ist die Meinung anderer Leute schon jetzt nicht mehr so wichtig, und ich will mehr. Ich muss nach Frankreich reisen.«

Lucian unterschrieb die Dokumente, die seine Autorität über Harriet beendeten, im Saal des Kirchengerichts in Westminster. Harriet trug ein dunkelgraues Kleid, aber ihr Haar strahlte wie ein Rubin in der düsteren Kammer, und es kostete ihn große Mühe, sie nicht anzustarren. Wann immer er es tat, wurde er von drei misstrauischen Blicken durchbohrt, denn seine Frau hatte ihre Freundinnen zur Unterstützung geholt: die Herzogin von Montgomery, Lady Catriona und Ballentines zierliche Miss, Lady Lucinda. Deren Äußeres war jedoch trügerisch. Die herzgesichtige Madam wirkte bereit, ihm den Kopf abzureißen, wann immer er ihren Blick auffing, und sie würde es mit Freuden tun.

Vor dem Gericht blies ihm ein eiskalter Wind ins Gesicht. Nieselregen wehte ihm in den Kragen, und die kalte, feuchte Berührung sandte einen Schauer über seinen Rücken. Er schaute zu Harriet, die neben ihm durch die breiten Flügeltüren geschwebt war, gefolgt von ihrem schützenden Hexenzirkel.

Auf der obersten Treppenstufe blieb sie nun stehen und reckte das Kinn, den Blick auf den Platz vor ihnen gerichtet, als wollte sie sich selbst wappnen. Durch seine innere Starre hindurch verspürte er Gewissensbisse. Ihre Ehe hatte mit Schlagzeilen in den Klatschblättern begonnen, und so würde sie auch enden, obwohl Harriet immer von einer rosaroten Inszenierung wie in einem romantischen Roman geträumt hatte.

Er räusperte sich. »Wirst du bald abreisen?«

Sie drehte sich zu ihm, und ihm stockte der Atem. Durch die weiße Pelzkapuze, die ihr Gesicht umrahmte, wirkte sie wie eine Eisprinzessin. »Ja, morgen.«

Sie wollte ihm ihr genaues Ziel nicht anvertrauen. Aber im Prinzip war es auch egal, wohin sie fuhr. Er hätte die Hand ausstrecken und ihr hübsches Gesicht berühren können, aber zwischen ihnen herrschte bereits eine gewisse Distanz. Verblüffend, dass man ineinander verschlungen im Bett liegen konnte, Haut an Haut, den Atem des anderen einatmend, und kurz darauf wieder einander so fremd war.

»*Turas math dhut*«, sagte er. »Gute Reise.«

Eine Emotion flackerte in ihren Augen auf. Enttäuschung? Sie neigte jedoch grazil den Kopf.

»Kommst du, Liebes?« Lady Lucinda packte sie am Ellbogen, und Harriet machte Anstalten, ihr zu folgen.

Das weckte ein Ziehen in seiner Brust, als sei sein Herz immer noch mit ihrem verbunden. »Harriet.«

Sie drehte sich um. »Ja?«

Er nahm den Hut ab. »Es tut mir leid.«

Sie bat ihre Freundin zu warten. Nun starrten ihn vier Augenpaare an. Er sah jedoch nur eines. Er versenkte seinen Blick so tief in Harriets, entschlossen, direkt ihre Seele zu erreichen.

»Es tut mir aufrichtig leid«, wiederholte er. »Und es tut mir auch leid, dass ich dir das nicht früher gesagt habe. Ich nehme an, es auszusprechen hätte bedeutet, einen Fehler einzugestehen. Eine Ungerechtigkeit. Und ich wollte dich gern halten.«

Hinter Harriet hörte er Lady Lucinda schnauben.

»Es tut mir leid«, sagte er erneut. »Dass ich dich halten wollte, obwohl ich nicht wusste, wie ich mich um dich bemühen, wie ich dir meine Zuneigung zeigen sollte. Die Wahrheit ist, die Liebe, die ich für dich empfinde, hat mich überrascht. Die Gefühle für dich haben mich überwältigt wie ein Angriff aus dem Hinterhalt. Es fühlte sich … unaufhaltsam an. Wie eine Naturgewalt. Die Liebe verlangt, dass man sie wahrnimmt und lebt, wider die Vernunft, ganz egal, was vorher alles passiert sein mag, und ich hatte zu wenig Übung, um das gut zu meistern. Vermutlich habe ich gedacht, ich könne ein Eheleben mit dir beginnen, ohne mich zu ändern, aber das war ein Irrtum. Du hattest recht, mich darum zu bitten, Rutland in Frieden zu lassen. Ich habe jedoch so lange mit der Wut gelebt, dass ich sie gar nicht mehr wahrgenommen habe. Sie ist ein Teil von mir geworden, und hätte ich sie losgelassen … Nun, du hättest mich wohl genauso gut bitten können, mein Herz loszulassen oder ein anderes lebenswichtiges Organ, vielleicht die Beine, auf denen ich stehe.«

Als er darüber nachgedacht hatte, ob er ihr irgendetwas zu sagen hätte, bevor sich ihre Wege trennten, hatte er an seine Wut gedacht – die Kraft, die ihm so viel gegeben hatte: sein Vermögen, die Stärke durchzuhalten, wenn das Schicksal ihm übel mitspielte. Da erst war ihm aufgegangen, dass das Gefühl, das ihn antrieb, nicht nur Wut war. Es lag auch Hoffnung darin. Und vielleicht ein großer Anteil Trauer. Aber die Wut war einfacher zu handhaben, dieses Gefühl kannte er und konnte es benennen. Trauer ... Das hätte bedeutet, dass er litt. Verletzlich war. Und es war ihm verhasst, der Welt seine verletzliche Seite zu zeigen, einer Welt, die nur darauf wartet, einen zu zerfleischen, sobald man Schwäche zeigte. Und obwohl er rein instinktiv dazu neigte, alles, was er liebte, zu schützen und sorgsam zu bewachen, war er zu dem Schluss gekommen, dass die Liebe an sich Verletzlichkeit erforderte.

Er hatte seine Frau nie mehr geliebt oder sich mehr in der Lage gefühlt, seine Liebe für sie auszudrücken, als in den Stunden, wenn sie nackt und weich unter ihm lag und sich ihm vertrauensvoll von ihrer empfindlichsten Seite zeigte. Und sie hatte ihn mit solch großer Zärtlichkeit angeschaut, als er endlich einwilligte und sie gehen ließ.

Er ließ sie gehen.

Sie würde ihn verlassen.

Hier, an diesem Ort würde er sie vielleicht für Jahre zum letzten Mal sehen.

»Ich wollte dich von Anfang an«, sagte er rau. »Und ich wünschte, ich könnte die Zeit zurückdrehen. Verzeih mir.«

Sie blinzelte, und Tränen strömten ihr über die Wangen. »Lucian.«

Lady Lucinda zog Harriet am Arm. »Hattie«, sagte sie leise.

Harriet schüttelte ihre Hand ab. Sie ging hinüber zu ihm und stellte sich auf die Zehenspitzen. Vanilleduft stieg ihm in die Nase, dann spürte er ihren Mund an seinem kalten Ohr. »Ich habe dir längst vergeben«, hauchte sie. »Und ich liebe dich. Bitte vergiss das nicht.«

Sie drehte sich nicht mehr um, als sie die Treppe am Arm ihrer Freundin hinunterstieg.

Er blieb noch lange wie angewurzelt an derselben Stelle stehen, selbst nachdem Harriets Kutsche längst im dichten Verkehr von London verschwunden war.

36. KAPITEL

April 1881, Südfrankreich

Die Frühlingstage in der Camargue verströmten dasselbe warme, siruptrāge Gefühl wie die Augustnachmittage in England. Die Leinenvorhänge im Klassenzimmer bauschten sich leicht, wann immer die salzige Brise durch die offenen Fenster wehte. Der Sommer in Mytilene Ville würde glühend heiß werden.

Hattie wandte ihre Aufmerksamkeit wieder der Klasse zu. Fünfzehn Augenpaare schauten sie erwartungsvoll an, eine gemischte Gruppe aus jungen und älteren Frauen, die aus allen Ecken Europas hier zusammengekommen waren, warteten nun auf ihre nächste Anweisung.

Sie deutete auf die Tafel. »Nehmen Sie sich bitte Zeit, um die Formel abzuschreiben. Danach werden wir die Vorgehensweise besprechen.«

Während die fünfzehn Frauen schrieben, schweifte ihr Blick wie inzwischen gewohnt zum nächsten Fenster.

Die braune, unbefestigte Straße, die sich durch das Feuchtgebiet schlängelte, lag verlassen. Wie immer. Die Sonne stand hoch am Himmel, und die Teiche glitzerten wie Spiegel. Ja, glühend heiß. Sie würde bleiben, bis die Lavendelfelder blühten, danach würde sie nach Paris reisen oder vielleicht Italien. Oder womöglich nach Schottland.

Sie räusperte sich. »Gut«, sagte sie zu der Klasse. »Was ma

chen wir, wenn wir das bromierte Kollodium haben? Miss Esther?«

»Wir geben es in die Lösung«, sagte Miss Esther schüchtern. »Einen Tropfen nach dem anderen und das Umrühren nicht vergessen.«

»Wie das Hinzufügen von Rum-Essenz in einen Teig«, sagte Mademoiselle Claudine, die alles andere als schüchtern war. Gelächter brandete auf.

»Ganz genau«, sagte Hattie, nachdem wieder Stille herrschte. »Und das Ergebnis ist?«

»Silberbromid?«

»Eine Emulsion aus Silberbromid. Wie lange muss sie ruhen, bis man sie benutzen kann? Mademoiselle Claudine?«

»Es gibt keine genaue Zeitangabe; sie muss ruhen, bis die Konsistenz cremeähnlich verdickt ist, was gewöhnlich ungefähr fünfzehn Stunden dauert.«

»Bravo.«

Die gebeugten Köpfe ihrer Schülerinnen zu sehen, wie sie konzentriert schrieben, füllte Hatties Herz mit Wärme. Sie wusste nun, warum man sagte, man werde größenwahnsinnig, denn mit jedem Anflug von Lehrerinnenstolz, jeder Euphorie über einen kleinen Erfolg in ihrem improvisierten Labor, konnte sie spüren, wie sie ein wenig größer wurde und über sich hinauswuchs. Alte Ängste lockerten immer mehr ihren Griff um sie, seit ihre Wortblindheit ihr vielleicht das Leben gerettet hatte, weil sie Lucian auf die richtige Spur geführt hätte. Und allmählich war auch der Schrecken, der mit dem Lernen einherging, verblasst. Manchmal konnte sich ein sogenannter Fluch als Vorteil entpuppen. Auch die Perspektive spielte eine Rolle. Sie hatte Miss Esther einfach damit beauftragt, die Zahlen zu überprüfen, die Hattie in den Formeln an der Tafel notierte, damit sie nicht versehentlich Anleitungen für Sprengstoffe weitergab, und ihre Schüler ließen nie eine negative Bemerkung deswegen fallen.

Hier in der Enklave wurden ohnehin nur wenige Fragen gestellt. Die meisten Frauen kamen unter falschem Namen her; persönliche Informationen wurden erst offenbart, wenn das gegenseitige Vertrauen gewachsen war. Für Hattie war es befreiend, dass ihr Name hier nicht bekannt war. Sie war ein unbeschriebenes Blatt und konnte darauf malen, was immer sie wünschte.

Das Leben in Mytilene verlief sehr angenehm. Sie unterrichtete von morgens bis mittags, und an den Nachmittagen unternahmen sie mit den Kameras Spaziergänge durch das Sumpfgebiet und versuchten, die Tierwelt in Fotografien einzufangen. Die beliebtesten Motive waren die weißen Wildpferde, die frei durch die Landschaft der Camargue streiften, und die Schwärme von Flamingos, die sich in den seichten Gewässern tummelten. Das leuchtende Rosa der Vögel inspirierte Hattie dazu, bis spät in die Nacht mit Kohlenstoffpigmenten in Bichromatgelatine zu experimentieren, um die Farbe auf die Platte zu bringen.

Sonntags nach dem Gottesdienst las sie Romane und Essays und trank Cider in dem ummauerten Obstgarten. Sie schrieb viele Briefe. Die Post aus Schottland dauerte aufreibend lang.

Falls Sie Ihre Pläne einer Seifenmacherei weiterverfolgen wollen, die Frauengewerkschaft in Ihrer Region bietet nun auch kleine Geschäftskredite für Unternehmerinnen an.

Darüber hatte sie Mhairi kurz nach ihrer Ankunft in der Camargue informiert. Das wusste sie, weil sie einen Teil ihrer Abfindung einem guten Zweck gestiftet hatte.

PS Können Sie mir meine überstürzte Abreise verzeihen?

Die Antwort kam Wochen später auf dünnem Papier.

Rosie Fraser sagt, es sei alles vergeben und vergessen, wenn Sie zurückkehren und beenden, was Sie angefangen haben. Madam, ich werde nun doch keine Seifenmacherin. Hamish Fraser hat um meine Hand angehalten, und ich habe seinen Antrag angenommen. Ich werde die Frau eines Bergarbeiters sein – oder eines Romanschriftstellers, falls er jemals mit seinem Werk fertig wird.

Hin und wieder fragte sie sich, ob Lucian mit seinen politischen Plänen und der Überführung des Bergwerks in Gemeindeeigentum Fortschritte machte. Sie versuchte, nicht an ihn selbst zu denken. Während ihrer geschäftigen, von Gelächter erfüllten Tage gelang ihr das auch. Nachts jedoch, wenn sie allein in ihrer kargen Kammer war, verlangten die Gedanken an ihn ihren Raum – in ihren Träumen, in ihrem Bett, und sie wachte mit dem Gefühl auf, seinen harten Körper an ihrem zu spüren, und ein Echo seiner geflüsterten Koseworte klang ihr in den Ohren.

Das Osterfest nahte und ihre Klasse bemalte Ostereier, die Hattie für eine Studie über Kontraste und Strukturen nutzen wollte. Während sie Anweisungen auf der Tafel schrieb, wurde die Klasse hinter ihr unruhig.

»Madame«, rief Claudine. »Dort kommt ein Mann.«

Erschrocken schaute Hattie aus dem Fenster. Auf der Straße war tatsächlich ein Reiter zu sehen, der sich in einer Staubwolke näherte.

Ihr Herz zog sich zusammen.

Die breite Statur des Mannes war selbst aus der Entfernung gut zu erkennen. Sie bemerkte, dass sie ihre Hand an die Brust gedrückt hielt und ihr grünes Kleid mit Kreide bestäubte. Als sie den Staub wegwischen wollte, wurde es noch schlimmer.

»Keine Sorge«, sagte sie. Ihre Stimme klang ungewohnt dünn. »Ich kenne ihn.«

Die Erleichterung im Raum war spürbar, dann drängten sich die Frauen vor den Fenstern und überlegten, ob er wohl attraktiv war.

»Allons-y.« Hattie klatschte in die Hände. »*Mesdames*, die Aufmerksamkeit auf die Tafel, bitte.«

Als der Unterricht beendet und die Schülerinnen entlassen waren, fühlte sich Hatties Gesicht glühend heiß an, wie im Fieber. Sie stand neben ihrem Experimentiertisch, auf dem sich Papiere, eine Ansammlung von Flaschen, Gläsern und Kreidestücken drängten, und wartete. Oh, wie sehnsüchtig sie gewartet hatte.

Elize erschien im Türrahmen; unter der Mütze der Sicherheitsoffizierin machte sie eine strenge Miene. »Sie haben Besuch, *Madame*, ein Mann, der sagt, sein Name sei Blackstone.«

Der Klang seines Namens war wie ein Funken, der ein Feuer in ihr entzündete. »Ja, ich möchte ihn empfangen.«

Elize betrachtete sie nachdenklich. »*Monsieur* möchte Sie unbedingt sofort sehen. Hier.«

Sie nickte bloß.

Kurz darauf betrat Lucian das Klassenzimmer, den Hut in der Hand. Der Raum um sie herum verschwand wie die schottischen Berge im Nebel. Sie hatte das Gefühl, neben sich zu stehen.

In respektvollem Abstand baute er sich vor ihr auf. »Guten Morgen, Mrs Blackstone.«

Seine Kleidung war staubig, das schwarze Haar lockte sich um seinen Kragen.

»Lucian.« Es kam als Krächzen heraus.

Er kam näher, und der Geruch nach Pferd und Reise stieg ihr in die Nase, aber hauptsächlich nahm sie seinen Duft wahr, und ihr wurden die Knie weich.

»Bitte entschuldige mein Aussehen«, sagte er. Forschend musterte er sie, ein Funkeln stand in seinen grauen Augen. »Du siehst gut aus.«

Er aber auch, ja, er war noch attraktiver als in ihren Träumen. Aber das hier war real. Er war hier.

Sein Blick schweifte über die Formeln auf der Tafel, ihre Chemikalien-Sammlung auf dem Tisch und die Ergebnisse ihrer Farbfotografie-Experimente an der Wand.

»Dein Klassenzimmer?« Er klang beeindruckt. Und sah auch so aus. Beeindruckt und stolz.

»Ja«, sagte sie. »Ich lehre Fotografie und romantische Malerei, aber hauptsächlich Fotografie. Ich habe mir auch ein kleines Labor eingerichtet.«

Sein schiefes Lächeln brachte Erinnerungen an die roten Berge zurück, an einen Tag am Meer, an das Zimmer im Gasthof, wo sie nackt und geborgen auf einem quietschenden Bett in seinen Armen gelegen hatte.

Ihr Mund wurde trocken. »Was führt dich her?«

Er legte den Hut auf das Pult. »Seit unserer letzten Begegnung geht mir etwas nicht mehr aus dem Kopf.«

Die trostlose Treppe vor dem Gericht. Unwillkürlich schauderte sie.

Lucian hielt ihren Blick fest. »Bei unserem Abschied hast du gesagt, dass du mich liebst.«

»Ja.«

»Und davor hast du gesagt, du wünschst dir, dass der Mann, den du liebst, dich umwirbt und dir den Hof macht.«

Sie nickte. Ihr Herz trommelte einen hoffnungsfrohen, verhängnisvollen Rhythmus.

Er zögerte. »Hast du im Moment einen Verehrer?«

Sie dachte an die dunkeläugigen jungen Franzosen, die ihr Blumen und Pralinen schenkten und sich darum stritten, wer ihr die Kamera-Ausrüstung tragen durfte, ganz egal, an welchen Ort im Sumpfgebiet sie die Klasse führte.

»Ich korrespondiere regelmäßig mit einem Monsieur Louis Ducos du Hauron«, sagte sie. »Er hat meinen Geist sehr erweitert.«

Lucians Miene wirkte versteinert. »Du Hauron«, wiederholte er.

»Ein Erfinder«, sagte sie. »Ich habe beschlossen, mit Farbfotografie zu arbeiten, und er ist ein Pionier auf diesem Gebiet. Wie dem auch sei, ich denke nicht, dass man ihn als meinen Verehrer bezeichnen könnte.«

Die Anspannung in seinen Schultern, die sie wahrgenommen hatte, seit er das Klassenzimmer betreten hatte, löste sich ein wenig.

»Und was ist mit deinem Entführer?« Er musterte sie aufmerksam. »Bist du immer noch unfreiwillig an ihn gebunden?«

»Nein«, sagte sie leise. »Aber ich verspüre immer noch eine tiefe Zuneigung für den Mann, den ich einmal geheiratet habe.«

Lucian stieß ein zittriges Seufzen aus. »Dann will ich dir den Hof machen«, sagte er rau. »Und dich umwerben.«

»Ich bin so froh, dass du gekommen bist.« Die Worte sprudelten wie ein Schluchzen aus ihr heraus. Sie hatte gehofft, dass er zu ihr kommen würde, aber nicht damit gerechnet, trotz der Rettungsleine, die sie auf der Treppe des Gerichts ausgeworfen hatte. »Oh, wie sehr ich mir gewünscht habe, dass du kommst.«

Er betrachtete sie wachsam. »Es hat Zeit gebraucht, um dich ausfindig zu machen. Außerdem hast du sehr deutlich klar gemacht, dass ich dich eine Weile in Ruhe lassen soll. Deshalb dachte ich, es wäre dir nicht recht, wenn ich dich allzu bald aufsuche.«

Wie hatte er die vergangenen sechs Monate verbracht? Hatte er sich einsam gefühlt? Mit anderen Frauen getändelt?

»Wie geht es dir?«, fragte sie. Plötzlich fühlte sie sich beklommen.

»Gut«, sagte er. »Ich habe jetzt einen Hund.«

»Einen Hund! Was für einen Hund, welche Rasse?«

»Einen kleinen Windhund.« Er wirkte verlegen. »Ein ziemlich zimperliches und anspruchsvolles Tier. Ich bin mir nicht sicher, ob sie weiß, dass sie ein Hund ist.«

Unwillkürlich musste sie lachen. »Oh Lucian, warum ausgerechnet einen Windhund?«

»Ich dachte, sie würde dir vielleicht gefallen«, sagte er. »Obwohl ich natürlich wusste, dass du nicht mehr da warst.« Er zuckte mit den Schultern. »Die Entscheidung folgte keiner Logik.«

Ein Kloß bildete sich in ihrer Kehle. »Wie geht es dir?«, wiederholte sie sanft.

Sein Blick verhakte sich mit ihrem und verbarg nichts vor ihr; in seinen Augen las sie ungezügelte, tiefe Sehnsucht. »Ich bin zurechtgekommen«, sagte er. »Halb Qual, halb Hoffnung.«

Sie blinzelte. »Du … hast *Überredung* gelesen?«

»Ich habe sie alle gelesen.« Sein Ton klang leicht belustigt. »*Norden und Süden* gefällt mir am besten, aber wie dem auch sei, ich habe viele hochtrabende Wörter gelernt, mit denen man eine verlorene Liebe umwerben kann, wie es sich gehört.«

Sie trat so nahe an ihn heran, bis sich die Spitzen ihrer Schuhe berührten und sie seinen Duft einatmen konnte. »Wie würdest du es in deinen eigenen Worten ausdrücken?«, fragte sie leise.

Sein Blick versank in ihrem. »Ich vermisse dich«, sagte er zärtlich. »Komm nach Hause.«

Sie vergrub das Gesicht in ihren Händen.

Durch ihre Finger sah sie sein gestärktes und gefaltetes Taschentuch, das er ihr entgegenstreckte. Sie nahm es und presste es an die Nase, nur um in seinem Duft zu schwelgen.

»Ich würde auch noch mal achteinhalb Jahre auf dich warten, *ye ken*«, hörte sie ihn sagen.

Ruckartig hob sie den Kopf. »Nein, bitte fang mit dem Umwerben sofort an.« Sie zog an der Silberkette, die sie nie ablegte, und brachte ihren Ehering und den Liebeslöffel zum Vorschein.

Lucians Augen weiteten sich.

»Sofort!«, wiederholte sie.

»Nun denn«, murmelte er. »An der Kreuzung gibt es eine Taverne. Die ist romantisch. Es gibt Blumen in Körben, und in den Fensterläden sind Herzen eingeschnitzt.«

Die ersten Tränen kullerten ihr über die Wangen. Er hielt ihr Gesicht fest und wischte sie sanft mit den Daumen weg.

»*Mo chridhe*, würdest du mich zum Lunch begleiten?«

Sie schlang eine Hand um seinen Nacken. Spürte seine Wärme und Stärke unter ihren Fingern, und die Anspannung in ihr verflog, wie immer, wenn sie ihn berührte. Sie konnten die Zeit nicht zurückdrehen, aber sie konnten neu beginnen.

»Ja, Mr Blackstone«, sagte sie und neigte sich zu ihm.

EPILOG

London, August 1881

»Das ist …« Professor Ruskin zögerte. Mit großer Theatralik betrachtete er den Bildwerferapparat, den Hattie in der Mitte des abgedunkelten Ausstellungsraums aufgebaut hatte. »Also, ich würde sagen, das ist …«

Wenn er jetzt »entzückend« sagte, würde Hattie ihn eigenhändig aus dem Fenster des obersten Stockwerks der Shoreditch-Galerie werfen, ganz egal, ob zwei Dutzend der einflussreichsten Menschen Londons und gut einhundert Besucher mit Interesse an Fotografie Zeugen davon werden würden.

Wie vorausgesehen, hatte die Eröffnung der Ausstellung viele Menschen angezogen. Der Eintritt war frei für Besucher der Arbeiterschicht, aber auch die teuren Karten hatten sich so schnell wie frisch gebackene Scones verkauft. Noch am selben Tag, an dem die Ausstellung in den Zeitungen angekündigt wurde, waren sie ausverkauft.

»Sie kommen, um die skandalösen Greenfield-Blackstones zu sehen, nicht deine Fotografien«, hatte Mina ihr versichert. Die Augen ihrer Schwester hatten dabei aber belustigt gefunkelt.

Mina und ihr ritterlicher Ehemann betrachteten die Fotografien von den Kindern an der rechten Wandseite. Jedes Porträt wurde von einer Grubenlampe beleuchtet. Das Licht war gedämpft genug, damit es das Herz ihrer Installation nicht beeinträchtigte: die nördliche Wand, an der teppichgroße Porträts der Menschen aus Drummuir im Wechsel aufleuchteten und sich, dank dem kleinen, mit Kohle betriebenen Motor der Laterna magica, in einer endlosen Runde drehten. Der Rauch wurde durch ein Metallrohr aus einem Fenster geleitet, aber in der Luft hing dennoch schwach der süßliche Geruch der Zeche. Reporter umkreisten das kleine Gerät mit gezückten Notizbüchern.

»Modern«, sagte Ruskin schließlich. »Sehr modern.«

»Danke«, sagte Hattie abgelenkt. Irgendwo in der Menge waren ihre Freundinnen.

»Ein hervorragendes Konzept, Mrs Blackstone«, lobte Ruskin. »Wir freuen uns darauf, Sie im kommenden Trimester wieder in Oxford begrüßen zu können.«

Sie hätte eine glühende Euphorie über seine Worte empfinden sollen, doch es war bestenfalls ein lauwarmes Glühen. Ruskins Meinung hatte ihre Bedeutung verloren. Sie arbeitete nicht länger, um seine Anerkennung zu gewinnen. Sie arbeitete auch nicht mehr daran, die Anerkennung eines nebulösen Publikums zu erlangen. Ihre Werke waren den Menschen gewidmet, die sie kannte, und hoffentlich würden sie zu den Veränderungen beitragen, die sie sich für Großbritannien wünschte. Sie war auch recht zufrieden mit der Ausführung ihrer Werke. Das waren die Dinge, auf die es tatsächlich ankam.

»Geht es dir gut, Liebes? Ist dir zu warm?«

Annabelle hatte sich von der Seite genähert, ein Glas in der Hand. Ihre katzenhaften grünen Augen musterten Hattie forschend.

Hattie griff sich an die erhitzten Wangen. »Mir geht es gut. Ist mein Gesicht etwa gerötet? Woher weißt du das? Es ist so dunkel hier drinnen.«

Ihre Freundin lächelte. »Du hast ziemlich sehnsüchtig geblickt, obwohl du allen Grund zur Freude hast.« Sie lehnte sich näher, und Jasminduft stieg Hattie in die Nase. »Wie es scheint, möchte der Leiter der *Royal Academy* deine Werke erwerben.«

»Oh, du liebe Güte.«

Lucie gesellte sich zu ihnen, sie hatte sich bei Catriona untergehakt. »Fantastische Arbeiten, Hattie«, sagte sie. »Ich verstehe zwar nichts von Kunst, aber einige der langweiligsten Gäste hier tuscheln missbilligend, was bedeutet, dass du deine Sache gut gemacht hast.«

Hattie nippte an ihrem schal schmeckenden Champagner. »Ich wünschte nur, Mhairi und Hamish Fraser könnten hier sein.«

Nach ihrer Rückkehr aus Frankreich hatte sie sich zwei Monate lang im *Drover's Inn* eingerichtet. Lucian war in den ersten Wochen bei ihr geblieben, um eine mögliche Übereignung des Bergwerks mit Mr Boyd zu besprechen und den Bau der neuen Eisenbahnstrecke zu überwachen, die die Transportinfrastruktur in Fife verbessern sollte. Hattie hatte ihre Tage mit Rosie Frasers Familie verbracht, auf den Kohleflözen und in den Gruben, um alles zu verstehen, was sie wissen musste. Letztendlich hatte Hamish ihre Linse ebenso geführt wie ihre künstlerische Intuition.

»Sie sollten selbst fotografieren«, hatte sie ihm nach der ersten Woche gesagt. »Ich zeige Ihnen, wie es geht.«

Er hatte gelacht und gemeint, eher würde er sich die Augäpfel aus dem Kopf reißen und sie in Essig einlegen, als den ganzen Tag auf winzige Bilder zu schielen, die obendrein noch falsch herum wären. Er hatte jedoch ein Porträt von seiner Mutter gemacht, und es war tröstlich zu wissen, dass das Originalbild nun Rosie Frasers Küchenwand zierte.

Vielleicht würde eines Tages jemand aus Drummuir ihrer Einladung nach London folgen. Vielleicht, wenn Hamish seinen fertigen Roman an die *London Print* schickte. Offenbar war er immer noch mit der Überarbeitung beschäftigt.

Catriona beobachtete sie mit der ihr eigenen ruhigen Aufmerksamkeit. »Glaubst du, es würde ihnen nicht gefallen?«

Sie würden wohl sagen, dass in diesem Saal niemand eine Hacke von seinem Hintern unterscheiden könnte.

Hattie lachte. »Sie haben alle Fotografien vorher genehmigt«, sagte sie. »Außerdem bin ich mir ziemlich sicher, dass ihnen die erhebliche Summe, die ich auf das Gemeindekonto einzahlen werde, gefallen wird.«

»Falls du die Werke zu einem guten Preis verkaufen willst, wäre der Herzog ein interessierter Käufer«, sagte Annabelle.

Der Herzog von Montgomery stand am Erfrischungstisch; an der straffen Haltung und seinem weißblonden Haar war er trotz des abgedunkelten Raumes gut zu erkennen. Ebenso wie Lord Ballentines bemerkenswerte Gestalt neben dem Herzog. Lucian hatte sich zu ihnen gesellt, und Hattie hätte gern Mäuschen bei dem Gespräch des ungleichen Trios gespielt – der eine kühl, der andere süffisant und der dritte mit grüblerischem Wesen – das musste eine wahre Herausforderung bei der Unterhaltung sein. Aber dass Menschen, die wenig gemeinsam hatten, sich trafen und austauschten, war eine der wichtigsten Nebenwirkungen einer Veranstaltung wie dieser. Und Lucian musste sich ganz gewiss mit Montgomery über seine Strategie für die Reform des Eigentumsgesetzes für verheiratete Frauen besprechen.

Zuneigung regte sich in ihrer Brust, während sie Lucian beobachtete. Vor ein paar Tagen war er auf ein Knie gegangen und hatte sie gebeten, ihn noch einmal zu heiraten. Sie hatte ihr Ja genossen wie eine köstliche Nougatpraline.

»Sieh da«, hörte sie eine leicht spöttische Stimme. »Die Künstlerin höchstpersönlich.«

Aoife Byrne. Lucians Freundin war in Begleitung; eine junge blonde Frau in rosafarbenem Kleid hing an ihrem Arm. Aoife legte eine schützende Hand auf die ihrer Begleiterin. »Das ist meine Freundin Miss Susan Patterson«, stellte sie die Dame vor. An Hattie gewandt, meinte sie: »Miss Patterson ist eine große Bewunderin Ihrer Kunst.«

Miss Patterson lächelte schüchtern. Mit dem schön geschwungenen Mund und den hübschen blonden Ringellocken, die ihr Gesicht rahmten, wirkte sie wie ein Engel.

»Ihre Arbeit ist bemerkenswert«, sagte sie. Ihre Stimme klang kultiviert und sanft. »Ich besuche oft solche Ausstellungen, und Hoffnung und Anmut, statt nur Elend zu sehen, ist sehr bedeutsam. Und die Gegenüberstellung von Porträts und Händen – hervorragend.«

Hattie spürte Freude in sich aufsteigen. »Danke. Das Konzept wurde von Mrs Rosie Fraser inspiriert.«

»Ich habe ihren Namen auf dem Plakat gelesen«, sagte Miss Patterson.

Aoife griff sich zwei Champagnerflöten von dem Tablett eines vorbeilaufenden Kellners und reichte Miss Patterson eines davon. »Worüber sie eigentlich sprechen will, ist Ihr Wohltätigkeitsprojekt.«

»Welches davon?«

»Soweit ich weiß, haben Sie und Mrs van der Waal ein Komitee für ethische Investitionen gegründet«, sagte Miss Patterson.

»Die Nachricht hat sich schnell verbreitet, wie es scheint«, meinte Hattie zufrieden.

Das Komitee nutzte Räume in einem von Lucians Häusern als Hauptquartier. Julien Greenfield hatte seine Unterstützung angeboten. Er war erpicht darauf, sich mit Hattie zu versöhnen, weil er sich wünschte, dass sie freitags wieder an den Dinnertisch zurückkehrte, aber Hattie hatte sich für Zacharys Hilfe entschieden. Ihr Bruder, der sich auf ewig schuldig fühlen würde, weil er Geheimnisse vor ihr gehabt hatte, hatte sich bereitwillig in die Aufgabe gestürzt. Inzwischen war er sogar Lucian freundlicher gesinnt, da Hattie ihren Ehemann nun aus freien Stücken gewählt hatte.

»Wir sind immer noch dabei, die Kriterien für ethische Investitionen festzulegen«, sagte Hattie zu Miss Patterson.

Die junge Frau wirkte neugierig. »Und wie machen Sie das?«

»Im Moment tauschen wir uns eng mit der Quäker-Gemeinde in Oxford aus. Uns ist aufgefallen, dass sie nicht in Unternehmen investieren, die in die Waffenproduktion oder den Waffenhandel involviert sind.«

»Das ist faszinierend«, fand Miss Patterson. »Ich komme aus einer Familie, die sich mit Baumwolle auskennt. Vielleicht ist meine Erfahrung nützlich.«

Hattie riss die Augen auf. »Sie gehörten zu den Stofffabrikanten Patterson?«

»Früher einmal«, murmelte Aoife. »Bis sie gemeinsame Sache mit der Arbeitergewerkschaft im väterlichen Unternehmen gemacht hat.«

In dem Satz steckte eine ganze Geschichte, und das hatte auch Lucie gespürt. Sie baute sich vor dem Paar auf. »Könnte ich Sie dafür interessieren, sich der Frauenbewegung anzuschließen?«

»Was mich wirklich interessieren würde, ist die Frage, ob man das Unrecht dieser Welt mit demselben System ausmerzen kann, das es eigentlich verursacht«, sagte Aoife Byrne. »Reform oder Revolution, das ist die Frage.«

»Mir gefällt sie«, sagte Lucie zu Hattie, ein begieriges Funkeln in den Augen. »Wo hast du sie aufgetrieben?«

Hattie spürte eine vertraute Nähe hinter sich, und als sie

sich umdrehte, begegnete sie Lucians gelassenem Blick. Er zückte seine Taschenuhr. »Zeit für deine Rede«, sagte er. »Fünf Minuten.«

Ihr Herz setzte einen Schlag lang aus. Dann erinnerte sie sich daran zu atmen. Sie hatte vor einer ganzen Klasse Chemie unterrichtet. Sie hatte in den Lauf einer Pistole geblickt. Sie trug ein neues Lieblings-Ensemble: einen bezaubernden kleinen Hut und ein eng anliegendes, elegantes Kleid aus lila Satin, das mit perlenbesticktem Samt verziert war. Ihre Rede würde fantastisch werden.

Lucian beugte sich näher und neckte ihre Nase mit dem Duft seiner Rasierseife. »Brauchst du etwas?«, raunte er. »Ein Glas Wasser vielleicht?«

Er sah umwerfend gut aus; seine Schultern füllten das marineblaue Jackett perfekt aus. »Danke«, sagte sie lächelnd. »Ich habe alles, was ich brauche.«

Freude leuchtete in seinen Augen auf. Kurz verweilte seine Aufmerksamkeit an der schottischen Distel, die sie über ihrem Herzen befestigt hatte. »Der Vertreter der chinesischen Legation hat gebeten, dir vorgestellt zu werden«, sagte er.

»Ach ja?«

»Ich habe ihm erzählt, dass der Einfluss meiner Frau dafür verantwortlich ist, dass ein gewisses Paar Vasen in seine Obhut gelangt ist.«

Stilles Glücksgefühl breitete sich zwischen ihnen aus, darüber, dass sie nahe beieinanderstanden, die Herzen und die kleinen Finger miteinander verbunden, ein Jahr nach ihrer ersten Begegnung in Chelsea. Der Trubel dieser ersten Tage war einer achtsamen Zärtlichkeit gewichen; sie arbeiteten an ihrer Beziehung, lernten sich und ihre Bedürfnisse besser kennen, wobei ihre Liebe wuchs, und im Kern war ihre neue Beziehung erfüllt von Herzlichkeit und Geborgenheit. Auf den ersten Blick waren sie immer noch ein ungleiches Paar, so unterschiedlich in Aussehen, Erziehung und Temperament. Aber auf dem künstlerischen Farbkreis wurden zwei gegenüberliegende Farben als komplementär bezeichnet. Großer Kontrast erzielte eine große Wirkung, und sie strahlten am hellsten, wenn man sie nebeneinanderbrachte.

Hattie legte kühn ihre Hand ganz in Lucians. »Ich bin das Orange zu deinem Blau«, sagte sie.

Sanft drückte er ihre Hand. »Mein fantasievoller Liebling.«

»Das bedeutet, dass wir alleine gut sind«, sagte sie. »Aber Seite an Seite sind wir brillant.«

NACHWORT DER AUTORIN

Der Unfall, in dem Lucians Familie umkam, wurde durch ein Grubenunglück in der Huskar-Grube von Silkstone im Jahr 1838 inspiriert. Dieses Unglück war einer der Auslöser für den sogenannten *Mines and Collieries Act*, das Gesetz für Minen und Bergbau, im Jahr 1842. Die Öffentlichkeit schien sich damals hauptsächlich über halb nackte Frauen in den Grubenschächten zu empören. Die arbeiterfreundliche Zeitung *Labor Tribune* sorgte sich damals: »Eine Frau, die an eine solche Arbeit gewöhnt ist, kann nicht viel über Haushaltspflichten wissen oder wie man das Heim für einen Mann gemütlich macht.« Eine Zeit lang reisten Neugierige zu den Bergwerken, um Bilder von den Frauen in Hosen für kommerzielle Zwecke zu machen. Die Bergarbeiter bekamen einen Teil der Einnahmen. Die Grubenfrauen mussten ihre Arbeit oft verteidigen und umgingen das Gesetz, weil sie den Lohn brauchten, um ihre Familien zu ernähren. Sie verdeutlichten sozusagen den Konflikt zwischen den viktorianischen Vorstellungen eines Idealbildes der Frau (dem reinen Engel im Haus) und der Realität der Frauen, die sich durch harte manuelle Arbeit ihr Überleben sichern mussten.

Im Kampf für das Frauenwahlrecht in der edwardianischen Ära spielten die Arbeiterinnen eine große Rolle. In der viktorianischen Ära bestand die organisierte britische Frauenrechtsbewegung überwiegend aus Frauen der Mittel- und Oberschicht; die britische Gesellschaft war streng hierarchisch nach Klassen geordnet, und für die Frauen aus der Arbeiterklasse gab es geringe persönliche Anreize, aber hohe praktische Hürden, sich der Frauenbewegung anzuschließen. Die Anführerinnen der britischen Suffragisten waren sich jedoch schon lange der klassenbedingten Doppelmoral bewusst – Millicent Fawcett bemerkte bereits 1872: »Es ist ein kleiner Trost für Nancy Jones in Whitechapel, die von ihrem Mann nach Belieben getreten und geschlagen wird, zu wissen, dass Lady Jones in Belgravia beim Ein- und Aussteigen aus ihrer Kutsche immer geholfen wird, als sei sie verkrüppelt.«

Die Interessen der Frauen- und Arbeiterinnenbewegung überlappten sich gegen Ende des Jahrhunderts zunehmend, besonders im industrialisierten Norden des Landes. Der vollständige Zusammenschluss der beiden Bewegungen wurde häufig dadurch behindert, dass sich die Suffragisten der Mittel- und Oberschicht hauptsächlich auf das Frauenwahlrecht konzentrierten und nicht auf umfassendere soziale Reformen wie die Beseitigung der Lohnungleichheit, die für die Arbeiterinnen Priorität hatte. Bei vielen Gelegenheiten standen Adelige und Arbeiterinnen Seite an Seite, vor allem als der Kampf um das Frauenwahlrecht im Jahr 1905 in seine militante Phase eintrat. Es dauerte noch bis 1928, bis auch Frauen mit niedrigem Einkommen wählen durften, während ihre wohlhabenden oder akademisch gebildeten Geschlechtsgenossinnen das Wahlrecht bereits 1918 erhielten.

Kunst als Hilfsmittel zum Anstoß von Veränderungen

Im späten 19. Jahrhundert nutzten viele Künstler die Kunst, um gesellschaftliche Missstände anzuprangern. Künstler und Künstlerinnen begannen, ihre Arbeit als wohltätiges Unterfangen und als Beitrag für soziale Reformen zu betrachten, indem sie oft entweder idealisierte oder schockierend realistische Darstellungen von Armut schufen, um die Öffentlichkeit darauf aufmerksam zu machen. Die Sozialfotografie trug dazu bei, das Bewusstsein für die schlimmen Arbeitsbedingungen und die anhaltende Kinderarbeit im viktorianischen Großbritannien zu schärfen.

Hochzeitsnächte

Ich habe das Artefakt *The Art of Begetting Handsome Children* (übersetzt: Die Kunst, ansehnliche Kinder zu zeugen) in diese Geschichte aufgenommen, um zu zeigen, dass einige Menschen im viktorianischen Zeitalter sowohl die Existenz als auch die Bedeutung der weiblichen Lust in einer Ehe anerkannten. In der Regel wurden jedoch vor allem die Frauen der Mittel- und Oberschicht in Sachen Sex unwissend gehalten, bis es so weit war.

Inspiriert zu Hatties Gespräch über die Hochzeitsnacht wurde ich von der Autorin Mimi Matthews und ihrem Blog-Beitrag »Ether for Every Occasion« (übersetzt: Äther für jede Gelegenheit).

In der im Jahr 1897 erschienenen Ausgabe von *A Manual of Medical Jurisprudence* wird der Fall einer frisch verheirateten viktorianischen Dame geschildert, die jedes Mal in Hysterie verfiel, wenn ihr Mann Anstalten machte, mit ihr zu schlafen. Infolgedessen wurde der Vollzug ihrer Ehe »lange hinausgezögert«. In dem Bericht heißt es: »Die Schwierigkeit wurde schließlich durch die Verabreichung von Ätherdampf überwunden. Sie erlangte das Bewusstsein während des Beischlafs wieder, und es gab keine weiteren Schwierigkeiten beim Geschlechtsverkehr.«

Der Philosoph Friedrich Nietzsche, der viel Zeit mit deutschen Befürwortern der Frauenbewegung verbrachte, sinnierte in *Die fröhliche Wissenschaft* (1882):

Es ist etwas ganz Erstaunliches und Ungeheures in der Erziehung der vornehmen Frauen, ja vielleicht gibt es nichts Paradoxeres. Alle Welt ist darüber einverstanden, sie in eroticis so unwissend wie möglich zu erziehen und ihnen eine tiefe Scham vor dergleichen und die äußerste Ungeduld und Flucht beim Andeuten solcher Dinge in die Seele zu geben. (…) *Aber hierin sollen sie unwissend bis in's Herz hinein bleiben. Sie sollen weder Augen, noch Ohren, noch Worte, noch Gedanken für dieses ihr »Böses« haben.* (…) *Und nun! Wie mit einem grausigen Blitzschlage in die Wirklichkeit und das Wissen geschleudert werden, mit der Ehe – und zwar durch den, welchen sie am meisten lieben und hochhalten! – Liebe und Scham im Widerspruch ertappen, ja Entzücken, Preisgebung, Pflicht, Mitleid und Schrecken über die unerwartete Nachbarschaft von Gott und Thier und was alles sonst noch! in einem empfinden müssen. Da hat man in der That sich einen Seelen-Knoten geknüpft, der seines Gleichen sucht!*

Es verschärfte auch das Machtungleichgewicht zwischen Männern und Frauen auf einer höchst persönlichen Ebene, und da weibliche Lust bis heute mit einer Doppelmoral behandelt wird, war es wohl ein Thema in diesem Roman. Ich glaube, Liebesromane tragen ihren Teil dazu bei, dieses Erbe aus vergangenen Zeiten hinfällig zu machen.

Scheidung einer Ehe

Sich im viktorianischen Großbritannien scheiden zu lassen war im Jahr 1880 möglich, aber nicht einfach, vor allem wenn der Wunsch von der Frau ausging. Eine Frau aus der Oberschicht hatte meist die Mittel, um dafür zu bezahlen. Sie zog damit aber auch unweigerlich den Skandal auf sich, und es war nicht so leicht, getrennt zu leben. Bis zum Jahr 1883 konnte der »verlassene« Ehepartner den sogenannten *writ of restitution of conjugal rights,* also einen Erlass zur Wiederherstellung der ehelichen Rechte, beantragen, wodurch der Ehepartner, gewöhnlich die Frau, dazu verpflichtet wurde, in das eheliche Heim zurückzukehren. Falls der Ehepartner, der diesen Erlass zu erfüllen hatte, sich weigerte, wurde er – oder sie – ins Gefängnis gesteckt, bis sie oder er seine Meinung änderte.

Hattie vertraute Lucian zwar, dass er nicht auf diese Maßnahme zurückgreifen würde, aber ich hielt es für wichtig, dass sie sich einmal im Leben frei von jeglicher gesetzlichen Macht, die ein Mann über sie hatte, fühlen sollte und diese Freiheit nur zu einem selbst gewählten Zeitpunkt aufgeben würde. Die kirchenrechtliche Trennung, die sie vorschlug, gab ihr diese Möglichkeit.

Künstlerische Freiheit

Trollopes Roman *The Way We Live Now* erschien im Jahr 1875; die in diesem Roman zitierte Zeile stammt jedoch aus seiner Autobiografie, die erst im Jahr 1883 veröffentlicht wurde, drei Jahre nach den Ereignissen dieses Romans.

John Dewey veröffentlichte in den 1880er-Jahren Essays über Ästhetik, aber die vollständigen Theorien über Kunst als Erlebniserfahrung, wie sie von Hattie diskutiert werden, wurden erst nach 1900 gedruckt.

»Sie sind viel zu entzückend, um klug zu sein« wurde nicht von Professor Ruskin, sondern von seinem Zeitgenossen, Professor Henry Sidgwick, geäußert. Er sagte es in Bezug auf die erste Kohorte von Studentinnen an einem der von ihm mitbegründeten Frauencolleges in Cambridge.

DANKSAGUNG

Die Hälfte dieses Buches ist in Zeiten einer Pandemie entstanden, die die Welt, so wie wir sie kannten, verändert hat. Mehr denn je habe ich mich auf eine fantastische Gruppe von Menschen verlassen, um es bis zum Happy End zu schaffen, und ich bin unglaublich dankbar, dass diese Menschen mir so großzügig ihre Zeit zur Verfügung gestellt haben, mir mit Rat, Tat, Anfeuerung und Geduld zur Seite standen. Ganz besonders möchte ich danken:

Matthias, der mich stoisch mit all den Menschen in meinem Kopf geteilt hat.

Bernie, Montse und Kate, weil die Erstfassung ohne euch niemals das Haus verlassen hätte.

Dem LMH-Team: Paula (dein »pedantisches Lesen« war unschätzbar wertvoll) und Helen (deine Aufmunterung schätze ich so sehr).

Dr. Alex Boyd für seine fachkundigen Ratschläge zur viktorianischen Fotografie und den Gepflogenheiten eines Schotten – seine brillanten Fotografien der schottischen Inseln finden Sie unter alexboyd.co.uk.

Meinen fabelhaften Autorenkolleginnen Rachel van Dyken, Jennifer Probst, Lauren Layne, Amy Reichert, Emily Henry, Roshani Chokshi, Eva Leigh, Stephanie Thornton, Chanel Cleeton und den Lyonesses: dafür, dass ihr in euren riesigen

Leselisten ein Plätzchen für mein Buch freigehalten habt, fürs Besprechen und eure Unterstützung; ihr seid ebenso talentiert wie liebenswürdig.

Isabel Ibañez, Christine Wells und Kerri Maher – euer kritisches Lesen war unglaublich hilfreich.

Das Berkley-Team, besonders Jessica Brock und Jessica Mangiacaro, die immer einen fantastischen Job machen, um die Rebellinnen zu den Leserinnen und Lesern zu bringen.

Besonderer Dank gilt auch meiner fantastischen Lektorin der Originalausgabe, Sarah Blumenstock – sie hat mir immer die nötige Zeit und den Raum gegeben, damit es mir möglich war, mein Bestes zu geben; und meiner Agentin Kevan Lyon, die Leidenschaft und Unterstützung in Perfektion vereint und damit die beste Agentin ist, die ich mir wünschen kann.

ÜBER DIE AUTORIN

Evie Dunmore hat sich von der zauberhaften Kulisse von Oxford, ihrer Leidenschaft für Romantik, weiblichen Pionieren und ihrer Liebe für das viktorianische Zeitalter zu diesem Roman inspirieren lassen. Im Alltag ist sie Beraterin mit einem Master of Science in Diplomatie von der University Oxford. Außerdem ist sie Mitglied der British Romantic Novelists' Association (RNA), der britischen Organisation für Liebesromanautor*innen. Evie Dunmore lebt in Berlin. Ihre Faszination für das britische Königreich im 19. Jahrhundert spiegelt sich in ihren Romanen wider.

Evie Dunmore im Web:
Newsletter: eviedunmore.com/newsletter
Facebook: eviedunmoreauthor
Instagram: evietheauthor

Gefährliche Liebschaften vor üppiger schwedischer Kulisse

Simona Ahrnstedt
EINE UNERHÖRTE AFFÄRE
Aus dem Schwedischen
von Corinna Roßbach
448 Seiten
ISBN 978-3-7363-0827-5

Earl Gabriel de la Grip – ein mächtiger Mann mit skandalösem Ruf, der die Frauen viel zu sehr liebt, um sich einer einzigen zu versprechen. Madgalena Swärd – scharfzüngig, gebildet, intelligent. Sie ist das Gegenteil von dem, was Gabriel bei Frauen sucht. Er hingegen ist alles, was sie an einem Mann verabscheut. Doch eine gedankenlose Wette bringt beide dazu, einen gefährlichen Pakt zu schließen. Eine leidenschaftliche Affäre beginnt, die ihrer beider Herzen in Gefahr bringt.

»Eine emotionale, mitreißende Liebesgeschichte voller Dramatik.«
BIBLIOFELES BÜCHERBLOG über *Ein ungezähmtes Mädchen*

LYX

„Manchmal können genau die Dinge uns retten, vor denen wir gerettet werden möchten.“

Amy Harmon
A DIFFERENT BLUE
Aus dem amerikanischen
Englisch von
Frauke Lengermann
448 Seiten
ISBN 978-3-7363-1492-4

Blue Echohawk hat nur ein Ziel: herausfinden, wer sie wirklich ist. Von ihrer Mutter als Kleinkind am Straßenrand zurückgelassen, ist Blue in dem schmerzhaften Glauben aufgewachsen, ganz allein auf der Welt zu sein. Doch dann trifft sie auf ihren neuen Geschichtslehrer Darcy Wilson. Darcy ist der erste Mensch, der an Blue glaubt und hinter ihre abweisende Fassade blickt. Aber Blue und Darcy wandern auf einem schmalen Grat. Denn während sich die beiden einander immer mehr öffnen, wissen sie auch, dass eine Liebe zwischen ihnen unmöglich ist …

»Alles an diesem Buch ist einfach nur wunderschön.« ALL ABOUT ROMANCE BLOG

LYX